trilogia brasil

antônio torres

trilogia brasil

essa terra | o cachorro e o lobo | pelo fundo da agulha

1ª edição

EDITORA RECORD
RIO DE JANEIRO • SÃO PAULO
2022

CIP-BRASIL. CATALOGAÇÃO NA PUBLICAÇÃO
SINDICATO NACIONAL DOS EDITORES DE LIVROS, RJ

T643t
    Torres, Antônio, 1940-
      Trilogia Brasil : Essa terra, O cachorro e o lobo, Pelo fundo da agulha / Antônio Torres. - 1. ed. - Rio de Janeiro : Record, 2022.

    ISBN 978-65-5587-567-6

    1. Ficção brasileira. I. Título.

22-78646
                                                      CDD: 869.3
                                                      CDU: 82-3(81)

Gabriela Faray Ferreira Lopes - Bibliotecária - CRB-7/6643

Copyright © Antônio Torres, 2022

Todos os direitos reservados. Proibida a reprodução, armazenamento ou transmissão de partes deste livro, através de quaisquer meios, sem prévia autorização por escrito.

Texto revisado segundo o Acordo Ortográfico da Língua Portuguesa de 1990.

Direitos exclusivos desta edição reservados pela
EDITORA RECORD LTDA.
Rua Argentina, 171 – Rio de Janeiro, RJ – 20921-380 – Tel.: (21) 2585-2000.

Impresso no Brasil

ISBN 978-65-5587-567-6

Seja um leitor preferencial Record.
Cadastre-se em www.record.com.br
e receba informações sobre nossos
lançamentos e nossas promoções.

EDITORA AFILIADA

Atendimento e venda direta ao leitor:
sac@record.com.br

Sumário

Essa terra	7
O cachorro e o lobo	145
Pelo fundo da agulha	347
Fortuna crítica	521
Nota do autor	527

ESSA TERRA

"As batalhas nunca se ganham. Nem sequer são travadas. O campo de batalha só revela ao homem a sua própria loucura e desespero e a vitória não é mais do que uma ilusão de filósofos e loucos."

WILLIAM FAULKNER,
O som e a fúria

Essa terra me chama

1

— Se estiver vivo um dia ele aparece, foi o que eu sempre disse.

— O que foi que o senhor disse?

Naquela hora eu podia fazer uma linha reta da minha cabeça até o sol e, como um macaco numa corda, subir por ela até Deus — eu, que nunca tinha precisado saber as horas.

Era meio-dia e eu sabia que era meio-dia simplesmente porque ia pisando numa sombra do tamanho do meu chapéu, o único sinal de vida na velha praça de sempre, onde ninguém metia a cabeça para não queimar o juízo. Loucos ali só eu e o matuto com seu cavalo suado, que surgiu como uma aparição dentro de uma nuvem de poeira, para deter a minha aventura debaixo da caldeira de Nosso Senhor.

— Qualquer pessoa deste lugar pode servir de testemunha. Qualquer pessoa com memória na cabeça e vergonha na cara. Eu vivia dizendo: um dia ele vem. Pois não foi que ele veio?

— O senhor estava com a razão.

— Ele mudou muito? Espero que ao menos não tenha esquecido o caminho lá de casa. Somos do mesmo sangue.

— Não se esqueceu, não, tio — respondi, convencido de que estava fazendo um esclarecimento necessário não apenas a um homem, mas a uma população inteira, para quem a volta do meu irmão parecia ter muito mais significado do que quando o dr. Dantas Júnior veio anunciar que havíamos entrado no mapa do mundo, graças a seu empenho e à sua palavra de deputado federal bem votado. Foi um dia muito bonito, tão bonito quanto os dias de eleição, embora sem as arruaças, as cervejas e as comidas dos dias de eleição, porque tudo aconteceu de repente, sem aviso prévio. O deputado subiu no palanque feito às pressas em frente do mercado, ergueu seu paletó empoeirado sobre todos nós e disse que o Junco agora era uma cidade, leal e hospitaleira. Agora podíamos mandar no nosso próprio destino, sem ter que dar satisfações ao município de Inhambupe — e foi justamente essa parte do discurso que o povo mais gostou. E no entanto esse dia já está se apagando da nossa lembrança, apesar de nada mais ter acontecido daí por diante.

Quem não mudou em nada mesmo foi um lugarejo de sopapo, caibro, telha e cal, mas a questão agora é saber se meu irmão ainda se lembra de cada parente que deixou nestas brenhas, um a um, ele que, não tendo herdado um único palmo de terra onde cair morto, um dia pegou um caminhão e sumiu no mundo para se transformar, como que por encantamento, num homem belo e rico, com seus dentes de ouro, seu terno folgado e quente de casimira, seus *ray-bans*, seu rádio de pilha — faladorzinho como um corno — e um relógio que brilha mais do que a luz do dia. Um monumento, em carne e osso. O exemplo vivo de que a nossa terra também podia gerar grandes homens — e eu, que nem havia nascido quando ele foi embora, ia ver se acordava o grande homem de duas décadas de sono, porque o grande homem parecia ter voltado apenas para dormir. Levanta, cachorro velho, antes que os morcegos te comam. Acorda, antes que a alma penada do teu tão saudoso avô queira um relatório completo da tua viagem. Anda depressa, que ele está saindo da cova para vir dar um tapa nas tuas costas: — Caboco setenta. Tu vale por setenta deste lugar. — Por que, Padrinho? — Porque tu já conhece quatro estados do mundo, não é, meu fio?

Eu estava louco para tomar um banho no tanque velho (lá mesmo, onde todos nós vamos morrer afogados) e queria que meu irmão fosse comigo e estava pensando em arranjar uma jega, a mais fogosa que houvesse, para o famoso Nelo matar a saudade de um velho amor.

— Diga a ele que ele nasceu ali — meu tio apontou para o lado do curral da matança. — Diga também que eu carreguei ele no meu ombro.

— Nelo se lembra de tudo e de todos, tio. Nunca vi memória tão boa — insisti —, para não deixar a menor dúvida em seu espírito. E só então ele haveria de permitir que eu continuasse a minha caminhada.

— Fico muito satisfeito — meu tio sorriu, no seu jeito encabulado de homem sério, e o cavalo me cobriu com outra nuvem.

A alpercata esmaga minha sombra, enquanto avanço num tempo parado e calado, como se não existisse mais vento no mundo. Talvez fosse um agouro. Alguma coisa ruim, muito ruim, podia estar acontecendo.

— Nelo — gritei da calçada. — Vem me ensinar como se flutua em cima de um tronco de mulungu. Me disseram que você já foi bom nisso.

Não ouvi o que ele respondeu, quer dizer, não houve resposta. Não houve e houve. Na roça me falavam de um pássaro mal-assombrado, que vinha perturbar uma moça, toda vez que ela saía ao terreiro, a qualquer hora da noite. Podia ter sido o meu irmão quem acabava de piar no meu ouvido, pelo bico daquele pássaro noturno e invisível, no qual eu nunca acreditei. Atordoado, me apressei e bati na porta e bastou uma única batida para que ela se abrisse — e para que eu fosse o primeiro a ver o pescoço do meu irmão pendurado na corda, no armador da rede.

— Deixa disso, Nelo — bati com a mão aberta no lado esquerdo do seu rosto e devo ter batido com alguma força, porque sua cabeça virou e caiu para a direita. — Deixa disso, pelo amor de Deus — tornei a dizer, batendo na outra face, e ele se virou de novo e caiu para o outro lado.

Pronto.

Eu nunca mais iria querer subir por uma corda até Deus.

2

E foi assim que um lugar esquecido nos confins do tempo despertou de sua velha preguiça para fazer o sinal da cruz.

O Junco: um pássaro vermelho chamado Sofrê, que aprendeu a cantar o Hino Nacional. Uma galinha pintada chamada Sofraco, que aprendeu a esconder os seus ninhos. Um boi de canga, o Sofrido. De canga: entra inverno, sai verão. A barra do dia mais bonita do mundo e o pôr de sol mais longo do mundo. O cheiro do alecrim e a palavra açucena. E eu, que nunca vi uma açucena. Os cacos: de telha, de vidro. Sons de martelo amolando as enxadas, aboio nas estradas, homens cavando o leite da terra. O cuspe do fumo mascado da minha mãe, a queixa muda do meu pai, as rosas vermelhas e brancas da minha avó. As rosas do bem-querer:

— Hei de te amar até morrer.

Essa é a terra que me pariu.

— Lampião passou por aqui.

— Não, não passou. Mandou recado, dizendo que vinha, mas não veio.

— Por que Lampião não passou por aqui?

— Ora, ele lá ia ter tempo de passar neste fim de mundo?

Moças na janela, olhando para a estrada, parecem concordar: isto aqui é o fim do mundo. Estão sonhando com os rapazes que foram para São Paulo e nunca mais vieram buscá-las. Estão esperando os bancários de Alagoinhas e os homens da Petrobras. Estão esperando. Tabaréu, não: rapazes da cidade. — Vão morrer no barricão, loucas e com o tabaco ensebado, para pagar a língua, revidam os solteirões desenganados. Desengano é nome feio, treta do diabo. Como o pecado e os outros nomes feios: tabaco, chibiu e a puta que as pariu. Vaca, bezerra, égua e jumenta também têm tabaco. Eles não morrerão ensebados.

— Até as casadas enlouqueceram, e arrastaram os seus homens e suas filhas para as cidades — reclama-se na venda de Pedro Infante, o abrigo de todas as queixas. — Muitos maridos vão e voltam, sozinhos, com uma mão adiante e outra atrás. Sina de roceiro é a roça.

Vagaroso e solitário, o Junco sobrevive às suas próprias mágoas, com a certeza de quem já conheceu dias piores, e ainda assim continua de pé, para contar como foi. Em 1932 o lugar esteve para ser trocado do Estado da Bahia para o mapa do inferno, na pior seca que já se teve notícia por essas bandas, hoje reverenciada em cada caveira de boi pendurada numa estaca, para dar sorte.

— O povo caía e morria de sede e fome, como o gado. Era de cortar o coração.

As primeiras chuvas de 33 prometiam a bonança, mas ficaram só na promessa. O que se viu mais tarde foi o dilúvio, a sezão e o impaludismo: desta vez o povo caía e morria tremendo, de frio. Pior é na guerra, onde filho chora e pai não vê — diz Caetano Jabá, que não foi o único a seguir os passos de Antônio Conselheiro, embora tivesse sido o único a voltar vivo, para contar a história do soldado raso que ele degolou com sua faquinha de capar fumo, enquanto o soldado comia em paz um pedaço de carne de jabá com farinha seca, à beira de um riacho. Em vez de uma medalha, deram-lhe um apelido e uma enxada, com a qual ele cava o seu sustento, ainda hoje, aos cento e tantos anos de vida.

No ano dois mil esse mundo velho será queimado por uma bola de fogo e depois só restará o dia do juízo — é o mesmo

Essa terra

Jabá —, ensinando as Sagradas Profecias, enquanto descansa a culpa da morte que carrega nas costas. — E eu sei que esse dia está perto. Ora vejam bem: nossos avós tinham muitos pastos, nossos pais tinham poucos pastos e nós não temos nenhum — os outros homens prestam muita atenção em Caetano Jabá, ele viveu as experiências da vida. — Isso também está nas Sagradas Escrituras. Muitos pastos e poucos rastos. Poucas cabeças, muitos chapéus. Um só rebanho para um só pastor.

— Lá vem os tabaréus do Junco — dizem os do Inhambupe.

Diziam. Antigamente. Quando o pau de arara coberto de lona parava na bomba de gasolina do Hotel Rex — a lotação de ano em ano, para Nossa Senhora das Candeias. Agora a estrada passa por fora. O Inhambupe já não tem mais quem insultar.

Rezemos pela alma do finado Antônio Conselheiro. Muito lhe devemos. Quando esteve em Inhambupe, ele foi apedrejado, sem dó nem piedade. Rogou uma praga:

— Essa terra vai crescer que nem rabo de besta.

O povo se indagou:

— Como é que rabo de besta cresce?

Para baixo.

Mas todos os rabos crescem para baixo.

— Só que o da besta, quando cresce, o dono corta. Para dar mais valor ao animal.

O asfalto da estrada de Paulo Afonso não chegou aqui mas também deixou o Inhambupe de lado. O lugar cresce como rabo de besta.

Tudo o mais é a espera, debaixo deste céu descampado.

— Qualquer dia o Anticristo aparece. Será o primeiro aviso. Depois o sol vai crescer, vai virar uma bola do tamanho de uma roda de carro de boi e aí — dizia papai, dizia mamãe, dizia todo mundo.

Ninguém disse, porém, se a vinda da Ancar estava nas Sagradas Escrituras. Ancar: o banco que chegou de jipe, num domingo de missa, para emprestar dinheiro a quem tivesse umas poucas braças de terra. Os homens do jipe foram direto para a igreja e pediram ao padre para dizer quem eles eram, durante o sermão. O padre disse. Falou em progresso, falou no bem de todos. O banco tinha a garantia do Presidente.

— Se o Presidente garante, a coisa é boa — o primeiro que abriu a boca a favor dos homens já estava diante deles, na porta da venda. Mas murchou, ao ouvir o conselho que não esperava:

— Plante sisal. Está dando um dinheirão.

Sisal ninguém sabia plantar, aí é que estava a encrenca. Os homens do banco discutiram, explicaram, prometeram máquinas e dinheiro e todas as ajudas.

Depois o jipe voltou, trazendo as promissórias vencidas. Só então — e pela primeira vez na vida —, alguns homens do Junco começaram a compreender que um padre também podia errar.

Nelo descobriu que queria ir embora no dia em que viu os homens do jipe. Estava com 17 anos. Ele iria passar mais três anos para se despregar do cós das calças de papai. Três anos sonhando todas as noites com a fala e as roupas daqueles bancários — a fala e a roupa de quem, com toda certeza, dava muita sorte com as mulheres.

3

Vinte anos para a frente, vinte anos para trás. E eu no meio, como dois ponteiros eternamente parados, marcando sempre a metade de alguma coisa — um velho relógio de pêndulo que há muito perdeu o ritmo e o rumo das horas. Eis como me sinto e não apenas agora, agora que já sei como tudo terminou.

Estou diante dele, na porta de uma hospedaria que o dono, um homem vindo de fora, chama de hotel. Esse homem não o conhece. Faz questão que ele entre e veja os quartos, o banheiro e a limpeza de tudo. Abriria as torneiras e mostraria a cor da água, muitas vezes coada, antes de passar dos barris para o tanque. Límpida e clara, como a imagem da televisão, sempre ligada, das seis às dez da noite, pelo menos em todas as noites em que o motor da luz não estivesse quebrado. Foi o farmacêutico que me disse quem era o homem que muitos não estavam reconhecendo e que se dirigia para o hotel. Chego e interrompo a velha e sincera conversa do hoteleiro. Também foi sincero o sorriso do recém-chegado, ao apertar a minha mão. — Muito prazer — ele diz. Costumes de outras terras, eu penso, balançando a cabeça de um lado para o outro, abismado. Quase respondo: — Muito obrigado — como fazem os homens da roça, ao serem cumprimentados por um desconhecido. Era um encontro inesperado e tão estranho quanto qualquer encontro entre dois irmãos. Naquele momento eu ainda não sabia que acabava de atravessar a ponte que ia dar no ponto final de um tempo.

Está certo, nós não nos conhecíamos pessoalmente, daí toda a minha dificuldade. Só sei que me senti um tanto abestalhado, sem saber o que dizer, além de um chegue à frente. Muito prazer — seria o resumo de tudo? Apenas duas palavras para matar vinte anos de saudade? Confusa, descontrolada, minha mão se antecipa e se oferece, avança sobre a alça da mala, ainda sentindo o suor frio da sua mão. Mão fria, coração quente, cheguei a pensar, me perguntando se ele era exatamente do jeito que eu pensava que ele era, se tenho uma colcha e um lençol lavados, pão bastante para o café desta noite, comida que desse para o almoço de amanhã, de depois de amanhã, e por que você não avisou que vinha, quantos dias você vai ficar, todas essas coisas que não dizemos aos parentes para que não pensem que não os desejamos. Eu não me achava em condições de acomodá-lo, eis a verdade. E ainda assim estava lhe dizendo:

— Você não tem necessidade de gastar dinheiro em hotel.

— Eu não sabia que tinha um irmão aqui — ele afasta a minha mão da mala e acrescenta: — Pode deixar. Eu mesmo levo.

A mala me fez pensar no correio e nos envelopes gordos de antigamente, que chegavam de mês em mês. Dinheiro vivo, paulista, rico. Também me lembrei de mamãe:

— Tomara eu tivesse mais um filho igual a ele. Bastava um.

Nelo, Nelo, Nelo.

Um velho retrato desbotado da sua primeira comunhão.

Nelo, Nelo, Nelo.

Um acalanto, uma toada, uma canção. Nelo, Nelo, Nelo.

Miragens sobre o poente, nosso sol atrás da montanha, sumindo no fim do mundo.

Nelo, Nelo, Nelo.

São Paulo está lá para trás da montanha, siga o exemplo do seu irmão.

Nelo, Nelo, Nelo.

Éramos doze, contando uma irmã que já morreu. Só ele contava.

Nelo, Nelo, Nelo. — Bastava mais um.

Nossa sombra ao meio-dia, nossa árvore de todo dia.

— Ora vejam quem chegou.

Entre, a casa também é sua.

Muito prazer!

Primeiro neto, primeiro filho — talvez seja nisso que pense, ao fazer uma vistoria completa da casa, quarto a quarto, sala a sala. Agora está na cozinha, sentado no velho fogão a lenha, olhando sem entender o fogão a gás que eu uso e que serviu para os últimos chás do meu avô. Dezoito irmãos e dezoito cunhados brigam pelos seus pedaços, enquanto o inventário não sai. Moro aqui sozinho porque é de graça. Com o ordenado que eu ganho na Prefeitura só posso viver se for de graça. Também já morei em Feira de Santana, estudei lá, no ginásio de lá, mas não deu certo.

Ele se levanta e fica de pé, na porta do quintal. Reclama. As flores estão morrendo. Se minha avó fosse viva, elas não estariam morrendo. Pergunta por papai.

— Vendeu a roça, a casa da roça e a casa da rua, pagou as dívidas, torrou o troco na cachaça, depois se mudou para Feira de Santana.

Não sabia? Claro que sabia.

— Pobre velho — ele diz, e pergunta por mamãe.

— Ela foi antes, para nos botar no ginásio. O velho ficou aqui, zanzando, desgostoso, se maldizendo de tudo. De tempos em tempos ia ver a gente, em Feira. Mas enjoou de andar para cima e para baixo, deu para beber e brigar com todo mundo. Um dia não aguentou mais e sumiu na estrada, em cima de um caminhão, aboiando.

— Pobre velho — diz de novo e pergunta pelos meninos.

— Três estão em Feira. Os pequenos. Os outros estão espalhados — nesse instante abro os braços no sentido Norte-Sul.

— Você vai ter de viajar muito, se quiser catar um a um. Mas não precisa ir além de Salvador.

— Tenho muita pena de papai — a voz ainda era a mesma de quando disse: — Pobre velho. Parecia um homem sempre preocupado e estava mais preocupado ainda quando perguntou: — O dinheiro que eu mando dá?

Acho que foi a única vez que nos olhamos de frente, durante todos esses dias em que passamos juntos. Quatro semanas benditas que me provaram que a eternidade existe. Qualquer um pode experimentá-la. Basta ter um irmão ao lado e não saber o que fazer com ele. — Antes desse — eu digo.

— E papai, não ajuda em nada?

Não lhe respondi. Isto é: não abri a boca. Apenas balançava a cabeça — e foi nessa hora que me ocorreu a ideia dos pêndulos de um relógio sem rumo. Eu mordia os beiços e tinha consciência do que estava fazendo e sentindo, porque já não podia mais esconder a minha amargura. Podia apenas ver o meu próprio rosto amargurado como a melhor explicação para tudo. Via-o mesmo sem vê-lo, mesmo sem ter um espelho bem à mão. Queria dizer: — Me fale de coisas boas. Chegue à frente e me fale de você. Conte tudo de bom, todas as belas aventuras que você já viveu: palha e lenha dos meus sonhos. Mas ele insistia e perguntava e remoía, enquanto estalava os dedos e se agitava, me agitando.

— E os outros? Também não dão nada?

A minha resposta é um sim. Sim, velho Nelo, sim. Os outros mal conseguem o que comer e eu mesmo fiz uma cruz na parede e jurei por ela que nunca mais daria um tostão naquela casa de loucos, ainda que estivesse com o rabo cheio de dinheiro. Podiam morrer todos à míngua, diante dos meus olhos, que eu nem sequer iria me preocupar em enterrá-los. Por tudo o que me fizeram, a vida toda, e principalmente o que me fizeram durante os anos em que precisei deles, por causa de um curso de ginásio. Os outros pensam do mesmo jeito, tenho certeza. Entre nós só uma estrela brilhou. Pague por isso, de preferência em ouro. Está tudo gravado na minha memória. Ouça:

— Ninguém faz nada por mim. Ninguém me ajuda em nada.

Reconhece esta voz? Continue ouvindo. Continue:

— Tenho doze filhos e me sinto tão sozinha. Se não fosse por Nelo.

Espere mais um pouco:

— Não vou passar sua roupa. Não sou sua empregada.

E agora, atenção:

— Os incomodados que se retirem.

Eis por que me retirei. Quer um conselho? Vá lá. Viva uns tempos com eles. Assim você não precisará das minhas explicações. Tente saber o que é passar a vida dentro de um saco de gatos, com um rombo no fundo. Os gatos entram, se arranham e vão descendo pelo fundo do saco. Comi os farelos enquanto pude suportar, agora...

Não havia mais tempo para pensar ou dizer o que quer que fosse. A casa se encheu de gente e ele logo se transformou em sorrisos, para que eu me perguntasse que homem era esse que passava da tristeza para a alegria com um simples abraço. Não vou negar: eu experimentava uma estranha espécie de prazer ao vê-lo com aquela cara de borrego que se perdeu da manada, toda vez que uma resposta minha o espicaçava.

— Não se esqueça que eu dei conselho a seu pai, para ele deixar você ir embora — o primeiro visitante vinha cobrar os juros de um empréstimo a longo prazo.

— Papai nem queria ouvir se tocar no assunto, lembra?

Ora se lembrava!

— Você chegar assim, sem nenhuma comemoração? — uma voz de festa clama por foguetes e zabumbas, pede um forró.

— Paga uma? Quero ver a cor do dinheiro de São Paulo — parentes afoitos correm os olhos em busca da mala.

— Nem uma lembrancinha para os seus priminhos?
Não vá dizer que se esqueceu de mim.
Minha tia. Meu Deus: ela já soube.
— Esse aqui vai sair igualzinho a você. É inteligente como o diabo — ela bate na cabeça do menino inteligente como o diabo. — Isso é que é um filho (não o dela, claro). — Há quantos anos você manda dinheiro para a sua mãe, hein, Nelo?
— E eu lá sei? — ao dizer isso, ele se mostrou bem diferente de minutos atrás. Parecia orgulhoso com a história do bom filho.
— Ah, Nelo. Tu tá rico como o cão, não é?
— Dá para ir vivendo — ele disse —, mas suas palavras não destruíam toda a nossa ilusão.
— Rapaz de sorte. Sempre teve sorte, desde menino.
Uma tia dessa tia chegou, uma que todos nós éramos obrigados a chamá-la de tia também e pedir-lhe a bênção, dez vezes a encontrássemos, num mesmo dia.
— Menino, você é aquele que mora naquelas terras tão looooooonge?
Estradas que vão e não voltam, na voz que viaja léguas e léguas, some nas distâncias de uma imaginação.
— Sou eu mesmo, tia — ele disse, quase chorando, de tanta alegria.
— Menino, venha mais para peeeeeeerto — agora a sua voz ia encurtando o caminho, trazendo a distância para cá, para junto dela, para dentro do seu coração.
— Hoje tem que parar tudo nesta terra, Nelo velho, falou o boca de festa, e outras vozes se juntaram à dele, num coro que anunciava a coisa nova: finalmente uma noite com assunto.
E lá se foram, como um bando de bestas, seguindo para a fonte, na hora de beber água.
Eu ia atrás — agarrado, puxado, seguindo o rebanho. — Meus parabéns, meus parabéns — era o que eles me diziam, repetidas vezes, como se eu tivesse acertado na loteria.

4

Mais um condenado foi para o inferno, pregou o doido Alcino, na porta da igreja.

Alcino ficou doido por causa de um vício, fala o povo. Mas desta vez ninguém pediu para ver se ele tinha cabelo nas palmas de suas mãos pecadoras. Todos sabiam que o doido estava falando a verdade. Quem se mata é um condenado.

— O Diabo faz o laço e Deus não corta a corda. Deus não acode um homem sem religião. Mirem-se, condenados —, Alcino sabia que não estava falando sozinho, nas horas lentas das ave-marias.

— Amém — consentiam os corações amotinados.

Amém, amém, a mãe.

É na venda que todos nós nos abençoamos, como se estivéssemos num convento sagrado, o quarto dos santos de todos os velórios de todos os dias. E Deus que nos livre das palavras: cada suspiro já é uma doce e cariciosa aragem, embargada, bafejada, recendendo a dendê, fumo de corda, creolina e cachaça.

— Alcino, canta a cantiga da Meia-Branca — o grito atravessa a comprida praça, em linha reta. O homem que chegou à porta se volta para dentro da venda. Todos estão rindo. Ninguém pensa mais no morto. Viva o doido.

— Meia-Branca é meia-lua. Meia casa é meia rua. As ruas vazias, do meu coração — alegrou-se Pedro Infante, o dono da venda. Por um atalho ele chegava aonde queríamos: os versos que Alcino fez, no dia em que a égua Meia-Branca morreu.

Outro descarrega o fardo, relaxa:

— Bota mais uma aí, Pedro. Bota essa também na conta.

A venda se ilumina: já não se morre mais.

— E as mulheres, Pedro? Por que é que nesta birosca nunca entra mulher?

— Isto aqui é uma casa séria.

Saracoteios a caminho de um copo: um corpo que sugere uma umbigada diante de outro corpo. Antes da talagada, o homem canta:

— Sertão de muié séria e de homi trabaiadô ô.

Os outros parecem não compreender tanta alegria.

Mas já estão envolvidos por ela, queiram ou não.

— Como será que o doido se vira, desde que a égua morreu? — diz o da cachaça, tabacando a boca do copo, com a mão aberta. Agora é ele quem cantarola: — Meia-Branca é meia-lua —

— Nas jegas, como você — aponta um que se levanta e pede dois dedos. "Só dois dedos."

— Alto lá. Eu sou casado.

— Com a jega Mimosa? — a cachorrada arreganha os dentes, quer morder o osso.

— Aí, hein? Casado na igreja e no barranco. Cada um tem a rapariga que merece.

— Atirem a primeira pedra. Atirem — o acusado olhou para o fundo do copo. Ia pedir outra. — Eu quero saber mesmo é como o doido se vira. A égua morreu, não morreu?

— Ora, não foi nesse dia que ele deu para fazer sermão?

— E que culpa tenho eu da égua ter morrido?

— Ninguém está dizendo que você tem culpa.

— Mas tenho que ouvir esse doido. É de azucrinar o juízo.

— Pior do que isso foi uma mulher que aceitou se casar com ele.

— Ainda bem que ela se arrependeu a tempo.

— Meia-Branca também já está arrependida, na barriga dos urubus.

— Que nada. A égua morreu gemendo. Se bicho falasse, Meia-
-Branca teria dito, antes de fechar os olhos para sempre: "Alcino,
morro feliz. Porque nunca conheci um cavalo igual a ti."

— E não conheceu mesmo.

Presepadas no bafo quente da tarde. A vida alheia é uma
brisa nas bocas encharcadas. Hoje, lavamos a nossa alma nas
costas do doido. Amanhã será outro, mas pouco importa. Ainda estamos vivos.

— Um dia topei com Alcino montado nela — segue o que
falou por último. — A égua abocanhava um galho de mato
e rangia os dentes, de tanta satisfação. Naquele tempo o doido ainda não era doido e quando me viu foi dizendo: "Olhe,
seu moleque descarado. Eu não estou fazendo nada disso que
você está pensando, não. Se você continuar pensando o que está
pensando eu vou bater com esse cacete na sua cabeça."

A venda estremece: — Você viu de que tamanho era o cacete?

— Não. Saí correndo.

Garrafas dançam nas prateleiras. Pedro Infante tenta domi-
ná-las. Basta uma gargalhada para o mundo desabar.

— Você devia estar muito parecido com a mulher que se
casou com ele.

Todos se lembravam, não se lembravam?

Uma mulher batendo em fuga, por dentro de um quintal de
mandioca, mais veloz do que um raio. Atrás dela, a fúria de um
homem nu, que se embaraça e se atrapalha nas manaíbas, vítima da sua própria manaíba. Pareciam dois malucos varridos. A
mulher parecia ainda mais maluca e mais ligeira. Pulou a cerca
e ganhou o mundo, para um nunca mais. Ele gritava: — Péra
aí, péra aí. Não fuja. Calma lá. A noite se vingava do homem
e da mulher, pela boca dos moleques da rua: — Pega, pega.

— Eles estavam à espreita, desde o começo, olhos enfiados nas
frestas e os ouvidos colados às paredes. Queriam saber em que
tudo aquilo ia dar. Não precisaram esperar muito.

O casamento de Alcino não passou da primeira noite. E terminou no exato momento em que ele tirou a roupa e se estirou na cama, de papo para o ar. Na sua ânsia, esquecera de apagar o candeeiro, ou talvez nem fosse por isso. Talvez estivesse querendo ver de perto como era mesmo o corpo de uma mulher. E foi a luz acesa a razão da sua desgraça. A mulher nem chegou a se despir. Ao perceber o que lhe fora reservado, bateu em retirada. Dizem que ele começou a ficar doido a partir desta noite.

Todos sabiam que Alcino era um desmarcado. E o sabíamos porque ele não tinha o hábito de usar cueca e ainda por cima se vestia sempre com uma calça de pano fino, muito leve, presa à cintura por um cordão, como se fosse um pijama. Era diferente até na maneira de vestir-se: as calças, muito justas, nunca iam além da metade da canela. As mulheres jamais o mirariam da cintura para baixo. Menos discretos, os homens espalhavam que ele era filho de um jegue.

Nos dias em que a lua ataca, ele inventa palavras difíceis, que ninguém entende. Ninguém sabe onde inferno Alcino aprendeu tanta palavra difícil. Mas já não lhe prestamos muita atenção.

— Ele é assim porque devia ser padre mas ninguém botou ele no seminário — dizem as zeladoras da igreja.

— Ele é assim porque bate punheta demais — dizem os da venda.

— Pedro, me empresta a tua égua. Hoje eu estou retado.

— Quanto você dá por ela?

— O que você quiser.

— Passe lá a nota.

— Bote na conta.

Até parecia que nada tinha acontecido, que a vida era assim mesmo, uma missa de vez em quando, uma feira de oito em oito dias, uma santa missão de ano em ano, uma safra conforme o inverno e vamos lá, bota mais uma, até que um homem entrou, sisudo, de pouca prosa, isto é, da espécie de prosa que estava rolando de um copo a outro. Paramos de rir. Talvez porque fosse um velho, um velho bem velho. Só por isso. Ele disse:

— Custa a crer. É destas coisas que a gente viu, sabe que é verdade, que aconteceu mesmo, mas não quer acreditar.

Ainda ontem eu estava aqui, debaixo deste mesmo teto, desta mesma luz que me alumia. Aí ouvi uma música, que vinha lá de cima, do lado da igreja. Cheguei ali na porta e vi que era Nelo que vinha vindo, com seu rádio ligado na Rádio Sociedade da Bahia. Ele vinha vindo devagar e eu pensei: um capitalista, um verdadeiro homem das capitais, nunca tem pressa. Fui andando para me encontrar com ele, para saber se era certo o que os meus olhos viam ou era ilusão minha. Eu ia de cabeça baixa, porque os cabelos prateados de Nelo cegavam as vistas mais do que o sol quando bate num espelho. Nos encontramos bem ali, no meio da praça. Vou dizer a vocês: a coisa que mais aprecio numa pessoa é ver a pessoa saber falar. Eu botei a mão no paletó de Nelo e disse, sem amofinação: — Matando as saudades da terra, homem? — Acho que esse pedaço da minha conversa ele não ouviu direito, mas quando Nelo abaixou o rádio eu falei: — Todo entonado, hein? — Fiquei muito orgulhoso do jeito que ele me respondeu e juro por essa luz que me alumia que aqui não tem ninguém para responder as coisas do jeito que ele respondia. Nelo me disse: — Ah, amigo. Agora não é como naqueles velhos tempos, não. A coisa mudou sucessivamente, nas resoluções intempestivas da minha vida. Agora, agora, eu sou um cidadão subdesenvolvido. — Ele nem terminava de falar e eu já estava dizendo: — Obrigado, Nelo. Muito obrigado. Acho que ele ficou orgulhoso de mim também, senão não tinha dito: — Conte sempre comigo.

Custa a crer que um homem desses pudesse — nem gosto de pensar.

— Não sei o que têm esses velhos, que só sabem fazer sermão — pensaria o da cachaça, o mais afoito. Se o dissesse em voz alta, os outros dariam umas boas risadas. Conteve-se. A venda já não era a mesma.

A tarde, porém, continuava igual, azul como sempre esteve. Daqui a pouco estaria pedrês, de passagem para um vermelho que há de anteceder a noite e o medo. Mais pesado do que o ar não era o sino. Era o coração dos homens. Melhor seria o repique alegre chamando para o enterro de um anjo.

Coro:

— Nelo era um homem sem religião.

Esta desfeita o seu defensor (o velho) não ia levar para casa. Disse:

— Só Deus sabe o que se passa no juízo de uma criatura.

Os outros não disseram nada.

5

Não custa a crer, diria eu. Nós íamos colados um no outro, a caminho da roça. Íamos para a casa onde havíamos nascido e que há muito já não nos pertence. Nelo se derretia no suor, mas eu não podia tirar o braço dele do meu ombro. Ele estava caindo de bêbado. Dávamos um passo e parávamos. Para conversar.

— Totonhim... você não é o Totonhim?

Maneiras paulistas: o fulano, a fulana. Tive vontade de lhe dizer que o povo daqui não gosta de quem fala assim. Na frente, louva-se o sotaque novo do cidadão. Por trás —

— Sim, eu sou Totonhim.

— Então você é meu irmão.

— Claro que somos irmãos.

— Se você é meu irmão, você é meu amigo, certo?

— Certo.

— Então mude de rumo. Me leve para a casa da minha mulher.

— Mas eu não sei onde fica a casa da sua mulher.

— Deve ser em Itaquera. Ou no Itaim.

— Onde diabo fica isso?

— Perto de São Miguel Paulista.

A moça do correio costuma me dizer: "Junco. Capital, São Miguel Paulista." A referência não podia ser melhor.

— Eu não sabia que você era casado.

— Chi — ele levou o dedo à boca. — Vou lhe contar um segredo, Totonhim. Jura que não conta para ninguém?

— Tá jurado.

— Você tem dois sobrinhos.

— Dois, com mais seis, com mais quatro, com mais dois — quantos serão ao todo? Perdi a conta.

— Como se chamam?

— Robertinho e Eliane. O menino tem oito anos e a menina tem sete. Que saudade. Faz mais de um ano que não vejo eles.

— Mas só faz três semanas que você está aqui.

— Deixe isso pra lá. Me ajude.

— Nós estamos no Junco, homem. Quantas vezes na vida você não já passou por essa estrada? Lembra?

— Com uma lata de leite na cabeça e os sapatos pendurados no pescoço. Aquela vida: entregar o leite, depois procurar uma casa que me desse água para lavar os pés. Você também passou por isso, não passou?

— Nem tanto. Nosso tempo foi diferente. Éramos muitos. Seu azar foi ser o mais velho, não foi?

— Chame um táxi, rapaz. Eu pago. Custe o que custar.

— Táxi aqui só se for lombo de jegue.

— Acho que você não é o Totonhim.

— Eu sou Totonhim.

— Então me ajude. Preciso achar a minha mulher e os meus dois filhos. Eu mato ela e você me ajuda a trazer os meninos. Se eu pego o filho de uma égua daquele *baiano* —

— Nós também somos baianos.

— Mas ele é um cabra ruim. Me roubou tudo o que eu tinha. Ainda por cima é meu primo.

— De quem você está falando?

— Não, Totonhim. Isso eu não lhe digo. Vamos correr para debaixo de uma moita.

— Por quê?

— Por causa da chuva.

— Que chuva?

— Já vi que você não é o Totonhim.

— Eu sou Totonhim.

— Está chovendo, Totonhim.

— Está é fazendo um sol de rachar.

— Então é chuva com sol.

— Não estou vendo chuva nenhuma.

— Chove verde nos meus olhos, Totonhim. Eu estou vendo. E se eu estou vendo, não estou inventando.

Nesse momento olhei pela janela aberta entre o seu olho e a lente verde de seus óculos. Falei:

— Você tem razão. Mas é uma chuva fininha. Vamos andando assim mesmo.

— Ah, não. De jeito nenhum. Não quero me molhar, senão o meu terno desbota. Só trouxe este. Mas trouxe muitas camisas, não trouxe?

— Não vi a sua mala — eu queria mesmo mudar de assunto, para ver se ele não falava mais da chuva.

— Na volta eu lhe mostro. Quer dizer, se você for mesmo o Totonhim.

— Eu sou Totonhim.

— Então me leve para a casa da minha mulher.

— Ela está em São Paulo, Nelo. E São Paulo está longe como o inferno.

— Itaquera ou Itaim, eu já lhe disse. Pra lá de São Miguel Paulista.

— Pois é.

— Chame um táxi, porra.

— Estamos chegando. Olhe lá a casa. Continua no mesmo lugar.

Nelo tirou o braço do meu ombro e deu alguns passos à frente, com certeza para que eu não o visse limpando os óculos. Estávamos no começo da ladeira que descamba entre duas cercas de macambira, uma das quais ele tinha ajudado a fazer, cavando o valado, junto com os trabalhadores. Papai vivia contando isso e vivia dizendo que Nelo era o melhor de todos os seus filhos. — Foi o único que puxou a mim — lamentava-se, diante da nossa má vontade em pegar no cabo de uma enxada. Mesmo assim todos nós iríamos passar o resto da vida chamando aquela casa de *a nossa casa*, principàlmente papai que, ao deixá-la de uma vez para sempre, nem teve coragem de olhar para trás.

— Você está certo, Totonhim. Não teve chuva nenhuma.

Ele agora contemplava a casa e os pastos como se estivesse diante do túmulo de alguém que tivesse amado muito — e o efeito do que estava vendo devia ser muito forte, porque já não parecia tão bêbado como antes.

— Vamos voltar?

— Não quer ir até lá? A cancela é logo ali embaixo.

— Eu sei. Mas fica pra outro dia.

— Mas já que chegamos até aqui —

— Hoje, não — ele disse e foi andando na minha frente, de volta à rua.

Calado e fechado: trancado.

6

— Foi feitiço — disse mamãe.

7

Eles chegaram com as luzes acesas, o que significava que ainda não eram dez horas. Significava que a Rural da Prefeitura foi e voltou voando. E olhe que daqui a Feira de Santana é uma longa estrada, sem asfalto. Certamente o motorista conhecia os melhores atalhos. Queiramos ou não, um prefeito sempre tem as suas utilidades.

O filho era deles. Que chegassem logo e cuidassem do enterro — foi o que pensei, enquanto estive à espera. E que espera. Se o mundo continuasse se movendo sempre com a lentidão daquela tarde, nunca mais se acabaria. Fiz planos, estudei palavras — os chás de casca de laranja que Zé da Botica me dava, um atrás do outro, eram adocicados demais para fazer o mesmo efeito de uma camisa de força. Eu iria precisar de muita calma no momento em que papai e mamãe chegassem. Iria ter de explicar tudo, desde o começo. Iria pegar numa das alças do caixão. Mas não ia saber dizer por que Nelo não foi vê-los em Feira de Santana, já que o ônibus de São Paulo para primeiro lá.

Bem pior foi o sargento e suas perguntas, que ficaram sem respostas. Ele parecia querer o impossível: que eu lhe dissesse por que meu irmão tinha feito aquilo. É verdade que Zé da Botica, nosso único médico para todas as ocasiões, estava comigo. Se não fosse ele, o delegado teria me aborrecido muito mais do que me aborreceu, embora o seu estúpido interrogatório não tivesse a menor importância, perto do que verdadeiramente me inquietava. Naquele exato momento eu estava me perguntando se papai iria fazer o caixão. E não era uma pergunta irrelevante.

O último que ele fez foi para outro enforcado, um parente nosso que encontramos pendurado num galho de baraúna, em nossos próprios pastos, e até hoje é preciso muita coragem para se passar debaixo dessa árvore, depois que o sol se põe. Me lembro como se fosse agora: papai cortou a corda, segurou o corpo nos braços, do mesmo modo que ele fazia quando levava um de nós, já dormindo, para a cama. Pôs o defunto no chão com cuidado e pediu que trouxéssemos as tábuas e as ferramentas. Também pediu uma garrafa de cachaça. Lavou as mãos com a cachaça, bebeu um gole no gargalo, e começou a trabalhar. Mais tarde chegou em casa dizendo: — Pelo menos esse infeliz não será comido pelos urubus.

— Ele não pode ser comido pelos urubus — digo, já com o pensamento em outra coisa: e se papai demora e Nelo começa a feder? Eu não posso deixar Nelo feder.

— O rapaz está nervoso, sargento — disse Zé da Botica. — O senhor não acha melhor liberar logo o corpo? Um caso desses não tem muita explicação.

Foi um alívio ouvir isso. Zé poderia ter acrescentado: — Ora, sargento, o senhor é o delegado daqui há pouco tempo. O senhor vem de Salvador, vem da capital, e não conhece os muitos mistérios desta terra. Deixe que eu lhe diga: desde que me mudei para cá com minha botica e me casei com uma mulher de sobrenome Cruz e enchi essa mulher de filhos, já vi de perto as dores do parto, e em quase todas as vezes cheguei atrasado, só para ouvir o choro em volta de uma mãe morta. Mudemos de assunto, meu senhor. E estamos conversados.

Imóvel na velha poltrona empoeirada, resto de um passado cujo sentido desconhecia, o sargento parece conversar com o também empoeirado retrato oval do meu avô. Nelo continua engravatado na corda, sob o olhar mudo do patriarca. Mamãe

Essa terra 41

dizia que foi ele quem deu o nó na gravata, no dia em que seu pai tirou esse retrato. "Ele deu um cruzado a meu Nelinho, deu um cocorote na cabeça dele e disse: — Menino danado de sabido. Tu vai ser gente na vida, meu fio." Era o que a velha vivia nos contando, com a boca cheia de orgulho — e de capa de fumo.

Agora eu sei que um homem pode ficar louco e depois voltar a ficar são. Aqui se diz: é o diabo que entra no corpo. Não posso dizer por quanto tempo o diabo ficou dentro do meu corpo, porque naquele tempo eu não tinha um relógio. E se tivesse, não ia ter paciência para conferir a duração daquela loucura. É. Foi uma loucura.

Porque a lembrança daquelas coisas — o nó da gravata, o cruzado ganho como recompensa, mamãe, tudo — me pôs de pé diante do morto, chamando-o para o terreno:

— Você veio aqui só para fazer isso comigo? Você tinha o Brasil inteiro para fazer isso e veio escolher logo esta sala? Acorda, filho de uma égua.

Avancei sobre Nelo. Ia bater nele. Mas Zé da Botica segurou os meus braços, me pedindo calma. Foi então que ele chamou o sargento no quarto ao lado, para uma conversa em particular. Voltei a me sentar, sem coragem de olhar para os dois homens. Cobri o rosto com as mãos, como uma velha que esconde sua carne sob um véu negro, ao entrar na igreja. Era o arrependimento, a vergonha, o desespero. Comecei a chorar.

Quando os dois homens retornaram à sala, um deles me pediu uma receita médica que Nelo carregava sempre no bolso. Respondi-lhe que eu nem sequer sabia que ele andava com uma receita médica no bolso. — Mas eu sei — disse o farmacêutico.

Era verdade. A receita estava na carteira, uma velha carteira vazia. Digo: sem dinheiro. Porque ela estava recheada com documentos, bilhetes de loteria vencidos, uma carta e uma antiga foto de duas crianças sorrindo. Reconheci os velhos garranchos de mamãe no envelope, antes mesmo de olhar o nome do remetente. Atrás da fotografia estava escrito: *Papai, nunca se esqueça de nós. Robertinho e Eliane.* A letra era de adulto, uma letrinha redonda e inclinada para trás. Letra de mulher.

E era tudo. Além da roupa do corpo, com que estava vestido, como se antes tivesse pensado em sair, como se a ideia da morte não tivesse sido uma coisa premeditada. Quem vai querer herdá-la? Não faltarão candidatos para o rádio de pilha, o relógio e os óculos. Ficarei com os óculos. Boa recordação.

— Este aqui é para os nervos — ouvi Zé da Botica dizer, apontando para uma palavra ensebada, entre outras igualmente ilegíveis aos olhos de um leigo.

— Eu sei, eu sei — disse o sargento, dando o caso por encerrado. — Eu sei, eu sei.

Ele saiu e nós ficamos: eu, o farmacêutico, o morto e o retrato de meu avô. Pensei numa boa despedida, que o sargento poderia ter feito, se fosse mais educado, ou capaz de um gesto amigo:

Adeus.
Desatem a corda.
Danem-se sozinhos.

A receita era um segredo — e Zé jurou para si mesmo que não o contaria nem à sua própria mulher, uma Cruz, quer dizer, nossa prima.

Nem sempre podemos cumprir nossas próprias promessas, ele diria agora. Mas, quem pagará a conta?

— Eu tive que mandar comprar os remédios em Alagoinhas, do meu próprio bolso. Quando entreguei a encomenda a seu irmão, ele me disse: "Zé, tenho crédito para isso? Obrigado, amigo. Abra uma continha para mim. Depois nós acertamos."

— Então é com ele que você tem que acertar.

— Onde? No inferno? Não me faça de bobo.

Estávamos com o corpo nos braços, estirando-o sobre os tijolos frios. Nelo tinha os olhos bem abertos. Olhava para o telhado, sem piscar. Cobrimos o corpo com um lençol, da cabeça aos pés.

— Espere pelo dia de juízo, Zé. Não é lá que todos nós vamos acertar as nossas contas?

— Não sou nenhum milionário, rapaz. Você sabe disso.

Já não era o homem manso e delicado de antes, isso é, de quando chegou aqui no lombo de um burro, vindo do Irará, uma terra infinitamente mais civilizada. Além das suas drogas, trouxe nos alforjes um bom estoque de palavras que desconhecíamos, até percebermos que eram as mesmas palavras que conhecíamos, só que pronunciadas corretamente. Foi o bastante para que, de início, o considerássemos um sujeito metido a besta.

— Fale com papai, Zé — digo, já me preparando para sair.

— É o jeito. Você também está sem dinheiro, não está? Zé possuía um bom coração: da sua botica ninguém saía sem remédio, tivesse ou não tivesse dinheiro para pagá-lo. Quando descobrimos isso, descobrimos o nosso engano: ele não era um sujeito metido a besta. O tempo, porém, nos deu o direito de duvidar da sua competência. Esperar que alguém pudesse se salvar nas suas mãos era tão improvável quanto saber se o próximo inverno ia ser bom ou ruim. Sua defesa: — Só me procuram quando já estão nas últimas.

Mais do que uma crença cega de que todas as doenças podiam ser curadas com remédios — em vez de chás, promessas e rezas — o que parecia mantê-lo vivo era a sua fé de que podia vender fiado à vontade, porque os homens podem deixar de pagar tudo, menos aquilo que eles compram para ter saúde.

Nelo podia até nem suspeitar disso, quando entrou na farmácia e expôs o seu caso.

— Zé, vou precisar da sua ajuda. Quero uns remedinhos.

O farmacêutico, por trás do balcão, de pé, conferia a lista das pessoas que deveriam contribuir para a fundação do ginásio e ficou feliz por ver que ainda faltava um nome.

— Ginásio? Você está brincando. O que, homem?

— É o progresso. Qualquer importância serve — disse Zé. — É para o bem de todos. Seu irmão vai ser um dos professores, ele não lhe contou?

— Tome esta nota agora. Depois eu dou mais.

— Tudo ajuda — disse Zé, que ainda não sabia a verdade: aquele era o seu último dinheiro, o que restava daquilo que se pensava ser uma verdadeira fortuna.

Então ele mostrou a receita e fez a encomenda. E assim como, tempos antes, os exames de sangue e fezes o puseram a nu perante si mesmo, agora tinha o seu corpo inteiramente devassado pelo farmacêutico: os remédios eram para sífilis e esquistossomose. Também precisava dos calmantes, porque andava muito nervoso — esse nervoso que uma vez o fez arrebentar uma pia, deixando-a em cacos, como se fosse uma panela de barro. O outro pedido era o segredo que Zé da Botica, um homem sério e, a bem dizer, seu primo, deveria guardar para o resto da vida.

— Zé — eu já estava trancando a casa e saindo, atrás dele. — Eu pago a conta. Espere até o fim do mês. Assim que eu receber da Prefeitura, eu lhe pago.

— Está certo — disse o farmacêutico. — Não vou contar nada para o seu pai.

Desci para a venda.

Lá, estavam perguntando pela noite do veado.

8

A noite do veado:

Fizeram um trato. Iam dar uma surra no veado, que, além de veado, andava arrastando a asa para uma irmã de Pedro Infante. A ideia foi de Pedro, portanto. Caberia a Nelo fazer o serviço, quer dizer, atrair o veado para a calçada da igreja, quando todos já estivessem dormindo.

— É a mesma coisa que comer uma jega — disse Pedro, que tinha nascido e se criado na rua e era mais esperto do que Nelo, um menino da roça.

— E se mamãe souber?

— Deixa de ser mofino, que ninguém vai contar — Pedro balançava as notas roubadas na gaveta da venda, que naquele tempo era de seu pai.

Então eles acertaram tudo. Os dois já estavam nus quando os outros chegaram. O veado correu, nu mesmo como estava, levando a roupa na mão. Correram atrás dele e o agarraram. Pedro Infante vazou um olho do rapaz, com a fivela do cinturão. No dia seguinte roubou mais dinheiro e deu a ele, para que ele desaparecesse de suas vistas. O rapaz desapareceu, ninguém sabe para onde. Mas quando o seu pai deu por falta do dinheiro, Pedro pôs a culpa em Nelo. Papai pagou o roubo, para limpar o nome da família.

Nelo levou duas surras: uma de papai, outra de mamãe.

E ficou de mal com Pedro Infante.

9

A notícia correu solta, o Junco não tem mesmo peias na língua: o dono da venda estava bêbado. Era a segunda novidade do dia. Nunca, em toda a sua vida, ele havia tocado num único gole de cachaça. O diabo caçoa de mais um condenado.

Pedro Infante agora sabia: os tratos sujos não se destratam com o tempo, porque o Deus-Padre do esquecimento não perdoa os nossos pecados. Chegara a pensar o contrário, quando soube que Nelo estava na terra. Em vão. Pedro ia beber até estourar. Precisava lavar a velha nódoa, mas não era o perdão que estava avistando no fundo do copo, nem simples gotas de cinzano misturando-se à cachaça. Ele via manchas de sangue, as manchas da sua condenação.

Compreenda-se agora por que Pedro não gostou do sargento ter entrado perguntando: — É aqui o velório?

Ei-lo de novo: um homem que poderia ser igual aos outros, não fosse a autoridade que aquele pau de fogo lhe conferia. Há quem pense (mas não diga) que o sargento não descansa a arma, nem quando está dormindo.

— A força que aquele infeliz teve que fazer —

Palavras de compaixão? Sim, sim, irmãos meus. Nem sempre os homens são tão ruins, mesmo o sargento, que é ateu.

Convém não fiar nisso — a dúvida se estampa no rosto estropiado do roceiro velho, o que custa a crer. Leia-se em sua testa: "Não vou com esse delegado. Nunca o vi na missa."

— Uma coisa eu não consigo entender. Por que aqui dá tanto enforcado?

— Me desculpe dizer: pergunte a Deus, não pergunte a mim — informou o velho.

Pedro Infante se benze. Estava pensando: "Por que você fez isso comigo, filho de uma boa mãe?"

É nessa hora que um copo escapa da sua mão, rola e não quebra. Mau sinal. Pedro se abaixa e o apanha, de orelha em pé. A noite está chegando. É de noite que os mortos atacam. Dá três pancadas no balcão, com o punho cerrado. Não tem palavras. Também já não sabe o que faz.

— Está vendo assombração, homem? — ri o sargento, o único aqui que ainda é capaz disto.

— Que venham os demônios. Todos os demônios — Pedro disfarça, e se agarra a um novo copo. — Meu corpo está fechado.

Desta vez, porém, o dono da venda não arreganhou os dentes de ouro que o distinguiam de qualquer outro membro da raça humana.

Foi o dr. Walter Robatto Júnior quem o pôs em sua boca. O famoso cirurgião-dentista da Praça J. J. Seabra, Alagoinhas — Bahia. Walter com W, Robatto com dois tês. Um homem com um nome desses já nasceu doutor, Pedro voltou dizendo, por trás do seu sorriso milionário. — Essa porcaria de Cruz é que não dá futuro a ninguém. Eis aí a nossa derrota. Nascemos com um nome que só serviu para o castigo de Deus Nosso Senhor. Vou mudar meu sobrenome.

E mudou. Passou a se chamar Pedro Batista Lopes e não mais Pedro Batista da Cruz. O Infante era apelido.

— Como é que foi mesmo aquela história do veado? — A coisa engrossa. Brincadeira tem hora, pensaria o velho e todos os mais velhos. O dono da venda concorda:

— Que história, sargento?

— Não se faça de esquecido, homem. Impossível você ter perdido a memória, de ontem para hoje. Nós até demos umas boas risadas.

— Pelo amor de Deus, sargento. Hoje não é dia de relembrar essas coisas.

— Cadê os seus culhões, Pedro. Só servem para mijar?

— Quer fazer o favor de parar com isso, porra.

A cachaça fervia na pele alva de Pedro Infante, um homem de muitas manias. Nunca se expunha ao sol sem cobrir as costas das mãos com os punhos da manga e o pescoço com a gola da camisa. A proteção era total: a qualquer hora do dia podíamos encontrá-lo com um guarda-sol aberto, para não se queimar, mesmo que fosse entre a venda e a sua casa. Também o víamos assim sobre um cavalo, a caminho das roças de seu pai, que acabaram sendo dele, quando o velho Jeremias bateu as botas, deixando-lhe ainda uma venda cheia de mercadorias já pagas, porque o finado Jeremias nunca foi homem de comprar fiado. Ninguém aqui teve mais sorte do que Pedro Infante. Até mesmo quando o assunto *mulher* se tornou uma visagem a perseguir os seus olhos solitários, o cavalo foi bater no endereço certo, embrenhando-se por léguas e léguas: um pasto fértil contemplado da varanda por moças belas que sabiam muito bem contar suas próprias cabeças de gado, de olho na estrada. O cavaleiro Pedro Infante, rasgando baixadas e catingas, haveria de retornar com sua amada na garupa, a quem presentearia com cinco filhos, provando ao mundo que a cor da pele nada tinha a ver com masculinidade. Se a moça era bonita, o pai dela também não era homem de comprar fiado.

E talvez tenha sido a lembrança de tempos em que os homens valiam alguma coisa porque tinham gado e palavra, que fez o velho roceiro estropiado levantar a voz, pondo um fim na discussão entre Pedro Infante e o delegado.

— Meus senhores — o velho ficou de pé, de chapéu na mão, porque um homem de respeito não entra na igreja nem se dirige a outro homem de chapéu na cabeça. — Eu quero dizer aos senhores que hoje é um dia, para mim, tão triste como a sexta-feira da Paixão. Um parente nosso, nosso conterrâneo e filho de uma família que merece todo o nosso respeito, acabou por ceder às tentações do demônio. Os senhores deviam compreender que hoje não é dia para desentendimentos. Melhor era que todos rezassem pela alma daquela criatura. É isto o que eu peço. Deixem de algazarras e zombarias. Deus haverá de ser reconhecido a todos.

O velho voltou a sentar-se no seu tamborete e agora havia paz na venda, outra vez. Virou-se para mim:

— Que hora compadre vem?

Disse-lhe que não sabia, mas que ele já devia estar chegando e minha resposta serviu ao menos para abafar um comentário do delegado, que se encontrava na parede oposta à nossa, se bem que a distância fosse curta. — Vocês são muito engraçados — foi esse o seu comentário e eu não consegui entender o que ele quis dizer com isso.

Desinteressando-se dos vivos e dos mortos, o sargento ajeitou as costas contra o balcão, cruzou as pernas e passou a olhar para a praça vazia, como se estivesse querendo descobrir algum segredo além do chão da praça e das casas, além do Cruzeiro dos Montes e da Ladeira Grande, a mesma ladeira que fez de São Paulo um caminho de roça, e de onde ele avistou o Junco pela primeira vez, há seis meses atrás. Nada sabíamos a seu respeito, a não ser que tinha uma consciência muda e o direito à força estampado no seu brim cáqui de mangas curtas. Veio com a mulher e os dois filhos na boleia do partido governista, para lavar as cuecas sujas dos seus correligionários, com suas próprias mãos. O partido perdedor entregou-lhe a taca, enfiou o rabo entre as pernas e foi plantar feijão. Mas o novo delegado que não se metesse a frouxo. Seu batismo se deu num dia de feira, dia de rua cheia. O sargento pegou um ladrão barato, desses que roubam pão de ló nas barracas, botou o ladrão em cima de uma lata de goiabada vazia e abriu bem as janelas e a porta da cadeia, para que todo mundo visse e apreciasse o seu método de trabalho. O aviso era claro. Muito mais claro do que a água que bebemos. Feita a advertência, uma nova era haveria de começar numa terra sempre igual a si mesma, dia após dia: gente se amontoando na janela do sargento, para ver a novela das oito, na televisão — esse milagre que só um homem da capital poderia nos ter revelado. Bailes nas noites de sábado, não mais o forró rasgado de sempre, mas música moderna na vitrola de pilha. Esquecemos as corridas de cavalos nas estradas, nossa velha distração das tardes de domingo. Agora tínhamos o time dos Casados jogando sempre contra o time dos Solteiros, no campo que o próprio sargento fez, ele mesmo pegando na estrovenga e na enxada. E já se programava a Seleção do Junco contra a Seleção de Inhambupe, Irará, Serrinha e até mesmo contra o Atlético, de Alagoinhas — os mais afoitos planejavam um convite ao Esporte Clube Bahia, cuja redação o sargento também faria.

Eram novidades demais para os nossos dias mortos, e ninguém tinha dúvidas de que precisávamos de um candidato moderno nas próximas eleições.

Foi esse o Junco que Nelo encontrou, vinte anos depois. Mas foi também sua chegada que trouxe uma modificação sutil e embaraçosa ao rumo de um progresso que parecia inabalável, aos olhos de todos nós. Sem razão aparente, o sargento começou a murchar, desanimado. Pensou-se em alguma doença inconfessável, pensou-se em mau-olhado, culparam a inveja do partido perdedor — o velho seca-pimenteira a se roer de ciúmes só para atrapalhar os caminhos do Junco para o seu desenvolvimento irrefreável.

— Como é, sargento. Vai ter a festa dos vaqueiros?

— Vai, sim.

— Quando?

— Qualquer dia desses.

— O senhor prometeu. Veja lá.

A sombra da igreja se encontra com a sombra das casas, no meio da praça. Daqui a pouco é de noite. E se papai não vem?

Olho para o sargento e ele continua perscrutando o chão da praça. Perscrutando, esmiuçando: sem palavras, sem tristeza, sem alegria.

Eu sei que ele queria matar o meu irmão. Eu sei. Desde o dia em que sua mulher perguntou quem era o homem que estava sentado na calçada da igreja. Ela disse que o homem que estava sentado na calçada da igreja era bonito. E então — Não pense mais nisso, sargento. Você perdeu apenas a chance de matar um homem, que já chegou aqui morto, como se verá.

10

Eles me agarraram pelas orelhas e pelo pescoço e bateram a minha cabeça no meio-fio da calçada. Berrei. Que meu berro enchesse a rua deserta, subisse pelas paredes dos edifícios, entrasse nos apartamentos, despertasse os homens, as mulheres e as crianças, rachasse as nuvens pesadas e negras da cidade de São Paulo e fosse infernizar o sono de Deus: — Socorro. Estão me matando.

Uma luz se acendeu ao meu terceiro grito e um homem chegou à janela. Ficou olhando. Eles continuaram batendo a minha cabeça no meio-fio. A luz entrou no meu olho, dura e penetrante, como a dor. Era um holofote, era um facho, era uma estrela. Foi nesse momento que a mão de papai apareceu, me oferecendo um chapéu. — Cubra a cabeça. Assim dói menos. Tentei esticar o braço mas, quando a minha mão já estava quase agarrando o chapéu, levei nova pancada.

— Você me denunciou, Totonhim. Olhe o resultado. Fuxiqueiro de merda.

Eles riram.

Senti um cano frio coçando o meu ouvido.

— Despacho?

— Aguenta um pouco.

— Depois, como a gente faz?

— Joga o presunto no Tietê.

Papai desapareceu sob as águas. O chapéu boiava na correnteza. Às margens plácidas, águas turvas.

Tietetânicas.

Ventos frios, homens fortes: do Sul e do Norte.

Tape o nariz e boa sorte.

— Eu não fiz nada. Juro por Deus.

Cacos da minha cabeça voavam e se espalhavam pela calçada.

Eles continuavam batendo.

— Passa o dinheiro, vagabundo.

— Eu não sou ladrão. Podem me matar, mas eu não sou ladrão.

— Então mostra os documentos.

— Esqueci em casa, já disse.

No princípio foi apenas a ilusão.

Eu ia correndo para o ponto final do ônibus, quando eles gritaram "Pega, ladrão!" Não ouvi. E se tivesse ouvido nunca iria imaginar que era comigo que estavam gritando. Continuei correndo e eles voltaram a gritar "Pega, ladrão!" Me desviei de carros, atropelei pessoas, me bati contra os postes, sempre correndo. Eu não podia deixar que aquele ônibus partisse ali da Praça Clóvis sem que primeiro eu visse, com os meus próprios olhos, se a mulher e as duas crianças que estavam na fila eram quem eu estava pensando. "Pega, ladrão!" — desta vez foi bem perto e eu pensei: — Roubaram um comerciante e este ônibus está roubando a minha mulher e os meus dois filhos. Forcei as canelas, avancei mais uns metros, mas já não adiantava. O ônibus partiu. E eu parei, botando as tripas pela boca, uma dor imensa no coração. Fui agarrado.

— Volta, volta — me debato, esperneio, imploro. — Estou me endireitando, estou ganhando dinheiro outra vez, faço negócios, compro confecções aqui e vendo no norte do Paraná — me sacolejo dentro das malhas, uma rede de malhas: os braços. — Semana passada ganhei um dinheirão em Londrina, parei de beber, agora trabalho duro, volta — um alicate na barriga, um arrepio, um estremeço. — Volta, serei outro homem para você, serei outro Nelo, me perdoa, volta — um trompaço, mexem em meus bolsos, onde está a arma? — Não aguento mais, quero ver os meus filhos, quero acordar todos os dias e ver os meus filhos — me apalpam, me beliscam, os faróis me atordoam, o povo me rodeia, todo mundo quer ver, o que foi que houve, um ladrão. — Volta, volta, pelo amor de Deus.

Comecei a chorar.

— Confessa, você ia raptar os meninos.

— Confessa, você ia matar *sua* mulher.

Olá, Zé do Pistom, quanta honra. A que devo essa surpresa?

Era ele mesmo, o baiano. O primeiro emprego que arranjou na vida foi por meu intermédio. Cobrador de ônibus: Penha São Miguel Paulista. Depois virou polícia. Depois roubou a minha mulher e os meus filhos. — Onde está o revólver que você comprou para me matar? — Zé me revista, me alisa, me ferroa. Não sei como, qual foi o milagre, mas consegui dar uma joelhada em sua barriga. Então eles me pegaram pelas orelhas e pelo pescoço e bateram a minha cabeça no meio-fio da calçada.

— Confessa, você é ladrão.

— Confessa, você é vagabundo.

— Confessa, você é marginal.

Eu disse não, não, não, não.

Não, não, não, não.

Não.

Marginal: uma avenida larga margeando o Tietê.

Tietê: águas escuras, fundas. Tietetânicas.

Ao fundo, a cidade de São Paulo.

Eles continuaram batendo e já era tarde e não havia mais ninguém na rua e o homem que acendeu a luz e chegou à janela ficou só olhando, e eu gritei: — É mentira. É tudo mentira.

— Confessa, corno.

Papai apareceu de novo, só a mão dele, agora sem o chapéu. A mão de papai vinha voando e eu pensei: vai me estrangular. Fechei os olhos.

Não, não, não, não.

Ao longe, as sirenas tocam — lá vem o Pronto-Socorro. As sirenas agora tocam mais perto, mais perto — é o meu socorro. Mas as ambulâncias passam, não param. Um dos homens deu ordem para não pararem.

— Confessa, corno.

Tocam um bolero. Estou dançando. Zé do Pistom está na frente do palco, magro, se contorcendo, com o paletó aberto e a camisa empapada em suor. Um baile em Itaquera, na periferia de São Paulo. Sábado, à noite. As pessoas rodam. O salão roda. Minha cabeça roda, — você é daqui? — ela sussurra, suave, luminosa, como a música. — Não, moro em São Miguel Paulista. Silêncio, espera. Círculos de nuvens brancas, piso nas nuvens, machuco um pé. Dificuldades, vergonha: — Me desculpe. Não, não tinha importância, foi ela quem errou o passo, fazia tempo que não dançava, entende? Eu também, eu também. Que nada, você dança otimamente. Agora minhas pernas bambeiam de vez, estou perdido. — Como esse cara toca, ela diz. — Ele é meu primo, eu digo. O cobrador de ônibus Zé tocava pistom aos sábados, nos bailes das redondezas, depois virou polícia e esqueceu o pistom, e no intervalo ele veio para a mesa, a moça já estava na mesa e eu digo tenho o prazer de lhe apresentar o maior artista do Junco e ela ri e pergunta onde diabo fica isso, quer dizer que vocês são baianos, não se parecem com os baianos, não têm a cara amarela e espinhenta como os outros e têm os cabelos bons, minha cabeça roda, o mundo roda, aperto o seu corpo, cheiro de mulher, corpo de mulher, aperto o seu corpo para sempre, para sempre.

Eles estão mijando na minha cara e eu estou tomando um banho no riacho lá de casa, as águas do riacho lá de casa vão para o rio de Inhambupe que vai para o rio Tietê, seguro um tronco de mulungu, para não me afogar, bato com as pernas na água, devagar, sem pressa, sem medo de me afogar, o tronco escorrega e escapole, desço ao fundo, enfio a cara na lama, volto à tona, estou me afogando: — Socorro.

— Confessa, corno.

O par de chifres cresce na minha testa, vira um galho imenso, florido, flores vermelhas, lindas, radiante à luz da manhã. Agora o galho pesa, não me aguento de pé. Caio. — Cortem logo essa porra de vez.

— Não temos pressa — eles disseram.

O mijo escorre quente e fedido, é a chuva que Deus mandou na hora certa, viram como foi bom a gente plantar no dia de São José? Ajudei papai a plantar o feijão e o milho, eu, mamãe, as meninas e os trabalhadores, e todo dia eu acordava mais cedo, para ver se a plantação nascia, era bonito ver uma plantação nascendo, e mais bonito ainda era vê-la crescer, as folhas se abrindo, orvalhadas, de manhãzinha.

— Aonde você escondeu o dinheiro, ladrão?

Não, não, não, não.

Mijo: cerveja. Sonho: alívio.

Eles se aliviam sobre mim, me refrescam. Não podem bater e mijar.

Papai, tomara que tudo melhore, eu penso nisso o tempo todo, tomara que tudo melhore.

Nossos pastos já foram verdes, eu sei. Já não temos mais pastos.

Preciso mandar um dinheiro para o senhor comprar de novo a roça e a casa que o senhor vendeu, tomara que tudo melhore.

Faço fé na loteria, toda semana. Jogo, perco, jogo, perco, nunca acerto.

Trabalho duro, tento me regenerar, até parei de roubar, digo, parei de beber.

Mijo: água. Sonho: calma.

Quantos serão? Não sei. Não os vejo. Uma dúzia, talvez. O pior de todos é esse Zé do Pistom, agora metido com a polícia. Agora mijam de dois em dois. Na minha cara. Até o senhor Zé, meu primo. Baiano.

Eu plantei o pé de fícus na porta, já deve estar uma árvore bem grande.

Eu plantei cinco castanhas, nasceram cinco cajueiros, na roça de mandioca.

Um dia ainda eu mando dinheiro para o senhor comprar de novo a nossa roça.

Se dinheiro tivesse, mais eu fizesse, eu queria, creia, eu queria.

Mijo: remédio. Principalmente o de vaca.

Não consigo abrir os olhos, mas sinto que ainda estou vivo.

— Levanta, corno.

Mamãe, quando ela disse a seus pais que ia se casar comigo, eles se revoltaram:

Todo baiano é negro.

Todo baiano é pobre.

Todo baiano é veado.

Todo baiano acaba largando a mulher e os filhos para voltar para a Bahia.

Mas nós nos casamos assim mesmo. Tivemos dois filhos (um dia ainda lhe mando um retrato de seus netos).

Depois ela fugiu com Zé do Pistom e levou os meus filhos.

Zé está me matando. Eles estão me matando. Devem ser uma dúzia de homens, fardados e armados. Aqui, no meio da rua. Na grande capital.

Dinheiro, dinheiro, dinheiro.

Cresce logo, menino, pra você ir para São Paulo.

Aqui vivi e morri um pouco todos os dias.

No meio da fumaça, no meio do dinheiro.

Não sei se fico ou se volto.

Não sei se estou em São Paulo ou no Junco.

— Levanta, corno.

Eles me mandam dançar um xaxado. Não posso, não aguento, não suporto. Voltaram a me bater.

O homem na janela deve ter saído da janela. Apagou a luz, desapareceu, foi dormir.

São Paulo é uma cidade deserta.

Outra pancada e esqueci de tudo.

11

Papai tira o chapéu, se benze, e em seguida descobre a cabeça do morto.

Diz:

— Sua alma, sua palma. Sua capela de pindoba.

Depois me pergunta onde estão as tábuas e as ferramentas.

Começa a fazer o caixão.

Essa terra me enxota

O velho bateu a cancela, sem olhar para trás.

Mas não pôde evitar o baque, o último baque: aquele estremecimento que fez suas pernas bambearam, como se não quisessem ir. Pensou: — Benditas são as mulheres. Elas sabem chorar.

Três pastos, uma casa, uma roça de mandioca, arado, carro de bois, cavalo, gado e cachorro. Uma mulher, doze filhos. O baque da cancela era um adeus a tudo isso. Já tinha sido um homem, agora não era mais nada. Não tinha mais nada.

— Malditas são as mulheres. Elas só pensam nas vaidades do mundo. Só prestam para pecar e arruinar os homens.

Suas pernas não queriam ir, mas ele tinha que ir. Tinha que chegar à rua e pegar um caminhão para Feira de Santana, de uma vez para sempre.

— Tudo por culpa dela — continuou pensando. — Por causa dessa mania de cidade e de botar os meninos no ginásio. Como se escola enchesse barriga.

Se olhasse para trás, veria a grande árvore na porta, sombreando o avarandado — a árvore que ele, a mulher e o filho mais velho plantaram.

O filho desapareceu no mundo, contra a sua vontade, para nunca mais voltar. Era ainda um menino, a bem dizer. Aquela coisa tonta foi a favor. Arreliou o tempo todo, enganjentou, infernizou o juízo do povaréu das redondezas que veio em romaria, para lhe dar conselhos, pedir, pedir, pedir. E foi assim que ele se deu por vencido, como se tivesse de assistir de braços cruzados à sua própria desgraça, daí por diante. Agora o filho parecia se envergonhar dele, porque não respondia suas cartas, isto é, os recados que a mulher esgarranchava em suas próprias cartas, já que ele, o velho, mal sabia assinar o nome em dia de eleição, o que não era nenhuma vergonha, todos aqui são assim: desde que se aprenda a votar, não se precisa saber mais nada. Sua escrita era outra e essa ele tinha orgulho de fazer bem: riscos amarronzados sobre a terra arada, a terra bonita e macia, generosa o ano inteiro, desde que Deus mandasse chuva o ano inteiro. A melhor caneta do mundo é o cabo de uma enxada.

Não, não era para Feira de Santana que queria ir. A mulher e os filhos que lhe restaram que se ajeitassem sozinhos. Homem que é homem não aceita restos. Iria mesmo era para São Paulo ou Paraná, terras boas, onde certamente encontraria uma roça para tomar conta, como se fosse o dono.

E era exatamente esse o recado para o filho, tantas vezes repetido, tantas vezes não respondido. É verdade que uma vez, numa carta para a mãe, Nelo havia dito: "Diga a papai que isto aqui é muito difícil para quem já está velho. Ele não vai se acostumar. São Paulo não é o que se pensa aí. Pelo amor de Deus, tirem essa ideia da cabeça dele."

Essa resposta não servia e o velho julgava compreender por que o filho nunca mais tocou no assunto, nunca se deu ao trabalho de responder os outros recados: — Ele não me quer lá, no meio das suas civilidades. Eu sou da roça e não tenho as novidades dele. É por isso.

Havia acordado na hora de sempre, muito antes do sol raiar. Mas, ao contrário dos outros dias, não teve pressa em sair da cama. Empurrou a coberta encardida para o lado, o traste sujo a ser herdado por outro — alguém que tivesse uma mulher caprichosa, capaz de lavar e esfregar a coberta várias vezes, até tirar todo o lodo, e depois não tivesse nojo de se encobrir com ela. Deixaria também a cama e o colchão. Piolhos e sonhos. Prazer e dor. As pulgas passariam o seu sangue para o sangue de seus sobrinhos (ia deixar tudo para o irmão), mas pulga não fala. Ninguém ia saber como foi. Só Deus e ele sabiam ao certo, o mesmo Deus que lhe deu doze filhos, ali em cima daquele colchão — meninos e meninas que saíam da barriga de uma mulher para a bacia da negra Tindole, a bêbada, levada e milagrosa mãe preta, cujo serviço era pago em litros de feijão. Doze umbigos enterrados no quintal. Doze vezes soltou uma dúzia de foguetes. Sua alegria explodia nos ares, anunciava a renovação. Quieto no escuro, o velho não escuta o dia que nasce lá fora. Tenta ouvir a vida que já teve dentro desta casa. Não ouve nada. Chama:

— Nelo, Noêmia, Gesito, Tonho, Adelaide. Acordem, meus filhos. Vamos rezar a ladainha.

Sua mão percorre o espaço ao lado, outrora preenchido por outro corpo. Nada existe além de uma coberta amarfanhada e fedida. Ainda assim não recobra a realidade, não desperta do seu sonho.

— *Kyrie eleison.*

— *Kyrie eleison.*

— *Christie eleison.*

Para. Seria um sacrilégio continuar. A ladainha não foi feita para ser rezada por um homem sozinho. Tinha que haver as respostas. Uma voz puxando, outra respondendo. Pelo menos duas vozes. Mais vozes houvesse, mais certa a oração, aos ouvidos de Nosso Senhor. Chama novamente pelos filhos. Tão inútil quanto continuar rezando. Contrariado, levanta a voz, invoca o tom do pai de outras eras:

— O que está havendo nesta casa? Vamos, meninos. Acordem.

Levanta-se e percorre os quartos vazios, sem camas, sem nada. Entra na cozinha e acende o fogo. Pensa em fazer um café. Desiste. Joga água nos tições, apaga o fogo. Já que ia embora, para que café, para que fogo aceso? Sai até o avarandado. A barra do dia está nascendo, da cor do ouro. Carregaria estas manhãs para sempre, levaria nos olhos e na alma o raiar destes dias, as promessas da vida nova, deixando sempre um velho dia para trás. Desce até o riacho. Tira a roupa. O corpo nu se reflete na água limpa, esverdeada, à sombra do capim-angolinha, capim de beira de rio. Agacha-se e toca na água, para ver se ela está muito fria. As pontas dos dedos molhados marcam o sinal da cruz. Sempre se benzeu antes de entrar na água, é um costume antigo. Medo de morrer afogado. Medo de cobra. O seu rosto se amplia, agora que ele está agachado. — É sexta-feira, ainda faltam dois dias — diz, coçando a barba. Só vai fazê-la no domingo. Seu pai era assim, seu avô era assim. Barba só de oito em oito dias. Não adianta a mulher reclamar, arrotando novidade: — Homem, aqui não é a roça. Raspe essa cara.

Ainda era um caboco lenhudo, apesar dos cabelos brancos — eis o que vê na água. O rosto espelhado é de lua cheia. Moreno de cabelos lisos, vem da raça dos brancos. Uma filha fugiu com um rapaz de cabelo pixaim, eta filha desnaturada. Deus fez os brancos para os brancos, os pretos para os pretos. Branco com preto não assentava. Ainda bem que os netos tinham cabelos bons. Conforme lhe diziam, puxaram à raça da mãe e não à do pai. Pisa no fundo do riacho, borbulhas de lama sobem pela sua perna acima, até à superfície. A filha só fez aquilo porque sabia que ele era contra. Não pôde por bem, pôde por mal. Fugiu na garupa de um negro, naquele dia o galo cantou fora de hora. O sem-juízo e a desconsideração tinham tomado conta do mundo. Não adiantou soltar os cachorros atrás. Quando foram ver, já estava perdida para sempre. Não demorou muito a ficar prenha. Conselho ninguém ouve. Depois vai-se ver a derrota, sem remendo ou conserto. Mergulha. Seus braços têm cor de terra: é um caboco do Norte. Debaixo d'água se lembra de quando ensinou o filho mais velho a nadar. Pegou um tronco de mulungu e disse: — Segura aqui com as duas mãos. Agora empurra. O mulungu fica sempre boiando, nunca vai para o fundo. Bata os pés. Isso. Foi a primeira vez que ficou nu diante do filho. — Nossa, como o senhor tem cabelo. O menino olhava para o pai pelo rabo do olho, parecia envergonhado. — Quando crescer, você também vai ficar assim. À noite ouviu o filho dizer para os irmãos e irmãs: — Papai tem a rola grande e rodeada de cabelo. Eu vi. A mulher reclamou. O marido tinha agido errado. — Está vendo? Você não devia ter ficado nu na frente dele. Desculpou-se. Não queria melar a roupa na lama do riacho. Ela deu uma surra no menino. Disse que se ele voltasse a falar naquilo apanhava de novo. Era uma mulher sem piedade: batia nos filhos até esfolar o couro. Às vezes brigavam por causa disso. Não aprovava judiação de espécie alguma. Como pai, tinha esse orgulho. Morreria sem nunca ter batido num filho. Bastava levantar a voz. Eles abaixavam as cabeças, escabreados, arrependidos do malfeito cometido. De que adiantou essa boa criação? Os filhos cresciam e lá se iam, agarrados na saia da mãe, esquecidos das marcas que a taca deixou neles.

Agora o velho nada de braço, calmamente. Depois que o corpo se acostuma, a água fica gostosa. Não precisava mais ir para lugar algum. Queria passar o resto da vida dentro daquela água. Talvez tivesse feito isso mesmo se o cachorro não aparecesse de repente, não entrasse na água e não nadasse também, como um homem, de uma ponta a outra do riacho. Já não estava sozinho. O que ia fazer com essa peste? A árvore. Isso mesmo, deixaria o cachorro amarrado na árvore. O irmão que viesse soltá-lo mais tarde. — Aquele sujeito ruim é capaz de deixar o bichinho morrer à míngua, de fome e sede. O irmão não tinha sentimentos com gente, quanto mais com bichos. Não, não dava certo. Era o segundo cachorro da sua vida. Teve que matar o primeiro, que foi mordido por um cachorro azedo. Ao ouvirem os tiros, os filhos caíram num choro de lascar o coração. Foi o único remédio. Ele ia azedar e aí é que ia ser pior. Matava esse também? Já não tinha espingarda. Vendeu na feira, segunda-feira passada. Ia se mudar para uma cidade, lá não tem passarinho. Adeus, codornas. Adeus, nambus. Com um cacete não seria capaz. Seus braços iam fraquejar. Havia um resto de formicida Tatu na despensa. Era o remédio. Olha para o cachorro e pensa: — Todos têm um dia. O seu é hoje. Percebe que ele está inquieto, parece ter descoberto a trama. Mas podia ser outra coisa. Ao sair da água, o cachorro estava sossegado, se espojando no capim. Agora late e se agita, perto de uma moita, da qual faz que vai se aproximar e recua. O velho decide ver de perto de que se trata. Era uma jaracuçu assustada, pronta para o bote. Mergulha de novo e rapidamente, em sentido contrário, para alcançar a outra margem, esquecido do formicida Tatu. O certo seria dar comida ao cachorro na casa de farinha, deixar a porta encostada, sem tranca, e sair de mansinho, até passar a cancela e pegar a estrada da rua. Era isso o que ia fazer. Apenas isso.

Sertanejo velho, não era um forte. Também não era um fraco.

Ainda era um homem capaz de pegar um tronco de sucupira e transformá-lo, em poucas horas, num eixo que podia durar uma vida inteira. E quando um carro de boi passava cantando pela estrada, ele sabia que em algum lugar alguém estava anunciando a sua fama de mestre carpina.

Sim, era um forte.

Vinha da raça dos vaqueiros e não temia serra-goela, do mesmo modo que João da Cruz, o primeiro vaqueiro, não temeu a mata e as onças, quando o Junco ainda nem existia. João da Cruz, o pai do lugar. O que veio de Simão Dias, para os lados de Sergipe, escorraçado pela seca. Trazia a mulher e um bando de filhos nas costas, todos já morrendo de fome. E foi por ali mesmo, no Junco de Fora, que ele encontrou farinha e abrigo — o descanso para centenas de léguas, que teve que andar a pé. Naquele tempo tudo o que havia era uma fazenda, do Barão de Geremoabo, homem de pele fina, da capital. João da Cruz primeiro matou a fome, depois começou a matar as onças e só não matou o barão porque ele nunca mais apareceu.

Era um forte porque era um Cruz. Mas não podia olhar para a frente. Veria, imponente e solitária, a casa do sogro. Pior: ouviria a sua voz: — Enquanto eu for vivo, não vendo um palmo de terra.

Cumpriu a palavra.

— São umas infelizes. Umas tontas.

Era o velho pensando novamente na mulher.

— "Entrou uma tocha" — ela disse.

Foi a descoberta de um mistério e o fim de um desespero. Naquela noite, muitos meses depois de casado (tinha 22 anos, ela 17), ele finalmente conhecia o segredo da união entre um homem e uma mulher, o porquê da roupa nova, do véu e da grinalda — o véu que ele sentia ter rasgado e manchado de sangue, nos seus selvagens e contidos impulsos de fera arisca e desajeitada. Era o começo de um entendimento — algo que ele sabia que acontecia com os bichos e com os homens, mas que não sabia como era, pelo simples fato de nunca ter experimentado. Agora você é um homem — podia ter dito a si mesmo. — E ao virar um homem, você gerou um filho homem — podia ter acrescentado, se já soubesse o que viria a saber nove meses depois.

Ela parecia saber o que ele não sabia, parecia já ter nascido sabendo, e este era outro mistério que não compreendia.

— As mulheres já nascem putas. Elas têm que ser trazidas de rédea curta. Nesse dia descobriu um novo sentimento em sua vida, qualquer coisa parecida com o que se chama de ciúme.

— Toda a derrota do mundo começou quando as mulheres encurtaram as mangas e as saias, para mostrar suas carnes.

A desgraça do mundo é o pecado — é o que pensa agora, seguindo pela estrada, lentamente, sem ânimo, sem vontade, pensando nas suas muitas filhas, perdidas pelas cidades, longe dele; pensando que não pode olhar nem para um lado nem para o outro.

Para um lado, verá a casa abandonada de seus pais, sentirá saudade. Já morreram, estão descansando no céu, no purgatório ou no inferno.

Para o outro lado, dará com a cara do seu irmão, o que ficou com as terras de seu pai e com a sua própria terra.

— O dinheiro que você recebeu foi só para não dizer que deu a terra de graça — disse-lhe a mulher. — Homem, tu é o maior besta que já houve no mundo.

Foi no dia em que chegou a Feira de Santana com a notícia: os homens do banco estavam apertando, iam tomar-lhe tudo. Entre o banco e o irmão, preferiu vender a propriedade ao irmão. Assim, pagaria a dívida do banco e ainda ficaria com um dinheirinho para abrir um pequeno negócio em Feira de Santana.

— O que você pensa que vai fazer aqui com essa ninharia, homem? — a mulher estava certa, isso ele descobriria mais tarde, mas não era hora de reclamar. O que estava feito estava feito. Voltaria lá apenas para fazer a entrega da roça e assinar a escritura. Nesse dia, tomou apenas uma xícara de café, não quis comer nada. Saiu zanzando sozinho pelas ruas da cidade que ainda não conhecia direito, com a desculpa de que estava procurando trabalho. Talvez aqui também soubessem de sua fama de bom carpinteiro, aqui também ele haveria de se ajeitar. Mas era tudo tão diferente. Não conhecia ninguém, nenhum de seus compadres estava nestas ruas, nestas casas. Desistiu logo no primeiro botequim, onde pediu uma cachaça e começou a conversar com alguns fregueses. Não, trabalho para carpinteiro ninguém sabia onde tinha, todos ali trabalhavam em oficinas mecânicas e postos de gasolina. Continuou bebendo, sem comer nada, sem sair do lugar. À noite voltou para casa, a mulher reclamou da hora. Avançou sobre ela, como se fosse liquidá-la, como se o tão esperado momento da sua vida houvesse finalmente chegado. Mas um filho atravessou entre os dois. Agarrou-lhe os braços, com toda a força — uma força que ele jamais imaginaria que um menino pudesse ter e disse:

— Vamos, velho. Se tu é homem, bate nela.

Abaixou as vistas e amoleceu os braços, sem resistir. Não teve coragem de dizer nada, de fazer nada — embora soubesse que, com um simples empurrão, poria aquele menino no chão.

A história do banco foi outra encrenca maldita. Bem que o sogro, pouco antes de morrer, e ao atender seu pedido para avaliar as promissórias, havia-lhe advertido: — Compadre, banco é treta. Banco escraviza o homem, como o jogo e a bebida. Compadre, pense bem. Você está tomando dinheiro, pagando juros, para contratar trabalhadores. E se você não tiver uma boa safra? Eles lhe tomam tudo, compadre.

Esperou que o sogro fizesse aquilo que no banco era certo. Mas o homem era duro, não fazia nada pelos filhos, como ia fazer por um genro?

O irmão atiçou, parecia adivinhar tudo o que ia acontecer, há muito tempo ele sonhava em comprar as suas terras. Mas, se a mulher não tivesse endoidecido por esse negócio de cidade e os filhos tivessem ficado, ele não precisaria de trabalhadores, não precisaria de dinheiro de banco nenhum.

— A culpa é dela — voltou a pensar, se lembrando da primeira viagem que fizeram juntos, para uma cidade. Iam pagar uma promessa a Nossa Senhora das Candeias, na lotação de ano em ano, no pau de arara coberto de lona.

Ele ia na carroçaria, ela ia na boleia.

Não gostou.

Já haviam lhe contado muitas coisas sobre os motoristas de caminhão. Coisas escandalosas, de gente sem-vergonha.

Eles preferiam sempre que as mulheres fossem na boleia, para irem tirando as suas lascas pelo caminho.

Toda vez que iam mudar a marcha aproveitavam para enfiar a mão entre as pernas delas.

E depois ficavam com conversinhas, gracinhas.

Contavam casos imorais.

Pegavam nas mãos delas.

Faziam coisas. Muitas coisas.

Quando voltaram da viagem, ele só falou nisso, um mês inteiro.

Queria saber tudo o que conversaram, queria saber se ela arreganhou os dentes para o motorista.

Na primeira vez ela disse que o rapaz era uma boa pessoa.

Na segunda ela disse que o rapaz era muito animado. Na terceira disse que, dirigindo o tempo todo, durante tantos dias, o motorista precisava falar mesmo, para se distrair.

Na quarta ela disse que o marido era um bruto e um ignorante.

Na quinta ele disse que ela era uma cachorra.

Daí para a frente iriam passar o resto da vida brigando.

Um dia ela disse que ia embora, ia largar tudo. Voltaria para a casa dos pais.

Então o filho mais velho se atracou em suas pernas e disse:

— Não faça isso, minha mãe.

— Eu faço — ela passou a mão em sua cabeça, os dois estavam chorando. — Você vem comigo. Não aguento mais.

— Quando a gente vai lá, eles maltratam a gente, no meio daquele bando de gente. Fique aqui, pelo amor de Deus — disse o menino.

— Papai gosta muito de você — ela disse. — Ele não vai maltratar você.

— Mas tem os outros. Aquele bando de gente. Não dá certo. Não é a mesma coisa.

O menino tinha oito anos. De repente parou de chorar.

— Eu sei que não é a mesma coisa. Ainda é pior.

— Só vou ficar por sua causa — ela também parou de chorar, olhou para o filho, se perguntando: — Como diabo um bacurinho desses, que nem saiu dos cueiros, pode saber tanta coisa?

— Vou ficar por sua causa — repetiu.

— E por causa dos outros, mãe. Somos cinco.

— Sim, e por causa dos outros.

— E por causa de papai.

— Sim, e por causa do seu pai.

Foi nesse instante que ele, o velho, veio da sala para o avarandado. Disse:

— Por mim, pode ir.

Ela recomeçou a chorar.

— Não, meu pai. Mamãe fica por causa de nós todos — disse o menino.

Esse menino tem partes com o-que-diga, pensaria de outra vez. Deve ter puxado à mãe. Já deve até saber que não nasceu pela boca de uma mulher, como já tentei que ele acreditasse.

Mas no momento, naquele momento, não pensou em nada.

— Vou na roça de mandioca — avisou, como se não quisesse mais briga, como se fosse um homem de boa paz, o que era, o que sempre tinha sido, o que sempre queria ser.

— Fazer o que, papai? — disse o menino.

— Vou buscar umas manaíbas.

— Para que, papai?

— Depois você vai ver.

Dizem que na hora da morte, o homem vê claramente, diante dos seus olhos, toda a vida que ele teve, desde o nascimento.

Era nisso que o velho estava pensando.

Porque se lembrava de tudo, como se estivesse acontecendo agora.

As coisas pareciam ter um novo significado quando ele se dirigiu à roça de mandioca, para pegar as manaíbas. Seu duro e rude coração havia amolecido um pouco — e a vontade era chegar perto da mulher e pedir-lhe perdão, pedir-lhe para que ela ficasse, já tinham cinco filhos e haveriam de ter muito mais, como seus tataravós, seus bisavós, seus avós, seus pais. Deus os criaria, sãos e fortes. Deus lhe daria muitos braços para o eito.

E foi o menino quem o levou a pensar desse jeito.

Dias antes ele, o menino, pegou uns pedaços de arame, tentou fazer uma pequena geringonça, uma coisa parecida com um alçapão, que o filho acreditou ser mesmo um alçapão. Contente e orgulhoso, exibiu o seu invento para o pai. — Mas nenhum canário quer cair. Nem chegam perto — disse o menino, apontando para o esteio do avarandado, onde, com a sua inútil boca aberta, o alçapão dormia, cheio de milho quebrado, que o vento levava pelos ares.

— Que pena que eu tive dele — é o velho sentindo ainda o cheiro da gaiola e do alçapão novos que fez, derretendo-se de alegria. Tomou um canário emprestado, com o qual pegou outro, um canarinho amarelo, cantador, lindo. O menino passava o dia inteiro deitado na rede, se balançando e olhando para o canário. Foi um tempo feliz. Ninguém brigou mais. Mas conversa mesmo, ali em casa, só do canário engaiolado para os outros que cantavam soltos, na cumeeira, pelo lado de fora.

Há quantos anos tudo isso se passou? O velho puxa pela memória, mas não consegue acertar com as datas. Lembra-se de qualquer coisa vaga, coisas da época, como certas conversas na boca do forno da casa de farinha, iluminadas pela claridade dos tições acesos: o ano da guerra civil que havia em todo o mundo, guerras por toda parte, embora em lugares distantes, como um incerto Japão, para onde o sol ia depois que se encobria por trás da montanha longínqua mas visível do seu avarandado, nas horas das Ave-Marias. Era lá nesse Japão que o mundo estava se acabando — esse esquisito Japão que era de dia quando aqui era de noite. Foi seu compadre Artur, o dono do caminhão, quem lhe explicou isso. — Tomara que essa guerra civil fique por lá mesmo, não chegue aqui — disse, jogando mais lenha na boca do forno, nesse ano ninguém ia ficar sem farinha. Lá dentro as mulheres e os meninos raspavam mandioca, um trabalhador puxava o rodo, era um trabalhador de mãos leves, iam ter muita farinha fina, a melhor que existia. — Tomara mesmo, compadre. Mas já estão dizendo que o mundo todo está se acabando. Parece que essa guerra também vem para o Brasil e será a pior de todas. Deus nos livre de uma guerra civil. É a pior das guerras.

Contou nos dedos de dez em dez, cada dedo valendo por dez, e chegou ao cálculo real da sua idade. Tinha sessenta anos. Se havia uma coisa neste mundo que nunca se esqueceria era o dia do seu nascimento: Ano Bom de 1912. Os anos vividos não eram muitos nem poucos. O pai conseguiu chegar aos noventa e tantos, o sogro passou dos cem e, mesmo caindo de velho, ainda andava para cima e para baixo em cima de um jegue, futucando pelas roças — e isto porque um médico de Alagoinhas o proibira de andar a cavalo. O jegue sendo mais baixo, o tombo seria menor, se caísse. Nunca caiu. Morreu na cama.

— Que mundo é esse onde filho não respeita pai, mulher não respeita marido? — A velha pergunta de sempre entalava-se outra vez no pomo de adão. Morreria sem uma resposta? Palavras que não brotam na garganta goram, como os ovos dos pintos natimortos. Nenhum homem da Terra poderia explicar-lhe isso: por que ele sentia aquele gosto de água podre na boca toda vez que pensava no assunto. Doze filhos no mundo — para quê? Queria um bem danado a todos eles, morria de saudades de um a um, a todo instante. E a paga? O abandono. A solidão.

Não, não olharia para trás. Veria os pastos desolados, os pendões secos dos cactos inúteis, o sisal da sua ruína. Tudo agora poderia ser reduzido à labareda de uma coivara, podia mesmo ter tocado fogo em tudo antes de partir, assim como havia queimado todo o dinheiro nessa plantação, que não serviu nem para uma corda com que pudesse se enforcar. Devia ter perdido o juízo ou foi uma tentação do diabo? O sogro é que era homem de tenência, nunca deu ponto sem nó. — Compadre, esse negócio de sisal é novidade. Tome cuidado, compadre. Isso pode ser a perdição de muita gente — ainda ouvia a voz sábia, o conselho que não quis seguir. — Porque o homem é uma besta que pensa que pensa e por isso pode fazer tudo fiando-se apenas na sua própria vontade.

Ocorre que uma vez tinha experimentado uma plantação de fumo, que deu certo. Foi um ano de muita fartura. Sobrou dinheiro para rebocar e caiar toda a casa, que por anos e anos incandescia as vistas de quem passasse pela estrada. Tirava-se o chapéu para o homem bem de vida que morava nela. Fez até um balaústre no avarandado e pintou as portas e as janelas de azul. Arrancou as velhas pedras do chão, que substituiu por tijolos novos, como nas casas dos fazendeiros afortunados. Comprou roupa nova para ele, a mulher e os filhos, duas roupas para cada um. Naquele ano também lhe disseram que fumo era novidade, torravam-se os cabelos da cabeça na plantação, porque fumo dava muito trabalho e acabava por não render nada. Pura amofinação. Ele tinha a mulher e os filhos para o eito, não gastou muito e encheu a burra. Uma dinheirama que não se acabava mais. Pensou que com o sisal ia dar a mesma sorte, mesmo estando sozinho e tendo que empregar um batalhão de trabalhadores. Só via a hora de encher o caminhão de seu compadre Artur com as verdes palmas da sua roça, para as máquinas do Estado, lá para os lados de Nova Soure. E quando as máquinas devolvessem as suas palmas em léguas e léguas de cordas, já viajando em outros caminhões para a capital, ele haveria de dar uma lição à sua mulher: era a roça quem enchia barriga. Não era a cidade. E tudo seria assim mesmo se não tivesse consumido o dinheiro do banco antes de cortar o sisal. Lá estavam eles, os imensos cactos como folhas de abacaxis inchadas, abacaxis que enlouqueceram e cresceram demais, à espera que o novo dono tivesse trabalhadores para a colheita. Tudo era uma questão de dinheiro, ele sabia. Mas o sogro morreu e não teve quem avalizasse a reforma das letras do banco. Foi uma vergonha, uma injúria. Os homens chegaram, agora andavam de volkswagen e não de jipe, como antigamente. E chegaram com a triste notícia: estava na hora de pagar a dívida. — Aguentem um pouco, meus senhores. Ando muito apertado.

Não tiveram consideração, não levaram em conta que ele era um homem de bem. Um homem que jamais deixaria de pagar aquilo que devia. Tivessem um pouco de paciência.

— Banco não espera. Venceu, está vencido.

Tudo isso se passou debaixo do pé de tamarindo, no meio da feira. O povo via e escutava. Os homens falaram que podiam renovar as letras, se ele arranjasse um novo avalista. Quem? Todos os seus compadres estavam quebrados ou pendurados no banco, com suas próprias dívidas. Abaixou a cabeça, a testa franzida, um desejo imenso de que a terra se abrisse ali diante de seus pés, para que ele entrasse pelo chão adentro, no sem-fim do mundo. Pensou no irmão, o único parente de posses que ainda lhe restava. Mas o irmão estava lá, vendo e ouvindo tudo, se quisesse já tinha se oferecido. No meio da confusão, um grito anuncia aquilo que ninguém esperava, assanha o povo, vira escândalo: — Estão prendendo o Mestre. Venham ver. O Mestre está preso.

Não. Não podia olhar para o lado. Veria a cara da infâmia, aquela infâmia que jamais esqueceria.

— Compadre, você está vendo. Estes homens não querem ter paciência. O que é que eu faço?

— O jeito é vender a roça — disse o irmão.

— Vender assim sem mais nem menos?

— É o jeito.

— Mas a quem? Essas coisas demoram.

— Eu compro — disse o irmão.

— E se eu não quiser vender?

— O banco toma, pra vender depois a outro — o irmão olhava para os homens, como se fosse do partido deles.

— Então está vendido. É tudo seu. Segunda-feira que vem nós acertamos as contas — o velho agora falava para os bancários. — Está resolvido.

Sangue do seu sangue, carne da sua carne. Fruto de um mesmo ventre. Ventre de mulher. Bendito é o fruto. Um irmão lhe tomava o que tinha e ainda dava um tapa em suas costas, como se estivesse fazendo um favor. Nesse dia voltaram juntos pela mesma estrada, conversando. Isto é, o irmão conversava. Ele ia calado. Tinha três palavras na garganta, nada mais: orgulho, ganância, ingratidão. Três desgraças juntas numa mesma pessoa, ali ao seu lado. —Vamos, diga. Quanto você quer pela propriedade? — o velho não ouvia a voz do outro, pensava em coisas distantes, talvez numa ordem a que o universo estivesse sujeito e que ninguém podia quebrá-la. Deus fez a terra, a água e o sal, o sol e a lua, os bichos e os homens — e os homens eram todos irmãos e os irmãos de sangue eram ainda mais irmãos, porque vieram do sofrimento de uma mesma mulher. — Vamos, diga, quanto você quer pela propriedade? — os ventos e a chuva têm dono, o mesmo dono dos homens, o Senhor e Soberano da Paz, da Justiça e da Concórdia. Ele não escorraçava ninguém. — Vamos, diga. Quanto você quer pela propriedade? Foi então que o velho falou, como que voltando a esse mundo de cá, real e traiçoeiro.

— Nada — ele disse.

— Nada o quê?

— Nada mesmo. Nada.

— Você está brincando, compadre? — disse o irmão.

— É nada, já disse e repito quantas vezes você quiser.
Nada vezes nada.

No dia seguinte estava mais calmo para ouvir a proposta do irmão, para aceitá-la, para engolir um trato cujos juros ele já estava pagando — em arrependimento.

Muitos pastos e poucos rastos.

O tempo provou que Antônio Conselheiro, o anjo da destruição e da morte, sabia o que estava dizendo. Seria o fim? Era isso o que estava vendo, ali, diante dos seus olhos? Casas fechadas, terras abandonadas. Agora o verdadeiro dono de tudo era o mata-pasto, que crescia desembestado entre as ruas dos cactos de palmas verdes e pendões secos, por falta de braços para a estrovenga. Onde esses braços se encontravam? Dentro do ônibus, em cima dos caminhões. Descendo. Para o sul de Alagoinhas, para o sul de Feira de Santana, para o sul da cidade da Bahia, para o sul de Itabuna e Ilhéus, para o sul de São Paulo-Paraná, para o sul de Marília, para o sul de Londrina, para o sul do Brasil. A sorte estava no sul, para onde todos iam, para onde ele estava indo. Uma vez, em Feira de Santana, ficou parado na rodoviária, durante uma manhã inteira. Uma zanzação sem começo nem fim, um entra e sai de formigueiro vivo. Ficou embasbacado: — Se aqui não é nem bem os princípios do sul, imagine como não será o resto.

— O sul acaba no Paraguai — contou-lhe um tio da sua mulher, que finalmente apareceu no Junco, a passeio, depois de muitos anos sem que ninguém soubesse se ainda estava vivo ou morto. — Eu sei, porque estive lá. Conheço todo esse mundo, palmo a palmo.

Ninguém diria que aquele homem já tinha sido um roceiro. Falava sabido, no seu novo modo aventuroso, dando a entender que por trás de cada palavra estava a inquestionável experiência de um homem viajado. Não contava o que ouviu dizer, mas o que tinha visto. Era sabido também no vestir; sua roupa de todo dia aqui só se usava uma vez na vida, no dia do casamento. Havia ainda o talho na cachola, o corte seco e descabelado que devia ter sido de um facão, como a provar a veracidade dos fatos. O talho lembrava um rego no cocuruto de um monte queimado e, embora cuidadosamente encoberto por um faceiro chapéu de baeta, podia ser notado toda vez que ele coçava o suor nos cabelos que ainda lhe restavam. Sim, tudo aquilo era verdade. O homem deixara um pedaço da sua carne pelo caminho, possuía o saber de quem viveu muito, em muitos lugares. Ora vejam só. Um homem do Junco já tinha ido até ao Paraguai. O que era o progresso. Bobagem. Seu filho Nelo já devia ter ido mais longe, a estas horas. Com toda certeza ele conhecia outros atalhos, mais para lá desse sul, ele, o seu filho, que era muito mais novo e atirado. Impossível o sul acabar nesse Paraguai.

— E como são essas terras por onde o senhor andou, seu Caboco?

— Muito boas — disse o homem. — A derrota são os mosquitos, que não deixam ninguém dormir.

— O que se planta nesse Paraguai?

— Planta-se de tudo. Mas eu mesmo não plantava nada. Meu negócio era comprar bugigangas, para vender em São Paulo.

— Mas isso Nego de Roseno, o dono do armarinho, já faz aqui.

— Só que as bugigangas de lá dão muito mais dinheiro.

O homem viajado tirou uma caixinha do bolso, talvez querendo mostrar ao velho que suas bugigangas não podiam ser comparadas com as de qualquer dono de armarinho borra-botas. Disse que aquilo se chamava cinema. Era um esclarecimento. O velho tinha achado que a caixinha se parecia com uns óculos de alcance.

— Veja, isto é São Paulo.

— Virgem Maria! — ele nunca tinha visto prédios tão altos, cidade tão grande. Sua primeira reação foi de medo. Tudo aquilo podia desabar sobre sua cabeça. O homem mexia na caixinha, mudava as imagens.

— Viaduto do Chá, Ibirapuera, Vale do Anhangabaú, Banco do Estado, Praça da República, Pacaembu.

Nomes estranhos, diferentes. O povo, a comida, o tempo também eram diferentes?

— Faz muito frio e a gente come muito. É por isso que estou tão gordo.

Nestas terras nada se parecia com a pobreza do Junco, continuou explicando. Havia gente de toda parte e dinheiro para todo lado. No começo, trabalhou de pedreiro numa casa e foi chamado para comer deste jeito: — Menos vos dou, vamos manjar? — Sabe o que isso quer dizer, na linguagem da gente? "É meio-dia. Vamos comer."

— E eles entendem o jeito da gente, seu Caboco?

— Uns demoram um pouco, mas acabam entendendo.

Ao falar de São Paulo, o homem enchia a boca, ficava mais importante ainda. Lá, qualquer um podia ser pedreiro e doutor ao mesmo tempo, pois, no fim do dia, tomava-se um banho, vestia-se roupa nova, e ninguém sabia da vida de ninguém.

— Está muito certo, seu Caboco. Tudo muito bonito. Mas deixar essas terras velhas e boas daqui eu não deixo, não.

— Se eu fosse o senhor, experimentava. Aqui sozinho, neste fim de mundo. O senhor devia ir se juntar a seu filho.

Nem me fale nisso, pensou, se lembrando da ruindade do filho, a falta de consideração. Dinheiro ele só mandava para a mãe, e assim mesmo parece que até já deixou de mandar. E os recados? Nem tomava conhecimento, era como se um pai não valesse nada. Mas não pôde evitar a pergunta, o desgraçado do bem que queria àquele filho voltou a aferroar-lhe o peito.

— Viu ele por lá?

— Ver mesmo, faz tempo.

Fazia bem uns dez anos que não chegava ninguém com notícias do filho. Como seria ele hoje? Não tinha nem uns retratos, para ficar olhando e admirando. Nunca se esqueceria daquele parente que chegou contando: — Seu filho é um homem direito. Ele nunca se esquece que é baiano. Dormi uma noite na casa dele, dormimos os dois na mesma cama, um nos pés, outro na cabeceira, como a gente fazia aqui quando era menino. — Como foi mesmo? — o velho pedia, sempre que se encontrava com esse parente. Era uma história que lhe enchia de prazer e orgulho.

— Ele está bem, seu Caboco? Deve estar rico como o diabo.

O homem hesitou. Parecia haver alguma inimizade, um caso mal contado e mais mal explicado.

— Diga lá. Estou doido pra saber — o velho insistia, era impossível alguém chegar de São Paulo sem ter nada para dizer a respeito de Nelo, o seu filho Nelo, o atirado. O que foi contra a sua vontade mas venceu, assim como o povo dizia, por todas essas baixadas e taperas.

— Conte tudo, seu Caboco. Me tire dessa agonia de ficar esperando e o senhor aí calado.

— Só vi seu filho uma vez. Como já lhe disse, isso faz muito tempo.

Más notícias? Pensou em doença, morte, pobreza. Coisa boa ninguém escondia, falava-se logo. Seu Caboco que não o deixasse na dúvida.

— Foi uma vez em São Miguel Paulista — o outro começou, calmo, devagar, medindo as palavras. — Foi num bar, melhor dizendo. Nelo estava no balcão, de pé. Fez uma alegria muito grande quando me viu. Uma festa. (Os olhos do velho pareciam mais acesos do que antes, davam para iluminar uma estrada. Estava imaginando se iria ser alegre assim o dia em que os dois, pai e filho, se encontrassem. Acontecesse o que acontecesse, não morreria sem ver esse dia.) Mas Nelo tinha bebido demais, falava já com a língua enrolada. O homem chamado Caboco continuava falando calmamente, sem pressa, como se não tivesse muito interesse no assunto. Não queria desfeitear o homem que era marido da sua sobrinha, por todos tido e havido como um homem direito. Por isso estava contando. Mas o que ia contar também era uma desfeita. Por isso, falava devagar. — A bebida é a desgraça do homem, Mestre, deixe eu lhe dizer, e ver um homem bêbado é uma coisa que não me dá prazer. Ainda mais se esse homem é meu parente. Isso era certo, o velho lhe dava razão, mas, e a festa que Nelo fez, quando lhe viu, como foi mesmo? — Bem, ele tinha bebido demais, como já lhe disse — continuou o homem chamado Caboco. — Fez um rapapé danado, um alvoroço de doido. Tio, ele gritou pra mim. Conta aqui para esse senhor quem é a nossa família lá na Bahia. Esse senhor a quem Nelo queria que eu dissesse quem era a nossa família aqui na Bahia era o dono do bar, um português zangado, de pouca prosa. Tio, Nelo gritou de novo, ele não quer me vender uma cachaça fiado. Não é um desaforo? O dono do bar parecia que não estava gostando daquilo, temi uma confusão maior. Não que eu tenha medo disso. Quando mais novo, me meti em muitas, e não me arrependo. Então paguei a cachaça que Nelo queria beber fiado, porque não sou homem de deixar em dificuldade um parente necessitado, ainda mais se esse parente está longe da sua terra. Foi só essa vez que me encontrei com ele, Mestre. A desgraça do homem, repito, é a bebida.

— É, seu Caboco. Mas uma caninha de vez em quando todo mundo toma e até faz bem. Por falar nisso, tenho uma cachacinha aí dentro. Não quer experimentar?

— Deus me livre — disse o homem. — Já bebi muito. Agora não bebo nada. Entrei para a igreja dos crentes.

— Foi mesmo, seu Caboco? Que novidade é essa? Mais tarde o velho pensaria: se eu soubesse disso não perdia o meu tempo. Esse negócio de crente não é da lei de Deus.

Esse homem foi tentado pelo demônio, não sei por que não desconfiei logo. Para mim, crente e comunista é tudo a mesma coisa.

Farinha do mesmo saco. Crente, comunista e udenista — diria tio Ascendino, o último dos beatos, se ainda fosse vivo. Saudades eternas daquela cabeça prateada sempre resguardada contra o tempo por um boné branco de coronel graduado. Morreu como viveu: rezando. Alma de passarinho, coração de criança. Foi-se como um santo, virgem e imaculado. Tinha mãos divinas, mãos que faziam cantoneiras, nichos, castiçais e tranças nos cabelos das meninas. Agora ele alegra as meninas do céu, enquanto aqui embaixo tudo se acaba. — Se saudade matasse, velho Dino, eu já estava aí em cima, a seu lado, entoando o coro das suas rezas, entre todos os anjos do mundo. O céu é verde, tio Ascendino? Chove sempre?

Lembranças, refregas, esperanças.

— Todo udenista é descarado. Todo udenista acaba nas profundas do inferno — tio Ascendino não entrava em casa de quem tivesse um retrato de Juracy Magalhães na parede, não aceitava café nem serviço de quem seguisse a canalha daquele homem sorridente e desavergonhado. Comunista não é gente séria: vive rindo. E o riso é o escárnio dos pecadores. Bastava ver os dentes de Juracy no retrato, a cara insincera, o riso impiedoso. Ele haveria de ser a derrota do país, era uma ameaça ao povo cristão, ajudado por uma corja que finge acreditar em Deus, mas Deus sabe de que lado estão os fiéis, de que lado estão os pecadores. — Votem no PSD — gritava, de casa em casa, e seguia em frente, cantando os seus benditos e ave-marias. Os céus teriam que defender a terra contra os infiéis.

O céu é cheio de flores. As flores do mês de Maria. Depois da morte a vida é um perene mês de maio. As flores do céu: rosas, açucenas e jasmins. Todas as flores que existiam, sempre vivas. A seca nunca chegava lá. Preás e calangos corriam à sua vagarosa passagem, enfiavam-se dentro da macambira. O velho rezava. Agora ouvia alguma coisa a mais, além dos seus próprios passos. Ouvia a sua própria voz:

> *No céu, no céu,*
> *com minha mãe estarei.*
> *No céu, no céu,*
> *com minha mãe cantarei.*

Nelo, Noêmia, Judite, Gesito, Tonho, Adelaide — voltou a chamar pelos filhos, ali na estrada, como se de repente o tempo tivesse rodado para trás e não fosse quase meio-dia (o sol já ia bem alto), mas de madrugada, e ele estivesse acordando no meio da alegre festa dos galos e passarinhos, em redor da casa silenciosa e escura. Era sempre o primeiro a acordar. E quando acordava, ficava alguns instantes ouvindo os filhos ressonarem. Muitas vezes demorava um pouco para chamá-los, porque ficava com pena. O sono da madrugada é o melhor de todos, o mais gostoso. — Nelo, Noêmia, Judite, Gesito, Tonho, Adelaide — chamou de novo, porque da primeira vez não ouviu resposta, estavam demorando para acordar. — Acordem, vamos. Está na hora de rezar a ladainha.

— *Kyrie eleison...*

Impossível. O que está havendo com esses meninos, hoje?

Quem respondeu foi o cachorro. Vinha correndo e grunhindo feito louco, espalhando poeira sobre o mato em volta das cercas, desesperado. — Volta pra casa — o velho atirou uma pedra, que passou raspando entre suas orelhas. O cachorro abaixou a cabeça, parecia entender o que isso significava. Mas não voltou. Agora andava devagar: estava perto do seu dono, sentia o seu cheiro. Ainda grunhia uma espécie de choro, um compreensível lamento. — Volta para o seu novo dono — lá estava o velho, com um pedaço de pau na mão. Apoiando-se nas patas traseiras, o cachorro ficou de pé, balançando a cabeça e as patas dianteiras, como se fosse abraçá-lo. Parece gente, ele pensou. Só falta falar. — Bem, se você quiser vir, venha — falou para o cachorro, jogando o pedaço de pau no chão. — Mas vai ter dois trabalhos. O de vir e o de voltar. Me disseram que não era para eu levar cachorro nenhum. Podia ter dito mais: — Veja como são as coisas. Quem eu quero que me largue, não me larga. E ainda: — Eis quem acabou se revelando o melhor dos meus filhos.

E foi assim que ele chegou à rua e entrou na venda: com uma mão na frente e outra atrás e acompanhado por um cachorro cansado, lançando espuma pelas ventas.

— Demorei muito?

— Nada, Mestre. O senhor chegou cedo demais. Ainda estamos carregando, no curtume — disse o motorista do caminhão.

— Então eu pago uma.

Ainda estava em jejum. Não adiantaram os convites para o almoço que seu compadre Artur lhe fez. Não tinha fome, não tinha pressa, não tinha nada. Deu uma volta pela praça vazia, batendo de porta em porta e gritando: — Eu vou m'embora, minha gente. Vim me despedir. Eram poucas as pessoas de quem se despediria. Grande parte destas casas pertenciam a roceiros que moravam longe e só vinham aqui nos dias de missas e santas missões. A praça. Quieta, sossegada, preguiçosa como sempre. Uma igreja e um cruzeiro. Nada mais. Daqui a pouco se animaria com o ronco do caminhão, alguns rostos viriam para as janelas. Saudades de quem ia, vontade de ir também. De noite, depois que a luz se apagasse, apareceriam os lobisomens, as mulas de padre, fantasmas de toda parte. As cidades eram iluminadas, cheias de vida. Não tinham fantasmas.

— Quando é que a gente faz um novo forró, Mestre?

— Acabou-se — ele disse isso com uma gargalhada, a cachaça o reanimara. — Mas pode arranjar um sanfoneiro e umas morenas, que a gente dança até o caminhão partir.

Casou-se naquela igreja, ali batizou todos os filhos e os filhos dos outros. Devia ter mais de cem compadres.

Nada voltaria a ser o que foi. Essa praça jamais voltará a ser a mata braba que os vaqueiros (filhos e netos de João da Cruz) descobriram e desbravaram. ("Não, Mestre. Foi o gado. O gado vinha procurando água, ali embaixo tinha uma lagoa. Os vaqueiros vieram atrás dos chocalhos.") É. Mas foi um Cruz o primeiro a fincar a primeira casa, a fazer a capela e o cruzeiro. O lugar também não voltaria a se chamar Lagoa das Pombas e Malhada da Pedra. Não havia mais lagoa, nem malhada, nem a tão afamada pedra. Agora era só uma praça. Olhar para trás era perder tempo.

O velho bebeu, conversou, cantou, dançou. Contou todos os causos passados e repassados. O caminhão encostou na porta da venda na hora certa em que o sino da igreja batia as seis pancadas da ave-maria. Benzeu-se, levantando o chapéu. Depois pulou em cima da carroçaria.

— Venha comigo na boleia, Mestre. É mais macio — disse o motorista.

— Muito obrigado. Mas prefiro ir aqui em cima. Assim vou vendo melhor todos esses pastos.

— Na boleia tem mais conforto. Venha.

— Não. Pode ser que você encontre uma morena, pela estrada. Nunca se sabe.

— E o cachorro, Mestre. Vai ficar?

Era verdade. E o cachorro? O bichinho estava outra vez esperneando, se lamentando.

— Me dá ele aí, menino. Vou levar.

Levaria o cachorro que a mulher não queria em Feira de Santana. Ela que se danasse.

Velhas feições tristonhas acabaram por aparecer e levantar os braços num adeus que poderia ser o último.

— Deus te leve, viu?

As vozes se arrastavam, iam com ele, deixando os rastos para trás.

— Eu vou m'embora, minha gente. Rá, rá.

Movimentou o braço e bateu na carga, com a mão espalmada.

— Pra frente, cavalo bom.

Começou a cantar:

Mundo Novo adeus
adeus minha amada.
Eu vou pra Feira de Santana
Eu vou vender minha boiada.

Alegre também era a buzina do caminhão que ia descendo, devagarinho. Passou pelo beco do mercado, ganhou a rua dos fundos e a estrada empoeirada de Serrinha. Mas a voz do velho era mais forte. Ecoava por cima das casas, enchia a praça. Depois sumiu na poeira, na direção do sol, que também ia sumindo.

— Rá, rá — ele gritava, pela estradinha estreita, se defendendo dos galhos que avançavam sobre a carroçaria.

— Ê, boi.

Essa terra me enlouquece

1

— Quem sou eu?

Faça essa pergunta a ele e não a mim. Eu sei quem a senhora é. Não tenho dúvidas. Posso reconhecê-la mesmo no escuro desta sala, onde nos encontramos e nos avistamos, onde podemos confrontar os contornos de nossos vultos, muito mal definidos pela parca luz que vem do corredor. Esta sala um dia já se chamou "sala de visitas", lembra? Oh, se lembra. Agora a senhora é a única visita, mas não conta. Não veio aqui por sua livre vontade, eu sei. Todos nós tememos uma hora como esta. E porque a teme até nos sonhos, a senhora passou a vida encardindo as contas de seu velho rosário preto. Em cada prece um pedido: vida eterna para os filhos. Salvação para si mesma na eternidade. Em cada conta, um pedaço de seus desgostos. Vê agora? Tudo tem um fim. Nascemos, crescemos e nos acabamos. O que restou? A saudade. Assim nos vemos: quietos, calmos, encobertos por milhões de mandamentos que nos impedem de dizer o que somos.

— Tudo em paz, graças a Nosso Senhor. É só isso o que sabemos dizer, abaixando os olhos ou desviando-os para os lados. Já não conversamos, não dizemos o que sentimos, não nos olhamos de frente. Agora sou eu quem lhe pergunta: — Por quê? Ouça: seu marido serra tábuas e bate pregos na cozinha. Está fazendo um caixão. Talvez se enterre nesse caixão, junto com o morto, embora venha passar o resto dos seus dias fingindo-se de vivo. Ele vai passar toda a noite nesse trabalho. Não precisará da nossa ajuda e nem da ajuda de um candeeiro. Hoje ninguém terá coragem de desligar o motor da luz. Estamos com medo até das nossas sombras, que se arrastam como cobras sob a fraca luz destas lâmpadas. Elas têm poucas velas. Somos pobres até nisso. Mas não se preocupe demais: pode lhe fazer um grande mal. Há sempre a possibilidade de um esquecimento e a esperança de que tudo volte a ser o que foi. Ouça outra vez. O seu homem (talvez um dia a senhora o tenha amado, talvez nem isso) pigarreou. Deve estar conversando com o serrote ou com o martelo. Não nos diz nada e não é mais preciso. Não me pergunte nada. Também não é preciso.

— Os mortos não falam — ela me responderia, e com toda razão.

Uma coisa eu acabava de descobrir: éramos do mesmo tamanho. Eu e ela, ali, corpo a corpo. Como dois namorados que se reencontram depois de uma longa ausência e se apertam, se apalpam, antes de um longo e apaixonado abraço. Pela primeira vez na vida tive vontade de abraçá-la. Só não o fiz porque não pude. Ela estava apertando o meu pescoço com toda a força que ainda restava em suas duas calejadas e ásperas mãos — mãos que passaram a vida lavando pratos e panelas, varrendo casas e terreiros, cortando cabelos de meninos, cortando e remendando os panos que vestiam os filhos, esfregando roupas sujas. O amor de Deus não chegou a tempo para recompensá-la. Talvez agora ela pense que esse amor nunca mais chegará.

— Você se lembra de mim? Quem sou eu?

Ia dizendo: — A senhora é a filha mais velha daquele homem que está ali, pregado na parede. E a mãe daquele outro que está ali, estirado no chão dormindo pra sempre. Eu queria falar mas não conseguia. Enquanto ela permanecesse com suas duas mãos apertando o meu pescoço, eu não ia poder dizer-lhe nada.

Essa terra 93

Era como se fosse a hora da minha morte. E naquela hora eu nem me lembrei que tinha apenas vinte anos e ainda podia viver muito.

Tudo o que me ocorria era uma pergunta. Uma simples pergunta:

— Por que a senhora está me matando?

Se pudesse, lhe diria mais:

— Não me deixe morrer sem entender isso.

Nunca nos amamos, eis tudo. E eu me perguntava: — Por quê?

— Por que estou agora com o pescoço preso em suas mãos?

Era como se ela estivesse me batendo de novo e dizendo que eu precisava criar juízo, me endireitar. E dizendo de novo:

— Uns nascem para o bem. Outros nascem para o mal.

Era como se eu estivesse lhe dizendo de novo:

— Não pedi a ninguém para nascer.

Nem tudo foi tão ruim assim. Deus seja louvado.

Era ela quem cortava os meus cabelos, as unhas das mãos e dos pés, me lavava os pés. Catava os meus piolhos.

Era ela quem me dava banho de cuia, na bacia.

A mesma mulher que agora apertava a minha garganta, até a sufocação.

Conheço este rosto.

Já o vi louco antes. Esta não é a primeira vez.

Reconheço estas mãos.

Me empurraram porta afora, quando o velho vendeu a roça e eu pedi uma indenização. (Aquilo tudo era nosso, eu disse. E "nós" significa "eu também". Não me deram nada e eu disse: — Um dia volto aqui e mato todos vocês. Fui excomungado, para todo o sempre. Não voltei mais lá e não matei ninguém. Mas continuo excomungado.)

Nestes olhos revejo antigas veredas, cruzes, fachos, despachos.

E me reencontro na próxima encruzilhada, com sete varas na mão.

Portanto, direi o seu nome — por mais que isso me desagrade.

É mais um gesto, simplesmente. Uma prosa à toa. Solte-me a garganta. Faça-me reencontrar as palavras. Por favor.

(Foi como se ela tivesse me ouvido e me compreendido. Porque nesse momento suas mãos se afrouxaram e lentamente foram largando o meu pescoço. Recobro o fôlego, volto a sentir a minha própria respiração. Ainda estava vivo.)

— A senhora é a minha mãe — eu digo, certo de que estava dizendo uma verdade absoluta.

— Não — ela disse, e sua voz estremeceu telhas, ripas e caibros. E, ao dizer isso, já estava novamente com as mãos apertando o meu pescoço.

— Eu sou o arcanjo Rafael — acrescentou, revirando os olhos, como a confirmar que não era mais uma alma deste mundo.

Balancei a cabeça, demonstrando que estava de acordo:

— Sim, a senhora é o arcanjo Rafael — disse-lhe, assim que ela retirou as mãos do meu pescoço, definitivamente.

— Agora você já sabe. Todos precisam saber.

Suas palavras foram acompanhadas por uma estranha espécie de latido.

Pensei: — Nelo não vai poder dormir direito, com um barulho desses.

Ele continuava estirado no chão, bem ao nosso lado.

2

(Naquela noite tive dois trabalhos: velar um morto e levar minha mãe para um hospital de Alagoinhas, o que ficava mais perto. Não foi nada. Apenas trinta léguas de viagem. Quinze de ida, quinze de volta.)

3

Antes, porém, ouçamos um doido velho, doido varrido, doido de pedra, do que quiserem.

— Nesta terra os vivos não dormem e os mortos não descansam em paz — assim falava Alcino, na noite quieta. Mais uma vez ele abre as suas asas sobre nós, asas de urubu descendo sobre a carniça. Mais tarde se soube que ninguém ouviu uma única palavra saída da sua boca de gralha mal-assombrada. Ninguém. Nem mesmo aqueles que se encontravam a dois passos dele, sentados na calçada, de costas para a igreja e de frente para a lua.

Benfazeja lua cheia.

Os galos cantam fora de hora. Escutem. Os bêbados e os cães gemem as suas penas. É a noite que está doendo. São lamentos que vêm de um lugar para onde estamos indo, diz o doido. O inferno é grande, tem espaço para todos. Lá em cima, de dentro da lua, São Jorge ouve, vê e sabe tudo. Mas não diz nada. Aqui embaixo os homens adivinham sinais de chuva nas poças iluminadas.

— Eu me chamo Aleixo. Torto acho, torto deixo — fala Alcino. Como quem diz: — Meu nome é Solidão.

Alcino estava certo: ninguém queria dormir. Nem comer ou amar ou odiar suas tristes e cansadas mulheres de todas as noites. Ainda assim, era para o tempo que ele estava falando, e não para homens como o prefeito, o delegado, o farmacêutico, parentes e aderentes, roceiros vindos de longe, trôpegos e desanimados: — Enforcado não entra na igreja.

Metade homem metade facho: eis Alcino. Terreno e palpável, inumano e volátil. E no entanto este foi o maior de seus dias — alvoroço e martírio daquele que se supunha ser apenas um doido, quando ele (o doido) supunha ser o esperado guia, a voz de gralha mal-assombrada a levar os pecadores pelos caminhos de uma eternidade sem sofrimentos. — Condenados, mais um condenado foi para o inferno — o dia inteiro o seu brado levantou a poeira da praça, ecoou pelas ruas dos fundos, debaixo das camas, nos pés de fogão.

— Homem, cale a boca desse doido.

— De que jeito, mulher?

— Eu não aguento mais ouvir isso.

— Então tape os ouvidos.

Da calçada da igreja ele corre para a porta da venda. Para e grita. Da venda corre para as ruas dos fundos. O sino badala e ele corre, corre, corre. Sempre a galope, como se fosse um cavalo. E foi correndo e urrando que acabou se encontrando com quem nunca mais esperava se encontrar nesta vida. Pediu pernas para fugir, não teve pernas. Pediu socorro, ninguém lhe ouviu o grito. E quando ia ao chão, desacordado, foi agarrado, sacudido, enquanto uma voz tentava reanimá-lo: — Não tenha medo, homem. Um morto não faz mal a ninguém.

Quem dá com a língua arrebenta os dentes — Alcino estava arrependido de tudo que havia dito até há pouco. Me bata, me castigue, me maltrate. Pensa mais: chegou a minha hora. É a morte que veio me buscar.

— Pelo amor de Deus, me deixe vivo.

— Não rasteje, homem. Você não é nenhum rato — o outro falou zangado, como um pai.

— Eu não quero morrer — Alcino ainda não conseguia se manter de pé, por sua própria conta. Sustentava-se nos braços do outro, que não eram frios, como ele imaginava que fossem os braços de um morto.

— Que diferença faz, porra.

— Você veio cobrar uma diferença que existe entre nós dois — disse Alcino, pensando: — O condenado ainda não foi para o inferno.

— Ora, Alcino velho — a voz do outro agora era compreensiva, paternal — como você sabe, nós somos irmãos. E entre irmãos não existem diferenças. Digo: existem, sim. Mas são passageiras.

Como que acordando, e agora se segurando nas suas próprias pernas, Alcino disse:

— Eu nunca soube que nós somos irmãos.

O outro pôs a mão em seu ombro. A mão também não era fria.

— Veja bem: você é meu amigo. E os amigos são como irmãos.

— Isso é verdade — havia agora um interesse novo em Alcino. Aos poucos, ia perdendo o medo.

Além do mais, você é um Cruz.

— Alcino Cruz, às suas ordens.

— Pois bem — o outro explicava tudo pacientemente. Parecia um professor. — Você é um Cruz e eu também sou. Quer dizer: somos da mesma família. E se somos da mesma família, é como se fôssemos irmãos.

Falar bonito ele sabe, pensou Alcino. Depois disse:

— É o que devia ser, mas não é.

Pensando: que cabeça dura, o outro engrossou a voz:

— Não acredite em mim. Acredite em Deus.

— O que eu acho é que os parentes são os nossos primeiros inimigos — Alcino coçou a cabeça, contrariado.

— Falo de nós dois, homem.

Alcino suspirou, num grande alívio:

— Ah, bom. Agora você disse tudo.

Se pudesse, ele guardaria para sempre esse instante de alegria. Então tinha um irmão neste mundo? Um amigo irmão. Sim, senhor.

— Pois é, meu irmão — disse o outro. — O diabo é que estou precisando de um favorzinho seu.

Uma vez irmão, sempre irmão. Na vida e na morte.

Até se fosse preciso ir ao inferno ele ia.

— Pode falar, mano.

O encontro se passou no ponto mais humilde deste humilde lugar. Muros e monturos, toletes e cacos: esse o palanque de tão importantes revelações. Qualquer outro que tivesse vindo de São Paulo, mesmo que tivesse passado apenas um dia lá, teria dito: — Que imundície. Que merda. Este era diferente. Não reclamava dessas coisas. Mais um ponto a seu favor, na opinião de Alcino.

— Preciso de uma ajudazinha sua para pular aquele muro ali. Já tentei muitas vezes, antes de você chegar, mas não consegui.

— Cuidado, mano. Aquele muro é do sargento. Esse homem é um cão malvado.

— Eu sei, Alcino. Mas o caso é que deixei um tesouro aí dentro.

— Dinheiro enterrado? — o doido iluminou-se. Se fosse dinheiro encantado, seria para ele?

— Melhor do que isso. Muito melhor — o outro esclareceu, lambendo os beiços, como se acabasse de provar uma coisa muito boa. — Em vida, topei todos os desafios. Não posso ir para a cova sem topar mais esse.

— Foi por causa de um dinheiro encantado, que uma alma me deu, que fiquei doido. E fiquei doido porque não consegui desenterrar o dinheiro — Alcino não tinha prestado atenção na outra parte da conversa. Achava que era dinheiro mesmo o que havia no quintal do delegado.

Essa terra

— Pior do que a luta por dinheiro, só mulher, não é, mano? Mulher é um bicho desgraçado.

Mulher? Gosto de fêmea ele só experimentara o das jumentas. Sobre essas Alcino podia falar. Conhecia-lhes todos os sestros, manias e vícios. O seu mal não foi causado por fêmea, nem de duas nem de quatro pernas. Foi a usura, a avareza. A alma tinha dito: — Leve a beata Teodora. Ela sabe a reza. Era assim: a beata rezava, enquanto ele cavava até encontrar o dinheiro, que estava guardado dentro de um caixote de cimento, forrado a ouro. Dinheiro de padre jesuíta, dos tempos antigos, gente rica e casquinha, que ainda hoje anda penando pelo mundo. Alcino não levou a beata: queria tudo para ele, sozinho. Cavou a noite inteira. Quando encontrou o caixote, avançou sobre a tampa, ganancioso e afobado. Já ia levantando a tampa, louco de alegria, mas nesse instante chegaram os cangaceiros do inferno, para desgraçar tudo. Se a beata estivesse lá, rezando, eles não teriam vindo. No dia seguinte, pela manhã, Alcino voltou ao lugar: o buraco que ele cavou havia desaparecido, como se ninguém nunca tivesse mexido naquele terreno.

— Venha — Alcino pensa: quem ficou doido uma vez não tem medo de mais nada. O outro pôs o pé nas suas mãos entrelaçadas, o degrau que precisava para pular o muro. — Com todo esse peso ele não entra no céu — Alcino pensa isso com amargura. De fato: por mais esforço que fizessem, o amigo (um amigo-irmão) acabava sempre vindo abaixo, para começar toda a escalada outra vez. Ficaram nessa luta por muito tempo, até se cansarem e se darem por vencidos. — Com todo esse peso ele vai arrebentar a balança de São Miguel — pensou de novo, ainda mais amargo.

Sentaram-se ao pé do muro, para descansar. Meditavam. Um, na melhor maneira de entrar no quintal do sargento. O outro, sobre o tal tesouro que havia lá dentro.

— Se a gente tomasse uma, a coisa ia.

— É mesmo — falou o doido, reanimando-se. — Mas onde?

— No brega.

— Que diabo é isso? Alguma venda nova?

— Ora, Alcino. Nunca foi num puteiro?

— Você está sonhando, mano. Aqui não é São Paulo.

— É verdade, aqui não tem brega. (O outro pensa um pouco.) — E se a gente abrisse um? Afinal, o lugar está se civilizando. Já comporta um puteiro.

— Mano! (Alcino deu um pulo.) — Vai ser de arromba. (Voltou a sentar-se, pensativo): — Mas onde inferno a gente arranja as putas?

— Era nisso que eu estava encafifado. Nenhuma mulher daqui vai querer.

— Até hoje só teve uma, desde que me entendo por gente — Alcino informava. — Morreu trepando.

— Doença venérea?

— Não acredite em mim. Acredite em Deus. Mas ela morreu foi fodendo mesmo. No tempo que a Petrobras andou por aqui. De dia os homens ficavam bestando pelo mato. De noite faziam fila na sua porta. Arrancaram o útero da pobre. Coitada. Morreu gemendo.

— É melhor a gente tomar uma cachaça, Alcino. Vamos esquecer este assunto.

O doido não disse nada. Voltou a meditar.

— Que é que há, rapaz? Alguma contrariedade?

— O problema é que estou sem dinheiro.

— Eu também — o outro parecia considerar a situação.

— Que porra.

— Não se desespere. Há sempre um jeito para tudo.

— Só não há remédio é para a morte — falou Alcino, com inesperada sabedoria.

— E se assim é — o outro continuava filosofando — comprar fiado é o remédio para quem quer beber e está duro.

Escutem, condenados. Ouçam, miseráveis. Ainda está por nascer um homem mais inteligente do que este meu irmão. O orgulho de Alcino durou pouco. Disse:

— O pior é que ninguém aqui vende fiado a um doido.

O outro escarafunchou o chão, com o toco de um cavaco.

— Nem a um morto.

— É por causa dessas coisas que toda noite espero uma alma penada que me ofereça dinheiro encantado — os olhos sonhadores de Alcino olhavam para bem longe, lá para os lados do cemitério.

— Você já teve a sua chance — sentenciou o outro. — Para que desperdiçou?

— Cobiça e usura, já lhe expliquei.

Pensando: você vai morrer esperando, o outro disse:

— Já sei como vamos fazer — deu um murro na perna do doido. — Corre na venda e diz que papai mandou buscar uma garrafa de cachaça. Mande botar na conta dele.

— Taí. Essa eles vão acreditar. Seu pai chegou há pouco, pra fazer o seu caixão. Todo mundo sabe disso. Todo mundo sabe também que o velho gosta de uma cachaça — Alcino pulou três vezes, doido de tanta alegria. Já ia correndo quando parou, olhou para trás e disse: — Mano, posso chamar seu pai de papai?

— Somos ou não somos irmãos? — disse o outro.

Às vezes dá até para pensar que o homem voa, conforme a necessidade e a ocasião. Pois foi num tempo de um pequeno pensamento que Alcino foi e voltou, com a triste notícia:

— Irmão, irmão, eles não acreditaram em mim. Raça de filhos da puta. Irmão, irmão — a gralha maluca vinha aos berros, infernizando o sono de quem já não tinha, pelos fundos das casas. — Irmão, irmão.

Não havia mais irmão, não havia mais nada. — Deve estar fodendo a mulher do sargento. Arromba essa descarada, mano velho — pensou, trepando no muro. Também não havia nem sombra de gente dentro do quintal. Gritou de novo: — Irmão, irmão. Desceu do muro e continuou correndo e gritando. Dobrou o beco, voou sobre a rampa que dava na praça e, como um relâmpago, atingiu a calçada da igreja, onde ia pôr as coisas a direito. Agora ele ia fazer o sermão mais bonito da sua vida, que começava assim:

— Vem, que eu te agasalharei.

O doido Alcino falava para os ares. Parecia querer endoidecer o mundo.

— Eu sou tua terra. Sou teu pai e tua mãe.

4

Ele estava acocorado debaixo das estrelas e sabia que eram muitas. Cruzeiro do Sul. Caminho de Santiago, e tantas outras que não se lembrava mais. Continuou olhando para cima por algum tempo, ainda com as calças arriadas, esforçando-se para fazer o que tinha vindo fazer. A vontade passara. Esforçava-se também para manter as pernas afastadas uma da outra. Tanta ginástica, para nada. Começou a ficar indignado.

Se olhasse para a frente veria uma sombra negra, o vulto de um homem de cócoras. Não se reconhecia no vulto. Recusava-se a usar a privada, de tão suja. Deixara um candeeiro aceso no batente do portão e era a luz do candeeiro que projetava a sombra. A luz da rua havia apagado há muito tempo, já devia ser bem tarde. Levantou-se, ajeitando as calças. O fundo da casa dava para um capinzal negro de estranhos ruídos. Apressou o passo. Estava com medo.

Novamente na cama, sentiu a barriga doer. Era a água, era a comida, era tudo. Abriu a janela do quarto e se sentou na soleira. Quando a vontade apertasse, saltaria para a calçada e andaria alguns passos ali mesmo, na rua, que também era escura, muito escura. A luz do candeeiro agora esticava a sua sombra pelo chão plano, para bem longe. Voltou à cama, pedindo a Deus que fizesse o dia amanhecer logo, depressa com esse relógio, tenha dó. Foi sua vez de descobrir que aqui as noites são mais lentas do que os dias.

Tudo agora era uma imensa e exasperada saudade. Digam o que quiserem, mas uma cidade é outra coisa. — Volta, volta, vestida de branco e com um laço de fita nos cabelos. Volta, com duas estrelas dentro dos olhos. Volta para os meus braços, com um menino em cada braço.

Uma confusão de desejos, arrependimento e dúvidas. Estragado pelos anos, esbagaçado pelo álcool, já não via por onde pudesse recomeçar. Tivera uma mulher e filhos, como antes já tivera empregos e latrinas asseadas. E um gênio ruim. O dela também era duro de roer: cobra com cobra. Mesmo assim ainda seria capaz de se ajoelhar a seus pés. — Volta, volta. Queria uma nova oportunidade, pela regeneração do amor.

Um velho tosse. Tosse e geme. Depois do gemido, o sufocamento, a falta de fôlego. Lembrou-se de quando era menino. Costumava fazer bolas de ar com bexigas de boi. Depois estourava as bolas, no chute. O velho também ia estourar. Seu avô tossia e dizia: — O pai vendeu a roça, para seguir a cabeça da mulher. O filho é um fraco igual ao pai.

Ainda tossindo, o avô chamava alguém. Não deu para entender quem era que ele estava chamando. Viu-o levantar-se e caminhar, com o candeeiro aceso, para a latrina.

— Padrinho, use o urinol. Não saia no sereno.

Não lhe respondeu. Continuou andando, durinho, empinado, sem se escorar em ninguém. Dignidade. Seu avô podia falar em dignidade. — Mas nunca pensou em fazer uma privada dentro de casa. Fez o quartinho. O quartinho separado da casa. Morreu reclamando da fraqueza dos outros. Como agora, muitos anos depois, volta para reclamar da minha.

Lá fora, enquanto esteve olhando as estrelas, pensou no pai. Alguma coisa que tinha muito a ver com o sereno da noite. Um conselho antigo a respeito do tempo, que nunca mais se esquecera:

— Não ande com a cabeça no tempo. Bote o chapéu. Quem anda com a cabeça no tempo perde o juízo. Porque os chapéus foram inventados nos tempos de Deus Nosso Senhor, para cobrir a cabeça dos homens. E todo homem tem de usar o seu chapéu. Você tem o seu. E se eu lhe dei um, foi para você não andar com a cabeça no tempo.

Quase toda noite sonhava com o pai lhe dizendo isso de novo. Via-o mastigar as palavras, do mesmo jeito que sua mãe gostava de mastigar uma capa de fumo. Acordava e não conseguia dormir mais. Ficava pensando. Pensando e achando que passara a vida com a cabeça no tempo porque, ao sair de casa, esquecera de apanhar o seu chapéu.

Novas vozes enchiam a casa. Meninos brigando. Meninos gritando. Meninos, meninos. E as mães, que nunca se entendiam, talvez por serem irmãs. O sino tocava e repicava, chamando para a missa. A voz do avô pedia sossego. Todos lhe obedeciam. A casa estava alegre, outra vez.

Tinha tudo isso gravado, fotografado. Todos os rostos, todas as vozes.

O que já se foi.

Ficou apenas um irmão, que ressona e fala, enquanto dorme, no quarto ao lado. O último dente a ser arrancado. Um irmão que não guardou o seu velho chapéu de palha, que o pai comprou na feira, para que ele nunca andasse com a cabeça no tempo.

Esse tempo que começou com uma enxada no ombro, a caminho da roça.

Era um caminho muito comprido, que ia ficando mais curto, à medida que ia crescendo, para vê-lo mais curto.

Depois, foi o caminho da escola, para lá da cancela. Parecia não acabar mais, até virar uma simples vereda: a cada dia ele amanhecia mais comprido, para ver as coisas mais curtas, embora o sol continuasse muito alto, nascendo no oriente e se pondo no poente, mas nunca era o mesmo sol. Ele nascia e morria para nascer de novo, então não era o mesmo sol.

E este sol ia secando tudo, secando o coração dos homens, secando suas carnes até aos ossos, secando-os até sumirem — e lá se vai o tempo, manso e selvagem, monótono como uma praça velha que faz força para não ir abaixo, como se isso não fosse inevitável, como se depois de um dia não viesse outro com seus dentes afiados, para abocanhar um pedaço das nossas vidas, deixando em cada mordida os germes da nossa morte. E esta é a pior das secas. A pior das viagens.

Pensava para se distrair. Pensava para chamar o sono.

Nascemos numa terra selvagem, onde tudo já estava condenado desde o princípio. Sol selvagem. Chuva selvagem. O sol queima o nosso juízo e a chuva arranca as cercas, deixando apenas o arame farpado, para que os homens tenham de novo todo o trabalho de fazer outra cerca, no mesmo arame farpado. E mal acabam de fazer a cerca têm de arrancar o mata-pasto, desde a raiz. A erva daninha que nasceu com a chuva, que eles tanto pediram a Deus.

Ele repetiu tudo isso para mim, pela manhã. E me disse mais:

— É por isso que não sei se volto ou se fico. Acho que agora tanto faz. Porque o tempo que comeu o meu chapéu de palha, agora está comendo o lugar que deixei em São Paulo. Deu para você entender, Totonhim? Respondi direito à sua pergunta?

5

Nelo meu filho mandou me dizer: —

Ela se bate contra a parede. Nunca pensei que ainda tivesse tanta força. É a lua. Lua cheia. A parede estremece. Daqui a pouco a casa desaba. Daqui a pouco estarei soterrado, debaixo das telhas. Posso fazer alguma coisa?

— Ela. Ela. Ela.

— Quem, papai? De quem o senhor está falando?

— Ela. A dona. A mãe de vocês.

— O que foi que ela fez, papai?

— Quebrou a garrafa que guardei no quarto. Era dos trabalhadores. Vou ter de pagar mais essa derrota.

Derrota. Tudo para ele é derrota. Penso em explicar-lhe:

— Isso que o senhor chama derrota é decadência. Não iria entender. Nem mudaria nada, mesmo que entendesse.

Os homens (eram dois) trabalhavam na obra em frente, como seus ajudantes. Começou a chover.

— Mestre, está na hora de esquentar o corpo. Já estamos ensopados.

Deviam estar ouvindo tudo, porque a porta da rua estava aberta.

Papai atravessou a sala, com os cacos de vidro nas duas mãos. Seguiu para o quintal enlamaçado. Ia jogá-los onde ninguém pudesse se cortar. Essa casa está sempre cheia de meninos.

— Puta. Descarada.

— Antes eu fosse. É melhor ser puta do que ser casada com um troço desses.

Os meninos reclamavam:

— Mamãe, deixe a briga para depois. Estamos atrasados.

Ela voltou a passar ferro na farda dos meninos, resmungando.

— Pelo amor de Deus, mamãe. Vai começar tudo de novo? — eu digo.

— Você sempre toma as dores dele. É porque não mora aqui e não sabe o que se passa.

— Papai está trabalhando. Não está bebendo.

— Trabalhando nada. Está é tomando cachaça.

Ele entra na cozinha. Procura comida. Não acha. Todos já comeram. Pega um ovo e frita. Joga farinha em cima do ovo e leva a frigideira para a varanda dos fundos. Os meninos já saíram, apressados. Foram para o ginásio. Aumento o volume do rádio. Não quero que os vizinhos escutem nenhuma palavra que dizemos aqui dentro. Ontem foi a mesma coisa, todo dia é a mesma coisa. Meu irmão caçula me disse: — Sabe o que eu penso? Nunca vou me casar. Eu ri. Era engraçado ouvir isso de um menino.

Entro no quarto e arrumo minhas roupas. Vou voltar para casa. Casa? O Junco. Antes sozinho do que... Honrarás pai e mãe? Ia ficar uns quinze dias com eles. Chegam esses dois. Pé ante pé, como quem pisa em ovos, mamãe atravessa a cozinha e fica parada na porta da varanda. Imóvel. Olha por cima dos ombros dele. De costas, papai não vê que alguém repara o que está comendo. Só se dá conta disso quando se levanta para beber um copo de água. Diz qualquer coisa, que não ouço. O que ouvi, daí a pouco, foi o tombo, o estrondo de um corpo se esparramando no chão. E os gritos. *Os gritos*. Corri. Ela já estava se levantando.

— Dei-lhe uns trompaços. Olhe o que ela me fez — papai me mostra o braço com as marcas dos dentes. Um chinelo voa e pousa em seu rosto. Ela corre para a rua. Papai voa atrás. Eu os sigo.

O seu sonho era ter todos os filhos juntos, debaixo do mesmo teto. Me disse isso uma vez. Era um apelo: — Tenha paciência com sua mãe. Ela está fraca do juízo.

Agora sou eu quem lhe diz: — Tenha paciência.

As palavras saíam como se não estivessem sendo ditas por mim. Deviam ser de outra pessoa — talvez um anjo. — Talvez.

— Vocês vão passar o resto da vida deste jeito? Dois velhos. Meu Deus.

Ele não me ouvia. Também não estava me vendo, nem sentindo minha mão em seu braço.

Mamãe havia sumido de nossas vistas. Estávamos de volta. Todas as janelas nos espreitavam. E eu falava baixo, devagar, com calma. Essa estranha calma que às vezes me aparece, justamente nas horas de maior desespero.

— Está na hora de vocês encontrarem um jeito de viver — quase dizia: — Um jeito decente. Seria o mesmo que falar em corda para quem não quer se enforcar, ou não pode, por já não ter mais forças, nem para isso.

— Fugiu, mas volta. E eu mato.

— Papai, é melhor vocês se separarem. É melhor do que...

— Mato, juro que eu mato. Não tem mais jeito. Só matando.

Mate, e depois se mate. O que eu sempre temi e agora queria. Honrarás pai e mãe? Hoje será outro dia em que não vou conseguir dormir. Pensarei nos meninos. Quem cuidará deles? São só três. Quem vai querer ficar com eles? — O que vale — disse-me uma de minhas irmãs — é que nós somos muito unidos. Nós, os irmãos. Respondi: — É porque nenhum de nós tem dinheiro. Ela me corrigiu: — Nelo tinha. — Sim, era verdade. Mas ele morava longe. Bem longe.

— Posso lhe pedir um favor?

— O que é?

Já me ouve, deve estar calmo. Tomara que volte ao trabalho e sossegue. Seria esse o favor a pedir? Digo-lhe isto?

— Pare de beber.

— Foi sua mãe quem encheu os seus ouvidos, não foi? Oh, céus!

— O senhor voltou a beber, não voltou?

— Nunca deixei de trabalhar por causa de bebida. Nunca estraguei viagem. Nunca paguei cervejada para ninguém. Agora, ela...

E, de novo, a palavra fatídica:

— Mato. Não passa de hoje.

Chegamos à obra. Também estou ensopado. E pior: estou com vontade de beber. Quase digo isso. Por pouco não o convidei: já que não há nada a fazer.

Ele manda os homens descerem dos andaimes. — Ninguém trabalha mais. Hoje ninguém trabalha.

Falava sempre assim, repetindo o que dizia. Os meninos acham que ele está broco. E eu começava a pensar que o caso era bem pior. Honrarás pai e mãe? Pensar é perder o sono, um salto para a perda do juízo.

— Agora você está vendo como é. Quem vive aqui é que sabe — ele me disse, seguindo com os dois homens para a venda da esquina. Eu sabia o que iam fazer. Só não sabia o que *ele* iria fazer, quando já estivesse caindo de bêbado. Não são só três. Éramos doze. O que será desses doze, sem eles?

Voltei pelo mesmo caminho, seguindo os passos de mamãe. Ia levá-la comigo por uns dias. Era o jeito.

Nelo meu filho mandou me dizer:

Já não estava mais batendo na parede. Agora ela está arriada no chão. Parece mais conformada.

Daqui a Inhampupe são sete léguas São Paulo tem trinta léguas de ruas nunca me perdi em nenhuma Nelo meu filho recebi carta dele ontem —

Levei Nelo meu filho a Inhambupe para pagar uma promessa fomos no carro de bois de papai Nelo meu filho foi passear pelas ruas e se perdeu achei ele junto da bomba de gasolina do Hotel Rex dei uma surra nele três vezes sete vinte e um São Paulo tem mais de três vez daqui a Inhambupe Nelo meu filho nunca se perdeu —

Nelo meu filho me manda dinheiro faz vinte anos ele me sustenta nunca tive tanta vergonha e tanto medo como naquele dia de Inhambupe Nelo meu filho mandou me dizer —

— Dê uns conselhos a seu pai Nelo meu filho seu pai até já tomou veneno esse homem é a minha consumição —

— Não, mamãe. Não foi ele. Foi meu tio.

Seus irmãos estão do lado dele Nelo meu filho só você houvera de me dar razão —

— Eu me lembro, mamãe. Eu era menino. Mas me lembro.

Ele vive dizendo que um homem devia poder conversar com Deus ora veja Nelo meu filho se isso é conversa que um homem diga —

Sinto o cheiro das flores de outros tempos: rosas. Rosas de todas as cores, de todos os cheiros. Cheiro da vela queimando sobre o azeite, no nicho. Cheiro do corpo de Zoia, minha prima. Cheiro dos homens suados que vinham da roça, em peregrinação. Tudo morre com esta noite, para um nunca mais.

Nelo meu filho seu pai ficou aluado depois que bebeu veneno Daqui a Inhampupe é o mesmo tanto de ruas da Bahia São Paulo tem trinta léguas venha me buscar —

Não sei de onde ela tirou isso, digo, papai nunca bebeu veneno. Foi o irmão dele, mas já faz muito tempo. Gente da mesma laia, deve ser o que pensa. Um repete o que o outro faz. Cachaça.

Veja Nelo meu filho se é vida que se apresente uma mulher viver apanhando do marido venha me buscar —

Ele estava na casa da rua, agonizando. Estava no quarto dos santos. As mulheres e os meninos choravam. Um filho homem, oito meninas. Meu tio era um azarado.

— Por que o senhor não chora, papai?

— Quem me dera — abaixou a vista, acho que estava envergonhado. — Quem chora, sofre tudo de uma vez e o sofrimento logo passa. Quem não chora, fica com toda a tristeza atravessada na garganta. Cheiro de defunto, cor de defunto. A cara do meu tio parecia a cara de um sapo.

— Nasce de novo, papai — disse Zoia.

Uma missa de ano em ano para Nossa Senhora do Amparo. Uma viagem de ano em ano para Nossa Senhora das Candeias. Uma visita a Nosso Senhor do Bonfim da Bahia. Um cruzeiro em cima do morro, no fundo da casa. As promessas salvaram o meu tio.

Belisquei a perna lãzuda de Zoia.

— Quero ir também.

— Pra onde, menino?

— Quero ir junto com você.

— Cala a boca e chora, menino da peste.

Nelo meu filho tenha compaixão da sua mãe a sua pobre mãe venha —

> *Perdoai-nos, Senhor,*
> *por piedade,*
> *Perdoai-nos, Senhor,*
> *nossa maldade,*
> *Senhor.*

A água benta no copo em que ele bebeu o veneno. O crucifixo na cabeceira. O retrato do Sagrado Coração de Jesus na mão.

— Se ajoelha menino.

> *Antes morrer,*
> *antes morrer*
> *do que Vos ofender.*

Essa terra

— Quero ir para Candeias. Eu nunca fui.

— Cala a boca e reza.

— Mas você não está rezando.

— Estou chorando.

Eu não quero mais Não quero Não posso Nelo meu filho isso não é vida de gente venha.

Papai fez o cruzeiro. Pintou o cruzeiro de azul. O padre o benzeu. A procissão saiu lá de casa, até a casa do meu tio. Ele, o meu tio, arrastava o cruzeiro no ombro, sozinho. De tempos em tempos parava para descansar. E eu fechava os olhos, para não ver o sangue escorrendo dos seus ombros esfarrapados. Cantávamos benditos. Tínhamos uma fitinha, também azul, pendurada no pescoço. Na fitinha estava escrito: Lembrança de Nosso Senhor do Bonfim da Bahia. Mandamos (digo, papai mandou) celebrar uma missa ao pé do cruzeiro. Deus salvou o meu tio.

— O que foi que ele teve mesmo, mamãe?

— Tentações. Uma pessoa só faz isso quando está tentada pelo diabo.

Nelo meu filho o fim destas mal traçadas linhas é dar-te as minhas notícias e ao mesmo tempo saber das tuas Como tens passado Bem não é Aqui todos em paz graças a Deus Seu pai bebeu veneno Nelo meu filho essa é que foi a maior tristeza da minha vida. Tenha dó da sua mãe Eu nunca lhe pedi isso é a primeira vez venha me buscar Você é a única pessoa neste mundo Faça isso por sua velha e pobre mãe Eu lhe peço —

Chego perto. Tento acalmá-la.

— Mamãe, a senhora está enganada. Não foi papai.

Ela me empurra. Desfecha um murro, de punho cerrado, como um homem. O murro pega na minha testa. Me afasto, esfregando a pele dolorida.

Nelo meu filho tenho doze filhos é como se não tivesse nenhum Graças a Deus tenho você Graças a Deus —

Cala-se.

Deve ter se cansado, imagino.

Também não há mais barulho na cozinha. O caixão deve estar pronto. Venha aqui para a sala, venha. Há outro trabalho à sua espera, venha. Ela é mais sua do que minha, venha.

Ele pigarreia.

— Tem alguém chamando aí fora. Vá ver quem é.

— Não é ninguém, não. É o doido na calçada da igreja.

O barulho recomeça. Já está pregando. Numa hora dessas erra o prego e acerta o dedo. Não tenho coragem de entrar lá. Tenho horror de caixão. Perco o sono por dias e dias, quando vejo um. Pior ainda quando o caixão estiver terminado. O pano preto. É isso o que me mete medo. Isto é, o que *mais* me mete medo. Pano preto. Pra que pano preto? Comprei-o ainda há pouco, na loja, fiado. Arrastei-o pela rua, como se fosse um lençol branco. As pessoas fugiam, à minha passagem. Todo mundo tem medo do pano preto, eis o meu consolo.

Ele ainda não sabe. Não sabe que ela (a dona, a mãe de vocês) vai ter que fazer uma longa viagem, da qual talvez não volte nunca mais. Serei o seu guarda de honra. Que remédio?

— Nelo meu filho mandou me dizer.

— Quando ele vem ver os parentes, compadre?

— Qualquer hora dessas. Quando a gente menos esperar.

— Está aqui, compadre, o dinheiro que você me pediu.

— Muito obrigado. Eu acerto logo. Assim que puder.

— Está em boas mãos, compadre. Quando escrever para Nelo, mande minhas lembranças.

Ele não tem medo. É capaz de fazer um caixão, pregar o pano preto, por fora, e ainda dormir uma noite inteira dentro do caixão. — O que é do homem o bicho não come — ainda pensará, antes de cair no sono. Quantos já fez? Quantas vezes esfregou as mãos, depois do trabalho pronto, contente por ter feito um bom trabalho? São José era carpinteiro, Deus é carpinteiro. É dos tais que tratam a morte de minha comadre. Minha comadre Maria. Minha comadre Zefa. Mas vai morrer dizendo: — Se há uma coisa neste mundo que não me acostumo —

Vamos, mire-se. O senhor está diante do espelho, mire-se.

Ainda não sabe, mas vai ficar sabendo: é ele quem tem que pagar tudo. Das tábuas ao buraco do cemitério.

Ouço-a ressonar, sentada no chão, com a cabeça pendida sobre um ombro. Está na hora de tomar uma providência, logo eu, tão fora de esquadro. Preciso falar com o prefeito. A família — bem, ele vai ter que nos levar. Daqui para mais noite, mais noite, mais noite.

Papai tosse. Trabalha e tosse. Está fumando demais. Fuma e bebe demais.

Diga: — A bênção, mãezinha. Diga: — Deus lhe leve, viu?

— Ela. Ela. Ela.

— Quem, papai?

6

— Quem fez a mortalha?

— Não tem mortalha.

— Misericórdia. Senhor Deus, misericórdia.

— *Ora pro nobis.*

— Até hoje nenhum parente nosso foi enterrado assim.

— Pois já temos o primeiro.

— Mi —

— Acontece que não apareceu nenhuma parenta para fazer a mortalha.

— E sua mãe? Ela não está aí? Deixar um filho ser —

Minha mãe. Ora, minha mãe. Esqueçam-na.

— Eu ia lá, mas —

Tias e tios. Primos. Parentes.

Querem saber qual é o pano da mortalha, como antes queriam saber se meus lençóis são brancos ou estampados. Entravam em casa e iam direto para os quartos, depois iam remexer nas panelas da cozinha. Fuxico. Falação. Quando a gente pensa que todos já morreram ou foram embora, eis que reaparecem. Erva daninha? Seria sobre eles que Nelo falava? Mata-pasto. Seu nome, por favor? Família Mata-Pasto.

— Já abriram a mala?

— Já.

— O que foi que ele trouxe?

— Nada.

120   Antônio Torres

— Não é possível. Eu não acredito.

— Pode ir ver.

— Eu queria ir lá, mas —

"A erva daninha que nasceu com a chuva e que tem de ser arrancada."

Arrancar tudo. Mourão, mourão, toma teu dente podre, me dá o meu são. Arrancar. A dor, o pecado, a loucura, a morte fora de hora. Nascer de novo. Em casa que não tem pão, todos choram e ninguém tem razão. A razão. Papai: juízo de gente é um fiozinho à toa. Basta um choque para —

Calar os gritos que vêm da cadeia e o meu medo de ir lá, tomar a palmatória do sargento. — Fale mais alto, Alcino — ele gritou da janela. Fale mais alto, Alcino, para abafar os gritos. O doido urra na porta da igreja, enquanto um homem apanha, dentro da cadeia. Fingimos não saber: a palmatória pesa um quilo. Dá para se contar os bolos, de qualquer parte onde se esteja, apesar do sermão do doido Alcino. *Silent night.* Curso de inglês por correspondência, Escolas Universais. Já contei meia dúzia de bolos em cada mão. Ouçam: uma criança está apanhando. Desobedeceu ao pai. Uma criança que é pai de dez crianças. Roubou uma galinha. É um negro. — Gente ruim — diz minha tia. — Negro sem-vergonha. Depois desta, talvez ele se emende.

O negro Tiago. Ainda ontem me chamou de meu irmão. Só porque lhe paguei uma cachaça.

— Você é um sujeito de sorte. Aprendeu a ler e escrever. Arranjou um emprego que —

Mostrou-me as mãos, antes de pegar no taco do bilhar.

Paguei-lhe outra cachaça e pedi uma para mim. Aqui a gente começa cedo. Basta vestir um par de calças compridas. Ninguém lhe pergunta a idade.

As mãos: três imensas bolhas em cada uma. Ele diz que são calos. Pela manhã, cedinho, iria voltar ao cabo da enxada.

Essa terra 121

Cabo de enxada, braço de rodete, pá e picareta. Três bolhas em cada mão.

— Não é todo dia que aparece serviço. Dei sorte em arranjar esse.

Contei até dez. Não dava mais para continuar contando. Dez bolos. É hoje que as bolhas estouram. Dez filhos. Amanhã é dia de enxada, outra vez.

Ia pedir clemência ao prefeito, antes de pedir o carro. Alagoinhas. Quinze léguas de ida, quinze de volta. Uns dizem que são quatorze, outros, que são dezesseis. No caminho cruzo com o sargento. Pronto. O serviço está terminado. Ele sua, como um porco que passou o dia dando voltas dentro do chiqueiro. Teve que fazer muita força. Quantos foram? A média é uma dúzia. Uma dúzia de bolos em cada mão.

— Se você aparecer hoje, mais uma vez, diante das minhas vistas —

Sargento calibre 38, cano largo. Na testa? No peito? Na barriga? Pelas costas? Primeiro deixe eu levar a minha mãe para um —

Não é um. É uma. Uma casa de —

A filha do finado — A mulher de — A mãe de —

Se todos têm uma cruz a carregar a sua é —

Juízo de gente é um —

O prefeito fala sozinho, rondando a igreja. Ele também? E agora, como vai ser? Eu mesmo dirijo o carro. E ela? Quem a segura, durante a viagem? Resta o motorista da Prefeitura. Estará dormindo? Não, ninguém está dormindo.

Da venda, chegam os gritos. Outros gritos:

— Não, Nelo. Pelo amor de Deus. Não. Me perdoa, Nelo. Foi sem querer. Uma molequeira de menino. Vou mandar rezar uma missa para você. Isso, não, Nelo. Me deixe. Pelo bem de sua mãe. Pela alma de meu pai. Pelo amor de Nosso Senhor.

Sim, Pedro, grite. Sim, Pedro, chore. Sim, Pedro, esperneie. Sim, Pedro, perca o juízo. Pelo bem de nós todos, Pedro Infante.

O prefeito:

Amanhã vou derrubar esse sargento. Amanhã vou calçar a praça. Vou derrubar os pés de tamarindo e vou fazer um jardim no meio da praça. Amanhã, amanhã. Vou arranjar os motores, para puxar água. Não deu petróleo. Deu água. Água igual à de Itaparica, os homens disseram. Puxar água. Tudo com meu dinheiro. O Governo não dá nada. Sar-gen-to? Todos a postos. Sar-gen-to? Precisamos de reforço. Sar-gen-to? Mande buscar os soldados de Alagoinhas. Se não quiserem dar, vá até Salvador. Sar-gen-to? O rei da França mandou me dizer que estão querendo me derrubar. Os meus inimigos estão tramando, na calada da noite. Sar-gen-to? Ligeiro, ligeiro, bem ligeiro. O levante arrebenta esta noite. Sar-gen-to? Esse homem é um bosta. Mo-fi-no?

— E virem me dizer que uns homens foram na Lua — disse um da roça.

— Conversa — disse um da rua.

— É cada doido que me aparece.

— O dia que tiver gente querendo ser maior do que Deus, nesse dia o mundo está acabado...

O da roça, sorriu, satisfeito. Estava de pleno acordo. Papai também sorriu: o caixão estava pronto.

Quando era menino Nelo meu filho dizia: a Terra é redonda e achatada nas pontas, como uma laranja. Eu quero é rodar.

E eu disse: ninguém pode dizer uma coisa dessas. Ninguém sabe de que jeito é o mundo.

Nelo meu filho dizia:

O homem precisa ser vivo.

E eu disse: — Mas, agora. Então não está todo mundo vivo? Eu estou vivo.

Ele disse:

É preciso ser vivo para viver.

Ele disse:

O mundo é um carro de boi, que vai rodando para a frente, gemendo em cima de um eixo.

Eu disse:

O mundo não tem eixo. Ele está parado, nas mãos de Deus.

Ele disse:

A Terra gira.

Eu disse:

Se girasse, a gente caía no chão.

Ele disse:

A Terra gira muito depressa. É por isso que não caímos.

Eu disse:

Se o mundo girasse, todo mundo ficava tonto.

Pensei: a Terra gira como a mão de mamãe, girando a colher de pau dentro do tacho, para fazer sabão. Soda cáustica e água. Sabão serve para lavar a roupa. O que é que serve para lavar a alma?

— Se uma cobra lhe morder, bote sal de cozinha em cima da mordida — me explicou o farmacêutico. — Assim que a tonteira passar, tome cachaça com iodo.

— É só isso?

— Só. Mas não estou mais manipulando.

— Por quê?

— Porque não tenho um diploma.

— E se ela morder o meu juízo?

Papai, ela está lou — lou — lou —

Nós temos que ir para um — Em Alagoinhas. É o mais perto. Alagoinhas.

O senhor está prestando atenção? Está me ouvindo? Ela perdeu o — de vez. De uma vez por todas. Entendeu o que eu quero dizer.

Então ele disse:

Vá ver é porque a Terra gira que tem tanto doido.

Quem, papai? Quem lhe disse isso?

— Jesus Cristo, filho de uma égua.

7

A prévia do Juízo Final. Pelo menos para mim foi isso o que se passou. A praça estava cheia, como num dia de feira ou Santa Missão. E eu me perguntava de onde tinha vindo tanta gente e para quê. O prefeito pedia uma providência, antes que os galos cantassem pela terceira vez.

— Sargento!

Era doloroso vê-lo daquele jeito, logo ele, que até é um bom sujeito.

— O pixe. Eles vão me pixar. O impixe. Subversão. Rebelião.

O sargento correu, dizem que para debaixo da cama. E não tive tempo de avisar o prefeito que não estava acontecendo nada. Era apenas um contingente de homens e mulheres, rondando para cima e para baixo, calados, como se não se conhecessem, como se nenhuma pessoa tivesse nada a ver com as outras. O prefeito continuava berrando:

— Estão todos armados. Eu resisto. O anticristo não me toma o poder. Eu resisto. S a r g e n t o !

Mas não eram essas as palavras que me acompanhavam pela estrada afora. Eram as do doido Alcino:

Com os meus trapos te agasalho,
debaixo do meu massapê.

Vem, que eu te agasalharei.
Não sentirás calor nem frio,
não sentirás dor nem horror.
Vem, que eu te agasalharei.
Tua cama tem sete palmos,
tua vida ficou mais funda.
Vem, que eu te agasalharei.
A chuva chove nas flores,
tua coberta é macia.
Vem, que eu te agasalharei.
Eu sou a estrada, sou o fim da estrada,
vem —

Essa terra me ama

— Vamos passear — uma resposta pode conter uma verdade inteira, parte dela, ou não querer dizer absolutamente nada. És capaz de mentir para a tua mãe, a tua própria mãe?

— Estamos passeando? Onde estamos passeando?

Perguntas. Uma vida inteira de perguntas. Onde você esteve até agora? Com quem? O que estava fazendo? Nada de explicações arrevesadas, senão a taca canta no teu lombo.

Qualquer resposta será uma mentira. Ela nunca teve um avental todo sujo de ovo, ela nunca teve um avental. Gente da roça: o que somos, o que fomos, o que sempre seremos. Mas tinha um chinelo na mão, eu me lembro. Promete que vai dormir a viagem inteira, promete? Assim chegaremos logo. Se quiser, reze um pouco, para chamar o sono. O banco é macio, dá para um bom cochilo. Recoste a cabeça. Durma, durma. Descanse. Serão poucas horas. Estamos passeando, sim, estamos passeando. Indo. Arrastados pela enxurrada. Deus não dá asa à cobra, é por isso que estamos sendo arrastados pela enxurrada. A sessenta quilômetros por hora, por causa dos buracos. Depois melhora: daqui a pouco estaremos no asfalto. É logo ali. Antes de chegar a Inhambupe.

A enxurrada levou as cercas e agora leva a minha mãe, pela noite adentro. Para onde vão estas águas? Para o rio de Inhambupe. Para onde vai o rio de Inhambupe? Para o mar. Minha mãe vai virar sereia. Eu sempre achei que ela tinha corpo de sereia.

— Por que você não arranjou um cavalo esquipador? Esse é duro de sela como o diabo. Vou chegar toda assada. Já estou ficando tonta.

Ela vomita sobre as minhas pernas. Tonta. Costumava ter esse enjoo de ano em ano, um pouco antes de ficar com a barriga inchada. Filhos. Um por ano. Cada filho era um horror. Papai dizia: — Mulher entojada. Seria por isso? Abaixo o vidro e boto o seu rosto para fora. O vento sopra fiapos do seu vômito na minha roupa, na minha cara, em tudo. As árvores estão passando depressa, como manchas prateadas. Tomara que tudo passe depressa.

— Pena que eu não joguei hoje. Vai dar cavalo.

Nelo, meu irmão, o dinheiro que você manda ela enterra todo no bicho, em estranhos bolos e em prestações que não se acabam nunca. Pensei que depois que pagasse a televisão ia ficar sossegada. Não ficou. Quando você demora de mandar ela fica arrancando os cabelos, sem saber o que faz com tanto cobrador em sua porta. O velho é quem se vira para botar as coisas dentro de casa, coitado, logo ele que vive de biscates, pegando um trabalho aqui, outro ali, quando aparece. Ela ainda reclama. Vive reclamando e dizendo que ele não dá nada em casa. E tome briga. Tome batalha. O dinheiro que você manda se evapora, ninguém lhe vê a cor. Parece um dinheiro excomungado. Tenho pena é dos meninos. Eles passam fome, Nelo. Você precisava ver a miséria que é a vida naquela casa. Papai se queixa da sorte. Diz que a mudança para Feira de Santana foi a pior desgraça da sua vida. Nunca entendeu nada. Nunca entenderá.

— Sabe o que é um homem perder o controle da situação? Tenho escutado as tuas queixas, velho, ao contrário do que pensas. E te dou razão. Todos têm razão. O mundo é que é uma desgraça. Esse mundo aqui é que não presta, o senhor está me entendendo?

Não é a Terra que gira. É a minha cabeça. Como se eu estivesse caindo de bêbado. Sono, preocupações, insônia. E os solavancos do carro, com três pessoas dentro: ela, eu e o motorista da Prefeitura, que veio de cara amarrada, mas veio. Também já é tão tarde. Coitado. Espremer tudo isso e servir aos recém--chegados, digo, àqueles que porventura vierem para o enterro. Minha terra não tem palmeiras. Tem suco de mata-pasto. Sumo, como se diz por aqui. Veneno da melhor qualidade. Já sentiste o cheiro de vômito da tua própria mãe?

— Tenho de fazer tudo sozinha — ela se queixa. — Ninguém me ajuda. Nenhuma filha é capaz de lavar a minha roupa melada e me dar uma limpa para eu vestir. Será que os meninos já foram para o ginásio?

Nesse momento faço o que já deveria ter feito há mais tempo. Seguro-lhe as costas, suspendendo-a levemente, para que ganhe uma melhor posição na janela do carro. Volta a maldizer-se: — Que dor de cabeça. Parece que vai estourar. Você me leva a um médico? Estou tão mal.

Desfiar de dores como numa enxurrada: do fígado, dos intestinos, dos rins, do coração. Também estava ficando cega. Ninguém via isso, que ela estava ficando cega. Já não acertava mais com a linha no buraco da agulha — deixei tanta costura por terminar.

— Vou escrever para Nelo. Ele precisa vir aqui para me levar a um médico. Por que será que Nelo nunca vem aqui?

Desta vez sou eu quem sente uma dor imensa. Na alma? Ela já o viu morto e não acreditou. Não pode matar o seu sonho dourado, deve ser isso. — Antes de você me acordar, eu tive um pesadelo horrível. Sonhei que ele tinha morrido. Foi horrível. Nelo é tão novo ainda. Deus que lhe dê muitos anos, é só isso o que eu peço.

— Amigo, não corra tanto. Ela não está passando bem — digo para o motorista.

— É por isso mesmo que estou indo depressa. É melhor chegar logo, você não acha?

— Compadre Ioiô? É ele? Estamos no jipe de compadre Ioiô?

— Não, mamãe. Estamos na rural da Prefeitura.

— Ah, bom. Antes isso do que um carro de boi. Sabe de uma coisa? Eu não tenho saudade daquelas viagens nos carros de bois. Eram tão demoradas.

O tempo dos cavalos. E eu perdido no cu do mundo. Uma semana inteira zanzando pelas ruelas de Inhambupe, sem um tostão no bolso, numa terra onde não conhecia ninguém. Uma semana à espera de um caminhão, porque o cavalo que me levou fugiu do pasto e veio bater em casa, sozinho. Dizem que é pelo cheiro dos rastos que eles conhecem o caminho. Éramos todos escravos de um cavalo, para onde quer que fôssemos. Agora me dizem: — Está vendo? A coisa mudou. Hoje já se pode sair de São Paulo e chegar aqui no mesmo dia. E é verdade. Descobrimos a roda e estamos rodando, quase sempre com muita imprudência: basta contar as cruzes à beira da estrada. Cruzes. Tios e tias. Primos. Parentes. Os que descansaram debaixo das rodas. E eu continuo me indagando: Mudou? O que foi mesmo que mudou?

— Faz tanto tempo que não venho aqui que até já me esqueci das feições das pessoas. Eu queria tanto ter visto compadre Ioiô.

— Ele está em Salvador. Foi ver a filha.

— Filha. Não me fale em filhas.

— Uma vez ela me disse: Eu queria ter nascido homem.

E brincando, perguntei: — Pra quê? Pra pegar no cabo de uma enxada?

Então ela falou uma coisa que até hoje me faz pensar: — Por isso, não. Tem tanta mulher pegando na enxada. Eu queria ser homem para poder mandar no meu destino. Ir para onde bem entendesse, sem ter que dar satisfações a ninguém.

"Filha. Não me fale em filhas."

— Eu queria tanto só ter tido filho homem.

Tresvaríamos sobre os feixes de molas. A Terra já não gira mais como o eixo de um carro de boi. A vida quer pressa. Minha mãe encosta a cabeça no meu ombro, depois se afasta. Começa a se contorcer e a ficar com aquela cara que ela tinha quando estava se debatendo contra a parede. Foi a primeira vez que encostou a cabeça no meu ombro. Somos gente bruta. Desconhecemos o afeto. Aquilo que nos oferecem em pequeno, depois recusam. Acho que é a falta de costume. Vestes calças compridas? Então és um homem. E se és um homem, todos os teus gestos têm que ser brutais. Brutalidade. Força. Caráter. Coisas dos homens, como a Santíssima Trindade.

Ela começa a se rasgar. Tem uma força inacreditável. Rasga-se com toda a brutalidade que as mães ofereceram aos filhos homens. Tento segurar-lhe as mãos. É difícil, mas estou tentando. A expressão de seu rosto me enche de pavor. "Filha. Não me fale em filhas." Agora temo pelo pior de tudo: ela não vai aguentar. Em seu rosto eu vejo o fim. E se for? É voltar para dois enterros. Parece simples, mas não é.

Maldita pela própria natureza. Cinco filhas, cinco mulheres, cinco vezes azarada. — Um urubu cagou na minha sorte — ouço-a dizer, enquanto eu começava a rezar, não uma reza qualquer, mas os versos que ela dizia que o filho (Nelo, querido) mais velho recitava pelas roças, quando menino, para embasbacar o coração do povo: Não chores, meu filho; Não chores que a vida é luta renhida: Viver é lutar.

— Nelo, meu filho, eu tenho as marcas. Você nunca soube porque eu nunca deixei que você soubesse — o tiro resvalado na batata da perna arrancou-lhe um pedaço da carne. Não estava inventando. Ainda tem a cicatriz.

Sim, sim, conte tudo, eu penso. A senhora não pode morrer sem descarregar esse peso. Ainda dói, não dói?

Não era só a lembrança do tiro. Era toda uma história. Cinco filhas, cinco histórias.

Pela cara que está fazendo eu digo que chegou a hora. Já viste a morte de perto? Frente a frente? É feia. Não existe nada mais feio neste mundo. — Conte, mãezinha. Como foi mesmo?

— Adelaide estava na cama, de resguardo. Tinha tido menino um dia antes. Estava me mostrando o corte na barriga. Chorava. Foi o marido quem tinha feito aquilo. Ciúmes. Ciúmes do médico que fez o parto, veja você. Eu estava horrorizada, quando ele entrou, atirando. Uma bala pegou na minha perna. As outras foram descarregadas na barriga da sua irmã.

— Então não foi de parto que ela morreu?

— Eu encobri isso de vocês. Não foi de parto.

Os eixos de seus olhos devem estar avariados. Não giram mais. Parecem dois botões estofados, que se desbotaram e perderam o brilho. O que eles veem? O que será que estão vendo?

— O que eu já sofri por causa dessas meninas.

Mamãe me convence. Isso é que é o mais estranho: ela sempre me convenceu. Todas têm razão. Essa é que é a verdade: todos têm razão.

— Finada Adelaide. Minha filha. Que Deus a tenha em bom lugar. Eu avisei: cuidado com este homem. Não entendo natureza de mulher. Ela não gostava dele, vivia fugindo dele, até o momento em que eu disse aquilo. Pra quê? Fugiu no dia seguinte. Foram três dias do meu maior sofrimento. Zanzei por isso tudo atrás dela. Corri delegacia, hospital, hotéis. Sabe onde estava? No puteiro. Trancada num quarto. Nem comigo podia falar. Trancada e apanhando. Voltei à delegacia e contei tudo para o delegado. Então ele disse que ia dar um jeito. E deu. Ela se casou na polícia, porque era de menor. Passou o resto da vida apanhando. E quanto mais apanhava, mais parecia enrabichada por aquele homem.

Velhas histórias. Qual de nós não as conhecia, de cor e salteado? Nelo, certamente. Ela agora está pensando que eu sou ele. Tinha muitos segredos para ti, mano velho, no fundo do baú. Finalmente abriu o baú. Vês? Sentes o cheiro? Ouves? É tudo para ti, onde quer que estejas.

Foi contigo que as mudanças começaram, porque foste o primeiro a descobrir a estrada. Mas de ti só tínhamos as boas notícias. O brilho da tua estrela iluminava as nossas noites mortas, no pé do pilão, fazendo calos nas mãos e reclamando da vida. Eram as meninas que mais se queixavam:

— Passar a vida na mão de pilão.

— Passar a vida com um pote na cabeça.

— Passar a vida raspando mandioca.

— Passar a vida arrancando feijão.

Deus ouviu a cantiga, a triste toada de todo dia, de toda noite. Ficamos sabendo que Ele era nosso parente e morava em Feira de Santana. Chamou duas de nossas irmãs para o Seu Reino. Um Reino cheio de luzes — as luzes de um ginásio estadual. Duas irmãs nesse mundo encantado. Também passamos a fazer promessas, a cantar bem alto a velha toada: os domínios de Deus deviam ser ilimitados, podiam ter lugar para todos nós. Não tinham. Pior: tinham cercas, leis, proibições. Foi o que ficamos sabendo quando as cartas começaram a chegar. Deus estava furioso: as meninas gostavam de namorar. Ele ameaçava mandá-las de volta, não gostava de moça namoradeira. Ainda estou vendo mamãe com uma carta na mão, a testa franzida e balançando a cabeça, entre desconsolada e decidida. Estava muito calma, ou aparentava estar, quando disse:

— Elas não voltam. Eu é que vou pra lá. E vocês vêm depois.

A decisão não ia ser fácil. Motivo: papai. Como sempre. Foram muitos dias de angústia, ansiedade, confusão, briga, disse me disse. E muitas promessas. Não teve um único santo que ficasse sem ser chamado, para intervir a nosso favor. Todos queriam ir. Papai estava sozinho. A velha arrancava os cabelos e batia o pé. Estava firme em seu propósito. Nunca mais a vi tão firme como daquela vez. Dizia:

— Meu pai me tirou da escola quando escrevi o primeiro bilhete da minha vida para um namorado. Não posso deixar que aconteça a mesma coisa com as minhas filhas.

De fato, não deixou. Justiça se lhe faça. Acabamos todos nos arranchando numa casinha pobre de uma rua pobre de um bairro pobre, sem luz, sem água, sem esgoto, sem banheiro. Mamãe alugou a casa fiando-se no dinheiro que mandavas todo mês e, quando atrasavas a remessa, era um deus nos acuda. Vivíamos permanentemente debaixo do medo de sermos postos na rua. Ela passou a se desdobrar em trinta numa máquina de costura, enquanto esperava o feijão e a farinha que o velho mandava da roça. De vez em quando ele vinha, para reclamar de tudo. Mamãe se matava de trabalhar, penso que era para não dar o braço a torcer, coisa de orgulho pessoal, medo do fracasso. Ainda assim continuávamos morando numa casa um milhão de vezes pior do que a da roça. Nosso consolo é que podíamos ir para o ginásio a pé, isto é, podíamos ir para o ginásio.

— Bastou uma fugir, para as outras irem atrás — ela continua falando aos arrancos, como as marchas deste carro.

Volto a dizer ao motorista para ter calma. Seu desespero é apenas para chegar. Já estamos no asfalto. Lá se vão os piores quarenta quilômetros. Às vezes eu penso que são estes quarenta quilômetros que fazem toda a diferença. — Ainda dói tudo na minha memória, Nelo meu filho. Ainda dói. Você não sabe o que é uma mãe ter de passar a vida andando para cima e para baixo, feito louca, tentando achar as filhas. E sempre sem saber se elas vão ser encontradas vivas ou mortas. Você não sabe o que é passar vergonha, porque você não é mulher e não sabe —, as lágrimas descem-lhe pelo rosto carunchado. Rosto de cupim. O cupim do tempo. — Paciência, minha mãe. A gente precisa ter paciência — chega uma hora em que as palavras são inúteis, eu sei. Mas tenho de dizer-lhe alguma coisa. A hora má. O que posso fazer para acalmá-la? Talvez sejam estes os seus últimos instantes, já não adianta correr mais. Pai, marido, filhos: os dentes podres do tempo. Com o teu corpo matarás a fome da terra. O que posso fazer para que tenhas uma boa morte? — A vergonha de ter de andar de um lado para o outro atrás de um médico que dissesse se o filho que estava na barriga de uma filha era do homem que roubou a minha filha ou não.

— Mas essa está bem, não está?

— Pelo menos está viva. E até que bem tratada.

— Então vamos esquecer o passado. É melhor deixar tudo pra lá.

Essa terra

— Certas coisas a gente nunca esquece. Eu nunca esqueço. Eu me lembro, claro que eu me lembro.

O lugar se chamava Maragogipe e ficava longe como o diabo. Nós nunca iríamos encontrá-la, porque nunca iríamos atinar com essas paragens. Esgotados, vasculhados, batidos, varridos todos os caminhos, paramos para descansar. O caso estava perdido. — Passou por aqui uma moça assim, assada? O nome dela é Noêmia. Noêmia Lopes Cruz. Mamãe secou as canelas. Só num dia andou vinte quilômetros, pela estrada de Irará. Por que pegou a estrada de Irará? Quando não se conhece a direção, rodase em todas as direções. Todas as saídas tinham que ser vasculhadas, calombo a calombo, torrão a torrão. Foi por esse tempo que ela começou a bater em papai, toda vez que ele vinha nos ver e ficava resmungando. E nada de sabermos que inferno de caminho Noêmia tinha tomado. Maragogipe. Seis meses depois um homem estava à nossa frente, com a informação. Não viera para nos consolar, para pôr fim a tanto tempo de desassossego e agonia. A moça que roubara estava grávida e ele agora informava que ia devolvê-la aos pais. Porque havia se enganado. Roubara uma moça que não era mais moça e não podia continuar vivendo com uma mulher que sujara o sangue com o sangue de outro homem, antes dele. Nem sequer poderia avaliar se foi um só, ou se foram muitos, tanto quanto não se sentia o responsável por aquilo que estava dentro de uma barriga — e que já começava a crescer. Mamãe alisava a perna de uma calça, sobre a mesa, pacientemente. Ouvia tudo sem dizer uma única palavra. Quando o homem terminou de falar, ela levantou-se e meteu-lhe o dedo na cara. Era um homem ainda novo, mais baixo do que alto, moreno claro, de cabelos bons e cortados rentes. Parecia um sujeito decidido, o tipo do indivíduo que não leva desaforo para casa. Mas desta vez ele estava muito amarelo, o rosto tenso e apavorado, como se não soubesse mais o que tinha vindo fazer:

— Você é um filho da puta — era o que mamãe estava lhe dizendo, com o dedo avançando-lhe na cara. Contraído, o homem recuava na cadeira. — Eu ainda lhe meto uma bala dentro desta boca porca — derrubado pela violência de uma mulher (o que com certeza não esperava) que lhe dizia "Você não foi parido por uma mulher. Você foi parido por uma vaca" e que crescia e adquiria formas monstruosas diante de seus olhos, o homem, agora reduzido ao tamanho de um rato, deu um pinote da cadeira e, como se agisse sem pensar, sem saber exatamente o que estava fazendo, ameaçou correr. Para o seu azar eu havia trancado a porta. — Espere um pouco — digo. — Vamos ver como é que tudo isso vai ficar.

Caíra numa tocaia. Estava acuado. Então ele falou no médico. Queria ouvir a palavra insuspeita sobre o sangue daquele ou daquela que estava na barriga da minha irmã. Uma vez provado que o filho não era de outro, ficaria com ela. Até se casaria, embora só no religioso — o que, na verdade, era resolver tudo. Para a nossa gente, este é o que conta. Casamento civil não presta para nada. Isso era o de menos, disse-lhe a velha, a respeito de ter que procurar o tal do médico. E lá se foi, para as bandas de Maragogipe, acompanhando-o numa longa viagem muda. Fiquei me perguntando quantos palavrões, quantas ofensas, quantos horrores ela não levava entalados na garganta. Voltaria no dia seguinte, escoltada por um batalhão: a filha, o marido da filha e os pais e ainda um irmão desse marido. Nunca se soube o que Noêmia conversou com o médico, em particular. Soube-se apenas que ele pediu esse particular e depois fez o pedido do exame de sangue. Saiu tudo bem. Tanto que já têm oito filhos e todos eles, dizem, são a cara do pai.

— Para mim só deixaram atrapalhação — sua voz é arrastada, tristonha. Faz lembrar uma passagem de tempo: aquela hora em que o dia vai morrendo nas barras vermelhas do horizonte. Assim têm sido as nossas vidas; uma constante hora da Ave-Maria. — Eu já ia me preparando para dormir quando ouvi um barulho muito estranho, o barulho de alguém que pulava na janela. Pensei que fosse um ladrão. Fui olhar no quarto das meninas, elas deviam estar dormindo há muito tempo. Ainda me restavam três filhas, era nisso que eu ia pensando. Quando entrei no quarto, vi Zuleide ajoelhada na cama, fechando a janela. Perguntei o que tinha havido. Ela me respondeu: O que a senhora está pensando. As outras meninas dormiam, ou fingiam que dormiam, em seus beliches. Zuleide desceu da cama e ficou de pé, no meio do quarto. Tornou a dizer: — Exatamente o que a senhora está pensando. Se quiser me matar, me mate. Mas a verdade é essa. As outras duas meninas estavam sabendo de tudo, porque viam tudo, todas as noites. Não me contavam nada. Isso era o que eu não entendia: por que elas não me contavam nada?

O vento da noite é gelado e entra pela janela do carro. Precisamos de muito ar aqui dentro. Ela já vomitou tudo o que podia, o problema agora é o cheiro. Mais rápido — agora sou eu quem pede ao motorista. Temos que chegar com ela ainda viva. Não posso ter os olhos muito abertos por causa do vento. Ele assopra os meus cabelos para trás, me assopra para trás, me joga na sarjeta do tempo.

— Então mandei dizer a seu pai: venha buscar essa menina. Aqui comigo não fica mais. Tome conta dela, daqui pra frente. Bote no cabo de uma enxada. Quando soube que o pai vinha mesmo, sabe o que Zuleide fez? Fugiu de casa.

Foi assim. Ela vinha saindo da escola. Viu as irmãs um pouco mais adiante, andando em grupo, com outras colegas. Gritou para elas:

— Ei, esperem aí. Tenho uma coisa pra dizer a vocês. Fez sinal para elas deixarem o grupo. As irmãs obedeceram.

— Vocês vão direto pra casa?

— Vamos. Claro que vamos — disse uma delas, intrigada.

E a outra, mais surpresa ainda com a pergunta:

— Por que você está perguntando isso? Não vem também?

— Lembranças para todos. Muitas lembranças — disse Zuleide, com um sorrisinho maroto.

— Você não vai voltar pra casa, com a gente?

— Olhem ali — Zuleide apontou para uma árvore. — Estão vendo aquele táxi?

— Sim. Mas o que é que tem o táxi?

— Nada. Digam a papai que roça é uma porra.

Saiu correndo, aos pulos, lembrando uma criança que brinca de amarelinha. As outras duas irmãs se entreolhavam, sem se dizer nada. De vez em quando Zuleide parava, olhava para trás e jogava um adeusinho.

— Você não deixa nem o endereço? — gritou uma delas.

— Eu escrevo pra vocês — disse Zuleide, voltando a correr.

Escreveu um ano depois, de um lugar chamado Pojuca, dizendo que acabava de ter uma menina. Aceitava visitas. Suas portas estavam abertas para todos. Logo mais, quando a menina estivesse durinha, iria levá-la para conhecer os parentes. Era uma carta muito engraçada e terminava assim: digam a papai que roça é uma porra. As irmãs ainda deviam se lembrar disso e haviam de dar boas risadas. Pena que a carta não tenha encontrado as suas destinatárias. Elas também já estavam longe. Muito longe.

O ronco do motor do carro não é mais forte do que o ronco do meu motor. Corre, Totonhim, corre. Precisas salvar a tua mãe, porque precisas te salvar. Eis a esperança que te resta. Medicina, drogas, chás, feitiçaria, promessas, o caralho que atravessar na tua frente. Este carro rasga uma estrada que te rasga e pouco te importa se esta é a estrada que rasga o umbigo, o coração ou o cu do Brasil. Salvador-Bahia, para os baianos. Recife-Pernambuco falando para o mundo. Alô, alô, Serviço de Alto-Falantes A Voz do Sertão, oferecendo mais esta linda página musical para a moça de azul e branco que neste momento passeia na calçada da igreja de mãos dadas com a moça de rosa e amarelo. As cores e as flores também enlouquecem. Satanás pede clemência, está seco no inferno. Salvador, capital do amor. Atenção, muita atenção. Deus fala hoje pela cadeia nacional de televisão, atenção Junco, ligue seus vinte e tantos aparelhos hoje às oito da noite. Deus vai falar. Ele existe. O que Ele não quer é se envolver. Minha mãe precisa ouvi-lo. Minha mãe precisa saber: Deus não está nem aí. Deus, Deus, Deus. Vinde a nós, Senhor. Precisamos pelo menos de uma palavra Sua de consolo. Pelo amor de Deus.

— Mamãe, mamãe, Ele não está me ouvindo. Nem Deus quer me ouvir.

— Fique quieto — ela disse. Estou tão cansada.

Adormeceu.

O dia está clareando. Deve ser entre quatro e cinco horas da manhã. Daqui a pouco saberei as horas certas, na cidade dos comerciantes que vieram de longe e hoje têm um perfeito domínio do seu tempo. Estamos chegando. Esta cidade é assim: um mundo de portas de lojas que se abrem e se fecham, uma vida em dois tempos, abrir e fechar, fechar e abrir; dois únicos movimentos dentro do tempo. Hotéis e pensões imundos para os filhos dos fazendeiros que vêm estudar aqui, para os motoristas de caminhão que passeiam por aqui. Uns cinco ou seis ginásios, portas que se abrem e fecham. O bordel fica à direita de quem entra, o hospital fica à esquerda. Ainda não sei se a levo para o hospital, para o asilo, ou para uma casa funerária. Já sentiste o ressonar convulso da tua própria mãe? São muitos os meus parentes arranchados logo na entrada da cidade. Tomaram um bairro inteiro, devem estar acordando. Vivem aqui como se vivessem na roça, devem estar acordando. Chafurdam no gueto, chafurdam nos esgotos. Não é preciso ir muito longe. Aqui mesmo: Alagoinhas, Bahia. Miserabilenta vida miserável, não quero mais duzentos anos de seca, não quero mais um século de fome. Homens da roça fazem fila nas portas dos homens da roça que moram na cidade. O bairro de entrada é o mais fedido de todos, o mais fodido. Isto aqui é igualzinho a Feira de Santana. Eu sei, porque já morei lá.

O que pensas é produto da tua loucura, parece me dizer o porteiro do asilo, sonolento e opaco, triste e mal-encarado. Um mundo de gente triste. Um mundo que tem exatamente a minha cara. É isso mesmo, confirma a enfermeira de rosto miúdo e chupado, escondendo os olhos atrás dos óculos. Mirradinha, como a vegetação do tabuleiro. Nervosinha, como a minha mãe. — O diretor ainda está dormindo — ela me informa. E eu pergunto: — Por quê?

E ela me olha por cima de seus óculos e a resposta está dentro de seus olhos sonados: — Porque vocês chegaram cedo demais. E eu penso: Não, querida. Chegamos tarde demais. Abaixa os olhos. A cena é muda. Ainda assim ouço-a dizer: — Sabe o que é dar plantão numa casa de loucos e ainda por cima ser acordada por um homem e uma mulher fedendo a vômito?

Esperemos. O diretor só vai chegar às oito. E até às oito zanzei não sei quantas mil vezes de uma porta à outra da calçada. O motorista dormia debruçado sobre o volante, mamãe dormia encolhida no banco traseiro do carro. Meninos passavam alegres a caminho do colégio. Meninas de azul e branco, meninos de roupa cáqui. Enterrem os seus mortos, crianças. O futuro é azul e branco. Ou, como papai diz: a Deus pertence.

Felizmente o diretor é o Jonga. Ficamos amigos nas últimas eleições, quando ele esteve no Junco, pedindo votos para um primo. Arranjei-lhe alguns. Recebi uma carta dele, agradecendo, e se colocando às ordens. Não tive vergonha de me apresentar espandongado mesmo do jeito que estava e nem de apresentar a minha mãe naquelas condições. Um trapo. Dói dizer isso, mas é a verdade. Jonga foi muito cordial, simpático até. Tentou me consolar:

— Se todos nós temos uma cruz para carregar, você já tem a sua.

Mamãe iria receber o melhor tratamento possível, eu que confiasse nele e ficasse descansado. Estávamos conversando, quando ela disse:

— Que médico bonito. Ele trabalha na televisão, não trabalha?

Essa terra

Pensei nessa coisa que se diz ser a solidariedade humana. Ela existe, sim. Desde que a gente conheça alguém que esteja em condições de oferecê-la. Pelo menos aqui para os nossos lados tem sido assim. Lembra mais uma troca de favores.

Não me esperaram para o enterro. Achei ótimo. Cansado do jeito que estava, só queria cair numa cama e fechar os olhos. Papai se queixou: — Tinha tão pouca gente.

— E agora, o que é que o senhor vai fazer?

— Vou dar um passeio pelas roças, para ver uns parentes. Amanhã pego o ônibus, salto em Alagoinhas, e de lá pego o de Feira.

Ver os parentes da roça. Era isso o que ele mais gostava.

— Vai custar dinheiro, o senhor sabia? Todo mês.

— Eu ando tão apertado. Semana que entra serviço, semana que não entra.

— E o que eu ganho aqui é muito pouco.

— Pouco com pouco já ajuda.

— Papai, acho que o senhor não me entendeu. Mamãe —

— Entendi, sim. Como não estou entendendo?

— E o que o senhor pensa fazer?

— Vou ver se acho uma menina dessas, uma parenta nossa que queira ir tomar conta da casa.

— Um velho e três meninos. Quatro pessoas no desamparo.

— E mamãe? O asilo — dinheiro todo mês.

— Eu também não vou durar muito. Tenho certeza disso.

Foi então que comecei a me sentir perdido, desamparado, sozinho. Tudo o que me restava era um imenso absurdo. Mamãe Absurdo. Papai Absurdo. Eu Absurdo. "Vives por um fio de puro acaso." E te sentes filho desse acaso. A revolta, outra vez e como sempre, mas agora maior, mais perigosa. Não morrerás de susto, bala ou vício. Morrerás atolado em problemas, a doce herança que te legaram. O enterro foi pago com dinheiro emprestado, a juros. Uma miséria, de uma miséria de outra miséria. Teu pai não sabe se vai ter dinheiro para comer, daqui pra frente, quanto mais se vai pagar os juros do enterro de um filho. Ele está te contando que passou a vida pegando no pesado, ninguém nunca poderá chamá-lo de preguiçoso. E agora só lhe restam duas mãos cheias de calos. E quando perguntaste pela terceira vez. — O que é que o senhor vai fazer? — te respondeu: — Se não fosse pela idade, eu ia para São Paulo-Paraná. Talvez estivesse querendo que o empurrasse pela estrada. Nelo, querido, não vou chorar a tua morte. Foste em boa hora. Agora eu te entendo, é bem capaz que eu já esteja começando a te compreender.

— Saiba de uma coisa, papai. Eu vou embora.

— Para onde?

— O dinheiro que eu receber da Prefeitura, no fim do mês, é para comprar uma passagem.

Ele insistia:

— Para onde?

— É pouco, mas acho que dá para chegar lá.

— Você aqui tem um emprego. Bem ou mal, você tem o seu garantido. Estude bem. Assunte o caso.

— Não sei se o senhor sabe, mas eu tenho uma vaca, no pasto do meu finado avô. Vou vender, para completar a viagem.

— Mas para onde você vai?

— Para São Paulo.

Se há uma coisa que não compreendo é isso: por que o velho nunca aceitava uma ideia nossa. Tínhamos que apresentar o fato consumado, para que o admitisse. Mas contrariado.

— Você é igual aos outros. Não gosta daqui — falou zangado, como se tivesse dado um pulo no tempo e de repente tivesse voltado a ser o pai de outros tempos. — Ninguém gosta daqui. Ninguém tem amor a esta terra.

Ele tinha, eu sabia, todos sabiam.

Passado o sermão, papai amansou a voz. Parecia mais conformado do que aborrecido:

— Você faz bem — disse. — Siga o exemplo —

Abaixou as vistas, sem completar o que ia dizer.

O CACHORRO E O LOBO

I

O telefonema

Eis aí

Eis-me de regresso a essa terra de filósofos e loucos, a começar pelo meu pai, que disso tudo tem um pouco.

E se aqui estou é por causa dele mesmo. Ou melhor, dos seus oitenta anos. Foi uma festa de arromba, me disseram. No dia seguinte!

Um presente de grego, pensei, sem saber se ria ou chorava. Sim, só fiquei sabendo quando tudo já havia acabado e todos já estavam pegando o caminho de volta. E aí uma boa alma deu por falta de uma rês que fazia muito se desgarrara do rebanho. E fez o que seu coração mandava e suas pernas ainda podiam aguentar: correu. Como se algum filósofo lhe tivesse soprado ao pé do ouvido que não é a fé que remove montanhas, mas o complexo de culpa. Sem tempo a perder com delongas e especulações vãs, disparou como uma louca, quem sabe na esperança de se redimir. Pois havia sido ela mesma, a benquista, terna, responsável, abnegada, devotada etc., e agora chorosa mana Noêmia, a escolhida para avisar ao irmão ausente — o que vivia longe, sem dar notícias, sem escrever e nem telefonar para ninguém. E, assim, o que se esquecera de tudo e de todos agora havia sido esquecido. Castigo dos deuses? Não. Uma falha — grave, gravíssima — da mensageira, logo ela, a que nunca falhava e não ia falhar. Ela mesma, a que havia se vangloriado, na cara de todos, de ter descoberto o número do telefone do renegado, um segredo que nem morta revelaria a ninguém, muito menos ao próprio. "Onde andei com minha cabeça?" Agora ela corria para recuperar o que já sabia irrecuperável. A data já havia passado. Ainda assim, ia falar com o grande ausente, para se desculpar pelo esquecimento, para lhe pedir mil e um perdões. Pernas pra que te quero, cabelos à solta, o coração na mão, ó cabecinha de vento!, tanto filho, marido, irmãos, sobrinhos, primos, visitas, providências, compras, louças, roupas, conversas, fraldinhas, uma netinha, ai!, o entra e sai em sua casa, a preparação da viagem, o aniversário do pai, telefonemas, ah!, o telefone, surpresa, surpresa, aquele humilde lugar, onde todos nasceram, cresceram e viveram até a hora de ir embora, sim senhor, aquele remoto lugarzinho já tinha telefone, quem diria! E era para o posto telefônico que ela estava indo. Correndo.

— Alô! Eu queria falar com Totonhim. É você mesmo? Totonhim? Adivinha quem está falando?

Entre uma voz e outra havia uma estrada com mais de dois mil quilômetros de distância. Isso não era nada, perto dos séculos a separá-las. E então a voz que vinha de longe, do túnel do tempo, entoou um familiar lamento sertanejo, primeiro para dizer que finalmente toda a família havia conseguido se reunir — "Só faltou você" — e depois para contar algumas coisas sobre papai, umas engraçadas, outras preocupantes, passando a seguir a perguntar sobre se eu ainda me lembrava dela, e se também lembrava que tinha pai, mãe e irmãos, e do cheiro do alecrim, da palavra saudade, lembrava?, lembrava? E perguntava, perguntava:

— Sabe quanto tempo faz que você não põe os pés aqui?

— Sei, claro.

— Então, diga, com a sua própria boca.

— Desde que saí daí.

— E quantos anos faz isso?

— Um bocado de tempo.

— Vinte anos, seu cachorro. Isso é coisa que se faça? Não tem vergonha, não? Vinte anos sem uma única palavra. Por que você faz isso com a gente?

Por quê? Por quê? Por quê?

Era uma longa história. Não daria para contá-la por telefone. Além disso, não saberia por onde começar. Minha doce, lamentosa, perguntadeira e recriminadora mana do peito não estava lá — lá mesmo, de onde agora estava me ligando —, no dia em que vim embora. Não foi ela quem viu nosso irmão Nelo — oh, filho pródigo! — com o pescoço numa corda, no armador de uma rede, os olhos apavorantemente esbugalhados, a língua enormemente esticada para fora da boca, a cabeça desgovernadamente pendida para um lado, todos esses elementos compondo um aterrorizante quadro de dor e horror. Não foi ela, nem qualquer outro de nossos irmãos, quem teve de ficar de vigília até papai chegar para fazer o caixão. Nem quem teve de ouvir as beatas a praguejar, como um bando de gralhas mal-assombradas: "Enforcado não entra na Igreja." Ou as perguntas do delegado de polícia, para as quais não havia respostas. E a voz do doido Alcino, infernizando, enlouquecendo, ora como um boi berrando para o sol, ora como um cão uivando para o sul: "Mais um condenado foi para o inferno. Mirem-se, condenados!" Definitivamente não foi minha doce irmã Noêmia quem viu mamãe chegar para ver o seu herói morto (ó dia, ó vida, ó azar!) e perder o juízo na mesma hora, para que eu tivesse mais uma tarefa a cumprir nesse dia: procurar um lugar para interná-la, ainda que tivesse de rodar quinze léguas pela noite adentro, banhando-me e perfumando-me pelo caminho com os produtos liquefeitos que suas vísceras não conseguiam segurar, nos solavancos do jipe da Prefeitura. Não foi ninguém mais que, depois de tanto esforço, sofrimento e providências, não conseguiu retornar a tempo para o enterro, ou seja, para dizer adeus ao lendário irmão que regressara à terra onde nascera, depois de vinte anos pelas bandas de São Paulo-Paraná, onde tudo é verde como o céu (sim, o céu é verde; lá chove sempre), para oferecer a nós todos apenas o triste espetáculo da sua morte, legando-nos um pau de arara cheinho de perguntas. Meninos, fui eu que vi meu pai fazendo o caixão, com a paciência de um boi na canga, tendo por companhia unicamente uma garrafa de cachaça. À medida que esvaziava a garrafa, ia ficando mais desgostoso. E lá pelas tantas já era tanto o seu desgosto, que não teve a mesma paciência de antes, para esperar por mim: dispensou os meus préstimos no traslado do defunto para a cova. Apressou-se em enterrar o morto e pôr uma pedra sobre o assunto. Mas não é só por esses acontecimentos que não posso cantar como o Caetano Veloso: *No dia em que eu vim embora / não teve nada de mais.* Comigo teve coisa até demais.

Foi só dizer que ia embora para ouvir poucas e boas. Papai se enfureceu. Disse que eu não tinha amor àquela terra, nem eu nem meus irmãos, e por isso a terra nos amaldiçoaria, por todo o sempre. Depois ficou mais calmo, pensou, refletiu, coçou a cabeça e concluiu que eu fazia bem em ir embora. Para seguir o exemplo. Falou em exemplo abaixando as vistas, resignado. Qual e de quem, não precisou completar. Não era preciso. Mas havia uma coisa estranha nisso, digamos, uma ironia do destino. Ele não acabava de enterrar aquele que podia me servir de exemplo? Pensei em lhe dizer isso, brincando, para relaxar os ânimos. Mas me contive. Eu sabia perfeitamente a que exemplo papai se referia. Não era, naturalmente, o do Nelo que voltou e se matou, matando o sonho do lugar, que sempre sonhou em partir. Tanto que todo mundo endoideceu — ninguém havia conseguido dormir naquela noite. O exemplo que eu tinha de seguir só podia ser o do outro Nelo — o que partiu. Pois eu que partisse também, e não voltasse tão cedo, para que o lugar pudesse continuar sonhando. Com as chuvas de um perene mês de maio, no eterno verde de um céu chamado São Paulo-Paraná.

O cachorro e o lobo

Com um lugar à sombra das árvores das patacas, lá longe, muito além do arco-íris, pra lá do Vale do Anhangabaú, do Viaduto do Chá. Enquanto isso, eu, o que viria a partir, iria precisar de muito chá de casca de laranja para poder dormir e ter bons sonhos. Mesmo assim aconteceu de algumas vezes o chá não fazer efeito. Para que eu passasse muitas noites atormentado com a imagem de um pescoço numa corda, dois olhos esbugalhados, uma cabeça pendente, uma língua monstruosa numa boca apavorante. Ao fundo, uma enlouquecedora voz de alma penada: "Totonhim? Você não é o Totonhim? Então você é meu irmão. E se somos irmãos somos amigos, certo? Me leve na casa da minha mulher. Fica em Itaquera ou no Itaim, pra lá de São Miguel Paulista. Quero ver os meus filhos. Mexa-se, Totonhim. Chame um táxi. Corra. Não, você não é o Totonhim. Você não é meu irmão, porra."

Sim, eu sou o Totonhim. Quer saber mais? Sempre tive medo de voltar lá e dar de cara com... com aquela cara que um dia eu vi pendurada numa corda. Pior — bom, deixa pra lá. O tal exemplo a seguir. Quer dizer, há momentos em que penso que o lugar continua à espera de que eu volte para completar o ciclo aberto pelo meu irmão Nelo. Ele, ele, ele. Só se falava nele. Naquele tempo eu achava que para meus pais pouco importava se o ano tinha 365 dias e quatro estações, nem se a Terra era redonda e girava em torno do seu próprio eixo. Para eles o que verdadeiramente tinha importância era o fato de haverem gerado um filho chamado Nelo, o primogênito. O sabido. O atirado. O vitorioso — nas terras ricas do sul de São Paulo-Paraná. E fui eu mesmo quem ouviu da boca do meu pai esta queixa: "Tinha tão pouca gente." Foi logo depois do enterro, a algumas horas da minha partida. Quase lhe respondi, com a convicção da mais empedernida das beatas: "Enforcado não entra na Igreja." E nem garante cemitério lotado. Pobre filho da mãe. Não teve o reino dos céus verdejantes de São Paulo-Paraná, mas o negrume das profundas nas entranhas do massapê do sertão baiano. Pobre filho da puta. Quantos olhos estarão à espreita para ver se vou seguir o teu exemplo? Aquele, o derradeiro? Papai, coitado, sabia o que estava me dizendo e sabia que eu ia entender direito o tal do exemplo. Por acaso terá pensado na hipótese de estar falando de corda em casa de enforcado? Pobre filho de uma égua. Ele mesmo. Papai. Meu pai. O velho. Mas eu estava pau da vida com essa história de não haverem me avisado antes sobre os seus oitenta anos. Esqueceram de mim. Como se eu não fizesse parte da família.

Não se preocupe tanto, não se torture mais. Nada é mais como antes, parece me dizer a terna, tristonha e chorona Noêmia, virando o disco e dando à conversa um tom mais otimista, quase entusiástico:

— O lugar agora está uma gracinha. Dá gosto de ver. Tem luz elétrica noite e dia, água encanada, televisão de montão, banca de jornais, dois ginásios, dois hospitais, supermercado, carro a dar com o pau e, pasme, até uma biblioteca pública!

— O quê?! Nessa terra sem rádio e sem notícias das terras civilizadas?

— Você está por fora. Ainda está no tempo do serviço de alto-falantes. Agora todo mundo aqui é cidadão subdesenvolvido — ela deu uma gostosa gargalhada. Também ri, entendendo a brincadeira a respeito das pessoas do lugar que voltavam do Sul metidas a falar bonito, ou falando difícil, enchendo suas bocas com palavras de que nem sempre sabiam o significado, muitas vezes querendo dizer o contrário do que estavam dizendo. Depois, me arrependi. Não era caso de deboche. Era de pena.

— Ô essa menina. Venha cá, minha fia — carreguei bem no sotaque, esperando que ela se divertisse com isso. — Vosmecê tá mangando d'eu?

— Não, menino. Estou falando sério. Até aquele sotaque retado do nosso tempo acabou. Tabaréu da roça aqui só da idade de papai pra trás.

O *cachorro e o lobo*

— E adonde estão os capiaus do nosso tempo?

— Foram todos pra São Paulo. Você não vê todos eles por aí, não? Aqui só a seca é que continua igual ou pior. Há dez anos não chove nessa terra. Não é fácil achar um raminho de alecrim. Nem no mato, lá no tabuleiro.

— Vai ver arrancaram o alecrim pra fazer no lugar uma faculdade de comunicação.

— Por que logo de comunicação?

— Pro pessoal sair da roça direto pra uma agência de propaganda em São Paulo. Ou pra TV Globo, no Rio de Janeiro.

— E você, menino. O que você faz na vida?

E tome pergunta. Se *enriquei* — e por isso nunca mais dei bola pra ninguém da família. Se já me casei. Se tenho filhos. Por que é que não pego a mulher e os filhos e levo lá, para conhecer os parentes. Não adianta argumentar com as dificuldades de ordem prática. O trabalho da mulher, o colégio das crianças. Qualquer desculpa para não pegar um avião, um ônibus ou um carro, já, e ir acalentar-me no colo de mana Noêmia, chorar todas as saudades em seu ombro — inclusive a saudade dos seus cafunés —, qualquer motivo alegado terá as mesmas e definitivas interpretações: falta de vontade, de consideração, de amor. Eis aí o preço do apego, do afeto — cobrança. Essa conversa vinha de longe e longe ia. Minha mão já estava dormente. Meu ouvido ardia. Troquei a posição do fone e perguntei por mamãe. Estava viva e ainda lá, na graça de Deus. Até que bem. Teve aquele problema, quando viu o amado, adorado, idolatrado filho Nelo morto. Ficou aluada, mas se recuperou. Foi uma perda de juízo temporária. O mais incrível: aos setenta e cinco anos, ainda conseguia botar uma linha no buraco de uma agulha, sem óculos. E papai? Agora a ex-tristonha, ex-lamentosa e ex-chorona mana Noêmia encheu o peito: "Porreta!" O velho estava ótimo. Magro, enxuto, lúcido, brincalhão. Adorava cantar, dançar e contar causos e mais causos. Tinha uma saúde de ferro. Mas, atenção: estava fumando e bebendo demais. E, quando ficava bêbado, dava os maiores vexames. Passava a xingar e a provocar todos que lhe aparecessem pela frente.

— E aí, o que acontece?

— Nada. As pessoas dão risada. Acho que todo mundo aqui gosta dele. Se não, já estava morto ou já tinha levado muita porrada.

— E então? Por que se preocupar? Ele já chegou aos oitenta. O resto é lucro.

Sim e não. Era preciso não esquecer que cigarro e bebida matam. E ela — falava em nome de toda a família, na verdade morria de vergonha quando via papai bêbado, tropeçando nas pernas e nas palavras, que nem um palhaço, alvo fácil da chacota pública. O que fazer? Nada, respondi. Bebida mata, sim, mas lentamente. E o velho já deu provas de que não tem pressa. Agora, se lhe tirassem na marra o cigarro e a bebida, ele podia ficar tão triste, tão deprimido, que ia acabar morrendo rapidinho. Obviamente tais argumentos não a convenciam. Deve ser uma raridade encontrar uma mulher que seja condescendente com os bêbados. Os únicos, aliás, que acham que só eles veem o mundo girar.

O pior era que papai andava vendo outras coisas. Vendo e ouvindo — a ex-chorosa mana Noêmia passava a um tom mais grave. Segundo ela, todo fim de tarde, na boca da noite, papai se senta na varanda de sua casinha da roça (que fica bem lá em cima, no começo da Ladeira Grande, com uma vista deslumbrante a perder-se no horizonte), acende um cigarro e passa a contemplar os últimos raios de sol, a morrer no Brasil para nascer no Japão, deixando atrás de si um rastro de vermelhidão de anúncio do fim do mundo ou propaganda dos cigarros Marlboro. Na verdade, de acordo com o quadro pintado pela repentinamente lírica mana Noêmia, aquela contemplação fazia parte de um ritual: a espera da noite com sua escuridão, suas estrelas, seus visitantes. As almas do outro mundo. Que apareciam assim que a noite ganhava corpo e forma, favorecendo o convívio, a vida social, para criaturas sensíveis à luz do dia. Chegavam e batiam altos papos, animadamente. Esses longos serões com os mortos faziam papai se sentir como nos velhos e bons tempos, quando tivera uma casa imensa, cheia de meninos e visitas. Ao contrário dos vivos, os mortos não tardavam nem falhavam. Eram pontuais e conversavam até se cansarem, quando pediam licença, se despediam e se retiravam, prometendo voltar. E voltavam sempre. "Será que papai ficou broco?", perguntava uma preocupada mana Noêmia. Fazia quanto tempo que eu não ouvia essa palavra? Broco: sem tino perfeito, por causa da idade avançada. Mas ela não já havia dito que o velho estava ótimo, em perfeitas condições físicas e mentais? Afinal, isso era verdade ou não era?

— Calma — ela disse. — Papai tem boa saúde, sim. O que eu temo é que ele esteja enlouquecendo, naquela casinha da roça, onde fica o tempo todo sozinho. Tem uma casa na rua, onde pode ficar pro resto da vida, mas não fica nela por muito tempo, nem amarrado. A gente leva o velho pra Salvador, aí no dia seguinte ele já começa a dizer que as suas galinhas vão morrer porque não tem quem dê comida pra elas, que precisa plantar feijão, e que isso, que aquilo. É só cair uma chuvinha que ele arriba. Às vezes sai pra passar uns dias com mamãe, em Alagoinhas, lembra de Alagoinhas, recorda-se de Alagodé? A primeira cidade de nossas vidas, entre a roça e a capital, se lembra? Pois papai chega lá de manhã e volta de tarde, todo apressado. Volta correndo pra sua roça. É assim. Tenho medo que ele morra sozinho. Já pensou? Papai morrendo sozinho, sem ninguém por perto, sem a gente ficar sabendo?

Ufa! Era como se eu estivesse pagando todos os meus pecados — os do silêncio, do esquecimento, da falta de notícias, atenções, correspondência. Mana Noêmia não precisava me ameaçar com mais dramaticidades para eu jogar a toalha. Prometi-lhe que iria pensar com carinho nuns dias de férias e, quem sabe? E ela, que me perguntava quando eu ia tomar vergonha, entendendo-se por "tomar vergonha" ir visitá-la já, agora, a ela, papai, mamãe, aos outros irmãos e irmãs, bem, ela queria minha palavra de que eu iria fazer isso, o mais breve possível, agora, já. E não é que quando desliguei o telefone estava mesmo pensando em tal possibilidade? Ela tinha razão: papai podia morrer sozinho, qualquer dia desses, e eu nem ia ficar sabendo, a não ser muito tempo depois. E aí minha alma é que iria pro buraco, pros quintos dos infernos. Tinha de ir vê-lo, urgentemente. Além do mais, aquela história de que ele andava falando com os mortos havia me deixado fascinado. Achei isso um barato. Quem seriam esses mortos? E o que conversavam? Bebiam uma cachacinha? Pitavam um cigarrinho? Davam risada, faziam molequeira, sacaneavam uns aos outros, como aluno de colégio interno em dia de folga? Ou eram todos uns tristonhos, nostálgicos, melancólicos? Seriam almas penadas ou já quites com suas penas? Meu irmão Nelo frequentava esses saraus? Andaria ele ainda sem pouso e sossego, ou já havia chegado o seu dia de descansar em paz? Tão impressionante quanto os serões do meu pai com o povo do outro mundo era imaginá-lo sem medo dos mortos. Por isso ele acabava de crescer no meu conceito. Virava um herói. Sim, eu iria voar ao seu encontro. O mais rápido possível. Cheio de curiosidade e alguns temores. Medo. Muito medo mesmo, que ninguém é de ferro.

E assim se passaram vinte anos, pensarei, ao chegar lá. Assim se passaram vinte anos sem eu ver estes rostos, sem ouvir estas vozes, sem sentir o cheiro do alecrim e das flores do mês de maio. Nem o das cambraias engomadas das meninas cheirando a sabonete Eucalol, as que levavam as flores para a igreja, nas novenas do mês de maio. Assim se passaram vinte anos: sem eu queimar a sola dos pés nas areias do tabuleiro, nem nos caminhos de massapê das baixadas. Sem escorregar no tauá da ladeira da Tapera Velha, sem subir de joelhos em penitência até o Cruzeiro da Piedade. Sem roubar goiaba em quintal alheio e pedir perdão ao Cruzeiro dos Montes e à Virgem Mãe de Deus, Nossa Senhora do Amparo, a nossa padroeira. Sem dar risada com as histórias do velho povo, que ri de tudo e de todos, como quando diz, encerrando uma prosa, na hora de ir embora:

— O negócio, doutor, é bater palma pra maluco dançar. Assim foi. Assim é. Cá estou. Chegando.

Maluco está o meu pai. De alegria.

É assim que o reencontro: sorrindo de orelha a orelha. Ele abre os braços, corre para o abraço:

— Você por aqui? Vai chover.

Diz isso de boca cheia. Calorosamente. O que me leva a pensar que passou os últimos vinte anos da sua vida à minha espera.

Só não contava com o que ele iria dizer, a seguir:

— Agora me diga: quem é você? Sei que é da minha família. Mas não me lembro qual é. Você é algum dos meus netos? É filho de Nelo ou de Noêmia? Se é neto, só pode ser filho de algum dos meus mais velhos.

Os filhos de Nelo nunca pisaram aqui. Nem eu, que moro em São Paulo, os conheci. Tento entender a confusão mental do meu pai e desculpá-lo por isso. Afinal, são tantos filhos, tantos netos. Até bisnetos ele já tem. Não dá mesmo para se lembrar de todos, um a um. Pena que até hoje não tenha conhecido um filho do seu idolatrado, salve, salve, primogênito. Tudo que restou dele se perdeu na fumaça.

Não. O meu pai não está bêbado. Ainda não.

Só não está é me reconhecendo.

Digo:

— Eu sou seu filho. O Totonhim.

E ele, me abraçando com força, desinibição, efusividade, o que me desconcerta, pois nunca foi dado a esses arroubos e salamaleques:

— Eis aí. Totonhim de São Paulo-Paraná. Se teu avô fosse vivo ia dizer: "Caboco setenta. Tu vale por setenta deste lugar."

— Ele dizia isso nos anos setenta. Agora diria assim: "Caboco noventa."

— Eis aí. E com mais um pouco ia dizer assim: "Caboco 2000."

— "Êta caboco bom."

— Eis aí. Pena que não teve paciência de esperar o dia da gente dizer pra ele: "Caboco vinte e um. O senhor vale por vinte séculos e mais um."

Eis aí. Nunca antes duas palavrinhas juntas, formando uma interjeiçãozinha um tanto quanto em desuso, entraram tão redondamente em meus ouvidos. Eis aí um homem que, ao tornar-se oitentão, apresenta um vigor na voz capaz de surpreender a todos os mortais, de todas as idades. Podem espalhar que as suas cordas vocais estão muito bem-conservadas em alcatrão, nicotina e álcool, muito álcool, cana brava. Mas, psiu! Cuidado com os ouvidos da patrulheira mana Noêmia, de mamãe e de todo o esquadrão feminino da família, incluindo-se nisso a parentada toda por afinidade, as comadres, amigas, vizinhas, conhecidas mesmo de longe, beatas, *ora pro nobis*, ó virgem, amém.

— E aí, velho? Vamos tomar uma, pra comemorar?

— Obrigado, mas não bebo. Aceita um café? Se quiser, vou fazer, agorinha mesmo. Ainda se lembra do meu café?

Eis aí, eis aí. Alguém me enganou, mas deixa pra lá.

II

Manhã

Ô, velho!

E eis que me venderam um pai bêbado e entregaram um sóbrio. Nada mal, para começar. Mas em verdade, em verdade, vos digo: estou decepcionado.

Na verdade mesmo eu estava preparado era para uma história longa e triste — meu pai escornado no balcão mais encardido da mais remota bodega deste remotíssimo lugar, meu pai a tropeçar nas próprias pernas por becos sujos e vielas escuras, meu pai largado nas mais imundas sarjetas, meu pai lambido pelos cães e beijado — na boca! — pelas moscas, meu pai troçado, escarnecido, sacaneado pela turba, a malta, a galera, achincalhado desapiedadamente por tudo e todos, Deus, o diabo, o mundo. Ao fundo, a todo volume, o dó de peito do cantor *tonitruante como Júpiter*, a voz orgulho do Brasil, *O Berro*:

> *Tornei-me um ébrio e na bebida busco esquecer*
> *Aquela ingrata que eu amava e que me abandonou.*
> *Apedrejado pelas ruas, vivo a sofrer,*
> *Não tenho lar e nem parentes, tudo terminou...*

Enquanto a voz de trovão sacode as vidraças, balança os vitrais, estilhaça os cristais, uma câmera passeia pela velha praça de sempre e revela os olhos contristados do velho povo, a se debulhar em grãos de chuva, as pérolas de chuva de uma terra onde nunca chove, mas onde, se Deus quiser, vai chover. E aí, nem bem chego aqui, descubro que não tem drama nenhum. O que encontro é um pai sorridente (e ele ainda tem dentes, e muitos, e em bom estado, parece). Tanto quanto parece um homem feliz. Esse velho... Vai ver, é de mim que ele está rindo — da minha cara de espanto, de surpresa, de decepção. Queimaram o meu filme. E eu não sou nenhum rei da chuva e começo a achar que perdi a viagem. Se soubesse, não tinha vindo. E agora, Totonhim, que fazer? Dançar um tango argentino? Cantar um bolero?

O Serviço de Alto-Falantes a Voz do Sertão informa: procura-se pai bêbado, desbocado, vexaminoso — um insensato octogenário — para o porre do século, a carraspana definitiva, o pileque homérico, em eloquente desobediência às reiteradas recomendações de uma mãe em adiantado estado de consumição, irmãos e irmãs padecendo da mesmíssima aflição, tias com excesso de disponibilidade, parentes e aderentes igualmente desocupados, médicos terroríficos, empedernidas beatas, ah, o poder catequético das beatas, elas são do bem, e é aí que está todo o mal. Vinde a mim o lobo velho desgarrado, de preferência se estiver a fim de ficar mais bêbado do que um gambá. Juntos enfiaremos o pé na jaca, conjugaremos o verbo beber em todos os tempos e modos, eu bebo, tu bebes, nós bebemos, ele e eu, pai e filho, eu e ele, filho e pai, como dois loucos, a dizer besteira até o sol se pôr, e a filosofar em silêncio até o sol raiar. E eu me sentindo no melhor dos mundos. Por ainda ter um pai com quem podia encher a cara, certo de que ele jamais erraria o caminho de casa.

Eu estava bem alto ao pensar nisso: a uns dez mil metros de altitude, cruzando os céus do Brasil, entre São Paulo e Salvador da Bahia, com um carrinho de bebidas apontando no corredor do avião. "Tintim, velho. Saúde. Feliz aniversário." (Tudo bem, o aniversário dele foi há três meses e alguns dias, mas cá me vou.) "Antes tarde do que nunca, o senhor não acha?"

O *cachorro e o lobo*

— Acho que você mora é longe, não é?

— Sim, senhor. Bota longe nisso.

— E você veio lá do fim do mundo só para me ver?

— É. Só para lhe ver.

— E eu que pensava...

— Que eu já tinha morrido?

— Não, não foi isso.

— Então o senhor pensava que nunca mais eu vinha aqui.

— Eu pensava que nunca mais ia ver você.

— Ainda bem que o seu pensamento não estava certo.

— É, você está aqui. Quem diria!

— Cheguei atrasado para a festa de aniversário, mas não esqueci o seu presente.

— Presente mesmo é a sua vinda.

Estamos os dois na sala de visitas de uma velha casa. Uma casa velha.

Velha casa: não sei quantas gerações nela se arrancharam, nos dias de missa, nas santas missões, nas festas da padroeira. Minha memória só pode alcançar o tempo em que os meninos da minha idade faziam a festa, embolados numa mesma cama, em colchões e esteiras jogados no chão. Aqui era a casa da rua e pertencia ao meu avô materno, distando uns poucos passos da do meu avô paterno, logo ali, na esquina em frente. Ninguém nunca morou aqui. Passavam-se dias, até o padre ir embora e todo mundo pegar o caminho da roça. Vinha-se para cá com todo o assanhamento deste mundo. Voltava-se de crista arriada, um passo hoje outro anteontem. Com certeza, esta casa deve guardar a memória da felicidade das crianças e das desavenças dos adultos, principalmente entre minha mãe e suas irmãs. Por que viviam se estranhando? Nós, os meninos, não nos interessávamos pelos seus desentendimentos. Enquanto as mães brigavam, os filhos brincavam. Bom mesmo era beliscar a coxa de uma prima. Tudo isso e o repicar dos sinos. Chamando para a missa, para o catecismo, a crisma, os batizados, os casamentos. A velha casa está onde sempre esteve: próxima à igreja, bem perto de Deus. Assim devia pensar o meu avô, e o pai dele, e o pai do pai dele, e só resta saber se todos foram para o céu.

Casa velha, por estar bastante castigada, descascada, desbotada, como se estivesse cheia de estrias, rugas, tristeza e cansaço.

Esta sala, de tantos domingos engomados, cheirando a sabonete e roupa lavada, guarda uma lembrança triste. Uma história trágica. Mas ainda não tive coragem de olhar para o canto onde tudo aconteceu. Nem quero pensar nisso agora. Agora, que estou absorvido pelas primeiras impressões deste reencontro com o meu pai. E o velho parece uma criança, ao abrir a sacola com os presentes que lhe trouxe, dizendo: "Mas, rapaz, você não precisava se preocupar, não precisava, não precisava." No entanto, está contente em receber mais estes presentes pelos seus oitenta anos: camisas, sapatos, calças e, até, um paletó que tirei do meu armário, ainda em bom estado, diga-se. Dei uma geral no meu guarda-roupa, para a alegria do velho. Um par de sapatos, porém, é novinho em folha, ele mesmo é quem vai tirar o selo. Faço com que o experimente e ele se espanta por eu não ter me esquecido do número dos seus sapatos. Simples, eu calço o mesmo número. Temos o mesmo tamanho de pé.

— Que bom que você veio — ele diz. — E chegou na hora. Porque se você tivesse demorado mais cinco minutos não ia me achar aqui. Eu já estava quase saindo para a roça.

Ah, a sua casinha na roça. Onde todo mundo acha que ele vai morrer. Sozinho.

Pergunto-lhe por que não passa a morar aqui na rua, de vez. E ele:

— Até você? Nem bem chegou, já vem com isso? Quem andou enchendo os seus ouvidos? Ora veja só! Já mandaram até o padre me dar conselho. O padre, o prefeito, o delegado de polícia, os vereadores, as zeladoras da igreja, tudo quanto é autoridade e vivente destas redondezas. É, só faltava você. Agora não falta mais.

— Não é bom que as pessoas se preocupem com o senhor? É para o seu bem. — Saiu horrível esse "para o seu bem", mas, quando me dei conta disso, já era tarde.

— Pro meu bem, coisa nenhuma. Isso é falta do que fazer. Por que não vão cuidar de suas próprias vidas? Povo besta.

Ao dizer "povo besta" dá uma risada, voltando ao jeitão alegre de antes. E explica que esta casa não é dele. Mamãe havia vendido a parte dela para um dos irmãos, que comprara de quem queria vender e ficara dono sozinho. Esse meu tio mora no sul do estado e só vem aqui de tempos em tempos. Porém, deu uma chave para o meu pai, para que ele cuide da casa de vez em quando, evitando que ela seja derrubada ou invadida. Ele dorme aqui quando vem à cidade e resolve ficar para o dia seguinte. Penso que é inútil tentar saber dele por que decidiu viver assim, sozinho, longe de todos. Por que ele e mamãe se separaram? Não tem mesmo medo de morrer sozinho? Só uma única coisa no mundo parece incomodá-lo: as suas galinhas. O medo de que fujam ou sejam roubadas. Como os filhos. Por falar nas galinhas, ele diz que depois do almoço podemos ir à sua casa, lá na Ladeira Grande, "para você matar a saudade do seu tempo de roça". A palavra "almoço" me chama à razão. E lhe passo outra sacola, cheia de mantimentos. E ele, mais uma vez: "Não precisava se incomodar. Não precisava..." E se retira para a cozinha, avisando que primeiro vai fazer um café. Depois fará o almoço. Eu que não me preocupe: ele sabe muito bem se virar na cozinha. Pudera. Com todos esses anos vivendo sozinho...

Ao chegar à porta da sala, antes de dobrar à direita e sumir lá pra dentro, ele para, vira-se pra trás e diz:

— Bem, você conhece a casa. Pode escolher o quarto que quiser pra deixar as suas coisas. Sim, diga, qual o quarto que você quer?

Dou de ombros e respondo que tanto faz, mas na verdade sempre gostei do quarto da frente, porta a porta com a sala de visitas e com duas janelas para a rua. Prefiro este por causa da claridade e é nele que vou me instalar. Como meu pai deixou todos os seus presentes espalhados sobre as cadeiras e até no chão, me apresso em fechar as duas janelas que ele abriu logo que cheguei — e quando cheguei só a porta de entrada estava semiaberta —, já que minha intenção é acompanhá-lo até a cozinha. Não quero deixá-lo só. Ou, por outra: eu é que não quero ficar sozinho nesta sala, para não ter que olhar para o canto onde, com certeza, ainda há um certo armador de rede, o gancho onde meu irmão Nelo há vinte anos enfiou uma corda e nela pôs o seu pescoço e disse: "*Bye-bye*, Brasil." Como vou ter que conviver com isso, com essa coisa de não querer ficar sozinho, nem à plena luz do dia, não sei. Este é o problema. Meu pai, porém, que já deve ter perdido a conta dos caixões que fez na vida, do número de crianças e adultos (anjinhos e pecadores) que já enterrou, ele que, dizem, toda noite recebe a visita dos mortos, com os quais bate altos papos, em longas tertúlias, não pode saber disso. Vai dizer: "Homem, se assunte. Tome tenência. Medo de morto? Você tem mais que ter medo é dos vivos." E nem dos vivos ele parece ter medo. Pois, ao notar que vou fechar as janelas, espanta-se:

— Pra quê? Pode deixar tudo aberto. Janela, porta, tudo. Aqui não tem ladrão.

Agora quem se espanta sou eu:

— O quê?!

— Tem, não. Nunca teve. Esqueceu?

— Difícil de acreditar que haja um lugar hoje no mundo sem ladrão, um único ladrão. Mas já que o senhor garante...

— Garanto. Ladrão mesmo só lá pras civilidades onde você mora.

— É — eu digo, e o acompanho, pensando: "Vai ver, vim parar num paraíso e não sabia."

Antes de deixar a sala dou uma olhada de soslaio no retrato oval do meu avô, que continua na parede principal, bem ao centro, quer dizer, onde sempre esteve, posando para a posteridade. Impressionante: mesmo desbotado, carcomido pelo tempo, o retrato ainda mantém a sua personalidade bem viva, preserva suas características fundamentais, uma serena altivez, um discreto orgulho, uma transparente fidalguia. Única obra de arte pendurada na parede, esta fotografia é também o único troféu de toda uma família. Isto porque a foto da minha avó não está aqui — e eu sei que havia uma foto dela aqui, mas isto foi há muito tempo. Pode ser que alguém a tenha levado, como recordação, ou a tenha trocado de parede, nesta casa mesmo. Meu avô estava muito bem barbeado e engravatado na hora em que tirou esse retrato. E deixou como registro, até o fim dos tempos — isto é, enquanto esta fotografia existir —, a ponta de um sorriso, no canto da boca. Ou será que é agora que ele está sorrindo? Vai ver é daquilo que andei pensando sobre o poder catequético das beatas. Deve, do alto do seu retrato, ter achado isso engraçado. Mas não pode dar risada abertamente, em público, sendo católico praticante, respeitador do povo da igreja de Deus. "A bênção, padrinho."

— Totonhim, ainda bem que você chegou, para tirar uma dúvida. É verdade que você é comunista?

— Por que o senhor está me perguntando isso, padrinho?

— Porque me disseram que você não acredita em Deus.

— Quem lhe disse?

— Seu primo Louro.

— Ah, o tenente da Marinha. Nosso herói de guerra.

— Ele mesmo. Disse que você é ateu.

— Como é que ele pode saber alguma coisa a meu respeito? As poucas vezes em que conversamos, ele estava caindo de bêbado. Aliás, desde que se reformou que não faz outra coisa, a não ser encher a cara. E eu só conheci o tenente depois que ele se reformou.

— Você está falando a verdade, Totonhim?

— Claro, padrinho.

— Então você acredita em Deus?

— Às vezes.

— Por que às vezes?

— Sei lá, padrinho. Isso é complicado.

— Por que você às vezes perde a fé em Deus?

— Não dá para acreditar em tudo, o tempo todo.

— Em Deus, dá. Acredite. E Deus lhe ajudará.

Ah, padrinho. O senhor é do tempo em que ou se acreditava em Deus ou se era comunista. Daquele tempo em que crente e comunista era tudo a mesma coisa. O senhor não vai acreditar, mas não sobrou um só comunista, nem para semente. De repente, desapareceram, dir-se-ia que num passe de mágica. Agora, quanto aos crentes, cresceram e se multiplicaram, biblicamente. Entoando loas ao Senhor e pagando o dízimo ao pastor. Mas, acredite, meu inesquecível padrinho, meu idolatrado, salve, salve, avô: não vim aqui para ofender a Deus, nem para denegrir o senhor, nem para desonrar e manchar a sua memória. Portanto, não se sinta ofendido se eu lhe disser que só há duas coisas no mundo das quais sinto saudade: o tempo dos comunistas e o tempo dos boleros. Acho que o mundo era muito mais interessante nesse tempo. E o que era que havia nesse tempo? Sei lá. Já passou.

Sigo atrás do meu pai, em silêncio. Ele, no entanto, cantarola. Só faltava ser uma música dos crentes, para completar o clima. Vou seguindo os seus passos, no corredor, passando por muitos quartos, todos fechados. Ao chegar à sala de jantar, sinto que uma sombra passa por mim. Não podia ser a minha própria sombra, porque avançou e seguiu o meu pai para a cozinha. Era um vulto em movimento idêntico ao de uma pessoa andando. Paro. E não apenas para fazer um reconhecimento da sala, mas também para me refazer do susto que a passagem da sombra me causou.

O cachorro e o lobo 171

E para tanto me concentro nos vestígios de si mesma que a sala ainda guarda. Não há cheiro de mulher por aqui. Uma mulher poria uma toalha bonita sobre a mesa e, sobre a toalha, um jarro de flores ou uma cesta de frutas. Não deixaria que a cristaleira, tão antiga, tão familiar, tão senhorial, fosse condenada ao pó. Na parede à minha frente, um relógio de cuco. Parado. Não vou cair na besteira de dizer que aqui o tempo parou. É só um relógio parado, à espera de alguém que lhe dê corda ou que o leve para o conserto. A porta e as duas janelas que dão para o quintal estão fechadas. E eu estou numa sala em penumbra, guiando-me pela luz indireta que vem do corredor e da cozinha. Ainda haverá flores no quintal, como antigamente? Rosas vermelhas e brancas. Rosas amarelas. Flores para as meninas levarem para a igreja, nas novenas do mês de maio. E onde estarão as meninas para quem colhi flores, em muitos meses de maio? Ninguém ressona ou fala dormindo, ou sussurra, ou ri, ou reclama. Nenhuma criança chorando. E no entanto o meu pai está cantando. Ouça, Toto-nhim. Escute só:

— *O café torrando lá, / o cheiro passando cá.*

E olha que ele tem a voz bem entoada. É bom ouvi-lo, é agradável. Sua voz enche esta casa, ecoa sob as ripas, telhas e caibros. Evoca um pôr do sol nos confins do tempo, com um homem puxando a cantiga, essa mesma cantiga, marcando o ritmo na pancada do cacete de bater feijão, com outros homens acompanhando a cantoria, todos andando à volta de uma montanha de feijão e cantando e batendo, nenhum deles podendo errar o ritmo para não bater atrasado ou adiantado e não machucar quem estivesse ao lado, *o café torrando lá (pá), o cheiro passando cá (pá)* — os homens batiam o feijão cantando para marcarem bem o ritmo de suas batidas. E o homem de quem falo puxava essa cantiga exatamente no momento em que uma mulher começava a torrar o café e o cheiro se espalhava pelas redondezas. E eu sei quem é essa mulher, tanto quanto sei que esta era uma cantiga de amor, como ainda deve ser. Pelo menos enquanto for cantada pelo homem que a está cantando. E que agora para e passa a lavar pratos, a mexer em panelas. Sons de cozinha. Sinais de vida.

Passo os dedos na poeira da mesa de jantar. Estávamos todos aqui numa certa Semana Santa. Naquela Sexta-Feira da Paixão não consegui engolir o bacalhau carregado no leite de coco e no azeite de dendê de toda Sexta-Feira Santa. Apesar de estar em jejum, outra santa obrigação de toda Sexta-Feira Santa. Cuspi no prato logo na primeira garfada. Coro à mesa: "OHHHHHH!" Seguido de um puxão de orelhas. Ah, e os olhares. Todos a condenar o pecador às profundas do inferno. Vai ver eu já tinha feito um pacto com o diabo e iria comer carne, às escondidas. Santa mãe de Deus, valei-me. Eu devia andar com algum problema intestinal, só isso. Não estava suportando o cheiro e o sabor daquele bacalhau, era isso. E só a minha avó teve sensibilidade para perceber o que estava acontecendo. E disse:

— Deem outra coisa a ele.

— Mas o quê?

— Feijão com arroz e farinha, ou puro mesmo — eu disse.

— Ele tem que comer o que está na mesa. Tem que respeitar o dia de hoje. E hoje é dia de bacalhau — disse mamãe.

Meu avô interferiu:

— Na Sexta-Feira Santa não se pode comer carne. Mas isto não significa que só se tenha que comer bacalhau. Arranjem outra coisa pro menino.

E caso encerrado.

Comi feijão com arroz, e pronto. Alguns ainda me fizeram longas vistas com seus olhares mortíferos, naturalmente por estarem detestando aquele bacalhau.

— A bênção, madrinha. Obrigado, padrinho. Bom mesmo é ter avó e avô! Pai e mãe são muito chatos. Batem, reprimem. Avó e avô botam o neto pra quebrar.

O cachorro e o lobo　173

Silêncio.

Meu avô está dormindo numa cadeira de balanço, na varanda do Padre Eterno, embalado pelo vento que embalança a palha do coqueiro nos campos do Senhor. E a minha avó está rezando o seu rosário de todos os dias, ajoelhada diante do nicho iluminado pela lamparina recendendo a azeite, no quarto dos santos, que recende às flores que ela colheu nos jardins da Santa Mãe de Deus. Por quem minha madrinha tanto reza? Espero que não seja por mim, já que isso poderia significar que eu não passaria de um desventurado, diante dos seus olhos — e do seu coração.

Silêncio.

É como um prêmio, uma bênção, a prova definitiva de que valeu a pena ter vindo a este mundo onde não é preciso fechar os olhos para lembrar que tive uma vida antes e que não era igual à que tenho agora, seja lá o que for que faça a diferença entre uma coisa e outra, cargas e descargas elétricas, trepidações, hora marcada, pressa, sei lá. Parece mentira, mas nesta casa não tem televisão.

Silêncio.

É como descobrir que não é só na morte que a paz existe. Aqui, nesta sala em penumbra, dá até para ouvir a minha própria respiração, os meus pensamentos, as vozes que falam por eles ou através deles. E há uma voz que agora faz um alerta: foi preciso que alguns morressem e os outros fossem embora para que eu pudesse ter o privilégio de todo esse silêncio, que acaba de ser cortado por alguma coisa, um ser vivo ou morto que se move dentro da sala, acima da minha cabeça, fazendo um ruidozinho esganiçado, assustador. Volto a pensar em meu avô e no meu irmão Nelo. Pelo barulho deve ser o Nelo, o atormentado, se é que ele ainda não dorme o sono dos justos. Olho para cima e, a princípio, não vejo nada além de ripas, caibros e telhas — simples materiais de construção, de cobertura de casas, essas coisas deste mundo. Mas persiste a sensação de que não estou sozinho nesta sala. Algo se move, se mexe, faz barulho. Meus olhos passeiam pelo telhado até localizarem, pendurado de cabeça pra baixo, sua excelência, um morcego.

— Totonhim! Cadê você? Venha tomar um café.

— Tô indo.

Escuta, Totonhim. Foi o seu pai quem chamou. E ele vai cantar. Outra vez:

— *Acorda, Maria Bonita, / Levanta, vem fazer o café...*

Ah, eu sei quem é essa Maria Bonita. E como sei.

Sim, velho, eu me lembro. O senhor acordava com o canto dos galos. Era o primeiro a levantar-se e ir para a cozinha, acendia o fogo, botava água pra ferver, para fazer o café, antes de ir tirar o leite, no curral. O senhor saía do seu quarto, atravessava a sala e pegava o corredor da cozinha cantando esta mesmíssima cantiga. Sua Maria Bonita hoje vive numa cidade, em outra cidade bem maior do que esta, a quinze léguas de distância, no dizer do velho povo, e não pode ouvir o seu canto. Mas será que ela ainda se recorda do seu alegre despertar, numa casa no campo, em algum lugar do passado?

Ouça, Totonhim:

— *Se eu soubesse que chorando / empato a tua viagem...*

Ô velho. Para com isso. Vamos tomar uma cachaça.

Na cozinha

Chegue à frente para dois dedos de prosa ao pé do fogão, sob o crepitar da lenha e o fumegar das panelas. O som das cozinhas ancestrais, onde reinavam os filósofos e os loucos.

Atravesso a porta da sala para a cozinha como quem entra no túnel do tempo das tertúlias. "Tira os dentes da minha jugular", penso, me dando conta do quanto estou perturbado com a visão do morcego pendurado de cabeça pra baixo, com os pés grudados numa ripa, sob o telhado. O morcego que, ao se mover sobre a minha cabeça, espalhou um ruído estridente, arrepiante, me levando a confundi-lo com a alma penada do meu irmão Nelo, se é que o condenado ainda não pagou toda a sua pena. "Por favor, não vampirize os meus pensamentos", eu disse ao morcego pendurado de cabeça pra baixo, enquanto me perguntava se ele não seria a reencarnação do corvo de Edgar Allan Poe:

> *E esta ave estranha e escura fez sorrir minha*
> *amargura com o solene decoro de seus ares*
> *rituais. Tens o aspecto tosquiado, disse eu, mas*
> *de nobre e ousado,*

> *Ó velho corvo imigrado lá das trevas infernais!*
> *Dize-me qual o teu nome lá nas trevas infernais.*
> *Disse o corvo, "Nunca mais".*

E mesmo que eu lhe dissesse: ... *Amigo, sonhos — mortais /
Todos — todos já se foram. Amanhã também te vais*, o morcego não
iria responder "Nunca mais", pelo simples fato de que ele é apenas um prosaico e repelente morcego e nada mais. E não por saber que nem todos se foram, porque ainda resta o meu pai. Que
está à janela, com um cigarro entre os dedos da mão esquerda e
uma caneca de café na mão direita. Ele alterna um gole de café
com uma baforada do cigarro, o olhar perdido no quintal, e eu
me perguntando o que estará vendo. Talvez esteja olhando para
ontem, para os bons tempos ancestrais. Mas ele está olhando é
para uma galinha que cisca, uma galinha arrodeada de pintinhos e acompanhada por um galo de crista levantada e penacho
majestoso. Sentado à mesa da cozinha, eu contemplo a imponência do galo através da porta, e o admiro ainda mais quando
ele infla o peito, sacode as asas e canta, como se berrasse para o
sol, anunciando todo o seu poder sobre o terreiro. É agora que
me sinto de fato com os pés na terra onde nasci. Nestes vinte
anos bem longe deste lugar, bastava ver uma galinha e seus
pintinhos ciscando, um galo cantando e um caco de telha num
terreno baldio, para me lembrar daqui. E o meu pai, em que
será que está pensando? Ah, é verdade: ele fuma. O octogenário
ainda manda lá pra dentro do peito uma boa carga de nicotina
e alcatrão. Parece mentira, mas sua aparência é melhor do que
a de muitos não fumantes mais novos do que ele. Papai fuma
e pensa. Está barbeado, e vejo nisso um bom sinal: o de que
está bem. Deprimidos deixam sempre a barba por fazer, como
os suicidas — e olha eu de novo me lembrando do meu irmão
Nelo. Quando o encontrei com o pescoço pendurado numa
corda, notei que ele não havia feito a barba naquele dia. Além
de bem barbeado, meu pai usa um chapéu na cabeça, vai ver
para esconder a calvície. Vejo nisso uma pontinha de vaidade, o
que também não deixa de ser outro ponto a seu favor. Ah, mas
ele sempre andou com um chapéu na cabeça, que só tirava para

entrar na igreja ou em sinal de respeito, diante dos mais velhos. E, de filho a filho, dava sempre o mesmo conselho, um tanto bíblico. Ou filosófico:

— Não ande com a cabeça no tempo. Bote o chapéu. Quem anda com a cabeça no tempo perde o juízo. Porque os chapéus foram inventados nos tempos de Deus Nosso Senhor, para cobrir a cabeça dos homens. E todo homem tem de usar o seu chapéu. Você tem o seu. E, se eu lhe dei um, foi para você não andar com a cabeça no tempo.

Sim, ele nunca andou com a cabeça no tempo. Por isso tem juízo, embora muitos — toda a família, para começar — pensem o contrário. Parece viver muito bem acompanhado — consigo mesmo. Parece achar a solidão uma bênção, pois lhe deixa tempo bastante para pensar. Parece não temer a morte e não ter medo de morrer sozinho. Tiro-lhe o chapéu.

Silêncio.

Meu pai já tomou o seu café e agora bafora com um indescritível prazer o seu pensativo cigarro. "Nunca mais", eu penso, ao me dar conta de que ele já não fuma um cigarro de palha ou de papel de seda, a enrolar pacientemente o fumo que ele mesmo picava, num solene ritual. Agora ele fuma Hollywood com filtro, ora vejam só. E, pela satisfação com que bafora as suas tragadas, jamais me atreveria a dizer-lhe que no mundo de onde eu venho os fumantes se tornaram seres humanos desprezíveis.

Sim, reina o silêncio no templo da boa prosa, o antro dos conversadores, nos tempos ancestrais. Não falo de vinte anos, mas de muito para trás, até onde a minha memória não alcança, me restando apenas, muito ao longe, um certo zum-zum-zum que docemente me fazia adormecer. Do que se passou há vinte anos, porém, ainda me lembro. Primeiro, uma conversa com meu irmão Nelo, aqui nesta cozinha, no dia em que ele chegou de São Paulo, muito bem embalado num terno de casimira, sapatos de duas cores, a boca cheia de dentes de ouro, um relógio brilhando mais do que a luz do dia, um rádio de pilha faladorzinho como um corno, e nem um tostão furado nos bolsos — o que só fui ficar sabendo quando já era tarde demais para fazer alguma coisa. E foi aqui, nesta cozinha, que ele perguntou por papai. Respondi:

— Vendeu a roça, a casa da roça e a casa da rua, pagou as dívidas, torrou o troco na cachaça, depois se mudou para Feira de Santana. Não sabia?

— Pobre velho — ele disse e perguntou por mamãe.

— Ela foi antes, para nos botar no ginásio. O velho ficou aqui, zanzando, desgostoso, se maldizendo de tudo. De tempos em tempos ia a Feira. Mas enjoou de andar para cima e para baixo, deu para beber e brigar com todo mundo. Um dia não aguentou mais e sumiu na estrada, em cima de um caminhão, aboiando.

— Pobre velho — Nelo disse de novo e perguntou pelos meninos.

Depois que informei que todos estavam espalhados por aí, pelo estado da Bahia mesmo, ele disse:

— Tenho muita pena de papai.

Ao chegar, do jeito que estava vestido, e pelos seus modos lá do Sul, Nelo (o exemplo vivo de que a nossa terra podia gerar grandes homens etc.) não aguentou a parada. Matou-se quatro semanas depois.

Meu pai veio de Feira de Santana para enterrá-lo. Depois, entre outras coisas, me disse:

— Eu também não vou durar muito. Tenho certeza disso.

Passou-se isto aqui nesta mesma cozinha, há vinte anos.

Concluo que, se ele disser outra vez que não vai durar muito, pode botar mais duas décadas à sua frente que as traçará com a tranquilidade de quem bate um prato de feijão.

Nem que seja só para contrariar quem acha que ele é digno de pena.

O *cachorro e o lobo*

— Seu avô morreu aí, nessa cadeira onde você está sentado — diz o velho, como se voltasse ao mundo dos vivos. — Ele morreu de repente, com um sorriso no canto da boca. Tinha saído da cama e veio aqui para a cozinha, para participar da conversa, numa hora em que eu acabava de chegar para lhe fazer uma visita. E sabe por que ele estava rindo? Porque eu lhe disse: "Que bom, compadre, que o senhor melhorou. Assim, tão cedo eu não vou ser chamado para fazer o seu caixão." Foi aí que ele riu. E morreu.

— É, pelo visto morreu feliz.

— Mas até hoje não foi perdoado por ninguém da família.

— Por quê?

— Só tinha oitenta e cinco anos! Um desaforo alguém aqui morrer com uma idade dessas. O seu outro avô, o meu pai, viveu quase cem anos. E a mãe dele, a sua bisavó, chegou aos cento e dez.

Pensei: enquanto isso, Nelo, o seu filho mais velho, se foi aos quarenta.

E ele, como que adivinhando os meus pensamentos:

— Bom, tem gente que parece que se cansa, nem bem chega na metade do caminho. Seu irmão, por exemplo, que Deus o tenha. Ele não podia estar aqui com a gente, agora, para matar a saudade?

— É — eu digo. E me calo. Na verdade eu acho que ele está por aqui, sim, está na área. Quem sabe não será mesmo ele aquele mamífero noturno e repulsivo, a pendurar-se numa ripa de cabeça para baixo, em pleno dia? Cuidado, mano velho. Você pode cair e quebrar o pescoço. Desça daí e chegue à frente. A casa é sua.

À janela

Se esta casa está cheia de fantasmas, em plena luz do dia, ainda não dá para dizer. Mas, por via das dúvidas, vou abrir todas as janelas e deixar o sol entrar. Sol, luz, muita luz. Antes que eu me assombre com a minha própria sombra.

São dez e meia da manhã. Isto quer dizer que estou aqui há apenas trinta minutos. E já parece um bocado de tempo. Acho até que já vi tudo que tinha que ver, já sei que o meu pai está vivo e ainda aqui, inteirão e... sóbrio! Mais sóbrio do que um poste. Quer dizer: já posso voltar. Depois do almoço, claro, para não lhe fazer uma desfeita. Afinal, ele foi para a cozinha por minha causa e lá está, botando água e tempero no feijão e preparando o frango que eu trouxe do supermercado. Já dá para sentir um cheirinho de coentro no ar, *eu quero mesmo é comer com coentro / eu quero mesmo é estar por dentro / como já estive na barriga...*, cantarolo baixinho, para não assustar os fantasmas, muito menos quebrar o silêncio, este silêncio tão benfazejo, inusitado, surpreendente, fantástico, inacreditável, meu Deus, como é bom o silêncio, por isso estou cantando bem baixinho, quase inaudível, para que nenhum dos meus mortos mais queridos proteste contra o barulho, o *meu* barulho.

Sim, certo, estou adorando este silêncio tão profundo e maravilhoso. É tão incrível que já levou o meu pai a me perguntar, num momento em que eu estava calado: "O que foi que você disse?" E respondi: "Nada. Eu não disse nada." Já percebendo o efeito de tão longo silêncio, meu pai começava a ouvir tudo o que se passava na minha cabeça. Para quem vem de uma megalópole como São Paulo, um silêncio destes vale mais do que ouro em pó, os prêmios da Supersena, da quina da Loto e de todas as loterias somadas, mas, mesmo assim, eu já começo a me perguntar por quanto tempo serei capaz de suportá-lo. Tanto quanto não sei até quando os meus pulmões resistirão à limpidez do ar que estou respirando.

Silêncio. Meu pai voltou a cantar, não sei se para alegrar os seus mortos, se para matar a saudade de alguma coisa, se de puro contentamento pela minha visita, se realmente está adivinhando chuva ou simplesmente para certificar-se de que está vivo. Ou por ser mesmo um homem feliz. E ponto final. Seja lá qual for a razão, ele canta. Como um pássaro — que não precisa de motivo para cantar.

— Se quiser dar uma volta por aí, para ver os amigos e parentes, aproveite, enquanto preparo o almoço — ele disse ainda há pouco, na cozinha. E acrescentou: — Não deixe de falar com todos, para que não pensem que você voltou orgulhoso. Você sabe como são as pessoas daqui. Se ofendem à toa.

— Mas será que ainda me conhecem? Ainda se lembram de mim?

— E por que não?

— Vinte anos não são vinte dias, não é, papai?

— Bem, lá isso é.

Decido que o melhor é dar um tempo para sair por aí. Preciso criar coragem para encarar o povo, o velho e o novo povo do Junco, do meu velho, tristonho, pacato, remoto e ensolarado Junco. No fundo do meu coração temo que pensem que voltei aqui... para morrer!

E logo num dia tão bonito como este? Seria um pecado, um crime. Céu limpo, sem um único risco de nuvem, azul demais. E meu pai diz que vai chover. Onde será que ele está vendo sinais de chuva? Será por causa do calor? É verdade: está um forno. Sol quente, abrasador, de rachar a moleira, queimar o juízo, fritar ovo no batente da porta, na soleira da janela, como um aviso de que o fim do mundo está próximo, pois assim está escrito nas sagradas profecias: "Não mais a água; da próxima vez, o fogo."

E do fogo não escapará nenhum Noé para contar a história. E o pior: este nosso mundo não passará do ano 2000, meu pai vivia dizendo isto, eu me lembro. Ele repetia o que ouvira de seus antepassados, que repetiam as palavras de fanáticos e profetas. E o ano 2000 é logo ali, ao dobrar a esquina. E aí, pessoal, todo mundo pronto para arder na maior fogueira de todos os tempos? E o senhor, papai, ainda acredita que o mundo vai se acabar antes do ano 2000?

— Se Deus quiser, não vai ter fim de mundo nenhum. Mas, se o mundo vai mesmo se acabar, eu quero estar aqui pra ver. Pois vai ser o maior espetáculo da Terra.

Aí ele balança a cabeça, espantado com o que disse. E tenta se corrigir:

— Não, eu não quero estar aqui pra ver. Mas não se assuste, não. Vai chover no dia do fim do mundo. A chuva apagará o fogo.

— E se não chover?

— Vire essa boca pra lá. E reze pra chover.

Diz isso a sério. E depois, rindo:

— Fim de mundo mesmo, Totonhim, é a velhice. É você olhar para uma linda mulher e ela lhe chamar de senhor.

Se, de fato, ele estiver ouvindo os meus pensamentos, é capaz de vir lá da cozinha até a sala, para reclamar:

— Pare de botar palavras na minha boca, seu cachorro.

Da janela vejo a velha e preguiçosa praça de sempre, com suas casinhas de platibanda coladas umas às outras, todas iguais, ou quase todas. Vejo uma ou outra pessoa andando, bem devagar, um passo hoje, outro depois de amanhã e o pensamento em anteontem. Vejo os telhados enfeitados por antenas parabólicas. Vejo um garotinho de azul e branco, com um caderno e um livro debaixo do braço. E penso: "Já fui você outro dia e tive muitos sonhos. Com que você sonha?" Será que esse menino, no dia 7 de setembro, o Dia da Pátria, põe uma fitinha verde e amarela no peito e solta o verbo, diante da Bandeira Nacional: "Estandarte que a luz do sol encerra, as divinas promessas da esperança"? E quais serão os sonhos deste lugar? Um homem passa a cavalo, chapéu de couro, jaleco de couro, perneira de couro, sapatos de couro cru — deve ser o último vaqueiro. "Dia", ele diz. "Dia", respondo. Basta isso, eu me recordo: dia, tarde, noite. E todos entenderão que você está dizendo *bom dia, boa tarde, boa noite*. Aqui, quem fala muito acaba dando bom-dia a cavalo.

Da minha janela não vejo mais o Pacaembu, que agora amanhece coberto por uma névoa, uma cortina de fumaça, como toda a cidade de São Paulo. Desta janela, aqui na casa do meu avô, onde antigamente as moças ficavam olhando para a estrada, à espera dos rapazes da cidade — principalmente os que foram para São Paulo —, eu vejo o céu e me pergunto, como numa velha canção, por que são tantas coisas azuis, por que há tantas promessas de luz, tanto amor para amar e que a gente nem sabe etc. Não, daqui não vejo o mar, mas vejo o caminho que leva a ele, pela Ladeira Grande, com o seu asfalto reluzente, espelhando ao sol — e esta é seguramente a maior novidade do lugar: o asfalto. Agora, sim, o Junco está no mapa viário do mundo, pois teve os seus quarenta e dois quilômetros de estrada de terra e cascalho asfaltados às pressas na última campanha eleitoral. E como vou ouvir falar nisso, meu Deus. Com que alegria e orgulho dirão todos que o lugar finalmente atravessou o túnel do tempo e chegou ao futuro. A travessia, porém, já registra algumas baixas: os que já morreram acidentados. Na pressa para as eleições, fizeram uma estrada estreita demais. Agora, salve-se quem puder.

Se viro o pescoço à esquerda, vejo o prédio onde funcionava a escola em que estudei. Ali, através de um atlas geográfico, descobri que o mundo era grande. E que a Terra é redonda como a bola que a gente batia na hora do recreio. Quantos sonhos, quantos sonhos. Ainda não vi um único carro de bois. De quando em quando passa um automóvel sem a menor pressa. Olhando à direita, vejo a igreja, branca, imponente, imensa. Ela está fechada, pois hoje é um dia comum, sem missa. Sem graça. Ainda assim, me lembro das meninas muito engomadas, cheirosas, festeiras, nas portas do fundo, saindo da sacristia — com que sonhavam? Olho para este mundo feito de casas simples, lembranças singelas e gente sossegada, tudo e todos sob um céu descampado, e me pergunto se ainda tenho lugar aqui, se conseguiria sobreviver aqui, morar aqui. E me assusto com a pergunta.

No entanto, o que mais me espanta é que até agora o meu pai não me perguntou se vim para ficar ou a passeio, e por quantos dias, se sou casado e tenho filhos, e quantos, se estão bem, e por que não trouxe a mulher e os filhos, por que nunca escrevi para ninguém e nem mandei notícias, se tenho um bom emprego e em que trabalho, se já fiz um pé-de-meia, se na vinda pra cá me encontrei com minha mãe e os meus irmãos e se sei dizer como vão todos, se ainda me lembro do gosto da rapadura, do doce de mamão, do beiju de tapioca, do aipim com leite, da umbuzada, dum bate-coxa num forró rasgado, se de vez em quando escuto um bolero e choro de saudades da finada jega Mimosa, se alguma vez sonhei com este lugar e se era um sonho bom, se chovia no meu sonho. Se sou feliz.

Até agora eu também não disse que trabalho num banco. No Banco do Brasil! E podia dizer isso de boca cheia, deixando todo mundo de queixo caído: familiares, parentes, aderentes, pais e mães de meus ex-colegas de escola, as zeladoras da igreja. Ah, sim, as beatas por certo chegarão a um êxtase muito assemelhado do orgasmo: "Sim, senhor! Com que então você é do Banco do Brasil?! Quem diria!"

Só não sei se meu pai partilhará do mesmo entusiasmo. Banco do Brasil ou não, é um banco. E não fale em banco perto de mim. "Compadre, banco é tetra", já lhe disse o meu avô. E disse isso tarde demais, quando o meu pai já estava encalacrado com as promissórias vencidas e sem safra que lhe permitisse pagar o empréstimo bancário, angariado para plantar sisal. Foi aí que ele teve que vender suas terras. Foi aí que ele se sentiu um homem sem chão. Se eu disser ao meu pai que trabalho num banco, ainda que no Banco do Brasil, qual será a sua reação? Só dizendo, para saber. Mas não vim aqui para magoá-lo, mexendo em velhas feridas.

Bom, a manhã avança. O sol treme. Como se faltasse pouco mesmo, muito pouco para o mundo pegar fogo. "Não mais a água..."

Fogo. Fogo. Fogo!

Tomara que chova.

Relendo as primeiras histórias

Num tempo em que esse mundo velho era povoado por contadores de histórias, um galo cantando fora de hora já era o começo de um romance — de amor. Uma donzela devia estar sendo roubada dos pais por um sedutor impaciente e levada na garupa de um burro para uma noite de núpcias nos ermos de uma tapera ignota. Eram histórias de amores contrariados. Se teriam finais felizes ou não, só iríamos saber muito tempo depois. Mesmo que o galo estivesse cantando só por cantar, simplesmente para espantar o tédio de seus dias sempre iguais, ou para chamar ao ninho uma galinha arisca, sem a menor intenção de provocar pânico ou anunciar um caso sensacional, o seu canto fora de hora — ainda mais se fosse nas horas das ave-marias — causava impacto e alvoroço. Mães em desespero, todas as mães, corriam pelas salas, quartos, cozinhas e quintais, chamando as filhas, para contá-las, uma a uma, até certificarem-se de que não estava faltando nenhuma.

Aqui tive meu sono de criança embalado num farfalhante colchão de palha pelo vozerio sussurrante de homens cansados, que contavam histórias de ladrões de gado e das guerras das cercas, quando vizinhos armados até os dentes se enfrentavam por um palmo de terra na demarcação dos limites de seus domínios, mandando às favas a crença de que depois de mortos iriam virar um fogo-fátuo, pois a isto estavam condenados: a uma vida eterna na fogueira, em torno das cercas pelas quais tanto haviam brigado. Eis o velho Junco e suas histórias. De pavões misteriosos — sempre a salvar donzelas em cativeiro — à chegada de Lampião ao inferno, onde ele havia enfrentado a sua última batalha — contra Satanás. Se a peleja diabólica teve um vencedor? Ora, e Satanás era lá páreo para um cabra macho como o nosso capitão Virgulino Ferreira, o maior bandoleiro do mundo? Ele simplesmente reduziu o reino de Satã a cacos. Nem depois de morto e degolado iria perder a sua majestade. Uma vez rei do cangaço, sempre rei do cangaço. Assim na Terra como no inferno.

Contavam-se histórias para espantar o medo da noite e suas almas penadas. Para matar o tempo. Para passar uma chuva (aqui já choveu antes, eu me lembro). Para chamar o sono. Ou para não perder o juízo, na solidão destes confins. E dormia-se à espera dos mortos que viessem indicar o lugar onde, em vida, haviam enterrado o dinheiro, suas pequenas fortunas muito bem escondidas dos herdeiros. Um pecado sem remissão. Por isso esses mortos perturbavam o sono dos vivos, até que pudessem se livrar do peso de suas sovinices, encontrando um bom e corajoso vivente capaz de desenterrar o cofre com o produto de seus eternos padecimentos. Só assim poderiam descansar em paz. Chamava-se a isso de dinheiro encantado. Desencantá-lo era como receber uma herança, ganhar no jogo do bicho ou acertar na loteria. Daí sonhar-se com a aparição das almas penadas, como salvação dos mortos sovinas e dos vivos gananciosos. E esses eram os melhores e os piores sonhos deste lugar. Porque nunca tinham um final feliz. Quando os sonhadores, depois de tatear no escuro, guiados pela aparição, finalmente chegavam ao local do dinheiro enterrado, o dia clareava. E aí apareciam os cangaceiros do inferno, no seu tropel satânico, para afugentá-los. Acordavam maldizendo a oportunidade perdida. Mas contando uma história de arrepiar.

Depois passou-se a sonhar com o Sul, as terras ricas de São Paulo-Paraná. Os que voltavam traziam novas histórias. Con-

O cachorro e o lobo

tavam as aventuras de uma cidade com mais de trinta léguas de ruas. Onde, durante o dia, um ajudante de pedreiro se besuntava na massa e na cal preparando o reboco para os edifícios em construção e, à noite, se lavava todo, se perfumava e se vestia igual a um doutor — para tanto o dinheiro dava. Outros iam mais longe, até um tal de Paraguai, atravessando nuvens de mosquitos e fronteiras perigosas. Heroicos mesmo eram os relatos dos que diziam ter conseguido fugir de fazendas em que trabalharam como escravos, sempre devendo mais do que ganhavam ao armazém dos proprietários. Fugiam pulando cercas intransponíveis e atravessando rios largos e profundos, deixando para trás o som das balas e o latido dos cães. Caminhavam dias e noites por selvas impenetráveis, escapando de inimigos tão ferozes quanto os que vinham nos seus calcanhares: cobras capazes de engolir um boi e bichos nunca dantes vistos ou imaginados. E chegavam sãos e salvos a algum lugar, sabe-se lá o milagre. E nem quais as artes do destino que os faziam voltar aqui, vivinhos da Silva, cheios de dentes de ouro e muitas novidades, da cabeça aos pés. Eram admiráveis em seus linguajares, modos e vestes. Um desses homens apareceu num dia de feira, dia de praça atulhada. Chegou anunciando o maior espetáculo da Terra: o cinema. Por uns parcos trocados, cada um poderia apreciá-lo, façam fila, por favor. O povaréu se agitou, às cotoveladas, embora não faltassem os desconfiados, os que viram nele a antecipação do Anticristo. Porque ele tinha uma conversa muito esquisita, por baixo de um chapéu de abas largas cheias de estrelinhas e metido numas botas pra lá de escalafobéticas. Cinema, espetáculo, imagens que você nunca viu nem sonhou, ora vejam só. Presepadas. Bobagens. Os que entraram na fila não tiveram de que reclamar. Melhor: quase caíram de costas, tão grande foi o deslumbramento com o tal do cinema, que se resumia a uma maquineta precária, um invento rudimentar, menor do que uns óculos de alcance, outra novidade já apresentada à praça por outros viajantes, também numa feira alvoroçada. O homem viajado e portador do objeto mágico, cuspidor de palavras persuasivas como um exímio propagandista de remédio para unha encravada e dor de dente, ajeitava os visores da sua engenhoca fantástica aos olhos dos espectadores e passava a mover uma minúscula manivela, para mudar as imagens, que por sua vez se resumiam a uns já surrados *slides* de São Paulo — o Viaduto do Chá, o edifício do Banco do Estado, a Praça dos Correios, o monumento do Ipiranga, ruas e avenidas espetaculares. E do Rio de Janeiro: o Cristo Redentor, o Pão de Açúcar, Copacabana, o mar, o mar eta marzão pai-d'égua — e mulheres lindas, estonteantes, maravilhosas... de maiô! E essas eram mesmo de desmaiar. Com que então existia um mundo assim, lá longe, como esse deslumbrante Brasil de cinema? Isso era demais para os olhos de quem nunca havia mirado mais do que uns pés de grota, umas baixadas, uns tabuleiros e mulheres que mal descobriam os rostos e as pernas, ainda assim a mais de um palmo abaixo dos joelhos. Enquanto isso o homem do cinematógrafo de bolso fez a feira. Faturou os seus trocados e caiu fora, para bater em outra freguesia, deixando para trás o seu rastro de sonho. Antes que chegasse o cinema de verdade, o que nunca chegou a estas bandas, até hoje, diga-se.

Velho Junco. Onde andará o padre que trouxe as quermesses, os leilões e a festa dos vaqueiros? Ele tinha mesmo um coração de festa, por trás de sua solene missa em latim, do seu vinho canônico, da sua insípida hóstia, do seu rigoroso confessionário, dos seus enérgicos sermões. No púlpito, era um pregador implacável. Reduzia o mundo a pó e os homens a fagulhas de seus próprios pecados. Depois da missa, porém, se transformava num ser gregário e era a alegria dessa terra. Fazia-nos crentes de que estávamos nos divertindo e de que viver não era só pagar penitência. Ele morava a sete léguas de distância, na sede do município. Vinha uma vez por mês. E quando ia embora tudo por aqui ficava triste. Agora, tristeza mesmo foi no dia em que ele não voltou, conforme o previsto e anunciado pelas zeladoras da igreja. Pensou-se em doença ou morte. Depois chegou a verdadeira notícia, no lombo do cavalo que o trazia e o levava: o padre havia endoidecido por causa de uma beata, largara a batina, sumindo no mundo, agarrado às saias da pecadora. E assim este devoto povoado iria ficar muito tempo sem missa, sermões, batizados, casamentos, festa. Sem Deus. E engolindo um escândalo sagrado. Rezando. De joelhos. Pela boa alma do padre e pelo seu divino coração de festa. Foi aí que começaram a aparecer as mulas de padre, as temíveis mulas sem cabeça — irmãs dos lobisomens —, assombrando as nossas já tão assombradas noites.

Assombração de matar de medo e terror, capaz de tirar o sono, porém, foi quando apareceu o primeiro caminhão. Historiadores d'antanho, cuja autenticidade jamais foi questionada pela posteridade, registraram o acontecido da seguinte maneira:

Era uma noite igual às outras de mais um verão escaldante. Tempo de seca. Pastos estorricando. Água acabando. Gado morrendo. Povo rezando em procissão, ralando os joelhos até sangrar, no pedregulho da ladeira do Cruzeiro da Piedade, clamando aos céus para mandar chuva. E de repente, naquela noite, o céu escurece, se enche de nuvens prometedoras: as promessas divinas da esperança. Deus ouviu as nossas preces. Vai chover. As nuvens vão se tornando cada vez mais escuras e pesadas. O céu está um breu. O povo espera, religiosamente, pelo milagre: chuva. Muita chuva. Surge um relâmpago, seguido de um trovão. Sinais de que as preces não foram em vão. E eis que, aos olhos de todos, cai um raio sobre a Ladeira Grande. O raio se transforma em dois olhos acesos, infinitamente maiores do que os de um vaga-lume. E esses dois olhos acesos, enormes, gigantescos, se movimentam, descendo a ladeira, para daí a pouco revelarem um estranho objeto que andava sobre rodas, produzindo uma música, que só muito mais tarde se iria saber que saía de uma buzina. E essa estranha coisa que muito tempo depois ia ser conhecida como buzina tocava uma reza, um velhíssimo bendito da igreja de todos: "Louvando a Maria / o povo fiel..." E quando o objeto não identificado adentrou a rua do Tanque Velho e roncou e buzinou em direção à praça, o povo correu e se trancou em suas casas, escondeu-se atrás dos santos e, até, debaixo das camas, de crucifixo em punho. De acordo com os relatos dos mesmos cronistas da época (fins da década de quarenta, do século XX), só houve um homem neste lugar, um único homem, a esperar o estranho objeto, para dar-lhe as boas-vindas. Um doido chamado Alcino. Um que ficou doido, diziam todos, por causa do popular vício solitário. E que só tinha um único temor neste mundo — dos suicidas. Tanto que, quando corria a notícia de que alguém havia se matado, ele ia para a calçada da igreja e, a plenos pulmões, atazanava o juízo do lugar: "Mais um condenado foi para o inferno. Mirem-se, condenados." Por mais que se tentasse, ninguém conseguia calar a boca do maluco. Porém daquela vez foi o desprezado e tantas vezes temido maluco quem teve a coragem de enfrentar, sozinho, o enviado do relâmpago, o filho do raio, o mensageiro do trovão, com seus dois olhos de vaga-lume gigante e o ronco de um deus em fúria. Ou do Anticristo. E quando o caminhão parou no meio da praça, o doido Alcino correu para ele. O motorista deixou os faróis acesos por algum tempo, pois percebeu que o lugar não tinha luz. Desceu e cumprimentou o seu anfitrião com entusiasmo:

— Olá. Ora viva. Boa noite.

— Noite — disse o doido.

O motorista saltou da cabine com uma lanterna na mão.

— Não atire. Pelo amor de Deus, não faça isso.

O motorista riu da cara de espanto do doido e disse:

— Calma, homem. Isso é só para eu enxergar você. Eu sou de paz. Que lugar escuro, hein? Como se chama?

— Boitatá — disse o doido.

— Só você mora aqui? Todo mundo já morreu?

Alcino respondeu doidamente:

— A noite é grande e cabe todos nós. Os vivos e os mortos.

O motorista iluminou o homem à sua frente, dos pés à cabeça, assustando-se com os seus trajes andrajosos, maltrapilhos. Depois apontou a lanterna para a praça, de casa em casa, a igreja, o mercado, as árvores, a venda, o armarinho, a loja de tecidos, a botica, o cruzeiro no meio da praça, tudo deserto e às escuras.

— Onde estão os outros? Só você mora aqui?

O doido:

— Povo tem medo. Boitatá.

O motorista:

— Peguei um atalho pra encurtar caminho. Mas me perdi. Vou pra Propriá, no estado de Sergipe. Tem estrada pra lá?

O doido:

— Boitatá, boitatá.

O motorista:

— Você está bêbado?

O doido:

— Eu, doido. Você, facho. Boitatá.

O motorista:

— Doido sou eu, que vim parar neste lugar.

O doido:

— Sergipe só tem ladrão de cavalo. Mas me leva pra lá. Quero ser boitatá.

O motorista:

— Que diabo é boitatá?

O doido, apontando para os faróis do caminhão:

— Boitatá. Boitatá. Boitatá.

O motorista:

— Boa noite. Passar bem.

Voltou para a cabine, desligou os faróis, trancou a porta e adormeceu, dizendo entre os dentes: "Que lugar mais doido."

No dia seguinte o doido Alcino voltou à calçada da igreja. Não para fazer um sermão contra os suicidas (que sempre existiram por aqui, desde quando ele não era nem gente, nem doido) e encher de terror os corações sobressaltados. Desta vez foi para cantar, em louvor ao objeto que acendia os olhos na noite mais do que os vaga-lumes. Sua canção começava assim:

— *Teus olhos, são duas contas pequeninas...*

Segundo os já mencionados historiadores d'antanho, jamais questionados, mais tarde a canção do doido Alcino se tornaria um sucesso nacional, embora o país inteiro — por ser grande demais, doidão e desmemoriado — desconheça a sua fonte de inspiração e o seu verdadeiro autor.

Mais desvairado do que o doido Alcino quem ficou foi o lugar, diziam os mais antigos, os que sobreviveram para contar a história. Os que foram meninos naquele tempo e corriam pelas ruas movendo os braços e as mãos como se dirigissem um caminhão. Pi-pi. Fon-fon. E porque viviam correndo, roncando e buzinando, acelerando e freando, fazendo curvas e rés, passaram a ser chamados de Bufa-Gasolina. Bufando para o apelido, continuavam roncando e buzinando. Feito uns loucos. E depois iam descarregar as suas cargas no armazém traseiro da jega Mimosa, para quem faziam juras de amor e prometiam um pasto de rosas, em encontros fortuitos nos barrancos enluarados, sob um céu salpicado de estrelas. Bufando, roncando, cantando um bolero:

— *Amor, amor, amor / Nasceu de mim, nasceu de ti, da esperança...*

Numa terra em que os homens tinham de viver vinte anos para pegar na mão de uma mulher, eles estavam condenados às jegas, como os suicidas ao inferno, no dizer apocalíptico do doido. Ah, as jegas! As que não usavam saias nem calcinhas e nem precisavam abrir as pernas. Era só encostar. E ver e ouvir estrelas.

A memória do velho povo só não guardou um acontecido. Se os galos cantaram fora de hora no dia em que o primeiro caminhão foi embora, levando a primeira moça dessa terra a se aventurar no mundo, sozinha, deixando os seus pais desesperados e os rapazes chupando os dedos. Ela iria voltar mais tarde, falando bonito e cheia de modas encantadoras. Era a civilização em pessoa. E a civilização tinha unhas e boca pintadas, usava saias curtas, sem vergonha de mostrar as pernas até acima dos joelhos. Pernas lisinhas, raspadinhas, lindas, sem um só fio de cabelo, assim como as axilas, escancaradas despudoradamente, tanto quanto os seus ombros e as covinhas dos seus seios. Um escândalo. Imaginávamos os seus pelos púbicos também raspadinhos — e alucinávamos. E ela chegou trazendo presentes e mais presentes, que esparramava sobre as camas de velhas parentes recatadas, um cala-boca, quem sabe, ou os bônus de sua ousadia mal-afamada. Ao partir, deixou atrás de si o rastro do seu perfume e a inspiração para meninas acanhadas que logo passaram a querer imitá-la, ainda que tendo de escutar impropérios e esbravajamentos por parte dos pais:

— Te esconjuro, peste!

Os rapazes do lugar aceitaram a peste como uma bênção, enquanto, mais e mais, corriam para as jegas, às quais agora prometiam batom, frascos de cheiro, latas de talco. Perfume e maquilagem.

Sempre houve o primeiro isso, o primeiro aquilo.

O primeiro professor, que usava uma palmatória sob medida para um torturador e com o seu poderoso instrumento esfolava as mãos dos meninos que tinham dificuldades para aprender as lições. Ainda ontem minha mãe se lembrou dele. É verdade: já estive com a velha, no meio do caminho de Salvador da Bahia para cá. Ela não está maluca, nem internada num hospital para doentes mentais. Que bom que ela não ficou aluada. Para quem não se lembra: minha última boa ação nessa terra, antes de ir para São Paulo, foi transportar minha mãe numa viagem de quinze léguas, noite adentro, à procura de um remédio para o seu juízo. Foi no dia em que ela voltou aqui, vindo de uma cidade chamada Feira de Santana — a princesinha do sertão! —, onde estava morando, para encontrar o seu primogênito, o seu inesquecível primeiro filho, que acabava de enfiar o pescoço numa corda, partindo desta para uma outra, quem sabe, melhor. Mamãe entrou em estado de choque. Começou se bater nas paredes e a dizer coisas incompreensíveis. Aqui mesmo, nesta sala onde me encontro agora. A sua voz ainda ressoa nos meus ouvidos: "Nelo meu filho mandou me dizer / Nelo meu filho mandou me dizer / Nelo meu filho mandou me dizer..." Nelo, seu filho, já não podia dizer mais nada. Nunca mais ia mandar dizer nada. Muito menos lhe mandar dinheiro, todo mês, pelo correio. Para ela o sonho havia acabado. E, naquela noite, eu pensava que mamãe estava fazendo uma viagem sem volta. Por toda a estrada parecia mesmo ter perdido o juízo, para sempre. Foi uma surpresa, uma grata surpresa, reencontrá-la boa das ideias, quer dizer, normal, normalíssima. No dia em que me telefonou, mais derretida do que manteiga de garrafa, minha irmã Noêmia me disse que a velha estava viva, sã e forte e que ainda era capaz de enfiar a linha no buraco de uma agulha. Sem óculos! "Quer melhor prova de que ela está boinha?" Uma coisa é ouvir dizer, a mais de dois mil quilômetros de distância. Outra coisa é ver de perto, ali, frente a frente, cara a cara. E eu vi: mamãe não está louca. Mas já esteve. Isso também eu vi. Não lhe perguntei qual foi o remédio ou milagre. Mora sozinha, numa casa simples, modesta, mas bem arrumadinha e ensolarada, com uma varandinha nos fundos, dando para um quintal arborizado, cheio de flores. Ela me atulhou de comida — cuscuz de milho, cuscuz de tapioca, umbuzada, batata-doce, goiabada —, e eu que não lhe fizesse a desfeita de rejeitar. Prove isso, prove aquilo. "Coma, menino. Vamos. Você não está comendo nada." E tome feijão-mulatinho, feijão-de-corda, farinha, arroz, quiabo, maxixe, carne assada, frango ao molho pardo... E eu comendo e ela achando que ainda era pouco. Será que mamãe pensava que eu estava voltando de uma guerra, morto de fome? "Menino sem juízo. Por que você demorou tanto para vir me ver?" Dormi em sua casa, depois de conversarmos muito, até eu cair de sono. Foi aí que fiquei sabendo que ela está aposentada, recebendo um salário mínimo. Com essa pequena fortuna dá para viver? Ainda costura e tem uma boa clientela, o que significa que não depende só da aposentadoria. Além disso, um de meus irmãos, que mora ali por perto e tem um pequeno comércio — uma barraca na feira —, sempre lhe traz uma sacola de alimentos, toda semana. E o melhor: ela entrou para uma igreja messiânica, onde as pessoas sempre se ajudam. "Fiz muitas amigas lá." Meu Deus! Mamãe não está louca mas virou uma messiânica. Se isso lhe faz bem, que fazer? Para mim, porém, sua maior prova de sanidade foi quando elogiou o meu pai, do qual está separada desde a morte do seu amado, idolatrado, salve, salve, primogênito.

— Seu pai, Totonhim, é um homem muito forte. Tem muito mais saúde do que eu. Pena que viva se desgraçando na cachaça. Mas, pensando bem, vai ver a cachaça conserva. Só pode ser isso. Não lhe queira mal por beber tanto. Ele é um bom homem, uma boa criatura. Bêbado ou não, é o seu pai.

Perguntei por que haviam se separado. Foi então que ela me contou um longa história, da sua luta para botar os meninos para estudar — "você se lembra, não se lembra?" E papai, a seu ver, naquele atraso de roceiro que só sabia arar a terra, plantar e colher, sempre dizendo que escola não enchia barriga de ninguém. Tinha sido aí que haviam começado os conflitos, os desentendimentos, as discussões, as brigas. "Mas, se não fosse isso, você hoje não era um homem instruído", ela disse. E contou como aprendeu a ler e a escrever.

— Naquele tempo meu pai não deixava as suas filhas mais velhas irem para a escola. Dizia que mulher tinha era que ficar em casa, ajudando a mãe, e de casa só saía para casar. Ainda assim encontrei um jeito de estudar, escondida dele. Foi quando o professor fez uma plantação de fumo em um de nossos pastos, a meias com o seu avô. Aí eu fiz um trato com ele. À noite, quando todo mundo estivesse dormindo, eu ia capar o fumo, trabalhando na plantação sem que ninguém visse. Em troca, ele me ensinava a ler e a escrever. Eu lhe pedi isso olhando firme nos seus olhos e vi que eles se encheram de lágrimas. O professor riu encabulado e disse: "Menina, eu te ensino de graça. Você não precisa fazer esse sacrifício." Mas eu cumpri a minha palavra. Trabalhei noites a fio, às vezes com a ajuda de um candeeiro, nas noites sem lua. Não foram poucas as madrugadas em que tomei banho no tanque, lá no meio do pasto, me escondendo na frente do paredão, para não ser vista. Fazia isso para tirar o fedor das folhas do fumo. Depois, ao chegar em casa, jogava a roupa numa bacia d'água. Foi só assim, Totonhim, que me livrei de ser mais uma analfabeta. Por isso é que a maior alegria da minha vida é ter feito tudo o que pude para que todos os meus filhos e filhas tivessem instrução. É o maior bem do mundo. Outra alegria foi quando deram o nome de uma rua ao professor Lau. Sim, o nome dele era Laudelino Teixeira, você se lembra? Meu pai tinha muito mais posses do que ele, que viveu e morreu como um homem pobre. O meu pai era muito mais importante, de acordo com a situação do lugar. Mas ele é nome de rua? O professor Lau merece ser nome de praça até no céu. Sim, ele batia muito nos meninos. Não tinha paciência com os mais atrasados. Eram coisas daquele tempo, menino. Os pais e as mães também batiam muito nos filhos. Eu não bati muito em vocês? E também apanhei muito. Era o tempo, meu filho. O tempo. Hoje está tudo mudado. Nem por isso acho que naquele tempo tudo era ruim. Se fosse, eu não estava aqui, viva, e ainda capaz de enfiar a linha no buraco de uma agulha.

— Sem óculos.

— Como você sabe?

— Já me disseram.

— Quer ver, pra crer?

E ela pegou uma agulha e uma linha e fez a demonstração, revelando também uma impressionante firmeza nos dedos e nas mãos. Nada mau para quem já tinha consumido setenta e cinco anos de vida.

Que bom, mamãe está ótima. Na despedida, passei-lhe um dinheirinho, o que sempre faz bem à saúde. Pouca coisa: o equivalente a três salários mínimos. Três vezes o que recebia como aposentada. Uma mixaria vezes três. Sou assalariado, vivo no aperto, cheio de contas no fim, no começo e no meio do mês. Por isso não lhe dei mais, como gostaria. Ela recebeu o dinheiro com agrado. Notei que, embora modestamente, vive com algum conforto. Tem lá sua TV, o seu fogão a gás, a sua geladeira, os móveis necessários. Não parece uma pessoa em dificuldade. Só espero que ela não repasse o meu presente às mãos de um pastor inescrupuloso. Que o guarde para uma emergência. Ou compre um vestido novo. Depois de dizer um clássico "Deus que lhe ajude, Deus que lhe dê muito" — dinheiro é amor? —, perguntou se eu viria vê-la, na volta.

— Mas é claro. E lhe trarei feijão, farinha e rapadura. Da nossa terra.

E ela:

— Não esqueça de dar uns conselhos a seu pai, para ele parar de beber e fumar.

Ah!

O professor foi o primeiro homem bom. Pelo menos para a minha mãe. E mamãe também foi a primeira em alguma coisa. A primeira mulher do seu tempo a aprender a ler e escrever. A primeira, contra tudo e todos, a se arrancar no mundo em busca da sua sonhada instrução — para os filhos. E foi ainda a primeira mãe deste lugar a ficar louca e depois recuperar o juízo, numa mágica que jamais seremos capazes de compreender. E como será que ela via o mundo e todos nós, enquanto esteve no "outro lado"? Isso eu não lhe perguntei. E nem saberia como perguntar.

E se a primeira puta, a nossa primeira visão do paraíso — um luxo decotado, depilado e cheirando a alfazema —, arrebatou o coração dos homens e conquistou uma legião de admiradoras, o mesmo destino não seria reservado ao primeiro viado, um sacristão que sabia toda a missa de cor — em latim! Ele foi atraído para uma emboscada, numa noite escura não apenas no céu e nas ruas, mas principalmente na alma dos seus curradores. O chefe da gangue foi um certo Pedro Infante, proprietário de um armazém e de umas boas tarefas de terra, as quais visitava a cavalo, segurando as rédeas numa das mãos e um guarda-sol na outra, vestido sempre com camisas de mangas compridas, com a gola levantada, para não queimar o pescoço e os braços ao sol. Era um homem muito branco que por nada nesse mundo queria perder a sua alvura. Claro que um sujeito tão resguardado e esquisito assim levantava suspeitas. E foi esse malfalado cavalheiro quem instigou um audaz rapazote, esfregando-lhe na cara e enfiando-lhe no bolso uma boa quantidade de notas roubadas da caixa da venda, que naquele tempo era do seu pai. Comprou-o por trinta dinheiros. Para que ele marcasse um encontro com o viado, na calçada da igreja, quando todas as luzes já estivessem apagadas e todas as consciências repousassem na paz de seus travesseiros. Era uma combinação em segredo. Ninguém, além dos participantes da trama, podia ficar sabendo.

Envolvido numa armadilha, o viado apanhou sem dó nem piedade de todo o batalhão arregimentado por Pedro Infante, que apareceu de repente, como que por encanto, quando o coitado do sacristão já havia arriado as calças. No dia seguinte, não se falava de outra coisa, cada um acrescentando um detalhe ainda mais escabroso do que os já contados. Ao injuriado sacris-

O cachorro e o lobo   201

tão só restou passar pomada nas feridas, encher-se de brios e ir embora. Para nunca mais voltar.

Agora, aqui nesta janela, olho lá pra baixo e vejo a venda de Pedro Infante. Fechada. Ele já morreu, meu pai me disse, de uma doença estranha, que o deixou sem um só fio de cabelo na cabeça. E tão magro que mais parecia um palito de fósforo. Quer dizer: a estas horas, tanto pode estar descansando em paz no eterno Além como sendo currado pela gangue de Satanás. Ao som de uma missa cantada, em latim. Quem mandou sacanear um sacristão?

— Perdoai-nos, Senhor, nossa maldade, Senhor...

O primeiro homem triste.

Foi um que voltou com a doença do mundo. Falava-se disso longe das crianças, sempre expulsas da sala, quando os adultos conversavam.

Mas esses mesmos adultos esqueciam os seus assuntos reservados na hora de nos empurrar para a venda, para comprar um quilo de açúcar, um litro de sal, uma caixa de fósforos. E na venda ninguém interrompia a conversa por causa da chegada de um menino.

Logo, não demorou muito para que eu ficasse sabendo do que se tratava. O homem com a doença do mundo sofria horrores ao ter vontade, digamos, de verter água. Sofria dores terríveis e fazia caretas apavorantes. O sofrimento dos sofrimentos. O castigo de Deus para uma desajuizada vida de prazeres da carne. Isso em plena era da penicilina, da qual o pobre homem não tinha tido notícia. Nem havia conhecido ninguém mais informado para lhe recomendar uma ida a um médico ou a um farmacêutico — comentava-se. E eu me perguntava por que não diziam essas coisas a ele, em vez de ficarem só nos comentários. Enquanto isso, o homem com a doença do mundo se encharcava de chás de quebra-pedra, um santo remédio para os rins, no entender de todos. O que só lhe aumentava a aflição, pois cada vez mais tinha vontade de mijar. O seu mal, na verdade, tinha um nome mais preciso: doença venérea. Os da venda sabiam o que isso era. Uma doença que dá íngua, incha os ovos e faz o seu portador urinar sangue e pus. Se não se tratar, ele pode até chegar ao ponto de não poder mais fazer xixi. E dói pra burro, é insuportável. Ouvi tudo e saí calado, pensando no padecimento desse desafortunado homem com a doença do mundo. E de repente o vejo, à distância, andando monotonamente, cabisbaixo, tristonho. Desiludido. Eu ia na sua direção, preparando todo um discurso, um imenso sermão para dizer-lhe. Tudo aquilo que os adultos deveriam ter-lhe dito e não disseram, sabe-se lá por quê. "Vá a um médico. Pelo amor de Deus, faça isso. Daqui a sete léguas tem um. Dá para ir e voltar no mesmo dia. Se o senhor não consegue ir sozinho, peça a alguém para lhe levar. Quer que eu vá com o senhor? É só pedir a papai para deixar eu ir. Ele vai entender que é uma obra de caridade. Não fique parado assim, morrendo assim, sofrendo do jeito que o senhor está sofrendo, sem fazer nada, sem tomar uma providência. Eu lhe levo ao médico, se é só companhia o que o senhor precisa. Ou o senhor está mesmo querendo morrer? Que desilusão é essa? Por quê? Pra quê?" O diabo foi a falta de coragem de passar do pensamento à ação. Pois, quando cruzei com ele, mal consegui resmungar: "Bom dia." E ele: "Dia." Num tom tão desanimado que não me encorajou a continuar falando. Olhei-o de soslaio, temeroso, intimidado. Pois não é que me achava ali, lado a lado com o homem com a doença do mundo? E ele era mesmo um sujeito de pele empapuçada, todo inchado, lamentável. E, pelo visto, de poucas palavras. Vai ver, não tinha tempo a perder com uma criança — só devia ter pensamentos para o seu próprio tormento: a hora em que sentisse vontade de urinar. As dores. As suas caretas. O horror. Segui em frente maldizendo a minha covardia. Podia ter insistido, dito tudo o que havia ensaiado mentalmente. E me oferecido para acompanhá-lo a um médico. Por outro lado, tentava imaginar como fora a sua vida de pândegas. Bordéis. Mulheres. Farras. Uma vida animada, tão diferente da nossa — era o que comentavam na venda. Eta vida boa. Por que aquele homem teria que se arrepender disso? Ora, era só se curar. Não havia um remédio?

O certo é que ele se deixou morrer, lentamente. E depois do seu enterro meu pai me disse:

— O mundo está cheio de doenças. Cuidado, meu filho, muito cuidado com as doenças do mundo.

Depois acendeu um cigarro de palha, que fez com calma e esmero, baforou e ficou vendo o sol se pôr. Quem sabe pensando que o sol estava indo para outro mundo, um mundo que desafiava a sua imaginação.

Naquela hora tudo o que eu queria era adivinhar os seus pensamentos. Como se percebesse isso, ele se virou para mim e cunhou na minha testa a sua frase indelével, lapidar:

— Se há uma coisa neste mundo que não me conformo é com a morte. — E acrescentou: — Ninguém merece morrer. Principalmente quem gosta da vida.

Imagine o que foi ouvir isso de quem acabava de fazer mais um caixão e ainda teve forças para ajudar a levá-lo até a cova, lá na frente, segurando em uma de suas alças, puxando o cortejo, como em tantas outras vezes. E se ele, que já tinha perdido a conta de quantos anjinhos e pecadores havia embalado para a última viagem, não se conformava com a morte, o que diria eu? Logo eu, o que vivia rogando a todos os santos para me socorrerem, afastando das minhas vistas as perturbadoras imagens dos caixõezinhos azuis e dos caixõezões pretos, que tanto me faziam perder o sono? Por mais que o meu pai filosofasse enquanto pitava o seu pensativo cigarro, não ia aliviar o meu medo da noite, quando todos os caixões, de todas as cores e tamanhos, iriam desfilar diante dos meus olhos, mesmo que eu rezasse, rezasse, rezasse, tentando dormir. Nem a morte ia deixar de correr solta por aqui, impunemente, malvada com as mulheres no parto e as criancinhas recém-nascidas. Com suas artes demoníacas, pendurava a corda e fazia o laço para o pescoço dos enforcados. Botava o maldito copo na mão dos envenenados. Empurrava no tanque os afogados. A morte era uma parente chata. E inevitável. Má como a peste, feia como a mãe da necessidade — e que nunca desgrudava da gente. Não havia vassoura atrás da porta que fizesse a indesejada visita sair de nossas vidas.

— Hoje não se morre mais!

Pronto. Agora temos o prazer de apresentar, orgulhosamente, o primeiro homem alegre. O senhor dos caixões. O que parece já ter enterrado todas as suas tristezas. Com vocês, o meu pai. Papai. O velho.

Faz muito tempo que não vejo ninguém assim, rindo de orelha a orelha, sem nenhum sinal exterior de tensão, acabrunhamento, aporrinhação, estresse. Como se me dissesse: não vi o homem ir à Lua, nunca acompanhei um Campeonato Mundial de Futebol pela televisão — e por isso não vi o Brasil ser campeão do mundo nenhuma vez —, não leio os jornais, só soube das guerras assim por alto, cada qual acrescentando um ponto ao seu conto, já não tenho mulher pra me aporrinhar o juízo, nem filho pra me preocupar, durmo com os galos e acordo com as galinhas e, quando a vontade de uma boa prosa aperta, converso com os mortos. Sou um aposentado como trabalhador rural, recebendo um salário mínimo por mês, a mesma coisa que sua mãe recebe. O que dá para comprar sal, açúcar, cigarro e fósforos. O resto eu tiro da terra. Planto, colho e como. Feijão, aipim, milho, batata-doce, banana, mamão, caju. É só cair uma chuvinha que eu planto. E o que eu planto sempre dá. Vivo sozinho e muito bem acompanhado. Se quiser, pode me

chamar de louco ou selvagem, que pouco estou ligando. Mas
faça o favor de acrescentar: um louco bem-comportado. Um
bom selvagem.

Quem sabe o último?

Grande pai. Eu aqui na janela e ele lá na cozinha, preparando
um rango. Um homem que sabe cozinhar é senhor do seu destino. Segundo todos os depoimentos familiares, ele já bebeu
além da conta. Mas ainda não estourou o fígado. Nem nunca
pegou uma doença do mundo. Ele, sim, é quem tem histórias.
Só espero que tenha vontade de contá-las. E que eu tenha paciência para ouvi-las. Afinal, venho de uma cidade onde ninguém tem tempo a perder com uma história que não possa ser
resumida assim:

— Oi, tudo bem?

— Tudo bem.

Ou:

— E aí, como vão as coisas?

Se você começa a explicar, o outro diz:

— Depois a gente se fala. Liga pra mim, tá?

De onde eu venho costuma-se contar a seguinte piada:

— Ao cumprimentar um português, nunca pergunte como
ele vai. Senão o gajo explica.

Aqui, neste mundo de roceiros, a conversa é longa e demorada, como a dos portugueses, dos quais nem sabem quem
sejam ou onde ficam. Nem que um dia um bom contingente
deles aportou no Brasil, trazendo a sua fala e os seus costumes.
E uma certa vaguidão. Aqui só se sabe do sol e da lua, da noite e
do dia, da chuva e da seca. E dos que se foram. Para São Paulo.

São Paulo-Paraná.

Melhor dizendo, eu não venho. Volto de um mundo cheio
de pressa. O tempo aqui sempre passou devagar. Assim era.
Ainda será?

Tudo o que sei, até agora, é que a viagem já me rendeu alguns bons dividendos. Já vi que a minha mãe não está louca, meu pai está cheio de vida, lépido e fagueiro, e ainda canta como um passarinho. E sabe cozinhar! E o lugar continua vivo e ainda aqui, com suas casinhas coladas umas às outras, todas pintadas, paredes brancas, portas e janelas azuis, paredes amarelas, paredes cor-de-rosa, telhados rebatendo os raios do sol, refrescando a morada do seu povo. Antenas em cima dos telhados. Parabólicas. Se meu avô fosse vivo, também estaria antenado assim?

De vez em quando desce um carro na Ladeira Grande, onde um dia apareceu o primeiro caminhão, que na verdade não foi atingido pelo raio que caiu no momento em que ele chegava, senão, não teria chegado. Ladeira Grande: quantos você já viu passar? Quantos se foram? Quantos voltaram? Quem voltava tinha a obrigação de contar vantagens, trazer as modas, embasbacar os que ficaram, como era o dever e responsabilidade de um aventuroso bem-aventurado.

Com meu irmão Nelo foi assim, eu me lembro.

Aquele seu terno de casimira, aqueles seus sapatos de duas cores, os dentes de ouro, o relógio que brilhava mais do que a luz do dia e o seu rádio de pilha, faladorzinho como um corno, confirmavam as nossas melhores expectativas. Eia, sus, finalmente! Cá estava um monumento, em carne e osso. O nosso grande homem.

— Olha só quem chegou.

— O bom filho à casa torna.

— Não se esqueça que eu carreguei você no meu ombro.

— Quero ver a cor do seu dinheiro. Me dê uma prata, pra eu tomar uma.

E assim ele foi abraçado, agarrado, festejado e arrastado de bar em bar, de casa em casa. Parecia a chegada de Santo Antô-

O *cachorro e o lobo* 207

nio, São João ou São Pedro. Ou dos três juntos. Com direito a fogueira, foguetes, fósforos de cor. Mas quando começaram a pedir para ele pagar outra rodada, e mais uma, mais outra, e a querer ver a sua mala — que imaginavam forrada a ouro e prata —, ele não suportou. Mais insuportável ainda foi o que fez. O seu fim. Alguém se lembra?

Agora sou eu o que volta, sem festa nem foguetório. Pelo tempo em que estou à janela e pela rapidez com que as notícias correm neste lugar, já era para ter sido notado. Mas ninguém apareceu ainda para os rapapés de antigamente. Vai ver o ir e vir se tornou tão banal que já não impressiona a pessoa alguma. São Paulo virou um caminho de roça. O mundo ficou pequeno. Viajar já não é mais uma aventura emocionante.

Saía-se daqui a cavalo ou a pé até o Inhambupe, a sete léguas de chão batido nos cascos. Em Inhambupe, esperava-se à beira da estrada por um transporte motorizado qualquer para Alagoinhas. Mais oito léguas. Dormia-se na estação de Alagoinhas, à espera do trem de Aracaju ou o de Juazeiro para Salvador, a capital do estado. Mais umas dezoito ou vinte léguas. E todas essas esperas e baldeações eram só os preparativos, as vésperas da grande viagem, que começava mesmo em Salvador, que o velho povo chamava de cidade da Bahia. A grande viagem levava sete dias e sete noites, num trem que descarrilhava sempre num lugar chamado Monte Azul, lá pelos ermos das Minas Gerais, no meio do caminho. Sobreviver ao descarrilhamento era o melhor da viagem.

Fui de ônibus, direto, em menos de dois dias. Voltei de avião até Salvador, em pouco mais de duas horas. Mana Noêmia estava no aeroporto, à minha espera, com um dos seus filhos, que só não me trouxe até aqui de carro, em três ou quatro horas, porque tinha uma prova na universidade, ontem à tarde, e hoje teria outra. Almocei na casa da irmãzona Noêmia — e dava para recusar? —, tendo de me levantar da mesa a todo instante para atender o telefone. Ouvi, em poucos minutos, as vozes do meu velho mundo, prometendo a mais da metade de meus irmãos e irmãs, moradores da capital da Bahia, que eu os encontraria, no regresso do interior. Depois meu sobrinho me levou a uma agência de automóveis, onde aluguei um, que hora e meia depois me deixava na porta da minha mãe. Hoje cedo não precisei de muito mais de duas horas para chegar aqui.

E ninguém, até este momento, se interessou pela minha chegada. Pode ser que agora a história seja outra. Qual será?

O primeiro assalto

— Totonhim!

A voz vem de longe, do fundo do tempo. Não, não é o chamado de um fantasma a levantar a poeira de móveis carcomidos, numa casa entregue às teias de aranha e às lagartixas que preguiçosamente repousam nas suas paredes — e que já nem deve se lembrar mais de seus domingos ancestrais. É uma voz de sonho. Eu sempre sonhei que estava voltando aqui, num dia de festa. Meu avô se desmanchava em sorrisos, numa incontida, eloquente e sincera expressão de alegria, o que me surpreendia, pois era um homem sóbrio, religiosamente comedido, de pouca ou nenhuma expansividade, principalmente em relação aos da sua família. Devia ser um engano. Ele podia estar me confundindo com o seu primeiro neto, o meu irmão mais velho, o que, tal qual um Dom Sebastião das caatingas, um dia ia voltar, para a felicidade maior do seu avô, que no entanto não viveu o bastante para ver esse dia chegar. A dúvida se transformava em certeza quando ele me chamava para fazer o laço e dar o nó na sua gravata, incumbência reservada com exclusividade ao lendário Nelo, sob os olhares embevecidos de uma mãe que entendia a preferência pelo seu primogênito como uma entronização no altar de Deus. Que neto inteligente! Que filho abençoado!

Mas no sonho era por mim que o meu avô estava chamando:

— Totonhim!

Ele me mandava à venda para comprar pão de milho, pão de água e sal e bolacha.

— Muita bolacha que a casa hoje está é cheia.

Meu pai aproveitava para pedir que eu trouxesse um pacote de fósforos.

Eu partia a galope, porque também estava com fome. E nunca conseguia voltar com as encomendas. No caminho, mal deixava a venda, era assaltado por um moleque da rua, muito mais esperto e sabido do que eu, um capiau sem malícia, um tabaréu desprevenido, um indefeso menino da roça. O moleque encostava um canivete na minha garganta, ordenando:

— Larga isso.

Os pães ou a vida. As bolachas e os fósforos ou a morte.

Eu largava.

E começava a chorar. De raiva. De vergonha. Por não ter dado uma rasteira no moleque, derrubando-o com canivete e tudo, para recuperar as compras. Com que cara ia chegar àquela casa, como iria explicar que tinha deixado um menino do meu tamanho me roubar? Por que não reagira com destreza, compensando a desvantagem de estar desarmado, na mão e na pernada? Na moral?

Acordava com um coro esganiçado atazanando o meu juízo:

— Totonhim! Cadê os pães, Totonhim?

E o pior:

— Ai, se seu irmão Nelo estivesse aqui. Meu Deus, como ele faz falta.

A voz que ouço ao longe agora vem se aproximando, chega mais para perto, explode nos meus ouvidos:

— Totonhim!

É uma voz forte, poderosa, que ecoa como uma bomba, quebrando o silêncio, implodindo memórias, soterrando os fantasmas.

— Não se mexa. É um assalto!

O *cachorro e o lobo*

Não, não é o cano de um revólver o que pressiona as minhas costas. Nem é o canivete do pivete do sonho. É apenas o dedo de um homem incapaz de matar uma mosca, eu sei. Mesmo assim, ao me virar para trás, levo uma mão ao peito, arfando. E digo, ainda ofegante:

— Puxa! Mais uma dessas e caio duro, fulminado por um infarto.

Meu pai ri da minha cara assustada:

— Tá me estranhando, caboco? Não reconhece a minha voz, não?

— É, o senhor me deu um susto danado.

— Pra ver se te acordava. Achei que você estava dormindo em pé. Ou vendo assombração.

— Assombração só aparece de noite, esqueceu?

— Você é que pode ter se esquecido disso.

Ele riu de novo. Eis aí um homem que ri de tudo e de nada. Este, sim, vai morrer dando umas boas risadas.

— Nunca teve medo de assombração, não, velho?

— Nem de assombração, nem de ladrão.

— Mas, pera lá. Como é que o senhor fica preocupado com as suas galinhas, com medo que elas sejam roubadas? Conta essa história direito. — Quase pergunto: "E os homens do banco, que emprestaram dinheiro para o senhor plantar sisal? O senhor se deu mal, e eles, a bem dizer, tomaram as suas terras. Eram uns anjos? Uns santos?" Mas me contenho, em boa hora. Papai está tão animado. Para que remexer em suas tristezas? Deixa o velho falar de suas galinhas.

— Minha preocupação é porque as pobrezinhas ficam muito sozinhas, sem ninguém que tome conta delas, lá na minha rocinha, que fica na beira da estrada. Aqui na rua a coisa é diferente.

— E os ladrões de galinha? Quando são achados, vão pra cadeia e apanham até sangrar, como antigamente?

— Lá isso é. Os desgraçados apanham até nem poderem mais dizer chega.

— Virge Maria! E ainda tem ladrão de gado?

— Quando tem gado. E só aparece gado quando Deus manda chuva e os pastos ficam verdes. Com a seca, os ladrões de gado desaparecem. Vão bater em outras freguesias.

— E eles também vão em cana e apanham que nem os ladrões de galinha?

— Que nada. Ladrão de gado é tudo filho de fazendeiro endinheirado. Zanzam pra cima e pra baixo, fazendo arruaça, e ninguém bota a mão neles. Quem pode pode, quem não pode se sacode.

— Quer dizer que por aqui tudo continua como antes?

— Nem tudo. Tem muita novidade por aí. Pare com esse medo de assombração, menino. Vá dar uma volta. Visite os parentes, veja o povo. E puxe uma prosa com as meninas. Aqui tem muita moça bonita, que cresceu enquanto você esteve fora. Penso: é agora que ele vai perguntar se sou casado, se tenho filhos, se a mulher é paulista ou não, essas coisas. Mas não perguntou. Vai ver está esperando que eu mesmo diga, sem precisar ser perguntado.

— Ah, sim, Totonhim. Tem uma pessoa daqui que nunca esqueceu de você. Sempre fala de você, relembrando os seus velhos tempos.

— Mas quem?

— Não venha me dizer que você já se esqueceu da sua primeira namorada.

— Disso ninguém esquece. Já sei de quem o senhor está falando. Eu só não sabia é que ela ainda morava aqui.

— Ela estudou fora, se formou como professora e agora ensina no ginásio. Acho que é a diretora. Agora você já sabe o que devia saber. Já lhe dei uma pista.

Tento me lembrar do seu rosto, da sua voz, das suas mãos, do seu jeito de se vestir e andar. Ela tinha uns pés rechonchudinhos, bem torneados, lindos, pedindo para serem apalpados,

O *cachorro e o lobo*

213

acariciados, mordidos. Eu os preferia descalços ou, no máximo, metidos numas sandálias que não os encobrisse inteiramente. Era uma das meninas mais bonitas deste lugar. Como estará agora? Casada, cheia de filhos, gordona, de peito caído, cheia de rugas? Ou uma balzaquiana enxuta, apetitosa? E solteirona?

— Vive como uma viúva — diz o meu pai.

— O marido morreu de quê?

— Viúva de marido vivo. Ela foi devolvida aos pais no dia seguinte ao casamento. Porque não era mais virgem.

— Não acredito. Conta outra, velho.

— Pois pode acreditar. E imagine o falatório. A coitada sofreu o diabo na boca do povo. Agora, aqui pra nós, que ninguém nos ouça: foi você, Totonhim, o primeiro? Foi ou não foi você, seu cachorro?

— Ah, papai. Que pergunta! Por favor, pare com isso.

— Bom, não precisa ficar encabulado. Perguntei por perguntar. Vamos ver as panelas. Venha sentir o cheiro da comida. Isso é que tem futuro. O resto é passado. Já morreu.

E lá vamos nós, marchando para o futuro, que fumegava num fogão de lenha mais velho do que o mundo, em panelas de barro, evaporando um cheirinho bom de coentro, manjericão, alecrim e palha de cebola. Se é que a alegria vem mesmo da barriga, o aroma que dominava o ar espantava qualquer tristeza. As panelas prometiam um feijão, um arroz e um frango ensopado memoráveis. Tudo em fogo baixo. Fogo brando, como a voz do meu pai.

— O segredo de quem cozinha, Totonhim, é não ter pressa. Apressadinho come cru. Que horas são?

É aí que me dou conta de que ele não tem um relógio. E nem precisa. Não vive no mundo dos apressados, como eu.

— Onze horas — respondo.

— Pode dar uma volta. É cedo. As panelas podem esperar. Ou você já está com fome?

— Ainda não.

Não lhe digo que antes de partir para cá minha mãe me entupiu de cuscuz de milho, batata-doce, aipim, banana assada, para eu "matar as saudades" das manhãs do meu tempo de menino, como se não existisse nada disso pelo Brasil afora. Até agora tenho evitado qualquer referência a ela, temendo remexer em antigas feridas. Por isso não digo ao meu pai por que estou de barriga forrada.

— Se dá para aguentar mais uma horinha, pode ir, que eu fico aqui tomando conta das panelas, para a comida não passar do ponto.

— Quer que eu traga alguma coisa?

— Uma caixa de fósforos.

O mesmíssimo pedido que ele me fazia no meu sonho de noites e noites. Incrível.

— Ah, sim, Totonhim. Pode fechar as janelas e encostar a porta.

— Está com medo de ladrão, velho?

— Que ladrão, que nada. É que pode chover.

— Chuva, agora? Com este céu tão limpo? O senhor está sonhando.

— Vai chover hoje, você vai ver. E você vai virar um herói. Todos vão achar você um enviado de Deus.

— Por quê?

— Porque você trouxe a chuva.

— E aí vão me carregar num andor?

— Vão vestir terno branco, se encher de cachaça e rolar na lama, arrastando você para a farra, para a enlameação. Pode ir se preparando, porque vai chover. E você vai virar o deus da chuva.

— E aí, o que vão querer que eu faça, como o deus da chuva? O senhor já me advertiu de que o povo daqui se ofende à toa. Se chover mesmo, como o senhor diz que vai, o que tenho que fazer?

— Tomar cachaça com todo mundo e rolar na lama. Mas não vá beber demais, por conta. Espere a chuva chegar. Bebida demais tira a fome. E eu já não tenho barriga para aguentar toda essa comida sozinho. Se quiser, traga uns amigos que a boia dá.

— Que amigos, papai?

— Ora, você vai encontrar alguns deles por aí. Nem todos foram embora. Só lhe peço uma coisa: não traga aqui o tal do prefeito. Este não pisa nesta casa, muito menos entra nesta cozinha, nem pintado de ouro da cabeça aos pés.

— Por quê?

— Porque é um ladrão.

— Mas o senhor não disse que aqui não tem ladrão?

— Disse e repito: não tem. O prefeito não é um ladrão qualquer, um pé de chinelo que bate a sua carteira, rouba casas e galinhas. É um ladrão cheio de manhas, de lero-lero, que não furta ninguém em particular, mas rouba a todos em geral. Um ladrão do povo. Um imposto daqui, uma verba estadual dali, um adjutório federal de lá, obras contra a seca, campanhas contra a fome, e ele embolsando tudo. Dê uma olhada na casa dele. Veja que grandiosidade. Entre lá. Quanto móvel bacana, quanto aparelho eletrônico, quanta bugiganga contrabandeada. O prefeito era pobre como Jó. Agora vive como um rico. Já levou os filhos até para uma tal de Disney não sei o quê. Não quero ver esse ladrão na minha frente. Sei que ele estudou com você, foi seu colega de escola. Mas se aparecer aqui vai ser enxotado. Ladrão, ladrão, ladrão! Quanto a seus outros amigos, pode trazer os que quiser, tirante o prefeito. Agora vá dar a sua volta.

Ah, o velho. "Não vá beber demais." Esse velho... Tudo bem, papai. Vou andar por aí.

— Totonhim!

— Totonhim!

— Totonhim!

Não, não há ninguém me chamando e acenando, ninguém a se esgoelar por mim efusivamente. Já não se fica à janela, esperando os que chegam, olhando os que passam, gritando pelos nomes mais conhecidos, fazendo as honras da casa para os mais ilustres. Cadê o povo desta terra? Morreu de sede? Foi devorado pelo sol? Onde está todo mundo? Em Alagoinhas, Feira de Santana, Salvador, Ilhéus, Itabuna, no Sul do cacau, na fuzarca do Rio de Janeiro, nos poderes de Brasília, nos garimpos do Pará, nas fazendas do Mato Grosso, nos rios do Amazonas, no tráfico de Rondônia, nas terras verdes de São Paulo-Paraná, nos pampas do Rio Grande do Sul? No Exército, na Marinha e na Aeronáutica? Nas igrejas evangélicas? O Brasil é grande e cabe todos nós, é ou não é, gente boa? E o mundo é maior ainda. Tem o Paraguai, a Bolívia, Miami, o Japão, o Irã e o Iraque. E o porto de Roterdã, lá na Holanda. Por isso ou por aquilo, o certo é que o povo daqui sumiu. Não mora mais aqui. Não sei se a culpa foi do tal do homem do cinema, do outro que se perdeu e apareceu nestas bandas montado no primeiro caminhão, da professora Teresa, a que veio de fora para a escola rural trazendo um atlas geográfico e um mapa-múndi, ou das antenas parabólicas. Não me venham, por favor, com as razões da seca, da pobreza, das dificuldades de vida, que isso, por si só, não explica tamanha debandada. Certeza mesmo só tenho esta: cá estou, pisando na terra das aves de arribação, andando devagar, silenciosamente, como quem pisa em ovos ou brinca de cabra-cega. ("De onde você vem? Do sertão. Para onde você vai? Pro sertão.") Eis-me aqui na mesma calçada da igreja, na mesma praça, revendo as mesmas vendas e as mesmas casas, sem ninguém que olhe pra mim, que me dê um sorriso, um abraço e um aperto de mão. Poxa, gente. Como todo mundo pode ter esquecido de que aqui joguei bola, andei de pés descalços, queimei a sola dos meus pés, vivi minhas utopias, sonhei muito e o verde era a cor dos meus sonhos? Sem drama, pessoal. Que é que é isso? Por que vocês desaparecem à minha passagem? Não é o Anticristo quem está chegando. Muito menos um bandoleiro Lampião ressuscitado, aquele que mandava recado dizendo que vinha e nunca veio, porque nunca teve tempo de passar neste fim de mundo. Ainda assim, seus recados fizeram estragos, provocaram correrias, deixaram o lugar em polvorosa — alguém por aqui deve se lembrar disso. Meu pai, por exemplo. Ele não esquece de um baile interrompido em desespero, ao se ouvir um tropel no meio da noite. A ordem de dispersar foi dada pelo sanfoneiro: *Lá vem Corisco / mais Lampião / chapéu de couro / fuzil na mão*. E pernas para o mato. Só que o tropel era de uns coitados de uns matutos que também vinham para o baile. Por anos e anos o lugar iria se envergonhar deste vexame. Calma, meu povo. Já não há mais Lampião nenhum. E eu sou de paz. Estou aqui desarmado.

Aqui: longe das filas, dos engarrafamentos, da fumaça, dos elevadores, fax, computadores, telefone. Não é um paraíso? É tudo tão tranquilo, tão exageradamente calmo, que me dá medo.

Ei, mostrem as suas caras. Pigarreiem, sussurrem, falem, gritem, berrem, digam qualquer coisa.

— Oi.

— Bom dia.

— Como vai você?

— Veio matar as saudades?

— Olha só quem chegou!

— Você veio a passeio ou voltou de vez?

Vontade de soltar um berro, como o mais tonitruante dos políticos de sorriso fácil e fartos abraços, os que só aparecem nas campanhas eleitorais, afalfando-se, apopléticos: "Povo da minha terra!" E que vão embora dizendo para si mesmos: "Do povo só queremos voto. E distância." Se eu fosse um desses, vocês apareceriam em suas janelas? Correriam para a praça?

Ergueriam os seus braços? Gritariam o meu nome? Olha que eu posso dar uma de doido, para infernizar o juízo de vocês: "Condenados!" Em vão. Iria endoidecer de verdade, berrando para nada e ninguém.

Estou entrando num deserto em que o ruído de uma mosca produz um efeito parecido com o de um avião decolando. "Povo da minha terra!" Que povo? E o meu pai ainda teve a coragem de me mandar passear, dar uma volta, conversar com todos, para que ninguém pense que voltei orgulhoso. "Você sabe como essa gente se ofende à toa." Que gente? O velho me fez cair numa cilada. Devia estar querendo que eu descobrisse por mim mesmo que o lugar já morreu. E aí? Só sobrou ele? Ah, então é por isso que vive falando com os mortos. Acho que começo a entender o espírito dessa história.

Onde estão o homem vestido de vaqueiro e as meninas e meninos de azul e branco, a caminho da escola, que ainda há pouco eu vi passando? Pura imaginação?

De repente me ocorre uma possibilidade fantástica: ao deixar a estrada principal e pegar o atalho para cá, fui sequestrado pelo espírito de um aviador nascido aqui e levado para outro fim de mundo chamado Comala, um lugarejo mexicano inexistente. Ou seja: não viajei para lugar nenhum, não cheguei ao Junco coisa nenhuma. Estou mesmo é em São Paulo, é domingo de manhã, minha irmã não me telefonou nem nada, chove às pampas e, como não há nada a fazer num domingo de chuva, peguei na estante um livro de Juan Rulfo, o *Pedro Páramo*, cuja história se passa nessa tal de Comala, onde todos estão mortos. E aí me deu vontade de voltar ao Junco, para rever o meu pai, se é que ele ainda estava vivo. E, quando chego lá, todos se escondem em suas casas, se refugiam em seus quartos dos santos, para não me verem passar diante de suas janelas, temendo que eu tenha voltado para cumprir a minha sina de condenado — um condenado a caminho do inferno. E só para infernizá-los.

E no entanto me delicio ao reencontrar uma cidadezinha singela, bonitinha, graciosa, limpíssima. Sem vestígios de cocô de cachorro, pontas de cigarro, papel picado, sacos plásticos, páginas de jornal. Se não tem lixo, não tem gente. Percebo isso depois de uma longa e agradável conversa com o meu pai, que reencontro são e forte, muito bem-disposto, feliz da vida. E o melhor: um homem sem medo. Nem de assombração, nem de ladrão. Será que o tempo todo estive conversando com um fantasma? Ao me bater a desconfiança, como numa intuição premonitória de que o meu pai já morreu, digo, desesperado:

— Puta que pariu. E não me avisaram da sua morte. Não me chamaram para o enterro.

"Vim a Comala porque me disseram que aqui vivia o meu pai", assim começa *Pedro Páramo*. E assim começou a minha viagem de volta. Não será surpresa se der de cara, ao dobrar uma esquina e entrar num beco sem saída, com a alma do finado Juan Rulfo, o contador das histórias do Junco-Comala.

— Sinta-se em casa — direi a ele, com sinceridade, mas tremendo muito, pela minha falta de convívio com os finados.
— Este lugar tem alguma coisa em comum com o seu México. A intimidade com a morte.

À medida que as palavras vão se corporificando em minha boca, vou dominando a tremedeira. Continuo:

— E a cachaça e a pimenta-malagueta reforçam a nossa parença, porque também nos dão um temperamento ardido, provocam dramalhões viscerais.

Ao que ele responderá, falando baixinho, quase inaudível:

— Foi o que eu sempre pensei. Em certos aspectos, o Brasil é um grande México. Brindemos com a tequila que eu trouxe nos meus alforjes. Arde tanto quanto a cachaça.

Meu pai aparece no exato momento em que Rulfo e eu tocamos os nossos copos: "Tintim."

— Já não se morre mais — diz o velho.

Claro, óbvio, elementar: ninguém morre duas vezes.

Está matada a charada.

Meu Deus.

Só me resta guardar na memória as imagens do lugar em que nasci, dos seus dias ensolarados à sua chuva benfazeja, suas histórias intermináveis, sua fala arrastada, às vezes doce, outras áspera, conforme o momento, a ocasião. Cafunés de mãe, tias e primas. Flores no quintal, um galo no terreiro. Das suas noites mais longas do que os dias. Dos meus sonhos.

Guardei este lugar como última possibilidade de refúgio, para criar galinha, quando levasse um pé na bunda no emprego, na onda devastadora do enxugamento empregatício, na devoradora maré da reengenharia global. Ou quando estourasse uma guerra no Brasil. Ou anunciassem a chegada do fim do mundo, que não vai atingir estes confins, não sei se por misericórdia de Deus ou por falta de informação sobre o seu dia e hora, já que esta é uma terra sem rádio e sem notícias das terras civilizadas. Era o que eu pensava, antes de chegar e ver, com os meus próprios olhos, as antenas parabólicas sobre os telhados. E me perguntar: ainda terei um lugar aqui? Preciso morrer para ter direito a esse lugar?

Aqui aprendi a ler. E a escrever um pouco mais do que assinar o meu nome para poder votar, nos dias de eleição. Digo: aprendi o bastante para escapar do cabo de uma enxada, sem me tornar um ajudante de pedreiro, um peão de obra nas estradas e nos parques industriais, um porteiro de edifício nas grandes cidades. O que não me garantiu nenhuma imunidade contra o desemprego. Aqui tomei gosto pelos livros. Descobri o prazer de lê-los. Viva a professora Teresa, a mãe letrada de todos nós. Viva mamãe, que me empurrou para a escola. Mas às vezes me pergunto: valeu a pena? Ora, se serviu para que eu conseguisse uma ocupação mais leve do que a de um trabalhador braçal, já é alguma coisa. E me tornou capaz de empreender uma viagem

O cachorro e o lobo

fantástica, através das páginas de um romance chamado *Pedro Páramo*.

Não, não é por eu ser bancário que não possa ser dado a umas leituras. Quem disse que bancário só pode gostar de números, talões de cheques, depósitos, ordens de pagamento, cartões magnéticos etc. etc. etc.?

Viva o Mestre Fogueteiro. Viva o São Escrivão. Eles me emprestaram muitos livros. Aqui, neste lugar.

Mestre Fogueteiro — o meu primeiro tipo inesquecível. O Satanás do Inferno Verde, assim chamado por ser espírita — o único destas bandas — e nunca dar o ar de sua graça nas missas e no confessionário. Nem por isso o povo católico apostólico romano tinha coragem de excomungá-lo publicamente, apesar de todas as restrições à sua falta de fé na Igreja de Deus. Toleravam-no. Pudera. Sem os seus foguetes não havia festas nem comemorações, religiosas ou não. E os pais não teriam como anunciar aos quatro ventos os nascimentos de seus filhos. O Mestre Fogueteiro era um mago a transformar pólvora em artifícios encantatórios — foguetinhos, foguetões, foguetes de lágrimas, busca-pés, chuvinhas, fósforos de cor —, sem o que não se dariam vivas a Santo Antônio, São João, São Pedro e à padroeira. Eu simplesmente o considerava o mais sábio dos homens. E não apenas por ser o mágico a iluminar as nossas noites, o nosso céu, mas por ser o único a possuir uma estantezinha recheada de livros, com algumas preciosidades em prosa e verso, além das de seus autores espíritas, em sua casa humildezinha, na periférica rua do Tanque Velho, lá pra baixo, a uns duzentos ou trezentos passos da praça principal, longe da igreja.

Depois é que veio o Escrivão, para abrir uma coletoria, lavrar escrituras e cobrar impostos. Ele tinha uma conversa ilustrada, cativante. E também não era um carola praticante. Coitado. Passaram a recomendar distância dele, que só podia ser um comunista descarado. Para complicar ainda mais a sua situação, cometeu a imprudência de confessar-se um leitor entusiasmado de Jorge Amado, sabidamente um herege pactuado com o diabo, um comparsa do bando que espetava padres e comia criancinhas. O Escrivão devia ser da mesma laia. Ave, Maria! Louvado seja Deus, Nosso Senhor Jesus Cristo! Conversar com o Escrivão, aceitar os seus livros emprestados era uma heresia que certamente ia pesar muito na balança de São Miguel, ao chegar a minha vez de bater na porta de São Pedro. E quando minha mãe me empurrava para o confessionário, eu, pecador, aumentando ainda mais o peso dos meus pecados, omitia para o padre que vinha trocando o reino dos céus pelo aliciamento literário do Escrivão e dos seus poetas, que imaginavam subvertedores da fé cristã e que, se os lessem, iriam absolvê-los, por serem inocentes. Os poetas do Escrivão: Gonçalves Dias, Castro Alves, Augusto dos Anjos. (*Não chore, meu filho / não chore / a vida é luta renhida / viver é lutar — Oh, eu quero viver, beber perfume / na flor silvestre que embalsama os ares / ver minh'alma adejar pelo infinito / qual branca vela na amplidão dos mares — Doutor, pegue essa tesoura e corte / a minha singularíssima pessoa / que importa a mim que a bicharia roa / todo o meu coração depois da morte.*)

Mestre Fogueteiro! São Escrivão! Saiam de suas covas. Agora já podemos fazer as nossas tertúlias em paz. Já não há mais uma única beata para nos encher o saco. Apareçam. A praça é nossa. Como o céu é dos foguetes.

Pelo menos, em Comala os mortos falavam. Aqui, nem isso. Vai ver, a tequila é melhor para os espíritos do que a cachaça.

Como é que é, pessoal? Qual é o problema, queridos? Vão continuar brincando de esconder por *saecula, saeculorum*, amém? Creiam-me: estou aqui numa boa, sem fins lucrativos. Não tenho o menor interesse no dinheiro encantado de vocês. Nem num palmo de terra. Também não vim em missão profissional, para gravar um fantástico programa de televisão sobre esse estranho lugar, onde toda a população já morreu — com exceção do meu pai, espero —, e apresentá-lo numa rede nacional, em horário nobre, atraindo a sanha e a fúria de todas as câmaras do planeta, e a curiosidade dos espíritas, dos esotéricos, dos estudiosos da vida *post mortem*, e a correria dos vendedores de pipoca, de coca-cola, de lembrancinhas, espirituais ou não, e o assanhamento dos agentes de viagem e dos guias turísticos, e imaginem a bagunça, o desassossego, o terror, o inferno.

E adeus paz eterna.

Não. Não estou aqui também para remexer em velhos ódios, os escândalos e as tragédias fantasmagóricas, incapazes de morrer nos pequenos lugares, como diria outro finado ilustre — de Saint Paul, Minnesota —, que se assinava F. Scott Fitzgerald. Um que, mesmo nunca tendo frequentado as estantes do Mestre Fogueteiro e do Escrivão, tinha uma certa simpatia pelos cafundós onde dá para se ouvir um cachorro uivando no outro lado do universo.

Procuro apenas um sinal de vida. Um ser vivo. Ainda que seja na última bodega. E que ele esteja caindo de bêbado.

Com licença. Agora preciso ligar pra casa. Para saber se minha mulher e os meus filhos estão bem, não foram assaltados e sequestrados nem nada. É sempre esse temor, esse pânico, quando viajo ou quando demoram a chegar. Alô! Socorro! Meu avião caiu num deserto. Sim, sim, claro, sobrevivi, senão não estava aqui falando. Não, não. Não faço a menor ideia de onde estou. Impossível assim providenciar o resgate? Liga aí urgente para a companhia aérea. Devem saber mais ou menos em que região o avião caiu.

Mas cadê o posto telefônico? Minha irmã Noêmia me enganou, quando disse que estava me telefonando daqui, no começo desta história. Era só uma brincadeirinha de uma maninha metida a engraçadinha? Caí feito um pato na sua armadilha.

Ela me paga. Na volta, ela vai ver. Vou dizer-lhe poucas e boas. Que irmãzinha sacana.

Primeiro sinal de vida: um tiro. Ou qualquer coisa parecida. Também pode ter sido um rojão detonado pelo Mestre Fogueteiro, apresentando os seus votos de boas-vindas. O som do petardo veio lá de baixo, daqui da praça não dá pra ver o que está acontecendo. Apresso o passo e chego a uma venda. Aleluia. Nem todos estão mortos. Um homem cochila com a cabeça recostada num saco de aniagem. Outro, sentado num tamborete, coça os dedos de um pé. Eta vida boa, meu Deus. Nada para fazer, a não ser ver o tempo passar. Vencidos pelo sol. Mas combatendo na sombra. Filosofando. Seriam eles fantasmas?

Atrás do balcão há um homem mais ou menos da minha idade, já calvo e pançudo, com o rosto apoiado entre as mãos e que parecia estar olhando para ontem, até a minha chegada.

— Bom dia — eu digo. E pergunto se ele tem água mineral.

— Com ou sem gás?

— Tanto faz.

— Só não está é muito gelada.

— Não faz mal.

Ele traz a água, abre a garrafa e me olha de cima a baixo. Bebo a água, visivelmente incomodado com a sua inspeção. Com toda certeza não está me reconhecendo. Nem eu a ele.

— Que calor, hein? — digo isso para quebrar o clima, puxando assunto.

— Você é, você é... Deixa ver se me lembro. Ah, já sei. Um dos filhos mais novos do velho Totonho. Neto do finado Godofredo.

— Acertou na mosca — respondo. E penso: meu pai na verdade se chama Antão, um nome que ligeiramente lembra Antônio. Virou Totonho. Eu sou o Antão Filho. Virei Totonhim. Vá lá saber por quê. Inventam os apelidos de acordo com os sons que batem melhor nos ouvidos. No meu caso até que a coisa é explicável: Totonhim, filho de Totonho. Por que não Totonhozinho?

— Mas, rapaz, você por aqui? Que surpresa! Agora, quero ver se você se lembra de mim.

— Você é, você é...

— O Údsu, rapaz. Esqueceu? Nós fomos colegas de escola.

— Mas é claro. Agora me lembro. Velho Údsu. Você era bom de bola. E me dava cada rasteira. Eu vivia todo lanhado, por causa de suas pernadas.

Não pergunto se ele se lembra do meu nome. Deixa pra lá. Peço a caixa de fósforos que o meu pai encomendou.

— E o velho Totonho, hein?

— Está bem. Muito bem.

— Ele é duro na queda. E olha que chuta uma cana danada.

— É mesmo? Pois encontrei ele mais sóbrio do que um poste.

— Espere mais um pouco, pra você ver. Espere, espere.

Sim, vou esperar, claro. Pra tomar um porre com ele. Não foi pra isso que vim aqui?

Nisso entra um rapaz. Veio correndo, a julgar pelo suor na cara e lhe encharcando a camisa, pela respiração ofegante, pelo seu jeito atônito. Pede água. E diz:

— Assaltaram o supermercado.

— O quê?! — exclamamos todos, em uníssono. Até os dois filósofos dorminhocos, que por preguiça nem responderam ao meu bom-dia, acordaram, fazendo parte do coro, um quarteto de espantados.

— Os assaltantes chegaram de carro. Eram três. Dois entraram no supermercado e o outro ficou esperando, com as portas do carro abertas.

— Estavam armados? — pergunto.

— Estavam.

— Atiraram? Feriram ou mataram alguém? — pergunta o dono da venda.

A mão do rapaz treme tanto que ele quase não consegue beber a água.

— Conta lá. Como foi? — interfere um dos dorminhocos, agora bem desperto, para o mundo dos vivos.

O rapaz começa a contar. Sua fala sai aos solavancos:

— Eu estava lá dentro e vi tudo. Quase me borrei de medo. Eram três. Chegaram de carro. Dois entraram e o outro ficou tomando conta do carro, com as portas abertas, como eu já disse. Um foi direto pro caixa e o comparsa dele ficou perto da porta, controlando o movimento. O que foi pro caixa gritou: "É um assalto. Todos no chão. Deitados e quietinhos. Se alguém se mexer, a gente atira." Ele deu um empurrão, afastando o cara do caixa, que caiu longe. O assaltante apontou a arma pra ele e disse: "Fica aí mesmo. Não se mexa." E raspou as gavetas do caixa. Depois virou pra trás e mostrou o dinheiro pro outro, gritando: "Olha que mixaria. Isso não paga a viagem. Onde está o dono ou o gerente desta merda?" Uma mão se levantou e uma voz respondeu: "Aqui." O assaltante correu pra ele, apontou a arma na cabeça dele e disse: "Levante-se, ponha as mãos pro alto e venha abrir o cofre." Voltou com o dono do supermercado na frente, a arma apontada na nuca dele e uma capanga pendurada no ombro, com todo o dinheiro do cofre e mais o da caixa. Ao chegar na porta, deu uma coronhada na cabeça do dono do supermercado, que desmaiou, ali mesmo. Mas já foi levado pro hospital. Depois o ladrão deu um tiro pra cima, avisando: "Quem nos seguir leva bala." E arrancaram, cantando pneu, igualzinho nos filmes da televisão.

— Ninguém mais se machucou ou foi baleado? — pergunta o que repentinamente deixou de coçar o pé para se ligar aos acontecimentos.

— Não. Mas todos que estavam lá dentro se borraram nas cuecas e nas calcinhas. Não sei o que foi pior. O medo dos homens ou ter que aguentar o fedor. Ninguém aqui ouviu o tiro, não?

O *cachorro e o lobo*

— Ouvi um estalo, quando estava vindo pra cá. Mas não dava pra saber o que era e nem onde era — eu digo.

— Eu também ouvi um estampido — diz o dono da venda.

— Pensei que era uma bomba de São João fora de época.

Outro pergunta:

— A polícia foi atrás deles?

— O carro da polícia está no conserto, faz dias.

— Puxa — eu digo.

— É que a polícia daqui nunca precisou usar o carro pra perseguir assaltantes — esclarece o dono da venda. — Nunca teve disso aqui antes. É o primeiro assalto.

A venda começa a se encher. Daqui a pouco vai estar entupida. Melhor para o pobre do Údsu. Até há poucos instantes sua casa estava às moscas. Ora viva: já não me sinto num deserto. Mas de onde saiu tanta gente? O que faziam? Cada um que chega traz uma nova versão para o caso, acrescenta um ponto. Enquanto isso, acompanho a agitação do dono da venda, afalfando-se do balcão para a geladeira e da geladeira para o balcão, me lembrando de que ele na verdade se chama Hudson, como foi batizado e a professora pronunciava, estendendo a última sílaba do seu nome, na esperança de que a turma viesse a dizê-lo corretamente, no mais inútil dos esforços humanos. Aqui fica-se com a maneira mais fácil de pronunciar um nome. Não adianta complicar, que o povo simplifica. Voltemos ao assunto trepidante, o prato do dia. Aos novos informes:

— Na saída os assaltantes deram uma limpa no posto de gasolina. Dizem que balearam um rapaz do posto, que tentou reagir com uma barra de ferro.

— Foi mesmo? Que desgraça. O rapaz ainda está vivo?

— Não sei.

— Bastou ter o primeiro assalto para acontecer o segundo, em poucos minutos — eu digo.

— Não tem nem um mês que o posto foi inaugurado — outro lembra.

— É, foi feito depois que asfaltaram a estrada.

— Taí pra que serve estrada asfaltada.

— É o progresso — digo eu. — O Junco acaba de entrar no mapa do mundo.

Ninguém presta atenção no que acabei de dizer, porque chega mais um com a última novidade.

— Tomaram o carro de um homem que vinha pra cá. Foi lá em cima, depois da Ladeira Grande. E largaram o deles lá.

— Pra despistar. O carro deles devia também ser roubado — eu digo, do alto das minhas leituras do noticiário policial.

— Fizeram alguma malvadeza com o dono do carro?

— Levaram ele. Amarrado e jogado dentro do porta-malas.

— Como foi que você ficou sabendo disto?

— Por um matuto que vinha a cavalo e que viu tudo escondido atrás de uma moita. E ainda dizem que matuto é bobo.

— O primeiro assalto agora são três, numa questão de instantes. E mais um sequestro. Pronto. O velho Junco acaba de ser crismado e batizado. E isso é que é um batismo de fogo.

— Ei — diz o dono da venda, apontando pra mim. — Esperem aí. Olha aqui quem trouxe os assaltantes.

É a minha vez de ficar espantado. Aquela brincadeira podia dar em confusão, com tantos ânimos exaltados, tanto suor e cerveja.

— Eu? Por que logo eu?

— Você ficou um tempão sem vir aqui. E aí, quando chega, os assaltantes aparecem. Pra mim, você é suspeito — diz o Údsu, rindo.

Todos me olham, como se perguntassem: "Será?" Tento me safar, rapidamente:

— Vai me entregar pra polícia, é, Údsu? Só faltava eu voltar aqui pra ir em cana — digo isso pedindo cerveja e convidando a todos para uma rodada por minha conta. E não é que alguns até já me reconheceram, já me cumprimentaram? Os mais de-

O *cachorro e o lobo*

sinibidos me abraçam, uns dizem que mudei muito, estou diferente, outros acham que não, que continuo igualzinho ao que era antes. Chato é ouvir alguém dizer que envelheci, não por acaso foi o Údsu, ou Hudson, quem disse isso. O careca e barrigudo. E eu: "E essa carequinha aí, o que é? Sabedoria? E esse barrigão, é o quê? Prosperidade?" Ele riu amarelo, encabulado. E tratou de trazer as cervejas, uma atrás da outra.

E atenção para as últimas notícias:

O delegado daqui acaba de entrar em contato com o delegado de Inhambupe. A polícia de lá vai tocaiar os assaltantes, no Entroncamento. O pau vai comer.

— Será que vai passar na televisão? — pergunta, ainda muito agitado, o rapaz que foi a testemunha ocular do primeiro assalto. — Vai chover bala.

Penso: esse aí vai passar o resto da vida dizendo "meninos, eu vi".

De repente ele me encara, pensa alguma coisa com a qual eu deva ter alguma relação e dispara:

— Você não conhece ninguém que trabalha na televisão, não? Ligue pra lá. Chame os repórteres. Não podemos perder essa chance de aparecer na TV.

— Pra quê? Pra chamar outros assaltantes?

— Pode ser uma boa propaganda da nossa terra.

Eu, hein! O moço é todo moderninho, enturmado, cheio de moda.

— Ô Údsu. Traz uma cachaça pra esse rapaz aqui. Olha só como ele continua tremendo — diz um dos homens. — Deste jeito vai acabar vendo visagem.

— Ou tendo um troço — digo eu. — Traz água com açúcar, Údsu. É o que ele está precisando.

Não, não estou brincando. O rapaz ainda não se recuperou do susto e continua mesmo muito nervoso e trêmulo, parecendo à beira de uma síncope, a um passo de se tornar mais uma baixa do primeiro assalto. Passo-lhe o copo de água com açúcar, insistindo:

— Beba isso, vamos. Vai lhe acalmar. E quando chegar em casa tome um chá de casca de laranja.

Este meu cuidado não deixa de ser uma recompensa pela informação de que aqui tem, de fato, um posto telefônico. Estou salvo. Agora já sei que posso telefonar pra casa. A não ser que outros assaltantes apareçam, seguindo a trilha aberta pelos que já se foram, cortem os fios do telefone ou invadam a venda do Údsu, atirando loucamente. Ou que a praça seja sacudida por um tiroteio monumental, sobrando bala pra todo lado.

Eu não queria um sinal de vida no reino do silêncio? Pois o encontrara, em doses cavalares. Saí do sonho. Caí na real. Acordei. Agora era bater em retirada. Papai e suas panelas estão à minha espera. Só espero que os bandidos não as tenham raspado, até o fundo do tacho — ele não disse que tinha boia para um batalhão? —, ganhando força para enfrentar a estrada e novos assaltos. E que não tenham dado cabo do velho, de bala ou susto. Senão, quem vai me dizer que hoje não se morre mais?

III

Tarde

Vem bronca aí

Não, não posso dizer que não vi nada nem ninguém nesta manhã, que tudo foi inútil, que perdi o meu tempo. Mas está faltando mulher nesta história. Nenhum rabo de saia entrou na venda, moça alguma aparece nas janelas, ainda não cruzei com uma única dona na praça. Não avistei nem a sombra da minha primeira namorada. Onde estão as meninas que cresceram enquanto estive fora? E aqui sempre teve mais mulher do que homem. Qual é o mistério? O que fazem? Brincam de boneca? Leem contos de fadas? Como vivem? Com o que sonham? Ainda com os rapazes que foram para São Paulo e um dia virão buscá-las? Ou já não esperam mais por príncipe encantado nenhum?

Mujer, si puedes tú con Dios hablar...

Ah, o tempo dos boleros — que *usted jamás olvidará*. No tempo do Serviço de Alto-Falantes e suas belas canções:

*Tu és
divina e graciosa,
estátua majestosa
do amor...*

É cedo ainda para tais toques de nostalgia. O sol queima a moleira e torra as memórias. Esperemos o luar, na brisa da noite. E que seja uma noite de lua cheia, concertinas, pífanos e trumpetes em surdina, para alegrar o coração das meninas. Doidos e cães uivando. Gemidos de amor. Belos sonhos.

Eu disse que é cedo? Já passa de uma da tarde. Meu pai já deve estar furioso. Ele falou em uma horinha, quando me disse para dar uma volta. Demorei demais. Vai engrossar a voz, ô velho, relembrando o pai de outros tempos? Calma, patrão. Espere eu contar o que aconteceu. Trago-lhe novidades. Demais até para um dia que parecia morto. E não é que estou mesmo com medo de levar um esporro? Que coisa. Um homem feito, dobrando a curva dos quarenta e se sentindo como um garotinho travesso ou um recruta relapso que sabe que será punido por estar chegando atrasado ao quartel.

No boteco o tempo voa sem que se perceba — é sempre a mesma história. E esta é uma história universal. Na mais furreca das bodegas ou no bar mais requintado — com um piano ao fundo tocando Tom Jobim, ou "Blue Moon", ou "Stella by Starlight" para um monte de bêbados que não estão nem aí para o virtuosismo do melancólico pianista —, até os ponteiros dos relógios se embriagam, de birita, papo e virtudes, como num poema de Baudelaire. Depois os bares se fecham e as virtudes se negam, como no poema do nosso Carlos Drummond de Andrade. (Mestre Fogueteiro! Meu preclaro Escrivão! Temos mais poetas para as nossas tertúlias. Trouxe-lhes algumas lembrancinhas. Flores para as suas tumbas.)

Mas não foi só o tiroteio etílico na venda o que me fez demorar. No caminho de volta ao rancho e às cheirosas panelas do meu pai, fui bruscamente interrompido por um sujeito que vinha apressado na minha direção, todo atarantado, com cara de quem ia tirar alguém da forca. Era o tal homem que o meu pai mais admira neste mundo, adora e venera, a ponto de desejar-lhe uma longa temporada na prisão, antes de embarcar, definitivamente, para as profundas do inferno. Sua excelência, o prefeito. Ele mesmo, em carne e osso. E não é que o digníssimo mandatário me reconheceu e me abraçou, nervosamente, dizendo o meu nome sem titubear, lamentando que eu tivesse chegado num dia de cão? Perguntou se já tinham me contado da "verdadeira tragédia que se abateu sobre a nossa terra", falou das vítimas com voz sofrida e olhar contristado, e temi que ele começasse a chorar copiosamente na minha cara já muito suada e aguada. Quase soluçando, disse que o dono do supermercado e o rapaz do posto de gasolina estavam agonizando no hospital, coitados, um com suspeita de fratura no crânio e o outro com uma perfuração no pulmão. Podiam até ter que ser levados para um hospital com mais recursos, na capital, e ele ia correr para assinar uma requisição de combustível para a ambulância e, depois, para dar assistência aos feridos e suas famílias. Além das providências, junto com o delegado, para o resgate do que foi sequestrado — "é o gerente da nossa agência do Banco do Brasil, sabia?" Sem mais nem menos, falando por falar, acabo por lhe entregar um pote de ouro ao lhe informar que trabalho no Banco do Brasil. Pra quê? Ai, se arrependimento matasse.

— Precisamos conversar — ele disse — Você pode nos ajudar muito. Estão querendo fechar a nossa agência do Banco do Brasil, é a única agência de banco que nós temos. Venha jantar comigo hoje, venha!

— Não sei se vai dar — respondi —, vim aqui para rever o meu pai, queria ficar um bom tempo com ele.

— Traga o velho, ora — o prefeito não se fez de rogado. — Será um prazer pra mim ter a companhia dele também hoje à noite, eu gosto muito do seu pai. De vez em quando, ao tomar umas cachaças, ele me diz uma porrada de desaforos, me xinga de tudo quanto é nome, me chama de ladrão, mas sei que ele é um bom homem, só que vive numa solidão desgraçada e às vezes tem que desabafar soltando os cachorros em cima do primeiro que lhe apareça pela frente. O que o seu pai precisa, Totonhim, é ver gente, se divertir um pouco, prosear. Ele gosta é disto. Não me faça uma desfeita. Venha jantar comigo e traga o velho. Faço questão.

— Não sei se vai dar — eu disse.

E ele:

— Claro que vai dar, tem que dar, precisamos conversar. Mais tarde a gente se fala, deixa eu correr para tomar as providências, antes que seja tarde demais.

E se foi. Como uma bala.

Ufa!

Em todo caso, melhor um encontro com o prefeito, que sabe que sou daqui e não tenho pinta de assaltante, do que com o delegado, que nunca me viu mais gordo. Até porque lá na venda um engraçadinho disse que um dos ladrões estava vestido igualzinho a mim: tênis branco, calças de *jeans* azuis, camiseta branca. E que o cara era da minha altura e mais ou menos da minha idade. Olha se ele bateu isso pro delegado. Vou ter que encarar um interrogatório aporrinhante, correndo o risco de levar umas bordoadas, enquanto tento provar que periquito não é papagaio.

E assim que me desvencilhei do benemérito prefeito, a correr em apoio às vítimas e às lamentações de praxe para as suas famílias e demais correligionários, previamente contabilizando o quanto a sua pompa e circunstância podia lhe render de votos nas próximas eleições, eis que um valor mais alto se alevanta diante dos meus passos. Uma mulher. Malcheirosa. Velha, maltrapilha, suada, suja. Um trapo humano. E ela vinha cantando: *No céu, no céu, com minha mãe estarei / No céu, no céu, com minha mãe cantarei.* Ao parar à minha frente, disse:

— Mô fio, me dê uma nica.

Mamma mia. Mater dolorosa.

"Mô fio" era uma fala de mãe. E uma "nica" o trocadinho da gorjeta para um menino de recado. Uma prata, uma moedinha. Nem o meu pai diz mais palavras assim. Ouvir isso foi uma glória. Eis aí: eu estava diante de uma esmoler tocante. Em vez de uma nica, passei-lhe uma nota até que graudinha, de dois dígitos, uns dezinhos para umas comprinhas e ainda ter troco. Pela sua reação, era uma esmola e tanto.

— Deus que lhe ajude. Deus que lhe dê muito.

Senti firmeza no seu agradecimento. Não estava apenas recitando frases decoradas para tais ocasiões. Havia sentimento na sua voz. E isso me fez ficar parado diante dela, embora temendo que se ajoelhasse e beijasse os meus pés, como se eu fosse o Papa. E no entanto a minha prodigalidade se resumia a uma gruja que um porteiro de boate em São Paulo não menosprezaria. E nem por isso diria "Deus que lhe ajude" etc. Cada mundo com os seus valores.

— Vosmecê é daqui?

— Sou, sim, senhora. Mas moro em São Paulo.

Ah, São Paulo! Terra boa. Muita chuva e fartura. Os filhos dela também moravam lá, não mandaram dizer nada? Eu não tinha trazido nenhum recado? A última vez que ela soube deles ainda não tinham dado sorte. Continuavam sem trabalho. Será que estavam vivendo de esmola, que nem ela? Deus haveria de ajudá-los. Ela rezava pra que isso acontecesse, todas as noites. Todo santo dia. Com fé em Deus, a vida de seus filhos ia melhorar.

— Mas vosmecê parece bem de vida. Agora me diga: quem é o seu pai?

— O velho Totonho.

— Totonho de Sinhô do Pilão, marido de Maria do finado Godofredo?

Se ela disse "Sinhô do Pilão", era porque estava se referindo ao nome da fazenda em que o meu avô paterno morava. Isso significava que havia outros com o nome de Sinhô. E muitos Godofredos ainda vivos, daí o meu avô materno ser chamado de "finado Godofredo". Eis uma terra onde ninguém conhece ninguém pelo sobrenome, mas pelos pais, avós etc. Fulano de fulano, de beltrano. Coitada da minha mãe. Ia morrer como a Maria de Totonho. A curiosa e cativante mendiga ainda estava no tempo dos casamentos indissolúveis. Contemplei-a com mais um instante de prosa. Ela merecia.

— Sim, senhora. Sou filho desse Totonho mesmo. E eu sou o Totonhim. É assim que me chamam, desde menino.

— Totonhinhozinho? Não me diga! Eu sou tua tia, menino. Tua tia Anita do teu tio Zezito, irmão do teu pai. Cadê a bença, Totonhim?

— Bença, tia Anita.

— Deus te abençoe, mô fio.

E quem a abençoaria? E se Deus um dia olhasse a terra e visse o seu estado, compreenderia o seu viver desesperado? Ouviria a sua história?

E tia Anita tinha uma história longa e triste. E eu com medo de levar uma bronca do meu pai, pela demora. E essa conversa ia longe. Perguntei-lhe se não queria almoçar com a gente.

— Tem muito feijão na panela. Venha comigo.

— Mutcho obrigada, Totonhim. Agradeço a tua bondade, mas já tô de barriga cheia. Uma boa alma já me deu um prato de comida. Hoje é meu dia de sorte — falou em sorte erguendo o braço e apertando na mão o dinheiro que eu lhe dera. E dizendo que ia continuar andando, para seguir a sua sina de pedinte, na esperança de ganhar mais umas nicas que lhe garantissem o futuro.

— Desde que teu tio morreu, Totonhim, que vivo da caridade do povo. E, Deus seja louvado, este povaréu até que me ajuda. É por isso que ainda não morri de fome. Agora, a nossa família, nem é bom falar...

— Por que, tia Anita?

— Esse povo do lado do teu pai é muito miserável. Desculpe te dizer, mas é a pura verdade. Chegaram até a me expulsar de

O cachorro e o lobo 239

casa, aquela casa veia ali na esquina, do teu finado avô, o pai do teu pai. Eu vivia lá, tomando conta, pra que ela não caísse aos pedaços. E ainda assim me botaram pra fora, mesmo sem eu ter pra adonde ir.

— E a sua casa da roça? As suas terras? Eu me lembro onde a senhora morava. Tinha uma vista muito bonita, lá no alto. A frente da casa dava para o pôr do sol mais bonito do mundo. Os seus pastos se esparramavam ladeira abaixo. E os fundos da casa davam para um matagal, cheio de cedros, paus-d'arco, sucupira e passarinhos de todas as cores e espécies. Eu me lembro até da raposa que aparecia de noite para matar as suas galinhas e ovelhas. E das armadilhas que tio Zezito fazia para pegar a raposa. A gente ia buscar lenha no mato morrendo de medo dela. Ô tia. Venha almoçar comigo. Eu dormi muitas vezes e comi muito na sua casa. Gostava muito de ir lá.

— Tu tem boa memória, mô fio. Deus que conserve o teu tutano. Mas já disse que comida pra mim hoje não carece mais. E tu já me deu dinheiro pro pão de mais tarde. Agora, se tu quer saber tudo, eu te conto.

— Sim, sim, conte.

— Teu tio, que Deus o tenha, vendeu a casa e as terras quando ficou velho e cego, sem poder mais trabalhar. E deu quase todo o dinheiro pros meninos irem pra São Paulo. Viemos nos arranchar na casa do teu avô, aqui na rua. Aí teu avô morreu e a parentada começou a arreliar. Logo teu tio morreu também, e nem bem o pobre baixou na cova pra me mandarem embora, sem dó nem piedade. Vá ver o que fizeram na casa. Um risco de cal marcando os pedaços dela pra cada herdeiro. Teu pai foi um dos poucos que não quis pedaço nenhum. Ele disse: "Isso não tá certo. Isso é uma desumanidade. Essa casa é de Anita, que morou nela, cuidou dela, não deixou que ela fosse abaixo. O que vale um metro de parede? O meu metro fica pra Anita e espero que os outros sigam o exemplo." Então eu fiquei com dois metros de parede. Como até hoje não acharam quem quisesse comprar a casa, todo mundo só tem de herança uns riscos de cal em uns poucos palmos de parede. Falam muito mal do teu pai, Totonhim. Que ele é cachaceiro, que é doido, que perdeu tudo que tinha por falta de juízo, por tomar dinheiro emprestado no banco, o que é o mesmo que fazer um pacto com o diabo. Tá certo, ele teve esse azar. Mas não virou um homem ruim por causa dos seus desacertos. Não é um usurário, um unha de fome, como quase todos os nossos parentes. É um homem direito. Deus que dê a ele mutchos anos de vida.

Dois metros de uma parede que ninguém quer comprar: eis a parte do nosso minifúndio que coube à minha tia Anita. Agora ela não tem teto. Aqui, onde antes nunca faltou uma casinha para ninguém, nem que fosse de pindoba. Passei-lhe outra nota, dizendo:

— Espero que dê pra senhora comprar um vestido novo, pra ir à missa, como antigamente.

— Não carece, mô fio, não carece. Tu já me deu muito. Mas já que tu quer me dar mais, mutcho obrigada. Deus que continue te dando mutcho.

Apressei o passo para a calçada da igreja, em busca de uma sombra. Uma voz arrastada, dolente e familiar me acompanhou:

— Deus te leve, viiiiuuuuuuuuuuu!

Era uma voz embalada para viagem, e que vinha de longe — de uma cancela lá no alto da montanha, na hora da despedida. Tia Anita adorava ser visitada, na sua casa longínqua mas muito acolhedora. E com o pôr do sol mais bonito do mundo. E ela agora é uma sem-teto. E o seu bordão, a sua senha de despedida, a sua maneira de dizer adeus a nos acompanhar pela estrada, ressurgia das cinzas, da poeira do tempo, como uma punhalada nas costas. Virei-me, erguendo um braço e acenando para ela, com um profundo sentimento de vergonha por ter lhe dado uma esmola, e de revolta por ela estar precisando disso. "Deus te leve, viiiiuuuuuuuuuuu!" Essa era a verdadeira marca de minha tia Anita. Não, não era ao fechar a cancela, quando a gente ia embora, que ela se sentia só, naquela casa no fim de uma ladeira que exigia muita perna pra se chegar lá. Era agora. Nas ruas. Pedindo uma nica. Que porra.

E ela:

— Dê lembranças pra todos os môs fios, lá em São Paulo, viiiiuuuuuuuuuu!

Santo Deus. Posso até já ter cruzado com alguns deles pelas ruas, mendigando. E nem parei para perguntar se eram meus primos.

Bom, podia ter encerrado a nossa conversa por ali, pois não havia mais nada de relevante a ser dito e acrescentado. E no entanto lá estava eu me voltando para ela outra vez, esticando assunto, como se não quisesse perdê-la de vista, de trapos, de voz. De fala, sotaque e vocabulário.

— Tia Anita! Tia Anita!

Ela seguia a sua caminhada em passos vagarosos, sem pressa. Cantando:

— *Queremos Deus, homens ingratos, / aos pés supremos, o Redentor...*
Parou ao meu segundo grito. Voltou-se para mim e disse:

— Sim, diga. Diga aí, Totonhim!

— A senhora já soube que roubaram o supermercado?

— Ai, não me diga! Quando foi isso?

— Hoje de manhã.

— E quem fez essa boa ação?

— Uns sujeitos de fora. Rasparam a grana e se picaram, fazendo o maior forrobodó pelo caminho.

— Rá, rá, rá — ela se sacolejou toda, gargalhando loucamente. — Oxente, mas que coisa boa. Ladrão que rouba ladrão tem cem anos de perdão, não é, mô fio?

Também ri, fazendo coro com a sua gargalhada. Era contagiante. E não deixava de ser um novo ponto de vista sobre os acontecimentos alvoroçantes "que se abateram sobre a nossa terra como uma verdadeira tragédia", no dizer do loquaz prefeito.

Retomei o meu caminho, à sombra da igreja, com uma nova preocupação em mente: Que é que é isso, Totonhim? Rindo da desgraça alheia? Neste momento há dois homens agonizando no hospital e outro padecendo, com os braços e os pés amarrados, dentro do porta-malas de um carro, e sabe-se lá qual será o seu destino. E isto não tem a menor graça. Certo, certo, certo, não dá pra sair por aí, rindo à toa, numa hora destas. Mas que tia Anita me fez rir, isso ela conseguiu. Salve, rainha. Viva tia Anita, uma mendiga retada.

Enquanto andava pela calçada da igreja, pensava, como consolo: os sinos ainda não se pronunciaram. É sinal de que ninguém morreu hoje. Nem pecador, nem anjinho. Por isso eles permanecem em silêncio, na paz de Deus. Parece que aqui já não se morre mais como antigamente, quando todo dia tinha um desfile de caixãozinho azul, dos anjinhos indo para o céu. Será que era isso o que o meu pai estava querendo me dizer?

Pronto. Cá estou, de volta ao rancho.

Venha de lá o seu esporro, meu chefe.

Finalmente um cheiro de mulher

Primeira surpresa: a porta e as janelas estão abertas, escancaradas. Eu não deixei a casa fechada, a pedido do meu pai? Alguma coisa aconteceu ou está acontecendo. Resta saber se boa ou ruim. Não são só os meus passos que se aceleram. Também as batidas do meu coração. E não é somente o amarelinho da venda, a testemunha ocular do assalto e que tremia mais do que poste em terremoto, quem hoje pode ter uma síncope. Esse velho acaba me matando. Aqui e agora. Água com açúcar, por favor. Urgente.

SEGUNDA: a casa não está apenas cheia de luz. Brilha, limpíssima, desempoeirada, muito bem arrumadinha, com um vaso de flores sobre a mesa de centro da saleta logo à entrada, onde meu avô gostava de ficar, em sua cadeira de balanço, olhando o movimento da rua. À direita, a sala de visitas. Ensolarada. Principesca. Como nos seus melhores domingos. Está tão convidativa, tão domingueira, que me esqueço dos meus mais íntimos terrores em relação ao seu famoso canto com um fatídico armador de rede, para o qual ainda não tinha tido coragem de olhar, temendo ver um enforcado. Por aqui deve ter passado um pelotão de caça aos fantasmas. Que deu uma geral também nas lagartixas e nas teias de aranha. Isto está um brinco, uma beleza. Como se a minha avó ainda morasse aqui. Ou o seu espírito tivesse baixado nesta sala, comandando um batalhão de faxineiras. A bênção, madrinha. Os tijolos brilham tanto, estão tão refrescantes, que me dá vontade de me estirar no chão — e dormir. Descansar. Relaxar. Afinal, estou no campo, ou qualquer coisa parecida com isso, e venho trazendo o meu estresse, as minhas tensões urbanoides. Que bom estar numa casa com teto de telha e piso de tijolo. Meu pai sabia fazer tudo isso — telha, tijolo e casa. Antigamente. Hoje não pode mais pegar no pesado. Mas ainda sabe arrumar uma casa. Temo respingá-la, enodóa-la, sujá-la com o suor do meu rosto. E eu estou é suado. Pingando. Preciso tomar um banho. Deixo a sala e caminho na direção da porta em frente. Vou para o quarto onde está a minha maleta, para pegar toalha, sabonete, xampu, pente, meu kit-viagem. Um banho, por favor. Água, muita água. Urgente.

Terceira: o quarto está cheirando a mulher. A cama feita, uma muda de roupa pendurada num cabide, um vaso de planta à janela, a toalha de banho arrumadinha nas costas de uma cadeira. Bem, eu deixei a maleta aberta, e joguei algumas coisas sobre a cama. Não posso reclamar se foram mexidas. E foram. Com as melhores intenções, tenho de admitir isso. Alguém está cuidando de mim. E não são os assaltantes, com certeza. Eles não seriam tão gentis a ponto de aprontarem o meu ninho — o repouso do guerreiro. Mas quem, então? O meu pai? Só se ele agora anda usando perfume de mulher.

Quarta surpresa: pego o meu kit-toalete, o que inclui naturalmente uma cueca lavada, deixo o quarto e entro no corredor, na direção da sala de jantar. É lá pra dentro que as coisas estão acontecendo, que tudo vai se esclarecer. Ouço vozes. Sim, sim, sim, tem mulher nesta casa. E conversando alegremente na cozinha. O almoço promete. Vai ser uma festa. Esse velho...

Quinta: chego à sala de jantar. Há uma toalha bordada, linda, sobre a mesa, antes coberta de poeira. E pratos, talheres, guardanapos, copos, caprichosamente arrumados. A cristaleira brilha, impecável. O velho relógio de cuco, que parecia anterior à existência do próprio tempo, balança o seu pêndulo, em pleno funcionamento. Deram-lhe corda — era só do que precisava. Flores à mesa: rosas vermelhas e brancas, as do bem-

-querer. Janelas abertas, e outra porta escancarada, dando para o quintal, permitindo a invasão do sol, da claridade. Luz, muita luz. Já não se morre mais, não é, velho? Minha roupa suja foi lavada e seca lá fora, num varal — eu vejo isso através de uma janela. É mordomia demais para um anônimo passageiro em trânsito, um filho obscuro, da ninhada final das gestações: mamãe e papai geraram um contingente, antes de se ocuparem de mim. Por que tanto trabalho por minha causa, gente boa? Pra que tanta homenagem? Não, eu não sou o primogênito. Não me chamo Nelo. Senhoras e senhores, lamento informar que Vossas Excelências estão banqueteando o filho pródigo errado.

Artes do Exmo. Sr. Prefeito? É, toda essa arrumação pode não passar de uma armação do nosso digníssimo mandatário, que enviou uma de suas empregadas pra cá, emprestou toalha de mesa, pratos e talheres, e, na maior cara de pau, comparecerá ao almoço, para o qual não foi convidado, esperando comprar o meu voto, digo, o meu engajamento, apoio ou lá o que seja, para a sua campanha pela manutenção da agência local do Banco do Brasil, como se eu tivesse algum poder, a mínima capacidade de influenciar nas decisões federais. Logo eu, um bancário como outro qualquer, e já na fila dos que podem levar um pé na bunda a qualquer momento? Será que o meu pai caiu na sua lábia, aceitando os seus favores? Já não te conheço, ô velho. Não dá para imaginá-lo caindo em tal esparrela. Como se ele não estivesse cansado de saber o quanto os políticos são matreiros, insidiosos, enxeridos. Insinuam-se pelas bordas, vão comendo pelas rebarbas, até conquistarem as bases, atingindo os seus propósitos, maquiavelicamente. Aquela história tão velha quanto o mundo, de que os fins justificam os meios. Calculo a artimanha da nossa autoridade máxima: o Exmo. DD. Ilmo. Sr. Prefeito não veio ele mesmo, em pessoa, para comandar o mutirão da faxina, e trazendo flores, toalha de mesa, pratos, talheres e demais acessórios indispensáveis para um ágape à altura do ilustre visitante, já que não é Deus para estar em todos os lugares ao mesmo tempo, dividindo-se em dois — um no hospital, abraçando os parentes dos agonizantes, dizendo-lhes palavrinhas animadoras, e o outro distribuindo sorrisos e tapinhas nas costas em louvor de um alto funcionário do Banco do Brasil recém-chegado. Por isso — pela sua limitação humana de não ser onipresente —, ele mandou a sua mais competente, quem sabe a mais sedutora, das suas empregadas, com certeza uma pessoa de múltiplos talentos, para quem o meu pai jamais diria um não, tão bem impressionado, tão deslumbrado e seduzido iria ficar com a sua presença. Alguém que há muito já conquistou o coração do velho. E o faz derramar-se aos seus pés, desarmar-se, entregando a alma ao diabo, por vias insuspeitas: uma operosa e gentilíssima empregada doméstica, o que neste fim de mundo quase totalmente rural ainda existe ou deve existir. E dona de poderes inimagináveis, comandando nos bastidores, por trás das portas. O artimanhoso Sr. Prefeito, espertalhão por ofício e vocação, pode até ter enviado também a sua própria mulher, as filhas e filhos — nem sei se os tem, pra falar a verdade. Deve tê-los, ora se não os tem. Mulher, dita esposa ou empregada, certamente tem, senão não teria me convidado para jantar em sua casa. Quanto a filhos, imagino-o dono e senhor de uma prole numerosa, como mandam os nossos costumes e tradições. Até onde minha memória alcança, estou numa fábrica de filhos, fornecedora de magotes para os grandes abatedores de carne humana lá pra baixo, mais adiante, nas bandas do Sul. "Cresce logo, menino, pra tu ir pra São Paulo." Os do insigne Sr. Prefeito ainda não foram. Por falta de idade ou de precisão. Estão aqui nesta casa, e aceitaram alegremente a incumbência de darem uma vassourada nela, como quem vai a um piquenique ou a um chá de caridade. Tudo pelo social. Pela causa: conquistar o velho rebelde, o senhor dos impropérios, adocicar a sua voz destemperada, aplacá-la. E por tabela arrebanhar uma ovelha desgarrada, o filho sumido que ora reaparece. Este Totonhim velho de guerra pode ser uma visita importante, quem sabe? Um representante do Banco do Brasil — em São Paulo! Ora, direis, o homem não pode mesmo ser a nossa salvação? Convoquemos o nosso cerimonial. E que haja empenho, profissionalismo e dedicação total, em nome da hospitalidade da nossa terra, da generosidade de nossa gente. O contribuinte pagará a conta. Como sempre.

Isso é uma coisa, cá pra nós, abominável. A outra é que, de cara, estou adorando encontrar a casa limpa, cheirosa e muito bem-arrumada. E mais ainda este cheirinho de mulher, que se espraia pelo ar. A voz de mulher que vem lá da cozinha. Animando e entretendo o meu pai. Pode ser que eu nem receba um esporro, tão ocupado ele tenha estado, sem se dar conta da minha demora. E já não chego ao ponto de acreditar que tenha sido o Exmo. Sr. Prefeito quem mandou lavar as minhas cuecas. Mas que essa limpeza toda é muito suspeita, lá isso é. E vamos em frente, para conferir.

(Agora uma lembrança me surpreende tanto quanto a minha própria sombra. O meu irmão Nelo, com toda a sua aura, lenda e fama, não foi merecedor de um almoço glorioso como este que me aguarda — e que começo a degustar pelo nariz —, na sua inglória volta a esta casa, há vinte anos. Sei disso porque morava aqui. Naquele tempo o meu pai vivia em Feira de Santana, nunca é demais lembrar, um bocado longe, em se considerando as condições das estradas, àquela época. Hoje é um tiro, tudo ficou perto, depois do asfalto, das linhas diretas. Quando papai apareceu, já era tarde demais para oferecer-lhe uma recepção digna de um hóspede lendário. Nosso pai chegou a tempo apenas de fazer-lhe a embalagem para a viagem — a derradeira jornada do filho mais amado. São as tais ironias do destino, mano velho: o senhor dos caixões agora se esmera com mãos de mestre nas artes culinárias, temperando um manjar que, com certeza, por toda uma vida, sonhou um dia poder servir a você. Azar seu. E sorte minha, por ainda pertencer ao mundo dos vivos, embora já tendo chegado à idade em que você enfiou o seu pescoço no laço de uma corda. Neste mesmo lugar. Nesta mesmíssima casa. Agora cheirando a um bom domingo de missa, batizados e casamentos. E pela limpeza, pelo cheiro no ar e o que vem da cozinha, já valeu a pena voltar aqui. O prazer que estou sentindo é inenarrável, não dá para descrevê-lo através de palavras. Começo a imaginar que você não teria cometido "o tresloucado gesto" se tivesse desfrutado os mesmos prazeres que estou experimentando. Pelo olfato. A não ser que você, quando voltou, já estivesse com todos os sentidos estuporados. Não pense, do fundo de suas desilusões, que essa é uma conversa fiada para tapear um defunto, que já não tem como reagir nem contra-argumentar. Beber, comer, amar, dormir, sonhar, ouvir música, ver um filme, uma peça de teatro, ler um livro, curtir tudo o que há de maravilhoso na natureza, o dia e a noite, as mudanças de estação, o sol e a lua, a chuva — quer dizer, desde que não se esteja no meio da rua —, a beleza do mar, o ar da montanha, a solidão da planície, uma paisagem à beira de um rio, os pássaros cantando, os bois nos pastos, as luzes das cidades, um papo no bar no fim da tarde, colegas de trabalho, gente, pessoas, coisas e animais, a volta pra casa, mulher, filhos e amigos, encontros fortuitos, lenços perfumados, lugares e países de sonho por conhecer, as descobertas e emoções de um novo dia, bem, já disse um filósofo: nada disso tem a menor importância no momento em que um homem decide que não vale a pena viver. E agora é tarde para lembrar a você as coisas boas da vida. Sim, a você, que não me deu uma oportunidade de lembrá-las, me fazendo perceber que os suicidas não dão chance de uma prova em contrário, de uma razão, uma só que seja, que os faça desistir de suas inelutáveis obsessões. Não deixam transparecer nada, nenhuma intenção... suicida. Foi assim com você, querido Nelo, que não me deu a menor pista. Nem sequer entendi o significado da sua barba por fazer. Eu só tinha vinte anos. O que podia entender destas coisas? E se nem hoje sou capaz de entendê-las, imagine com aquela idade. Agora, seu corno, você partiu mesmo desta para outra melhor?)

A surpresa das surpresas

Tronco nu, toalha enrolada à cintura, pernas de fora, pés descalços, apetrechos de banho nas mãos. Eis um homem à vontade, a esvair-se em suor, com todo o corpo ainda impregnado do sol e do calor que pegou na rua, sob um céu descortinado. Tirar a roupa e descalçar-se já foi um refrigério. Sentir nos pés o frescor dos tijolos — uma bênção. Mesmo assim, melhor seria estar agora no Polo Norte. Ou com a cabeça dentro de um congelador. O avô, que reinou nesta casa por décadas e décadas, morreu sem conhecer as delícias do ar-refrigerado. Seus sucessores também jamais pensaram em tal conforto. Saudades do clima frio do Sul do país, principalmente no inverno, com seus dias e noites aconchegantes. Haja água. E muito gelo. Mas esta casa nunca soube o que é uma geladeira.

O meu problema maior, porém, agora é outro. Como chegar ao banheiro sem ser visto da cozinha. Imaginemos que seja a primeira-dama do município quem esteja lá, conversando com o meu pai. Não vai pegar bem passar à frente de tão respeitável dama assim, em trajes menores. Nem de qualquer outra, autoridade ou não. Mulher aqui sempre mereceu respeito, no tocante à compostura. E todas devem esperar de mim, no mínimo, modos civilizados. Afinal, venho da civilização.

O banheiro fica depois da cozinha, a partir de onde a casa avança quintal adentro com uma calçada que serve de passagem, começando na porta da sala de jantar. Só que da cozinha dá para ver quem passa para os fundos da casa. Penso em duas maneiras de agir, calculando qual delas será a mais acertada. Primeira: dar uma corridinha. Lépida, rápida. Quando derem por mim, já passei. Segunda: me abaixar, para não ser visto pela janela. E quando passar pela porta? Aí é que está o problema. A cozinha tem duas janelas e uma porta que dão para o quintal. Não tenho saída. O jeito é voltar ao quarto e me vestir todo, para fazer essa travessia convenientemente arrumado. Isso, nunca. Com esse calorão desgraçado, quero mais é estar nu, debaixo de um chuveiro. Avanço, andando normalmente. A venerável dama que me perdoe, mas com quarenta graus ou mais à sombra, todos aqui deviam viver como os índios, "sem nada que lhes cubra as vergonhas", como no tempo do descobrimento. Os portugueses foram os que trouxeram essa mania de roupa, só porque na terra deles faz frio. E eles aportaram foi nesta nossa calorenta Bahia, este estado de mar, montanha, chapada e sertão, que imaginaram uma ilha. Bestial, pá!

— Totonhim! — Não deu outra. Acabo de ser visto à primeira janela. — Totonhim, olha só quem veio te ver!

Deste chamado não posso escapar, ainda que estivesse completamente nu, indiferente a tudo e a todos, louco varrido. Não vivi anos e anos sonhando com o meu pai me chamando? E não acordava sempre frustrado por não ser verdade? E mesmo assim não ficava contente, de alguma maneira? Sim, ainda tinha um pai, e, onde quer que ele estivesse, continuava gritando o meu nome. Sua sonora e terna voz elevava-se, poderosa, vencia distâncias, quebrava as barreiras da relação espaço-tempo, para chegar aos meus sonhos, reverberando em camadas de sons, ecoando uma única palavra, apenas um apelidozinho, inventado por ele mesmo: Totonhim-im-im-im-im-im-im. Como um grito numa caverna. Ou num abismo. Agora é real. A poucos passos de mim. Paro. E me debruço na janela, tentando esconder o meu corpo da altura dos cotovelos para baixo, cheio de

O *cachorro e o lobo*

pudores. E eis quem vejo, sorridente, afável, esplendorosa, me encabulando pelas minhas circunstâncias canhestras: ELA. A viúva. Aquela que o meu pai considerava a minha primeira namorada. E que devia tratá-la como uma nora, quem sabe para compensar a falta de filhas, netas e demais parentes à sua volta. E ela, correspondendo às suas atenções e sentimentos, trouxera meio mundo para cuidar da casa, limpá-la, dar-lhe brilho, asseio, espanar ripas e caibros, espantar os morcegos e os fantasmas. O batalhão está à mesa. Todos comendo, voluptuosamente. Batendo um prato de feijão, completamente entregues aos prazeres da gula. Com uma disposição igual ou maior do que a com que enfrentaram o pó e as aranhas. Não estou autorizado a vê-los como serviçais. Aqui nunca houve estas distinções, se bem me lembro, pelo menos na hora do rango. Trabalhadores e patrões se sentavam à mesma mesa. Costumes da roça, no meu tempo de menino. Todos comíamos juntos, os empregados e os donos da casa. Mas na verdade havia — também me lembro — dois tipos de pagamento aos trabalhadores: com e sem comida. Logo, pagavam pela democrática boia.

Será que cheguei para estabelecer as diferenças de classes? Aquela mesa, tão cerimoniosamente preparada na sala de jantar, tem um toque de exclusividade, de distinção, e não revela outra pretensão senão de ter sido reservada pra mim, o meu pai e a sua convidada especial, a promotora deste opíparo evento. Bom apetite, trabalhadores do Brasil. Recuperem as suas forças para novas batalhas. Avante, camaradas, brada a farinha no feijão. E que nunca lhes falte comida na mesa. Recobro-me deste pensamento lítero-político altissonante, beirando a demagogia (influência do meu encontro com o prefeito?), e dirijo a todos uma saudação banal:

— Oi, tudo bem com vocês?

Instintivamente tento corrigir esse tom impessoal, frívolo, mera retórica urbanoide, que de nenhuma maneira fazia justiça ao chamado do meu pai, ao suor derramado pelos homens e mulheres em seus esforços para limpar uma casa. E nada disso por dinheiro, eis o mais inacreditável. Tudo tão somente pelo prazer de fazer com que eu me sinta bem aqui. Feliz.

— Boa tarde. Como vão todos?

— Melhor do que nunca. Não está vendo?

Os voluntários da pátria para expedições de caça aos fantasmas caem numa gostosa gargalhada, a encher de vida a velha e solitária cozinha, devolvendo-lhe a alegria dos seus tempos ancestrais. Como nos meus melhores sonhos. Até parece um milagre.

Feliz mesmo quem está é o meu pai. É hoje que ele se acaba de tanta fartura, à mesa e no seu coração. Temo que se empanturre além da conta — de feijão e risada.

— Chegue à frente — ele saúda o filho retardatário bem ao seu estilo festeiro. Eis aí o último bom selvagem: um ser gregário. Eivado de amabilidade e senso de humor. — Você chegou na hora. Se demorasse mais um pouco, não ia achar nada. Pensei que você já tinha ido embora, pra voltar só daqui a vinte anos, na comemoração do meu centenário!

— E eu ia ser doido de perder a sua boia, velho? E se o senhor garante que vai ter outra desta daqui a vinte anos, pode contar comigo.

— Comigo também — saltita a arrebanhadora de braços para a limpeza e de bocas para a comilança. — Pode ir se preparando para a festa dos cem anos do seu pai. Este aqui vai ficar pra semente — ela diz isso acariciando o ombro do velho.

— E você, princesa, como vai?

— Até que enfim você fala comigo. Achei que já nem se lembrava mais de mim.

— Que é isso, menina bonita? Como que eu ia esquecer da sua lourice e de seus olhos azuis? Você continua a única loura desta terra?

O *cachorro e o lobo*

— Ah! Para de falar bobagem e vê se se lembra do meu nome.

— Pois não, dona Inês. Inesinha, Inesita, ou simplesmente I. A dos cabelos de boneca de milho. E quem te chamava de Miss Bahia? Hein, princesa?

— Passou no primeiro quesito. Agora vá tomar banho.

— Falou, professora!

Finalmente corro para o banheiro, não sem antes mirar-lhe da cabeça aos pés — mais rechonchudinhos do que nunca, metidos num par de sandálias com uma única tirinha sobre os dedos e outra a prender-lhe os calcanhares, deixando à mostra as suas formas bem torneadas, como se dissessem: "Fetichistas, aproveitem. Locupletem-se. Comam com os olhos." Estava vestida adequadamente para um almoço num dia de calor, com discreta elegância: um saiote branco, de pregas, não exageradamente curto, revelando apenas uns poucos centímetros de perna acima dos joelhos — o que seria impensável numa moça recatada, vinte ou trinta anos atrás. E blusa de alcinhas, cor-de-rosa, a refrescar-lhe os ombros, parte das costas e, na frente, até a covinha dos seios. Como os cabelos estavam enlaçados atrás por uma fita, seu pescoço também ficava à mostra, pedindo um beijo, um toque, uma carícia. Certo, mirei-a de alto a baixo, temendo os estragos do tempo naquele belo corpinho que Deus lhe dera. E que, justiça seja feita, não era de se jogar fora, vinte e tantos anos depois. Entro no banheiro me lembrando de uma frase lida num livro — e isso já faz muito tempo — e da qual nunca me esqueci: "Ela era ainda uma bela mulher de trinta anos." Quantos anos teria agora a Inesinha? Trinta e cinco? Beleza reencontrá-la enxutinha, bem conservada, refrescante, apetitosa. São os ares do campo. E algum trato da cosmética universal. Claro que ela estava maquiada, embora discretamente, como convém a uma mulher recatada desta terra, do esmalte nas unhas à depilação das pernas, axilas e sobrancelhas, da pintura à sombra do sorriso e sob os olhos, ao batom ressaltando a curvatura dos lábios. Sim, ela era ainda uma bela mulher de trinta, trinta e três, trinta e cinco ou trinta e sete anos. Deixo a água rolar. Viva o chuveiro, na terra do sol. Começo a cantar:

— *Besame, besame mucho como si fuera esta noche la última vez...*

Alô, vovô! Se não há mais um só comunista para remédio, pelo menos sobrou um último bolerista, este desafinado cantor de banheiro que vem a ser seu neto. *Quando un día la encontré / por vez primera / con pasión la saludé / desta manera / Vaya con Dios / mi vida / vaya con Dios / mi amor...* E agora uma guarânia, lá do distante Paraguai, em homenagem às minhas queridas e inolvidáveis tias solteironas, tão sentimentais, coitadas, a se esgoelarem no avarandado, mirando o poente merencório, na passagem do dia para uma noite sem a menor promessa de amores: "Meu primeiro amor, que tão cedo acabou... e logo morreu." Sua bênção, meu padrinho. Obrigado por ter existido. E por haver legado uma casa cheia de recordações de um tempo em que a vida parecia tão inocente quanto as letras dos boleros e guarânias. E a velha casa revisitada só tem de luxo um chuveiro, debaixo do qual eu canto, com a alegria de quem descobre que ainda não perdeu todas as referências.

E por falar em recordações: será que a doce Inesita ainda guarda, na sua bela cabecinha de boneca de milho, a lembrança do dia em que segurei os seus pés rechonchudinhos, para que ela subisse num umbuzeiro? Fiquei lá embaixo, no chão, apoiando com as mãos a sua escalada na árvore, e descobrindo, pela primeira vez, o tesouro que ela escondia sob as saias, quando minhas vistas alcançaram as suas calcinhas. Saberia ela que esta foi a minha primeira visão do paraíso? Ainda se lembrará do que aconteceu depois da sua descida daquele pé de umbu? Pois eu me lembro que foi naquele bendito dia que meu passarinho bateu na porta da sua gaiola. Foi só uma brincadeirinha, um faz de conta, mas que delícia, que calorzinho gostoso tinha aquela portinha. Ela levantou a saia, abaixou as calcinhas e disse: "Vamos botar os nossos passarinhos pra brigar?" E me mostrou que também possuía um passarinhozinho, pequenininho, todo arrepiado, doido pra brigar. "Passe o dedo aqui, ó, pra você ver." E depois: "Agora encoste o teu passarinho aqui." E assim ficamos um bom tempo, brincando e vendo o mundo revirar. A cabeça do meu passarinho era calorosamente, esplendidamente acariciada na porta da sua gaiolinha, tão quentinha. E o melhor ainda estava por vir, por descobrir. Foi muito mais tarde, quando ela ficou mocinha e em torno da sua gaiolinha nasceu uma touceira de cabelos louros, que o meu passarinho caiu de vez no seu alçapão, indo direto para a gaiola, mais para dentro, para um fundo invisível, apertado, ainda mais quente. Foi aí que vi a Terra virar e revirar. E como o mundo era emocionante, quando os meus olhos viravam e reviravam e o meu passarinho saltitava dentro da gaiola desta inesquecível Inês, Inesinha, Inesita, a dos cabelos de boneca de milho, até os que protegiam o seu tesouro engaiolado, enquanto ela gemia e ensanguentava-se, de prazer e dor. "Você me ama, você me ama, você me ama?" Sim, sim, sim. "Perdi meu cabaço, seu cachorro. Está doendo muito. Você vai continuar gostando de mim?" Sim, sim, sim. Agora mais do que nunca.

A minha pombinha branca fugiu do ninho...

Boleros e guarânias. Tangos e sambas-canções. Valsas. E o forró rasgado. O primeiro amor, sem camisinha, antes da era da Aids. Uma casa velha, do tempo da missa em latim. O retrato oval do meu avô, o que tanto temia o comunismo — arte dos hereges — e a devassidão. Os Românticos de Cuba, que deviam ser paraguaios, cantavam boleros vindos de uma ilha devassa, através das ondas sonoras do Serviço de Alto-Falantes A Voz do Sertão. Meu avô rezava pela salvação das almas do povo sem Deus. Meu padrinho: o comunismo acabou, o senhor está morto e, pelo andar da carruagem, até Deus também já morreu, de desgosto pelas esculhambações deste mundo. O povo de Deus arde no inferno, nos quatro ou cinco cantos do planeta. E eu peno no purgatório das minhas lembranças. Cantando um bolero, que ninguém é de ferro. Pela alegria de saber que o meu pai ainda está vivo e cheio de entusiasmo pela vida, do alto de seus oitenta anos, como se nunca tivesse sentido uma saudade nem padecido um sofrimento. E, naturalmente, pelo reencontro com a minha primeira namorada — isso inspira uma letra de bolero, falando de amor e esperança, como todos os que já foram feitos e cantados. *Besame...*

Agora vamos ao famoso almoço. Meu pai é quem está certo: "Isto é que tem futuro."

Apenas um caco de telha

1

O almoço correspondeu plenamente às expectativas. Foi de ajoelhar e rezar, chamando por mamãe. Pena que ela não tenha vindo. Ela e sua numerosa prole, a garantia de casa lotada. É verdade, senti falta de minhas irmãs e dos meus irmãos, de suas vozes, risadas, exclamações, brincadeiras e desentendimentos à mesa. Aí, sim, a festa seria completa. Já não se fazem reuniões de família como antigamente. Agora é cada um no seu canto, cuidando de sua vida. Se não tem tu, vai tu mesmo. Ou, como dizia o velho povo: abelha ocupada não tem tempo para tristezas. Ocupei-me do generoso manjar à minha frente com deleite e voracidade. Ó, poetas, não há metafísica no mundo que valha um prato de feijão temperado sabiamente por mãos octogenárias. E eu que pensava que tinha vindo aqui para passar a pão e água:

> *Pão seco de cada dia*
> *tropical melancolia*

Em vez disso, um cheirinho bom de alecrim a dar água na boca. E um molho de caldo de feijão, palha de cebola verde e pimenta-malagueta a assanhar as papilas gustativas, a provocar o apetite. Fome no Norte é mato. Ao norte e ao sul do meu estômago.

Tomara que um dia, um dia seja,
seja de linho a toalha da mesa.

Tomara que um dia, um dia não,
não falte na mesa arroz e feijão.

À mesa não se canta, Totonhim, na hora das refeições. É faltar com o respeito. À mesa, reza-se, como o teu pai, para que nunca falte comida — para ele e todos os seus, a essa terra, ao mundo. Cara feia, triste, desconsolada é fome, Totonhim. Fome, a irmã da morte. As duas palavras mais feias que já foram inventadas. Cara alegre, mô fio, é barriga cheia.

O meu pai se benzeu, logo que se sentou no seu lugar de sempre, à cabeceira. Pensei: é agora que ele vai tirar o chapéu. Nem assim, na hora de rezar? Apenas tocou na aba do chapéu, ao terminar o sinal da cruz, num gesto que significava uma mesura para Deus Nosso Senhor. O chapéu subiu um pouquinho e desceu rapidamente, não dando tempo de percebermos a sua proeminente calvície, guardada a sete chaves. Em seguida, pôs os cotovelos na mesa, entrelaçou os dedos, apoiou o queixo sobre eles, curvando o rosto para baixo, ensimesmado. E rezou. Baixinho. Depois disse:

— Agora vamos aos trabalhos. Bom proveito.

Não exigiu que eu também rezasse, como em outros tempos. Mudou o mundo ou foi o meu pai quem mudou?

Enquanto ele rezava, Inesita e eu ficamos à espera, em silêncio, trocando olhares que tanto podiam dizer muito ou absolutamente nada. Ela esboçou um sorriso quase imperceptível, nos cantos dos lábios, numa discreta reação por estar sendo encarada de frente naquele instante tão cerimonioso. E eu pensando, como um adolescente: *Nos teus olhos altamente perigosos / vigora ainda o mais rigoroso amor / a luz de ombros puros e a sombra / de uma angústia já purificada.* Vontade de segurar os seus pés outra vez,

O *cachorro e o lobo*

para que ela suba num pé de umbuzeiro, deixando-me contemplar o panorama embaixo das suas saias, até as vistas se perderem em suas calcinhas transparentes. E de levá-la ao Cruzeiro dos Montes e, lá em cima, soltar os seus cabelos ao vento, à luz da lua, sob as bênçãos de São Jorge. De rolar com ela na relva, ao pôr do sol. Ou arrastá-la até onde nenhum olho pudesse nos ver, na torre da igreja, por exemplo. Nossa Senhora do Amparo que nos abençoasse. Virgem Mãe de Deus, valei-me. Fazei com que se cumpram os meus desejos. O meu pai pôs o perigo à mesa. Um prato forte demais para um dia de calor escaldante. Entre uma garfada e outra me delicio com a magnífica visão da covinha de uns seios prometedores, de ombros e braços desnudos, de uma lourice dourada nestes descampados inclementes, de um corpo enxuto em plena maturidade, com tudo em cima, tudo no lugar, rosto, braços, seios, pernas, barriguinha, pés, bumbunzinho ainda empinadinho, salve, salve, Santa Marilyn Monroe dos Campos! A mãe de Inesita veio de Pernambuco. Seu pai também nasceu mais lá pra cima, num buraco qualquer no mapa do Nordeste do Brasil. Tinham pele, cabelo e olhos de *viking*. Deviam possuir sangue holandês nas veias. Traziam no corpo a lembrança das invasões holandesas, que tanto estudamos na escola, mas já esquecemos. Impossível não se destacarem, como aves raras, em meio a um rebanho de caboclos. Pareciam uns deuses. Ou animais pré-históricos. Como, quando e por que vieram dar com os seus costados nestes ermos? Não dizem que o meu tataravô veio de Portugal? Conta a lenda: ele chegou, não se sabe se a pé ou a cavalo, derrubou árvores, fez uma casa, fincou uma cruz, enfrentou onças-pintadas no braço, laçou uma índia na mata, construiu uma capela e fundou um lugar e um povo. E é graças a esse destemido aventureiro lusitano e à indígena laçada no mato que estou aqui, para contar a história. E eu? Não estou vindo de São Paulo, que também fica um bocado longe? Mas isto não chega a ser propriamente uma aventura, pois já não oferece perigo algum. A não ser o de o avião cair ou o carro capotar na estrada, no trecho final da viagem. Contentemo-nos com as histórias do velho povo. Este, sim, portava o emblema rubro da coragem.

— Em que pensa tanto, Totonhim? Renove o seu prato. Coma mais, coma mais. Pare de pensar na vida, que a morte é certa. E quem pensa muito não casa.

— Ou não descasa.

Eles riram da minha resposta. Eles: o meu pai e a sua convidada especial. Pensei: é agora que ela ou os dois vão me perguntar se sou casado, se tenho filhos, por que não os trouxe, essas coisas. Não perguntaram. Em compensação, me mordo de curiosidade em relação à Inesita. Teria um namorado? Um amante? Enfim, alguém, um homem ou uma mulher? Não dava para imaginá-la vivendo como uma eterna viúva, uma freira, sei lá o quê. Será que ainda é vista como uma desonrada, uma pecadora sem indulgência? Cruz-credo, casou-se de véu e grinalda, toda de branco, fingindo-se inocente, puríssima. E não era mais uma virgem imaculada. Ave Maria! Por que insistiu em continuar vivendo aqui? Por amor à terra em que nasceu? Pelo seu emprego no ginásio? Pela barra do dia mais bonita do mundo e o pôr do sol mais longo do planeta? Pelo cheiro do alecrim, bananeiras no quintal, as goiabas dos vizinhos, a umbuzada e o doce de abóbora? Porque foi aqui que enterraram o seu umbigo e é aqui que os seus pais estão enterrados? E os seus irmãos, não foram todos para São Paulo? E ela, que estudou na capital e é muito mais preparada do que eles, por que ficou? Terei a coragem — ou o direito — de lhe fazer todas estas perguntas? Inês, Inesinha, Inesita, querida I: só me resta saber se ainda nutres por mim os mesmos sentimentos e desejos que subitamente me acossam — por ti. E tu, que hoje deves contar apenas com a amizade inabalável, o inegável carinho — ou seria a compaixão? — de um octogenário, um anção bêbado e desmiolado, ao que dizem, sim, e tu, o que me dizes?

Aleluia! O meu pai ainda não tocou em uma única gota de álcool. Também ainda não vi nenhuma garrafa de bebida alcoólica, cheia ou vazia, nesta casa. Alguém está mentindo pra mim. Ou ele, ou toda a família. E o resto da humanidade.

Esse velho. Ei-lo de novo. A me lembrar que depois do almoço iremos à sua casinha na roça, lá em cima, depois da Ladeira Grande, para eu matar a saudade do cheiro do tabuleiro. E disse mais: nada de carro. Iríamos a pé, que era como ele gostava de andar. Vendo o mundo devagarinho, sem pressa nem solavancos. Baforando o ar livremente, sentindo o perfume do mato. Claro que a Inesita estava convidada para essa peregrinação, programada desde a hora em que cheguei. Ela, porém, não iria poder nos acompanhar, pois tinha que trabalhar. Desculpou-se, alegando que já estava atrasada. Disse para o meu pai:

— Volto à noite para ajudar o senhor a lavar os pratos. E eu:

— Deixa comigo. Essa tarefa vai ser minha. Por favor, não se preocupe com isso.

— Não quer que eu volte?

— Que é isso? Claro que queremos que você volte. Mas não para lavar prato.

Àquela altura os trabalhadores, os impávidos e providenciais integrantes do batalhão de caça aos fantasmas, já haviam dado uma geral na cozinha, deixando pratos, talheres e panelas tinindo. E todos foram embora, de barriga cheia, contentes da vida. Só havia por lavar as louças sobre a mesa. Não ia ser assim nenhum trabalho descomunal. E não foi. Ainda mais contando com a ajuda do meu pai, que, definitivamente, não conseguia ficar parado um só momento, sempre procurando o que fazer. E ele veio atrás de mim, não desgrudou um minuto, desde a partida da Inesita, que se despediu dizendo para eu passar no ginásio mais tarde. Ela ficava lá até de noite.

— Venha aí pelas oito horas. É quando devo estar menos ocupada, para poder conversar com você direito.

Às oito em ponto, disse para mim mesmo. Quanto mais ocupação ou assunto eu tivesse para esta noite, melhor. Só em pensar que a noite vinha aí, já me dava arrepios. Os fantasmas. Todos de uma vez. No meu quarto.

Ela se retirou, apressada e eu fiquei com os pratos para lavar, com a ajuda de um auxiliar calejado. E uma lombeira derrubadora.

Tarefa cumprida na cozinha, o velho me contando causos e mais causos, cada um mais engraçado do que o outro, tive que interrompê-lo, meio a contragosto, para dizer-lhe que ia puxar uma pestana.

— E o nosso passeio?

— Estou pensando aqui que era melhor a gente deixar isso para a tardinha ou amanhã de manhã. Vou descansar um pouquinho e depois quero ir lá onde ficava a casa em que nasci. Quer vir comigo?

— Eu? Nem morto.

— Por que, velho?

— Ora, por quê! Não me pergunte. Mas vá lá. Eu espero você aqui.

— Não vá fugir, não, hein, papai?

— Pode ficar sossegado. Eu espero você.

Bendita lombeira. Caí na cama e não custei a dormir, embora tenha ficado um tempinho olhando para o teto, imaginando coisas, relembrando. Recordando. Revendo a cara de um enforcado. Um velho gemeu e tossiu. "Quer um xarope, padrinho? Ou um chá de limão com alho e mel?" Mulheres discutiam, brigavam. Crianças brincavam, na maior algazarra. Esta casa devia mesmo estar cheia de vozes, passos, sombras, risos e choro. Não, eu não podia dormir muito nesta tarde, senão iria passar a noite em claro, atormentado.

Se em plena luz do dia eu já pressentia os fantasmas me rondando, o que não poderia acontecer, quando a noite chegasse?

A voz de Nelo:

— Obrigado, Totonhim, por ter deixado um lugar na cabeceira da mesa pra mim. Papai queria que você se sentasse lá, pra ficar frente a frente com ele. Mas você preferiu ficar ao lado dele, para poder ver o quintal que a nossa avó, com a minha ajuda, rega toda noite. E assim eu pude ocupar a cabeceira, com todo o direito de irmão mais velho. Que belo almoço, hein? Participei de tudo, com muita alegria. Estou mesmo muito contente com a sua volta e por ver nosso pai tão feliz. E a moça, é sua namorada? Ela é muito bonita. Você tem bom gosto. Agora durma um pouco. Descanse, descanse. De noite a gente se fala. Temos muito o que conversar.

Meu avô:

— Ainda bem que não empurraram um bacalhau ensopado de azeite de dendê pela tua goela, não foi, Totonhim? E desta vez eu não ia poder te salvar. Ninguém escuta os mortos. Fazem que não ouvem o que nós dizemos.

Minha avó:

— Viu como minhas plantas e flores continuam bonitas? Quando escurecer, vou pegar umas rosas pra enfeitar o teu quarto. As que colheram de manhã em tua homenagem já estão murchando. Ai, que calor. Isto aqui até parece o purgatório.

Pensei em Inesita, tentando me lembrar dela quando menina. Foi aí que consegui adormecer.

Sonhei com ela, de faca em punho para me capar, dizendo:

— Ou você fica aqui comigo para sempre, ou te corto esse troço, em pedacinhos.

Acordei antes que ela cumprisse a sua ameaça.

Para compensar o sonho ruim, uma boa notícia: choveu enquanto eu dormia.

Meu pai se abriu em sorrisos. Parecia mais alegre e saltitante do que os passarinhos nos fundos da casa, pulando de galho em galho.

— Eu não disse que ia chover? Você trouxe a chuva.

— E agora? Vão achar que sou o rei da chuva?

— Foi só uma pancada forte e rápida. Um aviso de que o rei da chuva vem aí. Prepare-se para a festança. Agora olhe só como as plantas estão felizes, de banho tomado, todas muito bem lavadinhas, refrescadas.

— Escute aqui, papai. Me disseram que aqui não chove há dez anos. E no entanto notei que os pastos estão verdes, embora seja um verde meio rasteirinho, quer dizer, não é lá essas coisas de floresta amazônica ou bandeira nacional. Mas verde é verde. E eu esperava encontrar tudo seco.

— É, você tem razão. Tem dado umas chuvadas de vez em quando. Só que a sede da terra é tanta que chupa a água rapidinho. O verde que você está vendo é de uma trovoada que desabou na semana passada. Mas, se passar mais uns dias sem chover, volta tudo a ficar estorricado.

— Ou seja, ainda não chove o bastante pra fazer o pessoal que foi pra São Paulo pegar o caminho de volta, não é?

— Eis aí. E você? Ainda vai pegar a estrada? Deve estar enlameada.

— Vou, sim. Os meus tênis velhos aguentam muita lama. E vê se me espera. Não fuja, não, tá, velho?

— E por que eu ia fugir?

— Sei lá. Pra ficar junto das suas galinhas.

Ele riu. E disse:

— Enquanto você vai lá, vou tomar um banho.

Registrei bem isso: "Enquanto você vai lá." Para não dizer: "Onde você nasceu. Onde foi a nossa casa." Que ele mesmo havia construído, alicerce por alicerce, tijolo por tijolo, adobe por adobe, esteios, paredes, caibros, ripas, portas, janelas, telhas e o pau da cumeeira. A sua obra maior de mestre carpinteiro, mestre pedreiro, mestre marceneiro, mestre oleiro. Tem lá suas razões para não querer se lembrar dela, eu sei.

2

Durante o almoço não falei do assalto. E nem sei por quê. Simplesmente não falei. Inesita também ficou na dela. Não comentou nada. E não creio que não soubesse o que aconteceu. Preciso passar no hospital, para ver como os feridos estão passando. São meus parentes, como quase todo mundo aqui. Irei visitá-los, sim, mas à noite. Tenho mesmo que estar muito ocupado. À noite!

3

À noite telefonarei para casa. Que bom, mais uma providência a tomar — à noite. Alô, alô, São Paulo! Saí ontem, mas já parece um tempão. Não, não, ainda não deu para sentir saudades de uma pizza à napolitana. Nem do papo no bar no fim da tarde. Oi! Como vão vocês? Pena vocês não terem vindo. Sim, sim, ano que vem, ano que vem. Quando todos aí em casa estiverem de férias. (E se eu ainda tiver emprego.) O vô? Está ótimo. Parece o homem mais feliz do mundo. E o lugar está muito mais bonitinho do que eu imaginava. Todos aí estão bem? Por aqui todos bem. Tudo bem.

Tirante o meu medo da noite.

4

Não vai dar para encarar esta noite de cara limpa. Vou chamar o meu pai para tomar um porre.

5

E eis que chego à boca da estrada tantas vezes palmilhada na sola dos meus pés. Aqui me queimei na areia quente. E escorreguei na lama. A caminho da escola, da feira, da venda, da missa. A última vez em que pisei neste chão foi há vinte anos. Com um irmão bêbado pendurado no meu cangote e me dizendo para chamar um táxi para levá-lo a Itaquera ou Itaim, perto de São Miguel Paulista, onde esperava encontrar a mulher e os filhos. Fazia um sol de rachar e ele dizia que estava chovendo. "Chove verde nos meus olhos, Totonhim. Eu estou vendo." Ele estava usando uns óculos de sol. A chuva caía dos seus próprios olhos. Foi uma caminhada louca, terrível, ele insistindo o tempo todo com a história da chuva e pedindo que eu chamasse um táxi, depressa. Quando lhe disse que táxi aqui só se fosse o lombo de um jegue, ele se enfureceu. Não, eu não era seu irmão coisa nenhuma, nem seu amigo nem nada. Só se acalmou ao chegarmos à ladeira de onde dava para avistar a casa em que nascemos e que ainda continuava de pé, mas abandonada, sem viv'alma em seu avarandado ou lá dentro. Foi então que o meu irmão Nelo tirou o braço do meu pescoço — ufa! —, limpou os óculos e se refez inteiramente, como se tivesse se curado da bebedeira à simples visão daquela casa. Emudeceu. Depois de muito olhar para a casa sem dizer uma única palavra, perguntei-lhe se não queria ir até lá. Disse: "Não. Vamos voltar." E se calou de novo. Para sempre. Foi no dia seguinte que ele se matou.

Agora refaço o caminho com a certeza de que não é mais o mesmo. Parece intransitável, tantos são os seus buracos e regueirões. Por aqui passavam carros de bois, tropeiros, vaqueiros, cavaleiros endomingados, homens, mulheres e meninos, a pé, em bando, e também caminhantes solitários. Um dos meus entretenimentos, para passar o tempo quando ia ou vinha andando sozinho, era observar as marcas deixadas na areia por sapatos, alpercatas e pés descalços, como se fossem desenhos, e cada um diferente do outro. E essa estrada também marcou os meus dedões dos pés — tropecei muito em suas pedras. As tais pedras no meio do caminho, e aqui em sentido literal, nada figurado. Literalmente: doía pra burro. Machucava mesmo. Arrebentava as cabeças dos dedões. E se a estrada já foi mais do que parcialmente engolida pelas erosões, o mundo às suas duas margens também agora é outro, pertencendo ao mesmo estado. De abandono. Já não vejo casas, gente, bois, ovelhas e cavalos nos pastos, galinhas e cachorros nos terreiros. O que há são as cercas de macambira e arame farpado, cancelas trancadas a cadeado. "Muitos pastos e poucos rastos. Uma só cabeça para um só chapéu. Um só rebanho para um só pastor." Nenhum rebanho, na verdade. Nenhum pé de feijão. Quem quiser que compre no supermercado.

E eu sei quem foi comprando cada tarefa de terra, uma a uma, até ficar com tudo, trancar tudo, à medida que os antigos proprietários iam morrendo, ou ficando velhos e doentes, como o meu tio Zezito e a minha tia Anita, agora uma esmoler, ou endividados num banco — como o meu pai —, ou decidiam ir embora, por falta de braços para o arado e a enxada. O dono do supermercado. Ele mesmo. O que levou uma coronhada na cabeça e está agonizando no hospital, com suspeita de fratura no crânio. Por que ele não plantou um único pé de qualquer coisa em suas terras a perder de vista? Vai ver só precisa das escrituras delas como aval para a captação de recursos para novos negócios e transações. Ou também pode ser que esteja à espera de encontrar nelas muito ouro, petróleo, água mineral ou lá que mina seja. Outra possibilidade é a de estar esperando por dias melhores, com chuvas regulares e muita bonança, trazendo de volta os braços que estão em São Paulo e em todo um mundaréu lá pra baixo, a partir de uma cidade chamada Alagoinhas, daqui a quinze léguas. Última esperança: a de que os que se foram, ao retornarem, ainda queiram pegar num eito, como antigamente.

E se ninguém quiser mais saber de roça? De que servirão estas terras? Adiantará trocar o arado pelo trator? Sem um só pé de feijão, de que vive esse lugar? Do funcionalismo público? Um emprego na Prefeitura, na Câmara de Vereadores, nos dois hospitais, escolas e ginásios, na agência do Banco do Brasil, Correios e Companhia Telefônica. Mais uns caraminguás nas casas comerciais, e assim vai-se levando a vida. Eu quero mesmo é ver ruas e ruas de feijão e milho, muito capim-sempre-viva, capim-gordurinha, capim-de-angola, boi pastando e vaca leiteira sendo levada para o curral. Amanhã cedo eu queria era tomar uma caneca de leite com sal, ordenhado diretamente do peito da vaca, sem a intermediação da Parmalat. Esqueça isso, Totonhim. Você não mora mais aqui. E não sabe de nada.

É, de nada vezes nada.

Chego à cancela. O cachorro não veio correndo de casa, pulando de alegria, para me receber. E a cancela está presa no mourão, por uma corrente. Com algum cuidado e muito sacrifício — ai, minhas pernas — consigo saltá-la. E vou subindo a ladeirinha, aqui e ali encontrando algum vestígio do caminho que perfazíamos todo dia, agora encoberto pelo mato. Não será difícil encontrar o lugar onde a casa foi plantada, tão solidamente, pelo meu pai. O pé de fícus que reinava à sua frente, encopado e sombreante, ainda continua no mesmo lugar, como única referência de um tempo perdido para sempre. A partir dele, tento divisar o espaço da casa. O avarandado. A sala de visitas. O quarto dos meninos. A sala de jantar, o quarto dos meus pais, o quarto das meninas, o corredor para a cozinha, a dispensa, o paiol de feijão, milho, farinha e cachos de banana, o banheiro, a varandinha aos fundos dando para um quintal de flores, a casa de farinha logo ao lado, um pé de mamoeiro perto da janela da sala de jantar, pés de juazeiro, cajazeira, graviola, araticum e pinha no outro lado, em volta da casa, dando frutas e sombra. E nada. Nada além da grama, que encobriu todas as marcas da nossa existência aqui. Onde ficava mesmo o esteio

O *cachorro e o lobo*

com a gaiola do meu canário amarelo? E o canto da rede em que eu me balançava, vendo o mundo subir e descer? E a minha cama, onde eu sonhava com as cidades? Nada. Nada além de um caco de telha, que pego e fico com ele na mão, alisando-o. Bem que minha irmã Noêmia, ontem mesmo, havia me avisado:

— Totonhim, não vá lá, não. A única coisa que você vai encontrar é um caco de telha. Eu peguei nele, Totonhim. E chorei como uma criança. Imagine, Totonhim, o que é ver toda a nossa história reduzida apenas a um caco de telha.

Quantos sonhos, quantos sonhos, eu me digo, andando de um lado para o outro, com o caco de telha na mão. Um caco de uma telha com certeza feita pelo meu pai, na sua olaria, ali embaixo, ao lado de um tanque. Quantos sonhos, quantos sonhos, agora falo em voz alta, aos berros, me dirigindo ao vento, à grama, ao pé de fícus, ao caco de telha, ao pó. Minha irmã Noêmia disse que eu também ia chorar, quando o encontrasse. Não, não estou chorando. Mas é pior. Acho que estou ficando louco. Olho em volta, procurando localizar as casas das vizinhanças, dos avós paternos e maternos, dos tios, de todos os meus parentes. Só restam as árvores que ficavam em torno de cada uma delas. Começo a gritar pelos nomes das pessoas de que eu mais gostava, me lembrando do tempo em que, quando eu gritava, alguém respondia. Era o chamado de um menino para outro, para um ir dormir na casa do outro. Para brincarem. Agora é um grito que ecoa no ar, se perde loucamente no espaço. Um grito para ninguém.

No dia em que foi embora desta casa... desta que era uma casa, a sua casa, o meu pai bateu a cancela, sem olhar para trás. E nunca mais voltou aqui. Não lhe direi nada sobre o caco de telha. Vou deixá-lo no mesmo lugar em que o encontrei, até que as águas da chuva o arrastem, na correnteza. E assim, de nós, do nosso tempo aqui, não restará mais nada. Nem o caco de telha.

E eu que sonhei tanto com essa casa, como o lugar... deixa pra lá.

Na boca da noite

Ao saltar a cancela, no retorno da minha visita ao pedaço de terra onde o meu umbigo havia sido enterrado, assim que a parteira passou-lhe a tesoura e o meu pai apressou-se em sepultá-lo nos fundos da casa, como fez com o de todos que nasceram antes e depois de mim, comecei a achar que eu era um homem de sorte. Porque tive muita sorte mesmo de entrar e sair ileso, sem levar um tiro nas costas ou ser preso, por invasão de uma propriedade alheia. A que em meus sonhos aparecia como ainda sendo *nossa*. A *minha* casa no campo, em algum lugar do Brasil.

E já que não havia o perigo de ser confundido com um representante dos sem-terra, a sondar áreas abandonadas para futuras ocupações, demorei mais um pouco na contemplação daquelas pastagens, seguindo pela estrada afora. Queria ver se a casa da finada dona Zulma ainda estava no mesmo lugar. Tinha boas e más lembranças daquela estrada, da velha senhora e sua casa, do jardim que formava uma espécie de muralha protetora, dos seus ferozes cães, que ficavam mansinhos quando ela os sossegava, dos cortiços das abelhas pendurados nos caibros da varanda, do relógio de cuco na parede da sala principal, entre o Sagrado Coração de Jesus e o Sagrado Coração de Maria, dos beijus de tapioca saindo quentinhos do forno, dos pés de limoeiro, das cantigas, cantadas ao violão pela sua filha Zilah, que nas noites mais animadas porfiava com a viola do velho Benjamin, um viúvo solitário que morava numa casinha triste, sem ninguém, logo adiante. Nessas noites, além de café e comidinhas, a dona da casa costumava servir também um licorzinho de jenipapo. Dava prazer visitá-la e ir ficando por lá até altas horas.

A velha Zulma, uma mulher franzina e muito alinhada, enérgica, sem papas na língua, era a última pessoa no mundo que alguém poderia ter como inimiga. Que não a contrariássemos, pois ela soltava os cachorros. Já o marido, o seu Quirino, viria a ser exatamente o oposto, em temperamento e estilo. Pacato, de fala mansa, apaziguadora. Cordeiríssimo. E só ia à rua ou à casa de um vizinho — o que era raro — muito bem vestido, e sempre metido num paletó. Um lorde. Que nunca se mexia para intervir nos momentos em que a mulher rodava a baiana, cuspindo marimbondo. Lavava as mãos. Por isso diziam, com um risinho malicioso, que naquela casa estava tudo trocado. A mulher era quem devia vestir calças. O macho era ela.

E dona Zulma não foi só a única mulher das redondezas a possuir um relógio de cuco, que badalava as horas como um sino e cantava como uma coruja, uma novidade fantástica para uma terra que se guiava no tempo pela posição do sol, pelo canto dos galos e o cacarejar das galinhas. Ela também havia granjeado a fama de ter sido a única a se casar pela segunda vez. E é aí que começam as lembranças ruins: com a suspeita de que a velha Zulma, quando jovem, havia mandado matar o seu primeiro marido, liquidado na sala de jantar por uma carga de chumbo detonada com precisão milimétrica por um homem que se escondia atrás de um limoeiro perto da janela e depois escafedeu-se na noite, sem nunca ter sido visto ou achado. Decidida como era, ela não pranteou o defunto por tempo excessivo, não chegando a cumprir o prazo convencional do luto, que aqui era de um ano em casos de morte de pai e mãe, filho, marido e mulher. Não tardou a trocar as vestes pretas por um vestido branco, com o qual adentrou a igreja para receber um

O cachorro e o lobo 273

novo cônjuge, provocando espanto e falatório. E da igreja sairia de braços dados com um elegantíssimo cavalheiro, em quem iria mandar até que a morte os separasse. E ele, o manso seu Quirino, tido e havido como um cachorrinho de estimação, parecia aceitar de bom grado a sua condição subalterna diante dela. Por que contrariar uma natureza feminina explosiva, se com o casamento ganhara uma casa pronta e ajardinada, a cama feita e pastos preparados para o plantio? Nesse sentido, era possível que ele se sentisse um felizardo. Ainda assim, nem todos os homens do mundo queriam estar na sua pele. Ele que tivesse cuidado com as janelas. Quem matou um podia matar dois.

Pior do que o medo do poder de fogo de dona Zulma — que o acionava somente quando contrariada, diga-se — era o de uma frondosa e imensa árvore mal-assombrada na estrada, já chegando à sua casa. E que se tornou lendária como "A Árvore dos Enforcados", tão assombrosa quanto o mais arruinado dos castelos ingleses, desde o dia em que um homem escolheu um de seus galhos para pendurar o pescoço, antecedendo em anos e anos o "tresloucado gesto" do meu irmão Nelo. Parei à sua sombra, toquei no seu tronco, mirei a sua amedrontadora copa por fora e por dentro, pisei em suas raízes pavorosas, corajosamente. Nenhuma vantagem em tanta coragem. Ainda havia luz, uma boa claridade no resto da tarde. Reza a tradição que o terror só se manifesta à noite, eu que apressasse os meus passos, se não quisesse ser perturbado por visagens terríficas: caveiras chocalhantes, gralhas monstruosas a piar ensurdecedoramente, desvairados zumbis assoviadores, no maior espetáculo macabro do mundo, com a árvore ora se deslocando da beira para o meio da estrada, formando uma barreira para o passante, ora crescendo gigantescamente, até tocar no céu. Em outras vezes era o próprio enforcado quem aparecia. Urrando. E era um urro capaz de fazer a terra tremer. E tantos foram os que disseram que viram isso e aquilo e que desmaiaram e que só recobraram os sentidos ao raiar do sol, e que ainda tremiam e se arrepiavam só de lembrar, que uma procissão de apavorados se encaminhou para a porta do padre, num domingo de Santa Missão, para implorar ao ministro de Deus uma providência redentora, como uma missa para o enforcado, debaixo da árvore, com muito incenso e vela acesa e uma chuva de água benta sobre as suas folhas, pois, além de muita oração pela alma do morto aterrorizador, era preciso benzê-la. Apostolicamente o reverendíssimo sacerdote negou-se a atendê-los, alegando tratar-se de fantasias, crendices, imaginações. "Se o padre bateu a porta em nossas caras, corramos para o pai de santo." E marcharam escondidos, numa noite escura, tementes ao dedurismo das beatas e à condenação dos papa-hóstias — todo o povo daqui, sempre fiel à Igreja Romana de Deus —, até o terreiro de macumba mais próximo, a duas léguas de distância, na beira de um rio, aonde só se ia em segredo, jamais revelável, nem no confessionário. O apelo às clandestinas forças ocultas da mandinga piorou ainda mais as coisas. A árvore passou a se transformar em uma enorme negona vestida de branco, toda enfeitada de rendas, bordados, braceletes, colares e búzios, bebendo cachaça e fumando charuto, e a sacolejar-se estrepitosamente, dançando e cantando numa estranha língua: *Skindô, skindô, lê, lê. Orixá, Iemanjá, iê, iê. Exu, Oxóssi, Xangô, ei, i. Olorum, Olodum, Oxum. Ziriguidum, misifi. Hum-hum.*

E virou uma venerável preta veia, a saciar-se de oferendas: sangue de bode preto, farofa amarela, canjica, galinha, um cardápio de santo. Além de mal-assombrada era mandingueira.

O medo dela redobrou.

Yo no creo en las brujas, pero... tratei de ir andando, para longe dela. Hum-hum. Saravá!

Outro quadro de desolação me esperava um pouco mais adiante. Adeus dona Zulma, lorde Quirino, violeira Zilah, beiju de tapioca, licorzinho de jenipapo, relógio de cuco, Sagrados

O cachorro e o lobo 275

Corações de Jesus e Maria, cortiços de abelhas, cadeiras de balanço, fortaleza de flores e cães e todos os demais personagens de uma casa muito asseada e alegre e da qual não sobrara sequer um caco de telha, se é que isto me servia de consolo. Sobrava apenas a recordação de uma noite memorável que eu daria tudo para revivê-la — hoje à noite.

Foi durante uma porfia de viola e violão a varar o tempo, como sempre. E como sempre o meu pai foi ficando, ficando, ficando, até eu não resistir mais e cair de sono sobre um farfalhante colchão de palha. Dormi como um anjo. E fui levado pra casa dormindo, no ombro do meu pai, o que nunca teve medo da noite, nem de assombração. Por toda uma vida eu iria sonhar com aqueles sons, vozes e sussurros me acalentando, num concerto regido por Morfeu, a quem começava a rogar que me embalasse outra vez. Esta noite.

Na volta não me esqueci de acenar para a Árvore dos Enforcados, a preta veia. Axé! E fui dando no pé, desembestado. O sol já estava se pondo. E eu entrando na boca da noite.

IV

Noite

Ei-la

Chegou a dona das trevas, a mãe das almas, a madrinha dos sonhos. Perigosamente sedutora. Convidativa. Tudo a temer: aqui as noites sempre foram mais longas do que os dias. Não há como evitá-la, fugir ou me esconder. Já estou dentro dela.

Seja o que Deus quiser.

E queira o bondoso Padre Eterno que eu termine esta noite nos braços daquela que foi a minha primeira namorada. Ainda uma bela mulher. A quem levarei flores, como já fiz tantas vezes, no tempo das novenas do mês de maio. E desta vez sem coragem ou motivo para lhe fazer promessas e juras de amor. Falaremos de saudades, talvez. E recordaremos que um dia fomos duas crianças que se amaram. E isso nos ruborizará. Para que esta noite também possa pintar o meu medo na cor da ternura.

Será que ela ainda se lembra do apelidozinho que me botou? Guaxinim. Por causa dos meus cabelos arrepiados. Obra do finado Severiano, o cabeleireiro viúvo e cheio de filhos e que parecia sempre aporrinhado, a transferir os seus desgostos para as cabeleiras alheias. Na verdade, na verdade, a culpa era do meu pai, que mandava o velho rabugento me tosar com máquina zero, para que eu não pegasse piolho. E o maldizente tosador não fazia por menos: passava a sua máquina como se fosse um arado, deixando apenas uma touceirinha a sombrear-me a testa, uma ridícula franjinha. Os cabelos cresciam alvoroçados, como capim. Aí os moleques da escola sacaneavam: "Cabelo de espeta-mangaba! Porco-espinho!" Ela, porém, se lembrou de um bichinho mais simpático e dava ao apelido um tom mais carinhoso, menos esculhambativo. Na primeira vez em que me chamou de guaxinim fiquei amuado. Quase que com o mesmo ímpeto que me levava a partir pra cima dos meus colegas de escola, na hora do recreio, toda vez que me chamavam de porco-espinho. O que só contribuía para reforçar o time dos provocadores. Se eu não me incomodasse, não aconteceria nada. Aos poucos iam deixando os meus cabelos arrepiados em paz. Porque me incomodava, brigava, batia e apanhava. E feio. Voltava pra casa todo lanhado. E levava uma coça. Aí era mamãe quem me deixava com os cabelos em pé. Devia era se orgulhar de ter um filho que não fugia à luta. Em vez disso, o castigava. Vá lá entendê-la. Queria o quê? Domesticá-lo, como fazia com seus gatos e cachorros? Mamãe, com um chicote na mão, era pior do que uma domadora de leões. E o filho dela era só um guaxinim, aos olhos da garotinha de cabelos lisinhos de boneca de milho. Guaxinim? Amuei. Ela riu da minha cara enfezada e me deu um beijinho no rosto, dizendo: "Meu doce selvagem." Corei. Pelo beijo inesperado, pelo que disse, pelo seu jeito de falar. Uma diabinha precoce, se bem que eu ainda não tinha vocabulário para tais definições. Só estranhara que soubesse dizer coisas assim: "Meu doce selvagem." Meu... então eu era dela? E doce. Porém selvagem. O selvagenzinho que iria escolher para botar o passarinho pra brigar, à porta da sua gaiolinha. Foi aí que os meus cabelos arrepiaram, como capim depois da chuva. E nunca mais me zanguei quando ela me chamava de guaxinim. Em sua boca o apelidozinho ficava bem doce. Tanto que o meu primeiro presente pra ela foi um bombom chamado "Sonho de Valsa". Eu lambia os meus beiços às suas mordidas. E guardei para sempre na memória o jeitinho cuidadoso com que ela desamassou o papel laminado que protegia o bombom, esticando-o. E depois o dobrou, como se fosse um lenço, e o escondeu num lugarzinho que já se insinuava como a covinha de

O cachorro e o lobo

uns seios. (Passou-se isto na sacristia da igreja, ao final de uma missa, quando todos já haviam ido embora.) Beijei-lhe a boca meladinha de bombom. Hummmm. E outra vez me arrepiei. Minha doce selvagem. Menina danada. Não admira nada que tenha se tornado a diretora do ginásio. Podia até ter ido mais longe, se quisesse. Por que não quis?

Os outros meninos, muitos dos quais levaram vinte anos para pegar na mão de uma mulher, viviam contando vantagens. Tudo garganta, eu pensava. Mentiras deslavadas. Comigo era diferente. Não revelava coisa alguma que acontecia entre mim e a bonequinha de milho. Seria isso o amor?

Maravilha, Totonhim, ter coisas bonitas para lembrar, para que esta noite não seja um pesadelo. Mas não esqueças o motivo principal da tua viagem: os oitenta anos do teu pai, de quem te disseram tratar-se de um lobo solitário, que bebe demais, fuma desbragadamente, conversa com os mortos e vai morrer sozinho, sem ninguém para fazer a caridade de pôr-lhe uma vela acesa nas mãos, rezar-lhe uma última oração e levá-lo para a cova. Apressa-te. Avia-te, ó retardatário. A estas horas o velho já pode estar caindo de bêbado. Ou ter fugido para junto das suas galinhas. Uma vez lobo, sempre lobo. E indomável. Aguenta aí, ô velho. Estou chegando. Quem teve paciência para aguentar esse mundo por oito décadas pode esperar mais alguns minutos. Já cheguei à rua, alvissareiramente iluminada, lembrando os presépios dos Natais de antigamente, quando íamos ao mato pegar bromélias e jericó para enfeitar a manjedoura do Menino Jesus. Luz, luz, quero luz. Quem nasceu na roça não tem medo do escuro? Eu tenho. Os da roça gostam mesmo é das luzes da cidade.

— Por que você demorou tanto, seu cachorro? Pensei que tivesse fugido.

Eis aí o pai de sempre. Sentado numa cadeira logo ao lado da porta, fumando um pensativo cigarro, à espera da chegada do último filho. Essa cena eu já tinha visto antes. Ah, e quantas vezes. Pai, seu nome é preocupação. Com os filhos. Por que então se chateia tanto quando se preocupam com ele?

No fundo, no fundo, gosto quando me chama de cachorro. É o seu jeito de demonstrar afeto. Tanto quanto acho graça do que ele disse: que pensava que eu tinha fugido. Oitenta anos! E ainda cheio de verve, de veneno. Bem ao seu estilo: em fogo brando. Calma que o lobo velho é manso.

— Dei uma boa caminhada. E as horas voaram. Foi por isso que demorei.

— E o que foi que você viu?

— Nada.

— Nada? Então por que demorou tanto?

— Andando e andando por uma estrada que não existe mais, vendo pastos e casas que também não existem. Toma é tempo fazer uma caminhada destas.

— Um tempo perdido.

— Não, senhor, seu Totonho. Nada disso, mestre Antão. Foi como quando eu estava na escola e a professora me mandava escrever uma composição sobre um dia de chuva. Se era num tempo de seca, isso exigia muita imaginação. Igualzinho ao trabalho que tive hoje para imaginar como era tudo, como é que foi. Entendeu, Totonho velho?

— Claro, Totonhim. Estou velho, mas não sou burro. Se fosse, não seria o pai de um filho tão sabido. Aliás, quando você era menino, eu admirava o seu gosto pelos livros e pela sua amizade com pessoas inteligentes. O Mestre Fogueteiro, o Escrivão, a professora Teresa, que não se cansava de perguntar por você, até morrer. Você sempre foi muito inteligente.

— Que bom que o senhor acha isso.

Quase completo: "Valeu a pena vir aqui só para ouvir um homem que nunca leu um livro, em toda a sua vida, me dizer uma coisa destas." Mas me contenho. Por que não digo o que o meu coração pede que diga? E por que fico tão encabulado diante do meu pai?

O cachorro e o lobo

— Agora vem cá, Totonhim. Queria tirar uma cisma.

— E onde vamos ter que tirar essa cisma?

— Aqui mesmo. E agorinha. É que eu estive pensando, matutando, e fiquei achando que você está com algum problema. Estou achando você muito preocupado. Tô certo ou errado?

Que lhe diria? Que de fato ando com medo de perder o emprego, já que o Banco do Brasil está reduzindo o quadro de funcionários à metade, trocando os antigos por estagiários que aceitam trabalhar de graça, só para aproveitarem a oportunidade de entrar em algum lugar, na esperança de mais tarde virem a ganhar algum salário? Que se perder o emprego vai ser uma bela duma encrenca, para um sujeito que tem mulher e filhos e já chegou aos quarenta anos? E aí, vou ter que vender o apartamento, já pago religiosamente, mês a mês, em quinze anos? E se não conseguir vendê-lo, já que ninguém está comprando nada? Veja bem: vender o apartamento para comer e não deixar a família morrer de fome. E passar a viver de aluguel ou morrer debaixo de uma ponte. Sim, senhor, estou vivendo a tal crise dos quarenta. A idade que ultrapassa os limites estipulados pelos anúncios de ofertas de emprego. E que também não dá para a aposentadoria, por mais reles que seja. Quem disse que a vida começa aos quarenta? Meu pai o diria, com certeza, sobre o panteão dos seus oitenta anos. Não lhe direi nada disso, claro. Nem sequer poderei mencionar a palavra banco. Seria falar de corda em casa de enforcado. Vim aqui revê-lo. Festejá-lo. Trazer-lhe um pouco de alegria. E não de preocupação.

— Problema, todo mundo tem, papai. Mas não se preocupe com os meus. Não é nada que me faça seguir o exemplo do seu filho Nelo, se é que é isso o que preocupa o senhor.

— Ô Totonhim. Longe de mim pensar numa desgraça dessas. Esqueça esse assunto, pelo amor de Deus. Vamos tomar um café. Acabei de fazer um agorinha mesmo. Ainda deve estar quentinho.

Na cozinha:

— Sabe quem teve a cara de pau de vir aqui, hoje à tarde?

— Quem?

— O prefeito. Aquele cachorro é muito descarado. Chegou de mansinho, como quem não quer nada, perguntando por você e dizendo que era pra a gente ir jantar na casa dele.

Eis o lobo mostrando as garras, pronto para pular na jugular de quem lhe invada a toca.

— E?

— E o quê?

— O senhor topa?

— Você acha que depois de tudo que falei desse cachorro eu ia pôr os pés na casa dele? Só se não tivesse vergonha na cara. E você? Vai lá? Não se prenda por minha causa.

Pois é, Totonhim, uma coisa é ele te chamar de cachorro, outra é quando xinga alguém assim. Cachorro pra lá, cachorro pra cá. A diferença está no tom da voz. Na carga da intenção. Não, eu também não iria ao tal jantar. Havia exagerado no almoço e estava sem fome. E tínhamos muita comida em casa.

— Eu quero mesmo é dar umas voltas por aí, velho. Na sua companhia, certo?

— Certo.

— Então vou tomar um banho e me arrumar, pra a gente sair.

— Isso é mais do que certo. E ande depressa, que a professora está esperando por você. Lá no ginásio. Não vá me dizer que se esqueceu disso.

Como poderia esquecer aquele que pode ser o melhor momento desta noite?

Depois do banho tomado e de me perfumar e ficar mais cheiroso do que filho de barbeiro, e de vestir uma roupa nova para desfilar por aí bonito como um corno, arrastei o meu pai para fora de casa, da qual ele não havia arredado pé desde a hora em que cheguei, hoje pela manhã. Não fugiu. Nem encheu a cara. A queixosa mana Noêmia não vai acreditar nisso, quando eu lhe contar.

E vamos nós. Primeiro, ao hospital. No caminho, deixei o velho a par dos acontecimentos. Ele concordou que era mesmo nosso dever visitar as vítimas do assalto e saber como iam passando, e queira Deus que escapem desta. E eu temendo que já estivéssemos atrasados demais para essa visita. E ele reclamando porque não falei disso mais cedo. Se os dois atingidos pelos assaltantes já tivessem morrido, eu que me preparasse para ouvir poucas e boas. Como se fosse o culpado.

Chegamos. Primeiro, uma boa notícia: eles estavam fora de perigo. Segundo: uma má. Ainda não podiam receber visitas. O meu pai, porém, reencontra toda uma parentada que se mostra agradecida por ele ter vindo e ainda trazendo um filho, do qual poucos se lembravam. "Fé em Deus, pessoal", ele diz. "Vamos rezar, pra Deus ajudar." E ali mesmo, na saleta de espera do hospital, apinhada de rostos antigos cujas feições roceiras me lembravam os velórios do tempo em que as mulheres morriam no parto, uma atrás da outra, ele puxou uma oração, com sua voz de barítono, logo seguida por um coro esganiçado: "Queremos Deus, homens aflitos..." Uma porta se abre e não é mais um rezador que chega, para reforçar as súplicas a Deus. É o diretor do hospital pedindo silêncio. Que se rezasse baixinho, para não incomodar os doentes. "Ora essa. Quem disse que reza incomoda? Esse sujeito deve ser comunista. Só pode ser." Tenho vontade de rir, o que as circunstâncias me impedem. Não era hora e lugar para gracinhas e delongas. Por isso não digo que o tempo dos comunistas já passou mas que, se Deus quiser, vai voltar. Melhor cumprimentar a todos, um a um, e puxar o meu pai, que parece feliz em reencontrar aquele povaréu todo reunido, o seu velho povo.

Arrasto-o para o posto telefônico, bem em frente ao hospital, passando pela porta do ginásio. Digo-lhe que preciso fazer uma ligação, coisa rápida. E ele:

— Totonhim, não tenha pressa. Aqui não é São Paulo. Aqui tudo pode ser feito devagar.

Deve estar achando que o forcei a interromper o seu encontro com a parentada, no hospital, quando gostaria de ficar mais um pouco, por haver reencontrado a sua plateia dos velhos tempos. Daqui pra frente preciso controlar a minha impaciência diante da fala arrastada desse povo, da sua prosa demorada, comprida, interminável. E procurar entender o que há de bom nisso. Vai ver, eles é que estão certos. Fazem esse velho mundo parecer um pouquinho mais humano. O problema é que acabo não tendo saco para tanta falta de pressa. Tentarei me corrigir, velho Antão, seu Totonho, meu lobo em pele de cachorro. Em nome do Pai, do Filho e do Espírito Santo da vossa santa paciência. Tanto que, ao discar para casa, já não estou mais preocupado em falar rápido, por hábito ou vício ou temendo o tamanho da conta a pagar.

— Alô!

— Oiii. É você? Até que enfim!

Que oi prolongado, gostoso de ouvir. Ganhei o meu dia. Bom saber que alguém, entre milhões de pessoas, sentiu a minha ausência nestas últimas vinte e quatro horas.

— Saudades de você, dona Ana. Donana.

— Quantas tias Donanas você já encontrou por aí?

— Até agora, nenhuma. Mas que tem muita Donana por aqui, isso tem. E você? Tudo bem?

— Tudo.

— Você parece um pouco desanimada. O que houve?

— Nada. Não é nada, não.

— Tem certeza?

— É que o Rodrigo arriou, com um febrão danado. Foi assim de repente, sem estar resfriado nem nada. E se queixa de muita dor de cabeça. Estou preocupada.

— Levou ele ao médico?

— Como?! Eu estava no trabalho. Só quando cheguei em casa foi que encontrei ele nesse estado. Amanhã vou ver se dou um jeito.

— Chama ele aí? Deve estar sentindo a falta do pai.

— Nem sei se vai conseguir falar com você. Mas vou tentar.

Ponho a mão no fone e digo para o meu pai: "Problemas." E faço um sinal para que se aproxime.

— Rodrigo? Aguente firme que eu já estou voltando. Depois de amanhã vou estar aí, dois dias passam rápido. O que é que você quer que eu te leve da Bahia? O mar? Isto é um pouco difícil. Mas um berimbau dá pra levar. O que é isso? Você vai ver. E vai gostar. E sabe com quem você vai falar agora? Não? Com o seu avô. O seu avô da Bahia.

Passo o telefone para o meu pai. Que fica horas falando com o neto de São Paulo, maravilhado, e dizendo-lhe que sou um cachorro por não o ter trazido, para andar a cavalo, brincar de cabra-cega, jogar bola de gude, andar descalço, subir em árvore, tomar umbuzada e comer rapadura. E quando o seu neto lhe diz que ainda bem que não veio, porque está com febre, o avô recomenda-lhe que tome um chá de pitanga, que a febre passa.

— E aproveite que o seu pai não está aí pra fazer muita malinagem.

— O quê?

— Tudo que você sempre quis fazer e que o seu pai não deixa.

— Essa é boa, vô. Adorei.

O meu pai faz um sinal, querendo saber se pretendo continuar a ligação. Respondo com um gesto afirmativo. Depois de mais umas palavrinhas com o meu filho Rodrigo, claro que preocupado com ele mas fazendo tudo para levantar o seu ânimo, peço que chame a mãe. E outra vez ponho o meu pai na linha, para falar, pela primeira vez na vida, com a sua nora paulistana. E os dois se falam como se já se conhecessem desde criancinhas. E ele insiste na recomendação do chá de pitanga para o netinho.

— Como? Nessa casa aí não tem uma única folha de pitanga? Nem parece que o seu marido nasceu na roça.

Volto ao telefone e pergunto pelo meu filho menor, o Marcelinho. Está na casa da avó. Prometo que em seguida vou ligar pra lá, para que ele também fale com o vô da Bahia.

Também prometo voltar a ligar, para saber do Rodrigo. E recomendo que chame o médico, se ele piorar. Ou o leve a um hospital. É para isso que pagamos um seguro de saúde. Pronto. Mais uma preocupação para esta noite.

Disco outra vez, fazendo com que o meu pai conheça, pelo menos por telefone, o seu outro netinho de São Paulo.

Ficou radiante. Era muita novidade para um dia só.

— Pela primeira vez em minha vida falei com São Paulo, Totonhim. E o meu sangue está lá. Por que você não trouxe eles, seu cachorro? Por que não falou deles?

— Porque o senhor não perguntou.

— E precisava?

— Calma, papai, que a noite está apenas começando e ainda tenho algumas surpresas pro senhor. Alô! Noêmia? Sim, sou eu. Falando do Junco para o mundo. Pra todo mundo. Sim, tá tudo bem. Ele está melhor do que você imagina. Duvida do que estou dizendo? Aguente aí. Espere um instante.

E ponho o velho para falar com ela.

Tagarelaram por um tempo sem fim, mais parecendo duas comadres fofoqueiras. E ele chamou todos os netos, insistindo com cada um para que viesse para "o nosso São João". Como todos, ao que entendi, garantiram-lhe que viriam, me devolveu o fone, feliz da vida. Juro para minha irmã Noêmia que o nosso pai não está bêbado, que não o vi tocar em birita nenhuma, desde que cheguei. Ele só está é alegre. E que todos façam o favor de cumprir a promessa de virem para a festa de São João. Como estamos em março, daqui até lá ele irá viver da esperança de ter a casa cheia, no mês de junho. Digo isso por meias palavras, tentando disfarçar ao máximo possível, para que o meu pai não entenda o verdadeiro teor da conversa. Falo ao telefone com a (sempre) preocupada mana Noêmia olhando para ele e me lembrando de um poema de Federico García Lorca: "O que tem o teu divino coração em festa?" Peço outra ligação. Para mamãe.

— Aqui é do Serviço de Alto-Falantes a Voz do Sertão. Alguém, com muito amor e carinho, oferece à moça que está vestida de azul e branco, na calçada da igreja, esta linda página musical do nosso cancioneiro popular etc.: *Nada além / nada além de uma ilusão / chega, bem / já é demais para o meu coração...*

— Totonhim? Deixa de molequeira! Pensa que eu não sei que é você?

— Então agora ouça quem me pediu para tocar esta música. E outra vez chamo papai ao telefone. E ele:

— Sim, diga! Quem é? Ah! Como vai? É, ele tá há um tempão no telefone. Deve ser mania de paulista. Telefona pra um, telefona pra outro. Parece que não tem paciência de esperar pra falar com a própria pessoa, cara a cara. E eu? Tô muito bem, já disse. O quê? Hummm! Lá vem você de novo. É sempre a mesma conversa. Quer parar de me dizer estas coisas?

Desta vez ele não me repassa o fone. Desliga. Balançando a cabeça. Com um ânimo bem diferente do que demonstrara nas ligações anteriores.

Preocupado, achando que fiz uma burrada, pergunto-lhe:

— E aí? Não gostou de falar com a velha?

— Sua mãe só me perguntou se eu já estava bêbado. E fez um sermão desgraçado para eu parar de beber. Que porra, Totonhim, eu estou bêbado?

Levo o meu braço ao seu ombro e o aperto com força, esperando que ele compreenda o meu gesto de solidariedade. Quantas você fez na vida, meu senhor, para merecer agora o que pode lhe parecer uma perseguição, uma injustiça, quem sabe uma desumanidade? Se há exagero nas preocupações, elas não devem existir por acaso. E significam uma prova de amor, seja lá o que isso implique. Pode crer. E se disser de novo "que porra", vou lhe devolver: "Cuidado com essa boca suja." Como o senhor fazia comigo, quando eu era menino, e ainda ameaçando me dar um tapa. Na boca. Para nunca mais eu dizer um nome feio. Agora, quer saber uma coisa? Estou muito feliz por ter ouvido um palavrão saído da sua boca. Ô velho. O senhor é do caralho.

Parece sentir-se confortado com o meu abraço, o que eu realmente esperava. Desabafa:

— Veja só, Totonhim. Vivo aqui sozinho, sem incomodar ninguém. E todo mundo me chateia, achando que sou um velho bêbado que só gosta de galinhas. Mas também gosto muito dos meus filhos. E mais ainda dos meus netos. Eles não me chateiam. Sabem brincar. Adoram se divertir comigo. E as galinhas não cacarejam: "Velho bêbado, velho bêbado." Só sabem comer milho e ciscar no terreiro. É por isso que eu fujo de tudo e de todos, pra estar junto delas, entende? Você me entende?

— Não me diga que vai fugir de mim esta noite, vai?

— Isso depende.

— De que, seu Antão?

— De você falar em preocupação. Comigo.

— Tá bom. Não estou nem um pouco preocupado com o senhor.

— Mas eu estou com você.

— Essa é boa. Agora sou eu que vou fugir pra junto das suas galinhas.

— Você não ficou de passar no ginásio, pra ver a professora?

— Vou ligar pra ela.

— Pra quê? O ginásio é logo ali, ao nosso lado.

— Não custa nada saber se ela já pode me receber.

Pergunto à moça do posto se tem o número do telefone do ginásio. Ela reage igual ao meu pai, dizendo que basta eu dar

O cachorro e o lobo 291

alguns passos para chegar lá. Insisto e sou atendido, com um incrédulo balançar de cabeça, como se me achasse um maluco. Evito encompridar conversa explicando os costumes urbanoides de telefonar antes para confirmar um encontro etc. E ligo para a senhora diretora, apesar de todo o estranhamento à minha volta em relação a essa formalidade. Foi uma intuição salvadora. Ela me perguntou se eu podia passar às nove, em vez de às oito. Haviam surgido uns probleminhas, que esperava resolver até lá.

Pago a conta de todas as ligações, achando que não foi assim nenhuma fortuna, olho no relógio e vejo que ainda são dezenove horas e trinta minutos. Sete e meia da noite. Como aqui as horas passam devagar! Pelo menos no posto telefônico. Volto a arrastar o meu pai para outro lugar.

— Até que enfim. Pensei que você ia passar a noite telefonando.

— Foi o senhor mesmo quem disse que eu não precisava ter pressa, que isso era coisa de São Paulo. Esqueceu?

— Tudo o que eu falo você retruca, na bucha. Quer brigar, caboco?

— E eu lá sou doido de puxar briga com o senhor? Vamos nos divertir.

— Só se for agora. Mas onde?

Aí está uma pergunta cuja resposta ainda não sei. Se estivéssemos em São Paulo, eu agora poderia levá-lo a uma infinidade de lugares. Ao aeroporto, para ele ficar vendo os aviões chegando e partindo, o movimento de gente indo e vindo. A um *shopping center*, com todas aquelas vitrines, cada uma mais atraente do que a outra. A uma churrascaria bem barulhenta. A uma cantina italiana, *mamma mia*. Ao cinema, ao teatro, a uma casa de shows, esquinas perigosas, um passeio de carro pela cidade *by night*, uma andada a pé pelo Viaduto do Chá, para que ele perdesse a respiração com a sua altura, a grandeza dos edifícios reluzentes pra todo lado, o tráfego lá embaixo. A uma terma para executivos estressados, onde ele tomasse uma sauna, mergulhasse numa piscina de água quente e fosse a um quarto com uma garota de vinte anos, sabe Deus para fazer o quê. E depois encher a cara de saquê quente no bairro da Liberdade, atravessando outro viaduto com a muralha da China abrindo a fronteira para o Japão. Tomar áraque no olho da madrugada e comer pasta de grão de bico na Avenida Ipiranga. Rebater com *um chopes e dois pastel* na Avenida São João. Dançar forró na periferia e descobrir que é aqui que se faz a verdadeira festa de São João, em todas as noites do ano. E no dia seguinte, depois de dar uma olhada nas filas das construções e das portas das fábricas, perguntar onde fica a rodoviária. E, ao encontrar a plataforma de embarque, sobrevivendo aos trompaços e atropelos, fazer uma despedida bem ao seu estilo:

— Totonhim, já vi todos os japoneses. Agora vou embora. Arigatô.

Voltemos. À rua. Para, pedestremente, avançarmos numa noite sem a menor possibilidade de aventuras emocionantes.

— O que vamos fazer agora? Qual é o seu plano?

— Primeiro, a gente vai à casa do prefeito. Onde fica?

— Ali em frente — ele aponta na direção dela. — Você não disse que não ia ao jantar do dito-cujo?

— Vamos lá pra avisar que não vamos — respondo, à maneira do meu tataravô português, de quem devo ter herdado uma certa redundância.

— Tá certo fazer isso. Mas eu mesmo não vou lá, não.

— Bobagem, velho. A gente só dá uma passada rápida, de raspão. Dá um oi da porta ou da janela, deixa o recado e cai fora. Só pro sujeito não dizer depois que somos mal-educados, que fizemos uma desfeita, essas coisas. Se não souber que não vamos ao tal jantar, pode ficar a noite toda nos esperando.

— Você vai. Eu, não. Espero você ali, naquela árvore.

Eta velho. Carne de pescoço. Madeira de dar em doido. Osso duro de roer. Ele é tudo o que se diz de um cabeça-dura.

O cachorro e o lobo 293

E o pior é que acabo de lhe dar razão. Da janela confirmo uma boa parte de suas afirmações sobre os pertences do prefeito. Não estava exagerando, como cheguei a pensar. A sala do "home" parece uma loja de produtos importados ou um depósito de muamba. Por mais que esgoele um "ô de casa" e bata palmas, demoro a ser notado. Uma mulher, com os olhos pregados num telão cinematográfico de uma TV a todo volume, custa muito a virar o rosto. A princípio, não consegue me ouvir. Fico esperando até ela ter a boa lembrança de pegar o controle remoto e abaixar o som. Deixo o recado e me retiro, rapidamente, imaginando a quantidade de equipamentos de última geração que o dono da casa não devia ter lá dentro, no escritório e nos quartos. E me perguntando como alguém podia ter a coragem de escancarar tantos sinais de riqueza, num lugar tão humilde e que faz da modéstia a sua maior virtude.

Antenado com o admirável novo mundo eletrônico, o prefeito ostenta uma flor metálica sobre o seu telhado rudimentar, singela obra artesanal engendrada outrora em olarias como a que o meu pai já teve. A peça de escultura modernosa é um contraste na singularidade da paisagem. Mais parece um guarda-chuva aberto ao contrário. Ou um girassol cibernético, símbolo do desenvolvimento tecnológico nacional, o que esse mundo velho não pode ignorar. Montado de teto em teto, forma um desordenado jardim suspenso, como o cenário de um filmete de TV patrocinado por uma empresa interplanetária de telecomunicações. Eis aí as antenas parabólicas, a rastrearem os sinais de um novo tempo. Chamemos a isso de progresso. Pelo que os nativos nos agradecerão, com um sorriso. Por não estarmos chamando-os de tabaréus da roça. De capiaus.

O último roceiro está escondido atrás de uma árvore, para não ser visto através da janela do prefeito, a quem já acusou de malversação de verbas e impostos, corrupção, o diabo. Só faltou xingá-lo de comunista. Mas já disse que ele havia se bandeado para o lado dos crentes, o que tornava o seu conceito abaixo de todas as críticas. Como um homem de antigamente, o velho devia continuar achando que crente e comunista era tudo a mesma coisa. Farinha do mesmo saco. Quando lhe perguntei se aqui já tinha uma igreja evangélica, ele se espantou: "O quê? Então você não sabe? Uma, não. São seis. Seis igrejas dos crentes contra só uma da verdadeira lei de Deus. Se bem que as deles são pequenas e feinhas. Mas fazem muito barulho." Não, não vim aqui para contrariar os rígidos princípios do meu pai, no que diz respeito às crenças religiosas. De maneira alguma quero aporrinhar o seu juízo. Já chega a mancada daquela ligação para mamãe, da qual saiu insatisfeito, desgostoso. Se eu soubesse, não teria feito o que fiz. Penso em dizer-lhe isso, pedindo desculpas, mil perdões. Agora estamos lado a lado, andando sem nenhum destino. E ele emudeceu. Ensimesmou-se.

Caminhamos de volta à praça principal. O seu mutismo começa a ficar insuportável. Digo:

— Que tal a gente ir de casa em casa, pra fazer uma visitinha rápida a todos os nossos parentes que ainda moram aqui?

— Pra quê?

— Pra prosear um pouco, dar risada com eles, como o senhor sempre gostou de fazer.

— A esta hora, meu filho? Logo na hora que todo mundo tá vendo televisão e não quer conversa? Aqui agora é assim: televisão, televisão, televisão. Até caírem das cadeiras, mortos de sono.

Conclusão: se batermos de porta em porta vamos ser considerados uns chatos. E o meu pai tem no bolso uma milagrosa pílula chamada semancol. Jamais queria ser visto como um estorvo. Até que os seus princípios arcaicos serviam para alguma coisa. Isso me agrada. Tanto quanto ter sido chamado de "meu filho". Pela primeira vez, desde que cheguei.

O problema agora é saber o que fazer. Se todos estão vidrados na televisão e não querem ser importunados, aonde vamos? A uma venda? A um bar? A uma bodega numa rua dos fundos?

O cachorro e o lobo

E eu que ia perder o telejornal das oito. Se estivesse em casa — na minha casa —, também estaria grudado na TV, me irritando toda vez que o telefone tocasse. Um dia inteiro sem ler jornal e sem ver televisão. E nada disso me fez falta. Pelo menos até este momento. De repente, me ocorre uma saída:

— Já sei o que vamos fazer.

— Então diga. Diga aí.

— Vou levar o senhor pra fazer penitência.

— Oxente, Totonhim. Que é isso? Já paguei todos os meus pecados.

Bom ouvir esse *oxente*. O meu pai deve ser um dos últimos a não ter esquecido as palavras do velho povo.

— Calma, seu Antão. Sossegue, mestre Totonho. O que vamos fazer é um passeio até o Cruzeiro da Piedade.

— Só se for a pé.

— Bem que eu queria ir a pé. Mas tenho que estar no ginásio às nove, esqueceu?

— Ah, então o jeito é ir de carro mesmo.

Apresso o passo. Ele me acompanha, sem reclamar. Para quem já chegou aos oitenta, ainda bate perna admiravelmente. Melhor do que eu. A esta altura, começo a sentir dores nos pés. Percalços da vida sedentária. Chegamos ao carro. Abro a porta para ele entrar. Quando me sento no banco do motorista, sinto as pernas pesadas, os músculos doloridos. Eis aí a P.V.C.: Puta Velhice Chegando. O meu pai, porém, dobrou os joelhos sem se queixar de nada. Em sua homenagem, pego no porta-luvas uma fita que eu trouxe, com uma seleção de alguns clássicos do repertório de Luiz Gonzaga, o Rei do Baião. Ligo o motor e o toca-fitas, e a voz de terra, mato e sertão do finado Lua leva o meu pai de volta a um forró rasgado, às suas memoráveis noites de bate-coxa, com uma sanfona, um triângulo e um zabumba fazendo as saias levantarem. Agora, sim, eu sei que tocarei em seu coração, vou levá-lo ao céu.

Minha vida é andar por esse país,
pra ver se um dia descanso feliz.

Ele põe o braço pra fora do carro e começa a bater na porta, dizendo:

— Pra frente, cavalo bom. Rá, rá.

Ó que estrada tão comprida,
mas que légua tão tirana,
ai, se eu tivesse asa,
inda hoje ia ver Ana...

O velho solta os pulmões. E canta. E eu me lembrando das cigarras, que cantam até pipocar.

Meu cigarro de palha,
meu cachorro ligeiro,
minha rede de malha...

Agora o meu pai é um menino passarinho, com vontade de voar.

Quando olhei a terra ardendo
qual fogueira de São João,
perguntei, ai, a Deus do céu, ai,
por que tamanha judiação...

Quando chega a vez do *Assum preto*, o pássaro de que furaram os olhos *para ele assim cantar mió / cantar de dor*, vejo lágrimas escorrerem pelo seu rosto. Daqui pra frente já não vai mais poder dizer que homem que é homem não chora, não é, velho? Ele enxuga as lágrimas na manga da camisa e tenta disfarçar o que poderia ser entendido como uma fraqueza. Vira-se pra mim, sorri e diz:

O cachorro e o lobo

— Totonhim, seu cachorro, assim você me mata do coração.

Chegamos aos pés do Cruzeiro da Piedade, onde muitos joelhos já foram esfolados em penitência, enquanto vozes desesperadas imploravam aos céus: "Chuva, chuva." Desligo o toca-fitas, para um momento de contemplação silenciosa, debaixo das estrelas.

É uma bela noite de lua, a pratear o mundo à nossa volta.

Um garoto está sentado num dos degraus de cimento em torno do cruzeiro. Sozinho.

— O que é que você está fazendo aqui, menino? Não tem medo, não?

— De quê?

— De assombração — respondo.

— Com essa lua?

— Onde você mora?

— Ali — ele aponta para uma casa rodeada de bananeiras, mais embaixo.

E o meu pai:

— De quem você é filho?

— De Zuleica e Zé Carreiro, do velho Sinhô.

Pergunto:

— Qual Sinhô?

— O teu avô, Totonhim. O meu pai. Não te lembra? Zuleica e Zé Carreiro foram criados por ele. Quando os filhos ficaram grandes, foram se casando e saíram de casa. Teu avô pegou uma menina e um menino pra criar. Zé Carreiro ficou com esse apelido porque, quando cresceu, passou a ser o carreiro de bois do meu pai, o finado Sinhô, que Deus o tenha.

Volto a falar com o menino:

— Seus pais estão em casa?

— Não, senhor. Foram embora.

— Pra onde?

— Pra São Paulo.

— Estão em São Paulo?

— Tão. Pra mais de mês.

— E deixaram você aqui sozinho?

— Não. Minha irmã também ficou. Até que eles mandem nos buscar.

— Que idade tem sua irmã?

— Não sei direito. Acho que vinte anos.

— E você?

— Dezessete.

Ah, São Paulo: o ir e vir ainda não terminou. Olho para o rosto tristinho do garoto, me perguntando: será que sabemos o que dizemos, quando falamos de solidão?

— Ô menino — diz o meu pai. — Você sabe onde eu fico, quando venho na rua? E onde eu moro, lá pra cima da Ladeira Grande?

— Sei, sim, senhor.

— Se você e sua irmã precisarem de alguma coisa, venham me procurar. Coisa de comer, entende?

— Sim, senhor.

A atitude do meu pai me leva a meter a mão no bolso e passar um dinheirinho para o garoto, que não quis aceitá-lo.

— Não precisa.

— Você pode precisar disso mais tarde — insisto. — Tome. Aceite esse dinheiro.

— Guarde isso pra uma precisão — intervém o meu pai. — Não gaste em chicletes e outras bobagens.

— Sim, senhor.

Fico por ali olhando em frente, tentando adivinhar até onde as vistas daquele menino alcançavam. E o que estariam vendo, além do mato a pratear-se sob a lua, na progressão de uma baixada de vegetação rasteira, a perder-se nos confins das encostas, no outro lado. São Paulo? Talvez tentassem avistar os faróis de um ônibus que trouxesse alguém com notícias dos seus pais. E passo a pensar que foi num monte igual a este que Antônio

Conselheiro pregou para multidões de esfomeados. Só não dá para imaginar é um novo movimento messiânico, a provocar uma guerra igual à de Canudos. Já devem até ter feito uma barragem lá em Canudos, cobrindo de água todos os vestígios dessa guerra, para que ninguém mais se lembre dela. E os pregadores de agora não sobem as montanhas. Usam paletó e gravata e não fazem sermões incitadores das massas. Apenas recitam o evangelho diante das câmeras de suas próprias redes de TV e nos púlpitos, de olho nos dízimos salvadores.

E este menino? Quem o salvará? Outro velho Sinhô?

Voltamos ouvindo o "Luar do sertão", na voz de Vicente Celestino, o popular O Berro. Desta vez a música não leva o meu pai às lágrimas. Mas está gostando.

— Depois desta, bota Luiz Gonzaga de novo, Totonhim.

Luiz, respeita Januário. Totonhim, respeita os oito baixos da sanfona que o teu pai jamais esquecerá.

Do Cruzeiro da Piedade para o Cruzeiro dos Montes. Este, sim, é que tem uma subida respeitável. Ao chegar nela, me lembro de uma historinha engraçada que o velho me contou, depois do almoço, quando estávamos lavando os pratos.

Uma vez um homem vinha descendo a ladeira, vestido a rigor: perneiras, jaleco, gibão, chapéu de couro e um baita facão pendurado à cintura. Outro ia subindo, em trajes comuns, sem estar usando a indumentária dos vaqueiros. O que descia puxou o facão, ergueu o braço e avançou, dizendo:

— Olhe, segunda-feira passada você veio pra feira, tomou umas cachaças e disse o diabo de mim. Agora nós vamos acertar as contas.

O outro levantou o braço e respondeu calmamente:

— Ói, hoje nóis não briga. Você tá armado e eu não tô. De hoje a oito, nóis também não briga, porque eu não vou vim aqui. De hoje a quinze, nóis faz um comecinho. Mas o certo mesmo é daqui a três sumanas.

O que queria briga abaixou o braço, enfiou o facão na bainha e foi embora. Rindo.

Dir-se-ia um britânico, pela fleuma.

E cá estamos, sem cruzar com nenhum vaqueiro de facão em punho. Chegando aos pés de outra santa cruz. Não é por falta de cruzes que este lugar será amaldiçoado. E esta é cheia de lâmpadas, toda iluminada. Como se não bastasse a luz da lua para clareá-la. Se no outro cruzeiro havia um menino, aqui há dois. Rezando uma missa. Um fazendo o papel do padre e o outro o do sacristão. Compenetrados, continuam o ritual, pouco ligando para a nossa presença. Respeitosamente, o meu pai se ajoelha e os acompanha. Cantar e rezar é com ele mesmo.

Aproveito para dar uma olhada no meu velho mundo, de cima. O mundo do silêncio, que as vozes dos garotos, reforçadas pela do meu pai, não conseguem quebrar. Terra minha, que me pariu: aqui me tens de regresso. Revisitando pastos, cercas, estradas, árvores — muito além do que revi esta tarde. Quantos sonhos, quantos sonhos. Levados pelas enxurradas, como as marcas dos meus pés na areia quente, as pisadas de um menino que sonhava com uma cidade. Lá embaixo uma praça e meia dúzia de ruas reluzem, brilham na noite, parecendo uma sucessão de lapinhas. Falta uma trilha sonora para estas luzes. Uma voz a cantar, pelo alto-falante: "Eu pensei que todo mundo fosse filho de Papai Noel..." Pois me lembro muito bem de quando Papai Noel chegou aqui. Foi com o motor da luz e o Serviço de Alto-Falantes. Antes disso nunca soubemos da sua existência. A memória desse tempo será perfeita se os sinos repicarem, chamando para a missa do galo. O padre já está aqui. É um jovem sacerdote, aí de seus doze anos de idade, ainda não paramentado, mas que conhece o missal de cor. Pergunto-lhe, um tanto perfunctoriamente, o que vai querer ser, quando crescer.

— Padre — ele responde, em tom melífluo, parecendo um padre de verdade.

Elementar, meu caro Totonhim. E precisava perguntar? Queria o quê? Que ele respondesse general, presidente da República, líder sindical, estivador? Já o jovem sacristão viria a dar uma resposta surpreendente:

— Poeta.

Precisei rodar até estas lonjuras para encontrar dois candidatos a animais em extinção. Padre e poeta. Admirável mundo velho. Um dia poderei dizer para os meus netos que uma vez conheci dois garotos, nos fundões do Brasil, que não queriam ser atores de televisão, pop stars, craques de futebol, da informática, da Bolsa de Valores, da política, do tráfico de drogas. E que também não sonhavam com São Paulo. Ou Miami. Contando assim, parece mentira. Juro, com a mão sobre a Bíblia e as obras de Karl Marx, Sigmund Freud, Einstein, Shakespeare, Camões, e de Deus e o Diabo na Terra do Sol: acabo de conhecer um menino que quer ser padre e o outro que quer ser poeta. Na boca do século XXI!

Não!!! Então ainda existem as vocações sacerdotais e literárias?

Ladeira abaixo, quase a ponto de me despencar na ribanceira de tão espantado com a descoberta, indago do meu pai se ele sabe quem são as mães destes meninos.

— Um é primo do outro. E os dois são teus primos, em segundo grau.

— Filhos de quem?

— De duas irmãs, tuas primas.

Ah, o velho e sua eterna falta de pressa.

— Como se chamam?

— Maria.

— As duas?

— Sim. Uma é Maria Esmeralda, a outra é Maria Margarida. Lembra delas?

— Quero falar com as duas Marias minhas primas.

— Se é pra apoiar os meninos, vai perder o seu tempo.

— Por quê?

— Já me disseram que esperam que isso seja coisa de criança. E que passe logo.

— O que esperam que os filhos sejam?

— Funcionários do Banco do Brasil. Dizem que é o que tem futuro.

— Coitadas. O futuro é dos pastores evangélicos.

E agora, para o ginásio.

— Não, senhor. Me deixe em casa. Vá falar com a professora sozinho.

— Ainda é cedo, velho. Vamos lá.

— Por hoje, chega. Esse passeio foi muito bom. Agora volto pra casa. Daqui a pouco vou dormir. Já tô cansado.

— Vai dormir ou vai fugir?

Ele ri.

— Só não lhe dou uma surra porque sei que você vai se encontrar com a professora e não deve chegar todo amarrotado. E chorando.

Deixo-o na porta de casa, prometendo que não demoro muito.

— Hoje à tarde você disse a mesma coisa.

— O ginásio fica bem mais perto do que aquelas roças, não é?

— Lá isso é.

E vou à noite. Quer dizer, lá vou eu dar mais uma volta, tentando encurtá-la. Na esperança de que ela passe depressa e, quando eu der por mim, já seja um novo dia. No caminho para o ginásio, paro outra vez no posto telefônico. E torno a ligar pra casa. Rodrigo está dormindo. O analgésico fez efeito, diz uma mãe mais calma. Estava bem nervosa, ainda há pouco. A dor de cabeça passou e a febre baixou. "Tudo bem, mas fique de olho nele o tempo todo. Beijos, saudades. Volto a ligar amanhã." E se o meu filho estiver com meningite? Ou com um tumor no cérebro? Pai, afasta de mim estes maus pensamentos. É só eu ficar sozinho que os fantasmas aparecem. Lá vem mais outro: e se o meu pai fugir de casa, enquanto eu estiver fora, para ir encher a cara numa bodega bem escondida, onde eu não consiga encontrá-lo? E se cair de bêbado e apagar para sempre? Pode ser também que tenha querido ficar sozinho porque está na hora da tertúlia com as almas do outro mundo. E hoje tem muito o que contar a elas, a começar pelo relato de suas rezas para todos os seus queridos mortos, aos pés de dois cruzeiros. Em agradecimento, os do Além vão dizer que ele é um homem de bom coração. E se sentirá recompensado. Até que enfim alguém lhe faz justiça.

Pelo que entendi até aqui, se é que já pude entender alguma coisa, o fato de haver perdido tudo um dia — pastos, casa, gado, cavalo, cachorro, mulher, filhos — não fez do meu pai um homem amargurado. Essa é a minha impressão. De que ele foi capaz de digerir e purgar todas as suas tristezas. "O que passou, passou. E o passado não tem futuro", diz hoje, sorrindo. Está vivo e ainda aqui, e isto é só o que lhe interessa. Alegra-se com a visita de filhos e netos, mas se diverte muito mais com as galinhas. E sabe que todos lhe querem bem. O que o amargura é a sua popularidade como bêbado. Ou a tal preocupação com ele por causa disso. Ô velho: já que é só esse o seu transtorno, por que não para de beber? Ou já parou? Quem sabe deu uma paradinha até a hora de eu ir embora? Perguntas para a senhora diretora do ginásio responder. Espero que a professora Inês seja sincera e me conte toda a verdade. E por que agora estou interessado nessa tal de verdade? Sejamos honestos: certas verdades são muito chatas. Eu não queria tomar um porre com o meu pai, o último pileque do século? De repente mudei de lado, tomando o partido das beatas? Por quê?

É o medo. De que o seu coração não aguente. E eu não sei fazer um caixão. Quem o faria?

Se o meu pai encher o caco e morrer hoje, aí é que não vou poder dormir. Pensando bem, em qualquer dia que ele se cansar desta vida e resolver partir pra outra, melhor ou pior, este lugar deixará, definitivamente, de fazer algum sentido pra mim. A doce Inesita e todo o povo daqui que me desculpem, mas agora estou dizendo uma verdade. Cruel.

Besteira pensar que será uma crueldade se eu nunca mais puser os pés aqui. Para quem? Com quem? Comigo mesmo? Cruel foi a Inesita, eu me lembro.

Bom, no começo desta história havia apenas uma irmã culpada e chorona, a tagarelar ao telefone sobre um pai porreta, porém vexaminoso, e que vivia como um animal selvagem, para preocupação e desgosto de todos os seus filhos. Uma mãe que ficou louca e, por um milagre de Deus ou dela mesma, conseguiu recobrar o juízo. A imagem — obsessiva, perturbadora — de um irmão com o pescoço pendurado numa corda. Um lugar povoado por fantasmas e a viver da memória de seus melhores dias, nos invernos de chuva e bonança: feijão, milho verde, aipim e batata-doce fumegando nas panelas, a temperar uma saborosa prosa ao pé do fogão. O lugar que hoje vai levando a vida entre os antigos sonhos e a modernidade das antenas parabólicas. No princípio era só isto. E mais eu e os meus temores. E aí um perfume de mulher espargiu no ar, irradiante, trazendo no seu rastro a melhor das recordações. O tempo do descobrimento das graças femininas, resguardadas a sete panos, debaixo das saias, anáguas e calcinhas. Fui tomar banho cantando um bolero, num tributo a uma era de inocência que os anos não trazem mais, como diria um vate d'antanho. Teria ela, a que embalsamara os ares com o seu perfume, guardado algum vestígio desse tempo, dessa idade? Um bilhetinho amarelecido, escrito em linhas tortas e esgarranchadas, uns versinhos carcomidos, uma folha seca a desfazer-se entre as páginas de um livro? E eu, o que guardara dela? Nem sequer sabia que voltara a viver aqui, depois de se formar como professora, num colégio de freiras. Disto eu me lembrava: da sua ida para um internato, na capital, graças à ajuda de um tio, que morava lá e se encarregara de todas as providências. E de suas cartinhas, claro. Que com o passar do tempo foram rareando, até não mais chegar outro envelopinho, contendo um papelzinho florido e perfumado, confeitado de palavrinhas que falavam de amor e saudades, edulcorando os contornos de um coraçãozinho flechado por um punho firme, nada vacilante. Quando o correio parou de me trazer tais mimos, passei a imaginar coisas horríveis, trágicas. Censura da madre superiora? Doença? Morte? A verdade não demorou a aparecer. Nenhum problema com ela, que continuava a escrever regularmente para os pais, contando os seus progressos nos estudos e as novidades dos fins de semana que passava com os tios, primos e primas. Praia, cinema, festinhas, passeios. Como se estivesse vivendo agora um conto de fadas. Saber disso, e por terceiros, deixou-me roendo por dentro, louco de ciúmes, cheio de desconfianças e indignação, pelo seu silêncio e desprezo. Escrevi-lhe uma carta exaltada, com o devido apoio, beirando o escatológico, do poeta Augusto dos Anjos, ao terminar perguntando se a mão que afaga é a mesma que apedreja, se a boca que me beijara era a que me escarrava. Minhas linhas arrebatadas surtiram efeito imediato. Só que, como se dizia por aqui, a emenda saiu pior do que o soneto. O que recebi na volta do correio foi um bilhete azul, para dizer adeus a um namorinho epistolar, a essa altura já sem futuro. Amavelmente, docemente, cuidadosamente ela me dava o fora. De queixo caído, crista baixa, cabelos mais arrepiados do que jamais estiveram, engoli em seco uma lição: o amor é passageiro, como o cavalo e o cavaleiro. E imaginei o imaginável. O seu coraçãozinho agora balançava por outro, quem sabe um primo, ou um amigo do amigo do mais querido amigo do primo, um que tivesse uma irmã muito bonita, para uma permuta irrecusável: "Eu deixo você namorar a minha prima e você deixa a sua irmã namorar comigo." A história também podia ser outra: um fim de semana livre do claustro, praia, enturmação. Um galinho malandro ciscou na areia, arrastou-lhe a asa, levou-a no bico e nas esporas. Artes de um capadócio escolado em mulher, diplomado em velhacaria, como todos os do litoral, que fizeram a bonequinha de milho ver o sertão virar mar. Sol, sal, água azul, areia branca e o vento a assanhar-lhe os cabelos — e o juízo. Os passarinhos de lá deviam gorjear melhor do que os de cá. Se naquele tempo aqui tivesse uma casa de penhores, eu teria empenhado os meus cotovelos. Resumo do episódio: nunca mais a vi. Dela restou apenas a esplêndida lembrança das suas pernas subindo num pé de umbuzeiro e de tudo o mais que aconteceu depois. Dos seus pezinhos fofinhos nas minhas mãos. Não estava nos meus planos reencontrá-la. Tanto quanto voltar aqui um dia. Chegar aqui, redescobri-la e ir ao seu encontro não significava estar em busca do tempo perdido, do tempo desperdiçado, do tempo gasto, dissipado, de reviver o irrevivível, essas coisas "que os anos não trazem mais", eu me dizia agora, para tirar da cabeça qualquer expectativa em relação a ela. Sim, não poderia considerar o seu convite uma promessa de uma noite, digamos, de amor.

E assim fui. E já voltei.

Ela não pegou uma faca para cortar a minha macheza, como se fosse um Lampião de saias. Nem disse: "Ou você fica comigo pra sempre, ou eu faço um picadinho desse troço aí", conforme eu havia sonhado, depois do almoço. Aquilo foi só um pesadelo. E ainda bem.

Noite alta, céu risonho...

Se a quietude é quase um sonho e o luar cai sobre a mata, qual uma chuva de prata, num imenso esplendor — isso pede uma serenata. E se tu dormes e não escutas o teu cantor, um que desafinou no primeiro programa de calouros deste lugar, invenção de uns vidas-tortas invejáveis que andavam pra lá e pra cá com seus violões debaixo do braço, promovendo divertimento, animação, festa, em troca de um licorzinho de jurubeba e de jenipapo, tendo sido eles os primeiros a caírem na gargalhada quando o cantorzinho de calças curtas esganiçou a voz, e pararam de tocar dizendo "o que era mesmo que você ia cantar?", e se uma sala apinhada de gente se transformou num coro de risadas demolidor, e se aquilo era impiedoso demais e nem tu percebias, tu, que te acotovelavas na janela para ouvir o teu cantor, que naquele momento tudo o que desejava no mundo era que o chão se abrisse e ele sumisse pela terra adentro, se até tu gargalhavas, reforçando o coro das hienas, não será agora que vais querer ouvir o teu seresteiro apaixonado. *Lua, manda a tua luz prateada despertar a minha amada...* Se não te falha a memória, ainda deves lembrar que a música se chamava "Luar de serenata". Maldita escolha. Ela me derrubou. Que papelão. Um vexame a ser creditado aos problemas da idade com a mudança de voz, parcos — ou nulos — dotes vocais, uma melodia grandiloquente e uma letra quilométrica, mais apropriadas a um dó de peito operístico do que a um pirralho esganiçado. Mas quem daria tais descontos? Ninguém. Quá, quá, quá. Puxei um lenço do bolso, para limpar o suor e a vergonha. E aguentei firme, estoicamente, não negando aplausos aos vencedores. Mas só Deus sabe como eu estava me sentindo. Inconsolável. Não adiantava nem chamar por mamãe. Ela também ria, a valer. É, aquele também pode ter sido o meu primeiro dia de glória. Como palhaço. E se os admiráveis vidas-tortas que produziam música e alegria — e que continuaram rindo da minha cara, por muito mais tempo — já morreram ou foram embora, para tocar em outras freguesias, não há como reuni-los de novo, numa serenata para uma boneca de milho. Com o que ela estará sonhando?

Noite alta, céu risonho...

Nenhum sinal de chuva. E no entanto não há a menor possibilidade de violões em seresta. Vou ficar lhe devendo um acalanto.
Silêncio. Ela está dormindo. Todos dormem. Já o meu pai...

E aí? Ele encheu a cara ou não? Estava conversando com os
mortos ou não? Fugiu pro mato, me entregando aos fantasmas,
com severas recomendações de que ficassem quietinhos, velan-
do o meu sono? Ou, só de raiva e vingança pela minha demora
em voltar pra casa, insuflou as suas almas penadas a fazerem
todo o barulho e assombração de que fossem capazes, até me
levarem à loucura? Depois eu conto.

Agora paro para ouvir o último lamento sertanejo: o uivo de
um cachorro na hora do lobo. Eis aí uma serenata de adeus. É
tão lancinante que chega a doer nos meus próprios ossos. Parece
que estou ouvindo um sermão aluado do finado doido Alcino,
na calçada da igreja, fazendo a noite gemer: "O meu nome é
Solidão."

O do meu pai também? O de todo mundo aqui, eu incluído?

Agora, sim, com certeza. Pois agora já não estou mais sob
a guarda de uma fada encantadora, que me entreteve até ficar
exausta — e adormecer.

Ela atende pelo nome de Inês. Inesinha, Inesita, para os mais
queridos. A que me fez perder o ritmo e o rumo das horas,
prorrogando o meu medo da noite.

Contemos o que se passou.

Conversamos um pouco lá no ginásio, enquanto ela arrumava
a sua mesa, empilhada de pastas e papéis. Começou perguntando
por papai. Por que ele não tinha vindo? Falei do passeio noturno,
alegando que depois disto o velho preferira ficar em casa.

E ela:

— Ele está muito feliz por você finalmente ter aparecido.
Vivia dizendo: "É, professora. São Paulo parece que não dá boa
sina pra ninguém. Assunte só: tive um filho que ficou lá vinte
anos e voltou pra morrer. Outro foi e nem notícia dá. Que diabo de lugar excomungado é esse, menina?"

O *cachorro e o lobo*

— E, quando cheguei, ele nem me reconheceu, sabia?

— Eu sei. Ele veio correndo me contar. Chegou todo esbaforido, parecendo que ia botar a alma pela boca. Dei-lhe um copo d'água. E perguntei o que tinha acontecido: "Totonhim, menina. Totonhim." O nervosismo dele e o jeito como falou em seu nome me deixaram espantada. Numa situação destas, a primeira coisa que se pensa é em má notícia, não é? Mas quando eu quis saber o que era que tinha havido com você, seu Totonho abriu um sorriso maior do que o mundo e disse: "Ele chegou!" Aliviada, cheguei a suspirar, dizendo: "Que bom, mestre." E só depois de beber a água e se acalmar foi que o seu pai conseguiu falar de toda a sua aflição. Primeiro, não havia reconhecido você, logo de cara. Estava envergonhado por causa disso. E você podia achar que ele já tinha ficado broco. Lembra o que é broco?

— Ainda não perdi minha memória, professora. Acho que não estou broco.

Ela riu. E continuou:

— Mas não era só essa a sua aflição. Disse que tinha vindo pedir a minha ajuda. Precisava de uma toalha de mesa, pratos e talheres emprestados. Como você tinha chegado sem avisar, ele não tinha providenciado nada. Estava desprevenido, pois, como eu sabia muito bem, ele passava mais tempo em sua casinha da roça do que na rua. Também queria que eu recomendasse alguém pra dar uma limpada na casa. Afinal, não era todo dia que você vinha aqui. Corri com ele pra minha casa e pedi a Amélia, a minha empregada, pra dar um socorro ao seu pai. E que levasse mais gente, da vizinhança. Pra fazer um mutirão.

— Coitado do velho. Como se eu quisesse ser recebido com toda a pompa. Mas adorei a faxina. Dona Amélia e todo o seu pessoal vão ganhar uma boa gorjeta.

— Não se preocupe com isso. Ela já foi recompensada, com uma folga. E os outros encheram a pança muito bem.

— Isso ainda é pouco, pelo que fizeram.

— Você não precisa se preocupar com essas coisas, Totonhim. Já está tudo resolvido. Mas, voltando ao seu Totonho. Ele contou outra aflição. Estava louco pra vir falar comigo e você não saía de casa, por mais que ele te empurrasse pra rua. Ele disse que quanto mais mandava você ir dar uma volta, pra ver o povo, mais você ficava parado na janela, só olhando a praça. E quanto mais o tempo passava e você não se mexia, mais ele ia ficando agoniado.

— Pobre velho. Se tivesse me dito o que queria, eu teria vindo junto com ele. Seria um prazer vir falar com você e convidá-la pro almoço.

— E a surpresa, menino? Isso não conta, não?

Um a zero pra professora. Deus salve a inteligência das mulheres.

— Tudo o que seu pai desejava era que você encontrasse a casa em festa, assim que retornasse para o almoço.

Dava para entender. Primeiro, porque ele sempre foi festeiro mesmo. Depois, porque de tristeza bastava a que vivemos juntos, no dia em que decidi ir embora. Nem por isso precisava ter se esfalfado tanto.

E ela:

— O que mais deixou seu Totonho preocupado foi não ter reconhecido você, à primeira vista. Dizia e repetia: "Como é que pude esquecer as feições dele? Será que ficou triste com isso? Também, ele mudou muito. Quando saiu daqui, era um rapazinho magricela. Voltou um homem feito, mais gordo e já com uns fios de cabelos brancos. E ainda por cima tomou um chá de sumiço por mais de vinte anos. Nem me passou pela cabeça que era ele que estava voltando. Tomara que não tenha ficado contrariado com o meu esquecimento." Procurei acalmar o seu pai, alegando que essas coisas acontecem, que não foi uma coisa grave, que com certeza você tinha relevado isso. E ele: "Tomara, professora. Tomara." Que pai maravilhoso você tem, hein, Totonhim?

O *cachorro e o lobo*

Esta o amava, verdadeiramente, pensei.

E além disso o pai dela já havia morrido, fazia muito tempo. Eu que me achasse um sortudo. O meu ainda estava vivo.

Só não sei é se a professora falou toda a verdade, quando perguntei sobre as bebedeiras dele. Saiu-se pela tangente, ao dizer que o povo falava muito nisso. Ela mesma, porém, nunca o tinha visto bebendo ou caindo de bêbado.

— Se seu Totonho bebesse tanto quanto dizem, já estava morto. E ele está aí, firme. Qual é o problema?

— Foi mais ou menos o que eu disse pra minha irmã Noêmia.

— Fez bem. Enchem muito a paciência dele com essa história de bebida. Por falar nisso, aceita um drinque, na minha casa?

— Com prazer. Só não conte à minha irmã Noêmia que andei bebendo por aqui.

— Ah! Agora me responda uma coisa, Totonhim. Se você tivesse cruzado comigo em outro lugar e em outra circunstância, teria me reconhecido?

— Acho que não.

— E por que não? Mudei tanto assim?

— Claro que mudou. A última vez que te vi, você era uma menina. Agora é uma mulher. E que mulherão! Benza Deus.

Deus salve a mulher madura, na plenitude do seu vigor e forma, a transpirar desejo em cada poro de um corpo experiente, prometedor.

— Seu cachorro. Continua o mesmo.

— O mesmo? Como?

— Um moleque descarado. Vamos?

Fomos.

Para uma casa muito agradável, a começar pelo jardim que a protegia dos olhos da rua. Lá dentro, revelava-se de bom tamanho, confortável, acolhedora. E com todos os itens e apetrechos indispensáveis ao bem-estar: sofá, poltronas, aparelhos de som, de televisão, videocassete, estantes de livros e discos, quadros nas paredes, máquinas de lavar louça e roupa, área de serviço

e dependências de empregada, com quarto e banheiro, micro-
-ondas, torradeira, liquidificador, geladeira e fogão a gás na cozinha, todos os tais equipamentos modernos que aqui nem so-
nhávamos que existiam, em outros tempos. E mais dois quartos
espaçosos, um para hóspedes, o outro servindo de ninho para o
repouso da guerreira. E um banheiro social, muito asseado,
com toalhas coloridas arrumadinhas, e os demais objetos de
toalete em ordem. Enfim, eu havia andado alguns passos por
uma ruela interiorana para entrar num apartamento... em São
Paulo! Era a primeira casa daqui que eu estava visitando, nesta
minha vinda. E estava surpreso com o seu estilo, este novo jeito
de morar. Disse-lhe isto.

— Quem mandou ficar zanzando pelas roças e peregrinan-
do pelos cruzeiros? Você podia ter conhecido outras casas bem
maiores e mais bonitas do que esta.

— Pois é. E nas roças não vi uma única casa.

— O povo daqui não quer saber mais de roça, não, Totonhim. Quer mesmo é rua, movimento, animação.

— E televisão.

— É isso aí. O que vamos beber, pra começar?

— Com tanta mudança por aqui, será que você teria um
licorzinho de jenipapo?

Ela pôs as mãos nas cadeiras, fez uma cara engraçada, fingin-
do ter ficado ofendida com a pergunta. Depois apontou para a
cristaleira. E disse:

— Pode se servir, senhor. Mate a saudade do nosso São João.

Alguma coisa do meu tempo aqui havia permanecido: a li-
coreira e os cálices, em vidro bisotado. E o sabor das festas de
Santo Antônio, São João e São Pedro — de todo o mês de
junho. Para acender a fogueira do meu coração. Brindamos e
bebemos em silêncio. Como se, tacitamente, evitássemos falar
do passado. De sabor antigo bastava o licor de jenipapo. Nada
de perguntas indiscretas, de vasculhar a sua vida, a sua intimidade, para saber se ela tinha namorado ou amante, se pensava

em se casar de novo, se era verdade que havia sido abandonada pelo marido no dia seguinte ao do seu casamento, por não ser mais virgem. Como no mundo de hoje ainda se podia acreditar numa história destas? O meu pai devia ter inventado isso, para me deixar impressionado ou sei lá com que intenção. Será que estava querendo me empurrar pra ela? Esse velho... "Foi você o primeiro, Totonhim?" Estaria ele alimentando alguma esperança de que eu fosse ficar por aqui? Quem sabe já começava a bater-lhe o medo de morrer sozinho? Para minha sorte, dona Inês não estava com cara de quem ia começar a contar uma história longa e triste. Eu já tinha ouvido uma assim hoje, ao me encontrar com a minha querida tia Anita do meu tio Zezito, a esmoler tocante. E chegava. Ao final do primeiro cálice de licor, Inesita levantou-se, toda animadinha, e disse que ia pegar uns beliscos. Voltou da cozinha com uns pratinhos bem apetitosos. Aipim frito, carne-seca cortada em pedacinhos, uma farofinha para dar uma besuntada nos nacos de carne, torradas, queijo, azeitonas, salgadinhos e mais salgadinhos. Enquanto isso, eu dava uma olhada em seus discos. Flagrado nessa bisbilhotice, ela perguntou se eu queria ouvir alguma coisa em especial. Respondi-lhe que sim e que já havia encontrado. "Rosa", a "Rosa" do imortal Pixinguinha. Cantarolei:

— *Tu és divina e graciosa...*

E ela:

— É linda, mas não é música do seu tempo.

— Como não? Eu peguei um resto desse tempo. E mamãe vivia cantando: *Tu és, de Deus a soberana flor...* E se essa música não é do meu tempo, também não é do seu. E você tem um disco com ela.

Inesita riu:

— Mas quem é que canta, seu bobo? Não é a Marisa Monte? Esta é do meu tempo. E tem uma voz tão bonita que pode cantar o que quiser, até essa "Rosa" do tempo da sua mãe.

Dois a zero para a professora.

— Agora, preste atenção na letra — eu disse. — Foi feita de encomenda pra você. Por mim.

Ela corou. Não sei se com o que eu havia lhe dito ou porque já estava no terceiro licor.

— Cachorro mentiroso. Tu és mesmo um cabra safado. E depois da música que você encomendou pra mim, o que vamos ouvir?

Pigarreei, limpando a garganta:

— *Besame, besame mucho...* temos bolero nesta casa? Ou você vai dizer que isso também não é do meu tempo?

Tive de esperar que ela parasse de rir, para responder. Não era de hoje que ria muito quando eu ameaçava cantar, eu me lembrava. Disse:

— O bolero durou muito tempo. E ainda hoje anima os bailes do interior.

Mexeu nos discos, pegou um, que me mostrou, perguntando:

— Serve este?

Ray Conniff! *Gracias, señora. Thank you, very much.* Era hoje que eu ia ver e ouvir estrelas.

Mais um licorzinho e já estávamos dançando, coladinhos, um rosto juntinho do outro, um corpo se aninhando nos braços do outro, uma das minhas mãos descendo pela sua cintura abaixo, indo e voltando, entrando em curvas, escalando montanhas, apalpando um pão de açúcar, lentamente. E a outra a acariciar-lhe o pescoço, em leves toques, com as pontas dos dedos. Foi aí que comecei a ouvir o passarinho cantar, ouriçado, ao sentir o cheiro da sua inesquecível gaiolinha. Mais um disco. Outro bolero. *Dicen que la distancia és el olvido...* E recomeçava a dança de afagos e beijos. Nos cabelos, na testa, no rosto, na boca. Ardentes. Loucos. Um corpo faz que vai e vem. E o outro também. Dois pra lá, dois pra cá. Dois corpos que se encaixam. Em brasa. E já a pedirem água. Primeiro foi ela a correr para o banho. Voltou enrolada numa toalha, balançando a cabeça molhada, em movimentos provocantes. Também corri para o chuveiro, não sem antes encompridar os olhos por dentro de suas coxas. Ensaboei-me até ficar cheirando aos meus melhores domingos aqui. Furtei uma gota de perfume para cada cantinho de orelha, um dedo de pasta de dentes, enchi a boca de água e bochechei várias vezes. E fiz a barba, com um aparelho que ela naturalmente devia usar nas pernas, nas axilas e nos pelos púbicos. Queria ficar com o rosto bem lisinho, para esfregá-lo, sem aspereza, em seus pés, pernas, coxas, faces, costas, pescoço, nariz, boca, bumbum, seios, xota. Sim, naquela xotinha loura. Suavemente. Carinhosamente. Ao som de ais e uis de uma lânguida voz a suspirar baixinho: "Isso é tão bom."

Bom mesmo foi despalhar uma boneca de milho chamada Inesita.

— Você ainda se lembra de mim, você ainda me ama? Não pare, não pare. Mais, mais!

E eu em pânico. Temendo uma broxada ou uma ejaculação precoce, tamanho era o meu frenesi — para usar uma palavrinha muito ao gosto dos letristas de bolero — ante o assanhamento e exuberância de um corpo fogoso, a excitar-me das papilas gustativas à última raiz de cabelo. Um corpo em êxtase, no vórtice do prazer. E a pedir mais, mais, mais.

Aguentei firme até ver uns olhinhos azuis revirarem em arco-íris e ouvir uma voz sôfrega, a implorar: "Vem, vem, agora." Fui.

Deve ter sido o efeito do licor de jenipapo, o néctar do milagre. Ansioso e cansado do jeito que eu estava, era para ter morrido de véspera.

— Menina bonita, você é demais — eu disse. E desmaiei.

— Que delícia. Seu cachorro...

E ela também apagou.

Dormi e sonhei com Ana, a Donana, lá de São Paulo, me chamando de broxa e dizendo que ia procurar um amante ou pedir a separação, porque já não aguentava mais viver com um marido que não dava no couro. Acordei assustado com a minha própria voz: "Ana, Ana, Ana! Calma, mulher. Vamos conversar."

Quem respondeu foi uma voz sonolenta.

— Hummmm. Estou tão cansada.

— Descanse — eu disse, beijando-lhe o rosto e acariciando--lhe os cabelos. — Agora tenho que ir.

— Fique mais um pouquinho — ela sussurrou.

Continuei acariciando-lhe o corpo, com as pontas dos dedos.

— Que gostoso — ela suspirou outra vez. — Hummmm.

E voltou a adormecer.

Fiquei ainda um tempinho, contemplando um belo corpo em repouso.

Ah, Inês, Inesita. A gente está sempre indo e vindo. Essa é a nossa sina. O destino dessa terra. Ir e vir. Vir e voltar. E se tudo falhasse na minha vida, daqui por diante, tu me darias guarida? Na tua alcova, no teu corpo esplendidamente conservado e palatável? E o que é que eu iria fazer aqui, além de beber um licorzinho de jenipapo contigo, dançar um bolero contigo e te amar? E quem nos garante que todas as nossas noites seriam tão maravilhosas quanto esta, que já passou? Apalpo-lhe os pés, de mansinho. Encosto o rosto em suas nádegas. Corro os dedos pelas costas. Beijo-lhe o pescoço. E ela já não conseguia dizer mais "hummmm". Catei minha roupa, me vesti, dei uma ajeitada no cabelo, mordisquei uns beliscos à mesa, tomei mais um licorzinho de jenipapo, apaguei as luzes, abri a porta, que puxei e bati à minha saída, tomando cuidado para não perturbá-la. Um cachorro latiu. Corri, temendo também os olhares bisbilhoteiros da vizinhança. Tudo calmo, tudo deserto, tudo certo. Já passava da meia-noite. Era a hora dos lobos, se cá existissem, além do meu pai. Olhei pra lua e mandei-lhe um beijo agradecido. Fazia era tempo que eu não via um céu tão lindo. Resolvi andar mais um pouco. Caminhei até a praça principal, para olhar de casa em casa, me lembrando dos Natais em que íamos

O cachorro e o lobo 317

de janela em janela, para ver quem tinha feito o presépio mais bonito. Como não havia uma única janela aberta, nem avistei pessoa alguma para me responder um boa-noite, desisti de andar por uma calçada abaixo, e atravessei a praça, na direção do mercado, o prédio mais imponente daqui, depois da igreja. Esperava encontrar alguma bodega aberta, por trás do mercado, na rua dos fundos, no caminho do cemitério. Se a estas horas eu achasse uma cervejinha, a levaria para regar a cova do mano Nelo. E beberia outra pelos seus pecados, mais uma pelas suas boas qualidades e uma penúltima em nome da saudade. Inesperadamente, alvissareiramente, ouvi um barulho ao longe. Vozes! E logo percebi um grupo de homens andando em sentido contrário ao meu. Ora viva, nem todos estavam dormindo. Eu já não me sentia tão só. Restava esperar que não confundissem o caminhante solitário com um lobisomem. Ao passar por eles, notei que era um cortejo acompanhando um preso que mal se aguentava nas pernas e estava sendo arrastado por dois policiais fardados e armados. Perguntei se haviam pegado um dos assaltantes do supermercado.

— Assaltante? Que assaltante, que nada — respondeu um dos homens, exaltado. — Esse aí é um pobre-diabo que não tem nada a ver com a história.

E outro:

— É um parente nosso que tomou umas cachaças, quebrou um copo e quis partir pra briga com o dono da venda, quando ele reclamou do copo quebrado.

Um terceiro:

— Não era caso pra cadeia. Até porque, quando os soldados chegaram, tudo já tinha se acalmado.

Segui o cortejo, interessado no desfecho do caso. Afinal, todos ali pareciam inconformados com a prisão do bêbado e deviam estar dispostos a provocar a maior confusão para impedir os policiais de enfiá-lo no xilindró. Perguntei de quem se tratava, se era alguém conhecido.

— É gente boa, gente da gente. Se você é daqui, também conhece ele. Não lembra de Chiquito, filho do finado Manezinho da Jurema?

Meu primo, ora. Em segundo grau, mas primo, porra. Logo o Chiquito, que uma vez me deu uma gaiola com o meu primeiro canarinho amarelo? E aquele bando todo que o acompanhava devia ser de parentes meus. Avancei o passo e me aproximei dos policiais que arrastavam o preso. Chiquito me olhou com uns tristes olhos arregalados. Se o largassem, se esborracharia no chão. Estaria me reconhecendo?

— Chiquito, você se lembra de mim?

Ele arregalou os olhos mais ainda e grunhiu:

— Ahnnnn?

Um dos policiais riu. E disse:

— Manda ele fazer um quatro aí pra gente ver.

O outro também caiu na gargalhada. Chegamos à delegacia. A mesma de antes: a sala com a mesa do delegado, algumas cadeiras, um banco de madeira e o corredor para os quartos que serviam de depósito de presos. Sem cama, pia, janela, vaso sanitário, nada. E piso de cimento, no qual jogavam sal, para castigar os pés e os corpos dos encarcerados. Era o que se dizia, antigamente. Seria ainda assim?

A delegacia estava às moscas, isso dava para se notar da porta. Enquanto um soldado carregava o preso para o cárcere, o outro bloqueava a entrada, tamborilando no revólver à cintura e falando grosso:

— Ele agora vai nanar, pra parar de fazer arruaça. Quando acordar, a gente manda ele pra casa.

— Perguntei pelo delegado.

— Pra que você quer saber do delegado?

Disse que era primo do preso.

— Primo dele? Todos esses aí também dizem a mesma coisa. E eu nunca vi você por aqui. É da Jurema? O delegado não está.

Vão se queixar ao bispo. Todos pra casa, se não quiserem passar a noite junto com aquele bêbado fedorento.

Alguém gritou:

— Solta o homem!

E se fez um coro:

— Solta, solta, solta.

O outro policial veio correndo para a porta, de fuzil em punho. Disse:

— Se fizerem baderna, eu passo fogo em todo mundo.

Silêncio. O que falara comigo antes tentou ser conciliador:

— Se você é primo dele, como diz, sabe que ele mora longe, lá na Jurema, daqui a muitas léguas. Agora, me diga: no estado que ele está, caindo de bêbado, dá pra botar ele em cima do seu cavalo e mandar de volta pra casa? Deixa ele aí curando a bebedeira, que logo cedo vai embora. E entre ele correr o risco de cair do cavalo, dormir na sarjeta ou aqui dentro, que diferença faz?

Nisso uma janela se abriu e um terceiro soldado dorminhoco apareceu, com uma metralhadora nas mãos. Parecia estar furioso por ter sido acordado com o quiproquó armado em frente da delegacia. E o pior foi que a amedrontadora aparição surgiu no exato momento em que eu perguntava para o fardado mais falante e aparentemente menos ameaçador:

— E os assaltantes? Alguma notícia deles?

Ele deu de ombros. E disse:

— Não, nenhuma. Ainda não.

Uma voz se alevantou, desafiando revólveres, fuzis e metralhadoras:

— Prender um matuto bêbado é fácil. Quero ver é vocês pegarem bandido escolado.

Todos gargalharam. E gritaram:

— Soltem o homem!

O da janela engrossou:

— Vamos parar com esta baderna! Debandar, debandar. Vamos circular. Todo mundo pra casa, seus vagabundos.

Como ninguém se mexeu e o zum-zum-zum continuou, o bravo policial militar, portador de uma poderosa arma de fogo, acionou a sua máquina, detonando uma descarga para o alto e provocando um corre-corre assustador. Bati os meus calcanhares em retirada, até me ver fora do alcance da mira das balas. Até aqui eu estava arriscado a ser atingido por uma bala perdida, até aqui, no mundo do silêncio. Que porra. Li em algum lugar, com certeza numa crônica de jornal sobre os dramas brasileiros que acabam em farsa, que neste país são sempre os personagens secundários os que pagam o pato. E aqui estava um exemplo: o meu primo Chiquito, um capiau que cometeu a imprudência de beber demais e quebrar um copo — preso. Assaltantes que roubaram, deram tiros e coronhadas, mandaram dois para o hospital e ainda sequestraram um homem — soltos. Nada a estranhar. Isto é Brasil.

Desisti de bater perna à procura de uma birosca ainda aberta. Vencido pelo cansaço, resolvi fazer uma paradinha na calçada da igreja, me sentando em seu último degrau para estirar as pernas, já imprestáveis. No balanço do dia, duas ocorrências policiais, agitação demais para um lugar que sempre viveu na santa paz de Deus e só despertava da sua velha pachorra e preguiça para fazer o sinal da cruz. Antigamente, em tempos mais felizes, quem sabe. Pausa para meditação. Na velha calçada de sempre. De onde as vistas alcançavam os faróis que apontavam na Ladeira Grande, como dois vaga-lumes gigantes, a incandescerem a estrada. Por esta calçada de igreja desfilavam meninas de azul e branco, para as quais apaixonados anônimos dedicavam belas canções através do Serviço de Alto-Falantes. *Por ti serei capaz de todas as loucuras... / És a rainha dos meus sonhos, és a luz... / Índia, teus cabelos nos ombros caídos, negros como a noite que não tem luar...* Esta calçada era a boca do proscênio para os melhores desempenhos dos meus idolatrados vidas-tortas, à luz da lua, quando violões, sanfonas, pandeiros, trompetes e saxofones em disponibilidade tocavam, merencoriamente, na esperança de que as meninas saídas do banho, cheirando a sabonete de dia de missa e vestidas de cambraias engomadas, chegassem às janelas, para ouvi-los.

Noite alta, céu risonho...

Um galo canta: "Lá vem chegando a madrugada..." Outro responde: "Acorda, que lindo!" E outro: "É madrugada, é de manhã." Outro: "Flor da madrugada, é de manhã. Vou pela estrada, é de manhã." E outro: "Vou ver minha flor..." A terra dorme. Com o que este lugar estará sonhando? Durante o dia achei que o cenário era perfeito para um filme de *cowboy*. Agora o cenário está desmontado. Fecharam o último *saloon*, nenhum pistoleiro chegando, ninguém toca uma gaita, realejo ou violão. Nenhuma moça à janela. Nenhum Bob Nelson cantando: *Ó-ti-ro-lê-i-ti*. E eu não serei mais gongado num programa de calouros. *The end*. Só os galos cantam. E os cachorros uivam, solidários com as minhas velhas dores. Ou roídos de inveja dos galos, que, além de serem bonitos, sabem cantar. O cenário da noite está pronto para um filme de terror. Uuuuuuuuuuuuuuuuuuuuuuuuu!

Não perguntes por quem os cachorros uivam. Pode não ser por ti.

Eu não devia ter abandonado o meu pai.
Espero que ainda esteja vivo. Ainda que caindo de bêbado.
Adivinha como o encontrei?

Nem foi preciso usar a chave que ele me deu, a prova de que já não me considerava mais uma criança. A porta estava encostada. Destrancada. Confirmado: ele não tinha mesmo medo de ladrão. Empurro-a, cuidadosamente, para não fazer barulho e despertá-lo. É madrugada, é de manhã. E o meu pai está sentado na cadeira de sempre, ao lado da porta, como se tivesse passado toda a sua vida ali, à minha espera. Foi assim que o encontrei hoje, na boca da noite, quando voltei da minha caminhada pelas roças. E era assim que ele ficava, no meu tempo de menino, toda vez que vínhamos passar uns dias aqui na rua.

— Era você que não ia demorar?

Eis-me diante do pai de outros tempos.

— Desculpe, velho. Conversa vai, conversa vem, o tempo voou e eu acabei me atrasando.

— É, a farra parece que foi boa mesmo. Você tá com um cheiro danado de mulher e de bebida. Quer um café amargo?

Café amargo. A velha panaceia para curar pileque. O meu pai estava exagerando. Ou me gozando.

— Primeiro, mestre Antão: fui abraçado por uma amiga muito da cheirosinha. Segundo: bebi um licorzinho de jenipapo, para matar a saudade do nosso São João. Terceiro: se eu tomar um café agora, perco o sono. E preciso dormir um pouquinho, porque amanhã cedo vou puxar o carro.

— O quê? Já vai embora assim, tão ligeiro? Não vai ficar até o nosso São João?

— Pois é, papai. Não dá pra ficar mais tempo. Tenho que voltar. Tirei poucos dias de férias. E vendi os outros para a empresa, pra poder pagar a viagem. Hoje é caro viajar pelo Brasil.

— E eu que pensava...

— O que o senhor pensava?

— Que você tinha vindo pra ficar. Muitos não voltam e ficam?

— E a minha mulher e os meus filhos?

— Telefone pra São Paulo e mande eles virem pra cá.

— Não é assim tão fácil.

— Como não? Hoje você não ligou pra lá na maior facilidade?

— O que não é fácil é fazer com que eles troquem São Paulo por isso aqui.

O *cachorro e o lobo*

— E você, também gosta de lá?

— Muito. Tem muita coisa ruim, mas também tem muita coisa boa. Já me acostumei a viver numa cidade grande. E o que era que eu ia fazer aqui, papai?

— Você podia ser professor no ginásio.

Ah, bom. Inês pra cá, Inês pra lá e ele foi tendo uma ideia.

— Sabe por que a sua adorada Inesinha prefere viver aqui, velho? Porque, numa cidade maior, com o seu salário de professora ela ia morrer de fome. Por falar nisso, como conseguiu comprar a casa onde mora? Não pode ter sido com o que ganha no ginásio.

— Foi com a herança que o pai dela deixou. Era um homem de posses. Tinha uma fazenda grande e muito gado, não lembra?

— Sim, eu me lembro. E tinha uma casa bonita, toda caiada, toda branca, com portas e janelas azuis. No melhor estilo colonial.

— Olhe, Totonhim. Tô brincando com essa conversa de você ficar aqui pra sempre. Mas bem que você podia passar mais uns dias. Por que essa pressa toda? Veio buscar fogo?

Neste lugar as pessoas choram quando você vai embora. Porque é quando você parte que bate a solidão. Pra que fui anunciar a minha partida antes da hora? E que diferença fazia dizer isso agora ou ao acordar? Esse papo de fim de noite com o meu pai era como se ele estivesse me arrancando os cabelos a alicate, me alfinetando todo o corpo, cortando as minhas unhas com um facão. São tantos os filhos, netos, genros, noras, compadres, parentes e aderentes que vêm e que vão, por que logo comigo isso, por que fui o eleito para essa desbragada demonstração de querença, de apegamento? É aí que me lembro de uns versos de Cassiano Ricardo, um paulista que eu lia quando morava aqui: *Não, não foram não / os anos que me envelheceram / Longos, lentos, sem frutos. / Foram alguns minutos.* Peço licença ao meu pai e vou ao banheiro. Sigo pelo corredor adentro, passando por portas fechadas dos quartos que eu imaginava cheios de fantasmas. Sosseguem, queridos. O dia já começa a clarear. Hoje vocês não me pegam. Fica para a próxima. Com certeza um dia eu voltarei. O meu pai acabava de me deixar convencido disto. *Foram alguns minutos*. Retornando lá do fundo da casa, trago-lhe uma boa notícia. Há nuvens no céu. Parece que vai chover mesmo. Ele riu, voltando a parecer um homem feliz.

— Eu não disse? Mesmo com toda essa pressa paulista, você vai ver chover muito, antes de ir embora. É uma pena que não queira esperar, para ser coroado o rei da chuva.

— Quem sabe na próxima vez?

— Ora muito bem. Gostei de ouvir isso. Quer dizer que você não vai levar mais vinte anos pra voltar aqui? Outra coisa, Totonhim: e o nosso passeio que estava combinado? Você vai ou não vai conhecer as minhas galinhas?

— Claro que vou. Assim que acordar. Depois pico a mula. Agora vamos dormir. Boa noite, velho.

— Deus te abençoe.

É, ele estava me dando uma volta. No tempo. Só que eu já tinha perdido o costume de pedir-lhe a bênção antes de ir pra cama. Entro no quarto e ele permanece sentado, ao lado da porta. Imóvel. Será que ia passar o resto da noite plantado ali, de sentinela, vigiando o meu sono e conversando com os mortos, pedindo-lhes silêncio para não me assombrarem? Em que tanto pensava? Quais seriam as suas memórias, sonhos, reflexões? Adormeço. Temi tanto os fantasmas e me esqueci dos pernilongos. Estes, sim, foram os que fizeram a festa, chupando o meu sangue como se fossem vampiros insaciáveis. E eu reagindo a tapa, inutilmente. Acertava mesmo era os meus ouvidos e braços. E eles voltavam a zunir e a me ferroar. Durma-se com um barulho desses. Mas consegui uns dois dedos de sono, sei lá como. E sonhei com uma cerimônia de casamento. O noivo era eu, com um terno cinza de listras brancas, no melhor estilo Al Capone, tomado emprestado ao meu pai, que me dizia: "Toto-

O cachorro e o lobo

nhim, eu só usei este uma vez na vida, quando levei sua mãe ao altar. Veja como ele está novinho. Ficou esse tempo todo guardado no fundo da mala, conservado em naftalina. Porque assim eram os nossos costumes. Todo homem tinha de guardar o terno do seu casamento, para sempre. Num tempo em que casamento era um ato sagrado, tinha as bênçãos de Deus e só podia ser desfeito pela morte. Mas as coisas mudaram muito no mundo. A ponto de um filho meu ter de tomar um terno emprestado para se casar. E se empresto o meu é porque já não tenho dinheiro para mandar fazer um pra você. E também pra que você não pense que me tornei um mau pai." Havia poucas pessoas na igreja: tia Anita, que havia tomado um banho longo e profundo, feito os cabelos e as unhas, depilado as sobrancelhas e maquiado o rosto. Além de ter comprado um vestido novo, deslumbrante. Ela ia ser a minha madrinha. Meu pai era o padrinho, e estávamos à espera de que entrasse na igreja trazendo a noiva, que escolhera o Údsu e a mulher dele para suas testemunhas. Todos os filósofos e loucos da venda compareceram, cada um com uma lata de cerveja. O amarelinho, que tremia sem parar ao contar e recontar como fora o primeiro assalto deste lugar, rezava sem parar, pedindo perdão à Virgem Santíssima pelos seus maus pensamentos: "Santa mãe de Deus, rogo a vossa piedade. Este vosso servo pecou, ao pensar que aquele noivo ali no altar estava mancomunado com os assaltantes. E ele veio aqui para se casar, na vossa Santa Igreja." Os três soldados se ajoelharam, se benzeram e rezaram, baixinho. Dava para se notar que estavam rezando, pelo movimento dos seus lábios. Deviam estar querendo ser perdoados, por me terem tratado como um baderneiro. Já o meu primo Chiquito, esse, coitado, não se aguentou nas pernas e desabou sobre um banco da igreja, roncando. O padre jogou-lhe água benta e o sacristão balançou o turíbulo em cima dele, desinfetando-o com o cheiro do incenso. Um garoto entrou na igreja, timidamente, encaminhando-se na direção do noivo. Trazia um embrulhinho na mão. Disse: "Trouxe uma lembrancinha pro senhor. Espero que goste." Agradeci-lhe, com as palavras de praxe: "Não precisava se incomodar. Não precisava..." Abri o embrulho, reconhecendo o presenteador. Era o menino solitário do Cruzeiro da Piedade, que me agraciava com um estilingue. "Aqui a gente chama isso de badogue." Apertei-o em meus braços, dizendo-lhe: "Muito obrigado, muito obrigado. Você está me fazendo lembrar de quando eu andava com um desses na mão, caçando passarinho. Nunca acertei em nenhum. Todos pulavam de galho em galho, zombando da minha má pontaria. Hoje eu não tenho coragem de atirar neles. Os passarinhos enfeitam a vida. São os cantores da natureza. Mas vou guardar muito bem guardado o seu badogue, como recordação do pior caçador que essa terra já teve." O padrinho da noiva se impacientou com a sua demora. "Será que ela desistiu?" Olhei para o barrigudo Údsu, que não conseguia abotoar o paletó, de tão pançudo. "Calma, companheiro. Uma noiva sempre leva mais tempo pra se vestir do que você pra dar o nó na sua gravata, até acertar o comprimento dela sobre a pança." Todos riram, inclusive o padre e o sacristão. Ah, sim, o padre: era o garoto que rezava uma missa no Cruzeiro dos Montes. E tinha como ajudante o mesmo menino, que queria ser poeta. E os dois arrancavam suspiros de admiração de todos os presentes. Estavam impecavelmente vestidos, compenetrados, solenes. Um, todo paramentado, inaugurando suas vestes sacerdotais. O outro, num terno branco, como se fosse o dia da sua primeira comunhão. "Um padre-menino, que beleza", suspirou tia Anita, embevecida. "E o sacristão parece um anjo, o anjo que Deus mandou para me levar pro céu." E começou a rezar, aos brados: "No céu, no céu, com minha mãe estarei. No céu, no céu, com minha mãe cantarei." Foi então que um dos frequentadores da venda do Údsu ergueu o braço, com uma lata de cerveja na mão, e deu o grito de guerra: "Vamos lá, pessoal. Todo mundo. No céu, no céu, skindô, skindô, lê, lê." Toda a igreja balançou

O menino-padre tocou uma sineta, pediu
silêncio, impôs a sua ordem, sem precisar da ajuda dos três soldados. E eis que, finalmente, a noiva apareceu, vestida de branco, arrastando uma cauda longuíssima, linda, maravilhosa, escoltada pelo meu pai, que parou, pediu a palavra e disse: "Hoje
não se morre mais." Cochichei no ouvido da noiva: "Puxa,
Inesita, nós não dissemos nada um para o outro. Nem eu de
mim, nem você de você. Quando eu me levantei da sua cama e
saí de fininho, você gozava nos braços de Morfeu. Depois eu
pensei: nós não nos dissemos nada." Ela riu: "E precisa?" Tudo
bem, mas eu continuava perturbado por não ter perguntado
nada a ela, que também não se interessou em saber sequer se eu
era casado, se tinha filhos, o que fazia na vida, se estava bem ou
não, se me sentia feliz. Linda ela estava. Sorridente, divina, majestosa. Beleza de sonho: os meus inesquecíveis vidas-tortas
ocuparam o coro da igreja e começaram a tocar "Luar de serenata". Isso era demais para o meu velho e sofrido coração. E
continuaram tocando todas as velhas canções que alguém, com
muito amor e carinho, oferecia a alguém, todas aquelas músicas
que sempre me fizeram lembrar daqui. Foram aplaudidos de pé.
Não me surpreenderia se Debussy aparecesse de repente, com
um piano às costas, para tocar "Clair de lune" e Gounod, com
um órgão, para nos levar ao céu com a sua "Ave-Maria". Enle-
vado pela música e tudo o mais, o padrezinho iniciou o seu
ofício, naturalmente se sentindo o próprio Menino Jesus: "Maria Inês Vandeck de Albuquerque deseja receber Antão Filho
por seu legítimo esposo?" "Sim, seu padre. Mas tem um porém:
o verdadeiro nome dele é Totonhim." Ele pigarreou, lançou
um olhar severo na direção dela e disse: "Quem tiver alguma
coisa a declarar que possa impedir este matrimônio..." Uma voz
interrompeu o sacerdote, quebrando a solenidade da cerimônia:
"Eu tenho, sim." Todos os rostos se voltaram, atônitos. E o que
vimos foi um homem apontando uma arma para o altar, na
direção dos noivos. Repetiu: "Eu tenho, sim. E isto aqui vai

falar por mim." Um soldado, rapidamente, pulou sobre ele e tomou-lhe a arma. Tentei identificá-lo, sem conseguir, pois sumiu como apareceu — num passe de mágica. Pensei: alguma coisa tinha que dar errado. Esquecemos de convidar o ex-marido da Inesita. Deve ter ficado chateado com a desconsideração. E, antes que o padre-menino reiniciasse os trabalhos, um carro parou na porta da igreja, buzinando loucamente. De dentro dele saíram uma mulher elegantíssima e duas crianças, que mais pareciam guardas de honra retardatários. Puxando os filhos pelas mãos, nervosamente, ela foi entrando, aos berros: "Antãozinho, seu safado. Era assim que você vinha aqui pra ver o seu pai? Seu corno, seu viado, seu filho da puta... ah, desculpe, seu padre." Deu uma volta em torno do garoto de batina. "Hããã! Padre, que padre? O que tô vendo é um fedelho brincando de fazer um casamento fajuto. Olha aqui, guri, você não tem mãe, não?" Uma Maria, dentre as muitas Marias minhas primas, se levantou: "Tem, sim. Aqui. Mas nunca aprovei essa besteira de ele querer ser padre." A furiosa invasora da igreja pegou o garoto e o jogou para a mãe, dizendo: "Toma que o filho é teu. Faça o favor de dar-lhe umas boas palmadas." Para Inesita: "Bem-ê, quer o maridão aí pra você, quer? Leva, leva. E aguente as bebedeiras dele, o fedor do álcool empesteando todo o quarto, todas as noites, as queixas dele, todo dia, do chefe, dos colegas de trabalho, do trânsito, dos amigos, do emprego, do governo, do país, da falta de perspectivas, da vida, do mundo. E tem mais, querida: ele ronca, hein? E é chegado a umas flatulências retumbantes. E, ó, o salário dele não é lá essas coisas, não. E ele já está na fila dos que vão ser mandados embora do emprego. Amorzinho, não tem lido o que os jornais dizem sobre o Banco do Brasil, não? O enxugamento de pessoal, essas coisas? Pois é, minha cara, ele trabalha lá. Veja bem com quem você está se metendo. E o pior, muito pior, sua sirigaita: ele já não funciona essas maravilhas, não. Orra, minha filha, se você não está entendendo é porque é uma loura burra mesmo.

E se com tudo isso ainda quer levar esse bagulho pra você, leva logo pro diabo que o carregue. Mas não diga que não avisei. Doida pra me livrar dele eu tô é há muito tempo." E os meninos, em uníssono: Pai-ê! Cadê o vô da Bahia? Qual é ele aqui?" O meu pai: "Totonhim, seu cachorro" — agora ele me chamava de cachorro no tom com que xingava os seus desafetos. "Totonhim, seu sem-vergonha, quer dizer que você trabalha num banco e nunca me disse isso? Ai, se eu soubesse." Gozado, o fato de eu já ser casado, com dois filhos, e estar me casando de novo parecia não ter a menor importância. Imperdoável era eu ser um bancário. Também, não tinha sido um empréstimo num banco o que o levara à ruína? Ele tirou o paletó e a gravata, descalçou os sapatos, despojou-se de todos os presentes que eu lhe trouxera pelos seus oitenta anos e jogou tudo em cima de mim. "Faça o favor de nunca mais aparecer na minha frente." Os três soldados me cercaram: "Teje preso." A voz genuinamente paulista, que tanto escarcéu havia acabado de provocar na igreja, agora choramingava, carregando nos erres: "Amorrrr! Acorda, amorrr, deste sonho ruim." Eis aí a minha Ana, minha querida Donana, de tantas lutas junto comigo, nem todas inglórias, casa, comida e roupa lavada, trabalheira com as crianças, seu dinheirinho suado de funcionária pública somando com o meu para segurar uma barra cada vez mais pesada, parceira de estresse e de sonhos já vividos e por viver. Ou não teríamos mais sonhos próprios? Meu filho Rodrigo: "Paiê, volta logo pra casa. A minha febre já passou." E o Marcelinho: "O que é mesmo que você vai trazer da Bahia pra gente? Não traz só fitinha do Senhor do Bonfim, não, tá, pai?"

Acordo. Com barulho de chuva, cheiro de terra na chuva, cor de chuva, luz de chuva. E me levanto, chamando pelo velho. Para ver a chuva caindo em pingos grossos, generosos. As pérolas de chuva vindas de um país onde nunca chove, como cantava um canário-belga chamado Jacques Brell. Chamo o meu pai outra vez, mais outra e mais outra. E nada. Ele não responde, nem aparece. Meu Deus! Terá morrido? Fugiu pro mato? Fecho a janela do quarto, antes que inunde. Não mais o fogo. Não será hoje que o mundo vai se acabar. A água está rolando. Ando pela casa inteira, em penumbra, totalmente fechada. "Papai, papai..." Silêncio. Barulho, só o da chuva no telhado. Nem sombra do mestre Antão, o seu Totonho meu pai. É agora que vou começar a ver assombração. Vou pra lá, venho pra cá, olho pra ali, olho pra aqui e acabo descobrindo uma porta de um quarto semiaberta. Apreensivo, empurro a porta, devagarinho. "Papai, papai..." E lá estava ele, estirado numa cama, esquecido do mundo, longe de tudo. E das minhas preocupações. Desmaiado. Dormindo como um anjo. Quem mandou ficar conversando com os mortos até o dia amanhecer? Agora ressonava. Profundamente.

Volto pra cama na esperança de dormir mais um pouquinho. Preciso estar descansado para encarar a estrada, daqui a pouco. A longa estrada de volta. Mas não é só por isso que conseguirei tirar uma boa soneca. É pelo alívio de ter encontrado o meu pai dormindo, quando já começava a imaginar outras coisas. Se para ele a noite ainda não terminou, pra mim também. Durmamos mais um pouco, mais um pouco, mais um pouco, até a chuva passar. Chove, chuva. Chove verde nos sonhos do meu pai. Porque o verde é a cor dos seus sonhos, eu sei. Desde menino.

V

A despedida

Na toca do lobo

— Totonhim!

Fala quem chamou. Por que me chamam?

Batem na porta.

Pra que tanto barulho? Qual é o problema?

Não venham me dizer que o meu pai se foi. E que morreu sorrindo. Feliz, feliz. E que já estava morto quando o vi pela última vez e achei que ele dormia como um anjo. E que só esperou o último filho aparecer, para dar por encerrada a festa dos seus oitenta anos.

Não, não me perguntem a que horas vai ser o enterro. Ainda não sei. Nem se vou enterrá-lo aqui, ao lado do seu amado, idolatrado, salve, salve, filho Nelo, ou se levarei o seu corpo para São Paulo, para o mausoléu da minha família de lá, onde o meu sogro há anos aguarda uma boa companhia, metido num pijama de madeira. Este também era muito festeiro. Bateu com o carro num poste, na volta de uma festa junina na periferia da cidade, depois de dançar, brincar, se divertir a valer, enchendo a caveira de quentão. Chovia muito naquela madrugada. "Que noite, hein?" — e estas foram as suas últimas palavras, ditas com alegria, pois ainda parecia em festa, pela estrada afora. "Cuidado, pai. Paiê!" O carro derrapou e chocou-se contra o poste. Ele apagou ali mesmo, ao volante. Com um sorriso nos lábios ensanguentados. Os outros ocupantes do veículo acidentado — mulher, filha e genro — escaparam ilesos, com um ou outro ferimento leve. E eu perdi para sempre o meu melhor companheiro de bar, nas manhãs de sábado, meu parceiro preferido no baralho, meu adversário mais temido diante de um tabuleiro de xadrez, meu grande, gordo e bonachão amigo. Um ex-diretor do Banco do Brasil! O meu general de pijama, como eu o chamava, por já estar aposentado. Ao que sempre reagia: "Por favor, não me chame de general. Nunca fui um torturador. Nem desocupado. Vamos aos trabalhos." E, rindo como sempre, abria uma garrafa de vinho do Porto, que adorava, nas noites frias. "Ainda bem que você chegou." Claro, com minha presença a patrulha da casa relaxava um pouco e ele podia entregar-se à gula, aos seus prazeres tantas vezes proibidos. Em sentinela permanente, a vigiar-lhe todos os movimentos em direção a um prato e a um copo, minha sogra era quem parecia ter os ombros bordados de patentes. Naquela noite, com a quadrilha correndo solta no salão, o quentão rolando de boca em boca, ela se desarmou, caiu na gandaia e perdeu de vista o seu prisioneiro domiciliar. Que noite, hein, meu general? Ele e o meu pai vão se entender muito bem.

Por que aqui eu penso tanto na morte? Para falar de corda em casa de enforcado?

— Totonhim!

Continuam me chamando. Até que enfim se lembraram de mim. Mais vale ser lembrado pelo apelido do que nada. E seria querer demais esperar que saibam o meu verdadeiro nome. Antão, filho do mestre Antão, o seu Totonho do finado Sinhô... é uma longa e complicada história para a memória curta do novo povo.

— Totonhim!

Ainda não sei de onde vêm as vozes que me chamam. Se do fundo do tempo, das profundezas dos meus sonhos — papai a me acordar para rezar a ladainha, ir ao curral buscar o leite, levar o gado para o pasto, ajudar nos consertos das cercas, pegar no cabo de uma enxada e capinar a terra, até as bolhas e os calos das mãos estourarem; mamãe a dizer que já estava na hora da escola, "homem, deixe o menino estudar, quando chegar da escola ele volta pro trabalho", e a me empurrar para outros serviços e mandados: comprar sal e açúcar na venda, botões e carretéis de linha no armarinho, levar a máquina de costura pra consertar etc. — ou se estava sendo chamado da janela, na porta do quarto, ao pé da cama, aqui e agora. Desperte e cante, Totonhim. Pegue um passaporte para o futuro. E ponha os seus sonhos na Internet.

— Totonhim!

Falam alto. Berram. Coisa de doidos. Devem estar achando que sou eu quem está morto. Deixem de assanhamento, de precipitações. Silêncio, por favor. Estou apenas fazendo um ajuste de contas com o meu sono, em atraso mortal, e o cansaço. Aquela moeção de corpo e espírito que no mundo de onde venho chamam de estresse, já ouviram falar? Junto com o desgaste que provoca o tal do estresse, podem vir outros males irremediáveis, a grassar em corações e mentes angustiados. Aquilo que aqui a gente chamava de consumição, lembram? Por isso preciso dormir, sonhar, relaxar e dar umas boas risadas, de vez em quando.

— Totonhim!

Meus pés estão doendo. Sinto cãibras nas pernas. Bons sinais. Ainda estou vivo. Mas precisando urgentemente de uma gueixa que me massageie todo o corpo, empregando a secular técnica de fisioterapia oriental a favor da circulação do meu sangue e do relaxamento dos meus músculos retesados. Viva São Paulo, o braço do Japão na América do Sul. Tenho de voltar pra lá. Correndo. Se é que ainda tenho pernas para a viagem de volta.

— Totonhim!

Se em São Paulo contamos com as mãos regeneradoras dos japoneses, aqui temos estas vozes arrastadas, gostosas, igualmente relaxantes. Levam um dia para terminar uma frase. Os daqui não devem se encher de gases, como os apressados de todo o mundo. Agora sou eu quem não tem pressa. O vozerio e o seu zum-zum-zum ao fundo me embalam, docemente. Aproveito e durmo, como nunca. Fazia era tempo que eu não dormia tão bem. Como se tivesse voltado aqui para me sentir uma criança.

— Mosquitinho, mosquitinho...

E assim sou despertado, finalmente. A fogo! Com a ponta de um palito de fósforo em brasa queimando o meu braço. Salto da cama de um pulo só, furioso. A ponto de socar o brincalhão abusado.

— Lembra do mosquitinho, Totonhim?

Eis aí o meu pai. Vivo, bem-humorado e... torturador! Só rindo. Na porta do quarto, outros rostos se desmancham numa contagiante — e abominável — gargalhada.

Como podia ter esquecido o mosquitinho, ainda mais se acabava de senti-lo na própria pele? Era uma brincadeira de menino levado, para sacanear os dorminhocos. Lembra a moxa dos japoneses, que queimam a planta dos pés com a mecha de um algodão de artemísia. No fundo, no fundo, sempre achei que o meu pai tinha alguma coisa de oriental. Vai ver, era por ter passado a vida vendo o sol morrer no Brasil para nascer no Japão. Coço o braço, ainda sentindo a queimadura.

Ai.

Ai se ele não tivesse oitenta anos. E não fosse o meu pai. Ia levar um cacete.

— Quem era mesmo que tava doido pra ir embora cedinho?

Vai, vai, me tortura, me goza, sacaneia mesmo, ô velho.

Ele parecia ter acordado na sua melhor forma. A felicidade batera em sua porta, trazendo chuva e visitas. E o filho retardatário — a sua rês desgarrada — ainda não tinha pegado a estrada, sumindo no mundo outra vez, sabe-se lá por quantos anos.

Olho no relógio. São as mesmas horas de ontem. Dez da manhã. Um bocado tarde, para os parâmetros locais. Aqui, quando se fala *cedo*, diz-se ao raiar do dia. Fazia vinte e quatro horas que eu havia chegado. Já era para estar longe, no caminho de volta.

— Bom dia — eu digo. — Todos passaram bem a noite?

Todos: o meu pai, Inesita, a minha fada encantadora, e sua fiel Amélia, que, naturalmente, viera buscar os pertences da sua boníssima patroa — pratos, talheres, toalhas de mesa, etc —, sem os quais o almoço de ontem não teria sido um banquete imperial.

— Eu não disse, Totonhim? Quando eu disser que vai chover, pode escrever.

Ah, o velho. Esse menino passarinho.

— Você trouxe a chuva — diz Inesita, com um sorriso sedutor.

Aponto para o meu pai.

— Ele me garantiu que se chovesse eu ia ser coroado como o rei da chuva. E agora, velho?

— Agora só esperando a próxima. Você dormiu demais e a chuva já passou.

— Bom, com licença, que eu vou tomar um banho. Não vá embora, não, dona Amélia, que preciso falar com a senhora.

Inesita riu.

— É só eu chegar aqui pra você ir tomar banho.

Pego-lhe no braço e digo:

— Vem cá no quintal que eu quero te mostrar uma coisa.

Arrasto-a para os fundos da casa e cochicho em seu ouvido:

— Pena que vou ter de lavar o seu cheirinho de ontem.

Ela me dá um beliscão:

— Cachorro.

Retribuo com um beijo e corro para o chuveiro.

Ontem, à mesa, ao me sentar diante dela, eu me lembrei de um poema do português Alexandre O'Neill, que descobri há séculos numa antologia de poetas lusitanos, comprada num sebo em São Paulo — e já toda ensebada mesmo —, e que começava assim: *Nos teus olhos altamente perigosos / vigora ainda o mais rigoroso amor...* Agora, me lembro como termina: *Nesta curva tão terna e lancinante / que vai ser que já é o teu desaparecimento / digo-te adeus / e como um adolescente / tropeço de ternura / por ti.* O poema tem por título "Um adeus português". E sua lembrança vinha a calhar, já que estava chegando a hora da despedida.

Banho tomado, corpo vivificado, maleta refeita, agora é tomar café, mordiscar um naco de qualquer coisa, comedidamente, pois mamãe me espera para o almoço e eu tenho certeza de que a esta altura ela está se esmerando na preparação de outro banquete tão exagerado quanto o do meu pai. Bom mesmo é ser visita. Mas essa excessiva prodigalidade, esses exageros culinários para um só e único visitante me deixam encabulado. Parecem os roceiros de antigamente a receberem ilustres personalidades da cidade e não mais um dos muitos filhos, que chegou sem aviso, num dia comum, sem nada demais. E a cena se repete, à mesa do café da manhã: mungunzá, cuscuz de milho, beiju de tapioca, pão, manteiga, queijo, coalhada, requeijão, umbuzada — só para eu me lembrar de novo da minha primeira visão do paraíso, o panorama estonteante que uma garotinha chamada Inesita me ofereceu um dia, ao subir num pé de umbuzeiro —, e eu que não fizesse desfeita. Nada a fazer. A não ser me empanturrar. Com prazer. E matando a saudade de alguma coisa.

Barriga forrada, sacolas arrumadas, pratos, talheres etc. devolvidos, dona Amélia devidamente remunerada — "Não precisava se incomodar, não precisava" —, casa fechada, abraços, beijos, despedida: "Você vai escrever, vai me telefonar de vez em quando, vai se lembrar de mim?" Sim, sim, sim, Inês, Inesinha, Inesita. E tome conta do meu pai, cuide dele, por favor. "Deus te leve", ela diz. Nem precisou dizer como tia Anita, a esmoler tocante, "Deus te leve, viiuuuuu!" para eu sentir um arrepio na pele, um estremecimento por dentro.

Ligo o motor do carro e parto, com o meu pai ao meu lado. Buzino e dou um adeusinho pra trás, olho pra trás. E lá estava ela, acenando. "Neste lugar as pessoas choram, quando você vai embora." Desço a praça bem devagar, vendo um que passa hoje, outro depois de amanhã. A passos de anteontem. Dizem que em cidadezinhas como esta só existem três assuntos de interesse público: quem morreu, quem faliu e quem está dando. Com certeza Inesita já está na boca do povo. Aqui tudo se sabe. Mas que importância terá isso? Ela já deve estar vacinada, a crer na história inacreditável que o meu pai me contou, sobre o seu malfadado casamento. Pergunto ao velho Totonho se precisa comprar alguma coisa.

— Cigarro e fósforo.

— Só isso?

— Só.

— E feijão, farinha, café, sal, açúcar?

— Você trouxe tudo isso, esqueceu? Tem tanta coisa nestas sacolas que eu pensei que você tinha vindo pra ficar mais tempo.

— É tudo pro senhor mesmo, mestre Antão.

Paro na venda do Údsu. Ele reclama:

— Você sumiu. Por quê?

— Estava me divertindo com o velho.

Údsu grita para o carro:

— Vai uma branquinha aí, seu Totonho?

— Obrigado, mas não bebo.

Os filósofos de sempre coçam os pés, olhando para ontem. Escornados. Vendo a vida passar, pelo rabo dos olhos.

— Essa é boa — diz o Údsu. — "Obrigado, mas não bebo." Só se entrou pra uma igreja dos crentes. Se todo mundo aqui seguir o exemplo dele, vou acabar falindo.

Peço um pacote de cigarros, outro de fósforos, alguns litros de água mineral, também para o meu pai, rapadura, pra levar pra mamãe, pra Noêmia e pra minha casa, e dois copos de cachaça, para fazer uma surpresa.

— Cheios. Da mais purinha.

Ele me entrega as compras, que levo para o carro. E volto. Os dois copos já estavam sobre o balcão. Cheinhos. Pago a conta, dizendo:

— Olha, Údsu. Aqui está a minha contribuição pra você não ir à falência. E antes de partir eu não podia deixar de tomar uma cachacinha com você. Vamos brindar ao nosso tempo de escola?

— Pensei que esta era pro velho.

— Não, é sua. Beba. Tintim.

Ergo o meu copo, faço o brinde e digo:

— E esta, amigo Údsu, é pra você parar de debochar do meu pai — e atiro a cachaça na cara dele. — E isto é só um aviso, seu pançudo escroto. Na próxima eu encho você de porrada e arrebento toda esta bodega de merda. Sacaneia o velho de novo, pra você ver!

— Que é isso, Totonhim? Ficou maluco? Eu só estava brincando. Gosto muito do seu pai, pergunte a ele.

Deixo-o choramingando e rodopiando no meio da sua venda, atrás do balcão, feito um galo cego, com os olhos, a cabeça e o rosto encharcados da mais pura e genuína branquinha dos canaviais e alambiques de barro do Nordeste do Brasil. Os filósofos não se moveram. Não era com eles.

— Lave os olhos com água e sabonete, que logo você volta a enxergar — grito da janela do carro. E arranco.

— O que houve, Totonhim?

— Velho, dei um banho de cachaça no Údsu. Ele estava muito fedido, precisando mesmo de uma lavada.

— Hum. Este fede mesmo. E não vale o peido de uma porca. Só por ser irmão do prefeito vive sacaneando todo mundo.

— Acho que agora ele vai pensar duas vezes, antes de sacanear alguém.

E vou em frente, buzinando, acenando e rindo da risada do meu pai:

— Quer dizer que você deu um banho de cachaça naquele ladrãozinho? Rá, rá, rá.

Encosto no posto de gasolina, abasteço o carro e pergunto pelo rapaz que foi baleado. Já estava a salvo. O dono do supermercado também. Tudo sob controle. V'ambora. Ao som de Luiz Gonzaga, o Rei do Baião. Para a glória do meu pai.

Ao atingirmos o topo da Ladeira Grande, ele aponta para uma entrada:

— É logo ali.

E logo chego à toca do lobo, depois de avançar por alguns poucos metros de estrada de terra molhada, escorregadia. Deixo o carro em frente da cancela e entro. O meu pai segue à frente, a passos apressados, chamando as galinhas: "Ti-ti, ti-ti." Quando chega à casa — à sua toca —, tira um saquinho de milho de dentro de uma das sacolas, enche as mãos de grãos, que joga no terreiro. "Ti-ti, ti-ti." As galinhas aparecem no mesmo instante, como que por encantamento. E vêm correndo, ansiosas, desesperadas. Avançam sobre o milho, avidamente. Ele fala com elas, faz com que algumas comam em suas mãos, brinca, feliz.

Pergunto:

— E aí? Está faltando alguma?

Aponta o dedo de galinha em galinha, contando, uma a uma.

— Não. Nenhuma fugiu. Nem foi roubada.

— Que bom.

— Agora venha conhecer a minha rocinha.

Começamos pela casa. Uma taperazinha, com um pequeno avarandado e um banco de madeira, de frente para o pôr do sol, sala, quarto, cozinha e banheiro. Tudo minúsculo, mal dando para uma pessoa se mover lá dentro de braços abertos. Uma toca mesmo. Perto da que já tinha tido um dia, onde eu havia nascido, esta parece uma casinha de brinquedo. Mas com tudo muito bem arrumadinho: a cama — de solteiro —, a mesa, com duas cadeiras, as panelas, os pratos, os talheres e as toalhas no banheiro. Fogão de lenha, potes d'água, luz de candeeiro, como antigamente. Aqui ele faz tudo, sozinho. Planta, colhe, lava, passa, varre, cozinha. Em volta da casa, muitas árvores frutíferas: mangueira, jaqueira, mamoeiro, bananeiras, cajueiro. E um terreninho que dá feijão, couve, batata-doce, aipim, essas coisas. Andamos pelo terreno. E concluo que minha irmã Noêmia não estava exagerando, quando me disse ao telefone que daqui de cima a vista era deslumbrante, um espetáculo. Olho em frente, pros lados, lá pra baixo. E lá embaixo está a rua, como o lugar sempre foi chamado, desde os seus tempos de povoado. Virou uma cidadezinha, quieta, silenciosa, enfeitada de árvores e antenas parabólicas — à espera do fim do mundo. Não faz nem meio século que ganhou o *status* de cidade. Mas quantos anos de solidão?

Há pouca gente aqui e não é por um planejado controle de natalidade. É que muitos foram embora. E nunca mais voltaram. Entre os que ficaram, há os que nunca viram o mar. E o mar está tão perto. Muito mais perto do que o Cruzeiro dos Montes está de Deus. Quem nunca viu o mar, rios, florestas, cidades — e há quem não conheça nem a de Inhambupe, daqui a sete léguas —, não parece se importar com isso. Desde que chova, está tudo bem. Alguns dos que saíram voltam de vez em quando, para a festa da Padroeira e as de Santo Antônio, São João e São Pedro. Outros retornam — para morrer. Enforcados. Pensando nisso, nem olhei para o canto da sala onde o meu irmão Nelo se matou. A manhã foi tão animada que acabei me esquecendo. Vou ficar devendo mais essa à minha boa fada Inesita. Pergunto ao meu pai se ele não tem medo.

— De quê?

— De morar aqui sozinho.

— Que mané medo, que nada.

— Nem de noite, numa noite escura?

— E as estrelas, menino? É nas noites mais escuras que o céu fica mais bonito.

— E quando fica nublado ou chove?

— Eu me distraio com os vaga-lumes ou encho os potes d'água.

— E de morrer aqui sozinho, papai? O senhor não tem medo disso, não?

— Olhe, Totonhim. Escute uma coisa. Eu sei que vocês todos se preocupam muito com isso. Mas ouça: eu vou saber certinho o dia que Deus vai mandar me buscar. Aí eu aviso pra Noêmia, que é boa pra essas coisas, e ela se encarrega de contar pra vocês todos. E quero todo mundo aqui, todo mundo junto, pra minha última festa.

— E como é que o senhor vai saber que o seu dia está pra chegar?

— Sabendo. E mais eu não digo. Nem morto.

Ele riu. Esse velho...

Passo-lhe um dinheirinho.

— Antes que eu me esqueça, aqui está um pequeno reforço para as suas reservas financeiras.

— Não precisava, Totonhim. Não precisava.

Porra, aqui parece que ninguém precisa de dinheiro. Sempre essa história de "não precisava, não precisava". Será que a única necessitada é a pobre da tia Anita, mesmo assim a contentar-se com uma nica?

— Mas não vá gastar tudo em chicletes e outras besteiras, não, viu, mestre Antão?

Ele riu de novo.

— Não se preocupe. Também não vou dar pros crentes.

— E venha comigo, que tenho mais uma lembrancinha pelos seus oitenta anos.

— Pra que tanto presente, Totonhim? Já tá bom, já tá bom. Chega. Parece que você quer me encher de coisa, por cada ano que ficou fora.

— Vai se negar a receber mais um presentinho meu, é, velho? Não me faça esta desfeita. Venha.

Andamos até o carro e peguei um rádio de pilha que eu havia trazido e guardado como surpresa.

— Este vai lhe fazer companhia, aqui nestes ermos.

— Ah, Totonhim. Moro sozinho mas vivo muito bem acompanhado. Pelas graças de Deus.

E dos seus mortos, penso, sem coragem de tocar no assunto. Ainda que morrendo de curiosidade de perguntar sobre isso.

Junto com o rádio, deixo um pacote de pilhas. Ensino-o a trocá-las. E ligo o rádio.

— Este toca Luiz Gonzaga?

— De vez em quando deve tocar.

Mexo pra lá, mexo pra cá, ensinando-lhe como o rádio funciona, como liga e desliga, como muda de estação.

Ahora, a Vigo me voy.

— Vou indo, velho.

— Não quer levar uma das minhas galinhas, não? Escolha a que quiser.

— Galinha não dá pra levar. Mas bem que os meus filhos iam adorar. Ia ser a maior zorra lá em casa. Moramos em apartamento.

— Leve, leve. Deixe os bichinhos se divertirem.

— Não dá, papai. Posso levar um cacho de bananas e outras frutas, que vou distribuindo pelo caminho ou encarrego Noêmia da distribuição.

É aí que ele vai à forra e me atulha de sacolas de frutas e mais frutas.

Tem uma toca, com um banco no avarandado, para contemplar o pôr do sol, meditar e, à noite, receber as almas do outro mundo. Cama e fogão. Uma nesga de terra cultivável. A alegre companhia das galinhas. E um pomar. Dava-se por satisfeito.

— Até a próxima, seu Totonho.

— Mas até quando?

— Quando o senhor menos esperar.

— E você não espere até a hora do meu aviso, viu? Aquele que eu falei há pouco.

— Pode deixar. Vou reunir todos os meus irmãos, pra a gente já começar a comemoração dos seus cem anos.

— O melhor lugar pra tratar disso é aqui, no mês de junho. Sim, Totonhim, você vem pro nosso São João?

— Vou fazer todo o possível.

— Venha. Não deixe de vir. E traga minha nora e os meus netos de São Paulo. Não esqueça, não, viu, seu cachorro!

Dou-lhe um abraço. Longo, apertado, sem palavras. Depois entro no carro.

Ele começa a cantar:

> *Vai, boiadeiro, que a noite já vem.*
> *Pega o teu gado e vai pra junto do teu bem.*

— Rá, rá. Não se morre mais.

— Não quer vir comigo? Venha comigo, papai.

— Eu, não. Não sou doido, não. Daqui não saio nem amarrado. O que era que eu ia fazer fora daqui, Totonhim? Nesse mundo aí não tem mais lugar pra velho.

— Nem pra novo, mas deixa pra lá. Até qualquer dia.

Manobro o carro e parto. Sua voz me acompanha na estrada:

— Vai com Deus, Totonhim. Deus te abençoe, mô fio. Mô fio!

Agora, sim. Agora ele puxava a voz lá de dentro, do fundo do tempo, das profundas da minha memória.

Mana Noêmia me pediu, encarecidamente, para não lhe dar dinheiro, de jeito nenhum. E me fez jurar que não faria isso. "Pelo amor de Deus, não dê a ele um único centavo. Se você der, ele vai torrar em cachaça." Quebrei a minha jura.

Que torre os trocados que lhe dei no que quiser. Até em cachaça mesmo, mô veio.

PELO FUNDO DA AGULHA

Para Sonia,
como sempre

1

A fronteira crepuscular entre o sono e a vigília era, neste momento, romana: fontes salpicando e ruas estreitas com arcos. A dourada e pródiga cidade de flores e pedra polida pelos anos. Às vezes, em sua semiconsciência, estava outra vez em Paris, ou entre escombros de guerra alemães, ou esquiando na Suíça e num hotel entre a neve. Algumas vezes, também, era um barbeiro da Geórgia, certa madrugada em casa. Era Roma esta manhã, na região sem tempo dos sonhos.

Carson McCullers, "O transeunte"

Era outra a cidade, e outros o país, o continente, o mundo deste outro personagem, um homem que já não sabia se ainda tinha sonhos próprios.

Cá está ele: na cama.

Não o imagine um guerreiro que depois de todas as batalhas finalmente encontrou repouso, abraçado a uma deusa consoladora dos cansados de guerra. Seria um exagero inscrevê-lo na lenda heroica. Esta é a história de um mortal comum, sobrevivente de seus próprios embates cotidianos, aqui e ali bafejado por lufadas da sorte, mais a merecer uma menção honrosa pelo seu esforço na corrida contra o tempo do que um troféu de vencedor.

Assim o vemos: deitado. Imóvel. A olhar para o teto e as paredes de um quarto. E a assustar-se com a sombra de uma cortina em movimento, que supôs ser o fantasma de uma alma tão penada quanto a sua. Uma alma de mulher, com certeza.

Nunca dantes sentira tanto a ausência de passos, algazarra, risadas, bate-bocas, resmungos, ralhações. Falas a jogar a esmo os conflitos que o coração humano não consegue segurar, injetando na corrente sanguínea toda a grandeza e pequenez da convivência doméstica. Ah, a falta que lhe faziam uma agitação de crianças — "Mãe, o pai já chegou!" — e uma voz feminina a exclamar: "Oi, querido!" Querido! Que palavra horrível, tanto quanto "meu bem", "benhê", "amor", quando pronunciadas perfunctoriamente, da boca para fora, como quem diz "me passa aí o açucareiro", por uma mesma voz, imperativa, às vezes.

Voz de mãe. A exigir ordem em tudo. Arrumação. "Ei, vamos acabar com essa bagunça, já! Agora!" Tal voz implicante podia se tornar encantadora ao anunciar que o lanche iria ser servido — oh, quão infalível era a senha materna para aquietar as feras! Um estalar de dedos precedia o chamado da domadora: *"Cri-on-ças!"* Como esquecer essa combinação de criança e onça? Era a mais perfeita tradução de uma infância limitada às jaulas urbanas. Paredes. Grades. Movimentos condicionados pelo cerceamento do espaço. Vidas blindadas. Ainda assim vitaminadas. Energia à flor da pele. *"Crionças!"*

Ela sabia manter o seu zoológico sob controle. Quer dizer, nas horas em que estava em casa. E, quase sempre, cheia de amor para dar. Só que, se contrariada, mostrava as próprias garras: "Você não escutou nada do que eu disse, não é? Então, o que foi que eu disse?" Ele que não se fizesse de desentendido. E captasse no ar os primeiros sinais de insatisfação, prenúncio de uma descida ao purgatório e daí para o inferno conjugal. "Você inventa reuniões depois do expediente para retardar ao máximo possível a sua volta para casa. Sabe-se lá que reuniões são essas? Assim que chega vai logo tomar um banho. Correndo! Pensa que não percebo? Eu também tenho emprego, ora! Nem por isso faço dele uma desculpa... E olha que não é por falta de cantada. O que tem de homem me chamando de gostosa, boazuda, ai! Cuidado, malandro!"

Amor rima com flor. E também murcha. Ficam os espinhos nas extremidades dos caules. Prenúncio de que iriam servir para ornar a sua coroa de corno? Mas, ah! Agora era melhor lembrar o cheirinho bom de panelas fumegantes, de dar água na boca, hummm!, e os prazeres à mesa, e o sabor das conversas à sua volta. Hoje, mais do que nunca, doeu-lhe nas entranhas não haver ninguém a esperá-lo, ao retornar para casa.

— E aí? Como é que foi? Conta, conta.

Beijos, abraços, afagos. Relatos dos sucessos e insucessos do dia. Mãozinhas a percorrer-lhe os bolsos em busca de um agrado qualquer. Uma balinha, um brinquedinho. O desvestir-se, dos pés ao pescoço, com ar de enfado. Pôr o terno no cabide e pendurá-lo no guarda-roupa. A gravata também. Deixar os sapatos no seu devido lugar. Jogar a camisa, as meias e a cueca na gavetona embaixo da pia do banheiro. Fazer tudo isso direitinho para não ter de ouvir uma bronca. E tomar um longo e belo banho, ensaboando todo o seu corpo, todo o seu cansaço, todas as suas impurezas. Despoluir-se. E se perfumar, porém discretamente, para não incomodar os narizes mais sensíveis, e ser comparado aos argentinos, os que têm fama de banhar-se em perfumes além da conta. Cumprido este ritual, sentia-se outro. Agora, sim. Agora ele estava em casa, verdadeiramente. Limpo, lépido, renovado. Bem mais à vontade para receber todos os beijos e abraços.

— O que vocês perguntaram? Por que cheguei tão tarde? Foi o meu último dia de batente, esqueceram? Despedidas. Comemorações.

— Não precisa explicar. O seu cheiro já diz tudo.

Estaria recendendo a essências femininas? Alguma mancha de batom no rosto, nos lábios, na gola da camisa, nas lapelas?

Na cueca? Se for o caso, jogá-la no lixo. Discretamente. Mas correndo.

Ternos e gravatas: descansem em paz. Adeus. Não necessitaria mais disso, dessa noite em diante. *Obrigado pelos bons serviços prestados*. Iria doá-los, deixando apenas um para o seu enterro, quando a hora chegasse. Na verdade, pouco lhe importava ser enterrado bem-vestido ou do jeito que saiu do ventre materno. Que diferença fazia? Por que, e para que, ser o defunto mais elegante do mundo? Pensou na morte, não como a mais indesejada das gentes. Dependendo do caso e das circunstâncias, ela podia ser até uma boa irmã. (O quê?! Deixa a sua vez chegar e vamos ver.)

Traje social substituído por apenas uma levíssima cueca samba-canção (faz calor, esta noite), necessidades íntimas atendidas, bem lavado, dentes escovados, ele passou a cuidar de algumas providências, antes de ir para a cama. Primeiro, certificou-se, numa rápida inspeção, de que tudo estava em ordem. Nenhum vestígio de gatunagem. Neste particular, e até o presente momento, podia se dar por feliz. Ainda não tivera o seu apartamento arrombado. Eis aí alguma coisa a ser comemorada. Em seguida, deu uma olhada nos envelopes empurrados por debaixo da porta. Bom mesmo seria receber uma carta de sua mãe — "O fim destas mal traçadas linhas é dar as minhas notícias e ao mesmo tempo receber as suas..." —, desde que não fosse para contar coisas ruins. Queixas. Cobranças. Doença. Morte. O pai... Ou sobre um ente querido que acabara de pôr fim à própria vida.

"Logo aquele que era o mais risão dos seus primos! O Pedrinho, da minha irmã Zuzu. Lembra como ele era engraçado? Vivia fazendo a gente dar umas boas risadas. Andaram inventando umas maldades, que foram espalhadas de boca em boca. Que ele tinha passado a perna num agiota e vinha recebendo ameaças. Outra hora, o ameaçador era um traficante de drogas. Ajuste de contas, disseram. Até nisso acharam que o seu primo

Pelo fundo da agulha 355

estava metido. Falaram também que estava ferrado, por causa de um roubo de gado. Outra história foi de encher todos nós mais ainda de horror e vergonha. Um estupro! E que a vingança do pai e dos irmãos da menina já vinha a cavalo.

Como esse povo sabe inventar! Teve até quem jurasse, com os dedos em cruz, que no dia anterior ele tinha entrado no açougue e pedido uma cachaça, numa prova de que estava desmiolado. Mentira! Posso lhe garantir isso porque tirei tudo a limpo. Moro a quinze léguas de onde essa lástima se deu, você sabe. Mas fui lá para o enterro. E pedi, em nome de Nossa Senhora do Amparo e de todos os santos do céu, que o açougueiro me contasse se aquilo que diziam era verdade. Não, ele disse. E jurou pelas chagas de Nosso Senhor Jesus Cristo que o falatório era uma maledicência medonha. Pura aleivosia. Falso testemunho. Fiz a mesma coisa com a viúva, que se chama Zizinha, que nem sei se você conheceu. E com sua tia Zuzu, de quem espero que você ainda se lembre, e todos os parentes e aderentes. E todos, todos mesmo, também juraram pelo Crucificado, e por essa luz que nos alumia, que o seu primo Pedrinho não estava atolado em dívidas, fosse de agiota, de banco, ou de qualquer outro negócio infeliz. Desgosto? Quem podia adivinhar que tinha algum? Engraçado, do jeito que era, nunca dava o menor sinal de contrariedade. Vivia dizendo: 'Não bato palmas para maluco dançar, mas dou minhas risadas quando alguém faz isso.' Doença? Só muito antigamente. Sarampo, catapora e cachumba, como todo menino dali.

Vivia de bem com a mulher, com os filhos, com todos. Nunca se queixou da vida, nem parecia de mal com o mundo e consigo mesmo. Saiu de casa, todo sorridente, dizendo vou ali e volto logo. Levava uma corda, para amarrar um feixe de lenha, disse. Foi encontrado pendurado numa árvore de beira de estrada. Vá lá saber se de caso pensado. Se vinha há tempos sendo tentado pelo demônio ou a tentação aconteceu de repente. Ele não está mais aqui para contar o sucedido antes de amarrar a corda num galho, já com o laço pronto para enfiar o pescoço.

Terá sido porque andava com a cabeça no tempo? Nunca usava um chapéu, conforme os costumes modernos, como se desdenhasse dos antigos, do povo da roça. E por isso o sol queimou o juízo dele. Sei o que foi, não. Vá lá entender esses mistérios.

Certeza, só uma: a árvore ficou mal-assombrada. Dizem que geme, urra, grita, chora, fala, jura arrependimento, pede socorro: 'Tenham a piedade de cortar essa corda. Pelo amor de Deus!' Nem o mais corajoso dos homens se arrisca a passar debaixo dela depois que o sol se põe.

Mais um enforcado em nossa família. Só a misericordiosa Santa Mãe de Nosso Senhor Jesus Cristo sabe o quanto essa desgraça remexeu em minhas velhas feridas. É verdade: longe vai a data em que seu irmão — o meu filho mais velho! — voltou para casa, uma casa que nem existia mais, pelo menos do jeito que ele lembrava, aquela que tinha deixado um dia, e... Bem, você foi a principal testemunha daquele outro caso. Mas não suportou o falatório do povo, ou seja, a condenação pública da derrota do seu irmão, e da sua própria, ao não conseguir fazer nada para impedir que ele fizesse o que fez. E foi embora para muito longe, se dando antes ao trabalho de me levar pela noite adentro, para me internar numa casa de loucos, o que também teve muita reprovação. Não faltou quem perguntasse por que você largou aqui a sua pobre mãe louca. Que desalmado!

Depois daquele dia, nós todos, os que ficamos, nunca mais queríamos ouvir falar de corda. Coube a um primo seu, e sobrinho meu, me trazer dolorosas lembranças de volta. É uma nova dor que puxa os restos de outra, que eu pensava que o tempo tinha curado. Agora, tenho dois entes queridos nas trevas do vale dos suicidas desta terra. E me pergunto: qual será o próximo a seguir o exemplo deles? Espero que não seja você.

Pelo fundo da agulha 357

E me perdoe por estar lhe dizendo isto. É por medo. Coisa de mãe sofredora.

Não pense que tanto sofrimento e medo vão me enlouquecer novamente. Aprendi a suportar. Como em cada aniversário que tenho de almoçar e jantar sozinha. Por falar nisso, você nunca se lembrou de telefonar ou mandar um cartãozinho em nenhum deles. Acho até que não sabe em que dia e mês é. Nem quantos anos acabei de fazer. Suporto isso também. Mas como nem tudo neste mundo é ruindade e queixume, encerro com boas notícias: tirante a história do seu primo, todos aqui estão bem. E mandam lembranças. A melhor de todas é que eu, apesar da idade, estou lhe escrevendo de próprio punho, sem a ajuda de ninguém. Nem de óculos! Com a bênção da sua mãe, que sempre reza por você..."

Nenhuma carta no meio da papelada catada no chão, assim que abriu a porta e pôs os pés dentro de casa. Em vez disso, extratos bancários, contas a pagar, um relatório do condomínio, propaganda, empresas e pessoas se promovendo, numa invasão de domicílio abominável. "Lixo", se disse. Quantas árvores são matadas por dia para a fabricação de papéis a serem impressos, e que vão para a lixeira, sem sequer serem lidos? A luzinha vermelha da secretária eletrônica não piscava. Ninguém havia telefonado. Só os telemarqueteiros, certamente. Mas estes (ou estas, principalmente estas) não deixam recado. Querem pegar você de viva voz, para massacrar-lhe o ouvido com suas dicções de Robô, sob o comando de um computador: "Senhor Fulano? É a Ângela, do Citibank. Tudo bem com o senhor?" Aí a pobre moça lê na tela à sua frente um texto intergaláctico, que é rigorosamente o mesmo que você já ouviu de outras catatônicas Ângelas, ou Shirleys, ou Marys, ou Simones, de outros bancos, empresas de telefonia, e o diabo que os carregue, com suas vozes de extraterrestres, e que invariavelmente terminam as suas

falas assim: "Para que a gente possa estar disponibilizando..."
A gente quem, cara-pálida? Um saco! "É duro ter de ganhar a
vida aporrinhando a dos outros pelo telefone, não é, não, dona
Ângela?" Ela desliga. Para esse tipo de pergunta, não há resposta em seu computador.

Foi falando consigo mesmo que o homem desta história
entrou na cozinha. Bebeu água. Notou que a geladeira estava
desguarnecida. Como havia jantado, e lautamente, num restaurante caro (deu-se este prêmio, hoje, já na condição de pessoa
física), não iria maldizer de si mesmo por não ter passado num
supermercado. Faria isso amanhã. Lembrou-se de que amanhã
é o dia da faxineira, que lhe serve duas vezes a cada semana,
deixando sempre uma comidinha cuidadosamente embalada.
Até prova em contrário, ela era uma empregada honesta. Não
lhe surrupiava nada, nem (ainda!) franqueara a sua moradia para
nenhum saqueador. Amanhã, irá pedir-lhe para fazer um frango ensopado, com quiabo e maxixe, os sabores da sua infância.
Como o coentro e o alecrim. Os cheiros que o faziam lembrar-se da sua mãe, que sempre chorava, ao cortar uma cebola.
Na última vez que a viu — e isto fazia muito tempo —, ela
se ocupava em enfiar uma linha pelo fundo de uma agulha,
sem óculos. Era devota de Santa Luzia, disse, recomendando-
-lhe que também rezasse para a "protetora dos nossos olhos". E
também para Nossa Senhora do Amparo. "E não esqueça de se
benzer antes das refeições, agradecendo a Deus por não faltar
comida em sua mesa."

Do que não conseguia se lembrar: do seu sorriso. Será que
nunca tinha visto a sua mãe sorrir, pelo menos uma vezinha na
vida? Também, com tanta consumição... Uma gravidez atrás
da outra. Filhos e mais filhos. Cueiros para trocar. Panos para
lavar. Pratos, panelas e máquina de costura. Não teria sido feliz
com o homem com quem se casara, o senhor seu pai? Nem
com a sua condição de mulher parideira, a exigir-lhe duros

Pelo fundo da agulha 359

sacrifícios? Com que ela sonhava, enquanto enfiava a linha pelo fundo de uma agulha? Como teria visto o mundo, olhando-o unicamente através de um minúsculo buraco?

Foi direto da cozinha para o quarto. Acendeu o abajur à direita da cabeceira. Nem pensou em ligar a televisão, para ver se ela já estava anunciando a chegada do Anticristo, o Apocalipse, o fim de tudo, a data do Dia do Juízo, ou o ressurgimento de Nosso Senhor Jesus Cristo, com a mais bombástica de suas chamadas: "Ele voltou!" O que mais podia esperar? A hora de um programa chamado *Sex Time,* com todos aqueles peitões siliconados *made in USA* e vulvas carnudas em nu frontal? Haveria alguma mensagem promissora, ou excitante, ou minimamente útil no computador?

Também não tinha o menor interesse em conferir isso. Que hoje o travesseiro envolvesse a sua cabeça com as brumas do esquecimento do mundo, do qual se imaginava já esquecido. Tudo o que queria era um fofo apoio para a memória de noites mais felizes. Como aquelas em que um menino, sempre que ele estava assim deitado, a ler um livro, ou já pegando no sono, vinha estirar-se ao seu lado, pedindo:

— Pai, conta uma história.

Ele contava. Às vezes adormecia antes de terminá-la. O filho o sacolejava, insistindo para que o pai não parasse.

— Amanhã te conto tudo de novo, Rodrigo. Mas agora estou com sono. E tenho de acordar cedo. Pede para a tua mãe.

— Ela está ocupada, ajudando o Marcelinho num dever da escola. Não durma ainda não, pai. Conta, vai, conta.

Contaria. Para as paredes. Para o teto. Para a sombra que se move diante de seus olhos. Fantasmas no quarto. Tirou os olhos da sombra. E pegou um livro.

Amanhã não precisava acordar cedo.

2

Era a primeira de suas noites em que diria adeus ao despertador, como já o havia dito ao vínculo empregatício, aos sorrisos interessados, lealdades utilitárias, sinuosas insídias. E foi uma despedida sem festa.

Sem flores, cintilações etílicas, beijos, abraços, apertos de mão, tapinhas nas costas, promessas de encontros fortuitos ao cair da tarde, ou um almoço dia destes, uma noitada de arromba, um carteado, nem mesmo um vago "a gente se vê por aí", "manda um e-mail", ou "telefona", ou "vem jantar lá em casa". Nada.

Nada além de uma silenciosa batida em retirada do campo de batalha, o trepidante, poderoso, vivo e fluido jogo dos negócios, do qual se vira descartado por idade e tempo de serviço, como se entrasse em férias forçadas. E permanentes.

Mas atenção: era uma vez o pacote turístico em suaves prestações — carnavais à beira-mar, paraísos tropicais, ilhas gregas e caribenhas, museus da Europa, as muralhas da China, rios e templos sagrados orientais, míticos desertos, o muro das lamentações, a estátua de Hemingway no bar Floridita de Havana, a foto do velho Ernest e o fantasma de Scott Fitzgerald no Closerie de Lilas, as sombras de madame Simone e de monsieur Jean-Paul no Café de Flore...

Sim, sim, era uma vez Paris. A cidade das tumbas com inscrições indeléveis, mensagens de um tempo perdido a um outro a ser reencontrado na espuma dos dias que escorre entre os dedos das nossas mãos, e legadas por mentes brilhantes ali perpetuadas junto com os seus sonhos, assim poderá entendê--las o viajante fornido de pretensões ilustradas, ao entrar num cemitério chamado Père-Lachaise e bater os olhos numa lápide na qual está escrito:

Um mapa-múndi que não inclua a Utopia não
é digno de consulta, pois deixa de fora as terras
onde a Humanidade está sempre aportando.
Nelas aportando, sobe à gávea e, se divisa terras
melhores, torna a içar velas. O progresso é a
concretização de Utopias (...) O passado é o que
o homem não deveria ter sido. O presente é o que
o homem não deve ser...

— U-la-lá! Há ali dentro um túmulo com estes dizeres?! — exultaria um taxista parisiense, acrescentando: — Belas palavras. Pensando bem, estão no lugar certo. Em que outro se pode falar dessa tal de Utopia? O ilustre finado é francês?

— Irlandês — responder-lhe-ia, sem mais delongas, o seu passageiro, feliz da vida por não ter esperado muito no ponto dos táxis. E era a hora do *rush*. Estaria sonhando?

— Era seu parente?

— Não, senhor. Nem sou irlandês.

Diria isso menos interessado no desenrolar da conversa do que na progressão dos números no taxímetro. Com certeza a corrida iria lhe custar os olhos da cara. O preço da segurança. Na manhã daquele dia, havia sido assaltado no metrô, entre Barbesse — uma baixada árabe no calcanhar da colina de Montmartre — e a Gare du Nord. Carro lotado. Luta corporal para erguer os braços e agarrar-se a uma barra de proteção. No meio do sufoco, viu-se cercado por quatro cavalheiros elegantes

Pelo fundo da agulha 363

que o espremiam com pedidos de desculpas: *Pardon, pardon*. Intuiu que se tratava de uma quadrilha. Abriu os braços tentando se defender com os cotovelos. Era tarde. O metrô parou. Eles escafederam-se, junto com uma multidão.

Aproveitou aquele breve esvaziamento para se sentar, rapidamente. Levou as mãos aos bolsos. Não deu outra. Havia sido depenado, num golpe sutil, rápido e indolor. Ainda bem que levara em conta a advertência do gerente do hotel em que estava hospedado: "Não ande por aí com muito dinheiro. Aqui não é o Rio de Janeiro, nem São Paulo, mas nunca se sabe..." Mesmo tomando suas precauções, acabara pagando o almoço e mais alguns extras de quatro finíssimos punguistas do Velho Mundo: *Pardon, pardon*. Sentiu-se um babaca. E ficou deprimido por algumas horas. Mas não foi por isso que acabou indo a um cemitério.

Andar de táxi era uma extravagância que valeria a pena, ele se desculparia agora, ao estirar as pernas e aconchegar bem a carcaça, já castigada pelas andanças, nem todas felizes, e as variações da temperatura, frio externo, calor interno, põe agasalho, tira a metade. Tirou o sobretudo, dobrou-o e o jogou ao seu lado. Agora estava pronto para se submeter a qualquer interrogatório.

— Quem foi ele, então?

Ele? Ah, sim, o irlandês.

— Um famoso escritor que morreu aqui no ano de 1900, na mais completa miséria. Chamava-se Oscar Wilde.

Não, não entraria em maiores detalhes. Era uma história longa e triste. Mas não estava na cidade onde um livro intitulado *A dor* se tornara um best-seller? E naquele dia mesmo ele não tinha visto, no topo das listas, um manual para suicidas, com as mais variadas dicas para se pôr fim à vida? Cada povo com seu gosto. Ou desgosto. Deixa para lá. Queria mesmo era vagar no *spleen* de Charles Baudelaire, "sobre o qual teceu a neve um véu funéreo".

— Há muita gente importante enterrada ali. E vêm turistas de toda a parte para ver os seus túmulos. Imagino que o senhor também esteja neste caso, não? Acho isso muito esquisito.

— O quê?

— Este turismo fúnebre.

— Isto não faz parte das atrações da cidade? De uma maneira ou de outra não traz benefícios para a sua economia?

Sim, sim, de alguma maneira, o motorista se apressaria em admitir, para em seguida fazer a ressalva de que tal atração também propiciava festivais macabros, promovidos por baderneiros bêbados e drogados, os adoradores do roqueiro Jim Morrison, que costumavam invadir aquele cemitério de carro, à noite, como se quisessem arrancar os restos mortais dele, sabe-se lá para quê.

— Foi por isso que puseram uma barra de ferro no portão de entrada. E também muitos guardas. Ouvi falar dessas coisas no rádio.

Contaria isso como se fizesse um esclarecimento necessário. Passava uma grande parte do seu tempo dentro de um táxi, mas não ficava alheio aos assuntos de interesse geral, pois mantinha o seu rádio sempre ligado, embora naquele exato momento estivesse em baixo volume, em respeito aos ouvidos do passageiro que, se os apurasse, poderia ouvir a voz de Jim Morrison. E cantando "Light my fire". *Come on, baby...*

Acordes dissonantes num concerto erudito em uma bastilha sagrada da cidade onde, no tempo das guilhotinas, decapitavam-se cabeças publicamente, à luz do dia. A idolatria macabra dos fãs de Jim Morrison era uma brincadeira inconsequente de meninos, se comparada aos históricos distúrbios ali transcorridos através dos séculos, entre eles os das guerras religiosas, divagaria o passageiro, em marcha lenta, a mais adequada para quem queria apenas ver o tempo passar, e a lembrar-se também dos piratas franceses que já encheram de terror muitas cidades

Pelo fundo da agulha 365

em ilhas e terras distantes, nas quais presumivelmente pilharam sólidas contribuições para a construção de edifícios poderosos, como alguns daqueles que ele estava vendo através da janela envidraçada de um táxi. À pirataria contemporânea, as ossadas da História, concluiria, se o seu inquiridor o permitisse.

— Como é que é mesmo? Um mapa-múndi que...

— ... que não inclua a Utopia, não é digno de consulta.

— Belas palavras — diria de novo. — Coisa de poeta.

Em qualquer cidade do mundo você encontrará um taxista com uma disposição incontrolável de jogar conversa fora, sem a menor cerimônia, esteja você com vontade de conversar ou não, pensaria o passageiro, já não se sentindo um necrófilo, ou um personagem gótico, algo *dark* (vândalo também?), aos olhos daquele seu condutor falastrão. No entanto, sabia que até ali vinha trapaceando com ele, ao mentir deslavadamente, pela simples razão de que tinha sido enganado e estava passando o engano adiante. A inscrição no mausoléu de Oscar Wilde nem de longe se assemelhava com aquilo que havia dito ao motorista. Essa história de Utopia etc. lera em algum lugar, mais precisamente numa coluna de jornal, que era assim, do jeito que memorizou, que lá estavam aqueles dizeres, sempre a merecer uma releitura. Sua ida ao Père-Lachaise se deveu unicamente a isso: copiar, na íntegra, linha por linha, vírgula por vírgula, ponto por ponto, o texto do mais belo epitáfio de todos os tempos, no dizer do tal colunista. Ao chegar ao cemitério, nem precisou guiar-se pelo mapa das sepulturas para encontrar a que procurava. "Terceira rua, à direita", dissera-lhe o guarda, apontando-lhe a direção. Tudo muito fácil. O difícil: acreditar no que estava vendo, quer dizer, lendo. Sentiu-se ultrajado. Mais que isto: um perfeito idiota. Por ter dado crédito a um jornalista leviano que o fizera perder a viagem. O que havia mesmo no túmulo lendário era um trecho de um poema, em inglês, que falava de lágrimas — *dos estranhos que encherão por ele a urna da piedade*. O resumo da ópera (a esta altura, bufa, no seu desolado entender), e numa prosaica tradução: "Aqueles que choram por ele serão párias e os párias sempre choram." Logo abaixo disso estava um versículo, em latim, de Jó, o desafortunado Jó. Pobre turista fúnebre. Eis o que tu és. Um pária.

Um crédulo fora ludibriado e ludibriava outro, na maior cara de pau. Desfaria o nó do seu embuste, pondo a versão correta em movimento? Não. Continuaria preferindo a primeira. Se por um lado era falsa, por outro tinha mais encanto. Não vira no Père-Lachaise nenhum epitáfio mais interessante do que o imaginado por um personagem de Balzac: "Aqui jaz o Sr. Goriot, pai da Condessa de Restaud e da Baronesa de Nucingen, sepultado a expensas de dois estudantes." Este lhe parecia muito mais verdadeiro do que os das tumbas de verdade. Com base nisso, faria do seu engano um triunfo. Da fantasia.

Se suas divagações fossem verbalizadas ali, no banco traseiro daquele táxi, poderiam se tornar mais pesadas do que as marchas e contramarchas do trânsito parisiense, naquele fim de tarde brumoso, mais sombrio do que muitos dos palácios construídos para a glória imortal dos mais insignes habitantes do Père-Lachaise. O bom senso lhe recomendaria a continuar a conversação em níveis triviais, com uma perguntinha assim:

— O senhor nunca entrou lá, não?

— Eu não tenho nenhum parente enterrado nesse cemitério. Logo, não tenho motivo algum para entrar nele. Sabe quanto custa o metro quadrado do terreno ali?

— Não faço a menor ideia.

— Nem eu. Mas sei que não é um lugar para qualquer um.

Para qualquer um, qualquer margem, até depois de morto, pensaria o passageiro, olhando pela janela. E, diante do tempo que continuava tão lúgubre quanto uma necrópole, começaria a assoviar uma música alegre, que começava assim: *Dia de luz, festa do sol...* Naquele instante, estaria se lembrando de uma garota. Numa ilha. Uma ilha chamada Ilhabela, no litoral de São Paulo, Brasil. A moça tinha um rosto bonito, olhos muito azuis e bebia demais, nas sombras de um paraíso tropical. Entregava-se prazerosamente, escandalosamente, à vida ardente sobre areias e sob águas, com as bênçãos de milhões de estrelas. O retrospecto de uma aventura fugaz naquela ilha paradisíaca o faria sentir saudades de alguma coisa. Por que diabo estava agora em Paris, sozinho, a visitar um cemitério e a jogar conversa fora com um motorista de táxi? Programão, hein? Assim que chegasse ao hotel, telefonaria para casa. Saudades de uma mulher. Da sua mulher. E dos filhos. Eram dois. Um deles costumava adoecer quando o pai viajava. O que vivia lhe pedindo para contar uma história. Ligar para casa era correr o risco de receber uma notícia preocupante. Tranquilizaria a todos lembrando que amanhã pegaria o avião de volta. Sim, amanhã, esqueceu? Não, não. Não havia se esquecido das encomendas. Channel n° 5...

O motorista também não haveria de se esquecer do seu passageiro egresso de um cemitério e que, afinal, se revelara um vivíssimo garoto assoviador. Até parara de falar, para ouvi-lo. Mas chegava de trinados. O recreio havia terminado:

— De que país o senhor é?

— Do Brasil.

Seria aí então que o passageiro veria o rosto à sua frente iluminar-se:

— Brasil! Sol, sol, oh divino sol, que as abóboras amadureces!

Ele, o esfuziante taxista, pararia um pouco outra vez (e desta por menos tempo do que na outra), como se precisasse recuperar o fôlego. E logo continuaria, a filosofar:

— Cada um com suas utopias...

O seu arroubo quase juvenil não mudaria o curso das nuvens baixas, pesando como tampa, nem o fluxo e refluxo do trânsito, anda, pára, faz que vai andar, torna a parar, sinais, cruzamentos, rua após rua, ainda assim belas, majestáticas. Mas viria a transformá-lo num homem entusiasmado, como se a antever a esplêndida luminosidade da primavera, ao dobrar a próxima esquina, à qual não chegaria antes de engatar mais uma pergunta, e esta, pelo que se verá, de interesse estritamente pessoal:

— Há armênios no Brasil?

A resposta (positiva, naturalmente) o deixaria numa agitação desmedida, como se, finalmente, definitivamente, acabasse de arrancar o seu passageiro do mundo dos mortos, para transportá-lo ao dos vivos, e dele ter recebido um sinal verde para ir em frente:

— Como os armênios são tratados no seu país? Eles sofrem algum tipo de perseguição?

— Perseguição por serem armênios? Acho que nunca houve isso por lá. Pelo menos ao que eu saiba. Conheci um que jamais reclamou disso. Só se indignava quando alguém achava que ele era turco. Esse armênio, que chegou ao Brasil com uma mão na frente e outra atrás, acabou se tornando um comerciante bem de vida. Chegou a ser proprietário de um prédio inteiro. Logo, pôde dar uma boa educação para os filhos, que hoje são doutores muito conceituados. E há lá uma atriz famosa da televisão e do teatro que tem o sobrenome de Bahlaba...

Não chegaria a concluir a frase, tal era a sofreguidão do seu interlocutor, para quem essa conversa banal, mero relaxamento numa hora de tráfego enervante, resultava em informações preciosas.

— Então há no seu país filhos de armênios que se tornaram doutores e até estrelas da televisão? O senhor está me contando uma coisa admirável! Maldigo a hora em que, para fugir das guerras dos turcos, com todas as suas barbaridades, o meu pai tenha vindo morar em Paris. E aqui ele se casou com uma armênia. Pronto, eis por que nasci nesta cidade, onde sou tratado como cidadão de segunda classe, mesmo sendo francês. Oficial-

Pelo fundo da agulha 369

mente, bem entendido. Agora me pergunto: por que em vez de vir para a França o meu pai não foi para o Brasil?

— Vai ver, ao dar com os seus costados num porto francês, ele não divisou terras melhores, para tornar a içar velas.

— Pior para mim.

O passageiro esperaria que o seu loquaz condutor lhe perguntasse se estava feliz por ter nascido no Brasil. Mas não iria haver mais tempo para isso. Ao deixá-lo à porta de um hotel, ele, o taxista parisiense de origem armênia, confessadamente insatisfeito com a França, saltaria do seu carro para uma despedida tão calorosa quanto surpreendente:

— Quando chegar em casa vou dizer à minha mulher que hoje transportei um brasileiro. E lhe contarei tudo o que o senhor me disse sobre os filhos dos armênios que foram para o seu país. Com certeza ela também vai querer que os nossos filhos se mudem para lá.

Então os dois se abraçariam fortemente, como amigos de longa data que se despediam certos de que nunca mais voltariam a se encontrar. Depois, o motorista entraria no seu táxi e, antes de dar a partida e desaparecer, lhe diria, calmamente, sem pressa, como se não pudesse partir sem revelar a inscrição que ele havia gravado na tampa da sua memória:

— Meus pais não estão enterrados aqui. O sonho deles era voltar para a Armênia. Voltaram. Cada qual dentro do seu caixão.

Naquele momento, o outro ficaria postado na calçada, a olhar os carros que iam e vinham, os transeuntes, um mundo de gente apressada, como em todo fim de tarde, em qualquer cidade. Aquela, suntuosa, cheia de si, guardava em suas tumbas, e por trás de suas luzes, de todo o seu poder de sedução, sentimentos insuspeitáveis aos olhos de um estrangeiro, que apenas a via, sem entendê-la, sem a intimidade dos que nela viviam, mas ainda assim ali estaria a se dizer:

— Aonde quer que você for, vai encontrar alguém sonhando com um lugar de sonhos.

3

Então ele veria o Boulevard Saint-Germain virar um rio, largo e profundo. E todos os seus edifícios transformarem-se em árvores, com o curso do rio passando a abrir um clarão sem fim no meio de uma floresta indevassável. Acrescente-se a isso uma revoada de pássaros a chilrear as *Bachianas Brasileiras,* de Villa-Lobos, e teremos aí um quadro verdadeiramente inacreditável. Extasiado diante da metamorfose que se operava à sua frente como num passe de mágica, ele não saberia a que atribuí-la: se às mãos de Deus ou a um efeito da sua memória cinematográfica. Era como se estivesse dentro de um dos filmes do alemão Herzog, o *Aguirre, a cólera dos deuses,* ou o *Fitzcarraldo,* ambos rodados na Amazônia.

Numa tentativa de retorno à realidade, se lembraria de olhar para os seus pés, antes apoiados sobre uma calçada, que não haveria mais. Em seu lugar, surgiria uma plataforma. Nesse instante, seus olhos se voltariam para trás, em busca do hotel, o charmoso Madison, e veriam um mercado de um único andar, do qual sairia uma menina de uns 10 ou 11 anos, vestida de azul e branco, e com uma mochila de colegial às costas. O seu rosto tisnado pelo sol, e emoldurado por cabelos negros e longos, pareceria uma pintura. Ao vê-lo, ela sorriria, encantadoramente. Os seus alvíssimos dentes realçariam ainda mais a sua genuína beleza.

Ele:

— Qual é o nome deste rio?

A menina (com um jeitinho levemente debochado, como se acabasse de ouvir uma pergunta estúpida, que alguém jamais lhe havia feito antes):

— Não viu o letreiro naquele portal ali, não?

Ele inclinaria os olhos na direção em que o dedo da menina estava apontando. E leria: "Bem-vindo ao Oiapoque. Aqui começa o Brasil."

— Olha só! O Oiapoque! O extremo norte do país! A cidade fica aqui mesmo, logo depois deste armazém?

— É. Está perdido? Minha mãe é gerente de um hotel. Quer se hospedar lá? O nome dele é Fronteira Inn.

— Já estou num hotel. O Madison. Fica pertinho da igreja de Saint-German. Sabe qual é?

— Hotel Madison? Igreja de Saint-German? Aqui?! O senhor está sonhando?

— Deixa pra lá.

Ela voltaria a sorrir, mostrando de novo todos os seus belos dentes.

— Parece que o senhor não faz a menor ideia de onde se encontra. Como chegou aqui? Num disco voador? Vai ver nem sabe que ali do outro lado do rio, bem na nossa frente, é a Guiana Francesa. *Au revoir.*

— Ei, espere mais um pouco. Aonde você vai com tanta pressa?

— Para a escola. Está vendo aquela catraia já com o motor ligado? É nesta que eu vou.

Mais uma vez, ele iria olhar na direção que a menina apontava. E veria outras crianças subindo na pequena embarcação.

— Só mais um instantinho. Onde fica a sua escola?

— Em Saint-Georges de l'Oiapock. Chegaremos lá em dez minutos.

— E por que todo dia você navega neste rio, para estudar no lado francês?

Pelo fundo da agulha 373

— Para aprender francês, ora!

— Mas por que você quer aprender francês?

— Para um dia ir morar em Paris.

O desejo era o seu passaporte, ele pensaria. Não, não teria coragem de cortar-lhe as asas, com advertências inúteis: "Assim como os rios, as mais sedutoras cidades do mundo têm suas margens. Você pode estar destinada a cair nas piores delas." A menina poderia apontar-lhe os pássaros em revoada, imitando-os com um movimento dos braços, e a dançar, com certeza imaginando-se num palco ou numa passarela: "Eles também migram. Sem medo dos riscos." E se desvencilharia dele com um aceno. *"Adieu"*, lhe diria, finalmente. E sairia correndo, atrás do seu sonho. A cidade do Oiapoque estaria a 10 minutos de Saint Georges, que estaria a 30 minutos de Caiena, que estaria a sete horas de Paris. Corre, menina, corre. O mundo ficou tão pequeno quanto o fundo de uma agulha. Grande é o teu sonho de criança. Ei, menina bonita, qual é o teu nome?

Ele iria sair do sonho dela para entrar num pesadelo.

Quarto do Hotel Madison, a poucos passos do Café de Flore. Uma cama (de casal), uma mesinha com telefone, uma cadeira, banheiro e guarda-roupa. Ao sentir o calor da calefação no seu aposento, desvestiria o casaco de couro, o pulôver e a camisa. A camiseta de dormir, que vinha usando sob as demais peças para se proteger do frio, seria suficiente para a temperatura ambiente. Só depois de jogar tudo sobre a cama, se daria conta de que faltava alguma coisa sobre ela. Correria ao guarda-roupa e se certificaria de que a tal coisa também não estava lá. O sobretudo. Com toda aquela conversa jogada fora com o motorista de origem armênia, acabara esquecendo-o no banco do seu táxi. E dentro de um bolso interno do sobretudo havia algo que não poderia perder. Em total estado de aflição, pegaria o casaco de couro, para remexer em seus bolsos. O passaporte! Cadê o passaporte?! Remexeria em tudo quanto era bolso, gaveta, mala, pasta. Era uma vez o seu passaporte. Em total desespero, só lhe restaria sentar-se, levar as mãos à cabeça e arrancar todos os seus cabelos. Mas Deus existe, lhe diria uma voz ao telefone. Era da portaria. Avisando que o motorista acabava de trazer o seu sobretudo. E o passaporte? "Sim, está aqui. Foi graças ao passaporte brasileiro..." Se Deus existe mesmo, com toda certeza devia ser armênio, finalizaria ele este episódio, a soltar um portentoso UFA!

Depois disto, nada de terrível poderia acontecer mais em sua vida. Aconteceria. Como veremos mais adiante.

Era uma vez as viagens, fossem elas inspiradas em contos de fadas ou nos folhetos das agências de turismo, revistas de companhias aéreas, programas televisivos, locações cinematográficas, relatos de escritores viajantes.

Nenhuma, porém, seria comparável à primeira, quando, à luz de um candeeiro, percorria com um dedo o mapa de um atlas escolar, preparando-se para uma prova de geografia na escola da sua infância, e o seu dedinho navegava até o mar da Oceania, e ele, maravilhado com o nome desse continente cercado de águas — e que achava o mais bonito de todos —, se perguntava se um dia chegaria lá, de verdade, e se seria nessa Oceania o começo ou o fim do planeta. (*Para a criança, que adora olhar mapas e telas, / O universo se iguala ao seu vasto apetite. / Ah, como é grande o mundo à tíbia luz de velas! / E na saudade quão pequeno é o seu limite!*)

Ao tornar-se adulto, sonhara com uma noite de tango em Buenos Aires, e de jazz em Nova York, uma missa cantada em latim na Basílica de São Pedro, Mozart nas ruas de Viena, nostalgias das eras do esplendor da arte e da beleza, *souvenirs*, cartões-postais. Tudo a perder de vista, facilitadíssimo, em outro cartão, o de crédito, na linguagem publicitária con-

Pelo fundo da agulha 375

temporânea, que não mais o teria como público-alvo. Agora se sentia como um marinheiro que perdera o barco do tempo — olha lá onde já vai; acabou de sumir na linha do horizonte! —, deixando-o plantado à beira de um cais imaginário, sem saber que rumo tomar.

Calma aí, homem. O mundo ainda não acabou, se é assim que lhe parece. O que ele não oferece mais é o encanto dos descobrimentos, como na era das grandes navegações. Sejamos sinceros: viajar, hoje, não tem a menor graça. É um saco. Aeroportos enormes, desconfortáveis, cansativos. Conexões estorvantes. Passageiros destituídos de *glamour* e pessoal de bordo sem tempo para delicadezas. Lembra da sua primeira viagem aérea? Quando o avião balançou e o prato de comida voou da mesinha para o seu peito, logo surgiu uma aeromoça com uma toalha embebida em água quente e lavanda para, com mãos de fada, remover toda a sujeira sobre o seu paletó azul, comprado à prestação especialmente para aquela estreia no ar. Havia algo de maternal naquele gesto, não? Agora, o seu vôo será realizado num plano impessoal, com a frieza da lógica. Embarque, ajeite-se como puder, fique atento aos avisos eletrônicos, aguarde os serviços de praxe e tente dormir, se for capaz de não se apavorar com as turbulências. No seu sonolento desembarque, perceberá que o mundo ficou igual, no que tem de pior. No mercadão universal não há sonhos à venda. Mas bugigangas que podem ser encontradas ali na esquina.

Alguém aqui pediu-lhe para ficar calmo? Sim, calma aí. Ainda há vigor neste seu corpo ainda não totalmente exaurido em suas batalhas. Trate bem dele, para mantê-lo em bom estado de conservação, não se deixando entrevar junto com os da sua faixa etária, nas mesas de pôquer, dominó e gamão, nos bingos, cassinos, bares, enfim, em nenhum passatempo de desocupados sedentários. Cuide-se. E torne o seu ócio produtivo, para não chafurdar no tédio, na melancolia.

Comece por fazer uma faxina caprichada naqueles livros ali na sua estante, que nunca teve tempo de ler. Os velhos Proust, Dostoievski, Tolstoi, Flaubert, Eça de Queiroz, Machado de Assis, Guimarães Rosa, William Faulkner e demais sumidades entregues às traças poderão servir-lhe de companhia, e menos trabalhosa do que a de um cão. Mas convém programar-se, entre uma leitura e outra, para longas caminhadas diárias e para sessões contínuas de shiatsuterapia, de alongamento, de acupuntura. E nada de empanturrar-se de tudo o que engorda ou mata — incluem-se nisso a catatonice televisiva e internética, qualquer coisa que o impeça de estar em movimento. Nada de beber e fumar desbragadamente, na ilusão de que isso o fará sonhar acordado. Não, não se deprima por se achar condenado a se transformar num ser vegetal ou quase isso.

A redução dos seus prazeres ao grau mínimo lhe dará compensações comprováveis à balança e confirmáveis ao espelho, que lhe revelará diariamente uma silhueta apreciável, para levantar a sua autoestima. Além disso, o senhor conta com toda uma experiência acumulada, pense positivo, ora. Ainda pode fazer muito nesta vida. E já que sobreviveu até chegar à tal da provecta, indesejável, abominável *terceira idade*, sinta-se com um lucro extraordinário em relação aos que, por decisão própria ou acidentes de percurso, não estão tendo agora o desprazer de encarar no espelho o estado em que a vida os teria deixado: a desalmada sina de rugas e estrias, próteses dentárias, cabelos brancos e ralos ou inexistentes. E mais as rotinas das salas de espera dos consultórios médicos, dos resultados dos laboratórios, humilhações públicas e privadas, baixos teores da libido. — Já fui bom nisso — o senhor se dirá, melancolicamente, enquanto ouve uma voz interna que lhe aconselha a saltar este capítulo. Nem por isso fique aí de crista arriada. Vamos ao popular: não é por ser diabo que o dito-cujo é sábio. É por ser velho. Tudo

Pelo fundo da agulha 377

bem, ele é imortal. Mas pense na chatice que seria uma velhice eterna. E sorria. O senhor está sendo filmado, por Aquele que vê e sabe tudo. Com toda certeza até o misericordioso Deus foge de um tristonho, de um desanimado: "Ih, lá vem aquele mala, com suas queixas de sempre", deve pensar o Todo-poderoso. "Por que não vai encher o saco de um pároco da igreja do doutor Sigmund Freud, em vez de ficar me aborrecendo com pedidos de compaixão?"

O amigo aí está saindo de cena sem aplausos, é verdade. Isso lhe dói. "É na hora que te mandam para casa, para trocares de vez o terno e a gravata por um pijama, que tu descobres que não tiveste a menor importância" — foi o que o senhor pensou, ao deixar a sua sala e andar, sozinho, a passos de aposentado, por um corredor ermo, vazio, inóspito, passando por portas e mais portas sem avistar vivalma. Todos os que antes lhe faziam festinhas, agora se aboletavam no auditório onde estava sendo realizada a cerimônia de posse do... *outro!* No seu lento caminhar, o senhor, enquanto ouvia as palmas e imaginava os sorrisos, os abraços, as instantâneas adesões, concluía que o tapete vermelho no qual pisara nos últimos dois anos agora estava sendo estendido para o seu substituto, "o homem certo no lugar certo", com muitos parabéns e votos de "sucesso em sua nova missão".

Rei morto, rei posto, quem não sabe? Vai me dizer que ainda não sabia que só há interesse onde existe poder? Para alguns, isso é melhor do que foder — com perdão da rima pobre e da expressão chula. Mas, em vez de ficar aí se contorcendo de dor por ter caído do seu pedestal, pense na boa sorte do prêmio de consolação que tem a desfrutar. É uma razoável mesada — a bem dizer, uma taxa de manutenção para o resto de seus dias. E ainda pode voltar à ativa a qualquer momento. Para dar aulas numa faculdade, por exemplo. Afinal, para conquistar o cargo que acaba de perder, o senhor teve de cumprir certas formalidades, que incluíam a formação acadêmica em pedagogia, recursos humanos, administração de empresas ou áreas afins. Só isso já o credencia a concorrer a uma vaga de professor, não pela compensação financeira, que obviamente será irrisória, mas pela reconquista de um espaço de convivência, o que faz a vida mais digna de ser vivida, não acha?

Eu disse cargo? Troquemos em miúdos o do senhor em questão:

1. Chefe dos educadores corporativos do banco número 1 do país (estatal), no seu estado mais poderoso, com status de "autoridade", tendo como jurisdição um universo de dez mil funcionários. Suas funções não estavam relacionadas a demissões, punições, coerções, mas à formação profissional daqueles funcionários.

2. As vantagens do cargo:

Um bom salário + comissões. Participação nos lucros a cada semestre, proporcional ao cargo. Viagens (com diárias). Cursos em várias cidades. Verba de representação, para almoços e jantares de negócios. Sala própria. Secretária. Telefone celular e e-mail pagos pela empresa. Apartamento funcional (do qual o nosso chefe abriu mão, preferindo continuar no seu; negociou isso e ganhou outros benefícios).

3. Os valores intangíveis do cargo:

Convites para eventos os mais variados. Coquetéis. Festas. Presentes. Bajulações. Inumeráveis amigos.

4. Lucros cessantes:

Na hora da aposentadoria, praticamente todas as vantagens especificadas nos itens anteriores ficam invalidadas. Perdas a acrescentar: o crachá que garantia livre acesso à empresa; e com ele, o logotipo, a logomarca, o endereço eletrônico que lhe dava um sobrenome de peso; a sedução das estagiárias; não ter mais ninguém em quem mandar.

Permanece o salário. Integral.

Quantos neste mundo tiveram, têm e terão tamanho privilégio? Um salário integral! E sem ter que suar a camisa para ganhá-lo. Agora, resigne-se a consumi-lo do jeito que lhe aprouver, até na cama, a dormir infinitamente, entregue às musas inspiradoras dos sonhos.

O senhor responde a tudo isso com um sorriso irônico. A ironia: durante os dois últimos anos, funcionários do banco, em vias de se aposentar, iam bater na porta da sua sala. A romaria começava no primeiro dia do último mês de trabalho. Todos com as mesmíssimas queixas e reclamações:

— Dediquei toda a minha vida a esta empresa, e agora vão me despachar, como se eu não tivesse a menor importância para ela? Que coisa mais desumana! Quanta falta de consideração! Isto é cruel.

— Então é assim? Chuparam a laranja até só ficar o bagaço, e agora vão me jogar num cestão de lixo, é?

— Pelo amor de Deus! O que é que eu vou fazer da minha vida, daqui em diante?

A parede da sua sala, aquela para a qual o senhor ficava de costas, era o próprio muro das lamentações, de onde reverberavam os brados de revolta, choro, desespero, ameaças de suicídio e até de assassinato:

— O senhor imagina as consequências do que este banco está fazendo comigo? Vocês estão me mandando para casa. Não sei se aguento ficar o dia inteiro olhando para a cara da minha mulher. Vou acabar dando um tiro nela. De quem será a culpa? Mas quem irá para a cadeia, hein?

Se a voz que o senhor ouvia era feminina, apenas invertiam-se os papéis dos atores na cena do crime anunciado.

Esposas em pânico, ao telefone ou pessoalmente, também faziam previsões trágicas, já se vendo na condição de viúvas. Seus maridos não iriam suportar o ócio. Definhariam até o último suspiro. Só não sabiam se lentamente ou depressa.

Para mantê-los vivos, que os recomendassem a comprar um táxi, a abrir um bar, ou um escritório de assessoria contábil, ou outro negócio qualquer, para o qual se sentissem capazes de tocar. Mas o senhor teve de parar com tais aconselhamentos, ao perceber as evidências sensíveis àqueles corações. A empresa era a mais forte razão de viver de cada um, transformada pela aposentadoria em "de morrer". Choravam por uma causa perdida, irreversivelmente, e de modo absurdo, injusto, desumano: o leite derramado. Com certeza, não seria a vaca que iria para o brejo, a partir do momento em que tivessem de entregar os seus crachás, e sim a manada de bezerrões e bezerronas desmamados.

Cabia ao senhor, e só ao senhor, na sua condição de gerente de Recursos Humanos, desempenhar o seu papel de consolador dessas almas aflitas, com uma palavrinha humanitária para cada uma delas, enaltecendo-lhes as qualidades, exagerando no reconhecimento da empresa "aos seus bons serviços prestados", esforçando-se ao máximo para trazê-las à realidade, ao tentar convencê-las de que não estavam sendo jogadas na sarjeta. Iriam passar ao pleno gozo de um direito, assegurado pelas leis trabalhistas. Para levantar-lhes a autoestima, o senhor lembrava-lhes o lado bom da aposentadoria. Todo o tempo do mundo para o lazer, o que significava poder conjugar o verbo vadiar em todos os seus tempos e modos. Tais argumentos acabavam sendo desmontados com apenas três palavras:

— Falar é fácil.

Nada a fazer. A não ser encaminhar aquelas pessoas aos assistentes sociais e psicólogos. Restava saber se estes seriam capazes de persuadi-las de que não estavam sendo enviadas para um paredão de fuzilamento ou um campo de concentração. Nem sempre se despediam do senhor cordialmente. Não faltou quem lhe apontasse o dedo, para um último desabafo, em forma de predição do castigo que já vinha com a espuma dos dias:

— A sua vez chegará.

Pelo fundo da agulha 381

Chegou.

E agora o senhor deve estar a lembrar-se de alguns amigos seus que se aposentaram. Um deles, dia sim, dia não, costumava vestir um terno e engravatar-se para ir ao local onde havia trabalhado, sempre com a desculpa de que estava passando ali por perto e resolvera subir para tomar um cafezinho com seus ex-colegas. Primeiro, ele ia direto à sua antiga sala, de olho na cadeira que secretamente não admitia estar sendo ocupada por outro. Julgava-a sua cativa. Ficava por ali bisbilhotando os papéis à mesa, esperando o momento em que seu novo ocupante se levantasse e saísse, oferecendo-lhe a extraordinária oportunidade de sentar-se nela, com a impagável sensação de retomada do poder. Depois, entrava em todas as salas, sem pedir licença. Interrompia os trabalhos, dava palpites, torrava a paciência de todo mundo, pouco se importando se lhe consideravam um estorvo.

Outro, durante um almoço, pediu uma garrafa de uísque, encheu o copo, e lhe fez uma confissão preocupante:

— Ou arranjo um novo emprego, urgentemente, ou vou passar a beber um litro desses por dia.

Não arranjou nada. E a cirrose o aposentou da vida.

Passada a tropa em revista, que tal puxar uma pestana e sonhar com os anjos, hein, senhor?

4

Sonhar, como é bom sonhar...

O homem na cama riu. Estava a recordar-se de uma música dos *bons tempos*, que tocava nos serviços de alto-falantes e nas rádios do interior. Teriam sido tão bons assim, aqueles tempos? Pelo menos eram mais simples, quando ainda se sonhava com um mundo a ser inventado, não exatamente este que está aí, do qual fugiria, se pudesse, para a Lua, onde, quem sabe, devia haver um porto seguro e gente feliz, por não ter espelhos. Lua, oh, Lua!

Oh, memoráveis serenatas em noites enluaradas para moças sonhadoras recém-saídas do banho, cheirando a eucalipto, todas farfalhantes em suas cambraias engomadas, e com suas vozes cheias de esperança num radiante futuro, quando príncipes encantados viriam de longe nas asas de um pavão misterioso, para buscá-las.

Era um povoado sem nome no mapa-múndi nas noites daquele tempo.

E que assim se divulgava: sertão.

Um lugar muito longe do futuro.

E agora bem perto do seu coração.

Ele se recorda: ali, quando o sol tremia como se fosse explodir, até as cigarras sonhavam com a chuva. Com as terras verdes de São Paulo-Paraná. Com uma estrada. Para a mais rica cidade do Brasil, no Sul de todos os sonhos. Naqueles ermos ditos sertão, sonhava-se com as almas penadas a implorarem sua salvação na eternidade, quando, finalmente, viriam revelar o exato lugar onde estava o dinheiro que em vida haviam enterrado, e do qual precisavam libertar-se, desde que um vivente o encontrasse, para então se livrarem do fogo em que ardiam no inferno, pelo pecado da usura.

Lembrar, como é bom lembrar...

Agora se lembrava: era assim que a música começava, aquela que se divulgou nas noites do sertão nos primórdios de suas novidades. Foi quando uma menina bonita aprendeu a cantar outra: *Quem quiser viver um sonho lindo / que eu vivi...* Imagine que sonho era esse: um recanto encantado, no litoral, *em que os poetas e os violões / não conseguem descrever / nas mais belas canções.* Inimaginável agora é o que imaginava do mundo de águas verdes ou azuis — o mar-oceano! —, aquela menininha que vivia numa planície de solidão e poeira, na qual nem rio havia.

O recanto da memória. Da sua memória. Se Deus ainda existe, que evitasse a perda do único patrimônio que verdadeiramente lhe importava. Pois agora sua vida seria só isso: memória. E exílio. Num apartamento. Num quarto. Na cama.

Hoje tocarei a flauta da minha própria coluna vertebral.

A repentina lembrança desse verso de Vladimir Maiakovski, o que dera à própria vida o ponto final de um balaço, pode ser uma pista para as suas verdadeiras intenções. Como não suspeitar de um homem na cama a evocar histórias de suicidas? Aí tem. Quem foi esse outro? Um poeta russo, nascido em 1893 num vilarejo da Geórgia, que estudou pintura, arquitetura e escultura e, muito jovem, entrou para um partido clandestino, chamado Bolchevique. Foi parar na cadeia. Com a vitória da revolução comunista, em 1917, aderiu a ela, entusiasticamente, tornando-se um dos seus mais arrebatados propagandistas.

Quando, no seu país, os tempos se tornaram difíceis para os artistas de vanguarda, desiludiu-se. E passou a viver amedrontado, a ponto de ser acometido por uma neurose obsessiva, que o levava a lavar as mãos continuamente. E só saía de casa com um sabonete no bolso. Outra de suas obsessões revelou-se mais perigosa. Uma paixão! E logo por uma mulher casada. E com o seu editor. Chamava-se Lila, Lila Brik. Com o inferno no peito, detonou no coração dela torpedos desesperados: "Que Hoffman celestial te pôde inventar, maldita?" Encurralado entre "o derradeiro amor do mundo, ardente como o rubor de um tísico" e suas decepções utópicas, achou que a única saída estava no cano de uma pistola.

Não se pretende aqui comparar os personagens. Já sabemos que o da presente história não se inscreve na lenda heroica. Nem se teme a concretização de fantasias suicidas, levadas a efeito pelo poder das influências literárias. No entanto, não negligenciemos quanto à associação de ideias que a palavra *pistola* pode provocar. Estaria este homem na cama tramando o tresloucado gesto?

Espantou a pergunta com um movimento de mão, como a livrar-se de um mosquito. Não nos inquietemos, pelo menos por enquanto. Não é uma arma o que ele tem sobre a mesa de cabeceira, e sim uma pilha de livros, que ele lê como quem reza, não só para afastar os maus pensamentos mas, principalmente isto, para tomar de empréstimo sonhos alheios, na esperança de vir a ter os seus. *Oh, musas inspiradoras, agradeçam ao Criador, se Ele fizer de mim um sonhador.*

Seu credo, porém, era em iluminações mais humanas do que divinas, como as *Memórias, sonhos, reflexões*, de Carl Gustav Jung, *O livro dos sonhos*, de Jorge Luis Borges, e o *Sonhos de sonhos*, de

Antonio Tabucchi, no qual esse escritor italiano inventou um sonho tragicômico do doutor Sigmund Freud, o intérprete dos sonhos dos outros. Mas não. Parecia condenado às noites mal-dormidas, de sono deslustrado, ainda que, uma vez ou outra, apelasse à inspiração bíblica em *O primeiro livro de Moisés chamado Gênesis*, rogando aos céus a excelsa glória de um encontro com Deus, para saber se Ele dorme como um anjo desde o sétimo dia da Criação, e se no Seu sono de justo sonha em recriar tudo o que criou, e quão belos seriam esses sonhos.

5

Esta noite o oráculo deste homem é uma mulher, sua santa de cabeceira desde tempos já perdidos nos confins da memória.

Eis a história:

Era uma bela tarde de uma cidade ensolarada chamada Recife, na qual não conhecia vivalma, e onde ele acabava de chegar, e vagava sem rumo atravessando pontes sobre canais, ainda assustado com a cena que assistira na porta do hotel em que estava hospedado: uma briga feia entre dois homens. Só vira o apavorante fim, quando um deles enfiou uma faca na barriga do outro, que se estrebuchou de olhos esbugalhados, entalando-se em suas próprias ofensas, a urrar de dor, ai Jesus, enquanto o agressor nem se deu ao trabalho de puxar a enorme lâmina que enterrara no bucho do seu desafeto. O assassino tratou de escafeder-se antes de ser agarrado pela turba que avançava, aos gritos. Com assombro, e estonteado também pela intensa luz da cidade, o transeunte viu no desfecho brutal um aviso de que estava pisando em solo perigoso. Era preciso estar atento a todos os movimentos e tomar todo o cuidado com os esbarrões e até mesmo ao dirigir a palavra a um desconhecido, o que para ele eram todos ali. Pensou: "As pessoas daqui se ofendem à toa. Aqui se mata por qualquer desavença boba."

Desviou-se do alvoroço a passos rápidos, seguindo no sentido contrário ao da fuga do criminoso, tão sem destino quanto ele. Queria mesmo era correr, correr alucinadamente, mas sabia que isso poderia despertar suspeitas de que teria alguma coisa a ver com o crime.

Então diminuiu o passo. Por medo até da sua própria sombra, não olhava para trás, nem encarava os que despontavam à sua frente, tanto quanto jamais iria ter coragem de perguntar a quem quer que fosse em que bairro se encontrava e como se chamaria o próximo. Esse estado de tensão, que beirava o paranoico, o privava de ver com prazer a cidade recortada por rios que vinham de longe para desaguar no mar, logo mais adiante. Imaginou-os coalhados de sangue humano, contaminados pelos dejetos urbanos, e atulhados de cadáveres. (Com o que sonhariam os rios? — ele perguntaria agora.)

A Divina Providência se encarregou de guiá-lo para a porta de um cinema. Em que outro refúgio poderia se sentir mais seguro? Parou e olhou o cartaz do filme que estava passando ali. A primeira sessão começaria em poucos minutos. E o título do filme era bem apropriado para as suas circunstâncias: *O coração é um caçador solitário*. Comprou o ingresso, entrou no cinema, bebeu água, muita água, municiou-se de dropes para aliviar a garganta ressecada, os nervos, a alma, sabe-se lá mais o quê, e foi se instalar confortavelmente numa poltrona de uma sala de projeção entregue às moscas. O filme era um fracasso. Que alívio. O exílio perfeito. Melhor do que isso só se não pintasse um assassinato na tela. Se visse mais uma cena de crime, ele iria enlouquecer.

Relaxou. O seu medo da cidade começava a ficar sob controle. Por isso mesmo não chegaria a ver o filme. Caiu no sono logo no início, assim que surgiram os letreiros com os nomes do elenco, produção, direção etc. Ao acordar se lembraria apenas de quem escreveu a história. E acharia essa memorização curiosa.

Em outra cidade e outro tempo, ao bisbilhotar livros esquecidos como refugos nos fundos de uma livraria, descobriu que

Pelo fundo da agulha	389

Carson McCullers era uma mulher e não um homem, como pensara na primeira vez que lera o nome dela, na tela do cinema onde havia se refugiado logo depois de ver um sujeito matar outro, também pela primeira vez. "Então era uma mulher!", ele exclamou, surpreso, ao folhear um de seus livros, gasto, ensebado, desprezado, que com certeza iria comprar, e não apenas pela lembrança do que lhe acontecera naquela cidade chamada Recife. Via-se agora envolvido numa relação, que poderia até considerar amorosa, com essa tal de Carson McCullers, como se fosse alguém que conhecera um dia ao acaso, e que lhe salvara a vida, ao fazê-lo dormir num cinema, ao abrigo de ruas e pontes selvagens, numa cidade onde os seus habitantes se ofendiam facilmente e matavam-se uns aos outros com uma inacreditável facilidade.

Como todo mundo que passou a ir ao cinema em todo o mundo depois da Segunda Guerra Mundial, nunca havia visto na tela uma beldade chamada Carson. E a foto dela na contracapa do livro que ele tinha nas mãos era uma comprovação de que o nome não combinava com aquela pessoa de rostinho fino, nariz afilado, uma franjinha na testa, cabelos escorridos até a altura dos ombros — a lhe dar uma aparência de freira —, sobrancelhas que pareciam um risco de *crayon*, boquinha pintada de quem ia a uma festinha pela primeira vez, e um olhar penetrante. E triste. As linhas biográficas dessa criaturinha o levavam a ver tristeza em seus olhos, pois a descreviam como uma mulher frágil, pateticamente lírica, tragicamente musical, humanamente profunda. No entanto o seu nome, esse Carson, mais parecia de um cabra-macho a viver enfiando peixeiras nas barrigas dos que lhe atravessassem o caminho, numa cidade brasileira chamada Recife, por exemplo, ele pensava agora.

Vai ver esse seu nome, que soava abrutalhado, a bater como uma tijolada nos ouvidos de um extemporâneo admirador brasileiro, tenha sido o preço que ela teve de pagar por haver nascido no estado da Geórgia, no rude Sul dos Estados Unidos, no dia 19 de fevereiro de 1917. Filha de um modesto relojoeiro e casada com um sargento, o seu martírio, porém, não teve nada a ver com o batismo ou o registro em cartório, nem pelo nome duplo — Lula Carson — que seus pais, Vera Marguerite Waters e Lamar Smith, lhe deram ao nascer. Ao casar-se, perdeu o Smith e ganhou o McCullers. A figurinha que depois de casada passou a assinar-se Carson McCullers teve uma vida breve e infeliz. Aos 37 anos, sofreu uma paralisia em todo o lado esquerdo do seu corpo. Aos 50, disse adeus às terríveis dores físicas que a atormentavam. O sofrimento não a impediu de sonhar, pensa aquele que agora tira os olhos da página de um de seus livros, *e por hoje basta um parágrafo, na verdade não preciso mais do que umas poucas linhas da martirizada Carson, aquela que um dia me fez dormir no cinema, e a quem recorro outra vez para chamar o sono*, ele pensou mais, fechando o livro e repondo-o à mesa de cabeceira.

6

Ruído de descarga. Arrastação de móveis sobre o seu teto. Um cachorro late desesperadamente. Crianças batem bola, pulam e gritam em algum lugar que parece muito próximo. Choque violento de carros ali na esquina. Imaginou bêbados e drogados ao volante. Sons de sirenes. Calculou os feridos. Tiroteio assustador em algum lugar. Pensou que podia ser na televisão de um vizinho igualmente insone, ou não. Estridências alucinantes no edifício em frente. Imaginou embalos juvenis. Outro embalo — este de sonho — numa cama acima da sua cabeça. *Ai, ui... Isto é tão bommmm...*

Um piano toca ao longe uma valsa de Bach. Ele se enche de vontade de chegar à janela e berrar, a plenos pulmões:

— Tenham a delicadeza de ouvir esta sonoridade celestial que não sai dos meus ouvidos. É o Bill Evans quem está tocando. Bil o quê? Pouco importa se ninguém saiba de quem se trata. Silêncio, por favor. Chega de som e fúria, significando apenas barulho.

Besteira dizer isso. Ninguém o escutaria.

Ele apaga a luz. Esparrama-se na cama. Nenhum cheiro nem afago de mulher a consolá-lo. Seria o espaço desta cama a real dimensão do seu envelhecer?

Não. Não vai chorar. A música que continuava ouvindo, imaginária ou não, haverá de acalentar-lhe o sono, na sua primeira noite de aposentado. E viúvo.

Sua mulher também havia morrido aos 50 anos, não naquela cama, nem na de um hospital. Foi em trânsito, metralhada pelas costas, dentro de um carro, ao tentar fugir de um assalto, na volta do trabalho para casa. Ela agora era só um retrato em sua cabeceira, junto com os livros. E o rádio-despertador.

Não, ele nunca conseguiu esparramar-se em toda a cama. Deitava-se no seu lado de sempre, deixando vago o espaço que a mulher ocupou enquanto viveu, achando que ela poderia voltar a ocupá-lo, para lhe dar umas cotoveladas, assim que começasse a roncar. Então ele acordaria, tateando na cama sem tocar em corpo algum ao lado do seu, mas convencido de que havia alguém no quarto, a vigiá-lo. Ela. Quem mais poderia ser?

Vamos combinar que esta história da morte brutal da sua mulher é má literatura ou, no mínimo, uma solução fácil, senhor. Mais parece uma colagem de alguma matéria de jornal, lida hoje, sobre o transe urbano, que se tornou banal, de tão repetitivo. Tal noticiário já não produz um grande impacto, a não ser para os parentes e amigos das vítimas de balas bem endereçadas ou perdidas. O fim (imaginário, diga-se, porém violento) que o senhor deu à sua mulher expressa mais os seus ressentimentos do que a verdade dos fatos. Ela está vivinha da silva. E precisa urgentemente ser avisada do seu desejo de matá-la, ainda que simbolicamente, digamos assim. Por este viés, não podemos esperar que o cordeiro de Deus à cama esteja querendo tirar todos os pecados do mundo. Está apenas revelando os seus. Peca-se por ação ou maus pensamentos, o senhor sabe, não sabe? E do pensamento — um crime em estado latente, por exemplo — pode-se passar à ação. Considere-se réu confesso de um crime potencial. Agora o senhor está encalacrado. E não conte com os meus serviços de advocacia para defendê-lo. Nunca fui do ramo.

Ao eliminar a sua ex-mulher brutalmente, o distinto aí pretendeu retirá-la da sua vida, de uma vez para sempre, não foi?

Por um mistério insondável, o senhor aumentou a idade dela, quando do desenlace do seu casamento. O amor que o senhor tinha por aquela bela e fogosa senhora na faixa etária mais degustável — entre os trinta e os quarenta —, em que o corpo feminino adquire a consistência e maciez de um pêssego, virou ódio. Não recordemos agora os motivos de tal separação, que tanto o infelicitou, pois temos muito assunto para conversar — quer dizer, para eu ouvir do senhor —, esta noite.

Para o momento, relembro o encontro que vocês tiveram hoje, ao cair da tarde. Foi aí que a ficha caiu: ela está em outra. Bastou notar a maletinha que portava, supondo a grife. Victor Hugo ou Louis Vuitton, por aí. Pelos seus passos, gesticulação, modos de sentar-se e falar, o senhor a viu inteiraça. Deve estar malhando todo dia, pensou. Olhando-lhe o rosto, deu vivas à cirurgia plástica.

Sim, ela é ainda uma mulher bonita. E poderosa. Alta executiva. Agora está atuando no mundo empresarial globalizado. Esclareceu-lhe o segmento do mercado, que o senhor fez questão de esquecer. Negócio muito sofisticado para a sua compreensão. Talvez mais para fazê-lo rir do que para o esnobar — ou as duas coisas, vá lá saber —, disse-lhe, em tom de deboche:

— Agora sou chique. E você, pode dizer a mesma coisa? — Ela riu. E continuou: — Tem algum plano para o futuro, que começa amanhã de manhã?

As duas perguntas bateram em seus ouvidos como um paralelepípedo. Teve vontade de esganá-la, não é verdade? Felizmente, conseguiu controlar-se. Melhor assim. Não fora para brigar que lhe havia telefonado. O que queria mesmo era fazer desse encontro um momento de boas recordações. Começaria convidando-a para ver um filme. Afinal, havia sido no cinema que o senhor um dia aprendeu a dizer *ai lóvi iú*.

Ela não ia ter tempo. Precisava rever uns projetos e fazer a mala. Amanhã estará embarcando para Nova York, a trabalho.

E se dará três dias de presente para ver um pouco do que esteja rolando por lá, na Broadway e off-Broadway. Mas aceitava uma taça de Prosecco. Ah, sim, o espumante da moda, o senhor sabia, embora ela, brincando ou não, não o achasse chique.

— Só uma. Estou com pressa mesmo!

O senhor pediu-lhe notícias dos filhos, queixando-se de que eles quase não o procuravam.

— Ainda não percebeu?

— O quê?

— Que filho é um saco? Os nossos, às vezes, até que são amáveis. Sei que estão bem. Pode ficar tranquilo. Ainda não se tornaram traficantes de drogas. Estão ralando muito, nas atividades lícitas, digamos assim. Um virou operador da Bolsa de Valores e o outro é diretor de arte da agência de publicidade que tem a conta da empresa onde trabalho. Vai me dizer que não sabe disto? E que os dois estão ganhando direitinho? E que trocam de mulher como você de camisa? Vê se janta com eles esta noite. Procure-os também, vai!

— E você? Está casada?

— Bom, agora chega. Já estou em cima da hora. Obrigada pelo Prosecco. Desceu bem.

Um beijinho e tchau.

O senhor se pôs a andar pelo velho centro da cidade, que tanto amava, refazendo os primeiros passos de quando nela havia chegado, assustando-se com o estado deplorável de uma parte dele, entregue à mendicância e à prostituição. Velhos cinemas, nos quais o senhor vira os filmes que se tornaram clássicos, agora eram salas pornôs. Outra ainda é reconhecível, pela imponência de seus edifícios, construções tão sólidas quanto as fortunas das empresas nelas instaladas. O senhor se pôs a vagar por ruas do passado, em busca de uma saída para o futuro, não sem antes se certificar de que as manchas de sangue de um casal amigo, metralhado num ponto de ônibus, a poucos passos da

Pelo fundo da agulha   395

catedral da Sé, já haviam sido lavadas pelas enxurradas. Ao sentir os pés redondos de tanto andar, ergueu um braço. Um táxi parou. Ao entrar nele, notou que o motorista devia ter mais ou menos a sua idade, ou talvez um pouco mais.

— Setenta anos — ele disse.

— Já está na hora de se aposentar, o senhor não acha?

— Outra vez?

Contou toda a sua história em poucos minutos. Em resumo: aposentara-se como funcionário público havia 25 anos. Aí entrou em depressão. Achando que ele ia morrer, sua mulher o instigou a comprar um táxi. Foi o que fez. Se estava vivo até hoje, agradecia a ela, que o empurrara para a rua.

— Aposentadoria mata, meu chefe.

Estava falando de corda em casa de enforcado.

7

Era São Paulo esta noite. A cidade que contemplou os sonhos de um imigrante com emprego, mulher, sogro, sogra, filhos (onde estariam eles?), amigos (e estes também?), viagens, amantes, sim, queridas colegas de trabalho, vocês foram o sal e a pimenta do nem sempre insosso *modo funcionário de viver.* E agora muito disso, ou quase tudo isso, havia se esvanecido na fumaça do maior parque industrial da América do Sul — mais um forno, mais um torno, mais um volks. Agora ele estava só, totalmente só, na cidade onde é possível você suportar tudo, quase tudo, menos a falta do que fazer.

> *Memória!*
> *Junta na sala do cérebro as fileiras*
> *das inumeráveis bem-amadas.*
> *Derrama o riso em todos os olhos!*
> *Que de passadas núpcias*
> *a noite se paramente!*

Maiakovski de novo. A lembrança perigosa.
Afastem de mim este fantasma.
Memória! Um irmão que se matou. Mas isso faz muito tempo. Foi o seu pai quem fez o caixão, a consolar-se numa garrafa de cachaça. Assim que o esquife ficou pronto, tratou de levá-lo para a cova. "Tinha tão pouca gente", desolou-se, ao voltar do enter-

ro. Foi tudo nos conformes da lei dos homens, velho. A igreja fechou-lhe as portas. Suicida não entra na casa de Deus, nem no reino do céu. E afasta as pessoas. Apavora-as. Naquele dia, nenhuma beata teve a coragem de pedir ao doido do lugar para parar de azucrinar o juízo dos vivos, com sua pregação satânica:

— Mais um condenado foi para o inferno! Mirem-se, condenados! — era assim que ele berrava, o tempo todo, como uma gralha mal-assombrada.

Quando a noite baixou com todo o seu peso e assombro, até o doido se apavorou. E mudou o seu discurso:

— A chuva chove nas flores, tua coberta é macia. Vem, que eu te agasalharei — ele começou a dizer, como se quisesse se redimir de suas imprecações de antes. Era o medo da alma do condenado.

Não lhe fizeram uma campa com palavras bonitas gravadas. O mato cobriu-lhe a cova. A chuva fez da erva daninha a coberta que o doido havia prenunciado. E apagou a memória de sua existência. Ele era um ninguém. Menos para a sua mãe.

Ah, a sua mãe.

Ela desatinou ao ver o filho mais amado — o primogênito! — com o pescoço numa corda. "Senhor Deus, misericórdia!" — bradou, arregalando os olhos, em total desespero. E passou a se bater contra uma parede, tresvariando, espumando, e a recitar trechos desconexos de cartas do seu ente querido que guardava na sua alma de *mater dolorosa*. "Nelo meu filho mandou me dizer..."

Do lendário Nelo seu filho restaram-lhe apenas frases e mais frases, parágrafos inteiros, de um monte de cartas enviadas a espaços irregulares por toda uma vida, numa letra vertical de quem estudou caligrafia, embora tropeçando na pontuação e na gramática, o que não tinha a menor importância para a sua saudosa mãe também de poucas letras. Para ela, o mais importante era saber que o seu adorado primeiro filho não a havia

Pelo fundo da agulha 399

esquecido. E que estava vivo e com certeza era um homem rico: as cartas sempre lhe traziam algum dinheiro.

"Nelo, Nelo, Nelo." O que sumira por trás da montanha, como o sol no final de todas as tardes, deixando o Brasil para nascer no Japão. E nunca mais voltara. Enfumaçara-se no crepúsculo do mundo. Reencontrá-lo 20 anos depois da partida, enforcado num gancho de uma rede, foi o triste fim do seu sonho de mãe. Ela enlouqueceu. A ponto de arrancar os cabelos, as vestes, a pele, ao dar murros, cabeçadas, chutes numa parede, até ficar toda desgrenhada, esfarrapada, ensanguentada. Como se todos os seus outros filhos, o marido, o mundo, a vida, nada mais fizesse sentido algum. Foi. Num dia já longínquo do passado.

Também fazia muito tempo que ela se recuperou, voltando a passar os seus dias a enfiar uma linha pelo fundo de uma agulha, sem óculos — foi assim que ele, este seu outro filho que sobreviveu para contar essa história, a reencontrou, aos 75 anos, boazinha do juízo. E das vistas. Isso também já faz é tempo. O seu pai e a sua mãe ainda estariam vivos? Todos estarão bem?

Depois do enterro do irmão, ele veio para São Paulo, de onde o outro retornara, para se enforcar nos confins da terra em que nascera. E aqui está, na cidade dos que vêm e vão, vão e vêm. Eis aí a rotação, o movimento pendular dos sem-chão: ir-e-vir, vir-e-ir. Haja estrada. Ele, porém, viera de vez, aos 20 anos, numa viagem sem volta. Mas bem que agora gostaria de regressar ao colo da sua mãe, para saber como ela viu o mundo pelo fundo da agulha da máquina de costura que serviu para vestir todos os seus filhos. E também para dar umas boas risadas com o seu pai, como na última vez que se encontraram, e ter o prazer de ouvi-lo dizer de novo, de boca cheia, na sua entoada voz de terra, mato e sertão:

— Eita! Não se morre mais!

Isso era outra coisa que lhe perturbava o sono, esta noite: não saber se o seu pai ainda estava vivo. E se é verdade que ele conversa com os mortos, como um dia lhe disse a sua irmã Noêmia, por telefone. Apavorada, claro. E não só por medo de assombração, mas de que o velho já começasse a dar sinais de estar aluado. O enorme fascínio a respeito do teor dessas tertúlias do seu pai com as almas do outro mundo já o fizera voar ao seu encontro, ansioso para saber como eram elas: tristonhas, mortas de saudades da vida, ou aliviadas por terem se livrado do fardo de suas existências?

Não conseguiu arrancar nada do suposto anfitrião dos convivas do Além. Nem teve coragem de lhe fazer uma única pergunta sobre um assunto que imaginava decifrador do maior enigma humano: se há vida depois da morte. E se os mortos podem falar com Deus — ou se ao menos podem confirmar que Ele existe —, e o que há de verdade ou lenda sobre o céu, o purgatório e o inferno.

Voltou se sentindo um contador sem números, um orador sem palavras, um narrador sem fábulas, um peixe sem água, um pássaro sem asas. Ou seja: de mãos vazias. Mas pleno de descobertas outras, como a de que o seu pai era um velho lobo desgarrado que deixava a sua matilha tonta, ao preferir viver sozinho numa toca no alto de uma montanha, onde uivava em surdina para as plantas, para o sol, para as estrelas, para a lua, numa prosa indecifrável com a natureza, contente da vida, ainda que levantando suspeitas de que havia perdido o tino, a ponto de dar bom-dia às árvores, aos pássaros, às suas galinhas. E de conversar com os mortos, quando a noite baixava sobre a sua solidão.

— Cada um que cuide de si. De mim cuido eu. Sei fazer a minha própria comida e lavar a minha roupa. Logo, sou o dono e senhor do meu destino. Podem ficar sossegados. O dia em que a morte estiver para chegar, eu aviso a todos. Aliás, basta dizer isso à minha filha mais velha, a Noêmia, que é a mesma coisa que avisar a todo mundo. Não é ela a metida a chefona dos irmãos e da mãe?

Pelo fundo da agulha 401

Eis aí um pai do outro mundo.

Agora esperava que, quando voltasse a vê-lo, ele não fizesse como da outra vez, que de cara não reconheceu o filho ausente — e por 20 anos! —, encabulando-se ao ter de perguntar quem ele, esse seu filho, era, chegando até a supor tratar-se de um parente qualquer. Uma confusão perdoável, considerando-se o longo tempo da ausência e a enormidade da sua desgarrada prole. Mas sim. Numa próxima vez iria adorar se o seu pai, logo à primeira vista, lhe abrisse os braços, sorrindo de orelha a orelha, com o mesmo entusiasmo com que antigamente, muito antigamente, soltava meia dúzia de foguetes a cada nascimento de uma criança, para anunciar ao mundo que havia gente nova em sua casa, e exclamasse, sem titubear:

— Totonhim!

— Sim, mestre Antão. Sou eu mesmo. O seu filho Antãozinho, dito Totonhim. O que mora muito longe e nunca manda notícias. E desta vez não vim atendendo a uma convocação da minha irmã Noêmia. Mas cá estou, com o meu apelidozinho de infância, que o senhor me deu. Venha de lá esse abraço.

— Por que não avisou que vinha, para eu receber você direito? Mesmo assim a surpresa é boa. Chegue à frente. Viva Santo Antônio! Viva São João! Viva São Pedro! Totonhim não se esqueceu do velho Totonho. É hoje que eu vou soltar uma dúzia de foguetes.

— Tem uma cachacinha aí, ou um licorzinho de jenipapo, para a gente comemorar?

— Eu não bebo.

— Como esse povo inventa histórias. Já me disseram que o senhor vive caindo de bêbado.

— Rapaz, isso é falta de assunto. Mas se esse povo daqui não inventasse história, de que ia viver? Todo mundo ficava era doido. Deixa isso pra lá. Agora vou fazer um café, que abelha ocupada não tem tempo para tristezas. Você também gosta de um cafezinho sem açúcar, não é? Viu como ainda me lembro disso? Venha comigo. Vamos dar umas risadas lá na cozinha.

Tinha que ser mesmo na cozinha, o cenário das tertúlias ancestrais. Ao pé de um fogão, sob o crepitar da lenha e dos fumegantes panelões de milho verde, batata-doce e aipim. Em noites de sonhos.

Àquela altura da conversa, já teria se dado conta de que o quadro não era mais o mesmo de antes: um velho, um cavalo, um cachorro e uma garrafa de cachaça. Suprima-se a garrafa. "Pouco vai adiantar este remendo, Totonhim" — dir-lhe-ia o pai, sabendo muito bem o que estava falando. "Veja só. Se alguém passa na estrada e me vê com um copo d'água na mão, vai pensar: 'Coitado do velho Antão. Continua se desgraçando na bebida.' Bebi sim. Muito. E muitas vezes. Até ficar de pé redondo. E não só para afogar as minhas mágoas, desde o dia em que a sua mãe botou todos vocês, e todas as tralhas da nossa casa, em cima de um caminhão, e foi embora, me deixando entregue às moscas. Nem me tornei um ébrio apenas pelo desgosto de viver fazendo um caixão atrás do outro, ora de um anjinho, ora de um pecador. Até de um filho que se matou eu fiz, imagine. Mas também bebi para comemorar o nascimento de uma criança. E para molhar a palavra e a alegria, numa festa de batizado ou de casamento, em volta de uma fogueira de Santo Antônio, São João e São Pedro. O que queria que todos entendessem, Totonhim, é que também bebi à vida. Como quando encontrava os velhos compadres, nos dias de feira, e ficava alegre por saber que eles ainda estavam vivos. Não estou querendo negar nada. Mas acredite em mim. Já não bebo."

Repinte o quadro, Totonhim, se ordenaria Totonhim. E esqueça aquele outro, o da cozinha das tertúlias ancestrais, onde todos se reuniam ao pé do fogão, para contar histórias e espantar o medo da noite, sempre cheia de assombrações. Seu pai

Pelo fundo da agulha 403

agora vive num casebre paupérrimo, no qual mal cabem vocês dois. No entanto, não se queixa disso. A ele, o seu pai, tudo o que parece importar é o espaço de fora, de que se sente dono e senhor. Vá encontrá-lo na sua montanha, a contemplar o nascer e o pôr do sol mais luminosos do mundo.

Precisava revê-lo. Urgentemente. Para beber de novo um pouco da sabedoria daquele homem simples, e tentar saber se ele ainda acha que o destino humano é só o de viver e deixar viver. Para ouvir de novo os seus únicos conselhos que tinha para cada filho:

"Faça o bem, não importa a quem."

"Empenhe sua palavra com um fio de bigode. E cumpra."

"Não ande com a cabeça no tempo, para não queimar o juízo. Bote o seu chapéu."

Será que o tempo de conselhos assim já passou? E o seu pai, ainda pertenceria a este nosso mundo? E o que estará fazendo de seus dias? Saboreando cada um deles, como se fosse o último?

— Vamos, velho. Responda.

— Eu é que pergunto: e você, Totonhim, o que faz lá naquelas terras civilizadas?

— Nada.

— Como assim? Nada vezes nada?

— É isso mesmo.

— Está desempregado?

— Não senhor. Estou aposentado.

— Imagino que seja uma boa aposentadoria. E não igual à minha, de trabalhador rural. Um salário mínimo, Totonhim. Mas Deus é grande. E essa terra ainda é capaz de dar o meu sustento, como deu antes para eu criar vocês todos. Ainda tenho um quintalzinho aí, onde planto feijão e umas verdurinhas. Basta Deus mandar chuva em todo inverno, que de fome não vou morrer. Rá, rá! Totonhim por aqui. Vai chover hoje.

No auge do seu entusiasmo, ele, o seu pai, começaria a cantar:

— *Chove, chuva / chove sem parar...*

E comentaria:

— Só o comecinho dessa música tem serventia. Eu me recuso a cantar o pedaço dela que diz: *Por favor, chuva ruim / não molhe mais o meu amor assim.* Desde quando chuva é ruim? O bestão que escreveu isso nunca conversou com uma planta. Nem ralou os seus joelhos no pedregulho da ladeira do cruzeiro da Piedade, fazendo penitência junto com a gente, e clamando aos céus para Deus fazer chover. Mas vamos lá, Totonhim. Choveu na sua horta, até o dia em que se aposentou? Você trabalhava em que mesmo? Era pedreiro, porteiro de edifício, ou cobrador de ônibus, como dizem que é o que os daqui vão ser, em São Paulo?

Não, não poderia, de maneira alguma, dizer ao seu pai que se aposentara como gerente do que quer que fosse do Banco do Brasil. Para não ter que ouvir uma descompostura:

— O quê?! Filho meu já trabalhou para os bandidos? Então você fez um pacto com o diabo, Totonhim? Esqueceu que foi um banco que me deixou na ruína, quando fiz a besteira de tomar dinheiro emprestado, para plantar sisal, quando só sabia plantar feijão e milho, e por isso mesmo não tive lucro nenhum? Nunca se lembrou disso, não? Para me livrar da dívida, fui obrigado a vender as terras, as nossas terras, com tudo o que tinha nelas. Só Deus sabe quanta dor no meu peito e vergonha nesta minha cara eu padeci, quando tive de me desfazer de tudo o que possuía, por causa da desgraça do tal empréstimo. Lembra do nosso quintal de bananeiras? Da roça de mandioca? Dos cajueiros, umbuzeiros, quixabeiras, cajazeiras, e dos pés de araticum e graviola? Perdi tudo, Totonhim, não foi? Senhor Deus! Um filho meu me fez a desonra de dar o seu sangue para o demônio. Era só o que me faltava!

— Espere aí, papai. Não foi o Banco do Brasil que lhe arruinou. Foi um negócio chamado Ancar, a tal da Associação Nacional de Crédito Agrícola e Rural, um braço brasileiro do banqueiro norte-americano Nelson Rockefeller. A vinda desse

Pelo fundo da agulha

banco devia até fazer parte dos acordos dos Estados Unidos para o Brasil entrar na Segunda Guerra Mundial.

— Que importam os nomes? Banco é banco e pronto. Eu me lembro, seu moço. Os bancários que vieram para nos arruinar não eram gringos nem nada. Eram brasileiros iguais a você e a mim, tirante o modo deles de se vestir e de falar. Chegaram aqui num jipe, muito bem-falantes, como são todos os que vivem de enganar os outros. Era um domingo de missa e eles pediram ao padre para dizer, na hora do seu sermão: "Amáveis fiéis! Plantem sisal que o governo garante!" Está me ouvindo? O beatíssimo padre não falou em nome de nenhum Rockefeller, mas do governo brasileiro. E ele ainda teve o desplante de convencer, a capiaus como eu, que era o progresso que estava chegando nestas brenhas, trazendo dinheiro para quem quisesse plantar sisal, um produto de exportação que estava ganhando o mundo. E os roceiros daqui iam fazer fortunas, o padre explicava, falando pela boca daqueles homens. Caí no conto do vigário. Agora me responda: o seu Banco do Brasil, que sempre foi garantido por esse tal de governo, garantiu o meu prejuízo? Tudo faz parte da mesma canalha, Totonhim. E me diga se estou errado.

— É, meu pai. O senhor está com toda a razão. Bota canalha nisso. Deixe que eu lhe conte sobre o meu último dia lá no Banco do Brasil. Nem me fizeram uma festinha de despedida. E olha que foram anos e anos de batente. Tipo funcionário padrão.

— Agora entendi por que você veio tomar um cafezinho amargo comigo. Para se consolar um pouco das suas próprias mágoas, certo?

Ô, velho. Não seria por isso.

Ou só por isso.

— Bem, agora dê umas voltas por aí que eu vou arrumar o seu quarto. Vá rever os parentes, enquanto tomo umas providências. Tem uma pessoa que vai gostar muito de saber que você está na terra. Adivinha de quem estou falando?

8

Ora se não adivinhava. Inesita! Aquela que o levara a ver estrelas, numa das mais iluminadas de suas noites, a ser rememorada com um conhaque à luz de uma lua cheia.

Não teria pressa em reencontrá-la. Talvez nem desejasse isso. Por temer ver-se diante de um quadro merencório: um homem e uma mulher parados, frente a frente, com os olhos a buscar, não nos rostos que se defrontam, mas no fundo de suas memórias, as feições que já tiveram um dia, quando se amaram muito.

Dispensam-se palavras.

Mas não a tradução do que lhes vem à mente.

Ele: "Ainda te lembras de mim?" (Subtexto: "Não tinhas este rosto, Inesita.")

Ela: "Mas é claro! Tu vieste aqui uma vez e me comeste como se eu fosse uma égua, uma puta. O que mais uma mulher poderia desejar? Só que não ficaste para envelhecermos juntos. Por isso agora nos estranhamos. Como se não estivéssemos nos reconhecendo." (Subtexto: "E tu, Totonhim? Pensas que o tempo só passou para mim?")

Ele (achando que chegara o instante das palavras que consolam): "Estás muito bem, hein?".

Ela (concluindo que era melhor dizer logo o que ele certamente estava querendo ouvir): "Tu também." (Risos).

Então os dois se dariam as mãos e, sem se dizerem nada, seguiriam por uma ruazinha deserta que iria desembocar numa estrada de terra. E essa estrada os levaria a uma cancela. Passariam por ela, avançando os passos, até avistarem uma árvore, que continuava frondosa, como no dia em que um menino experimentou um bocadinho do fruto proibido debaixo dela. Passara-se isto há um bom meio século. Agora, a simples visão daquela árvore devolveria àqueles dois os papéis de pequeno Adão e pequena Eva, a caminho de descobrirem as suas diferenças que, se entrelaçadas, os fariam conhecer o paraíso.

No princípio foi um menino e uma menina. Primeiro, o menino tocou na maçã proibida. Depois, já maiorzinho, a mordeu. Viria a saboreá-la por inteiro bem mais tarde, quando já havia se submetido a experimentações variadas do bíblico fruto.

Reportemo-nos à ordem dos acontecimentos.

Assim que os dois chegaram à árvore, Evita (na vida real, Inês, Inesita, Inezinha, ou simplesmente I) assanhou-se.

— Vou subir nela — disse. Pulou e se agarrou ao galho mais baixo. Pediu-lhe para segurar os seus pés, até que ela atingisse o outro galho, a poucos palmos das suas mãos, e firmasse o passo no tronco. Ele obedeceu, entrelaçando os dedos e fazendo uma concha para apoiar uns pezinhos rechonchudinhos, fofos, quentinhos, gostosinhos, que davam vontade de apertar, de lamber, de enfiar na boca e comer. Plantado ali no chão, fincando-se bem para não escorregar e cair, fazendo-a desabar, ele a impulsionou pela árvore acima, acompanhando a sua escalada em êxtase, ao descobrir o tesouro que aquela menina escondia sob as suas saias. As calcinhas! Era a sua primeira visão do paraíso, a lhe dar vertigem. Abaixou a vista. O mundo girava diante dos seus olhos, numa velocidade incontrolável. Achou que ia desmaiar. Segurou-se no tronco da árvore e ficou esperando a menina descer. Para que tudo voltasse a ser como era antes.

Quando ela desceu, desgrenhada mas desmanchando-se em sorrisos pela sua proeza sem escorregões, disse-lhe que por

Pelo fundo da agulha 409

muito pouco não havia pegado um passarinho, que lhe escapara assim — zás! Chegou-se mais perto do seu ajudante de traquinagem olhando-o nos olhos, com uma faceirice estonteante. Depois desceu a vista por todo o corpo dele, como se estivesse medindo a extensão do rebuliço que a visão dos seus fundilhos havia causado. E, bumba: levantou a saia e arriou as suas tão extasiantes calcinhas.

— Vamos botar os nossos passarinhos para brigar? O meu já está todo arrepiado. Toque o dedo nesse pinguelinho aqui, ó. É quentinho, não é? Agora ponha o seu passarinho na porta da minha gaiolinha. Ai! Dá um tremeliquezinho gostoso, não dá?

Assim se conta a história de uma árvore, que guardaria para sempre em sua sombra a memória de um encontro entre uma Evinha e um Adãozinho, no dia em que eles chegaram às portas do Éden.

Iriam crescer sem mais vadiar juntos pelos pastos, como daquela vez. Meninas iam para uma escola, meninos para outra. E depois da escola havia os afazeres domésticos, para as meninas, e o trabalho braçal, nas roças, para os meninos. Mas quis o destino que os dois voltassem a se encontrar, num quintal de bananeiras. Desta vez ela não ia apenas levantar as saias e abaixar as calcinhas. Despiu-se completamente, exibindo uma touceira de cabelos louros em torno da sua gaiolinha, e seios bem empinados. Ele a imitou, revelando-lhe também as transformações do seu corpo. E assim, frente a frente, como vieram ao mundo, se tocaram, se abraçaram, se beijaram. Descobriram-se ainda mais desejáveis. E foi então que viram a Terra tremer e o mundo virar e revirar, enquanto a Evita feita mocinha, na travessia que iria torná-la uma mulher, urrava, de prazer e dor: "Você me ama, você me ama, você me ama?"

Ora se a amava!

— Estou toda doída.

Doída, ensanguentada e cheia de terrores íntimos. Como o medo de engravidar. E o de ter acabado de entrar para o rol das moças perdidas. As desonradas. Era uma vez a sua virgindade, que simbolizava a honra a ser celebrada de véu e grinalda, em frente a um altar de Deus. "Maria Inês Vandeck de Albuquerque, aceita Antão Filho como seu legítimo esposo?" Ela antevia a cena, ansiosamente aguardada pelas mocinhas em idade núbil, com um balançar de cabeça. "Padre Antônio, o senhor está sacramentando a união de Inesita e Totonhim, duas crianças que sempre se amaram. Os nossos nomes são esses e não os que o senhor está dizendo, embora também pertençam às mesmas pessoas. Portanto, peço-lhe encarecidamente para repetir a pergunta, mas com o nome certo daquele que é meu legítimo esposo desde menino."

Ela sabia que tinha avançado no tempo. Cedera ao cio da natureza, sobre um amontoado de folhas de bananeira. Não estava arrependida. Apenas sentia-se toda melada como uma bezerra que se espojara num monte de areia. E preocupada. Seu pai, sua mãe e seus irmãos já deviam estar perguntando uns aos outros onde ela havia se metido. Ouviu ao longe o chamado dos sinos. Dia de missa, confissões, batismos, crismas, casamentos. Sua mãe era zeladora da igreja. E seu pai apreciava os licores oferecidos nas festinhas de comemoração dos sacramentos. Tomara mesmo que estejam muito entretidos e não deem pela sua falta. O safadinho do Totonhim havia previsto isso, quando a convidara para um passeio no campo. Esboçou um sorriso. E disse:

— Perdi o meu cabaço, seu cachorro! Você vai continuar gostando de mim?

Sim, sim, sim. Por todo o sempre. Amém.

— E vai se casar comigo?

Ele respondeu com uma jura. Cruzou um dedo em outro e os beijou. Depois, deu-lhe as mãos, para levantá-la.

— Vamos nos lavar — disse, puxando-a para um tanque que ficava logo ao lado do quintal das bananeiras.

Pelo fundo da agulha 411

— Espere aí. Primeiro, vamos nos vestir.

— Para quê? Não há ninguém por aqui.

Entraram no tanque de mãos dadas. Lavaram-se e se abraçaram. E perceberam que nem toda a água do mundo seria capaz de apagar o fogo que ardia dentro deles.

— Devagarinho — ela sussurrou-lhe. — Agora entre de pouquinho em pouquinho, assim, isso, ui!

Menos afoito do que na primeira vez, ele mergulhava para dentro de um fundo invisível, avançando e recuando e voltando a avançar lentamente, estendendo a duração do tempo da chegada ao final do seu mergulho. Agora ele se sentia um homem, e não um menino a brincar de pôr o seu passarinho numa gaiola.

Pouco depois desse batismo às sombras das bananeiras, e do crisma sacramentado nas águas de um tanque de fundo lamacento, os seus caminhos iriam se bifurcar. O dela a levaria a uma capital, em busca de estudos mais avançados, entre o azul do mar, brancas areias, o encantamento das ruas, festas públicas e privadas, palácios iluminados, na cidade civilizada. "Sete léguas de ruas!", exclamava-se naqueles ermos sertões, que se juntavam de vez em quando no descampado de uma praça, tendo aos fundos a rua do Tanque Velho, a Nova, a do Cemitério, a do prédio escolar — nos dias de feira, de missa, enterro, batizado e casamento, catecismo, novena, quermesse, festa dos vaqueiros, e de Santo Antônio, São João e São Pedro.

Fizera da sua menina de cabelos de boneca de milho uma mulher, que lá se fora, para a cidade que embalaria o seu sono com o balanço das ondas do mar, histórias de sereias, fadas das águas salgadas, ritmadas pelos atabaques de seus terreiros de candomblé, e iria despertá-la, todas as manhãs, ao som dos sinos de 365 igrejas, que eram tantas as que a Bahia tinha, dizia-se. Bahia: Salvador. A enfeitiçada capital do amor. Quem pintou sua aquarela, com farofa amarela, vatapá e cangerê?

— Nunca mais verei você, não é, Inesita?

9

Corresponderam-se por algum tempo, a princípio com o ardor dos apaixonados. Depois, a correspondência (dela) foi rareando, até finar-se. Ele foi estudar em outra cidade, ali por perto, nas suas modestas redondezas. Concluiu o curso secundário. E voltou para a terra em que nascera, empregando-se na prefeitura. Salário baixo, vida miúda, mas de alguma utilidade. Ah, sim. Por incapacidade geral dos rapazes do lugar em decorar a missa em latim, fora convencido, pelas zeladoras da igreja, a aceitar o cargo de sacristão, o que lhe garantia uns ganhos extras, nos dias de missa e santas missões.

Feita a contagem das contribuições dos fiéis, o padre sempre o gratificava pela assistência em todos os serviços religiosos remunerados, aos quais se somavam as doações espontâneas, ou solicitadas ao final dos sermões e em avisos impressos, com promessas de juros e dividendos divinos. Deus Nosso Senhor e Nossa Senhora do Amparo, a padroeira de todos os contribuintes daquela paróquia, haveriam de recompensá-los, nesta vida e na eterna. Numa, trazendo-lhes a bonança. Na outra, salvando suas almas. A salvação do pároco vinha em sacolas, e delas era despejada na gaveta da mesa à sacristia, de modo concreto, material, sonante. A do sacristão, personagem menor na hierarquia eclesiástica, dependia do montante dos valores materiais arrecadados. Quanto mais massudos fossem, mais benfazejo seria o seu quinhão.

Logo, sua sobrevivência ali estava longe de ser dramática. Já no plano familiar, não podia dizer a mesma coisa. Duras vivências. Como desgraça pouca é bobagem, a lembrança de Inesita o fazia sangrar pelos cotovelos. Na Bahia de todos os santos, todos os feitiços, todas as seduções, todos os capadócios — os seus malandros cheios de picardia e malemolência —, com certeza ela já se fora com outro.

Mais longe iria um coração solitário.

Ufa! Trinta e seis horas de estrada. Uma boa estirada. Rasgando quatro estados da federação: Bahia, Minas Gerais, Rio de Janeiro, São Paulo. Só. Sozinho dentro de um ônibus. Só num mundo que passava célere à sua janela, vendo o país em mudança, com todos os seus traumas ou ilusões, e, no avançar das rodas, mudando na geografia, nas feições, no modo de falar.

Perceberia isso mais nitidamente nas paradas para comer, ir ao banheiro, escovar os dentes, lavar a cara sonada, sempre de maleta à mão. Medo de ser roubado. Além da roupa do corpo, do dinheiro nos bolsos para as despesas a caminho, tudo o que possuía de seu estava dentro dela. Não fazia a menor ideia de quanto tempo a fortuna que transportava no fundo da maleta ia durar, quantos dias ou meses poderiam ser custeados pelo que conseguira amealhar como servidor municipal e de um Deus paroquial, mais os acréscimos da venda de uma bezerra, e de um jumento, criados no pasto do seu finado avô, e o décimo terceiro salário garantido pela lei trabalhista. Demitira-se da Prefeitura em dezembro. E agora era janeiro. De um ano qualquer, já numa década avançada do século XX, que ia inflando, inflando, como um balão de gás solto no ar, levando sua juventude dentro dele, a caminho da Lua, onde descobriria que a Terra é azul, se, por encantamento, viesse a se transformar num astronauta.

Medo de acabar do mesmo jeito de seu irmão, que rodou, rodou, rodou para voltar ao ponto de partida, com uma mão na frente e a outra segurando uma mala vazia.

Pelo fundo da agulha 415

— Totonhim, a vida seria uma beleza se não fosse o tal do dinheiro. Mas não se queixe da sua para não atrair o azar. Até porque você é um rapaz de sorte — se disse Totonhim.

Eis aí: escapara do caixãozinho azul, dos anjinhos que iam para o céu, mal acabavam de nascer. Livrara-se do cabo de uma enxada. Nunca tinha passado fome. E havia aprendido a ler e escrever, o que contribuíra para aprimorar o seu raciocínio, que se tornara mais rápido do que o da maioria, lá na sua aldeia, fazendo dele alguém digno de respeito. Tanto que, ao se despedir do prefeito, fora surpreendido com um prêmio "pelos seus bons serviços prestados".

— Uma gratificação pessoal — dissera-lhe o premiador, convencendo-o a aceitá-la sem constrangimentos. E aproveitando a ocasião para fazer um discurso inflamado, tão altissonante quanto os que costumava improvisar num palanque, com voz trêmula, para produzir um efeito fulminante diante da plateia, mesmo que nela houvesse uma única pessoa. Ele. O solitário ouvinte do orador que devia almejar poder um dia subir à tribuna do Senado Federal. O tom da sua fala, numa sala de porta trancada, não fora de conversa íntima, mas de um inaugurador de obras públicas. O jardim da praça, o calçamento da Rua do Tanque Velho, uma cisterna, um açude, o alargamento de um caminho de roça para passagem de veículos motorizados, um campinho de futebol, o rebaixamento da subida do Cruzeiro dos Montes e da Ladeira Grande, "para facilitar a chegada do progresso", a instalação da primeira antena parabólica ("olhem aí, o progresso já começou a chegar à nossa terra!"), coisas assim, que poderiam garantir-lhe uma reeleição ou, quem sabe, uma candidatura a deputado estadual e daí em diante.

E daí não deixar jamais passar em branco qualquer oportunidade — batizados, casamentos, aniversários e demais comemorações de correligionários —, em que pudesse exercitar a sua oratória, como sempre à espera dos aplausos, os indicadores de que o seu futuro seria mesmo brilhante. O eleitor à sua frente iria para São Paulo. Podia ser que mantivesse o seu domicílio eleitoral, a exemplo de muitos que se mudavam, até porque poderiam voltar. Aquele prefeito era sensível a esse ir e vir. Partir e regressar. E não ignorava que muitos dos que partiam e não retornavam mantinham vínculos profundos com a terra natal. Sabia o que estava fazendo.

— Espero que você, Antão Filho, que todos nós aqui, expressando o nosso bem-querer, chamamos de Totonhim, como eu ia dizendo, espero que aceite essa modesta contribuição para a sua viagem, como uma prova do reconhecimento do mandatário deste município em que você nasceu, ao seu caráter sem jaça, sua dedicação ímpar, lisura, ética, denodo exemplares, em prol da nossa comunidade. Como dizia Robespierre, o incorruptível...

Etc. etc. etc. Baba de quiabo, escorrendo adjetivos. "Bem-feito, Totonhim. Não foste tu mesmo que enfiaste esse *Robespierre, o incorruptível,* e mais um monte de baboseira, num discurso dele?" A contribuição, porém, quebrava-lhe um galho. Uma gorjeta nada desprezível.

— Obrigado, senhor prefeito. Muito obrigado.

A lamentar: a ausência do padre. Estava viajando. Para o Vaticano? Para ficar bem longe de um cordeiro de Deus que ia se desgarrar do seu rebanho?

Agora, dedicação, lisura, ética, denodo, prol, comunidade, Robespierre, incorruptível etc. eram palavras que não encheriam as barriguinhas das crianças que choramigavam, nem dariam paciência às mães que tentavam tapeá-las com biscoitos, leite, água, refrigerantes, muito menos serviriam de consolo para pais silenciosos, a resmungar para si mesmos suas queixas mudas contra as mulheres que haviam se enfeitiçado com o cheiro da gasolina, e os arrancaram de suas tocas, empurrando-os para a estrada. Roça nunca mais. Trabalho de roça era uma consumição sem futuro,

Pelo fundo da agulha 417

elas diziam agora, exigindo o direito de usar saias curtas, blusas de mangas cavadas, braços, pescoços, e covinhas de seus seios à mostra, os pêlos das axilas, das sobrancelhas e até os pubianos depilados, rostos maquiados, bocas e unhas pintadas. Pernas raspadas com gilete azul, que acabava de substituir a navalha com que os homens faziam as barbas. E assim, bem apresentáveis, perfeitamente adequadas às exigências de um mundo que passava a ser movido a gasolina, e não mais por carros de bois, lombos de jegues, burros e cavalos, elas, com suas pernocas de fora, marchariam para a cidade.

Não uma qualquer. Mas a maior de todas, a mais rica, com luz elétrica e água nas torneiras, nos chuveiros, nas banheiras, nas descargas das privadas, papel higiênico, sabonetes de toda espécie e qualidade, xampus, escovas e secadores de cabelos, pasta de dentes — e dentistas, ginecologistas, cirurgiões plásticos! —, chuveiro, máquina de lavar roupa, vai ver até de lavar louça já existia. Novidades. Chegava de pote d'água na cabeça, lusco-fusco de candeeiro, tomar banho em bacia — e só aos domingos —, arrancar feijão, descascar mandioca, despalhar milho, bater grãos num pilão, calos nas mãos, fedor de folha de fumo em todo o corpo, frieiras nos pés, espinhos e carrapatos nas pernas, lêndeas e piolhos nos cabelos, mosquitos a azucrinar-lhes os ouvidos, a chupar-lhes o sangue, almas penadas a perturbar-lhes o juízo, até em sonhos, noites mal-assombradas pelas gralhas infernais, povoadas de lobisomens, mulas sem cabeça, zumbis, fogos-fátuos, poeira nos olhos, farelos na roupa, sol de rachar moleira, suor e cansaço. Era uma vez a penitência de cagar de cócoras e se limpar com folha do mato ou sabugo de espiga de milho.

— Apoiado! — uma geração inteira aplaudiu entusiasticamente aquilo que lhe soou como os gritos de independência de suas mães. Pé na estrada. Agora, as moças e os rapazes que lhes deram razão se levantavam de suas poltronas, formando

418   *Antônio Torres*

animados grupos, a tagarelar sobre os motivos que os levaram a entrar naquele ônibus.

As mesmas histórias, variando apenas nas fontes em que baseavam os seus relatos. Cartas. Notícias dos que se deram bem na fábrica da Nitroquímica, em São Miguel Paulista, e nas outras que faziam o país pedir passagem para girar, mais um forno, mais um torno, mais um rolamento, mais um ônibus, um caminhão, um carro de passeio. As boas-novas vinham dentro de um envelope postado no correio, ou enviadas "E. M.", significando isto "Em mãos", e "P. E. O.", "Por Especial Obséquio", civilidades de Santo André, São Bernardo, São Caetano do Sul, e eram tantas as cidades da civilização de prédios altos, do novo mundo das fábricas, e, nos seus campos, da cultura do café, cana-de-açúcar, laranja, morango, e de frutas japonesas, flores holandesas, alemãs, sabia-se lá de mais onde, dinheiro jorrando, também em Campinas, Americana, Limeira, Sorocaba, Itu, São José dos Campos, Marília, Bauru, Ribeirão Preto, Araçatuba, Pindamonhangaba, Santa Rita do Passa Quatro, Assis, Presidente Prudente, Araraquara, Piracicaba, Ourinhos, Itapeva, Guaratinguetá, São José do Rio Preto, Capão Bonito. Tantas eram as cidades cheias de futuro que se tornava impossível lembrar os nomes de todas. E havia mais a serra de Santos, que dava no mar, ó, meu Deus, que país de rasgar chão e arranhar céu, nos sem-fim de São Paulo-Paraná, Londrina, Maringá, e lá se ia até Passo Fundo, no mais longe do Sul, para lá do fim do mundo, Santana do Livramento, Uruguaiana, Foz do Iguaçu, no fim do Brasil, no começo do estrangeiro, onde se falava na língua dos tangos, milongas, boleros e guarânias, *vaya con Dios, querida, vaya con Dios, amor...*

Coisas de ouvir dizer, por todos que estavam dentro do ônibus, sobre cidades que tinham o que ninguém ali nunca havia visto nem imaginado. Cinema, teatro, boate, televisão, futebol campeão do mundo, passarelas da moda, bares, lojas que pare-

Pelo fundo da agulha 419

ciam palácios encantados, restaurantes — de italiano, de francês, de gaúcho, de japonês, de mineiro e nordestino, de chinês; de tudo do planeta, São Paulo tinha, para os lados e para baixo, estrada afora. E muito. Diversão. Dinheiro. Até frio tinha. E garoa. Coisinha boa de se ver.

Trabalhava-se dia e noite. Mas quando não se estava trabalhando, os pedreiros, os carpinteiros, os operários das fábricas, os mecânicos, borracheiros e guardadores de automóveis, os cobradores e os motoristas dos ônibus, os ascensoristas, os porteiros, as empregadas domésticas, costureiras, faxineiras, cabeleireiras, manicures, enfermeiras, babás, os lixeiros, os varredores das ruas, tomavam um banho, se perfumavam, vestiam uma roupa bem passada e podiam ir a um baile ou entrar em qualquer lugar de doutor.

Na primeira paragem, sentiu o peso de tantos sonhos doer em toda a sua carcaça esbodegada. Pescoço torto. Ombros duros. Costas empenadas. Bunda quadrada. Pernas e pés dormentes. Esticou os braços, para os lados, para cima, para baixo. Bateu com um pé no chão, depois o outro. Fez um marche, marche. Ensaiou uns chutes numa bola imaginária. A dormência se transformou em formigamento. Andou. Entre o atulhamento de vendedores de qualquer coisa de comer e beber a peles de bode e o inchaço da população flutuante que descia dos ônibus ou a eles regressava.

Lembrou-se do pai, na primeira vez que chegou a uma rodoviária:

— Isto aqui parece um formigueiro! — exclamou, com todo o seu espanto de roceiro. Estaria aquele homem rude, que mal sabia assinar o nome, sem querer, sem pretender isso, definindo o país com uma percepção mais aguda do que as de seus sábios explicadores? Bastou um presidente da República dizer que "governar é construir estradas" para as formigas sentirem no ar o cheiro da gasolina e passarem a se mover em busca de um novo buraco em que se enfiar, em São Paulo-Paraná. O Sul verde. Porque Deus sempre mandava chuva para lá.

Sozinho no meio da multidão. O passageiro ao seu lado não contava. Mais dormia do que conversava. Quando acordava, fazia-lhe uma única pergunta:

— Sabe dizer onde estamos?

Lá pelas tantas, no avançar das horas e da rodagem, pensou em responder-lhe:

— Ainda não chegamos à Oceania.

Mas conteve-se. Aquele rapaz de poucas palavras jamais iria compreender que ele estava evocando uma fantasia da sua infância, quando, percorrendo o mapa-múndi na ponta de um dedo, sonhava em navegar até chegar ao reino da mitológica filha do Senhor das Águas, o mais velho dos Titãs, e neta de Urano, o Céu, e de Gaia, a Terra, encantadora de navegantes como ele, um menino que nunca tinha visto o mar. Deixou as suas reminiscências infantis para trás e respondeu brevemente:

— Milagres.

E voltou a confabular consigo mesmo: não seria nesse lugar que deveriam saltar? Milagres! Não era o que todos os que estavam em trânsito esperavam encontrar, no ponto final? E haveria um ponto final, no caminho das formigas? Enquanto divagava, para esquecer as muitas horas de estrada que ainda tinha pela frente, a cidade de Milagres ia ficando para trás.

Então o seu companheiro de viagem abriu um farnel.

— Está servido?

Seus mantimentos para a jornada: rapadura, galinha assada, farofa, um cuscuz de milho, outro de tapioca, canjica, beijus. As provisões dos vaqueiros, dos tropeiros, dos boiadeiros, dos caçadores. O bem-provisionado não insistiu na pergunta. Mera formalidade para com um estranho, pensou, depois de dizer:

— Não, obrigado. Bom proveito.

Num relance, observou que o dorminhoco comilão devorava os seus bocados aos poucos, e tristemente, dando a impressão

Pelo fundo da agulha 421

de necessitar que eles rendessem ao máximo, para não ter de gastar dinheiro com comida, ao mesmo tempo que engolia em silêncio a saudade de alguém. De sua mãe, talvez.

Assim se iam, rumo ao desconhecido, ao mais que vinha e passava, na continuação da monotonia de retas a se perderem na linha do horizonte, na estonteante intensidade da luz. Ladeiras, curvas e encruzilhadas assustadoras. O suspense das ultrapassagens. O perigo dos loucos na contramão, de um cochilo do motorista, emperramento do freio, perda de direção, calor de fundir motor, buracos de quebrar molas, estourar pneus. Cavalos perdidos na pista, lentos como desempregados bêbados, sem a mesma serventia de antes da nova era motorizada.

Medo de tempestades. Enxurradas. Derrapagens. Deslizamentos de encostas: terra, pau, pedra — o fim do caminho. Desabamentos de pontes. Capotagem em despenhadeiros. No mais, eram as planícies, os pastos, montanhas, cordilheiras, rios, selvas. E a solidão de um país grande. Exageradão. E estava atravessando apenas um pedaço dele. Distância para valer devia ser a do Oiapoque ao Chuí, que nem sabia a extensão. A que estava desbravando dava para traçar em uma noite, um dia, e mais outra noite. Doze com doze, vinte e quatro. Com mais doze, trinta e seis. Trinta e seis horas, incluindo nesse tempo as paragens e as trocas de motorista. Café pequeno.

10

Partira num fim de tarde. Poucas despedidas, expressadas em pêsames. A faixa preta, em sinal de luto, a envolver uma das mangas da sua camisa, era mais do que um triste símbolo. Trazia à tona um evento fatídico, do qual certamente ninguém queria mais se lembrar.

— Deus que tenha piedade daquela pobre criatura — houve quem lhe dissesse.

Não precisava de melhor justificativa para deixar aquela terra. Se nela permanecesse, iria passar o resto da vida estigmatizado como "o irmão do suicida", e a ouvir eternamente os rogos pela salvação de um condenado às profundezas do inferno. Ele sabia. Sumir das vistas de todos seria mais do que poupar-lhes as rogações. Evitava-lhes o terror que a sua presença rememorava.

Disse adeus a quem teve coragem de lhe desejar uma boa viagem.

— Deus te leve, viu?!!!

Ao que ele próprio completava:

— E fique por lá, por todo o sempre, amém. Não volte nunca mais. Tenha a bondade de nos esquecer. Para que nos livremos daquela alma penada, pela qual tanto rezamos para que nos esqueça. Quem atentou contra a vida não tem direito a missa de sétimo dia. Não entra no reino do céu, nem merece pouso no purgatório. Diz-se que acaba sendo rejeitado até por Satanás, que lhe recusa guarida. Sem ter onde baixar com todo o peso dos seus pecados, fica a vagar na escuridão, assombrando as nossas noites, nos infernizando com a sua agonia. Irmão do zumbi das trevas: pelo amor de Deus, suma do nosso alcance. E leve consigo toda a assombração que não foi capaz de evitar, de nos poupar. Por que não jogou fora todas as cordas que tinha em casa? Não percebeu que era tudo o que o seu irmão queria? Uma corda para se enforcar?

Era um dia comum, passados uns poucos outros depois daquele tão cheio de "Ai, Jesus, um homem se matou. Logo o grande Nelo, que chegou aqui tão importante, tão cheio de dentes de ouro. Senhor Deus, misericórdia!"

Pior foi quando a noite chegou. Os galos cantaram fora de hora, os cães uivaram lancinantemente, até São Jorge, montado em seu cavalo e de espada em punho dentro da lua, urrou como um vivente ferido de morte, fazendo a terra tremer, e a vociferar, pela boca de um doido:

— Sou teu pai e tua mãe. Vem, que te agasalharei.

Ninguém conseguiu dormir.

Mas agora era outro dia. E não havia feira nesse outro dia. Nem qualquer outro motivo de aglomeração: missa, batizado, crisma, casamento, novena, velório, enterro, comício, eleição. Não havendo nada disto, o povo do lugar entocava-se pelas roças, quem sabe esperando a hora de partir também. E a velha praça de sempre estava reduzida a um deserto de seres vivos. Nem o pai ficou para vê-lo ir-se. Cumprido o seu doloroso dever de fazer o caixão e enterrar o filho mais velho, decidiu-se por regressar logo à cidade em que morava, chamada Feira de Santana. Mas voltaria, ele pressentia isso. Seu pai jamais admitiria ser enterrado em outra terra.

Os irmãos não vieram. Não foram avisados. Viviam espalhados num raio de muitos quilômetros. E tinham mais o que fazer. Quanto à ausência da sua mãe, devia-se a uma razão de força maior: uma camisa-de-força. No hospício de uma cidade que se

Pelo fundo da agulha 425

chamava Alagoinhas. Vontade de descer lá, para ver de que jeito ela estava. Algum progresso, mesmo estado, ou regresso?

O ônibus para São Paulo sairia de Inhambupe, dali a exatos 42 quilômetros. Escolhera esta opção, entre tantas, por ser a de trajeto mais curto, no transporte secundário, sujeito ao desconforto da acomodação e ao transtorno dos carregamentos de gaiolas, balaios, cestos, engradados, sacos de farinha, de feijão e de milho, galinhas, gato, cachorro, ovelha e cabrito. O sertão em movimento, para tudo quanto era canto, à procura de parentes que preferiram mudanças mais próximas, no caminho que o levava à capital, Salvador. Dita Bahia, pelos sertanejos, que não se sentiam baianos. Estes ficavam lá nas beiras do mar, *entonces vosmicê num sabe?*

— Se encontrarem a Inesita por lá, me façam o favor de dizer a ela que mando-lhe lembranças — poderia até pensar em pedir-lhes isto.

O Inhambupe era o entroncamento. Parada obrigatória na bomba de gasolina do Hotel Rex. Nessa indivisa faixa entre o sertão e o litoral, Nordeste, Leste, Sul, o ônibus para São Paulo ganharia uma estrada que passava por fora de Alagoinhas, mais sete léguas adiante, desviando-o de um último contato com a sua mãe. Levaria o consolo das palavras do diretor do manicômio, o doutor Jonga, seu amigo. Ela agora estava sob os cuidados dele, a única pessoa no mundo que podia ajudá-la, se é que essa possibilidade viesse a se tornar real. Sim, sim, sim, o médico não lhe fora evasivo, complacente, dissimulado, tapeador. Admitiu que poderia fracassar, mas que não negaria esforços em sentido contrário. E o fez como se estivesse descendo até o fundo das fragilidades humanas, das quais a ciência não pode escapar, por não ser capaz de penetrar em todas as suas zonas de sombras.

— A única coisa que posso lhe garantir é que farei por ela como se fosse...

Como se fosse... Como se fosse... Como se fosse... Não iria conseguir completar a frase. E nem era preciso. As reticências delimitavam a beira de um abismo. A mãe do doutor Jonga também havia enlouquecido. Ele era ainda um menino. Acompanhou-lhe em toda a progressão da demência, até a morte. E decidiu dedicar sua vida aos loucos.

— Ainda bem que tenho um amigo como você, Jonga. Meu bom João Carlos, sei que você vai fazer tudo o que puder pela minha mãe como se fosse por mim.

— O juízo da gente é assim como aquela linha fininha, que as costureiras enfiam no fundo de uma agulha. Quando se rompe, fica difícil de fazer remendo — ele disse. — Mas pode ser que sua mãe esteja apenas em estado de choque. Um surto passageiro. Agora, cuide da sua própria cabeça. Você fez o que tinha de ser feito. Pode ir tranquilo quanto a isso: daqui para a frente, o caso dela é comigo.

Foi-se. Para arrumar a trouxa e partir para bem longe. Contornando loucuras. Trombando com outras, certamente.

11

O motorista ligou o motor e buzinou, no exato momento em que um rapaz vestido de preto vinha correndo. E com os braços levantados, a fazer sinais, loucamente.

— Totonhim! — gritou. — Segura esse ônibus mais um pouco!

Reconheceu de longe o seu primo Pedrinho, que iria chegar a tempo de lhe dizer adeus.

— Leve isto, seu cachorro. Para se lembrar de quando a gente era menino e bestava pelo mato, caçando passarinho. Você foi o pior caçador dessa terra. Nunca acertou no alvo. Mas na escola, foi o melhor.

Era um estilingue. Ou atiradeira. Bodoque. Ali chamado de badogue.

— Ô, Pedrinho! Amanhã, ao raiar do dia, todos os passarinhos que existem neste lugar vão cantar em coro em sua homenagem. Porque a estas horas uns já devem estar avisando para os outros que você não tem mais uma arma para acabar com eles. Que notícia boa para a passarinhada, não é?

— E o que aqueles safadinhos vão cantar para mim, antes que eu bote todos eles numa gaiola ou numa panela?

— A missa. *Introibo ad altare Dei... ei...*

— Vai virar padre, agora, é? Deixa a jega Mimosa saber disso. A jumenta mais querida da rapaziada, que pôs todo macho aqui no bom caminho do barranco, pode morrer de desgosto, deixando um bando de viúvos. Por culpa sua! Do seu latim de sacristão bronheiro, de sacerdote xibungo!

— Olha o respeito, meu camarada. Sou mais velho do que você. E posso te botar de castigo, menino. Vamos, de joelhos aí no chão. E rezando até eu chegar a São Paulo. Assim, ó: *Ad Deum que laetificat juventutem meam. Amém.*

— Xi! O meu primo não podia ir embora sem dizer amém pra mim, não é, seu sacripanta? Mas, e agora? Quem vai ajudar o padre a rezar a missa?

— Você, ora. Por que não?

— Logo eu? Tá doido? Rapaz, não tenho o seu tutano para decorar todas aquelas palavras enroladas, que a gente escuta, acha tudo muito bonito, mas não entende nada. E tem mais uma coisa. O primeiro mandamento do padre vai ser o de me botar no confessionário. Aí vou ter que confessar que já perdi a conta das jegas que comi. Ele vai querer saber onde cometi esse pecado. Para depois me mandar rezar não sei quantos padres- -nossos e ave-marias, ajoelhado, diante do altar, pedindo per- dão a Deus, cheio de arrependimento. Ora, Totonhim, tenho lá coragem de mentir para Deus? Quem se arrepende de comer jega que atire a primeira pedra! O pior é que, enquanto fico lá castigando os meus joelhos no cimento em frente do altar, fin- gindo que estou arrependido, o padre vai sair de fininho para pegar o caminho dos barrancos e me cornear. Entendeu agora por que ele vai querer que eu confesse onde é o barranco dos meus pecados? Aqui pra ele, ó!

Pedrinho desfechou a sua banana na direção da igreja.

— Cuidado. Tem olho de beata nos vigiando. *Virge, Maria! Valei-me, Nossa Senhora! Senhor Deus, misericórdia!*

— Deixa de ser medroso uma vezinha na vida. Brincadei- ra, primo. Haja coragem para largar um bom emprego, e essas meninas todas, que ficam se babando quando veem você lá no altar, ajudando no latim do padre, e se arrancar, logo para São

Pelo fundo da agulha 429

Paulo, que acaba mandando todo mundo de volta, para morrer por aqui mesmo. Vai atrás de Inesita, é? Para quem gosta de fêmea de duas pernas, aquela era mesmo de perder o juízo.

O motorista buzinou outra vez. E mais outra. Todos os passageiros já estavam dentro do ônibus.

— Que porra — disse Pedrinho. — Nosso tempo acabou. Mas vou lhe dizer uma última coisa. Não invejo quem vai para São Paulo. Sabe por quê? Lá não tem jega.

— Não esqueça de me mandar uma pelo correio.

Abraçaram-se. Riram. Às gargalhadas. E choraram. Como duas crianças.

Não demoraria muito a sentir outro estremeço em todo o seu corpo. O que era aquilo? A dor de uma separação sem a menor possibilidade de retorno? Enquanto o ônibus avançava lentamente na subida da Ladeira Grande, ele contemplava a vermelhidão do crepúsculo espraiando-se sobre pastos, baixadas, pés de grotas, casas. Viu meninos brincando de cabra-cega, espetando tanajura, pulando num riacho, buscando as sombras das quixabeiras, umbuzeiros, juazeiros, trepando nas árvores — ah, a esplêndida visão dos fundilhos das calcinhas das meninas. Meninos brincando em gangorra até um se estatelar no chão. Pastos cheios de meninos, que nasciam um por ano, em cada casa. E os pais dizendo: "Deus criará todos, todos."

Deus, o mundo, São Paulo-Paraná?

Ouviu o ressonar dos meninos que dormiam com as galinhas para acordar com o canto dos galos. Sentiu o cheiro de homens suados, a enrolar numa palha de milho, sem pressa, um cigarro de fumo de rolo picado, falando baixinho, como se ensaiassem uma cantiga de ninar para o dia que dali a pouco iria dormir. Na verdade, reverenciavam o pôr do sol, prenúncio dos espantos da noite. Assim que ela cobria a terra de escuridão, todos lhe davam as costas e corriam para a cozinha, buscando abrigo à luz do fogão. E, sob o crepitar da lenha e o fumegar das panelas, enchiam-se de coragem e passavam a falar alto, a contar causos engraçados, para afugentar o medo das almas do outro mundo.

Até quando aquelas casas guardariam as histórias nelas vividas, vozes, passos, risadas, choradeiras, gemidos, ruídos, sonhos? Todas levantadas, dos alicerces à festa da cumeeira, em alegres mutirões, que reuniam vizinhos de pastos e compadres que vinham de longe, pela cachaça, o leitão ou o carneiro assado, muita farofa e cantoria, e a honra, o orgulho, a satisfação de contribuir para a união de um homem e uma mulher sob um mesmo teto, dentro do ninho da procriação. Assim todas foram construídas: para os que iam se casar. Não, poetas: aquelas casas não eram templos sem religião. Acordava-se nelas ao raiar do dia, para rezar a ladainha. Todos os seus moradores se benziam antes das refeições. E faziam suas orações também antes de dormir. Algumas tinham um quarto dos santos, com um oratório iluminado pela tênue luz de uma lamparina.

Viu as lapinhas de todos os dezembros, nas salas de visitas. Eram as réplicas da gruta sagrada, onde nascera o menino Jesus, feitas de galhos de árvores enfiados em pedras, jericó — uma planta prateada que seca sem morrer —, e gravatá, ao fundo de uma planície de areia, repleta de boizinhos de barro, rios de cerâmica com peixinhos vivos, e os reis magos em seus cavalos, tudo tão simplezinho quanto no tempo de Nosso Senhor.

Sentiu o perfume de suas flores, nas horas das ave-marias.

Por quantos anos mais os esteios e paredes daquelas casas se manteriam de pé? Nascera numa delas, de fundos para o Nascente, rodeada de árvores frutíferas, quintal de flores, verduras, abóboras, bananeiras. E com um avarandado para o poente. Para os crepúsculos mais longos e mais silenciosos do mundo.

Agora via um menino saindo de lá e pegando um caminho que chegava a uma cancela. Era uma manhã ensolarada, igual a muitas outras. Ao passar de um pasto para outro, ele, o me-

Pelo fundo da agulha 431

nino, se deparou com uma explosão de tomates, estonteantes ao sol, tão vermelhos que pareciam enfeites para um presépio. Achou aquilo um belo espetáculo. E muito estranho. Sabia que ali ninguém se dava ao trabalho de plantar tomates, que não eram lá muito valorizados na feira ou à mesa. Como nasceram, como brotaram tantos assim, tão de repente? Extasiado com a novidade, pegou um e o apalpou, acariciando-o. Macio e quentinho como o seio de uma mocinha, imaginou. E o levou à boca. Comeu outro. E mais outro. Ao se saciar, lembrou-se de que havia bebido leite naquela manhã. Entrou em pânico. A mistura seria fatal.

Correu de volta para casa e se recolheu numa cama, a olhar para as paredes, o teto, as pessoas, se perguntando quantas horas de vida ainda teria. Tomate com leite era veneno, os mais velhos não viviam dizendo isso? Seu recolhimento provocou indagações. Falatório. Preocupações. O que ele tinha? Estava doente? Não, não sentia nada de ruim, nenhuma dor de cabeça, nem de barriga. Só queria ficar deitado, assuntando as pessoas, os objetos, a claridade, as sombras, as vozes, os mínimos movimentos, todos os sons de gente, pássaros e bichos, atento a cada instante que ia passando, à espera do último, como se estivesse dizendo adeus ao mundo, antes de seus olhos se fecharem para sempre.

Em todo aquele dia, se recusaria a comer e a dar explicações sobre os motivos que o levaram a estar tão misterioso. Mas aceitou sem resistência os chás que lhe davam, de tempos em tempos: de erva-cidreira, de casca de laranja, de erva-doce. O efeito dessas ingestões contínuas começaria em forma de bocejos, prenunciadores do sono. Adormeceu pensando que assim era melhor, porque assim morreria sem sentir dor.

Sonhou com um bezerro vermelho, cheio de galhos de tomateiro nas extremidades da cabeça, onde lhe nasceriam os chifres. A mesma transformação havia acontecido nas suas orelhas e no rabo. E mais: o lugar do cupim, no meio do lombo, tinha sido ocupado por um tomatão, do tamanho de uma abóbora. O pior de tudo: enquanto balançava a cabeça e se sacudia tentando livrar-se da vegetação que vicejava em seu corpo, o bezerro falava:

— Eu também comi tomate — disse. — Está vendo o que me aconteceu? Pode ir pondo as suas barbas de molho.

— Mas eu ainda não tenho barba.

— Maneira de dizer. Eu também ainda não tinha chifres. Nós dois fizemos uma burrada. O meu castigo já veio. O seu já pode estar a caminho.

— Vire essa boca pra lá. Mas olhe. Você ficou muito engraçado, assim, metade animal, metade vegetal. Vai causar o maior fuzuê, no bumba-meu-boi do próximo dia de Reis.

— Chega de lero-lero. E trate de retirar logo essas folhas da minha cara e do meu rabo. Se não, vou contar para a sua mãe o que você fez.

— Deixa de ser fuxiqueiro, seu filho de uma vaca!

— Não meta a minha mãe no meio, porque aí é que vou contar mesmo tudo para a sua! A não ser que você faça uma mandinga para eu voltar a ser como era. Agora!

— É pra já.

O menino pegou três galhos de arruda. Balançou-os na cara do bezerro em forma de cruz, dizendo:

— Com dois te botaram, com três eu te tiro, com perna de grilo, que vem do retiro. É de meteteia, é de manenanha, que esse bezerrinho volte a ser como antes, de hoje para amanhã. Ziriguidum, mi-zi-fi! Axé!

— Muuuuuuu!

Acordou. Foi como despertar de um pesadelo. Achou que as horas para morrer já haviam passado. No entanto, iria guardar o seu segredo. Não contaria a ninguém, jamais, que havia comido tomate, depois de ter bebido leite, para não ser duramente recriminado.

Pelo fundo da agulha 433

Os irmãos:

— Podia ter morrido, seu maluquinho. Como é, mãe? Não vai dar uma surra nele, para nunca mais fazer uma coisa dessas?

O pai:

— Deixem esse menino em paz. Ele fez uma besteira, mas já pagou pelo malfeito. Já sofreu demais. Pronto. Não se fala mais nisso.

A mãe:

— Por essa vez, passa, seu Totonhim. Mas fique sabendo que salvei você com os meus chás e as minhas orações para Nossa Senhora do Amparo. Foi graças a isso que você não morreu.

Agora, já não vendo mais nada que seus olhos pudessem guardar de lembrança, se perguntava se chás e rezas salvariam o juízo da sua mãe.

Anoitecia. Lá se fora a Ladeira Grande. Adeus, Junco.

Junco: assim se divulgava o nome daquele lugar, que o ônibus ia deixando para trás. Cada vez mais.

12

Daí para a frente era só se deixar ser levado. Arrastar-se de um ônibus para outro e do outro para o infinito. Contar as horas que faltavam para chegar. Soltar os pensamentos na estrada. As memórias das primeiras viagens, a pé, para visitar parentes de muito longe, andando em caravana, entre um bando de meninos, e seguindo a mãe e as tias, pelas veredas de tabuleiros que cheiravam a alecrim, murta e murici, aqui e ali dando um beliscão safadinho na coxa de uma priminha. Ou na garupa de um cavalo, com os braços enlaçados no cavaleiro, o senhor seu pai. Ou num carro de bois, vagaroso, gemedor. Um dia inteiro de jornada, nas sete léguas do caminho de Inhambupe, onde veria, pela primeira vez, as luzes de uma cidade, que lhe provocariam um impacto jamais igualado. Agora vencia-se esse percurso em menos de uma hora. Sem cheiro de mato e medo de onça. As cruzes à beira da estrada sinalizavam um outro medo: de um desastre. Rezar para São Cristóvão, o padroeiro dos motoristas. Fechar os olhos e tentar dormir. Sonhar.

E assim se foi, de uma vez para sempre.

Não aconteceu nada de mais. Nada além dos sustos nas ultrapassagens. Chegou numa manhã de chuva. Achou isso previsível.

O que não era: a gentileza da mulher que ia passando debaixo de um guarda-chuva. Ao vê-lo de pé, e de maleta à mão, sob uma marquise, logo à saída da rodoviária, deu-lhe um braço, como se fosse uma tia, uma prima, uma amiga, uma namorada.

E o arrastou por um novo caminho de formigas. A calçada da primeira rua paulistana em que pisava.

— Você está chegando de onde? — perguntou-lhe a boa fada, ao andar, desviando-se das poças de água. Riu para ela, que também riu, à espera da resposta, que demorou um pouco a vir, porque ele estava com o pensamento longe dali. Outra vez, uma memória. Pipocando com a rapidez do relâmpago que acabava de clarear o estrondo de um trovão: a dos homens que vestiam terno branco e rolavam na lama, nos dias de trovoada, depois de uma longa estiagem. Sentiu-se batizado pelo Deus das tempestades, sob as bênçãos de uma madrinha, surgida ao balançar de um condão, o cabo do seu guarda-chuva. Não contava com essa extraordinária recepção. Admirou-se. Esperava que nos primeiros momentos a cidade se revelasse fria, estranha, ameaçadora.

Outra memória. Desta vez era a do irmão que veio, ficou vinte anos, e um dia voltou para lhe contar a seguinte história:

"Eu ia correndo para o ponto final do ônibus, quando eles gritaram: 'Pega, ladrão!' Não ouvi. E se tivesse ouvido nunca iria imaginar que era comigo que estavam gritando. Continuei correndo e eles voltaram a gritar: 'Pega, ladrão!' Me desviei de carros, atropelei pessoas, me bati contra os postes, sempre correndo. Eu não podia deixar que aquele ônibus partisse ali daquela praça que se chamava Clóvis, sem que eu primeiro visse, com os meus próprios olhos, se a mulher e as duas crianças que estavam na fila eram quem eu estava pensando. 'Pega, ladrão!' Este grito eu ouvi, porque foi bem perto. E pensei: 'Roubaram um comerciante e aquele ônibus está roubando a minha mulher e os meus dois filhos.' Forcei as canelas, avancei mais uns passos, mas já não adiantava. O ônibus partiu. E eu parei, botando as tripas pela boca, uma dor imensa no coração. Fui agarrado.

"Eles me agarraram pelas orelhas e pelo pescoço e bateram a minha cabeça no meio-fio da calçada. Berrei. Que meu ber-

Pelo fundo da agulha   437

ro enchesse a rua deserta, subisse pelas paredes dos edifícios, entrasse nos apartamentos, despertasse os homens, as mulheres e as crianças, rachasse as nuvens pesadas e negras da cidade de São Paulo e fosse infernizar o sono de Deus: — Socorro. Estão me matando".

Comparado com isso, ele até que poderia achar que estava adentrando o melhor dos mundos.

Disse de onde vinha à alma caridosa que o guiava na chuva. E ouviu interjeições. E mais perguntas. Se não estava morrendo de sono e cansaço. Para onde ia — rua, bairro... Não, não sabia. Ainda não. Não trazia nenhum endereço de parente ou lá de quem fosse. (Poderia dizer-lhe o que sabia. Mas não disse. Que se fosse a um subúrbio chamado São Miguel Paulista encontraria metade ou mais do povo da sua terra. E ali teria lugar para ficar. Só que não era isso o que queria, assim de entrada. Preferia um lugarzinho qualquer, uma pensão, um hotel barato, um quarto numa casa de cômodos ou num apartamento, uma república de estudantes...)

Disso ele falou. Que gostaria de pousar no centro da cidade. O centro era por ali mesmo, ela disse. E perguntou-lhe a idade, espantando-se com a resposta:

— O quê?! Vinte anos? Mas tem cara de quem ainda precisa mostrar a carteira de identidade para entrar em filme proibido para menores.

Ela tinha trinta. Uma balzaquiana!

— Estou com cara de quem já fez tantos?

Ele devolveu-lhe a história da carteira para entrar no cinema. E, pelo sorriso que se desmanchou diante dos seus olhos, percebeu que tinha agido como um cavalheiro.

— Conversa boa — ela disse. — Até fez a chuva parar.

Já não precisavam ficar de braços dados, bem juntinhos, debaixo do guarda-chuva. Ela o fechou. E disse-lhe que não dava mais para continuar andando a pé. Podia se atrasar para a batida do cartão de ponto, numa loja de departamentos, a mais famosa da cidade. Chamava-se Mappin. Era enorme e muito bonita. Parecia sentir uma pontinha de orgulho por trabalhar lá, "quase no começo do Viaduto do Chá". Um cartão-postal paulistano, ele sabia. Ali perto havia um hotelzinho de boa aparência, e que não devia ser caro, ela disse. Entraram num ônibus. Desceriam no mesmo ponto, onde a sua estrela-guia — uma estrela da manhã —, iria mostrar-lhe a escada da Ladeira da Memória. O hotel ficava logo no final da descida.

Ele encaminhou-se na direção indicada. Ladeira da Memória! Um nome para jamais ser esquecido. Parou antes de avançar o passo pela escada abaixo. Voltou-se. E acenou. Para reafirmar os seus agradecimentos por tanta delicadeza.

— Ei, ei! — gritou. — Qual é o seu nome?

Deu-se conta de que gritava em vão. Em questão de segundos, ou de um minuto, talvez, ela passara a ser apenas um par de pernas indistinguíveis. Um corpo a mais entre tantos outros em movimento.

Ah, mulher, tu que criaste o amor. Aqui estou eu, tão só, na imensa rua, adeus.

Ficaria a lembrança dela como o primeiro símbolo da cidade. Gentil. E cheia de pressa.

— Corra, moça. Corra. Tomara que você não se atrase um só minuto para a batida do seu cartão de ponto.

Agora, sim. Agora ele acabava de chegar.

Foi o que se disse, ao instalar-se num quarto de duas camas, uma já ocupada por outro hóspede, com o qual trocou umas três palavras, antes de dirigir-se ao banheiro, que ficava ao fundo de um corredor, de tomar um longo banho, de trocar a roupa malcheirosa por algo condizente com o seu esqueleto bem lavado, e deixá-lo desabar nas brumas do sono, depois de um cuidado especial, o de trancar a maleta. Afinal, ainda não sabia se podia confiar no seu vizinho de cama, embora já sou-

Pelo fundo da agulha 439

besse tratar-se de um bancário, que tinha as manhãs livres, pois o seu turno de trabalho começava ao meio-dia. "Pessoa de fino trato", garantira-lhe o gerente do hotel.

Ficar num quarto junto com outro significava ocupar a única vaga disponível naquele hotelzinho, naquele dia. Mas tinha a vantagem de baratear a hospedagem. Antecipou o pagamento correspondente a uma semana, e foi conduzido por um lance de escada até o seu aposento. Um toque na porta e ela se abriu. O gerente encarregou-se de fazer os esclarecimentos ao ocupante mais antigo do quarto, que aceitou o fato consumado sem objeção. Nem entusiasmo. Sabia que a qualquer momento poderia ter seu espaço invadido. Ele também viera de longe — da Amazônia. Quer dizer, de mais longe ainda. Será que ele, o amazonense, sabia qual era a distância do Oiapoque ao Chuí? Em quantos dias teria feito o seu caminho? Com certeza iam ter muito o que conversar.

Não assim, instantaneamente. Eram nove horas naquele primeiro dia. E tudo o que ele, o recém-chegado, queria era dormir. Ao pé da Ladeira da Memória. Antes de cair no sono até dizer chega, notou que o outro tinha um rádio, uma pequena estante cheia de livros, e uma escrivaninha, diante da qual estava sentado, estudando. Estaria numa universidade? Pensou que era isso o que também queria: um emprego com um horário que lhe permitisse estudar. Para começar, se sentia em boa companhia. Apagou. E sonhou com uma mulher que lhe estendia a mão e, quando ele ia tocá-la, uma multidão de passantes se interpunha entre os dois, formando uma cerca humana que os isolava, impedindo que se vissem, rosto a rosto. Ele ouvia apenas uma voz, que lhe dizia:

— Liga para mim, liga!

— Mas qual é o número do seu telefone? E como você se chama?

— O quê? Não ouvi o que você disse.

— Aqui não dá para a gente conversar. Podemos nos encontrar em outro lugar, mais calmo?

— Continuo não entendendo o que você diz. Parece que não falamos a mesma língua. Vamos falar em inglês, como no cinema?

— Eu só sei dizer *I love you*. Mas podemos falar em latim. *Rosa, rosae, rosarum*. Você sabe as declinações em latim?

— O que foi que você disse?

— Que você merece flores. Rosas vermelhas, as do bem--querer.

— Hein? Está entendendo o que digo? Você precisa aprender inglês.

— Ai lóvi iú, beibe.

13

O dia seguinte seria dedicado à arte de recortar anúncios de emprego nos cadernos de classificados, descartando toda a procura de mão-de-obra especializada. Torneiro mecânico, pedreiro, carpinteiro, funileiro, contador, oficial disso e daquilo, engenheiro. Não demorou muito a conseguir uma ocupação: vendedor de enciclopédias. E lá se foi, de porta em porta, numa cidade ainda longe de se trancar a sete chaves, quando rapazes engravatados e com uma pasta debaixo do braço eram apenas pessoas tentando ganhar o seu sustento e não um inimigo público ou privado. Na primeira em que bateu, teve a grata surpresa de ser atendido prontamente por uma mulher que acabava de sair do banho, metida num roupão. Mirou-o de cima a baixo.

— Entre — ela disse. E o convidou a sentar-se num sofá, ao seu lado. Ele abriu a sua pasta e começou a retirar dela o material de apresentação da coleção de livros, para dar início ao seu primeiro teste de vendedor, no qual não podia fracassar. Dependia de uma primeira venda para chegar à segunda, e à terceira, e por aí afora, de moral elevado, sentindo-se cada vez mais seguro em seus argumentos, convincente na demonstração do produto, ardiloso no estímulo das compras por impulso, ali, na hora, como o pescador que joga a isca, fisga o peixe e o puxa rapidamente, sem vacilações, zás, não dando tempo da presa escapulir, pondo a perder todo o seu esforço.

Foi mais ou menos isso o que lhe haviam ensinado no departamento comercial da editora das enciclopédias. E de repente era como se tivesse esquecido os ensinamentos, ao sentar-se naquele sofá, em uma sala soturna, apinhada de móveis escuros, pesadões, e com jornais empilhados num canto e revistas atulhando uma cesta de couro marrom, bem envelhecida, flores artificiais num vaso sobre uma mesinha de centro, um telefone preto numa estante igualmente sombria, cujos livros exibiam lombadas já carcomidas pelas traças e uma fotografia emoldurada de um casal que parecia muito feliz no dia em que posaram para aquela foto. O rapaz achou que o seu catálogo, cheio de ilustrações, tinha muito mais cor do que ele estava vendo ali, de relance.

— Então, meu bem, por que você acha que eu preciso de uma enciclopédia?

Ele mostrou-lhe o catálogo.

— Porque está faltando isso na sua estante — respondeu, timidamente, quase a gaguejar. Sentiu-se canhestro. Ridículo. Um perfeito idiota.

— Vou comprar — ela disse. E levantou-se para pegar um talão de cheques.

Voltou trazendo também uma caneta. Sentou-se no mesmo lugar de antes. Apoiou o talão na pasta do vendedor, inclinando-se para preencher o cheque, sem se preocupar em fechar o roupão, que aos poucos ia se soltando, deixando visíveis a covinha e os relevos dos seus seios. Ela assinou o cheque e entregou-lhe, cruzando as pernas e alisando-lhe a mão. Então ele viu: a sua generosa primeira compradora estava sem calcinhas. E os seus pêlos pubianos eram bem aparadinhos, deixando à mostra uma vulva exuberante, de lábios carnudos. Retribuiu o agrado.

Foi o bastante para que ela começasse a desfazer o nó da sua gravata, passando depois a desabotoar-lhe a camisa, calmamente, ao mesmo tempo que levava os seus dedos a tatear por um peito cabeludo e a boca a encontrar outra boca, voluptuosa-

Pelo fundo da agulha 443

mente, mantendo as mãos a ocupar-se em livrá-lo dos sapatos, meias, calças, cueca. Movimentou os ombros para o seu roupão cair. Ele nem teve tempo de admirar os contornos daquele corpo maduro, antes de degustá-lo, pois já estava sendo puxado pelos cabelos para enfiar-se de cara numa gruta mágica, no sopé de uma montanha encantada, a poucos palmos do céu. *Gloria in excelsis Dei...* Macho e fêmea *Ele* os criou. Assim estava escrito, no livro dos livros.

Ao fim da escalada, rolou para baixo, estirou-se no chão e dormiu. Quando acordou, já era noite. Apressou-se em pegar a roupa e vestir-se, tateando na penumbra. Tropeçou em uma cadeira e gemeu.

— Fique comigo mais um pouquinho — ela disse, estendendo-lhe a mão, para que ele a ajudasse a levantar-se do sofá. — Vou fazer um jantarzinho para nós dois.

Ficou. Estava mesmo com fome. Ainda não sabia que só sairia daquele apartamento no dia seguinte. Esgotado. Mas de alma lavada.

E foi bater em outra porta. Um senhor o atendeu. Com a paciência de um avô, perguntou-lhe:

— Meu jovem, qual dos meus inimigos lhe deu o meu endereço?

— Nenhum. Toquei em sua casa por acaso. Quase não conheço ninguém nesta cidade. Por isso vou arriscando a sorte, de porta em porta.

Contou a sua situação de recém-chegado, de muito longe. Trinta e seis horas de estrada. Ainda estava à espera de uma melhor oportunidade de trabalho. Não tinha parentes que lhe ajudassem, nem amigos que o orientassem.

— Mas por que o senhor achou que eu vim a mando de um inimigo seu?

— Então não sabe? Para os vendedores de enciclopédias, só damos os endereços dos nossos piores inimigos. Para que eles encham bem o saco dos filhos da puta que um dia nos sacanearam. Quer um conselho? Largue esse serviço de gente chata. Procure um emprego com mais futuro.

Encerrou ali mesmo a sua carreira de aprendiz de chato. Voltou à editora. O encarregado comercial da sua área balançou a cabeça, dizendo:

— Que beleza! Uma única venda em dois dias! Com um vendedor com tanta garra, vou ficar milionário.

Junto com a pasta dos prospectos, talão de pedidos etc., devolveu-lhe também a ironia:

— Obrigado pelo incentivo. Como não pretendo arruiná-lo, desisto deste negócio agora mesmo.

Aguardou o pagamento da sua comissão, meteu o dinheiro no bolso e foi embora. Não era o caso de maldizer a vida, pensou. Afinal, a sua primeira experiência reservara-lhe uma grata surpresa, da qual não iria esquecer. E estava apenas começando, na cidade que ofereceria oportunidades infinitas para quem quisesse trabalhar. Não havia sido isso o que lhe dissera o senhor seu conselheiro, ao despedir-se, apertando-lhe a mão e pedindo licença para fechar a porta?

A do seu quarto de hotel estava aberta. Ouviu os apoteóticos acordes de *O guarani,* de Carlos Gomes, vindos do rádio do amazonense. Isto significava que o programa *A voz do Brasil* estava começando. Em Brasília, a capital federal, eram 19 horas.

Entrou.

— Que sumiço foi esse? Pensei que você tinha se perdido, sem acertar o caminho de volta.

Surpreendeu-se com essa observação. Então já havia alguém ali que se preocupava com ele? Passo a passo, um clichê ia se quebrando sob os seus pés. O da indiferença da cidade que não podia parar e por isso não tinha tempo para prestar atenção em ninguém.

— Calma, não aconteceu nada de ruim. Aceita o convite para uma cervejinha? Aí eu conto como é que foi a minha primeira aventura em São Paulo.

Pelo fundo da agulha 445

— Só se for um chopes e dois pastel — disse o outro, achando graça de sua própria piada. Em seguida, explicou: era assim que paulista falava. Pondo plural onde não tinha, e singular quando devia ser plural.

Saíram. E subiram as escadas da Ladeira da Memória. Conversando animadamente. Cada qual interpondo à conversa uma palavra ou outra, um modo de falar, que prefiguravam a diferença de suas origens. Como quando o amazonense disse:

— Não sejas leso.

Pelo contexto — para o outro, que entendia *leso* como lerdo, lento — ele queria dizer *bobo, tolo, boboca, otário.* Então pensou que não dava para estranhar os esses a mais ou a menos dos paulistas. No final das contas, todos acabavam se entendendo. Havia tido uma prova disso, com a primeira pessoa com quem havia falado na cidade, aquela que lhe dera uma carona de guarda-chuva. Ela não debochou do seu sotaque, não lhe gozou por uma ou outra palavra que lhe soasse estranha, enfim, não *mangou* dele, *não mangou d'eu,* como diria o próprio que não se sentiu *mangado.* Ele também não teria por que debochar dos *esses* e *erres* dela, os *sis* e *rês* da sua terra, que faziam a fala paulista parecer uma língua estrangeira. E vice-versa.

Outra coisa: mesmo os viajantes mais deslumbrados com São Paulo costumavam queixar-se de que ali ninguém sabia dar uma informação — nome de rua, direção a tomar, como achar um endereço. Não por má vontade ou grosseria, mas pela pressa, pela alta tensão das passadas dos transeuntes. No entanto, logo ao chegar encontrara quem praticamente o levara até a cama. Em pouquíssimos dias, eram essas as suas experiências acumuladas.

Passaram ao lado de um belo prédio. Era o de uma biblioteca pública municipal. Chamava-se Mário de Andrade, o autor de *Pauliceia desvairada.* O recém-chegado anotou mentalmente: "Ler Mário de Andrade." E Oswald, também de Andrade. Dos paulistas, só havia lido Menotti del Picchia e Cassiano Ricardo, poetas mais conhecidos pelo país afora. No entanto, o que a visão da biblioteca trazia-lhe à memória eram dois versos de um espanhol chamado Federico García Lorca: *Buscaba el amanecer / y el amanecer no era.* Seria essa lembrança uma premonição? Não iria encontrar em São Paulo o que buscava? E o que viera buscar? Precisava dizer? Trabalho, ora! Outra anotação mental: "Passar a frequentar aquela biblioteca."

Chegaram a um bar no outro lado da praça, que se chamava Dom José Gaspar. Mesas na calçada, sob uma marquise. Ao lado, a Galeria Metrópole, bem movimentada e fazendo esquina com a chiquíssima avenida São Luís. Em sentido contrário, a trepidante rua 7 de Abril. Em frente, frondosas árvores, circundando os fundos da biblioteca. Esticando-se os olhos, avistava-se o imponente edifício do jornal *O Estado de S.Paulo,* de leitura obrigatória para quem andava à procura de emprego. Era gordo o seu caderno de classificados. Já vinha lançando a sua sorte em pequenos recortes dele. Como quem joga dados.

Entre um chope e outro, o balanço dos ganhos e perdas do ex-vendedor de enciclopédias de carreira meteórica. Uma cartada magistral na primeira batida de porta. No final das contas, o naufrágio.

— Você precisava ter visto a cara daquele velho, ao me aconselhar que largasse esse serviço, para o bem de todos e felicidade geral da nação. Ele me reduziu a nitrato de pó de cocô de cavalo de bandido. Mas confesso que fez isso num tom tão paternal que quase me levou às lágrimas. Sei lá. Por trás de sua aparente frieza, as pessoas daqui não me parecem ruins.

Análise conjuntural da situação. Busca de trajetos a percorrer. Em que outras portas bater? Uma pergunta estalou à mesa, lançada por um novo Colombo, que não era um senhor dos mares, mas vinha de um mundo de florestas e rios:

— Sabe datilografia?

Pelo fundo da agulha   447

Era até diplomado nisso. E havia concluído o curso secundário.

— Como se saiu em matemática?

Nunca ficara em segunda época. Às vezes passava raspando, mas passava. Não tão bem quanto em português, história, geografia.

— Meio caminho andado — disse-lhe aquele que, depois do terceiro copo já parecia um amigo de infância. E dos mais perspicazes. Num relance, havia percebido que ele, o baiano, havia trazido dentro da sua maleta mais livros do que roupa.

— Você não veio da Bahia, mas se acostume, todos aqui vão dizer que você é do Norte, pois sabem pouco de geografia; esta cidade é muita voltada para o seu próprio umbigo de locomotiva da nação, e já fez até uma revolução, para se separar do resto do país... pois, como eu ia dizendo, você não viajou trinta e seis horas para ser pedreiro, carpinteiro ou torneiro mecânico, não é? E não tem cara de pau e lábia bastante para se tornar um vendedor. O que fazia em sua terra?

Abreviou o currículo: escrivão das queixas e reivindicações dos analfabetos, que ele mesmo submetia à apreciação do prefeito, ajudando-o na avaliação de cada caso. Desavenças entre roceiros, por exemplo. As mais comuns eram as das cercas, quando um invadia o pasto do outro, um palmo que fosse. Havia o risco de isso ser resolvido à bala. Ou na foice, no facão, no machado, no punhal. Valentias tocaiadas. Encrencas à parte, tinha muito tempo para ler. Talvez nunca mais voltasse a ter tanto.

Um sorriso maroto do outro antecedeu à explosão da bomba que ele ia detonar:

— E mulher?

Essa pergunta pedia mais um chope. Não, não havia sido uma dor de corno que o fizera ir embora, se era isto o que ele queria saber, embora um amor contrariado fizesse parte de sua história. Mas... Contou do suicídio do irmão, seu hóspede, que regressara de São Paulo, com toda pinta de quem tinha se dado bem. Parecia um monumento a ser posto na Ladeira Grande, à margem da estrada para o Sul. Ele chegou lá de terno e gravata, segurando uma mala que se imaginava muito pesada.

O povo alvoroçou-se. Queria ver a cor do dinheiro que estava dentro dela. Ele, o seu irmão, atravessou a praça segurando a alça com firmeza, ludibriando a todos, ou iludindo a si mesmo, ao distribuir sorrisos aos que acorreram para contemplá-lo: sua boca estava cheia de dentes de ouro. Mas ele, o inventariante de tamanha fortuna, não arrancou-lhe a dentuça dourada para vendê-la mais adiante, como qualquer maninho de olho grande, em tais circunstâncias, poderia ter feito. Recomendou que o irmão fosse enterrado com todos os seus pertences, que afinal se resumiam ao que portava no corpo. E mais dois acessórios: a tal mala e um rádio de pilha.

Agora cá estava. Sim, com meio caminho andado, entre o passado e o futuro. Ainda não avistara o sinal verde franqueando-lhe a passagem, no viaduto entre os dois tempos. Trouxera algum dinheiro para se aguentar durante uns meses. Sabia que tinha que tomar cuidado, para não descobrir que havia perdido a viagem quando não lhe restasse mais um centavo. Assim não poderia sequer comprar uma passagem de volta.

Então o amazonense falou-lhe de um concurso do Banco do Brasil, dali a dois meses. Mais de cinquenta vagas. Ele vinha se preparando para fazê-lo. Se passasse, teria muito mais futuro do que no seu emprego, num banco privado, onde ganhava um salário mínimo, como escriturário. E estava namorando firme uma garota e queria se casar com ela. Deixar aquele hotel, alugar um apartamento, ir em frente.

— Vamos nessa? Neste país, para quem veio de baixo, só existem quatro possibilidades de se fazer uma carreira segura: Forças Armadas, Igreja, Petrobras e Banco do Brasil. Fora isso, só tendo cacife para entrar na vida política ou dar o golpe do baú, ou ficar dando cabeçada, dependendo da sorte. Mas não nos esqueçamos que estamos numa ditadura militar. Agora, as

Pelo fundo da agulha 449

Forças Armadas só seduzem os que têm vocação para torturador. O quê? Estou exagerando? Exagero ou não, o fato é que o militarismo hoje assusta. E fardados estão sujeitos aos confrontos com os que estão na luta armada, que eles chamam de terroristas. Está por dentro? Mas que coisa. Por que estou lhe dizendo isto? Você não tem cara de quem veio aqui para se enfiar numa caserna. Vou lhe passar umas cópias das apostilas para o concurso do Banco do Brasil. É pegar ou largar. Quantos salários mínimos você trouxe?

— Uns oito ou dez.

— Tranquilo. Se você não sair por aí gastando à toa, dá e sobra para os dois meses até o concurso, mais o tempo de espera da nomeação, que pode ser rápida, dependendo da sua classificação. Se eu tenho a vantagem de já trabalhar num banco, você tem a de mais tempo para estudar.

Tintim.

Saudaram o plano estratégico com uma saideira. Daí para a frente era só seguir a marcha, com disciplina militar: trabalho e estudo, para um; estudo e estudo, para o outro, que no dia seguinte procuraria um curso preparatório. E também entraria num de datilografia, para ficar bem ágil nas teclas. Essa era uma das provas do Banco do Brasil que mais derrubavam os candidatos, disse o amazonense, que se chamava Ubiratan.

— Mas pode me chamar de Bira.

— Na minha terra ninguém me chama de Antão. Lá eu sou Totonhim, ou Totonhiozinho, o filho do velho Antão, que é conhecido como Totonho.

— Aqui vão lhe chamar de Tão. Ou Antãozão. São Paulo adora um apelidão. Diminutivo é coisa de carioca, mineiro e baiano.

Descendo a Ladeira da Memória: o bar tinha um nome curto, fácil de lembrar. Leco.

Agora ele avistava um sinal amarelo. Esperar. Mas atenção! Olho vivo nos semáforos. Cuidado para não se afobar e ser atropelado. Como entrar na cidade e integrar-se nela? Com a ajuda de um, uma mão de outro e empurrões da sorte. E prestando muita atenção aos seus sinais. Avante, camarada!

O amazonense passou em primeiro lugar.

O outro ficou em terceiro, por uns pontinhos a menos em matemática. Ainda assim, a classificação foi considerada excelente. Esperou apenas um mês para ser chamado.

14

(Dois anos depois da chegada a São Paulo)

No sinal verde, o rosto daquela que se chamava Inês, Inesinha, Inesita ou simplesmente I, se fundiria com um outro:

— Meu nome é Ana.

Ana, Aninha, Anita.

Eis aí quem o faria esquecer definitivamente a sua bonequinha de milho, loura até num de seus sobrenomes — Vandeck —, a lembrar uma ascendência holandesa de priscas eras. Ao contrário da garotinha que o iniciara na vida amorosa ("Vamos botar o passarinho para brincar? Aqui, ó, na porta da minha gaiolinha"), aquela outra, chamada Ana, tinha cabelos castanhos. Também era bonita. Muito bonita. Viu-a assim: simplesmente linda. Rendeu-se aos seus encantos evidentes — olhos, rosto, boca, nariz, mãos, pernas —, à primeira vista, e sublimou os invisíveis, ou não inteiramente à mostra — coxas, seios, ancas, pés — numa rápida sequência de efeitos libidinosos.

Devia até estar exagerando. Já havia bebido um pouco, sob os eflúvios do consentimento social que a ocasião permitia. A comemoração do casamento de um colega seu de trabalho. No Banco do Brasil. Aquele mesmo Ubiratan, o grande Bira do episódio anterior a este, agora na condição de seu mais antigo e inseparável amigo, justamente o que, num relance, atirava-lhe uma piscadela, acendendo-lhe um luminoso "Siga". Seguiria. Deixando-se levar pelo ritmo da música que ressoou em todos os ouvidos como um convite à formação de pares, a exemplo dos noivos, já enlaçados ao centro do salão, rostos colados, inebriados: "Se você quer ser minha namorada, ai que linda namorada, você poderia ser..."

— Dança comigo?

Entre as emanações etílicas e os reflexos dos olhos daquela beldade, havia algo mais que o fazia sentir-se acima do normal: o seu olhar provinciano. Mas sabia. Se a acompanhasse ao final daquela festa, nem que fosse apenas para oferecer-lhe companhia na volta para casa — ainda que na condição de cão de guarda, ordenança, preceptor —, deixaria para trás um rastro de corações partidos.

— Por que não? — ela disse, com uma graça que realçava ainda mais a sua juventude e beleza. Delicadamente, tomou-a entre os braços, sentindo-se como se estivesse a viver o melhor dos seus sonhos. Até àquela noite, havia trilhado um longo e tortuoso caminho em busca de um aconchego feminino. Ora em pistas profissionais, onde o tempo de uma dança era picotado em cartões a serem apresentados no caixa, à saída. Ora entre as luzes mortíferas dos inferninhos da zona boêmia e as camas de hotéis baratos.

Numa noite enevoada, em que zanzava por um subúrbio tentando encontrar uns parentes que não via desde a infância, e na esperança de localizar os filhos do seu malfadado irmão Nelo, acabou achando o que não procurava. A moça em frente a um portão, na praça em que descera do ônibus, não conhecia nenhuma das pessoas que ele estava procurando. Mesmo assim, ofereceu-se gentilmente para levá-lo a umas casas do outro lado da linha ferroviária. Talvez algumas delas morassem ali.

Andaram por um terreno baldio, atravessando um vale escuro. De repente ela lhe deu a mão, desviando-se do caminho e puxando-o na direção de um terreno baldio. Teria caído numa cilada? Estaria a tal moça conduzindo-o a um reduto de la-

Pelo fundo da agulha   453

drões? Ou seria ela própria que iria roubá-lo? Perguntou-lhe sobre o que estava fazendo.

— Acho que você vai gostar — respondeu. E mais não disse, fazendo-se de enigmática.

Logo desvendaria o mistério. Foi quando a moça parou, virou-se de frente para ele e abriu a capa de chuva com que estava vestida, sem nada embaixo.

— Gostou? — disse, afastando a frente da capa, para que ele visse o seu corpo fogoso. Fez mais. Pegou as suas mãos e levou-as aos seus seios. Ela se arrepiou logo aos primeiros toques. E rapidamente ajudou-o a desabotoar-se. Desnudou-se completamente e ajeitou a capa sobre a relva. Deitou-se, dizendo:

— Vem!

E precisava de convite?

Retornaram pisando às claras. Um trem passava devagar, iluminando o vale. Ela apontou para o outro lado:

— Olha as casas lá! Estão todas com as luzes apagadas. Está vendo? As pessoas que íamos procurar já devem estar dormindo. Ou saíram. Mas me lembrei de uma coisa.

Voltaram à praça e caminharam até a delegacia de polícia. Ideia dela. Lá havia alguém que com certeza poderia ajudá-lo a encontrar algum dos seus conterrâneos. Era o escrivão.

— Ele é baiano. E aqui todos os baianos se conhecem.

Tendo as pernas estiradas sobre a sua mesa, o escrivão escondia a cara por trás de um jornal chamado *Notícias Populares*, do qual se dizia que, se espremido, escorria sangue. Recompôs-se à entrada do casal. Uma voz — provavelmente do delegado — falava ao telefone, em outra sala. Aparentemente, o momento era de calma.

O senhor escrivão olhou por cima dos óculos e perguntou o motivo de estar sendo importunado. Não chegou a dizer isso com todas as letras, mas sua impaciência era visível. E piorou muito ao ser informado do que se tratava. Dirigindo-se à parte mais interessada em sua ajuda, disparou:

— Ora, rapaz, baiano aqui é todo mundo que veio lá de cima. Tanto faz se da Bahia, Paraíba, Pernambuco, Ceará, Alagoas e o escambau. Em que lugar você nasceu?

— Bem, o nome dele não está no mapa do Brasil. Nem no da Bahia. É muito pequeno.

— Mas como se chama, porra?

— Junco.

— Então você é do Junco! Só me faltava essa. Alguém do Junco a me procurar para saber se eu sei o paradeiro desse povo que fervilha como formiga. Também sou do Junco. O meu nome é... bem, está escrito aqui no meu crachá. Com toda certeza já ouviu falar de mim por lá. O que é que dizem? Vamos, me conte. Moça, com licença. Por favor, espere ali fora. Preciso ter uma conversa particular com o seu amigo.

Esperou a moça desaparecer. Continuou:

— Agora que estamos a sós, pode dizer a verdade. Sou muito malfalado naquela terra, não sou? Vamos, desembuche. Conte tudo o que dizem de mim.

— Nunca ouvi lá nada de ruim ou de bom sobre o senhor. Quando nasci, já fazia muito tempo que o senhor tinha vindo embora. Quer dizer, calculo isso...

— Pela minha idade... Pode dizer! Mas eu sei que você está escondendo a verdade. Minha má fama continua até hoje, naquela terra de fuxiqueiros. Pensa que não sei? Mas... Quem é que você está procurando mesmo?

Em vez de nomes, jogou apelidos à mesa. Lá era assim, o escrivão ainda devia se lembrar. Conhecia Dico e Manu de Tião, e ele próprio, um velho carreiro de bois? Estes talvez até fossem mais fáceis de serem lembrados, porque eram negros, logo, se distinguiam dos demais pela cor da pele. E saberia ele, o distinto escrivão, o paradeiro do povo todo do finado Zózimo, o barbeiro, e os do mestre Inocêncio, o carpinteiro? E os filhos de Manuel Dão Dão do Pau de Leite, os de Maria da Tapera Velha,

Pelo fundo da agulha 455

e outros como o Quinzinho do Pau de Bode, Mundinho das Barrocas Dantas, e mais o fulano do Cansanção, o beltrano do Mimoso, o sicrano do Maxixe... poderia dar uma pista de onde alguns deles seriam encontrados? Em primeiro lugar, porém, precisava localizar uma cunhada. Só que dessa desconhecia até se tinha apelido.

— A única referência que tenho é que foi casada com o meu irmão mais velho, que morou aqui durante muitos anos. Chamava-se Manuel, de sobrenome Cruz. Mas era chamado de Nelo. O senhor...

O escrivão deu um murro na mesa. Voou papel para todo lado. O outro se encolheu na cadeira, esperando que a terra se abrisse para ele se enfiar por ela adentro. Temia que o próximo soco fosse desfechado na sua cara. Por que toda essa fúria? A seu ver, não havia dito nada que pudesse ser considerado um desacato à autoridade policial — de um seu conterrâneo! —, que continuaria a descarregar uma raiva acumulada em mais de duas décadas, desta vez em palavras:

— Não fale daquele desgraçado perto de mim! Foi por causa dele que vim embora. Ele me fez cair numa emboscada. Está vendo isto aqui, ó? (Tirou os óculos de grau e apontou para um de seus olhos). — Percebeu o estrago dentro deste meu olho? Pois lhe conto: perdi a metade da visão dele. Sabe por quê? Porrada! Como foi isso? Uma tremenda sacanagem armada pelo seu irmão Nelo. Assunto encerrado. Pode ir. Passar bem.

Ladeira da memória: a noite do veado.

Fizeram um trato. Iam dar uma surra no veado. A ideia foi de um certo Pedro Infante, filho do dono da maior venda do lugar.

Caberia a Nelo atrair o veado para a calçada da igreja, quando todos já estivessem dormindo. Ele se negou a fazer isso. Mas Pedro Infante roubou dinheiro da gaveta do pai e o convenceu a topar o serviço, mostrando as notas que iria ganhar.

Os dois já estavam nus quando os outros chegaram. O veado correu, levando a roupa na mão. Correram atrás dele e o agarraram. Pedro Infante bateu muito no rapaz, com um cinturão. A fivela do cinturão vazou-lhe um olho.

No dia seguinte, o tal de Pedro Infante roubou mais dinheiro e deu ao rapaz, para que desaparecesse. Ele desapareceu, ninguém nunca soube para onde. Mas quando o dono da venda descobriu que havia sido roubado, o filho dele pôs a culpa em Nelo, que levou duas surras. Uma da mãe, outra do pai, que pagou o roubo, para limpar o nome da família. Nelo ficou de mal com Pedro Infante.

Essa história rolou de boca em boca, através dos tempos.

Então. O tal rapaz era agora aquele senhor calvo, de fala firme, decidida, bem situado na hierarquia dos imigrantes? Uma autoridade na polícia de São Paulo. Oficial de cartório. Com certeza, um bacharel em Direito. Quem diria! Sim, conhecia a história da sua vida pregressa. Mas não ligara o nome no crachá à pessoa. Lá, ele, o pobre-diabo agora a falar de cima para baixo, do alto de seus rancores, também era conhecido pelo apelido. Vu. O Vu de dona Maricota e do velho Epaminondas, que Deus os tenha. Ela, uma zeladora da igreja, sempre a penitenciar-se pelos pecados do mundo. Morreu de velhice. Ele foi-se mais cedo, de desgosto, logo depois que o filho desapareceu pela estrada afora, contava-se. Vuuuuuuuuuuu! Vivaldo Ururaí da Silva, eis o nome do homem, ali completo, com todas as letras bem visíveis. Não lhe diria nada do que se lembrava agora, pela associação dos fatos. Por pudor, constrangimento, vergonha. Mas disse-lhe:

— Por favor... Só mais um instante. Ouça-me. Não sou culpado da canalhice do meu irmão. E nem sonhava em nascer quando isso que o senhor contou aconteceu.

— Você tem razão. Nem por isso posso lhe ser útil. Faz é tempo que sua cunhada e seus sobrinhos não moram mais aqui.

Pelo fundo da agulha 457

Viveram nestes lados, sim, pulando de lugar em lugar. Itaquera, Itaim... Depois, ouvi dizer que estavam morando no Paraná. Parece que em Maringá. É como procurar agulha num monte de areia. Quanto aos demais, você não terá dificuldade de encontrar. Ali na praça, bem ao lado do cinema, mora um sapateiro que veio de lá. Do outro lado dos trilhos do trem tem uma casinha com uma árvore na porta. Pode bater nela, que lhe será aberta pelo alfaiate Israel. E há os que não perdem um forró. Agora, com licença. O delegado está me chamando.

— Muito obrigado. E me desculpe por ter tomado o seu tempo. Desculpe qualquer coisa. O meu irmão... deixa pra lá.

— Olhe! Eu gostava muito dos seus pais. Ainda estão vivos? Que bom. Eles merecem todo o meu respeito. Ficaram a ponto de enlouquecer quando souberam o que o Nelo fez. Bateram nele. E falaram comigo. Estavam inconformados.

— Mais uma vez, obrigado.

À moça, que pacientemente o aguardava, disse:

— Quase que o homem me botava na cadeia.

— Por quê? Queria um xodó e você deixou o coitado na mão?

— Como você sabe?

— E tem quem não saiba? Até você, que está vindo aqui pela primeira vez, já sabe.

— Não aconteceu nada do que você está pensando. Coisa pior.

Foi contando-lhe a história, o mais resumidamente possível, enquanto ela o acompanhava ao ponto do ônibus.

Voltaria àquele subúrbio feio, pobre, triste. E nele encontraria pessoas com mais motivos para ter saudades da sua terra do que o escrivão de polícia que acabava de conhecer. Nem parecia que aquele lugar, chamado São Miguel Paulista, fazia parte das redondezas da maior cidade da América do Sul, da qual era um apêndice inchado, graças às contribuições dos retirantes sertanejos à sua densidade demográfica. O alto-falante da praça cantava:

Eu penei, mas aqui cheguei...

Eis aí: a voz do mesmo Luiz Gonzaga, o rei do baião, ouvida em todas as praças do sertão. Sentiu-se no Junco. De alguma maneira. Olhou em volta. O que viu foi a feiúra de pequenos prédios que pareciam iguais uns aos outros, como se fossem engradados em que as pessoas se engarrafavam para dormir dentro deles. Ruas maltratadas. Calçadas estreitas. Mau cheiro nas esquinas. Não. Nada a ver com o Junco. Lá havia mais espaço de convívio. Bancos nos avarandados ("Traz café para as visitas, muié"), cadeiras nas portas das casas, para a prosa do anoitecer. Rodas de moças e rapazes em torno dos pés de tamarindo e de fícus. Não dava para dizer que a vida num surbúrbio de uma capital era igual à de uma cidadezinha do interior.

A moça disse-lhe que o próximo sábado era dia de baile. E perguntou se ele a levaria para dançar. Prometeu-lhe que não se esqueceria disso. Cumpriu a promessa. Por vários fins de semana. Com o passar dos dias, cansou-se das mesmas histórias dos parentes e aderentes que acabou reencontrando:

— Eu carreguei você no meu ombro.

Ou:

— Sabe dizer se está chovendo por lá?

Lá, havia o sonho de partir. Aqui, o de voltar. Se chegassem boas notícias. Não, ele não tinha a resposta tão esperada:

— Chove muito. A terra está verde. E a mata em flor. Tudo em volta é só beleza.

Cansou-se das idas e vindas nas linhas ferroviárias suburbanas que levavam aos arrasta-pés, os populares mela-cuecas, ao ritmo de um bolero, um samba-canção, um mambo, uma rumba, e do rock and roll; da sanfona, triângulo, pandeiro e zabumba dos forrós, sujeitos a briga de peixeira, por causa de mulher; de entregar o seu corpo suado a um outro, em igualdade de condições, num terreno baldio. A primeira vez fez lembrar um certo quintal de bananeiras, num dia já muito longe. Com a repetição, o que era a graça do amor natural entre as chaminés de

Pelo fundo da agulha

uma fábrica — a Santa Nitroquímica dos Imigrantes — e uma estrada de ferro, tornou-se desconforto. E medo. Da prisão, por atentado ao pudor. De assaltos. Das agressões dos enciumados.

Teve a hombridade de dizer à moça que adorava andar sem roupas íntimas, e dançar, e entregar-se perigosamente sobre a relva de um vale que se iluminava apenas quando um trem passava:

— Não dá mais para continuar vindo aqui todo fim de semana. Mas saiba que...

— É outra?

— Não. Não há outra. Necessidade de estudar. Inglês, francês, cursinho para o vestibular...

O nome dela era Edileuza. Viu os seus olhos marejarem-se. Beijou-os. Sem mais palavras. E entrou no ônibus. Não olhou para o lado. Nem para trás, quando ele partiu.

Eu penei, mas aqui cheguei... Xote, maracatu e baião / tudo isso eu trouxe / no meu matulão...

15

Agora ele se abraçava com outra, numa festa de casamento. E dançava conforme outra música. Cesse tudo. Silêncio. Ouça, menina bonita:

Eu sei que vou te amar / ... Por toda a minha vida eu vou te amar...

E essa outra que agora tinha entre os braços deixava-se ser levada, feliz por haver encontrado um par que a inebriava com a leveza de seus passos.

— Você dança bem, sabia?

Retribuiu a lisonja, que o fez sentir-se nas nuvens. E, delicadamente, trouxe-a para mais junto de si, envolvendo-a ternamente. Corações ao alto. Olhos em enlevo. Todo cuidado para não errar o passo e pisar num pezinho de Cinderela. Ouvidos à música:

Desesperadamente, eu sei que vou te amar...

Não foi preciso buscar outras palavras.

Casaram-se um ano depois. E depois que ela concluiu o seu curso universitário. Pedagogia. E de ser aprovada num concurso público, da Secretaria Estadual de Educação. E tiveram dois filhos. Mas a história deles dois não poderia ser resumida assim: olhou, gostou, então vamos viver juntos. *We got to live together.* Houve um longo protocolo a ser cumprido, cuidadosamente, degrau após degrau, na escalada das convenções.

Fita de largada: andar de mãos dadas. O escurinho do cinema. O primeiro beijo. A mão num seio. Avançar devagarinho numa covinha que se insinuava por um sutiã adentro. Ousar outro avanço, joelho acima, explorando recônditas intimidades. Tocar à entrada da gruta sagrada. Ai. "Pára, pára. Chega". Ela era tão virgem quanto a mãe de Nosso Senhor Jesus Cristo. E não se envergonhava disso, embora não fosse nenhuma carola a engolir hóstias, de joelhos no último degrau da escada de um altar. Apenas preservava-se para uma noite de sonhos. Foi o que deu a entender, quando lhe falou em casamento. Não assim logo aos primeiros toques, mas na sequência dos amassos, que o deixavam enlouquecido.

Às portas da glória, ele resignava-se ao sofrimento de manter-se em fogo brando, quando se via incendiado por dentro. O seu priapismo, de tão doloroso, levava-o a desvairar-se pela noite afora, em busca de alívio em grutas profanas. Que remédio? A vida airada era-lhe mais do que profilática. Nela, as extravagâncias da cidade excediam. Babilônia revisitada. Não a grande Babilônia, morada de demônios, coito de todo espírito imundo, e coito de toda ave imunda e aborrecível, onde todas as nações bebiam do vinho da ira da prostituição. Nesta, bebiam-se cuba-libre, cerveja, conhaque, uísque, áraque, saquê quente, vermute, vodca, cachaça. E, como na outra Babilônia, os mercadores da noite enriqueciam-se com suas delícias.

Passou a sentir uma senhora atração por uma mulher manca, diante da qual se ajoelhava, na condição de penitente fiel. Não a via apenas como uma marafa, ainda por cima defeituosa, nem uma operária do sexo, escrava de um gigolô, agrilhoada às correntes de um submundo movido a gás néon, dinheiro, álcool, suor e esperma. "Você voltou, meu guri tesudo?", ela lhe dizia, pegando-o docemente pela mão, despindo-o e levando-o à cama, para, como uma bem treinada enfermeira, tratar das dores em suas zonas erógenas, com o fogo do seu corpo. Fogo contra fogo. Nua, não tinha defeitos. Era uma pintura. A perfeição em pessoa. E um prodígio de experiência com rapazes

Pelo fundo da agulha 463

afobados, loucos para descarregar todo o sofrimento acumulado abaixo do baixo-ventre. Aleluia!

A grande prostituta corrompeu o sangue do seu servo, infligindo-lhe tormentos monstruosos. "Você está correndo o risco de pegar uma sífilis", disse-lhe um farmacêutico, enquanto o submetia a uma picada de injeção de penicilina. "Procure um médico, imediatamente." Viu a besta, os reis da terra, e os seus exércitos reunidos para cravá-lo de agulhas. E ouviu outra voz que dizia: "Sai das delícias de Babilônia, para que não sejas participante dos seus pecados e para que não incorras nas suas pragas." As novas pragas dos sete anjos do Apocalipse se chamavam gonococos. Dores da gota-serena. Agora tinha nas entranhas o significado de purgatório. Dali a descer ao inferno seria um pulo. Satanás o recebeu risonhamente. Vestia-se de branco e tinha um estetoscópio pendurado ao pescoço. Pegou uma pequena lanterna e disse: "Vamos lá ver isso." Ele abriu a braguilha e pôs o passarinho para fora da gaiola. E envergonhou-se com o seu encolhimento, que o reduzia a proporções infantis. Mostrá-lo daquele jeito era humilhante. O pior estava por vir: a picada de um ferrinho com a ponta em brasa, imagine onde. E pelo canal adentro. Um tratamento satânico não poderia deixar de ser a ferro e fogo.

Era o preço de uma paixão, vivida castamente. No entanto, quando retornava aos braços da sua namorada, ganhava uma nova estatura, crescia para si mesmo. A bela namorada era o símbolo de uma conquista, com certeza a maior de todas, na cidade que tinha a voz cheia de dinheiro, e as filhas de família estavam guardadas para pretendentes da mesma classe, ele imaginava. Teria ela um pai que era uma fera? E a mãe? Seria uma megera, uma jararaca, uma bruxa ou um anjo de candura? Imaginou-a uma herdeira do baronato do café, de um capitão de indústria, de metade da rua Direita, a que simbolizava o poder do comércio. De fantasia em fantasia sobre o novo mundo a ser descoberto, só lhe restava aguardar a senha para lhe abrir a porta. A namorada não contribuía muito para aliviar-lhe a ansiedade.

— Você vai ver como eles são. Mas não se preocupe. Não mordem.

Essa resposta era uma dissimulação, ele cismava, lembrando-se do que o seu irmão Nelo havia lhe contado, pouco antes de se matar. "Quando ela [uma paulista] disse a seus pais que ia se casar comigo, eles se revoltaram: 'Todo baiano é negro. Todo baiano é pobre. Todo baiano é veado. Todo baiano acaba largando a mulher para voltar para a Bahia.' Casaram-se assim mesmo. E o casamento foi um desastre. Agora, temia que o sinal amarelo — esperar, esperar, esperar —, passasse a vermelho. E isso sem saber das relutâncias nos bastidores. O quê?! A bela filhinha estava namorando um baiano, que não conheciam de vista nem de sotaque?

Ela avançou o sinal: então iriam conhecê-lo, e aí veremos o que acontece. Pode até haver quebrado as resistências de maneira menos desafiadora. O certo é que, ao cair da tarde de um sábado, acendeu-se a luz verde à porta da sua fortaleza, na qual ele adentrou, portando o mais belo buquê de flores que encontrou num quiosque do Largo do Arouche, no centro da cidade. No elevador, com a alma em suspenso e o coração na mão, ensaiou as palavras a serem ditas, logo à chegada. Mas se lembrou de que elas não foram de grande ajuda, na sua meteórica carreira de vendedor de enciclopédias.

Agora, estava ali para provar se era o homem certo para a mulher certa. Tinha a seu favor um emprego que poderia ser considerado "de futuro". No Banco do Brasil! E estava estudando muito para ascender na empresa. Sua desvantagem: o sotaque, a denunciar o imigrante. Teriam os pais dela lido, em algum túnel, muro ou tapume, a inscrição que dizia "Mate um baiano por dia, para manter a cidade limpa?" O que era aquilo? Uma molecagem inconsequente. Nunca, jamais, encontrara alguém disposto a matá-lo por causa da sua origem. Agora, logo ao chegar, e assim que abrisse a boca, se seu modo de falar levasse os donos da casa a lhe soltar os cachorros, teria que admitir que a convocação para a matança dos baianos era para ser levada a sério.

Para a sua sorte, aquela que poderia vir a ser a sua sogra havia nascido num estado do Nordeste, o Ceará. Era uma doce figura, de pele morena, cabelos pretos escorridos — já entrando na idade grisalha — e olhos verdes, "translúcidos e serenos, como as águas do mar", a evocarem a letra de um bolero. Chamava-se Iracy, nome que de alguma maneira lembrava o de uma emblemática personagem cearense, "a virgem dos lábios de mel", a índia Iracema, que se casou com um colonizador português. Em solteira, dona Ira — assim chamada na intimidade —, tinha um sobrenome igualmente genuíno: Quinderé. Ao casar-se com um paulista, juntou-o a outro cuja origem remontava ao tempo dos bandeirantes, os desbravadores dos sertões brasileiros em busca de ouro, e caçadores de silvícolas, com propósitos menos louváveis, pois os escravizavam ou os matavam em escalas assombrosas. Digressões históricas à parte, o fato é que a boa senhora passou a assinar-se Iracy Quinderé Bueno.

Na cidade dos bandeirantes, um Bueno devia estar sempre ao centro das conversas — supunha o pretendente a entrar na vida de uns Buenos. Mesmo que estes não tivessem nada a ver com entradas e bandeiras, ouro e índios, não poderiam escapar das referências à linhagem dos conquistadores paulistas, ou aventureiros, dependendo do ponto de vista de quem se interessasse pela saga dos Amador Bueno, Félix Gusmão de Mendonça e Bueno, Francisco Bueno, Gerônimo Bueno, Bartolomeu Bueno da Silva, o Anhanguera, quer dizer, o Diabo Velho, Amador Bueno da Veiga, que, individualmente, deram nome a ruas, estradas, viraram estátuas e, de forma genérica, batizaram instituições de ensino, o palácio do governador, uma rede de televisão etc. etc. etc. Mais que isto: tornaram-se uma designação para os nascidos em São Paulo, onde qualquer Bueno poderia se sentir o dono da sua história.

Naquele fim de tarde, dona Iracy Quinderé Bueno não iria se apresentar envolta numa aura heroica, ainda que por empréstimo ou comunhão de bens, que resultara no sobrenome respeitável. Poderosa, em seu coração — o aspirante a genro não tardaria a descobrir isso —, era a saudade dos verdes mares bravios da sua terra natal, do canto da jandaia, da fronde da carnaúba, do vento que embalança a palha do coqueiro, das jangadas, da carne de sol, da lagosta, da macaxeira (aipim, na terra dele; mandioca, em São Paulo), do cajá, do caju e suas castanhas, enfim, de raízes, grãos, frutos, cheiros, temperos, ternos falares, que ele também trouxera em seu matulão de memórias, embora tivesse vindo de um lugar tão distante do Ceará quanto daquela casa, um apartamento elegantíssimo de um bairro de bacanas que se chamava Higienópolis. Começou por dizer à saudosa senhora que todas aquelas boas lembranças o faziam recordar-se da sua mãe, dos seus beijus de tapioca, do seu cuscuz de milho, mungunzá, canjica, umbuzada, doces de leite, de goiaba, de mamão verde. E percebeu que foi um bom começo de conversa.

Quanto àquele que viria a ser o seu sogro, era um general, já sabia. Foi o último a entrar em cena. A recepção parecia ter sido ensaiada, com uma perfeita marcação teatral. O som da campainha. Uma porta se abre. A filha atrás da porta. Beijos. Tempo para a mãe dela surgir. Cumprimentos formais. Ele entrega-lhe as flores. "Que lindas! E como são cheirosas!" Agradecimentos. "Não precisava se preocupar, não precisava." Ela conta que nasceu numa casa arrodeada de rosas, jasmins e bulgaris. Relembra o perfume que exalavam, ao anoitecer. Fala também dos sabores da sua infância e juventude, lá no seu Ceará. Dos ventos.

Pelo fundo da agulha

Da brisa marinha da Bahia, que também adorava. "Já aqui em São Paulo... prédio alto... fumaça!" Ele contemporiza, piscando para a namorada: "Mas até que eu gosto da garoa paulistana. E do seu friozinho. Quando não é demais, é aconchegante." Ela diz "É, tem razão" e pede licença para cuidar das flores, antes que murchem.

Os olhos dele fazem um passeio pela sala. Há nela acomodações confortáveis, da mesa de jantar e suas cadeiras senhoriais, às poltronas e sofás. Ele nota outros símbolos de *status*: lantejoulas, castiçais, abajures, as cortinas, as janelas, os tapetes — seriam persas? —, os quadros nas paredes, os vasos de plantas, fotografias em molduras sobre um piano. "Ela nasceu com um piano na sala, no qual, vai ver, nunca tocou." Seria esse piano a diferença entre a namorada e ele? Pensa nisso temendo que poderia haver um abismo a separá-los. Mas percebe: há um banquete à sua espera, na mesa de centro. Enche-se de pânico diante da expectativa daquele momento. Nunca antes lhe fora dada tamanha importância. Medo de meter os pés pelas mãos, e fracassar, não correspondendo a tanto preparo, que lhe indicava uma valorização pessoal inédita. Pela primeira vez, estava conhecendo algo bem acima da sua experiência de vida. Um lar. O que tivera se desfizera na poeira dos fluxos e refluxos migratórios da sua família.

Era ainda uma criança no dia em que acordara no meio de uma confusão, um falatório apavorante, que vinha da cozinha da casa em que nascera. Naquele dia, o pai não havia chamado os filhos, antes do sol raiar, para rezar a ladainha, conforme o ritual de todo alvorecer. Da sua cama, ele os chamava em ordem decrescente de idade. Ao chegar ao último, puxava a ladainha e esperava a resposta. Em coro.

— *Kyrie eleison.*

— *Christie eleison.*

Em vez da cantilena sagrada, o que ecoou pela casa inteira, na penumbra daquele tormentoso amanhecer, foi a altercação entre um homem e uma mulher, ele ora a fazer-lhe apelos, ora a destemperar-se, como se estivesse desesperado, e ela a reagir de forma inflexível, durona. "Não faça essa loucura!" — ele dizia. E berrava: "Você perdeu o juízo!" Quem poderia ser aquela que estava sendo chamada de louca, senão a sua mãe? Durante toda uma semana notava-se o azedume do pai. Só não se sabia qual era o motivo. "Não pari esses meninos para morrerem na ignorância" — o tom exaltado da discussão levou todos os seus irmãos a pularem da cama, apavorados. E logo se deram conta da decisão tomada pela mãe, em caráter definitivo, sem consultas ou um simples aviso, e que não dava para esconder mais. Dali a pouco ela e os filhos estariam de partida, em cima de um caminhão, contratado em segredo para uma viagem sem volta. Destino: Feira de Santana. A cidade que ficou famosa pela sua feira de gado. E que tinha uma rodoviária tão cheia de gente chegando e partindo, que mais parecia o estouro da boiada. E ali havia mais os luminosos verdes nas fachadas das lojas, intenso movimento de automóveis e pessoas nas ruas, estação de rádio, cinema, água encanada e muitas escolas — iriam descobrir isso, quando chegassem lá.

Antes, porém, tudo era alvoroço. Meninos sonolentos e tristes perambulavam dentro de casa, tropeçando uns nos outros na indifusa luz da manhã, para ajudar na arrumação dos cacarecos a serem levados na mudança. Redes, esteiras, três camas de mola com colchões de palha, uma velha mesa, algumas cadeiras, panelas de barro, pratos, talheres. E uma máquina de costura. Pouco mais que isso. O ronco do caminhão, e o movimento da família que marchava para ele, acordou o povo do lugar. Não faltaram curiosos para ver quem estava indo embora. No meio da agitação, indagava-se:

— Como é que você vai sustentar todos esses filhos, mulé?

Não respondeu a isso imediatamente, porque não lhe importava o que pensassem ou dissessem da sua determinação.

Pelo fundo da agulha 469

Que a chamassem de louca e do que mais quisessem. Só não seria justo condená-la por estar abandonando o marido. Ele ia ficar por decisão própria, insistindo na sua crença inabalável de que escola não enchia barriga de ninguém. E ela queria que os filhos aprendessem muito mais do que assinar os seus nomes. Para não serem como os seus pais, tios, avós, bisavós, tataravós.

Naquele momento, nenhuma inquietação era mais preocupante do que os rostos tristonhos da sua prole, por não saber se isso se devia à madrugada maldormida ou ao medo do desconhecido. Ela, porém, não estava com medo. Esse sentimento não a consumia mais. Já o havia ultrapassado, depois de tantos nove meses em que carregara um filho após outro em sua barriga, para expurgá-los nas mãos de uma parteira bêbada, sem saber se viriam ao mundo sãos e salvos e se ela própria sobreviveria ao nascimento deles. Sim, medo mesmo tivera nas dores do parto.

Agora dava por encerrada a sua missão de mulher parideira. O que significava o início da busca de um novo ninho para suas crias. Aguardou o abraço do avô delas, o seu altivo pai — bendizendo-o por não lhe haver dito nenhuma palavra, boa ou ruim — e, com a ajuda dele, subiu no caminhão. Uma vez lá em cima, levantou a cabeça, achando que pelo menos nisso ele a aprovaria: não se mostrar de crista arriada. Disse:

— Não esperava que tanta gente viesse me dizer adeus, a esta hora da manhã, quando o dia nem clareou direito. Agradeço a todos pela consideração. E aos que estão aqui perguntando como vou sustentar os meus filhos, respondo sem medo de errar: com a minha máquina de costura e a ajuda de Deus.

Foi como se dissesse: bem, meus considerados, sei que daqui para a frente contarei tão somente com a minha força de vontade. Quem sabe só isso baste para me ajudar a tirar os meus filhos da ignorância?

Poderia ter acrescentado que Deus era tão misericordioso que havia lhe dado um filho chamado Nelo. E o mandara para

São Paulo. De vez em quando ele lhe enviava dinheiro, pelo correio. Com fé em Nossa Senhora do Amparo, os envelopes iam passar a vir todo mês, sem falta. Já tinha escrito para o filho amado, explicando a sua nova situação ("Faço isso para o bem de seus irmãos, que precisam seguir o exemplo do mais velho"). Não esqueceu do mais importante: o novo endereço para as remessas. Sim, ela pensara em tudo. Também em segredo, alugara uma casinha para abrigar-se e à sua ninhada, num bairro paupérrimo. Pode ser que não tenha jogado a ajuda do filho na cara de todos para não atrair os olhos de seca-pimenteira do lugar.

Concluiu a sua despedida assim:

— Feira de Santana é logo ali, minha gente. Mesmo de caminhão, não dá nem meio-dia de viagem. Não vou para longe. Nem morrer tão cedo, Nossa Senhora do Amparo seja louvada! Também não vou deixar de vir aqui, nas festas da padroeira. Fiquem com Deus.

Então ela viu a pequena multidão erguer os braços e entoar a ladainha rezada para os que partiam:

— Deus te leve, viuuuuuuuu!

E estas vozes ecoaram pela estrada afora, até o caminhão desaparecer na Ladeira Grande, deixando para trás uma nuvem de poeira, a encobrir a lembrança do que aqueles passageiros um dia tiveram de mais parecido com um lar.

16

Agora um deles não consegue recordar-se se estava contente ou se chorou naquele dia. Mas se lembra de nunca ter vivido numa casa com uma sala igual a esta em que acaba de entrar. Sensação de conforto, bem-estar, bom gosto. O que só se conquista com dinheiro, naturalmente. Por que todo mundo não podia viver assim? Lembrou-se do seu amigo Bira, um verdadeiro irmão, a criticá-lo por entregar-se à vida boêmia, como um deslumbrado pelos prazeres da cidade, e a ler os poetas e ouvir músicas românticas, quando deveria, até por uma questão de coerência em relação à sua própria trajetória, interessar-se mais pelas lutas de classes.

— Porra, Bira, aqueles livros que você me emprestou podem conter as maiores verdades do mundo. Mas cá para nós, são muito chatos.

E aí o papo esquentava.

— Você está se tornando um alienado — dizia-lhe o amigo.

— Ora, meu camarada, ver a vida só pelo ponto de vista sindicalista não é outra forma de alienação?

Uma discussão sem fim, a varar a madrugada, no balcão de um boteco fétido, na esquina da avenida Ipiranga com a São João. A amizade dos dois, porém, continuava indiscutível.

Outro é o cenário que o faz sentir-se fora do tempo e do espaço, a ponto de quase não ouvir as palavras da namorada, a convidá-lo a sentar-se, e a dizer-lhe:

— Papai está vindo. Já despertou de sua soneca de depois do almoço.

E eis que o dono da casa surge, como num estalar de dedos. À deixa da filha, o seu pai gordo, de bochechas rosadas e ar bonachão, adentrou o proscênio com um cordial "Boa tarde". Pronto, o ator principal já estava em ação.

O coadjuvante perfilou-se e bateu-lhe continência, arriscando-se a cometer um erro gravíssimo, diante de tão alta patente. Até aquele instante, julgava-o deformado pela férrea disciplina da caserna. E esperava defrontar-se com uma figura rígida, austera, sistemática, capaz de comandar as mais cruéis torturas, nos porões dos quartéis. Quem, com um mínimo de relações bem informadas, não sabia que essas coisas estavam acontecendo? A sua fonte se chamava Bira, o amazonense, que, àquela altura, já devia estar em perigo, por andar falando demais, dentro e fora do seu expediente, no Banco do Brasil.

Mas não. Aquele general tinha senso de humor, valha-me isso, deduziu, quando ele soltou uma gargalhada, ao ser cumprimentado ao estilo dos subalternos diante de um superior fardado:

— Atirador dezoito, pela ordem alfabética da tropa do Tiro de Guerra da cidade de Feira de Santana, Bahia. Reservista de segunda categoria. Meu nome é Antão. É um prazer conhecê-lo, senhor general.

— Espero que a minha filha tenha lhe dito que já estou reformado. Portanto, faça-me o favor de parar com essa bobagem de general pra cá, general pra lá, pois não generalizo mais — disse o general, desmanchando-se em risos e estendendo-lhe a mão. — Sei perfeitamente onde fica o Tiro de Guerra onde você prestou o serviço militar. Passei uma temporada em Salvador, servindo no quartel-general da 6ª. Região Militar. Agora, fique à vontade — e apontou para os sofás e poltronas ao centro da sala, em torno da mesa já preparada com os comes e bebes. — Vamos nos sentar.

Pelo fundo da agulha 473

— Peço-lhe desculpas pela forma brincalhona como me apresentei para o senhor. Mas, falando sério, nunca tive, até esse momento, a oportunidade de conhecer um general. Lá no Tiro de Guerra, as autoridades máximas eram os sargentos. Naquela cidade, havia um tenente do Exército, que só vi uma vez, de longe, num palanque, vestido no seu uniforme de gala, na parada de 7 de Setembro, o dia da Pátria.

— Feira de Santana! — interveio a senhora Iracy, ao retornar com um vaso de flores, que pôs em cima de um móvel. — Estivemos lá. Foi muito antes de eu ficar grávida da Aninha. Eu me casei com esse bonitão paulista em Fortaleza, quando ele era ainda um jovem capitão. Depois, foi transferido para a Bahia, o estado mais festeiro do Brasil. Éramos convidados para todas as festas. Uma delas foi a micareta de Feira de Santana. Nunca me esqueci da orquestra que tocou naquele baile carnavalesco fora de época, logo depois da Quaresma. Chamava-se Os Turunas. "Pena que não sejam nossos", me disse a primeira-dama do município. "Estes músicos são de Alagoinhas, que fica perto daqui. Mas são famosos em todo o interior do estado." Depois, fomos à festa da laranja, naquela cidade. E lá estavam eles, tocando de novo. Os Turunas! Eram poderosos mesmo. Encerraram o baile tocando "Moonlight Serenade", como se a banda de Glenn Miller tivesse ressuscitado. Aquilo foi inesquecível. Quando ele (disse isso apontando para o marido) foi mandado de volta para São Paulo, a Aninha veio junto, dentro da minha barriga.

— Boa lembrança, Ira — disse-lhe o general. — Por falar em festa, parece que esta aqui é só para crianças. Só tem refrigerante. Nós, os adultos, também somos filhos de Deus.

Levantou-se, foi a um barzinho a poucos passos de onde estavam e voltou com uma garrafa de uísque e dois copos baixos que diria "adequados" à ocasião. O balde de gelo já estava sobre a mesa.

Serviu uma dose ao visitante, dizendo-lhe:

— Minha filha já deve ter dito a você que o meu nome é José Bonifácio. Sabe por quê?

— Imagino que em homenagem a José Bonifácio de Andrada e Silva, o patriarca da Independência, que entrou para a história como o brasileiro mais culto do seu tempo.

— É, já vi que você não foi um mau aluno de história — ele riu de novo, enquanto enchia o seu próprio copo. A mulher do general, quer dizer, dona Iracy, encompridou os olhos na direção do marido, como se o censurasse silenciosamente. O recém-chegado ficou em dúvida se o seu olhar fulminante dizia respeito ao tamanho da dose que ele acabava de se servir ou ao fato de estar bebendo. À parte isso, tudo transcorria sem o mais leve sinal de restrição ao pretendente à mão — e ao corpo inteiro — da belíssima filha, que se encarregou de ir buscar na cozinha mais acompanhamentos para o ágape de tão decisiva noitada, servindo-os à perfeição, diga-se, quem sabe com medo de que o seu pai e o namorado ficassem bêbados demais e acabassem dando um vexame. Mãe e filha se entreolharam, preocupadas, ao ver o general se servir de uma segunda, e generosa, dose de uísque. — Então me conte: do que você gosta mais, nesta vida? — ele perguntou ao candidato a seu genro, que, se havia sido aprovado, com louvor, no primeiro quesito, ao cumprimentá-lo perfilando-se como um soldado e batendo-lhe continência, agora tinha a perfeita consciência de que continuava sendo testado. O tom da pergunta não parecia de brincadeira. O inquirido evitou molhar as palavras, antes de responder. Pôs o copo sobre a mesa. E, de dedo apontado para a namorada, disse:

— Em primeiríssimo lugar, da sua filha.

— Por essa eu já esperava. E depois?

— De música, de cinema, de teatro, de um bom livro e, até, de um joguinho de sinuca e de baralho, para passar o tempo.

— Já que você gosta de ler, qual é o seu poeta preferido?

Pelo fundo da agulha   475

— Ah, são tantos! Augusto dos Anjos, por exemplo. *Doutor, pegue essa tesoura e corte...*

— *... A minha singularíssima pessoa...*

— *... Que importa a mim que a bicharia roa...*

— *... Todo o meu coração depois da morte.*

— Este é dos meus — disse o general. — Augusto dos Anjos pôs os parnasianos no paredão de fuzilamento, por suas quimeras e procelas. Procela é assunto de marinheiro. E quimera... Bem, na juventude, tive as minhas. Mas vamos em frente. Agora me dê uma prova do seu gosto musical.

Sua cabeça fez uma volta no tempo em questão de segundos. Então imaginou um baile, em que um jovem capitão tirava uma moça para dançar. E trauteou um bolero: *Mujer, se puedes tu con Dios hablar...*

E acertou na mosca.

— Ira, põe aí aquele nosso disco! — ordenou o general.

Contente por finalmente ter sua existência lembrada, dona Iracy obedeceu ao marido, de forma surpreendente, pelo menos para o visitante. Em vez de procurar o disco "deles", sentou-se ao piano, abriu-o e começou a tocar "Fascinação" (*Os sonhos mais lindos, sonhei* etc.), e recebeu aplausos entusiásticos. Empolgada, continuou com "Perfídia", "La barca", "Solamente una vez" e outras preciosidades do gênero. Enquanto dona Iracy movia-se toda, ao piano — e de olhos enternecidos —, como se estivesse a bailar, o candidato a seu futuro genro entendia por que ela havia se lembrado facilmente da orquestra Os Turunas, comandada pelo maestro Benigno, um alfaiate que se tornara um clarinetista à altura de um Benny Goodman, mas sem a mesma aura do rei do *swing*, que tocou até em filme de Hollywood. Dona Ira lembrava mais um Waldyr Calmon, o pianista dos bailes íntimos, nas cidades do interior, na era da radiola. E com certeza ela estava muito feliz, em seu momento de estrela.

— Toca mais, mãe, toca, vai. Recordar é viver.

Não foi isso o que a filha lhe disse, quando aproveitou um breve intervalo entre uma música e outra, para ir à cozinha. Queria ver se o jantar já podia ser servido. Sua fala, ao levantar-se, foi dirigida ao pai.

— Modere-se, viu?

O general esperou que ela desaparecesse no corredor para servir-se de mais uma dose. Com a saída da filha, e tendo a mulher ao piano, de costas para ele, podia se sentir em vantagem. O outro julgou perceber o seu drama. Já não tinha um quartel a comandar. Agora, todo o seu exército reduzia-se àquelas duas e mais uma empregada, mas esta destituída de autoridade para lhe dar ordens. Era evidente que mulher e filha exerciam uma vigilância cerrada em relação ao seu gosto pela bebida. Estaria com alguma doença grave, e por isso tinha que viver sob controle? Devia haver alguma história nebulosa em torno daquele homem. Por que se tornara um general de pijama, quando todos da sua classe, e até coronéis e capitães, ao reformarem-se, galgavam os mais altos escalões das empresas estatais e privadas, em diretorias criadas especialmente para eles, ou simplesmente na condição de eminências pardas? Não era aquele o tempo dos generais, em que também oficiais menos graduados falavam grosso, mesmo na reserva? Que motivos o teriam levado ao confinamento doméstico, como a própria filha havia deixado escapar, numa conversa aparentemente banal, sobre assuntos da sua família? Estaria ele sob prisão domiciliar?

Não, não daria para desvendar os seus mistérios — se houvesse — em apenas uma noite, que terminaria com um carteado sem grandes revelações entre uma rodada e outra. A quinta e última selou a derrota da dupla filha-futuro genro. Eram três horas da manhã. O general sorriu, satisfeito, ao despedir-se daquele que, pouco a pouco, conquistaria uma cadeira cativa naquela mesa, e cuja presença em sua casa se tornaria uma espé-

Pelo fundo da agulha

cie de salvo-conduto para ele tomar um uisquezinho com três pedras de gelo, aqui e ali renovando a dose, sempre que se via fora do alcance de olhares recriminadores.

Naquela casa quatro olhos o vigiavam, sempre que ele levava uma das mãos a uma garrafa e outra a um copo. Por ser gordo e bonachão, era chamado, no âmbito familiar, de Bonzo. E também de Fofão.

— Você se saiu melhor do que a encomenda — foi o que, no dia seguinte, Anita disse a Antão, quando se reencontraram à porta do cinema; só depois de casada ela descobriria que o seu apelido de infância era Totonhim. — Fiquei até com ciúmes.

— Por quê?

— Hoje, lá em casa, não se falou em outra coisa, o dia todo. "Desta vez você arranjou um namorado que pelo menos sabe conversar." E tome elogio. Você é um sacana, um safado, um filho da puta — ela riu e o cobriu de beijos. — Levou o meu pai na conversa com aquele poema, hein? Como é mesmo? Ah, já sei: *Doutor, pegue esta tesoura e corte a minha singularíssima pessoa...*

— E você decorou isto. Que maravilha.

— Quer saber da melhor? Quando acordei, minha mãe estava cheirando as flores que você levou para ela, toda derretida. E disse que seu sotaque lhe trouxe saudades. E o meu pai: "Aninha, pode trazer esse seu namorado aqui sempre que quiser." Acho que ele também já está com saudades de você, de um dia para o outro.

— Assim como eu. Mas da filha dele.

O melhor episódio deste capítulo aconteceu numa noite memorável, a deixar marcas num lençol digno de ser pendurado à janela, como prova de um casamento consumado. A partir de então, o nubente passou a reservar ao sogro o respeitoso tratamento de "Meu General", ou "Comandante", sendo por ele chamado de "Filho", que, no caso, dava uma nova significação a um sobrenome. Antão Filho e Ana Quinderé Bueno o presentearam com dois netos. Dois homens! Talvez tivesse ficado mais plenamente feliz se eles fossem um casal, menino e menina, nesta ordem. O nascimento deles, porém, o deixara a ponto de soltar foguetes. No primeiro, tirou fotos do bebê, ainda na maternidade, e escolheu uma para ser ampliada, destacando a genitália do recém-nascido e escrevendo ao lado, com caneta de tinta vermelha — e em letras garrafais: "Atentem para o detalhe: colhão roxo!" E assim traduzia o seu contentamento por haver herdado um neto macho. Repetiu a bravata quando o segundo veio à luz. Também desta vez poluiu, com baforadas de charuto, o quarto em que a filha repousava do pós-parto. Vô e Dindo foram as primeiras palavras que cada netinho aprendeu a pronunciar, para chamá-lo, levando-o ao panteão da glória, no qual declarou:

— Filho, bom não é ser pai. É ser avô. O pai reprime. O avô bota o neto para quebrar.

Não. Dona Iracy Quinderé Bueno não ficou à margem desta história, como personagem obscura. Desempenhou bem o seu papel de estrela do lar, ao promover almoços e jantares a serem degustados de joelhos, rezando-se pela alma da boa mãe de Epicuro, o filósofo dos prazeres. Entre sábados de feijoada e domingos de cozido à portuguesa, e macarronadas que a coroavam como uma autêntica *mama,* a já candidata a futura *nona* esmerava-se no comando de um cardápio variado, do vatapá baiano ao pato no tucupi do Pará, este a levar um conviva chamado Bira, o amazonense, a esquecer por um momento as lutas de classes, o materialismo histórico, Karl Marx e Friedrich Engels, Lenin, Rosa de Luxemburgo, Che Guevara e Fidel Castro, para propor à dona da casa uma sociedade num restaurante dedicado às iguarias do Norte do Brasil.

Era vê-la naquelas tardes e noites ao piano, logo após a sobremesa, isto é, dos manjares de lamber os beiços. "Chamem os amigos" — ela dizia aos comensais, à despedida. E assim a sua

Pelo fundo da agulha 479

casa encheu-se de violões, flautas doces, atabaques, trompetes, saxofones, rapazes e moças bonitas. E interessantes. Não foram poucos os namoros, noivados e casamentos que vieram a sair das matinês e *soirées chez* Bueno. O coração de dona Iracy era todo festa. De copo discretamente posto em algum lugar sob o seu controle, o general desmanchava-se em sorrisos. *Mujer, si puedes tu con Dios hablar...*

Mas tinha de acontecer. Um dia ela se tornaria sogra.

Primeiro ato:

— Não quero fazer fofoca, minha filha. Você sabe que não sou disso. Mas seu marido está levando o meu, que é o seu pai, para o mau caminho. Eles estão se encontrando muito nos fins de tarde. Aí um arrasta o outro para os bares. E é o seu quem carrega o meu. Fique mais esperta com as desculpas dele, quando demora a chegar em casa. Não vá contar nada do que estou lhe dizendo, ouviu? Se lhe conto, é para o seu próprio bem. E também para você depois não dizer que não lhe avisei.

Segundo ato:

— Alô? Como vai você, Filho? A Aninha está? Não? Para onde ela foi? O quê? Como que ela ainda não chegou do trabalho? Já são oito horas da noite. Vocês estão bem? Olha, Filho, não quero fazer fofoca não, mas o que está havendo com a Aninha? Eu ligo, ligo, deixo recado, e ela... Muito ocupada, muito ocupada... Entendo. Mas podia ter mais um pouco de consideração com a mãe dela. Como que uma filha, por mais atarefada que esteja, não pode parar por um minuto, ou ao menos por uns trinta segundos, para dar um alô à sua mãe? Estou certa ou estou errada? Diga a ela que liguei de novo. Mas só isso, Filho, tá?

Terceiro ato:

Uma mãe com o filho recém-nascido ao colo. A criança chora e esperneia, numa franca demonstração de estranhamento do mundo a que veio. Dona Iracy Quinderé Bueno entra em cena para desempenhar o papel de avó. Do alto de sua vivência e longa existência, ela sabe o que é preciso fazer para acalmar o bebê.

— Pegue a cabeça dele assim, ó... Me dê ele aqui.

Estende os braços para tomá-lo da mãe, dizendo:

— Venha, meu netinho. Venha aqui com a vó, venha.

— Não se preocupe. Deixe que eu cuido dele — responde a filha, a balançar o seu bebê, envolvendo-o no peito, em total defesa da cria.

— Coitadinho. Está cheio de gases. É por isso que está chorando tanto. Vou fazer um chá para ele.

— Não precisa, mãe. Já fiz tudo que o pediatra recomendou. Daqui a pouco o meu menininho sossega. Me deixe ficar com ele.

— Pediatra? Médicos? Que sabem eles mais do que uma avó? Não se esqueça que...

E lá veio a voz da experiência com suas queixas e mágoas da filha ingrata que não a reconhecia como uma autoridade capaz de fazer calar o choro de uma criança recém-nascida.

Daí em diante, a relação das duas oscilaria entre tapas e beijos.

17

E assim passaram-se os dias. E aqui se chega ao mais imprevisível deles.

— Que noite, hein, Bonzo?

Bonzo! Que apelido mais esquisito foram arranjar para o coitado do general. "Ridículo" — pensava o genro dele, a recostar a cabeça no banco traseiro do carro. Só porque era gordo, simpático, afável, bonachão e reformado?

— Bonzo, você errou o caminho outra vez! Está bêbado?

— Era para entrar ali atrás, olhe. Deste jeito nunca vai acertar o caminho de volta.

— Preste atenção nas placas, Bonzo.

Ele manobrou o carro, aproveitando um acostamento, e fez o retorno para pegar a estrada que a mulher e a filha estavam dizendo que era a certa. Não disse nada. Nem esboçou o menor sinal de aborrecimento com a matracação em seus ouvidos.

— Velho assanhado. A noite toda... não teve uma que não passasse nas mãos dele.

— Tá ficando saidinho, hein, Bonzo?

— Mas até que ele dança bem, vá.

Estavam retornando de uma suburbana festa junina, lá pelas tantas da madrugada. O pior, porém, era a neblina, o nevoeiro — o medo de um desastre.

— Devagar, Bonzo.

— Você está correndo demais.

— Se continuar assim, eu vou descer e esperar um ônibus.

Alvoroço exagerado. Não era verdade que ele estivesse dirigindo em alta velocidade. Ia a uns sessenta quilômetros por hora, no máximo. O general continuava calado. Pensativo. E obediente.

Numa coisa ele podia concordar: aquela havia sido uma bela noite de caras pintadas, trajes caipiras, antigos licores, o choro alegre de uma sanfona e o cheiro forte da brilhantina. Singelezas do mundo rural a animar os subúrbios na quadra do ano que vai da véspera do dia de Santo Antônio ao de São Pedro. O general adorou a brincadeira de pôr o chapéu na cabeça de um homem para roubar-lhe a mulher e sair dançando com ela.

— Que noite, hein, Bonzo?

Erra daqui, acerta dali, enfim, ei-lo entrando na garagem de seu prédio, sem nenhum dano na lataria do carro, nem um único arranhão em qualquer dos passageiros.

— Quase morro do coração, Bonzo. Se continuar correndo assim, nunca mais...

A reclamação da filha parou na metade, graças à interferência da sua mãe, num extraordinário lampejo de sensatez.

— Ufa! Chegamos. Pronto. Os sustos já passaram. Subam um instante, para tomar um cafezinho.

O general seguiu na frente e abriu a porta do elevador, na garagem, àquela hora deserta. Ninguém o vira chegar, com os demais. Ele continuava calmo. Mais calmo do que nunca.

— O que está se passando, Bonzo? Você está bem? Fala, criatura!

Antão, o Filho, também não abrira a boca o tempo todo, vai ver para não estimular a tagarelice da sua mulher e da sogra. Ou por uma espécie de muda solidariedade ao bombardeadíssimo sogro, que calado continuava. Talvez a pensar: "Elas estão com a corda toda. Deixemos que falem, falem, até pipocar, como as cigarras." O seu genro, porém, percebeu. O general tentava

Pelo fundo da agulha

descarregar a sua tensão exercitando os dedos da mão em que tinha as chaves do carro e de casa. Flexionava-os como se estivessem dormentes. Enquanto o elevador subia, as duas mulheres se calaram. E é possível que o marido de uma e pai da outra as tenha amado muito, por aquele instante de silêncio. A filha voltaria à carga na sequência da cena, ao atirar a bolsa numa poltrona e se estirar num sofá:

— Que noite, hein, Bonzo?

O general embocou pelo corredor e desapareceu. Dona Iracy o acompanhou. Lá para dentro, os dois tomaram rumos diferentes. O dela era a cozinha, onde ia fazer o café prometido. Dali a pouco ouviu-se um bater de porta. A do banheiro. A seguir, o espanto. O genro pulou da poltrona em que cochilava. A filha do general despertou da sua soneca em pânico. A mãe dela deixou a bandeja se espatifar no chão, com xícara, café, bule e tudo.

— O que foi issssso?!!! — três vozes fizeram a mesma pergunta, a um só tempo. Mas já sabiam. O som que acabavam de ouvir era o de um tiro de revólver. Correram para o banheiro. Lá estava um corpo caído, ensanguentado, e a contorcer-se, ainda com alguma esperança de vida.

O general morreu ao amanhecer de um dia de São João, antes de chegar ao hospital do Exército.

Como dar a notícia às crianças?

Velório em torno de um caixão com a tampa fechada e lacrada. Dentro dele escondia-se o corpo do general, vestido com o seu uniforme de gala, e com o crânio baleado. A família abalada não teve condições de avisar aos amigos, parentes e aderentes, muito menos para responder às indagações sobre a causa da sua morte, assunto passado à alçada militar, como segredo de Estado. Só o capitão responsável pelo Serviço de Relações Públicas do Exército estava autorizado a dar informações, ao mesmo tempo que se encarregava de despistar sobre a hora do enterro e a missa de sétimo dia, para evitar ajuntamento de pessoas estranhas à corporação — jornalistas, por exemplo.

Tratava-se de um funeral acautelado pelas leis de segurança nacional, em razão da alta patente do suicida. A um general é vedado o direito a se matar, por uma simples questão de moral e civismo. Versão oficial: acidente. Estrada escorregadia. Carro derrapou e chocou-se contra um poste. O impacto só fizera uma vítima. Os demais passageiros saíram ilesos. Por ordens superiores, o carro foi rapidamente escondido na garagem de um quartel, onde ficaria por uns tempos. Seria devolvido à família com o disfarce de uma nova pintura. Cumpriu-se à risca — e a poder de censura — o que os altos escalões determinaram para coibir qualquer vazamento sobre o real fim do general. Isso acabaria se tornando insustentável, à boca pequena.

A família, porém, nunca mais seria a mesma. Aquele tiro a atingiu profundamente. A senhora Iracy Quinderé Bueno não conseguiu fazer o luto. Entregou-se ao abandono de si mesma. O desgosto consumiu-lhe o espírito e o corpo em pouco tempo, o que quer dizer que não demorou muito a ir fazer companhia ao amor da sua vida, na cidade dos pés juntos. A filha culpou o marido pela desdita do pai, ao lhe fazer companhia para beber, até ele perder o juízo. Separaram-se. Não apenas pelos desentendimentos provocados por tal acusação, naturalmente. Ela vendeu o apartamento que lhe coube de herança — e de trágica memória —, e comprou outro, aonde viria a morar, com os filhos. Estes culparam o pai pela separação.

A partilha dos pertences de cada um deu pano para as mangas. Aquela que antes era chamada de Aninha e Anita se fez de Don'Ana.

— Isto é meu, aquilo também, ora, não me encha a paciência, tudo de bonito que há nesta casa fui eu que comprei, com o meu dinheiro, esqueceu?

Pelo fundo da agulha

— Não, não me esqueci. Pode levar tudo que acha que é seu. Ei, quer fazer o favor de parar de atirar esses sapatos em mim? Quer me matar, é? Por que tanta raiva?

— Vou te dizer uma última coisa. Preste atenção nisso.

Sentou-se. Parecia mais calma. Ele ficou à espera, já também sentado. Pelo visto, a tal da "última coisa" seria uma longa história. E foi.

— Eu me apaixonei por um cara que parecia muito diferente dos namorados babacas que tive antes. Você veio lá dos cafundós do Judas para me ensinar a ler o mundo, sabia? Até te conhecer, eu era uma bobinha que vivia de baile em baile sem saber o que era poesia, teatro e cinema de verdade. E você também me fez ver que as pessoas, a vida, e até a própria cidade em que nasci eram bem diferentes do que eu pensava. Nunca me esqueci do dia em que você me levou para almoçar na casa de uns negros da sua terra, que moravam na periferia. Só a viagem de ônibus para lá foi uma porrada na minha cara. Assim que fomos deixando os bairros chamados de elegantes para trás, eu ia vendo que não fazia a menor ideia de como era verdadeiramente o lugar onde tinha nascido. E fiquei encantada com a alegria daquela gente humilde, por você ter me levado. Todos festejavam a mulher de Totonhim, o que montava num jegue para ir buscar flores em quintais distantes para as meninas levarem para as novenas do mês de maio, e que só por isso merecia ter se casado com uma moça bonita, de muito longe. Bonito era o que eles estavam dizendo. Você não imagina o quanto tive que me segurar para não desabar no choro. Adorei também saber que você, quando era menino, adorava fazer tranças nos cabelos das gurias da sua idade. Quanta coisa singela da sua vida eles relembraram. E eu pensando: o Filho, meu Totonhim, teve uma infância de fazer inveja a todo menino desta cidade. E como aqueles negros te querem bem. Vocês foram criados juntos, soltos nos pastos, e depois se soltaram no mundo. Na noite daquele dia, perguntei por que você tinha se afastado tanto dos seus conterrâneos e também por que nunca havia me levado, com os nossos filhos, para conhecer a sua família e a sua terra. Então você me contou a história do enforcamento do seu irmão e de todo o seu trauma. Não me aguentei. Chorei que nem uma criança. E você me prometeu que nas suas férias a gente ia lá. E nunca. Foi a Paris! Sem mim. Dez anos depois disto, ou seja, só há pouco tempo, resolveu finalmente ir ao seu cafundó, por causa dos 80 anos do seu pai. Sem nós de novo.

Ele levantou a mão, pedindo um tempo. Naquele momento, baixou-lhe uma profunda saudade da sua sogra e avó de seus filhos, dona Iracy Quinderé Bueno. Se viva fosse, e estivesse ouvindo as emocionadas rememorações da filha, com toda certeza correria para o piano e tocaria "El dia que me quieras". Mas não era disso que ele queria falar. Precisava fazer um esclarecimento, que julgava importante, necessário.

— Desculpe-me te interromper, Inesita.

— Inesita? Quem é Inesita?

— Uma daquelas gurias das tranças feitas por mim.

— E você se encontrou com ela quando esteve lá?

— Sim. O lugar é muito pequeno. Todo mundo acaba tropeçando em todo mundo. Além disso, ela gosta muito do meu pai. Cuida dele de vez em quando.

— É casada?

— Acho que é viúva, ou separada do marido. Não me lembro.

— Sei não... Essa lembrança do nome dela está me cheirando a chifre queimando na minha cabeça.

— Deixa de bobagem. Preciso falar de uma coisa séria. Naquela vez que fui a Paris, e na outra que voltei ao Junco, nossas férias não coincidiram. Lutei para guardar as minhas até você poder tirar as suas, mas o departamento de pessoal do banco não permitiu isso. Questão de escala, me disseram. A burocra-

Pelo fundo da agulha 487

cia foi mais poderosa do que a minha vontade. Ora, Anita, você sabe perfeitamente que fui forçado a entrar de férias naqueles períodos.

— Tudo bem. Só que não faltou ocasião para a gente ir lá ao seu Junco.

— Calma aí! Você está sendo injusta outra vez. Quando dava para a gente viajar juntos, fosse em férias ou nos feriadões, você acabava escolhendo o circuito Helena Rubinstein, esqueceu? Nova York, Roma...

— Quem fala! Era você quem me convencia disso!

— Bom, tudo isso já passou. Como você sabe, não dá para voltar ao passado e refazer nossas escolhas.

— É exatamente aí que eu quero chegar. Nas suas escolhas. Continuando o que eu vinha dizendo antes, pergunto: o que aconteceu com aquele cara com uma história tão diferente da minha, e que eu admirava tanto? Acabou se tornando igualzinho a mais um da minha família. Você quis ser como eles. E se perdeu de vista. Que merda, hein, Filho?

Se corresse o bicho pegava, se ficasse o bicho comia: numa hora, era acusado de ter contribuído para o suicídio do pai dela. Em outra, de haver ficado igual a ele.

Não nos inquietemos, não nos inquietemos. O homem na cama não tem um revólver guardado em qualquer uma de suas gavetas ou à cabeceira, o que já foi dito, há algum tempo. Resta saber se agora, passados muitos anos, ele faz alguma ideia do motivo que levou o seu sogro a cometer o tresloucado gesto. Havia uma pasta, que lhe foi confiada, sob juramento de que só seria aberta depois que o general não pertencesse mais a este nosso mundo, não é verdade, senhor? E o que fez dela? Cinzas. Queimou-a sem tomar conhecimento dos segredos que guardava. Já não tinham a menor importância, o senhor se disse, diante da labareda que a devorava, num terreno baldio, enquanto uma chuva fininha caía dos seus olhos. "A morte zera tudo", se diria ainda, ao fazer a cremação simbólica daquele que o chamava de Filho, dando ao seu sobrenome um tratamento paternal. E ali estava o senhor, prestando-lhe a sua homenagem particular, não a bater continência, nem com orações, ou a cantar o hino do soldado, mesmo que na versão colegial que certamente o faria rir — "Nós somos da pinga pura, fiéis paus-d'água, da noite escura... Amor febril, pelo barril..." —, ou saravaidas de balas para o céu. Mas rememorando silenciosamente o começo de *O mito de Sísifo,* de Albert Camus:

> *Só há um problema filosófico verdadeiramente sério: é o suicídio. Julgar se a vida merece ou não ser vivida, é responder a uma questão fundamental da filosofia. O resto, se o mundo tem três dimensões, se o espírito tem nove ou doze categorias, vem depois... Há muitas causas para um suicídio e, de um modo geral, as mais aparentes não têm sido as mais eficazes... Aquilo que provoca a crise é quase sempre incontrolável. Os jornais falam muitas vezes de "desgostos íntimos" ou de "doença incurável". São explicações válidas. Mas era preciso saber se nesse próprio dia um amigo do desesperado não lhe falou num tom diferente. Ele é o culpado. Porque isso pode bastar para precipitar todos os rancores e todos os cansaços ainda em suspenso... Um mundo que se pode explicar, mesmo com más razões, é um mundo familiar. Mas, pelo contrário, num universo subitamente privado de ilusões e de luzes, o homem sente-se um estrangeiro...*

— Pensava que o estrangeiro aqui era eu, meu comandante — o senhor disse às cinzas da papelada de que era guardião. — E, antes de mim, o meu irmão Nelo. Depois dele, meu primo Pedrinho, o que também pôs o pescoço numa corda. Dele guardei não uma pasta explosiva, mas o estilingue que me deu no dia em que vim embora. Um presente para o pior caçador

Pelo fundo da agulha

de passarinho que o mundo já havia conhecido, ele disse. Eu, o estrangeiro.

A contabilidade dos estrangeiros da sua vida ia longe. Outro amigo de infância, um que dava muita sorte com as mulheres, chamado Gil, e fez um desfalque na Justiça do Trabalho de uma cidade à beira do rio São Francisco, chamada Juazeiro, e para pagar dívidas de uma campanha eleitoral, pois este mergulhou de cara dentro de um copo de formicida, na casa de um bispo. Deixou uma carta para ele que começava assim: "Agora estou só. Tão desgraçadamente só quanto no dia em que nasci. Mas agora dispenso a parteira e não preciso mais berrar ao mundo que estou só."

Sua alma, sua palma.

Sós, desgraçados, estrangeiros, mas civis. Portanto, covardes, se analisados sob o ponto de vista militar. O general deixou todos os quartéis cheios de ressentimentos, medo, culpa, perguntas. Faço outra: o que conteria aquela pasta? Um diário? Ali dentro poderia estar arquivado um capítulo eletrizante das memórias de um tempo — o tempo dos generais. Certo, o senhor fez o que o seu coração mandou. Mas nos privou de informações que poderiam tornar-se preciosas à história daquele tempo.

Foi por medo? Temeu estar de posse de documentos secretos, que poderiam incriminá-lo, apenas por os haver lido, o que o incluiria na lista dos que sabiam demais, e o tornaria um alvo a ser detonado? Nesta hipótese, o general teria sofrido ameaças dos braços clandestinos das próprias Forças Armadas, por discordar de suas práticas, métodos, chantagens, planos sinistros, o que o levou à reserva, quem sabe contra a sua vontade. Em assim tendo sido, a pasta estaria na mira de todos os envolvidos nos fatos anotados pelo seu sogro, com datas, locais, nomes, patentes, cargos. Confesse: só de pensar nisso o senhor tremeu nas bases. Tratou de pegá-la no fundo de uma gaveta que mantinha trancada, em obediência ao pedido do homem que confiou no seu sigilo absoluto, e correu para um lugar ermo, para desfazer-se dela, como quem se livra de uma bomba.

Foram duas as recomendações do general, não foram? A primeira: o senhor só poderia romper o lacre da pasta, abri-la e desvendar o seu conteúdo, depois que ele tivesse partido desta vida para outra, pior ou melhor, ninguém sabe, disse, sorrindo. Também riu quando o senhor franziu a testa, assustado, como se aquela conversa fosse de um doente terminal.

— Filho, daqui para a frente vou acordar cada dia mais velho do que já estou. Caminhando para os braços de quem? Dela mesma, a dona morte. Guarde isto a sete chaves e estamos conversados. Agora passemos aos trabalhos. Garçom, por favor!

A segunda recomendação: evitar, pela vida afora, que a mulher e a filha viessem a pôr os olhos nas páginas que lhe estavam sendo confiadas. O assunto ali era exclusivo de sogro para genro. O senhor o entenderia desta maneira: de homem para homem.

Na pasta incinerada, poderia haver notícias do seu amigo Bira. A última vez que o senhor o viu foi na catedral da Sé, em meio aos fiéis, durante a missa de um domingo. Ele havia ligado de um telefone público, sem se identificar nem dizer o seu nome, o que não era preciso, em se tratando de dois amigos que se reconheciam pelas vozes. Em poucas e rápidas palavras, marcou um encontro no lugar que lhe parecia mais seguro. Assim:

— Hoje é domingo de Ramos, dia de hosanas ao Senhor, na Catedral, daqui a trinta minutos. Vai lá!

Ele chegou acompanhado da mulher. Como era mesmo o nome dela? Ah, sim: Sílvia. Para o senhor, Silvinha. Seu amigo Bira a chamava de *minha menina*.

Os dois estavam apressados. E tensos.

— Pode ser que nunca mais a gente se veja — ele cochichou, olhando em volta, discretamente. Vocês se abraçaram. Se apertaram. — Temos de ir. Mas não saia já.

Eles desapareceram rapidamente. Iam para Cuba, sabe-se lá como. Treinamento de guerra de guerrilha, o senhor imaginou. Primeiro, atravessariam a fronteira do Uruguai, com a ajuda de uns frades dominicanos — eis aí tudo que a pressa permitiu que deixassem escapar. O senhor se ajoelhou e rezou, decidido a ficar na igreja até a missa terminar, por questão de segurança. E também para matar um pouco a saudade do seu tempo de sacristão. Por isso não pôde ver o fim dos seus amigos. As rajadas de metralhadora, ali por perto, suplantaram as vozes que cantavam as hosanas ao Senhor. As portas da igreja foram fechadas, imediatamente.

O casal seu amigo estava sendo seguido. Os corpos deles sumiram num instante. Ficaram as manchas de sangue, num ponto de ônibus da Praça da Sé, isso o senhor viu, mais tarde. E como sabia que jamais iria descobrir onde estariam enterrados, procurou um quiosque de flores e voltou com duas rosas, pondo-as sobre o chão manchado. Em seguida, benzeu-se. E, com o braço direito esticado, fez o sinal da cruz sobre a campa imaginária, dizendo: *Ite missa est.*

Um transeunte comentou:

— É cada doido que aparece por aqui...

Fossem outras as circunstâncias, isso lhe provocaria uma boa risada. Mas o que acabava de acontecer não era nenhuma piada. As últimas marcas da passagem de Bira e Silvinha pelo planeta Terra estavam no cimento daquela calçada. E logo seriam apagadas pelas chuvas. "Sim, amigos, nunca mais a gente vai se encontrar. Que porra", o senhor pensou.

Nunca mais um chope no Jeca, na esquina da Avenida Ipiranga com a São João, imortalizada por Caetano Veloso, num dos mais belos hinos àquela cidade. *Sampa!* Ali ele, o poeta e cantor, um dia viria a se encantar com *a deselegância discreta de tuas meninas.* Nunca mais um papo sobre Marx e etc., luta de classes, materialismo histórico... A ironia do destino era que aquele seu amigo marxista acabava de ser metralhado, junto com a sua *menina,* quase à porta de uma excelsa casa de Deus.

O senhor foi andando lentamente, a passo de funeral, um hoje, outro amanhã, e olhando para ontem, como se tivesse perdido o ritmo e o rumo das horas. Ao voltar a cabeça na direção das flores, percebeu que elas já haviam sido esmagadas pelos sapatos dos transeuntes. Que porra. Toda a história de uma grande amizade terminava ali, debaixo das pisadas de quem a desconhecia, e ainda o dava como doido. Quase que o cidadão aí voltava à catedral para procurar um padre e se confessar. Por se sentir culpado daquele duplo assassinato. Mas desistiu dessa ideia, por medo de ser dedurado pelo confessor. E o que era que um sacerdote poderia fazer pelo seu sentimento de culpa, o seu luto, a sua dor? Bira, o amazonense, fora o seu primeiro e definitivo amigo em São Paulo, onde o senhor chegou, aos 20 anos, com tudo o que possuía de seu dentro de uma maleta de mão, e nenhum destino. E foi na festa do casamento dele com a Sílvia que uma conviva lhe cairia nos braços. Ana, colega de Silvinha na universidade, viria a ser a mãe de seus filhos. Como dar esta notícia a ela, que só não foi à catedral porque teve de ficar com as crianças? E ainda tendo de dizer-lhe que eles foram lá só para lhe dar um abraço, que achavam que era o último, mas não porque soubessem que iam morrer no minuto seguinte? Que porra, que porra, que porra.

Se, ao menos por curiosidade, o senhor tivesse aberto a pasta que reduziu a cinzas, e lido os papéis nela arquivados, poderia ter ficado sabendo os nomes dos matadores de Bira e Silvinha. Outra possibilidade: a da sua própria incriminação, por não haver cortado a relação com o Bira, mesmo depois que ele caiu na clandestinidade, desertando do seu emprego no Banco do Brasil. Aquele encontro na catedral o comprometia até a alma. Quem sabe o senhor só não passou por poucas e boas por ser genro de um general, que lhe teria salvado a pele? E sabe-se lá a que preço?

Pelo fundo da agulha   493

Pode ser ainda que o senhor tenha tido em mãos a história de um amor secreto. Terá sido um romance feliz ou contrariado? Imaginemos um enredo entremeado de cartas, poemas, letras das mais românticas canções, e... acrósticos! Os indefectíveis acrósticos! E folhas secas, anexadas às páginas, a sugerir memórias de um outono num parque. Tudo poderia começar com um capítulo meloso. Lamberíamos os beiços com mais alguns, igualmente adocicados. Isso até chegarmos à seção de cartas, no final da xaropada toda, quando descobriríamos o conflito básico da trama. Aí, sim, teríamos grandes revelações, numa alta voltagem dos sentimentos: da paixão irrefreável ao ódio e desejo de vingança explícitos, com as ameaças previsíveis, em tais estados de espírito: "Ou ela ou eu. E se não for eu, farei um escândalo. Ela vai ficar sabendo de tudo." Reação digna de uma fera ferida, a mostrar as suas garras.

Uma nova suposição. E bombástica. O general andara tendo um tórrido caso com uma senhora casada. Imprudentemente, trocaram correspondências, que guardavam. O marido enganado teria conseguido interceptar uma ou várias dessas cartas, passando a se corresponder com ele. Entendeu agora por que o sogrão não queria que a esposa e a filha lessem o que estava dentro daquela pasta? Não apenas para ocultar delas a sua relação com a tal dama. Surpreendente mesmo, ou chocante, aos olhos da família, seria a revelação do desdobramento dessa história. O marido traído lhe teria exigido que saísse da vida da sua mulher, por bem ou por mal. E o mal era uma bolotinha de metal ou chumbo. Um militar, e tão graduado, saberia perfeitamente captar a mensagem.

Vendo-se acuado, o general teria marcado um encontro secreto, no qual declararia a sua rendição, sem suspeitar de que se tornaria refém daquele que o considerava, baseado em farta documentação, um rival de cama. Numa reversão espetacular da situação, os dois homens viriam a se apaixonar perdidamente. Como paixão rima com obsessão, o outro passaria a segui-lo aonde quer que ele fosse, a rondar o seu prédio, a lhe telefonar em horas impróprias. Um dia, virou a mesa: "Ou ela ou eu!" A história tomaria um rumo perigoso, ameaçador, incontrolável. Não suportando a pressão, restaria ao seu sogro dar um tiro nos cornos.

Pode ter sido uma coisa dessas ou nada disso. A verdade mesmo o senhor pôs a arder. Deixou-nos entregues à fantasia. E aí deliramos. Cada qual que acrescente o seu ponto ao conto da vida, paixões e morte do militar José Bonifácio Bueno, pai amoroso, amantíssimo esposo e biriteiro moderado. Não se sabe se torturador. Aquele dossiê poderia ter trazido à luz todas as suas zonas de sombra. Mas cadê ele? O senhor o embebeu em álcool e tacou-lhe fogo. Por razões desconhecidas — e que talvez ainda pudessem despertar algum interesse público, mesmo que o tempo dos militares já tenha passado —, o general José Bonifácio Bueno, dito Bonzo, deu à sua vida o ponto final de um balaço. Tudo sob controle, comandante. Seu genro queimou-lhe os arquivos. Descanse em paz.

18

— Falta de fé! Como todo mundo sabe, ou devia saber, quanto mais as pessoas se afastam de Deus, mais se aproximam da sua própria desgraça.

Pronto. Chegou a hora de o homem na cama ouvir um sermão e tanto. Pela voz, identifica a figura da mãe, a enrijecer uma linha nas pontas dos seus dedos, para passá-la pelo fundo de uma agulha. Ela está sentada diante de uma máquina de costura, e de costas para uma parede, na qual reina o retrato oval do Sagrado Coração de Jesus. Ele a imagina preparando-se para começar os trabalhos, a se queixar — como sempre — de que está com muita encomenda atrasada. Isso equivalerá a um pedido de desculpas, por não continuar, à mesa da cozinha, a prosa iniciada desde que esta inesperada visita bateu palmas à porta, dizendo "Ô, de casa!" Naquele momento, ela fazia o seu café da manhã e estranhou que alguém batesse em sua porta tão cedo. "Ô, de fora!", respondeu, encaminhando-se para ver quem estava chegando.

— Totonhim! Nem acredito. Você chegou em boa hora. Acabei de passar o café agorinha mesmo.

Mãe e filho se abraçariam e ele lhe daria os presentes. Um corte de seda pura para um vestido digno de um domingo de missa solene, que seria feito pela melhor costureira do mundo, ela mesma. Uma revista com os moldes da última moda, para o deslumbramento da sua clientela. Um lenço estampado, para proteger-lhe a cabeça ao sol. Um rosário de contas prateadas, para os seus terços de todo dia. Postais de Roma. A basílica de São Pedro, a capela Sistina, o beatífico papa, em cores, que ela guardaria até a eternidade. Puxa vida. Esqueceria o livro que mais o fizera lembrar-se dela e de seu pai, no dia em que o comprara. Pelo título: *A velhice do Padre Eterno* — do português Guerra Junqueiro. Um esquecimento politicamente correto.

— Como que o Padre Eterno ficou ou vai ficar velho? Isto só pode ser coisa de comunista. E está pedindo para ser botado no fogo, debaixo das panelas. Olhe só este pedaço aqui e veja se não tenho razão:

Santo Inácio
Bendito quem nos dá o pão de cada dia.
Coro dos santos
Bendita a Estupidez, bendita a Hipocrisia.

Continuaria a leitura, em voz alta, e de cinto à mão, para submeter ao açoite o propagador de ideias tão malsãs:

Santo Inácio
Benditas sejais vós, ovelhas de Maria.
Coro dos santos
E mais a vossa lã e quem na tosquia.

— A que ponto o mundo chegou! Filho meu trocando os livros da igreja por heresias.

Não, mãe, não me bata não, eu nunca mais vou ler isso, não, creio em Deus Padre, Todo-Poderoso, Ave-Maria, cheia de graça, rogai por nós, os pecadores, Santa Maria, mãe de Deus, chega, mamãe, já me bateu demais, não aguento mais, Senhor Deus, misericórdia!

Pelo fundo da agulha 497

É a memória, e não a dor, que o fará recordar-se da sua mãe de chibata na mão, a castigá-lo por tudo e por nada, oh, impaciente, nervosa, estressada *mater dolorosa*, que não viveu só de valores espirituais. Na velhice do filho eterno, e este em minúscula, a cobrirá de perfumes, compensando-a pelo suor que derramou enquanto o surrava, por havê-la irritado até a desesperação.

Então lhe ofereceria pérolas de chuva, recendendo a água-de--colônia e fragrâncias francesas.

— Não precisava tanta coisa, não precisava. Muito obrigada.

Ele a beijaria, embora de maneira desajeitada, muito feliz por estar sendo considerado — finalmente! — um bom filho.

O tímido afago não se deveria à ausência de muitos anos, que poderia tê-lo levado a uma total falta de intimidade com a sua mãe. Era um problema antigo. O beijo não fazia parte dos gestos daquela senhora de imensa prole, que não tivera tempo de acarinhar a todos, enquanto cresciam, como se a tarefa de criá-los, envolvida até os cabelos no duro afã de fazer-lhes a comida e as roupas e ainda ter de arrumá-los para a escola, as missas, novenas e quermesses, fizesse dela, dia após dia, uma criatura pouco ou nada amorosa. Vai ver, agora, recolhida em sua solidão, esperava receber dos filhos aquilo que não tivera tempo ou paciência de lhes dar, na infância. Por isso retribuiria o beijo recebido. Os dois iriam enlevar-se com suas próprias demonstrações de afeto, antes tão contrariadas.

— Foi assim mesmo, mô fio. Criei vocês do jeito que fui criada, sem nunca ser beijada por pai e mãe, nem marido. Era o jeito envergonhado de quem nasceu na roça, onde uma mulher, para se tornar mãe, bastava abrir as pernas e deixar o seu homem entrar nela, com a brutalidade de um cavalo ou de um touro. Era com os bichos que aprendiam a... você sabe o quê. Não preciso dizer qualquer uma das palavras grosseiras que os homens dizem, com descaramento, sem nenhuma vergonha de sujar a boca, para dar nome ao que as éguas e as vacas faziam no pasto, e nós só podíamos fazer escondido.

Agora ela aceitaria beijos, muitos beijos, como um prêmio de consolação.

— Mereço isso. Só eu e Deus sabemos o que passei nesta vida para que os meus filhos não morressem de fome, e andassem vestidos feito gente, e viessem a ter instrução. Pode me dar o seu beijo instruído, seu Totonhim, conforme você aprendeu lá nas suas civilidades, e como hoje vejo os filhos tratarem as mães, nas novelas da televisão.

Isto poderia ser o começo de uma longa conversa, ao pé do fogão, que continuaria em torno da máquina de costura, quando ela lhe lembraria que era a segunda vez que ele aparecia, assim de repente. Por que não havia avisado que viria? E quanto tempo se passou, desde a outra visita? Para mais de dez anos, não era, não? Desta vez também não trouxera a mulher e os filhos. Será que estava condenada a morrer sem conhecer os netos, a nora, e os pais dela? Com fé em Deus ele tinha vindo buscá-la. Finalmente chegara o dia de ir a São Paulo. E de avião.

— Ou vai ser nesse carro aí na minha porta? Também é bom passear de automóvel. Quanto maior a viagem, melhor. Dá mais tempo para apreciar as novidades.

Aproveitaria aquele momento para desfiar um rosário de queixas.

— Só tenho viajado para ir ver as suas irmãs, em Salvador, que são as únicas pessoas que ainda têm um pouquinho de consideração por mim. Os filhos homens não querem nem saber se estou viva ou morta. Também tenho ido lá na nossa terra, nas

Pelo fundo da agulha 499

festas da padroeira. Mas é tudo viagenzinha, de duas horas, sem muita graça.

O mais longe que já havia ido foi a Bom Jesus da Lapa, a cidade dos romeiros, nas beiras do rio São Francisco.

— Até que enfim vou viajar de verdade. A gente vai passar pelo Rio de Janeiro? Queria tanto ver o Cristo Redentor! Ah! Ver o mundo lá de cima daquela montanha, e também do bondinho do Pão de Açúcar, deve dar uma tremedeira nas pernas, não? Com você ao meu lado, vou ter quem me segure, se eu desmaiar. Como seria bom olhar de perto tanta coisa deslumbrante, que só tenho visto na televisão!

E quando ela entrasse num shopping e num hipermercado de São Paulo, hein? Aí é que iria chegar ao paraíso, ele pensaria, apressando-se em esclarecer que o carro parado em sua porta havia sido alugado no aeroporto de Salvador, onde seria devolvido, no dia seguinte.

— Eu sempre sonho que estou voando — ela diria, a suspirar. Ele que não se fizesse de desentendido e interpretasse o que de fato acabava de ouvir: — Tinha de acontecer. Um dia você haveria de vir aqui, para tornar esse meu sonho realidade.

A esta altura, ele teria que lhe contar o que havia sucedido ao sogro e à sogra. E que a mulher o deixara, havia muito tempo, levando os filhos, que agora já eram adultos, vivendo cada um em seu canto. Falavam pouco com o pai. E assim mesmo nas datas obrigatórias. Natal etc... Às vezes nem lembravam de telefonar no dia do seu aniversário. Só o procuravam quando estavam precisando de ajuda. E ela perceberia que ele também tinha queixas. Muito parecidas com as dela, que exclamaria:

— Tudo falta de fé!

— O quê, mãe?

— Essa vida em que você se meteu. Em nenhum momento você falou se seu casamento foi na igreja, se seus filhos foram batizados e crismados, se eles fizeram a primeira comunhão e continuam indo à missa, se confessando e comungando. E essa família de ricaços... vivia só em festa, comilança, bebemorações? Em nenhum momento parava para orar a Deus, a Nossa Senhora e a todos os santos do céu? Rezava a ladainha, ao amanhecer de cada dia? Não me admira o que aconteceu com o seu sogro. Falta de religião.

Ele seguraria um sorriso, para não levar um tapa na boca, como nos seus tempos de menino, ao lhe perguntar:

— A senhora diria a mesma coisa do seu filho Nelo? Que ele se matou por ter deixado de amar a Deus, acima de todas as coisas?

A velha senhora coçaria a cabeça, com certeza contrariada com a comparação. Mas não se daria por vencida:

— O caso de Nelo foi feitiço. Coisa preparada por gente invejosa, que é o que não falta nesta terra.

E logo trataria de puxar a conversa para o rumo que a interessava:

— Agora me diga: a que devo a honra da sua visita? Veio me buscar mesmo?

Se fosse isso, que ele falasse logo, para ela fazer um vestido novo, com o corte do tecido bonito que acabava de ganhar.

— É amanhã que a gente vai? Meu Deus, e eu com todo esse monte de roupa para costurar!

Quereria saber o motivo de tanta pressa.

— Veio buscar fogo, foi? Ou vai tirar o pai da forca? Fique uns dias por aqui, para eu ter tempo de me aprontar. Vá ver o seu pai, lá na tapera onde ele se enfurnou e não sai nem amarrado.

— Estou vindo de lá.

— E como está ele?

— Do mesmo jeito de dez anos atrás. Conversando com as flores, os pássaros e as almas do outro mundo. E dando muita risada. Só ficou zangado quando eu lhe disse que trabalhei num

Pelo fundo da agulha   501

banco, durante 30 anos. Foi como se eu tivesse confessado um pacto com o diabo.

— Não é para menos — ela responderia. — Você sabe em que deu ele um dia ter tomado dinheiro emprestado a um banco. Não pôde pagar e... a bem dizer, tomaram tudo que era dele, e nosso!

— É, o que mais vi por lá foi pasto abandonado. Aquela lavourinha que dava para sustentar toda uma família, e ainda sobrava, acabou. Os filhos foram embora, os pais morreram, e quem ficou e comprou as terras não é doido de pegar dinheiro em banco para plantar. Quanta fartura tinha naquele lugar, da própria terra, quando a gente morava lá, não era, mamãe? Agora, na feira e no supermercado, é quase tudo importado de São Paulo ou da Argentina, sei lá. Até feijão e milho que era o que mais dava ali.

Ela voltaria a suspirar. Desta vez, porém, o seu suspiro seria de desolação. Em seguida, sentenciaria:

— O meu consolo é que é mais fácil um camelo passar pelo fundo de uma agulha, do que um rico entrar no reino do céu, a começar pelos donos dos bancos, os que merecem uma caldeira especial no inferno.

— A senhora não acha que foram os próprios ricos que espalharam essa história, para os pobres ficarem conformados? Assim, ó: "Deixem-nos em paz, no bem-bom desta vida, porque na outra vocês é que vão se dar bem. Portanto, sejam resignados diante de todos os sacrifícios. Deus os recompensará. No Dia do Juízo."

— Não, mô fio. Não fale assim, feito um herege. A predição está nas Sagradas Escrituras, que nos trouxeram as palavras de Deus. Não acredita no que estou lhe dizendo?

Onde tem uma mãe como as de antigamente, tem religião em primeiro plano. Mas... predição? Decepcionante. Onde ela andaria aprendendo palavras assim? Na Santa Madre Igreja?

Saudades das suas crenças, velha. Da sua prosa de sabor antigo, como o seu doce de mamão verde. Saudades de cafuné de mãe. Do cheiro das flores de uma avó, na boca da noite, nas horas das ave-marias. Rosas vermelhas, as do bem-querer. E brancas: hei de te amar até morrer. Dos ternos falares de um velho povo. De andar descalço na areia quente ou pisando em relvas orvalhadas. De ficar parado num monte vendo o sol se pôr e o tempo passar. De ficar bestando, sem precisar saber as horas.

Ora, direis, saudades? Da aurora da sua vida que os anos não trazem mais?

— Conte outra, menino, conte. Quem sente saudade escreve sempre, ou ao menos telefona no Natal e no Dia das Mães, no dos Pais, nos aniversários. E aparece, para rever os parentes. Você fez isso alguma vez, desde aquela última em que esteve aqui, e assim mesmo só por causa dos 80 anos do seu pai? E bota tempo nisso. Alguma vez na vida você se lembrou de que tem mãe, seu cachorro!

Ele haveria de tomar boa nota disso: *Só por causa dos 80 anos do seu pai...* Essa, agora! Não era que sua mãe continuava a ter ciúmes, mesmo já estando bem velhinha?

— O quê?! Ciumenta, eu? Era só o que faltava! Desde quando um filho diz uma coisa tão horrorosa para uma mãe? Me respeite!

Iria adorar pegá-la de surpresa num sentimento que, no âmbito familiar, era considerado feio, pecaminoso. E mais ainda ser chamado de menino. E cachorro. *Seu cachorro!* Com toda a carga maternal a um só tempo recriminadora e afetuosa.

Não. Não teria coragem de se desculpar alegando não saber se ela dispunha, ou não, de qualquer um dos meios práticos e rápidos — vá lá, modernos —, de comunicação: telefone, fax, e-mail. Sabia que a saída por uma tangente dessas o deixaria numa situação embaraçosa, pois, do fundo de toda a sua experiência de vida, ela haveria de contra-argumentar que todos os filhos que se prezavam, como os *bons filhos* de outras mães mais sortudas, por mais longe que estivessem morando, jamais esqueciam de ir ao correio de vez em quando para enviar uma carta para elas.

E, como sempre, atentando para um pormenor da maior importância. Aquele! Tão bem bem-vindo! Um adjutoriozinho dentro do envelope. Filhos dignos desse nome foram mesmo os de outros tempos, merecedores de respostas salpicadas com as lágrimas da gratidão:

"Deus que te ajude. Deus que te dê muito, viu? Por aqui estamos bem. E todos mandam lembranças."

Ela teve um filho desse jeito. O mais velho, claro. E iria jogar isso na sua cara, num golpe fulminante, capaz de matá-lo. De vergonha.

— Bastava mais um como ele. Apenas mais um.

— Ora, mamãe, com tanto filho, nora, genro, neto e bisneto, e quem sabe a esta altura até tetraneto, tenho certeza de que nunca lhe fiz a menor falta. Quanto a ausência de notícias minhas, bom, deixe isso para lá. Cá estou, não estou? Bem presente.

— Antes tarde do que nunca, Deus esteja.

Mais uma de suas sentenças consoladoras.

Esperaria que ela lhe dissesse:

— Toda a minha vida tem sido só isso: consolar os meus filhos, que só me procuram quando estão aflitos. E a mim, quem consola?

Eis aí.

Seria a sua mãe um adorável lugar-comum?

— Explique-se direito, seu cachorro! Fale como gente. Fale do jeito da gente. O que vem a ser esse tal de lugar-comum? A cova onde todo mundo será enterrado? Vamos, diga com a sua própria boca: para você é isso o que a sua mãe é? Por falar em cova, foi bom você se lembrar de vir me ver. Ando muito precisada de ajuda. Ai, menino! É tanta despesa, tanto remédio para comprar. Tudo tão caro. Pela hora da morte. Velhice é um tormento. Médico toda hora. Exames. Falta de outro assunto. Que chatice. Por isso os jovens fogem de nós. E tem mais uma coisa. Por que não trouxe a sua mulher e os seus filhos? Estou falando é de antes da sua separação. Parece que você nunca quis que eles me conhecessem. Tem vergonha de mim, é, só porque não sou lá das suas civilidades?

— Nada disso, mãe. É uma longa história. Depois eu conto.

— Então venha almoçar. E não me faça a desfeita de dizer que está sem fome. Ou que o seu pai cozinha melhor do que eu.

— Olha o ciúme de novo, velha.

— Seu moleque descarado! Cuidado com a língua. Quer levar uns tapas nessa sua boca insolente, é? Mas venha cá. Está faltando um botão aí na sua camisa. Vamos consertar logo isso.

Se, ato contínuo, aquela reclamante senhora lhe sorrisse, ao enfiar a linha no fundo da agulha sem a ajuda de óculos, ele iria achar que tinha ganhado a viagem.

Por mais que puxasse pela memória, não conseguia se lembrar de tê-la visto sorrir, uma única vez.

— Por que, mamãe, a senhora nunca sorria?

Esperava não morrer sem vê-la dando umas boas risadas.

19
(Pausa para meditação)

Na fronteira crepuscular entre o sono e a vigília, o homem na cama ouve as horas, badaladas num velho relógio de pêndulo. Conta as batidas. Pareciam soar do seu próprio coração. É humanamente impossível fugir do tempo que está dentro dele, com todo um insatisfatório acúmulo de vivências — desejos e esperanças, amor e ódio, ciúme e inveja, ambição e disputas, generosidade e mesquinharia, delicadeza e estupidez, grandeza e miséria, felicidade e tristeza, perdas e ganhos, prazer e dor, solidão e mágoa. E tudo isso guardado no fundo da alma como grãos num paiol, a carunchar-se na sucessão dos dias. Ele medita sobre o som e a fúria do tique-taque dos minutos, a rememorar uma página amarelecida pelo tempo: "As batalhas nunca se ganham. Nem sequer são travadas. O campo de batalha só revela ao homem a sua loucura e desespero, e a vitória não é mais do que uma ilusão de filósofos e loucos."

O relógio bateu 12 vezes. Ouviu-lhe as batidas como um chamamento, vindo de uma casa a mais de dois mil quilômetros de distância. E de lá vinha agora outros sons. Os das panelas. Ele vê sua mãe à cozinha, cuidando do almoço. Teria coragem de perguntar a ela se achava que havia vencido a batalha? Ou só lhe restara a consciência da inutilidade do esforço?

— Vá tomar banho, Totonhim. Você está muito sujo da viagem.

Antes de se dirigir ao banheiro, ele entraria num quarto escuro. Abriria a janela. E veria uma triste rua de casas coladas umas às outras, em perfeita desarmonia. O destino inescapável de toda cidade brasileira, pequena, média ou grande: espalhar-se irregularmente pelas margens, como se disputassem um concurso de feiúra.

Algazarra de crianças em trânsito. Volta das aulas. Rever-se-ia nelas. E as invejaria. Ainda poderiam sonhar com um futuro radiante. *Avante, camaradas, ao tremular do nosso pendão! Avante, com galhardia, que em todos nós a pátria confia.*

Avançaria para o chuveiro. Debaixo d'água, refrescaria a memória, para lembrar a letra de uma música que sua mãe cantava, quando ele era menino. *Oh linda imagem de mulher que me seduz / Ai se eu pudesse te poria num altar / És a rainha dos meus sonhos / És a luz...* E a cantaria, a plenos pulmões, para limpá-los da fumaça de São Paulo, da poeira da estrada, do pólen do tempo. Voltaria ao quarto de alma lavada.

— Totonhim, venha almoçar!

Iria, de bom grado.

E haveria quiabo e maxixe sobre a mesa. E toda uma exagerada fartura de pratos à sua escolha. E o cheirinho apetitoso de coentro, alecrim, pimenta e molho de caldo de feijão com palha de cebola. Hummmmm! Esta cena seria merecedora de aplausos:

— Viva dona Maria minha mãe!

Agora era ele quem lhe diria:

— Não precisava tanta coisa, não precisava.

Sairia da mesa direto para uma cama. E dormiria feliz. Sonharia que estava de volta à casa em que havia nascido, bem diferente da que sua mãe morava agora, de exíguos espaços. Era maior, mais bonita e tinha uma árvore no terreiro, bananeiras no quintal, flores nas janelas. Os seus pais e irmãos estavam no avarandado, a esperá-lo, ansiosos.

Pelo fundo da agulha

— Até que enfim, Totonhim, você se lembrou de nós!

Um cachorro pulava de alegria, reconhecendo-o. Ele se enternecia também com a recepção canina. De repente tudo desaparecia. A casa, o cão, as pessoas. Debaixo dos seus pés só havia grama e nada mais. Nenhum vestígio de esteio, caibro, ripa, cumeeira, parede, porta, janela, sala, quarto, corredor, cozinha, despensa, paiol, casa de farinha, passos, vozes, resmungos, ralhações, risadas e sonhos. Pisou na grama para lá e para cá. Achou um caco de telha. Pegou-o. E o alisou demoradamente. Eis o que sobrara da olaria do seu pai. Toda a história de uma casa e um tempo resumia-se a uma vírgula num livro em branco. Uma relíquia. Que, no entanto, não teria o mágico poder de devolver-lhe o passado.

— Acorde, Totonhim. Vamos passear. Aí eu conto tudo que aconteceu desde aquele dia do caco de telha. Já lá se passaram mais de dez anos.

— E as suas costuras?

Que costuras? Então ele não sabia? Desde que surgiu a moda das roupas prontas para vestir, vendidas a crédito, as costureiras que trabalhavam por conta própria perderam a clientela. Não dava para acreditar que um filho dela, que morava na maior cidade do país, não tivesse visto as mudanças do mundo. Só podia ter passado a vida na cama, ou com a cabeça na lua.

— Se você queria me ver costurando, por que não me levou para uma fábrica de roupas, enquanto eu tinha idade para isso? O que fez foi me trancafiar aqui numa casa de loucos.

Sai dessa, Totonhim, se diria Totonhim.

Que outra coisa poderia ter feito, ao vê-la se bater contra uma parede, a rasgar-se, unhar-se, ensanguentar-se, por não haver suportado o trágico reencontro com o seu filho pródigo? Não ele. O outro. O que voltara para se matar. Ela não suportou a dor pelo final tão infeliz de um destino que lhe parecia glorioso. Nelo, o mais velho, mais atirado, mais vitorioso, mais bonito, mais tudo. Bastava-lhe mais um assim. Ainda se lembrava da pergunta que ela fazia, enquanto a levava para o hospício:

— Vamos passear? Estamos passeando, não estamos?

Aquilo foi de doer. Fundo.

— Sim, mamãe. Vamos a esse passeio.

20
O passeio

A lua estaria em quarto crescente, numa noite de céu estrelado, o que favoreceria a caminhada na subida íngreme de um monte. Ela pararia na metade do caminho, para recobrar o fôlego, a queixar-se do cansaço e de dores nos pés e nas pernas.

— Olha só a altura deste morro, mamãe! Não quer voltar, não?

— De jeito nenhum! Esta é uma parada estratégica. Para você contemplar o que há de visível e depois comparar com o outro lado.

E o que existiria do outro lado? Sua mãe não o diria claramente, mas de forma enigmática:

— Uma região do mundo invisível. É só o que tenho a declarar. Para não estragar a surpresa.

Ele aproveitaria o momento para finalmente perguntar-lhe o que vira, em toda a sua vida de costureira, pelo fundo de uma agulha.

— Ora o que vi! Um vale de lágrimas. Mas nem tudo foi só tristeza. Também teve muita coisa boa.

Foi? Teve? Assim no passado? Já seria ela um zumbi a perturbar o sono dos vivos? Uma assombração?

Mal-assombrada ficaria a sua própria alma.

— Eu também já morri, mamãe?

— Ainda não. Ei, por que você está tremendo? Está com medo de quê? Os mortos não fazem mal a ninguém. Vamos andando.

Continuariam a escalada do morro. Já que não deveria ter medo, ousaria umas perguntas que jamais tivera coragem de lhe fazer. Sobre amor, sexo, antigos tabus na relação dos dois. Quando abandonara o seu pai, ela ainda não estava velha. Mesmo assim, nunca mais tivera outro homem. Como pôde, a partir de então, privar-se de uma vida amorosa?

Responderia dizendo-lhe que fizesse o favor de respeitá-la, se não quisesse receber um tapa na boca.

Mas não.

Desta vez até o surpreenderia, ao tratar do assunto sem meias palavras.

Com a separação, se livrara de um peso no corpo, não tendo mais de abrir as pernas para o marido montar nela, como se fosse uma égua. O negócio dele era meter um filho atrás do outro, na marra, cheio de brutalidade. Chegava dessa história de "papai pra cá, papai pra lá, ai, o senhor é o melhor pai do mundo". O bom selvagem! E ela a cascavel venenosa! A que ralhava, aporrinhava, mordia, beliscava, puxava orelha, batia, até enlouquecer. E no entanto, fora ela, somente ela, a peçonhenta, quem cuidara de todos. Onde estava ele, o tão venerado pai? No mato, dando bom dia a cavalo e dizendo para as galinhas que escola não enchia barriga de ninguém e que cidade era uma invenção do diabo. E quem se matava na cidade, por causa da escola dos filhos?

Ela. Ela. Ela.

A megera. A louca de pedra.

Nunca uma heroína.

Herói era o pai.

— É fácil se odiar quem está perto e se amar quem está longe. Pois vou lhe dizer: seu pai era um bruto, isso sim. Coitado.

O que se esconderia por trás desta revelação nada lisonjeira? Ressentimentos? Ciúmes? Mágoas? E por que "ele era" e "coitado"?

— Admito que tinha um bom coração. Chegou a me pedir perdão por tudo, antes do suspiro derradeiro.

— O quê?! Como?! Quando?!

— Foi. Digo: foi-se. Na minha frente. E teve um enterro bonito. No cemitério, todo mundo cantou junto a música que ele mais gostava: *Acorda Maria bonita, levanta vai fazer o café...* Telefonei para avisar a você, mas me disseram que estava viajando. Depois eu também parti e ficou tudo por isso mesmo.

Estaria querendo confundi-lo, desorientá-lo? Como que o seu pai morrera, e ela mesma, se estivera com os dois, naquele exato dia, embora em locais diferentes? E por que, ao parar no meio da subida do morro, se queixara de que suas pernas estavam doendo? Alma sente dores?

— Faz para mais de dez anos que você esteve aqui. Por isso não sabe nada do que se passou de lá para cá.

Chegariam a um cruzeiro fincado no topo do monte.

Fora o pai dele que o havia feito, ela lhe diria. E o povo todo do lugar subira o morro em procissão, para erguê-lo nas alturas, mais perto de Nosso Senhor Jesus Cristo, a quem todos rogaram piedade pela alma de Pedrinho, o seu querido sobrinho, pois o padre não a tivera, ao impedir que lhe fizessem as exéquias na igreja, e também quando se recusara a benzer a cruz, já que era um memorial a um suicida. Portanto, não merecia bênçãos. A procissão em desagravo ao morto tivera a condenação veemente do pároco, num sermão impiedoso.

Pedrinho se enforcara numa árvore ao lado da cancela, por onde se entrava na propriedade que lhe pertencera, e de que aquele monte fazia parte. Antes, dali de cima avistava-se uma bela paisagem.

Carros de bois a gemer nas estradas. Pastagens. Casas caiadas, com portas e janelas pintadas de azul, árvores à frente e flores nos quintais. Gado pastando. Homens no eito, a cantar. Café torrando lá, o cheirinho passando cá. Montanhas. Agora, o cenário era desolador.

E isto seria dizer pouco.

— Eles estão ali embaixo. Mas não vieram para bater uma bola, caçar passarinho, tomar banho no riacho ou brincar de cabra-cega — sua mãe lhe esclareceria, com a clarividência das videntes.

— De quem a senhora está falando?

— Do seu irmão Nelo, do seu primo Pedrinho, do seu amigo Gil e de todos os outros que tiveram o mesmo fim deles. Ande mais um pouco, olhe lá para baixo e veja com os seus próprios olhos o que estou lhe dizendo.

Ele obedeceria. E logo se veria diante de uma região onde tudo era assombração, medo, pavor. Não mais as estrelas e a lua crescente. Deus não viu este lado das trevas quando disse: "Faça-se a luz."

Então era aquele o mundo invisível, de que sua mãe lhe havia falado, fazendo mistério do que significava isto?

— A graça de todo passeio está nas surpresas que a gente vai descobrindo pelo caminho — ela ter-lhe-ia dito, como se tivesse começado a contar uma história para embalar o sono de uma criança. E depois contaria outra e mais outra. De duendes, árvores encantadas, piratas, bichos que falavam, meninos a voar num pavão misterioso, até além do arco-íris, com escalas em Marte e Vênus, na Lua, no país das maravilhas, Pasárgada e Shangrilá, delírios assim.

Agora voava nas asas de gralhas noturnas, ao som de uivos lancinantes e pios ensurdecedores. Voltaria correndo para se agarrar ao tronco da cruz, com o coração aos pulos. Não era que sua mãe, ao submetê-lo a uma noite de terror, poderia estar se vingando de uma outra, quando a internara numa casa de loucos? O panorama visto lá de cima não poderia ser mais apavorante: vales profundos, com sombras tenebrosas sobre um solo erodido e retalhado em tétricas cavernas.

O que antes teria sido pasto, vegetação, flora, fauna, uma natureza viva, enfim, transformara-se em um desértico campo de concentração, no qual a escória do mundo dos mortos fora confinada, em eterno suplício e horror, até o esgotamento total de suas súplicas, choro, confissões de arrependimento, gritos, rogos de clemência a um Deus que a condenara ao martírio num continente subterrâneo, sem ventos, claridade, beleza, esperança, paz, consolo. Esqueletos moviam-se em desesperadas tentativas para alcançar as bocas das cavernas. Mais que depressa capatazes infernais os seguravam. *Senhor Deus, misericórdia.*

Não. O seu primo Pedrinho, o irmão Nelo, e o amigo Gil, não estariam ali à procura de um barranco para matar a saudade de suas amadas de quatro pernas, as mimosas jegas, mas a receber os coices de um jumento satânico, a serviço de um Deus que não amava os suicidas. Pensaria também no general, julgando-o em igual colônia correcional de São Paulo, sem jamais conseguir descansar em paz.

Como o bondoso Deus poderia ser tão cruel? Do alto daquele monte, ele, Totonhim, bradaria aos céus:

— Deus, oh Deus, onde estás que não respondes?

E o chamaria de Supremo Torturador, que, desde a criação do mundo, decretara uma eternidade invisível, inquestionável, para que suas torturas jamais fossem denunciadas. Implorava-se perdão a Ele, e o que fazia o misericordioso Deus? Condenava os suicidas como réprobos, sem direito à apelação. Misericórdia, misericórdia.

— Por que a senhora me trouxe aqui, mamãe? É um estágio, antes de me levar para um hospício?

— Mas o que é isso, Totonhim? Só se eu estivesse louca.

E este seria, digamos, o momento epifânico. Agora, sim, ela lhe faria uma grande revelação. Mas precisaria se alongar nas palavras, antes de chegar lá. Sem pressa. Ou por outra: com a mesma delicadeza com que passara a vida a enfiar a linha no fundo de uma agulha.

Começaria carinhosamente chamando-o de "Mô fio". Pois sabia. Isto o desarmaria completamente.

— Quando eu acabar de contar tudo, você não vai mais ter dúvidas do bem que lhe quero.

Esta ressalva a encorajaria a recordar certas apostas feitas quando ele regressara àquelas bandas, lá se iam mais de dez anos. Nas vendas e bodegas, às mesas de jantar, nos portões, na sacristia da igreja, nos pés de fogão, nas calçadas e esquinas, contavam-se as horas para um novo enforcamento. Jogavam dados: deu quina, vai ser daqui a cinco horas. E por aí ia. Não havia cristão ali que duvidasse de que ele, Totonhim, tivesse voltado para se matar, a exemplo do irmão mais velho. Era só uma questão de tempo.

Ao fazê-lo reencontrar-se com uma namorada de infância, chamada Inesita, o seu pai acabara evitando que tal desgraça acontecesse. Por outro lado, aquela volta fora breve, sem grandes conflitos, como no caso do irmão, que havia regressado para ficar. Em quatro semanas, acabara descobrindo que o lugar em que nascera já não lhe pertencia. Sequer lhe oferecia um galho em que se segurar. E todo mundo querendo que ele, o Nelo, abrisse a mala e mostrasse a cor do dinheiro de São Paulo. E o pobre coitado se perguntando onde fora amarrar o seu burro. Que ideia infeliz tinha sido aquela, de voltar sem um puto no bolso? Deu no que deu. Suicídio.

Se o irmão dele não fizera a mesma coisa foi porque estava só de passagem, disseram. Ainda assim as apostas continuaram. Bastava ele ficar desempregado em São Paulo, para aparecer aqui. E aí, de novo, todos passariam a contar as horas de ver

Pelo fundo da agulha

um doido na calçada da igreja, anunciando a ida de mais um condenado para o inferno. É como dizem: quem volta é porque fracassou.

Ela sabia perfeitamente que ele, o seu filho Totonhim, não estava voltando agora como um fracassado. Tinha uma boa aposentadoria. Mas, por haver se aposentado, achava que São Paulo não era mais o seu lugar. Sentia-se só. Por isso decidira voltar ao ponto de partida. E se perguntava se devia ter saído dele. Agora, vivia na ilusão de que ali ainda encontraria pelas ruas, por serem poucas, feições humanas reconhecíveis, pessoas com tempo para conversar, para lhe dar um bom-dia sem querer lhe vender nada.

Quimeras.

Logo se veria cercado de gente a lhe pedir para pagar uma cachaça e daí para mais. E refém das miudezas. Conversas de comadres, fuxicos nos portões, politicagens. Então ele veria o que era solidão.

Passaria a viver os seus dias e noites a coçar o saco e a tirar bicho-do-pé, a embriagar-se pelas bodegas, e a uivar para a lua, como os cães. Até não aguentar mais e enfiar o pescoço numa corda, com a mesma determinação com que ela passava uma linha pelo fundo de uma agulha.

— Entendeu agora, Totonhim, por que eu lhe trouxe aqui? Para você ver como é o vale dos suicidas. Não é um horror? Não dá para comparar isso com a vida dos aposentados. Sei o que estou dizendo. Já me aposentei há muito tempo.

21

O homem na cama vê uma sombra mover-se através da cortina, em direção à janela. E ouve uma voz por trás da sombra:

— Não se mate pelo que acha que deixou de fazer por sua mãe, seu pai, seus irmãos, mulher, filhos, o país, tudo. E, principalmente, por você mesmo. Ou pelo que deixaram de lhe fazer. Nem por isso o mundo acabou. Abrace-se sem rancor. Depois, durma. E quando despertar, cante. Por ainda estar vivo.

A sombra devia ser do seu amigo Bira, ele imagina. Ou de qualquer outra de suas almas queridas. Sua mãe, seu pai, o primo Pedrinho, Gil, o general, dona Iracy. Quem sabe podia ser da Inesita?

Amanhã voltaria ao mundo dos vivos. Sim, amanhã teria que se encontrar com os filhos, para almoçar ou jantar. E, depois, marcaria um outro encontro, com a mãe deles junto, quando voltasse de Nova York. Se Don'Ana aparecesse, lhe diria: *ai lóvi iú*. Esperava que ela desse uma boa risada. E assim, com o coração mais leve, se sentirá um camelo capaz de passar pelo fundo de uma agulha.

Adormece.

E, finalmente, entra na região sem tempo dos sonhos.

Por fim, mas não por último

Pelas suas sugestões e informações — decisivas para a realização deste livro —, o autor agradece a:

José Luiz Costa Pereira, jornalista, no Rio de Janeiro.

Aleilton Fonseca, escritor, doutor em Letras e professor da Universidade Estadual de Feira de Santana, na Bahia.

José Marcelo Torres Batista, do Banco do Brasil, em Brasília, DF.

Milena Martins, gerente de Recursos Humanos da Shell, no Rio de Janeiro.

Ruy Tapioca e Antonio Carlos Tettamanzi, escritores cariocas aposentados, respectivamente, da Eletrobrás e Embratel.

Tanto quanto a Ronaldo Antônio Torres Cruz, o mano Tom, e ao conterrâneo Pedro Bispo dos Anjos, que viveu em São Miguel Paulista e conhece bem o roteiro dos imigrantes.

Não menos a:

Dona Durvalice, minha mãe.

E: Ignácio de Loyola Brandão, Melchíades Cunha Júnior, Vânia Chaves, Myriam Fraga, Gerana Damulakis e Halina Grynberg.

A.T.

Fortuna crítica

Sobre *Essa terra*

"*Essa terra* não é a história de uma terra, mas do seu produto humano." **Leonor Bassères** — *Tribuna da Imprensa*, Rio de Janeiro

"Muito inventiva, a escrita de Antônio Torres faz o retrato de um certo Brasil subdesenvolvido, rural, à mercê das secas, dos dilúvios e do esquecimento, mas sem cair em visões estereotipadas das temáticas sertanejas — não abusa, por exemplo, dos regionalismos nos diálogos. O que torna *Essa terra* um marco das letras brasileiras, mais do que a estrutura não linear (com muitos avanços, recuos e sobreposições), é a pujança da sua linguagem." **José Mário Silva** — *Expresso*, Lisboa

"Em vez de um repertório familiar do realismo mágico, o que Antônio Torres apresenta em *Essa terra* é uma *bricolage* apaixonada de mitos, fantasias apocalípticas, canções, humor, preces e mordacidade, produzindo uma poesia crua que rompe qualquer ordem consoladora." **Barry Taylor** — *City Limits*, Londres

"Elegante e finamente estruturado, ressalta a perda crucial de valores na dolorosa transição para um futuro novo, incerto, mas inescapável." **Kenny Mathieson** — *The Scotsman*, Edimburgo

"Um livro de violência surda, de comovedora poesia, para dizer da paixão de ser brasileiro." **Alice Raillard** — *La Quinzaine Littéraire*, Paris

"Cheio de perguntas sem respostas de um país em transição." — *Publishers Weekly*

"Neste importante romance brasileiro, Antônio Torres mostra com clareza a diferença entre tema e tratamento ficcional. O tema — conteúdo — é o deslocamento de pessoas pobres e desvalidas do Nordeste brasileiro para os grandes centros urbanos, e a pulsação narrativa (forma) é o tratamento artístico, concretizado nas vozes narrativas provocadas pela desestrutura mental dos personagens. O que dá a dimensão artística é a pulsação, a maneira formal como o autor constrói o livro. Há, no Brasil, pelo menos uma centena de romances que tratam desse tema, mas nenhum com a grandeza ficcional de Torres." **Raimundo Carrero** — no livro *Os segredos da ficção*

"*Essa terra* mostra a sondagem de uma condição social, através do mergulho no caso individual, que acaba nos conduzindo às origens mais gerais da culpa, onde se encontram o autor, o personagem e o leitor, sofrendo na pele a fragmentação do homem, desde que a civilização criou o abismo entre a enxada e a caneta." **Lígia Chiappini Moraes Leite** — no prefácio à 1ª. edição (Ática, 1976)

"O sentido trágico que impregna *Essa terra* singulariza-a no conjunto das abordagens do sertão com que a temos confrontado. Este se manifesta quer na nostalgia de um passado irremediavelmente perdido, quer na crítica do presente, quer na ausência de previsão duma felicidade futura. Contrapondo-se à visão eufórica de uma natureza paradisíaca e de um homem ideal, que no Romantismo traduz uma ideologia conformista, defensora da ordem estabelecida, e à visão crítica que combina a denúncia do *status quo* com a fé numa ordem melhor, característica da ideologia reformista dos neorrealistas, o romance expressa uma postura não conformista, mas também não reformadora, cuja negatividade reside numa compreensão da tragédia essencial da condição humana." **Vania Pinheiro Chaves** — no posfácio à 15ª edição (Record, 2001)

Sobre *O cachorro e o lobo*

"Há magia na linguagem desse belo romance." **César Leal** — *Diário de Pernambuco*

"*O cachorro e o lobo* é o resultado do encontro da sensibilidade do autor com a do leitor, fundindo os dois rios num estuário em que a emoção e o sentimento mais íntimo não precisam ser escondidos. Quando a escrita é simultaneamente pessoal e intransferível, o mar de palavras constrói aquilo que já foi definido por Drummond como o sentimento do mundo." **Cid Seixas** — *O Estado de S. Paulo*

"Não há no trabalho de Torres nenhum rastro de pieguice. Toda a emoção é burilada com bom humor e uma dose de elegante ironia." **Maria Gonzalez** — *IstoÉ*

"É a sua obra-prima." **Ana Maria Machado** — *Jornal do Brasil*

"No seu conjunto, *O cachorro e o lobo* é, paradoxalmente, uma narrativa insistentemente contemporânea e uma odisseia atemporal. O realismo psicológico predominante no livro, no qual até a metaficção faz uma das suas pequenas aparições, une-se de maneira simbiótica a interlúdios tão poéticos quanto a exuberância erótica da perda da inocência. Além disso, é uma extensão otimista e uma esperança de um novo Brasil." **Malcolm Silverman** — *World Literature Today*

"Outro ponto favorável é que Torres resgata a história. O livro tem começo, meio e fim. Os conflitos estão bem delineados. E a narrativa é bem-humorada. O contador da história passa pelos momentos da tragédia, não foge das lembranças amargas, sobrevivendo com uma carga emotiva positiva." **Jeferson Andrade** — *Estado de Minas*

Sobre *Pelo fundo da agulha*

"Com *Pelo fundo da agulha* fecha-se o cerco da trilogia iniciada com *Essa terra,* de 1976, e seguida por *O cachorro e o lobo,* de 1997, marcando três tempos na obra de Antônio Torres e ainda três momentos distintos da história da ficção no país." **Cláudia Nina —** *Revista Brasil / Brazil*, Brown University

"Entre o sono e a vigília, o protagonista olha o próprio passado como se fosse pelo buraco de uma agulha, na qual sua mãe, idosa, porém com mão firme, passava a linha. *Rever é perder o encanto,* já arrematou Millôr Fernandes. Na trilogia de Antônio Torres, rever significa trocar um desencanto por outro. A angústia se torna o território inexorável, onde inevitavelmente vai aportar a trajetória humana." **Henrique Rodrigues** — *Jornal do Brasil*

"*Pelo fundo da agulha* é um dos mais belos romances sobre o tempo que passa e nos acaricia e morde, afaga e faz doer." **Ignácio de Loyola Brandão** — *Estado de S. Paulo*

"Torres mais uma vez comprova sua destreza na construção de mundos complexos em tempo e espaço condensados. Como em *Balada da infância perdida* (1986), cuja trama decorre durante uma única madrugada e limita-se ao apartamento do protagonista, o desvario de Totonhim dura algumas horas e se dá no exílio do seu quarto. O isolamento que a aposentadoria agravou é *uma dor que puxa os restos de outras* e o leva a concluir que numa cidade como São Paulo *é possível você supor tudo, quase tudo, menos a falta do que fazer.*" **Marcelo Moutinho** — *O Globo*

"Fundindo pensamento e linguagem, e, assim, estabelecendo uma perfeita harmonia entre enunciação e anunciado, a narrativa de *Pelo fundo da agulha* entrelaça memória e imaginação de tal forma que a unidade se anuncia a partir de fragmentos. O processo da tessitura textual consiste fundamentalmente na seguinte constatação: o que é pó em memória retornará." **Carlos Augusto Viana** — *Diário do Nordeste*

Nota do autor
Louvando quem bem merece[*]

William Faulkner contava que começou a escrever o seu monumental *O som e a fúria* — do qual o autor destas linhas pinçou a epígrafe do romance que iria resultar nesta trilogia — tendo na cabeça a imagem dos fundilhos enlameados das calças de uma menina em uma árvore, de onde ela podia ver, através de uma janela, o funeral da sua avó.

O quadro mental que me levou à ideia do *Essa terra* foi a de um homem com o pescoço numa corda, num gancho de uma rede de balançar. Era uma história real, que me foi contada por um primo, Humberto Vieira da Cruz, na manhã de um sábado, em Copacabana, lá pelos inícios dos anos 1970.

Humberto não teve paciência de esperar pelos desdobramentos que o trágico caso acontecido no lugar onde havíamos nascido no sertão da Bahia iria gerar no meu imaginário. Ele se foi em 1979.

Mas Jiro Takahashi ainda pertence a este mundo em que também sobrevivo, aleluia!

Sim, Jiro amigo: recordo a noite, também em Copacabana, em que o telefone tocou e uma voz inconfundivelmente paulista apresentou o seu cartão de visitas: uma coleção chamada *Nosso Tempo,* lançada pela Ática, e já com dois livros (de contos)

---

[*] Copyright para o imortal Gilberto Gil.

publicados: *O pirotécnico Zacarias,* de Murilo Rubião, e *A morte de D. J. em Paris,* de Roberto Drummond, numa tiragem inicial de 30 mil exemplares para cada título, uma aposta alta até hoje. E estavam voando, você enfatizou, cheio de fé e orgulho em seu projeto, completando o real motivo da sua ligação assim:

— Foi o Roberto quem me disse que você está escrevendo um novo romance.

História que segue:

O meu terceiro romance — na sequência de *Um cão uivando para a Lua* e *Os homens dos pés redondos* —, que só de ouvir dizer que estava sendo escrito despertou o interesse daquele jovem editor, era o que viria a dar origem a esta trilogia, que a crítica literária baiana Gerana Damulakis batizou, em resenha no jornal *A Tarde,* de Salvador, como a *Trilogia Brasil.* Iniciado em São Paulo no ano de 1973, *Essa terra* chegou ao ponto final no Rio de Janeiro seis meses depois daquela conversa telefônica, na qual ficou apalavrado que seria ele, Jiro Takahashi, o seu primeiro leitor, justamente aquele que viria a embalá-lo para as listas dos *best-sellers,* com capa e ilustrações de Elifas Andreatto, prefácio de Ligia Chiappini Moraes Leite, professora da USP — hoje na Universidade Livre de Berlim —, e um suplemento de Marisa Lajolo (Mackenzie e Unicamp).

Tudo sob as bênçãos do dono da Ática, o saudoso Anderson Fernandes Dias, e o entusiasmo do seu diretor de marketing, Wander Soares, da gerente de imprensa, Vera Esaú, e dos representantes da editora pelo país adentro, entre os quais destaco outros dois inesquecíveis parceiros desse tempo, Agenor Mesquita e Marcos Barrozo.

Como dizia o velho povo de donde eu vim, *muito Deus lhes pague.*

Assim como a Anne-Marie Métailié, que, ao publicar o *Essa Terra* em Paris, em 1984, lhe abriu uma janela para outros países, de Cuba ao Vietnã.

Nota do autor

Parodiando Carlos Drummond de Andrade no final do seu célebre "Poema de Sete Faces", diria que ver a trilogia *Essa Terra / O cachorro e o lobo / Pelo fundo da agulha* embalada em uma edição especial, num só volume, me deixa comovido como o diabo.

A gratidão agora vai para a Editora Record, a começar por Carlos Andreazza — que mudou de área —, até chegar à presidente da casa, Sônia Machado Jardim, e a sua vice-presidente, Roberta Machado. Fechando o ciclo, louvo, assino e divulgo a atual parceria com Rodrigo Lacerda, antes de tudo um escritor admirável, Duda Costa, Thaís Lima, Marina Albuquerque, Caíque Gomes, Nathalia Necchy, Cristiane Oliveira, Rafael Sento Sé, Simone Magno, Gabrielle Telles e Leonardo Iaccarino. Sem esquecer de Luciana Villas-Boas, lá atrás, e de Marisa Gandelman, a agente literária que fez a ponte com a Record, levando-a a pegar todos os meus cacos deixados pelas estradas e com eles compor um belo mosaico. Pairando sobre tudo e todos, a memória de Sérgio Machado.

Uma louvação transatlântica: à senhora escritora portuguesa Teolinda Gersão, por ter feito esta trilogia chegar às mãos de um querido editor lisboeta, Carlos da Veiga Ferreira, que a publicou, sem pestanejar.

E a Stéphane Chao, que a levou, de forma integral ou parcial, a outros cantos do mundo.

Tanto quanto grato sou a você, que me lê, aqui e agora, e a quem dedico esta síntese dos meus 50 anos de batente literário, tomada emprestada do poeta português Alexandre O'Neill, um amigo de toda a vida: *Folha de terra ou papel, / Tudo é viver, escrever.*

Antônio Torres - Itaipava (Petrópolis, RJ),
30 de maio de 2022.

Obras do autor pela Editora Record

UM CÃO UIVANDO PARA A LUA
Gernasa, 1972 / 2ª edição: Editora Brasília-Rio, 1977 / 3ª edição: Ática, 1979 / 4ª edição: Record, 2002. Traduzido para o espanhol (Argentina).

OS HOMENS DOS PÉS REDONDOS
Francisco Alves, 1973 / 3ª edição: Record, 1999.

ESSA TERRA
Ática, 1976 / 29ª edição: Record, 2019. Traduzido para o francês, inglês, italiano, alemão, holandês, espanhol (Cuba), búlgaro, romeno, croata, hebraico, turco, urdu, vietnamita, e publicado em Portugal. Gran Prix de Traduction Cultura Latina (França) – para o tradutor Jacques Thiériot – e Prêmio APCA – Divulgação no Exterior (1985).

CARTA AO BISPO
Ática, 1979 / 3ª edição: Record, 2005.

ADEUS, VELHO
Ática, 1981 / 5ª edição: Record, 2005.

BALADA DA INFÂNCIA PERDIDA
Nova Fronteira, 1986 / 2ª edição: Record, 1999. Traduzido para o inglês. Prêmio de Romance do Ano do PEN Clube do Brasil (1987).

UM TÁXI PARA VIENA D'ÁUSTRIA
Companhia das Letras, 1991 / 9ª edição: Record, 2013. Traduzido para o francês.

O CENTRO DAS NOSSAS DESATENÇÕES
RioArte/Relume-Dumará, 1996 / 4ª edição: Record, 2015. Traduzido para o francês, búlgaro, urdu. E publicado em Portugal. Prêmio *Hors-Concours* de Romance (obra publicada) da União Brasileira de Escritores (Rio de Janeiro, 1998).

O CACHORRO E O LOBO
Record, 1997 / 6ª edição: Record, 2015. Traduzido para o francês. Prêmio *Hors-Concours* de Romance (obra publicada) da União Brasileira de Escritores (Rio de Janeiro, 1998).

MENINOS, EU CONTO
Record, 1999 / 15ª edição: Record, 2016. Contos traduzidos para o espanhol (Argentina, México, Uruguai), francês (Canadá e França), inglês (Estados Unidos), alemão e búlgaro. Selo Altamente Recomendável da Fundação Nacional do Livro Infantil e Juvenil (1999).

MEU QUERIDO CANIBAL
Record, 2000 / 13ª edição: Record, 2021. Traduzido para o espanhol (Espanha) e o francês, e publicado em Portugal. Prêmio Zaffari & Bourbon da 9ª Jornada Nacional de Literatura de Passo Fundo, RS (2001). Selo Oficial dos 450 anos da cidade do Rio de Janeiro (2015).

O NOBRE SEQUESTRADOR
Record, 2003 / 5ª edição: Record, 2015. Traduzido para o francês e publicado em Portugal. Selo Oficial dos 450 anos da cidade do Rio de Janeiro (2015).

PELO FUNDO DA AGULHA
Record, 2006 / 4ª edição: Record, 2014. Traduzido para o búlgaro e publicado em Portugal. Um dos vencedores do Prêmio Jabuti (2007).

QUERIDA CIDADE
Record, 2021 / 1ª edição: Record, 2021.

Este livro foi composto na tipografia
Bembo Std, em corpo 12/15,5, e impresso em
papel off-white no Sistema Digital Instant Duplex
da Divisão Gráfica da Distribuidora Record.